KB146582

송영
소설 선집

송영
소설 선집

박정희 엮음

현대문학

송영.

『송영선집』(1963년) 소재.

略歷

出生地　京城府　西大門町

現住　京城府　仕岩町　二三

宋　影
（明治三十六年
五月廿四日生）

一、諸材高農校　中途退學。

一、唐子工場　職工과弥恒局員과遞
信局員을지나　一時는　小學校
敎員이되고　雜誌編輯員이되고
劇場　文藝部員이된후、只今은
文學生活에　結進中。

一、作品으로　熔鑛爐、月波先生等短
篇과「正氏와칸파스」「護身
術」等戲曲과長篇「이봄이」가
企劃에서外에　少年小說、童話等
多有。

（只上）

『현대조선문학전집』(1938년) 소재.

『월남일기』(1957년) 표지.

『불사조』(1959년) 표지.

〈한국문학의 재발견-작고문인선집〉을 펴내며

　한국현대문학은 지난 백여 년 동안 상당한 문학적 축적을 이루었다.
한국의 근대사는 새로운 문학의 씨가 싹을 틔워 성장하고 좋은 결실을
맺기에는 너무나 가혹한 난세였지만, 한국현대문학은 많은 꽃을 피웠고
괄목할 만한 결실을 축적했다. 뿐만 아니라 스스로의 힘으로 시대정신과
문화의 중심에 서서 한편으로 시대의 어둠에 항거했고 또 한편으로는 시
대의 아픔을 위무해왔다.

　이제 한국현대문학사는 한눈으로 대중할 수 없는 당당하고 커다란
흐름이 되었다. 백여 년의 세월은 그것을 뒤돌아보는 것조차 점점 어렵
게 만들며, 엄청난 양적인 팽창은 보존과 기억의 영역 밖으로 넘쳐나고
있다. 그리하여 문학사의 주류를 형성하는 일부 시인·작가들의 작품을
제외한 나머지 많은 문학적 유산들은 자칫 일실의 위험에 처해 있는 것
처럼 보인다.

　물론 문학사적 선택의 폭은 세월이 흐르면서 점점 좁아질 수밖에 없
고, 보편적 의의를 지니지 못한 작품들은 망각의 뒤편으로 사라지는 것
이 순리다. 그러나 아주 없어져서는 안 된다. 그것들은 그것들 나름대로
소중한 문학적 유물이다. 그것들은 미래의 새로운 문학의 씨앗을 품고
있을 수도 있고, 새로운 창조의 촉매 기능을 숨기고 있을 수도 있다. 단
지 유의미한 과거라는 차원에서 그것들은 잘 정리되고 보존되어야 한다.
월북 작가들의 작품도 마찬가지이다. 기존 문학사에서 상대적으로 소외
된 작가들을 주목하다보니 자연히 월북 작가들이 다수 포함되었다. 그러
나 월북 작가들의 월북 후 작품들은 그것을 산출한 특수한 시대적 상황

의 고려 위에서 분별 있게 이해되어야 할 것이다.

　이러한 당위적 인식이, 2006년 한국문화예술위원회의 문학소위원회에서 정식으로 논의되었다. 그 결과, 한국의 문화예술의 바탕을 공고히 하기 위한 공적 작업의 일환으로, 문학사의 변두리에 방치되어 있다시피 한 한국문학의 유산들을 체계적으로 정리, 보존하기로 결정되었다. 그리고 작업의 과정에서 새로운 의미나 새로운 자료가 재발견될 가능성도 예측되었다. 그러나 방대한 문학적 유산을 정리하고 보존하는 것은 시간과 경비와 품이 많이 드는 어려운 일이다. 최초로 이 선집을 구상하고 기획하고 실천에 옮겼던 한국문화예술위원회의 위원들과 담당자들, 그리고 문학적 안목과 학문적 성실성을 갖고 참여해준 연구자들, 또 문학출판의 권위와 경륜을 바탕으로 출판을 맡아준 현대문학사가 있었기에 이 어려운 일이 가능하게 되었다. 이런 사업을 해낼 수 있을 만큼 우리의 문화적 역량이 성장했다는 뿌듯함도 느낀다.

　〈한국문학의 재발견—작고문인선집〉은 한국현대문학의 내일을 위해서 한국현대문학의 어제를 잘 보관해둘 수 있는 공간으로서 마련된 것이다. 문인이나 문학연구자들뿐만 아니라 더 많은 사람들이 이 공간에서 시대를 달리하며 새로운 의미와 가치를 발견하기를 기대해본다.

2009년 12월

출판위원 염무웅, 이남호, 강진호, 방민호

송영(宋影, 본명 송무현宋武鉉, 1903년~1979년)은 식민지 시기 계급문학운동의 성립과정 적극적으로 관여한 바 있으며, 그의 창작활동은 계급문학의 전개 과정에 전반에 걸쳐 있고 해방 이후 북한문학에까지 지속되어 있다. 하여 송영 문학을 연구하는 일은 계급문학의 성립과 전개 과정에 대한 연구를 포함하며, 식민지 문학과 해방 이후 문학사의 연속성에 대한 연구이면서 동시에 북한문학사를 포함한 통일문학사의 구상이라는 폭넓은 문제를 담고 있다.

그간 송영 문학에 대한 많은 연구가 이러한 점을 확인시켜주었다. 그럼에도 불구하고 그간의 송영 문학에 대한 논의와 그 평가 결과는 몇 가지 선입견을 가지게 했다고 할 수 있다. 송영 문학의 본령을 극문학에 국한시킨 점이라든지 일제말기의 통속극과 '국민연극'에 관여한 이력에 대한 점 등이 그것이다. 이 가운데 후자의 경우는 지금에 이르러 본격적인 논의가 진행되고 있는 상황이며, 전자는 여전히 지속되고 있는 것이라고 여겨진다.

송영의 문학활동은 극문학, 소설, 아동문학에 걸쳐 다양한 영역에 걸쳐 있다. 그러나 이러한 다양한 창작활동에도 불구하고 지금까지 송영 문학에 대한 논의는 거의 극작활동에 국한되어 있었다. 물론 한 작가의 보다 의미 있는 활동에 대해 적극적으로 평가해야 한다. 하지만 한 작가를 올곧게 이해하고 평가하는 일은 대상의 다면적인 부분을 다루지 않고 어떤 부분을 배제하거나 소홀히 해서는 제대로 이루어낼 수 없는 것이다.

송영 문학 연구는 이제야 시발점始發點에 서 있다고 할 수 있다. 그간의 송영 문학 연구는 해방 전의 작품에 국한된 경우가 많았다. 이것은 그의 문학활동 전술 기간을 고려할 때 절반에 해당하는 것일 뿐이다. 최근 서울대학교 중앙도서관의 '학렬문고'를 통해, 송영이 북한에서 5~60년대에 창작한 극작품집이 소개되면서 송영 문학의 나머지 절반에 대한 연구가 부분적으로나마 가능하게 되었다. 이런 면에서 이번 『송영 소설 선집』의 간행은 송영 전기前期 문학의 한 부분에 국한되는 것일 수도 있다. 그리고 한정된 지면과 기획의도로 인해 전집이 아닌 '선집'이라는 한계도 있다. 그러나 이를 계기로 장편소설, 희곡, 비평 등을 총망라한 '송영 전집'이 간행될 수 있기를 바란다. 그리고 이번 『송영 소설 선집』의 간행이 송영 문학을 전체적으로 규명하려는 연구의 첫걸음이 될 수 있기를 기대한다.

덧붙여 이번 작업을 하면서 엮은이의 소회를 한 가지 말하지 않을 수 없다.

이번 작업에 도움을 준 한 후배가 있다. 그는 국어과 중등임용고사를 준비하는 예비교사이다. 그는 이번 작업을 통해 송영의 소설을 '처음(!)' 읽었다고 했다. 중등교사 국어과 고시생에게조차 송영의 소설이 아직 이렇게 낯선 것이다. 그리고 이런 말도 덧붙였다. "이렇게 이상한 작품이니까 교과서에서 실릴 수가 없지."

현진건이나 김유정 등의 작품을 언급하면서 교과서에 수록되기에는 작품의 질이 떨어진다는 것이었다. 후배는 일반 독자라고 하기에도 그렇다고 전문 연구자라고 할 수도 없지만 국어과 중등교원을 준비하는 예비교사이다. 그런 독자에게조차 송영의 소설은 낯설고 작품의 수준도 '이상한(?)' 것으로 받아들여지고 있다.

착잡했다. 그 착잡한 심정은 문학연구자로서의 자의식에 해당하는 것이리라. 송영의 문학을 포함해서 식민지 시기 프로문학은 이 시대에 어떤 의미를 가질 수 있을 것인가? 그리고 프로문학이 가진 도식성과 이념성을 어떻게 새롭게 읽어 '이상한' 작품이 아니라 '다른' 작품이고 또 다른 의미가 있다고 설득할 것인가? 문학연구자들만의 관심 대상에 머무는 것이 아니라 일반 독자들에게까지 널리 읽히게 하기 위해 어떤 노력이 필요한가? 예비 국어교사 후배의 한 마디가 이번 선집을 준비하는 내내 이런 물음들에 직면하게 했다. 질문에 대한 대답은 자신이 없고 미궁이다. 그러나 제대로 된 질문만이 답을 찾을 가능성이 있다고 하지 않았는가. 지금으로서는 이 질문의 끈을 놓치지 않겠다는 다짐과 열정뿐이다. 송무현은 자신의 아호雅號 '송영宋影'이 영어의 'Song Young', 즉 "젊은이의 노래"라고 밝힌 바 있다. 예비 문학연구자로서 송영이 가진 '젊음'의 열정과 패기를 되새기게 된다.

끝으로 이번 선집을 간행하는 데 기회를 마련해주신 한국문화예술위원회 관계자와 선정위원들 그리고 책을 잘 다듬어주신 현대문학에도 이 자리를 빌어 감사의 마음을 전한다. 그리고 작품 선정 과정에서부터 하나하나 알뜰한 조언을 아끼지 않으신 서울대학교의 권영민, 조남현, 양승국 선생님께도 감사드린다. '시력視力이 실력實力'이라는 겸손한 마음으로 물심양면 도와준 최미영, 주석 작업에 조언해주고 함께 고민해준 같은 연구실의 천춘화, 장두영 동학同學들에게도 고맙다는 말을 전한다. 그리고 이 책을 함께 기뻐해줄 '소박한蘇朴漢'에게 바친다.

2009년 11월

대학원 연구실에서 엮은이 쓰다.

* 일러두기

1. 이 선집에서 작품 수록 순서는 발표순을 따랐으며, 출전은 작품 말미에 밝혔다.
2. 표기는 현행 맞춤법 규정에 따랐다. 외래어, 외국어의 경우 당대의 어감을 최대한 살리기 위해 원문 그대로 두었으며 필요한 경우 각주를 통해 설명을 하였다. 그리고 어감이 현저하게 달라질 경우를 고려하여 사투리, 뉘앙스가 있는 것들은 원문 그대로 두었으며 필요한 경우 각주를 통해 설명하였다.
3. 원문의 한자는 그대로 두었으며, 필요한 경우 각주를 통해 설명하였다. 문장부호의 경우 원문을 최대한 따르되, 따옴표와 쉼표 그리고 마침표의 경우 꼭 필요한 경우 빼거나 넣어 가독성可讀性을 높였다.
4. 명백한 오기誤記의 경우나 문맥상 맞지 않은 단어나 글자는 문맥에 맞게 바로 잡고 필요한 경우 각주로 설명했으며, 복자覆字 기호는 원문 그대로 따랐다. 그리고 알아볼 수 없는 글자는 글자의 수만큼 '口'로 표시했다. 그리고 문단 구분(행갈이)의 경우 원문 그대로 따랐다.
5. 그 밖의 경우에는 일반적인 관례를 따랐다.

차례

늘어가는 무리*

─삼등三等

1

승오는 오정이 거의 다 되어서 겨우 찾아왔다.

이곳은 한 오십 명 가량이 일단이 되어 있는 도가심(모군군)판**이다. 우전천隅田川 지류인 소명목천小名木川 언덕 넓은 들 가운데에 있다.

논고랑 모양으로 번듯번듯한 일터는 끝없이 널려 있다. 냇가이며 또는 비가 노─온 까닭에 온통 진흙구덩이가 되어 있다. 한복판에는 내와 통한 연못이 있다. 거기에는 집 지을 재목이 떼 모양으로 가득하게 차서 있다. 한편에서는 벌써 기다란 낭아야[長屋]***를 지어 오고 있다. 냇가가 중심이 되어 이곳저곳에는 흙도 메어 나르며 달구질도 하며 땅도 파는 노동자들이 벌여 있다. 이곳은 부흥국에 속한 작업장이다. 진재**** 통에 한꺼번에 멸시를 당해버린 심천구深川區 주민을 위하여 임시로 집을 짓고 있는 곳이다.

* 원문은 '느러가는 무리'로 되어 있음.
** 모군募軍군판 : 토목 공사 따위의 공사판.
*** 낭아야 : 나가야ながや. (칸을 막아 여러 가구가 입주할 수 있도록 지은) 단층 연립주택.
**** 진재震災 : 지진地震의 재앙災殃. 여기서는 1923년 9월 1일 일본에서 일어난 '관동 대지진'을 일컫는다.

야트막한 하늘은 잿빛 같은 기운이 무겁게 어렸다. 수없는 연통에서 나오는 검은 연기는 엷은 구름같이 몰렸다 헤어졌다 한다.

멀리는 소명목천에서 짐배들의 오고 가는 소리와 기동선의 똑똑거리는 기관 소리가 컸다 작았다 하고 들린다. 또는 건너 언덕에 줄을 대어 있는 각 공장에서는 기계 소리, 덜래는* 소리가 한데 합해서 무슨 소리인지도 모르게 이상한 소리가 되어 희미하게 흘러오고 있다.

그리고는 달구질하는 소리, 주고받는 노동자가 흙 파는 소리, 시시덕거리는 지껄임만 연못 속의 떼재목**같이 단조롭게 들썽거릴 뿐이다.

승오는 노동자가 모여 자고 있는 바라크〔假舍〕 앞까지 왔다. 한— 널 조각으로 기다랗게 사 귀만 맞추고 양철로 지붕을 했다. 한 칠팔 칸이나 되게 길어 보인다. 듬성듬성하게 사이가 벌어진 것은 말의 양간 모양 같았다. 가운데에는 외쪽문이 있다. 미닫이 모양으로 밀어서 열고 닫는 문이다. 물론 장식도 없고 고리도 없는 명색만이, 그리고 하는 것만이 문의 사명을 지키고 있을 뿐이다.

승오는 크도 작도 아니한 몸에 때 아닌 추복을 입었다. 해에 바래고 찌들어서 땅빛같이 되고 어깻죽지, 무르팍 등속이 해져서 너펄거리고 있다. 더욱이 궁둥이는 뚱그렇게 찢어져서 사루마다*** 입은 볼기짝이 내다보인다. 발에는 주둥이가 찢어진 흰 구두를 신었다. 진흙이 묻고 검정도 묻어서 뭐라고 말하기에도 어렵게 되었다(까만 족제비라고 하기에는 너무 보태는 것 같아서……). 모자만은 철 맞춰 쓴 겨울 캡이다. 과히 더럽지는 아니했으나 마분지로 속 넣은 창이 꺾어져서 있다.

얼굴은 검고 마른 품이 광대뼈와 코만 있다 해도 과언이 아니다. 모

---

* 덜래다 : '덜렁이다'의 함경도 방언. 큰 방울이나 매달린 물체 따위가 흔들리는 소리가 나다.
** 떼재목 : 물에 담가 둔 목재.
*** 사루마다さる また : 짧은 바지 형으로 된 남자용 팬츠.

자 밖으로 훨씬 나온 머리는 귀를 덮고 목덜미를 아주 가려버렸다. 두꺼운 입술, 퀭하게 들어가고 가손진* 두 눈, 그리고 얼굴에는 그늘이 많고 어둠이 많아 감추어지지 못할 주린 빛은 무겁게 어리어 있다. 더욱이 두 눈에는 고통과 번민! 거듭 무섭게 저주하는 빛이 빛나고 있다.

그럭저럭 동경 온 지는 두 달이 넘고도 석 달이 가까운 그는 굶기도 그만큼 많이 했고 고생도 그만큼 길었었다. 그는 처음에는 사회국과 직업소개소로 돌아다니기를 시작하여, 사무원, 점원, 직공견습, 신문배달부, 어떻든지 손으로 되는 것은 아니 해보려는 것이 없었다. 그는 이제까지 석 달 동안에는 최고 이상이 밥벌이요 최대 환희가 밥 먹을 것이요 최대 고통이 밥 없는 것이었다. 먼저 먹어야겠다고 그는 알 만한 사람 될 듯한 회사 혼자 생각에는 모조리 다 가보고 그 외에 신문 소개란이나 길가에 붙은 광고까지도 다 보아가지고 동에서 서로 서에서 동으로 넓은 동경을 전차와는 관계를 끊고 헤매고 돌아다니었었다.

그러나 개개이 실패였었다. 실패라도 팔구 분이나 그렇지는 않더라도 이삼 분이라도 될 듯하다가 틀어진 따위는 아니었었다. 아주 상쾌한 실패였었다. 처음부터 거절 한층 나아가 멸시 모욕 이러한 실패였었다. 그는 식민지 토민이라는 것과 외방 사람이라는 것과 또는 학교 졸업장 없는 것과 그리고는 손가락이 길고 몸이 약하다는 것이 거절당한 이유의 여러 가지였었다.

그는 별로 흥분도 아니 되었었다. 도리어 그는 때때로 고소苦笑를 하였다. 그것은 그가 너무나 그 같은 생활에서 자라나고 지내오고 당해보기만 한 그 까닭에 오히려 그 같은 사람 같지 않은 사람들에게 학대받고 멸시받는 것에 신경이 마비된 까닭이다. 그러나 그것은 그가 질서 있는

| * 가손지다 : 눈시울에 주름이 지다.

이지가 머리에 버티고 있을 때 말이다. 분화구 모양같이 그의 가슴이 탁 터질 때에는 그는 온통 천하를 들부수려는 용사가 되고 만다. 그가 석 달 동안 터무니없는 생활을 해오는 동안에는 거의 시간마다 울리는 시계 종 모양으로 열두 시로 그는 용사가 되어왔다. 찰나 찰나의 용사는 그로 하여금 갈 길을 찾게 만든 원동력이 되었다.

그러나 그는 고향이 그립지도 않았다. 그립지 않은 게 아니라 가고 싶지가 않았다.

저절로 나는 생각이었다마는 그는 그 '저절로'까지도 억제를 하였다. 만일 저절로 나는 생각을 방임하고 보면 그는 그보다 더 큰 고통이 없고 비애가 없었다.

병든 어머니가 앞장이 되어 노랗게 시든 어린 처라든지 월사금 못 내서 퇴학을 당당히 당한 동생이라든지 젖까지 말라붙어 울고 지내는 젖먹이 딸이라든지 뭉텅이 된 산송장 꼴을 볼 수가 없었던 것이다.

그뿐 아니라 머리에서부터 발꿈치까지 온몸과 온 동작動作을 살리는 정대한 운동에 바치고 모였던 동지들이 밖으로 관헌의 압박을 받고 안으로 개인 경제가 파멸이 되어 터지려는 화산 같은 가슴을 부둥키고 헤어져서 초조하고들 있는 동지들의 얼굴, 그 얼굴들을 볼 수가 없었던 것이다.

그는 죽으면 죽어도 —어디서 죽으나 굶어 죽기는 마찬가지나— 가기를 싫어했었다.

그러다가 그는 십여 년 동안이나 도가판으로 돌아다니다가 지금에는 어느 공장의 직공이 되어 있는 먼 일가 형을 우연하게 만났다.

그리하여서 "네가 꼭 하겠느냐. 너 같은 도련님은 그런 일은 어림도 없다. 별소리 말고 어서 조선으로 나가거라." 하는 별별 소리와 다짐을 받은 뒤에 이곳 노가다판으로 소개가 되어 오는 길이 다만 소개일 뿐이지 확실히 결정되어 오는 것은 물론 아니다.

2

승오는 문 앞으로 가까이 왔다. 어디를 들어가든지 더욱이 직업 때문에 들어가는 곳에서는─일어나는 울렁증이 그의 가슴을 엄습하였다.

그는 소개자인 형에게 이러한 주의를 들었다.

노동자의 풍속은 누구든지 척─하는 사람, 즉 돈 많은 척, 유식한 척, 잘난 척, 높은 척하는 사람은 제일 싫어하며 또는 자기네들보다 좀 높은 계급의 사람이나 틀리는 계급의 사람들을 시기하고 미워하는 습관이 있으니 아무쪼록 전부터 노동이나 하고 지내 온 노동자인 척을 하라는 것이다.

그때 그는 그것은 그럴 것이라고 생각을 하였다. 그리고 그것은 노동자의 시기지심이 아니요 필연히 일어나는 계급의식이라고까지 새겨서 들었다. 그 같은 생각은 이론을 떠난 체험적 반사작용에서 나왔다. 즉 그도 어떤 관청 어떤 공장 하고 돌아다니었을 때에 아니꼬운 상관의 호령 소리와 잔인한 공장주의 발길을 받고 지낼 때에 그 같은 같은 계급 ─즉 부림 받는 계급─ 이외의 계급에 대하여서는 강렬한 적개심을 가졌었던 까닭이다. 가졌었던 것이 아니라 가지고 있는 까닭이다. 지금까지…….

그러나 그 같은 계급 체험은 즉 정신노동 흰손 사람의 노동이었던 까닭에 그의 계급의식 이외의 모든 동작과 태도는 순전한 자유노동자들에게는 배척받을 만큼 귀족적 형태를 띤 것이 그의 형에게까지 주의 받은 원인이 된 것이다.

승오는 목소리를 일부러 거칠게 해가지고,

"곤니치와*."

| *곤니치와ㄷ んにちは : (낮에 하는 인사말) "안녕하세요."

21

말을 딱 해놓고 나니까 그는 얼마간 울렁증이 없어지고 도리어 쾌활한 기운이 났다.

안에는 사람이 여럿인 모양이다. 드렁드렁하고 떠드는 소리가 나기만 하고 아무도 응답하는 사람이 없었다.

그는 다시 문을 조금 열면서,

"곤니치와."

말소리를 일부러 거칠게 했지마는 얌전한 어조가 아주 없어지지 않았다.

그제야 문을 탁 열면서 어떤 키가 후리후리하고 방한모 쓴 자 하나가 내다본다. 눈은 부리부리하고도 무엇을 노리는 듯한 날카로운 빛을 띠고 입을 삐죽하면서 서투른 일본말로,

"다레?"

말소리는 거칠고도 단순하였다. 그리고 면구할 만치 승오의 아래 위를 훑어본다. 저는 승오를 일본 사람으로 안 것이다. 일본 사람 이외에는 이 노가다판으로 찾아오는 자는 양복을 입은 것을 못 본 까닭이다.

눈을 휘둘러서 얼굴을 보살피며 따라 눈빛이 이상하게 번득이는 것을 보면 '왜 왔누?' 하는 의심이 동한 것이다. 승오는 모자를 벗으며 공손한 조선말로,

"노형, 조선 친구십니까."

'친구'라는 말이 그가 노동자인 척하느라고 애써서 쓴 말이었다. 그러나 '십니까' 하는 소리는 걷잡을 새 없이 나왔으니 '이슈'라고 고쳐보고 싶었으나 소용이 없었다. 그자가 승오가 조선 사람인 걸 보더니

별안간에 반가워하는 빛이 돈다. 따라 말소리까지 순하여진다. 일부

| * 다레たれ[誰]: "누구?"

러 지어서 하는 것이 아니요 천연히 나온 것이다.

"네! 그러외다. 웬 양반이외까."

말소리는 경상도 방언이다.

"네! 저 야마모도山本 상 계십니까. 좀 뵈러 왔는데요."

야마모도라는 것은 김춘실이라는 조선 사람의 변명한 것이다. 이곳의 꼭대기(친방親方*)다. 원래에 노가다판에는 오야카타라는 통솔자가 있다.

완력도 있고 지력(노동자에게 엉너리**할 만한)도 있는 자로서 온 수하의 노동자를 쥐고 있는 자다.

쉽게 말하면 일종 청부업請負業이다. 어느 일판을 도급으로 맡아 가지고 거기에서 값싼 노동자를 쓴다.

그리고 그 사이에서 얻어서 쓰고 먹고 또는 착실하게 저금까지 한다. 가만히 앉아서 온종일 일한 수하의 노동자의 노동력을 가로채서 먹는 것이다.

그러나 조선 사람 오야카타는 시다오야카타(아래치— 즉 소두목小頭目)에 속한다. 원일 권과 직접 관계 있는 오야카타는 일본 신사들이 한다. 그러면 그 밑에서 먼저 이*** 먹고 남은 찌꺼기를 갖다가 또 이를 남기는 것이 조선 사람 오야카타의 하는 일이다. 그리하여 조선 사람 오야카타는 밥장수를 겸해 한다. 즉 이를 먼저 먹은 찌꺼기에서는 셈이 안 되니까 밥장사에서 채우려는 것이다. 그리하여 일반 노동자는 이 같은 자에게는 쿈이라고 부르는 것이다.

"네 야마모도요. 쿈 말이오. 지금 있소, 어서 들어오슈."

그자는 극진하게 인도를 한다. 승오는 아무 소리 없이 따라 들어갔다.

---

* 친방親方 : 일본어 '오야카타おやかた', 즉 우두머리.
** 엉너리 : 남의 환심을 사려고 어벌쩡하게 서두르는 짓.
*** 이 : 문맥상 '이익'을 뜻함.

그 안은 양편으로 갈라서 다다미 깔린 마루(창문窓門이 없으니 방이라고는 할 수 없다)가 있다. 왼편쪽에는 한 이십 장[疊] 넓이는 된다. 더럽고 찢어진 이불이 죽— 펴서 있다. 한편 구석에는 개켜 놓은 이부자리가 서너 벌쯤 쌓여서 있다. 이 구석 저 구석에는 가방 나부랭이 봇짐 등속이 놓였다. 그리고 버선조각 헝겊조각 종이부스러기 담뱃재 흙부스러기가 난잡하게 흐트러져 있다. 그리고 틈이 벌어져서 바깥이 들여다보이는 벽에는 까맣게 된 괴나리봇짐이 두서너 개 걸리고 매우 헐어빠진 모자 몇 개가 걸려 있다.

한 서너 사람이 병이 난 모양인지 이불을 머리까지 들쓰고 드러누웠다. 숨소리까지 들리지 아니하게 죽은 듯이 드러누웠다. 승오는 드러누워 있는 불쑥한 이불과 벽에 조랑조랑 달린 괴나리봇짐과는 말할 수 없는 구슬픈 표박*의 고독을 맞이야기하는 것같이 보였다. 뿐만 아니라 온 방 안은 거칠고도 난잡한 가운데 적막한 정조가 흐르고 있었다.

왼편은 여섯 장의 다다미 깐 방이다. 그 방 맞은편 선반 위에는 침구와 큰 고리짝이 놓여 있다. 그 아래로는 쌀섬과 무 배추 등속이 놓였다. 그리고 가운데에는 뚱그런 큰 사기 화로가 놓였고 화롯가에는 오륙 인의 노동자가 둘러앉았다.

그리고 왼편과 바른편 가운데 사이에는 부엌으로 통하는 길이 있고 멀찌가니 맞은편에는 커다란 솥이 걸려 있는 부엌이 마주 보인다. 점심 준비하느라고 들썩들썩하고 있다.

엄지손가락 자국만 하게 굵게 얽은 얼굴이 검고도 윤기가 도는 자가 야마모도이다.

눈은 시뻘겋게 상혈이 되고 부리부리한 데다가 음흉한 빛(이지)이 띠

| * 표박 : 문맥상 '일정한 주거나 생업이 없이 떠돌아다니며 지낸다'는 뜻의 표박漂泊.

어 있다. 저지* 재킷을 입고 검정 우단** 쓰봉을 입고 앉아서 담배를 피워 물고 앉아서 있다.

그 옆에는 일본 옷을 여기저기에서 주워 모아 입은 듯이 맞지 않게 입고 조선머리를 해서 쪽찌고 앉은 계집이 있다. 까무잡잡한 얼굴을 더군다나 찡그리고 앉아서 그의 남편과 말다툼이 시작이 되었다.

그가 들어가자 쥔 양주***의 싸움은 더하여 갔다.

그 계집은 어깻짓을 난잡하게 하면서 입을 빼죽이 내밀고,

"맘대로 해보렴. 날마당 보기 싫다고만 하면 어쩔 테냐."

하고 얼굴이 통통히 부어서 외면을 한다.

쥔은 금방 잡아나 먹을 듯이 노려다보다가 다시 슬쩍 눙쳐서 껄껄 웃으며,

"엥이 시가다노 나이야로다나.**** 허허허허."

이러는 판에 처음 인도하던 자가 승오를 보며,

"저 양반이슈." 하고 쥔을 가리킨다.

그 소리에 쌈은 중절이 되었다. 그리고 쥔 양주와 또는 한데 둘러앉았던 두 사람의 노동자는 다 같이 승오에게 시선을 던졌다. 눈은 다 각각 모양이 달랐었으나

비웃대는 듯한 색채가 띤 의아한 모양은 공통되고 있다. 승오는 어쩔 줄을 몰랐다. 첫 나들이 나온 새색시 모양으로 몸을 어떻게 가져야 할는지 서야 할는지 앉아야 할지 뭐라고 먼저 말을 할는지를 몰랐다. 더군다나 네 사람의 거칠고 사나운(그렇게 보이는) 눈결을 받을 때에는 황당하기가 짝이 없었다. (그는 퍽 수줍은 편이었다. 딴은 그로서는 여편네가

* 저지 : jersey. 가볍고 신축성이 좋아 스웨터나 양복을 만드는 데 쓰는 옷감.
** 우단羽緞 : 거죽에 고운 털이 돋게 짠 비단. 비로드. 벨벳.
*** 양주兩主 : 바깥주인과 안주인을 이르는 말. 부부夫婦.
**** しかた[仕方]のないやろだな : 별수가 없군.

남편보고 해라 하는 것은 생전前에 처음도 보았거니와 사람 찾아오는데 태연자약하게 앉아 있는 것은 겪어본 경험이 없었다. 경찰서 고등과에서 혹시 보아도.)

주인은 아는 듯이 싱글싱글 웃으며,

"네— 뉘슈. 이리 올노슈."

퍽 친절스럽게 들렸다. 그는 그제야 정신이 난 듯이,

"네 좋습니다."

하고 화로 옆에 가 가만히 걸터앉았다. 그리고 자꾸 그는 앞뒤를 돌아보았다. 앞뒤의 모든 것은 그를 그렇게 만들어 논 것같이 그는 되었다.

"형장*께서 김춘실이신가요?"

주인은,

"네! 그러오."

간단하고도 무미하였다.

"어 그럽니까. 전부터 많이 들었습니다. 얼마나 객지에서 고생을 하십니까."

그는 약간 떨리는 듯한 목소리로 말했다. 말은 하면서도 그는 속에서는 잡아들였다.

주인은 또 너털웃음을 구격**맞게 웃으면서,

"마찬가지죠. 피차 마찬가지죠. 그런데 뉘 댁요."

"뉘 댁요." 하는 소리는 뭘 하러 왔느냐? 하는 소리 같다. 그보다도 십여 년 동안 노가다판에서 지낸 주인은 날마다 당하는 경험이 있으므로 벌써 승오의 말할 것을 짐작하고 있다. 어떻게 말하리라 하는 것까지 어떻게 대답을 하리라는 작정까지 하고 있다. 그의 얼굴에 나타난 웃음이

---

* 형장兄丈 : 나이가 비슷한 친구 사이에서 상대방의 존칭.
** 구격具格 : 격식을 갖춤.

그들을 은연히 증명하고 있다.

"저는 이승오라고 합니다. 첨 뵈옵는 길로 매우 미안은 하지요마는 좀 청할 일이 있어서 왔습니다." 하고 그는 그 형이 내주던 소개장을 내놓았다.

소개장이라는 것은 그 형의 명함 그리고 야마모도 씨氏라고 연필로 쓴 그것이었다.

승오는 '같은 조선 사람으로— 같은 고생하는 사람으로 특별히 좀 염려를 해주십시오.' 하고 말을 하려다가 그런 말은 너무나 다식판 박은* 돌아다니는 말이고 또는 너무 말하기에도 진저리가 먼저 나서 그만두어 버렸다.

그때의 주인 여인은 승오를 보다가 아주 경솔한 소리로

"여기 일하러 오셨소."

승오는 좀 불쾌하게(무의식적으로) 들렸으나 그냥

"좀 해볼까 해서 왔습니다." 하고 주인을 보았다.

마침 점심때가 되었다.

별안간에 문이 와락 열리며 한 떼의 노동자가 들어온다. 오금까지 올라오는 해어진 양복바지와 입다가 내버린 한텐**들을 입고 개개의 머리에는 수건을 동였다. 그중에도 나이 어린 자는 캡을 눌러 썼다. 그리고 또 요사이 갓 들어온 모양인지 시골 농군 복색 한 —새까만 조선 바지 동옷— 상투 달린 자도 두엇이나 섞이었다.

키가 크고 작으며 몸집도 크고 작아서 사람마다 다— 다른 용모와 체격을 가지고 있건만 해에 그을려서 까맣게 된 여윈 얼굴에 기아와 절망과 또는 피로한 빛들만은 다 같이 통일되고 있다. 그리고 일제하게 다리

---

* 다식판茶食板 박은 : '판에 박은 듯한'의 뜻.
** 한텐はんてん : 袢纏·絆纏 : 일본 겉옷의 일종. 작업복, 방한복으로 입음.

와 회목*까지 —발은 물론— 까맣게 흙투성이가 되어 있다.

그들은 우당퉁탕 몰려 들어왔다. 별안간 일본말 조선말(각 지방 사투리) 이야기 욕지거리 퉁거리** 쌈짓거리 이런 것들이 와글와글하고 일어났다. 난잡하고 요란한 훤화***는 순직한 인간성을 띠고 있다. 여기에서 그만 승오와 주인의 문답은 끊어졌다.

승오가 끊어뜨리지 않으려나 할 수 없었다. 한시바삐 끝장을 내고 싶었지만…… 주인은 연해연방 엉너리웃음을 띠워서 온화한 목소리로 들어오는 노동자들에게 향하여

"에키 매우 고생했지. 땅이 질어서."

또는,

"어디 조금만 더 애를 쓰세야겠소, 허허."

이러면은 어떤 자는 그냥 지나가기도 하고 어떤 자는 아주 고마운 듯이 굽실하며

"아뇨! 괜찮아요."

하고 겸손도 하고, 어떤 자는 퉁명스럽게 '이놈 네 속을 다 안다.' 하는 듯이

"그럼 어쩌오."

하는 자도 있고, 어떤 자는 이런 소리 저런 소리가 다 듣기 싫은 듯이 그냥 기계적으로

"아니."

하고 홱 지나가기도 한다.

승오는 우글우글하게 들어선 노동자를 대할 때에 별안간 그의 몸은

* 회목 : 손목이나 발목의 잘록한 부분.
** 퉁거리 : '퉁바리'의 변형. '퉁바리'는 퉁명스런 핀잔이라는 뜻.
*** 훤화喧譁 : 시끄럽게 지껄이며 떠듦.

적기 콩알 같은 것 같았으며 또는 기쁨과 호기심과 분노와 우울이 한데 어우러져서 일어난 느낌이 가슴을 울렁거려 놓았다.

자꾸 웃고 있는 주인의 얼굴은 보기가 싫었다.

너무 순직한 사람들 앞에서 너무나 불순한 웃음을 웃는 것이구나 하고 생각하였다.

옳아 저렇게 하여야만 노동자가 붙겠으니까, 노동자가 붙어야 먹고 살겠으니까 하고 생각하였다.

그러다가 먹고 살려고 하는 마음에 없는 웃음을 웃는 주인이나 먹고 살려고 하는 마음에 없는 웃음을 알고도 받는 노동자나—가 이상하게 생각되었다.

하나는 밉고 하나는 안타깝게 그의 마음은 앞뒤로 기울어졌다.

"밥 내."

"어 배고파."

"에키 굼벵이."

부엌데기 노릇 하는 자 하나는 정신을 잃은 듯이 되었다. 욕도 안 들리고 군소리도 모르는 것 같이 저는 듣고도 못 듣는 듯 귀먹쟁이가 되어서 밥 한 그릇에 된장국 한 그릇을 기계 모양으로 퍼주고 있다.

턱— 걸터앉아서 안심되는 듯이 먹기도 하고

한쪽에 서서 쫓겨가는 자같이 먹기도 한다.

누구한테 빼앗길 듯이 애를 써서 들이마시기도 하고 먹고 나서 더 먹고 싶은 생각으로 흘끔흘끔 부엌을 들여다보는 자도 있다. 어떻든지 먹는 소리는 소낙비 모양으로 다 같이 속한 속도를 띠고 있다.

그들은 왜 그렇다는 이유들은 몰라도 다 같이 안심하는 기뻐하는 찰나의 정신에 지배되고 있다. 배고프다가 음식을 보고 좋아하며 좋아하는 음식을 입에 넣을 때의 쾌한 느낌—가벼운 느낌—을 느끼는 생물 필연의 본능적 환희에 잠겨들었다. 그리고 '생각' 고향 생각 처지 생각 장래 생각 그들로 잊지 못할 가난한 방랑자의 생각조차 지금 밥 먹는 순간에는 가라앉고 말았다. 다 먹는 데에 골몰한 긴장된 얼굴빛이 이것을 말하고 있다.

승오는 얼른 틈을 타서 다시 말을 이었다.

"요사이 갓 와— 노니까 꼼짝할 수가 없습니다그려. 그저 꼭 굶어 죽는 이외에는 아무 도리가 없어요."

그는 간절하게 사정하였다.

주인은 그 소리는 들은 둥 만 둥하고 승오를 자꾸 유심히만 본다. 새로 까매진 기다란 손과 좁은 어깨와 가슴 그리고 약해 빠진 빛이 찬 얼굴—만을* 보살펴 보았다. 소위 동포에 대한 동정심이라는 것은 그 끝이 마비되었다.

처음에 몇 십 년 전 조선 사람이 드문드문한 때에는 서로 반가워도 하고 서로 돕기도 했었으나 차차로 같은 사정에서 쫓겨 몰려 들어간 사람들이 주린 양떼같이 널려 있는 지금에는 더욱이 이 같은 향토에 인리 애隣里愛는 희박하여지고 말았다. 더군다나 겨우 하루 동안 생활을 근근이 계속하여 가는 그들의 빡빡한 생활이 그들로 하여금 공포와 공황을 느끼게 한 중요 원인이 되었다.

아는 척했다가는 필연적으로 달라붙고 달라붙으면 자기네들의 생활이 위협되므로 도리어 그는 길에서라도 조선 사람인 척 특히 조선 사람에게는 보이지를 않는 것들이다. 이것도 이 노동하는 유랑인의 유랑인적 제이 천성을 이루고 있는 것의 하나이다.

주인도 그리하여 승오 스스로는 그래도 그런 말을 하면 마음이 동하

| * 원문에는 '얼굴—을만'으로 되어 있으나 '얼굴—만을'로 바로잡음.

여 잘하여주리려니 하는 기대심이 조금도 귀에 신기하게 들리지 않는 것이다.

속으로 저 같은 약한 사람은 도리어 다 밥 신세나 지려니 하여 오륙 분 좋아 아니하였으나 겉으로 단련된 웃음으로 허허 웃으며,

"어디 노형, 이 같은 것을 하시겠소, 보아하니."

떨어지기가 무섭게 매우 열성 있는 목소리로 승오는

"네, 그렇기도 하시겠지요. 모두 누구든지 다 그러구들 하더군요. 그러나 저는 별일을 다 해보았으니까 아무 염려 없습니다."

말소리는 점점 빨라 가며

"만일 조금만 웬만해도 노형의 지휘대로 하겠습니다마는 지금은 꼭 죽을 형편입니다. 가도 오도 못하는 곳에서 오직 노형의 거두심만 바라고 있습니다…… 네……."

그 말하는 순간에는 밥 달라는 어린애 마음같이 단순하기만 하였다. 그리고 되었으면 하는 초조한 빛이 현저하게 나타났다. 화롯전에 댄 두 손가락을 못 견디는 듯이 꿈적꿈적하는 것만 보아도…….

주인은

"그러면 어디 며칠 계셔보십시다."

귀찮은 듯이 말했다. 그래도 노동력을 가로채서 먹고 사는 저는 같은 나라 사람이라는 것에는 좀 그만한 마음이 있었다. 말하자면 자선심 비슷한 동포애가 그의 머리에 있었다.

승오는 한껏 기뻤다. 몸짓 손짓 말소리까지 화창하여졌다.

"네 고맙습니다."

그럴 때에 여러 사람 축에서

"에크, 친구 하나 늘었군." 하는 거칠고 온화한 말소리가 흘러나왔다. 그러자 껄껄 웃고 수군수군하는 소리가 났다.

주인 여편네는 사람 느는 것이 넌더리가 나는 듯이 독살스런 눈으로 그를 노려보고 있다.

승오는 그 "친구 하나 늘었군." 하는 소리를 들을 때에는 금방 마음이 좀 풀렸다. 깊은 구렁에나 빠진 듯이 가슴이 별안간 답답하여졌다. 그리고 이제까지 지내 오던 흰손 사람의 생활이 높기 태산 같게 까맣게 보이는 듯하여졌다. 그만큼 그의 머리에는 새 생활로 넘어가는 과도기의 미련未鍊의 여영餘映이 남아 있는 까닭이었다.

3

그날 밤이다. 동경에서는 얻어보기 어려운 눈발이 하나씩 떨어지기를 시작한다. 차차로 쏟아지기를 더한다. 눈발은 굵어가고 밤은 깊어간다.

차고로 돌아가는 길거리에 전차 소리는 드문드문 밤기운을 깨치고 있다. 양국교兩國橋로 통하는 큰길 양쪽에는 상점문은 모두 닫히었었다. 처마 끝에 켜논 휘황한 전등 길가에 나란히 단 가두 전등뿐이 눈 속에 희미한 윤곽만 환하게 빛내고 있다.

고요하다. 발자취는 끊어졌다. 온 시가는 잠을 잔다. 양국교 다리는 차와 사람에게 온종일 시달려서 늘어진 것같이 크나큰 쇠몸뚱이가 피로에 잠겨 있다.

난간에 켜논 전등, 눈 속에 나타나는 우전천隅田川 물결 불기운에 반사되는 눈발 찬 공중 그리고 소리 없는 정적, 이것이 양국교 머리의 모양이다.

승오는 눈 오는 난간에 가 아주 시름없이 엎드려 있다. 고개는 숙였다. 눈을 휩싸고 부는 찬바람을 못 이기는 듯이 그는 두 손을 찢어진 호주머니에다가 넣고 있다 가끔가다가 무거운 한숨을 쉬고 있다. 이럴까? 저럴까? 그는 어떤 번민에 빠져 있는 모양이다.

　그러다가 그는 거의 누가 알아들을 듯이

　"그렇지만 않았더면……." 하고 매우 아까워하는 듯이 탄식을 한다.

　"그렇지만 않았더면……."

　억지로나마 승오는 노가다판에 붙게 되어 좋아도 안심도 했으며 한편으로 애도 쓰고 거리낌직하여 하기도 하였다.

　헌— 하다찌다비裸タビ* 한 켤레를 얻어 신고 넥타이는 끌러서 허리를 잔뜩 잡아매었었다. 그중에 서툴러 보이지 않는 사람 하나를 따라서 진흙이 다리 오금까지 빠지는 일터로 나갔었다.

　처음에는 발을 떼지 못하였다. 물큰거리고 얼음같이 찬 진흙이 다리 회목까지 오를 때에는 온몸이 사시나무 떨리듯 떨렸다. 마루에 먼지만 있어도 쓰레빠를 신고 다니던 발이 보이지도 않게 찔걱 하고 구덩이로 앞들어감**을 보고는 그는 가슴이 이상하여진다. 순전한 그전 생활의 '나마지 사상'***이 활동한 까닭이다. 그러다가 앞뒤에서 철벅철벅하고 그중에도 낄낄거리고 가는 다른 사람들을 볼 때에 그는 다른 그 '나마지 사상'을 눌러버리었다. 한 발자국 두 발자국 나아가는 걸음이 많아질수록 그는 점점 어색한 모양이 줄어 갔었다. 어떡하나 하다가 왜? 하는 용기를 내고 용기에서 용기가 생기고 거기에서 그만한 마취제가 생겨서 그는 어느 정도까지 기계가 되었다.

　여러 사람들은 혹 부삽도 들며 괭이도 들어서 흙도 파며 일본 사람 물 긷는 모양으로 어깨에다가 흙광주리를 메고 왔다 갔다 한다.

---

* 하다찌다비 : 일본식 맨 버선.
** 앞들어가다 : 앞서서 들어가다.
*** 나마지なまじ(い) 사상 : 어설픈 사상.

처음에는 싫은 것을 억지로 하는 듯이 혹 기지개도 펴며 한숨도 쉬며 상을 찡그리는 것들이 해도 한 보람 없는 무미건조한 생활을 판박듯이 해온 그들은 또 이 해가 질 때까지 어떻게 지나가나 하는 것을 느낀 것들이었다. 그러다가 쓱 시작들을 한 뒤에는 고동 틀어* 논 인형같이 쉴 새 없이 왔다 갔다 하고들 있다. 과연 그곳에 그들의 안정이 있는지……

그도 미는 막대기와 흙광주리 두 개를 얻었다.

처음에는 휘청휘청하는 거친 막대기가 어깨에 닿을 때에는 처음 진흙 밟던 모양으로 온 살이 떨렸다. 그것커녕 앞뒤로 비틀비틀 넘어갈 듯하여 일어서지를 못하였다. 다음에는 일어섰으나 술 취한 사람이 되었다. 다음에는 걸음을 걸었으나 굼벵이 같았다. 여러 사람들은 승오의 상혈된 얼굴과 쩔쩔매는 꼴을 보고 웃었다. 애처로워하는 것보다 비웃대는** ―악의가 아닌― 웃음이었었다.

그중에 번들번들한 자 하나가

"에키, 또 밥주머니 하나가 늘었군."

하고 껄껄 웃는다. 그 옆에 나이 젊은 자 하나는 저의 처음 때를 생각하는 듯이 그를 다소 이해 있게 바라본다. 그러자 키가 작달막하고 뚱뚱한 자 하나가 픽― 웃으면서

"가만두게, 그래도 얼굴은 허여멀건 게― 괜찮으이."

하고 또 무슨 말을 마저 할 듯하다가 그만 멈칫하여버린다. 모두 깔깔거린다. 그리고 일제히 자극받아 일어난 성적 색채가 띤 음흉한 눈길을 들어 그를 쳐다들 본다. 승오는 그저 모른 척만 했다.

혹시는 혼자만 아는 초인적 심리가 되어 놀리고 까부는 저들에게 대

---

* 고동 : 물레 가락에 끼워놓은 두 개의 고정시킨 방울 같은 물건. 고동(을) 틀다 : 기계를 활동시키는 고동을 돌리다.
** 비웃대다 : '비웃적대다'의 북한어. 남을 비웃는 태도로 자꾸 빈정거리다.

하여 침묵의 조련을 하였다.

모든 자의 킬킬거리는 것이 아무 이심二心 없는 단순한 것같이 그의 침묵의 조련도 아무 야심 없는 단순한 것이었었다. 단순한 풍기는 단순하게 흘렀을 뿐이다. 어느덧 석양이 되었다.

해는 수없는 꼬장* 연통에서 나오는 검은 연기에 싸여서 서쪽 지붕에 걸렸다. 붉고 빛나는 황혼의 빛은 엄숙한 암시를 띠고 있는 듯하다. 뚜— 뽕— 하며 공장에서 나는 기적 소리는 비 온 뒤의 댓순 모양으로 이곳저곳에서 난다. 요란하게 난다.

검붉은 햇빛, 웅장한 기적, 돌아가는 노동자의 괭이 멘 모양, 훌륭하게 융화가 되어 보인다.

그는 목욕이나 한 듯이 상쾌하게 되었다. 다리팔에는 기운이 돌았다.

그는 쭈그러진 배를 움켜쥐고 돌아가는 동무 틈에 가 섞여서 혼자서 빙긋빙긋 웃는다. 이론을 떠난 신경반사적 웃음이다.

저녁밥은 먹었다. 고린내 땀내 오장 썩는 한숨 집합해서 일어나는 이상한 냄새 나는 다다미에 이곳저곳에서 이 잡는 소리가 뚝뚝 일어난다.

몇 사람은 둘러앉아 놀음판을 벌였다. 그들도 모르는 딴사람들이— 좋지 못한 사회조직이 만들어낸— 되어 가지고 와— 와— 하고 떠들고 야단이다.

금방 주먹이 왔다 갔다 할 살풍경이 일어날 듯 날 듯한 긴장된 분위기에 싸였다. 시뻘겋게 된 눈동자 씨근씨근하는 숨결들로 된 것이…….

한편에는 옷을 꿰매느라고 구부리고 앉아서 굽실굽실한다.

승오의 몸은 솜같이 늘어졌다. 어깻죽지가 벌어지는 것 같고 다리 회

| * 꼬장 : 문맥상 '꼬장꼬장하게', 즉 가늘고 긴 물건이 굽지 아니하고 쭉 곧은 모양으로라는 뜻이다.

목 팔 회목이 폭폭 쑤신다. 엉치와 허리는 끊어질 것 같고 게다가 머리는 천근같이 무거웠었다. 이런 생각 저런 생각 하여간 생각이란 것은 그를 떠나가버렸다. 그는 다만 잠밖에는 모두 싫었다.

눈은 깜박하고 희미하게 되어서 피곤한 빛에 어리서 거의 감을 듯 감을 듯하게 되었다.

낮에 '허여멀건하다'고 하던 자는 승오의 옆으로 오며

"여보 아우님, 졸립지, 어서 자오."

하고 이불을 들썩하여 준다. 이불 수효는 사람 수효가 적은 까닭에 한 이불에 세 사람씩이나 한데 자게 된다.

그자는 같이 자잔 말이었다. 승오는 "아우님" 하는 소리가 내외 주점에서 작부를 보고 "아주머니" 하는 소리와 똑같은 심리에서 나온 것을 알아차렸다. 그러자 그는 몸서리가 나서 그만 달아나고 싶은 생각까지 났으나 어느 결인지 그는 드러누워버렸다.

드러눕자마자 그전에는 그렇게 많던 공상—인생관, 사회관, 영감, 작전계획, 개선의 환희 등으로 마법사도 되고, 부자도 되고, 황제도 되고—들은 어디로 갔는지 그만 몸이 노그라지는 듯하게 차차 숨소리까지 커져버렸다. 그때는 눈이 시작하여 온 초저녁이다.

노름판은 점점 더한 백열적 육박이 되어가고 이 잡는 소리도 늘어 간다. 끊어지는 듯한 숨소리도 나고 정신없이 사향思鄕이 잠겨 있기들도 한다. 벌써 혼몽 중에 든 사람들도 있다. 구슬픈 꿈까지 꾸는 자도 있다. 얼마 뒤였다. 밤은 이슥하게 되었다. 퍼붓는 눈발만 가끔가끔 툭툭거리고 널판장을 소리 내고 있다.

코고는 소리, 거센 숨소리는 온 방 안에 가득 차서 있다. 별안간 승오가 덮고 자는 이불이 들썩들썩하였다. 승오의 몸은 어떤 커다란 몸뚱이에게 눌렸다.

"히히." 하며 승오의 허리띠를 끄른다. 옆에 자는 웬 자가 중얼중얼하는 소리로,

"너 내일 밤에는 해수욕이야." 하고 몸을 못 견디는 듯이 비틀고 돌아눕더니 다시 코를 드르렁드르렁 곤다. 그자는 못 들은 듯이 빙긋 웃기만 하고 골몰하여 허리띠만 끄른다.

한편 구석에서는 이불이 들썩들썩한다.

"아야."

"이게―."

꿈속같이 어리고 젊은 두 사람의 소리가 꿈속까지 나는 듯하다가 다시 사라진다. 이불도 흔들리지 않는다. 또 한편 구석에서는 훌쩍훌쩍 느끼는 소리가 난다. 또 "에이 어머니" 하는 황겁스런* 잠꼬대 소리도 난다. 그리고 콧소리뿐이다. 숨소리뿐이다. 이〔虱〕와 쌈하는 손톱 소리뿐이다.

허리띠를 끄르는 자의 얼굴은 시뻘겋게 긴장이 되었다. 가슴 또는 온몸이 정욕에 타서 있었다.

조용한 밤, 쓸쓸한 객지의 밤은 그로 하여금 불꽃을 만들게 하였다. 말라비틀어진 승오의 얼굴이나마 그에게 있어서는 분홍 구름이 떠 있는 미인의 얼굴같이 보였다. 그의 길기만 한 손길은 보드런 굴곡미가 있는 손목같이 보였다. 더욱이 뼈다귀에 얽혀진 거센 몸뚱이는 그에게 있어서는 훌륭한 곡선미를 찾을 수가 있던 것이었다. 그는 이지를 떠난 본능에 지배되고 있다.

본능까지 본능답게 충족히 태우지 못하는 이상한 세상에서 짓밟힌 그는 채우지 못한 그만큼 본능의 충동이 강렬한 것이다.

"퍽도 옮맸지, 깍쟁이―."

| * 황겁惶怯스럽다 : 보기에 겁이 나서 얼떨떨한 데가 있다.

소리가 끝나기 무섭게 그자는 부르르 떨면서 잠든 승오의 입술에다 가 쭉— 하고 입을 맞추었다.

뜨겁기 불같은 입이었다. 찰나 승오는 그제야 깨었다. 전신은 떨렸다. 강간당하는 부녀자와 같이 초의식적初意識的 힘을 들여 밀었다. 그러나 헛수고였다. 아무런 이론 있는 반항은 아니었다. 누르면 쏟아지는 반동적 행위였었다.

"여보, 똥이 마려 죽겠소."

정말 똥이 마려운 것 같았다. 버적버적 똥이 나오는 것같이 그의 몸은 그의 비조직적 언어에 지배되었다.

"정말야."

호랑이같이 사나웠으나 호랑이같이 미련하였다. 미련하다니보다 차라리 무식한 자의 순직한 말소리였다. 역시 떨렸다. 정열에 떨렸다.

"그럼 누가 거짓말…… 에그그, 급해 죽겠네."

죽어가는 자의 비명 같았다.

"요놈 좋지 않어, 괜히 거짓말을 하면."

저는 독 안의 쥐가 어디를 가겠느냐 하는 듯이 매우 선배다운 기풍으로 그를 놓았다. 그리고 암을 웅키려* 드는 숫짐승의 눈 같은 눈으로 그를 노려본다. 가슴은 벌룩벌룩하였다. 움파 같은 손으로 승오의 손목을 덥석 잡고 온몸을 부르르 떨고 또 한 손으로는 못 견디는 듯이 제 아랫배를 덥석 쥔다.

승오는 얼른 뿌리치고 허둥지둥 나온 것이 이 눈 속에 잠긴 차디찬 양국교 다리 위다.

| * 웅키다 : '움키다'의 오기誤記. 손가락을 오므려 물건을 힘 있게 잡다.

4

무슨 예산으로 이곳까지 왔는지 그도 알 수가 없었다. 꼭뒤* 끝까지
흥분된 그는 다만 그의 몸이 격분에 잠겼었을 뿐이었다. 온통 그놈들은
악마라고 부르짖었다. 염치와 예의가 없는 짐승이라고 생각을 하였었다.
그리고 색종이 삐라를 뿌리고 강연회 간판을 쓰며 손에는 팜프렛트를 쥐
고 눈은 항상 반역자적 광채에 잠겨 있는 축들이 그림같이 동경되었었다.

옳다. 천재도 천재답게 발휘할 곳도 암만해도 졸업장 매상인 대학의
배경이 필요하고 기세를 기세답게 뽐내는 데에도 명예 보고서인 신문 삼
면이 유력하다. 그는 이렇게까지 그전 생활하던 동리의 모든 것이 하나
씩 둘씩 신임하게 되었다.

썩었다. 그래도 목표를 바로 보고 나가는 리더(그는 그전에 항상 리
더로 자처하였다.)인 내가 짓밟히었으면서도 깨닫지 못하는 무리에 섞여
있다니…….

하면서 머리와 몸뚱이가 따로 독립하였던 그전 생활이 하늘같이 쳐
다보인다.

그러다가 이곳까지 와서는 무엇을 깨달은 듯이 그보다도 먹을 방편
을 생각하고는 누가 붙잡은 듯이 발이 붙었다. 도리어 왜 이곳까지 왔나
하고 후회를 하도록 되었다. 그때는 벌써 그를 누르고 있던 격분된 신경
이 평온한 질서로 돌아갔을 때다. 승오는 눈 속에 파묻힌 우전천의 동안
東岸을 내다보았다.

거대한 공장과 거친 일터가 그림같이 나타나고 있다. 그리고 변도**
끼고 가는 늙은이 젊은이 부녀자나 어린애들의 초췌한 꼴이 눈앞에 나타

---

* 꼭뒤 : 뒤통수의 한복판.
** 변도 : 벤또(べんとう : 辨當). 도시락.

난다.

머리 동인 뭉텡이뭉텡이의 모꾼*, 목도꾼**, 어린애 업은 계집, 구루마꾼, 끔찍이도 많게 나타나고 있다.

그들은 운다. 주저하는 소리와 꾸짖는 소리는 하늘을 뚫고 있다. 말라빠진 팔다리는 공중 걸려 띄우고 있다. 부른다, 손목 잡는다, 서로 쥐고 킥킥거린다.

구슬프게 우는 소리다. 우는 소리는 높아간다. 그곳에 해는 비친다. 환하다. 새벽은 훨씬 지난 아침의 햇빛이다. 승오는 멀거니 내다보고 있다. 그러다가 그는 깜박하고 깨었다. 그것은 햇빛이 아니었다.

눈발 찬 공중이 눈에 그렇게 어렸던 것이다.

승오는 얼마 만에 빙긋이 웃었다. 그는 자기를 웃었다. 어린아이, 새색시, 도련님이라고 그는 자기를 비웃었다. 거친 곳에 참이 흐르고 짐승 같은 곳에 인간성이 있다. 그 같은 난잡하고 흉악한 수없는 무리는

열매는 있었다. 비분강개한 열매는 있었다. 화려한 무대의 가장무도를 하는 수 적은 이리떼와는 훨씬 햇빛에 가까운 무리가 떨어지면 는[漲]다. 넘쳐서 흐른다. 그곳이 새아침이다. 강도와 도깨비가 사라진 새아침이다.

그는 이렇게 속으로 생각했다. 그리고 어슬렁어슬렁 오던 길로 돌아서서 왔다.

진흙투성이 한 떼의 노동자 사이에는 같이 웃고 같이 떠드는 새 친구하나가 늘었다.

---

* 모꾼 : '모군募軍꾼'. 공사판 따위에서 삯을 받고 일하는 사람.
** 목도꾼 : 무거운 물건이나 돌덩이를 밧줄로 얽어 어깨에 메고 옮기는 일을 하는 사람. 보통 2·4·8명이 짝이 되어 맞메고 소리를 하며 발을 맞추어 한다.

그는 교묘한 여자 이외에 순직한 반역성이 빛나고 있는 눈을 가진 자다. 그 눈은 분명하게 승오의 눈이다.

해는 말없이 중천에 떠서 있다. 그리고 광채를 말없이 비추고 있다. 난잡하게 일어나는 노동가는 검은 연기 찬 공중으로 올라간다. 그리고 연기같이 꿈틀거리면서 화려한 동경 시가를 위협하고 있다 간다.

- 끝 -

—《개벽》, 1925년 7월

선동자煽動者

1

송장 모양으로 자빠져서 꿈만 꾸던 긴— 밤은 지나간다. 그리고 지나 갔다.

밝게 비추는 동편의 햇빛은 온 세상을 뒤집어 놓았다. 눈꼽만 끼어서 흐리멍덩하던 모든 사람들의 눈동자에는 무섭게 빛나는 광채가 있다. 과 거에 대한 일절의 반항과 미래를 향한 훌륭한 욕구慾求가 어리어 있는 광 채다. 힘세게 뻗치는 광채다.

*

홍원洪原에 있는 C신문지국 기자 이필승李必勝이는 어떤 기사 재료를 얻기 위하여 홍원에서 한 삼십쯤 떨어진 삼호三湖라는 곳으로 가게 되 었다.

그는 이제 이십오 세가 갓 된 청년이다. 체격이 장대하고 근육이 완 강하다. 온몸이 굵다란 힘줄기는 언제든지 꿈틀꿈틀한다. 높은 코, 치켜 붉은 눈, 그리고 쇠 같은 주먹, 마치 봉건 시대에서 나온 듯한 협객풍俠客風의 장사였다. 그는 옷 입은 모양까지도 그의 육체와 공통되는 용장한 풍채가 있었다.

검정 세루 쓰메에리* 앞을 헤쳐서 떨쳐입고 그 위로는 반오버코트를 입었다. 앞 놓은 청년 캡을 제쳐 쓰고 대모테 안경을 썼다. 아무 모양 없는 병정 구두를 우악스럽게 신고 굵다란 스틱을 짚었다.

걸음 걷는 소리까지도 무게가 있다. 숨 쉬는 소리까지도 힘이 어렸다.

그는 통틀어 말하면 매우 완강하고도 활발했으며 또는 우악한 가운데에도 유순하였다.

그는 언제든지 빙긋빙긋 웃었다. 그리고 마치 가슴속에서 뜨겁게 뛰는 정의의 핏발을 언제나 내뽑나 하는 듯한 울분한 기색을 얼굴에 띠고 있었다.

그는 기차를 탔다. 기차는 떠난다. 지금은 마침 새로운 봄이다. 모든 것이 새로운 환희에 뛰는 듯하였다. 앞으로는 전진前津 바다의 푸른 물결이 조요한 햇빛에 반사되어 한 폭의 물결을 이루고 있다. 곳곳이 떠 있는 고기잡이배는 매우 한정한 모양으로 있다. 뒤로는 넓은 벌이다. 강냉이와 수수밭으로 끝이 없이 펼쳐 있는 넓은 벌이다.

산이나 들이나 모두 꿈같은 단조로운 풍조에 잠겨 있다. 다만 요란스럽게 달아나는 기차의 바퀴 소리만이 단조로운 자연을 각탄시킬 뿐이다. 그는 한편 의자에 가 힘없이 걸터앉았다.

어쩐지 그는 끝없는 방랑을 하고 있는 나그네와 같은 외로운 구슬픔에 빠져버렸다. 굵고도 거센 자기 고향 사람들의 이야기 소리가 귀가 아프도록 옆에서 들리지만 그는 마치 널따란 벌판으로 혼자 가는 듯한 정

| * 쓰메에리 : 목단이 모양의 양복.

적에 빠졌다. 점점 이러한 고독은 심하여 간다.

가슴속은 터질 듯이 갑갑하여 갔다. 주먹은 쇠같이 쥐여졌다. 그러다가 그는 상을 잔뜩 찡그렸다.

그리고 억지로 참는 듯이 입을 앙물었다. 그의 말없는 가슴속에는 밤도 되었다 새벽도 되었다 또는 새로운 햇빛 천지도 되었다 하는 암흑과 광명, 절망과 환희 이것이 교차되고 있다.

봄을 만나면 새싹이 움을 트는 것과 같이 그도 봄을 만나면 이러한 번민에 빠져서 지내는 것이다.

2

기차가 삼호역三湖驛에 다다랐다. 그는 괴나리봇짐 진 몇 낱 촌사람과 같이 내렸다. 막— 차에서 내리자마자 옆에 있는 아래 찻간에서 흑흑 느끼는 여자들의 울음소리가 난다. 그는 별안간 가슴이 이상하여졌다. 그리하여 우두커니 서서 울음 나는 찻간만 바라보고 섰다.

점점 울음소리는 커가면서 어쩔 수 없이 쫓기어 내려오는 듯이 한 떼의 여학생이 몰려서 내려온다. 모두 수건으로 눈을 가리고 울고 불며 또는 무어라고 부르짖기도 한다. 길쌈한 흰 저고리, 흰 선 두른 검정치마, 추렁추렁하게 땋아서 늘인 머리 그리고 통통히 부은 눈두덩이, 불그스름한 두 뺨, 이러한 모양들이 한결같았다.

이李는 깜짝 놀랐다. '쟤—들이 웬일인가?' 하는 의심이 덜컥 일어났다. 그는 아침저녁으로 만나보던 T학원 여자부 생도들인 것을 안 까닭이다.

"무슨 일이길래 저렇게 색시꼴이 다들 백힌 점잖은 학생들이 남부끄

러운 줄도 모르고 저럴까? ……움…… 어떤 선생이 전근이 되나, 아마
그런 게지……."

이러한 직각적 감응은 그의 머리를 둘러쌌다. 그러면서 그는 매우 불
안한 예감을 느꼈다. Y학원 여자부 하면 K선생과 C선생과 두 사람밖에
없다. K선생은 자기가 천거한 여자로서 벌써 3년 동안이나 힘쓰던 여자
다. C선생은 요사이에 온 여자다.

가끔 풍편*에 들으면 C선생이 온 뒤로부터는 가끔 K선생과 싸우기를
잘한다는 소리를 들었다.

심지어 교수 시간이면은 서로서로의 험담으로 반이나 허비한다는 소
리가 들리었다. 그는 이런 소리를 들을 때마다 '계집애들이니까 할 수가
없고나' 하는 일종 경멸한 생각으로 우습게만 여겨온 일이 있었다. 그러
다가 지금 여러 여학생들이 울고불고하는 것을 보니까 물론 두 선생 중
에 한 선생이 가는 것이요 또 간다고 하여야 원산으로 가는 차를 타고 있
으니 K선생이로구나 하는 추상을 하였다.

그는 매우 가슴이 울분하였다. 하여서 곧 달려가서 보고 싶은 생각
이 났으나 어쩐지 발이 떨어지지를 않아서 그대로 서서 원경만 바라보
고 섰다.

그러자 창 안으로 어떤 여자의 상반신이 내다보인다. 오동통한 얼굴
에는 슬픔과 원통스런 빛이 어려 있다. 틀어진 머리는 푸수수하게 이맛
전을 덮고 조금 부은 두 눈초리에는 억지로 지어 웃는 웃음이 떠어 있다.
저의 얼굴빛과 저의 웃음은 조금도 조화가 되어 보이지는 않는다. 여학
생들은 거의 미친 듯이 점점 더— 느껴가며 운다.

그는 거의 소리를 지를 만치 놀랐다.

| * 풍편風便 : 바람결. 풍문風聞.

K선생…….

사면 권고 사직 축방.

K선생은 매우 온화한 소리로

"뭔들 그러니 아무 상관없다."

타이르는 듯이 말하다가 더할 기운이 없는 듯이 말끝을 마치지도 못하고 끊어버린다. 그리고 얼굴에는 다시 어두운 그늘이 져서 간다.

그중 한 학생이 애원하는 목소리로

"에그 선생님 언제나 다시 뵈와요."

하며 또다시 운다. 그러면서 또 다른 학생이

"글쎄 선생님이 가시면 저희들은 어떡해요!"

K선생은 다시 강잉히* 다소간 불평 긴 목소리로

"왜 C선생님이 계신데……."

말이 끝나지도 못해서 한 어린 학생 하나가 암상을 달칵 내며

"에그 고 깍쟁이년이 뭘! 잘 가르쳐요."

"선생님 가지 마셔요."

서로들 떨어지기를 싫어하는 모양은 사랑하는 젊은 양주의 이별과도 같다.

그는 별안간에 가슴이 서운하여졌다. 어쩐지 여러 학생들 틈에 가서 울고 싶은 생각까지 났다. 삼 년 전이다. 그때도 지금 같은 봄철이었다. 자기의 소개로 K선생은 원산으로부터 왔다. K선생은 나이도 어리고 게다가 키까지 작았다. 그러나 매우 자상한 여자이었다. 첫째로 교수에 능하고 또한 성실하였다. 처음에는 나이 먹은(Y학원은 학령이 초과한 여자 또는 가정부인을 중심으로 한 학교이기 때문에) 학생들에게 업신여김도

| * 강잉强仍히 : 부득이하게.

받고 또는 어떤 향토적 감정으로 배척까지 받았었다. 그러나 K선생은 처음부터 끝까지 성심껏 힘을 썼기 때문에 요사이에 와서는 아주 처음과는 정반대로 많은 칭송과 환영을 받았다.

그러다가 요사이에 와서 Y학원 재주財主의 소개로 홍원에 있어서 그 중 신여자라는 칭호를 받는 C선생이 들어왔다. 들어오자 며칠이 못되어서 C선생은 여러 가지로 K선생을 압박을 하여왔다. 첫째 옷꼴로써 업수이 여기고 둘째로는 집안 형세로서 자만을 하였다.

이리하여 극히 사소한 감정으로 C선생과 K선생의 암투는 나날이 더욱 심하여 갔다.

그러나 언제든지 K선생의 양보로 겨우겨우 지내어갔다. K선생도 사람 이상의 신경질로서 조금도 남에게 지기를 싫어하는 성미를 가졌건만 그러나 K선생의 앞에서는 정당한 자기의 감정보다 그보다 '밥줄'이 가로 놓였기 때문에 언제든지 '양보'라는 약한 태도를 취하여 왔다.

그러나 여러 학생들은 날이 갈수록 C선생을 배척하였다. C선생은 여러 학생들에게 배척을 받을 때마다 그의 예리한 적개심을 K선생에게 돌렸다. 그리하여 C선생은 학원 당국자인 재주에게 여러 가지 좋지 못한 무고誣告를 하여서 결국은 K선생을 면직시키게 된 것이다.

이도 똑똑하게 이러한 사실을 알았다.

그리고 언제든지 이러한 일이 나리라고까지는 예상을 하였지만 오늘 같이 이렇게 졸지에 일어날 것은 몰랐다. 그는 가슴에서 뛰는 피가 거꾸로 끓는 듯이 온몸이 긴장되었다. 이 세상 모든 것이 철저치 못한 권력에 얽매여서 조직되고 모든 하여 가는 일이 하나도 바르지는 못하게 진행되어 간다는 것을 항상 가슴에 품고 있던 그는 비록 한낱 여선생이 원통히 쫓겨 가는 일이 적다면 적은 일이나 역시 좋지 못한 제도가 내어놓은 것이니 무섭게 긴장된 것도 무리는 아닐 것이다.

그는 온화하던 두 눈이 별안간 상혈이 지고 또는 세모가 져서 번뜩이었다.

마치 번개같이 그는 K선생 있는 창 앞으로 갔다.

그때 K선생은 무망중에 이를 보고 너무나 기가 막힌 듯이 깜짝 놀란 목소리로

"악— 이 선생님."

이도 도리어 아무 말도 못하고

"아— K선생님."

여러 학생들은 울기들만 한다. 이를 쳐다들은 보았으나 무어라고 인사를 하는 학생들은 없었다.

이는 매우 강개한 목소리로

"이게 웬일이십니까?"

다 알면서도 졸지에 나온 말이 이러한 쓸데없는 소리였다. K선생도 두 눈에 눈물이 어려서 뚫어지게 이를 쳐다보고 무어라고 말을 하려나 나오지 않는 듯이 묵묵히 있기만 한다.

그때에 역부는 한 손으로 비켜서라는 군호를 하며 한 손으로 '호각'을 입에다 대었다.

————떨어지자마자 기적이 울렸다.

이는 황급하게 매우 침통한 목소리로

"그러면 안녕이나 가세요."

하며 무슨 결심이나 한 듯이 두 눈이 번쩍하였다.

K선생도 다— 우는 목소리로

"네! 잘 가겠어요."

이러자— 온통 아우성 소리가 난다. 터질 듯 터질 듯하고 있던 사제의 울음은 언제든지 단조롭고 고요만 하던 이 조그마한 정거장을 초상집

으로 만들어놓았다. 차가 떠난다. K선생의 얼굴은 멀어간다. 울음소리는 커간다. 학생들은 발을 동동 구르며 목을 놓고 운다. 그들의 온 정신은 그들 자신들도 모르는 매우 흥분된 발작에 지배되고 있다.

3

이도 얼마 동안은 무아몽중이 되어 떠나간 기찻길만 멀리 바라보고 섰었다.

그러다가 마치 꿈이나 깬 듯이, 언뜻이 정신을 차렸다. 그때는 역장은 물론 역부나 짐꾼이나 또는 행순하던 순사까지 무슨 구경이나 난 듯이 모두들 둘러서서 보고 있을 때다. 이는 처음에는 자기 역시 흥분이 되어서 아무런 줄 몰랐다가 지금에 당하여는 매우 창피스러운 생각이 났다.

하여서 여러 학생들을 보고

"울기는 왜 울어…… 자— 그만들 두어. 남부끄럽지도 않은가."

여러 학생들도 이의 말소리에 얼만큼 정신이 났다. 그리하여 얼마 동안 없어졌던 부끄러운 생각이 다시 나기들 시작을 하였다. 하여서 모두 흑흑 느끼면서 울음을 진정한다. 그러나 그중 몇 학생은 여전히 그치지를 않고 달랠수록 더 우는 어린애 모양으로 울고만 있다. 이는 한편으로는 민망도 하고 또는 한편으로는 도리어 귀찮아서

"글쎄 울면 가신 선생이 다시 오시나. 공연히 울기들만 하면 뭘 하나. 자— 그치고 어서 밖으로 나가야지."

하면서 이가 먼저 출구出口로 나갔다. 여러 학생들도 모두 따라 나왔다. 모두들 정거장 앞뜰에 가 모여서 섰다. 아무 말이 없이 우두커니 섰기만 했다.

"그럼 차 올 때까지 어디든지 들어가 기다리든지 해야지 안들 허니. 어떻게 이렇게 길바닥에만 서 있나." 말이 끝나자 여러 학생들이 일제히

"어디 사시는 데 없어요." 하고 모두들 쳐다본다.

이는 아무 소리 없이 고개를 끄덕끄덕하며 따라오라는 묵시를 하고 삼호 장터 길거리로 향하여 들어간다. 수수울타리가 좌우로 연한 꿈같이 고요한 거리로 일행은 아무 소리 없이 걸어간다. 모두들 무거운 침묵에 잠겨서 끌고 가고 끌려가고 할 뿐이었다.

*

일행은 어떤 빈 집 바깥 큰 방을 빌려서 들어앉게 되었다.

이는 아주 벙어리같이 되었다. 그러나 그의 머릿속에는 얼마 전에 일어난 삼호역의 광경이 어른어른했다. 더욱이 "잘 가겠어요." 하고 똑 끊어서 인사를 하며 멀어가는 기차 창 안에서 유심히 바라보던 K선생의 눈동자가 보였다. 집안이 가난하고 뒤에 보살펴주는 이가 없는 K선생은 마치 힘없는 토끼 모양으로 간악한 자의 권력에 짓눌려서 무참히 쫓겨 가는 모양, 좁다란 가슴에 산악 같은 불평을 품고 여러 어린 학생의 순진한 배송 중에 눈물을 뿌리던 모양. '아! C선생, Y학원 재주 있는 자, 없는 자, 돈, 교사질, 아— 모순이다 ××이다.' 이렇게 점점 그의 마음은 긴장되어 간다. 험악하여 간다.

여러 학생들도 다같이 C선생에게 대한 증오가 학교로 옮아갔다. 학교에 대한 불평은 그들의 가슴을 통하고 있었다. 혹은 용사도 되어 학교로 달려갔다. 혹은 달아나는 기차를 따라가서 원통하게 쫓겨가는 약한 선생을 껴안기도 했다. 혹은 화장품과 가화로 장식한 C선생의 방으로 달려가기도 했다. 여러 가지 모양 다른 환상에 잠겼다. 그러나 그들도

역시 무거운 침묵으로 평시에 숭배하고 있던 이의 얼굴만 처다보고 있었다.

한참 만에 김양순金陽淳이라는 학생이

"이 선생님 어떡하면 좋을까요."

하고 매우 간원하는 목소리로 말했다. 그의 말소리에는 여러 학생들이 품고 있는 불평이 한데 섞은 듯하였다.

이는

"글쎄." 매우 미적지근한 대답을 하였다.

원래 여러 여학생들을 상대가 안 되는 어린것들로 안 까닭이다. 그리하여 도리어 시원스러운 대답을 하지 못하게 된 상대자들과 있는 것을 울분스러이 여겼다. 여러 학생들은 양순이와 이를 번갈아 본다― 그들의 대화對話가 자기들의 불평을 해결이나 해줄 듯한 기대를 가지고서―.

양순이가 좀 힘 있게

"아뇨! 저희들이 가만히 있어야 옳아요."

하고 평시에 부끄럼만 찼던 두 눈에는 한낱 빛나는 광채가 어려 있다.

이는 의외로 놀랐다. 어린것 · 계집애들 · 약한 것 하고 한층 내려다본 자기의 시찰이 너무나 경박했던 것을 느꼈던 까닭이다. 그리하여 여러 학생들에게 대한 일종 숭엄한 감개를 느꼈다.

그러나 역시 겉으로는 냉정스럽게

"그럼 가만히 있지 않고는 어떻게 할 테냐. 이왕 지난 일을……."

잠깐 그쳤다가 다시 조금 방긋이 웃으면서

"그리고 K선생님만 선생이시냐. C선생님도 계신데 어떻든지 아무 선생님에게나 글만 잘 배웠으면 그만이지."

그 말이 끝나자마자 일좌는 긴장이 되었다. 모두들 두 볼이 퉁퉁히 붓고 눈물 어린 눈찌'가 매섭게 빛나고 있다.

그리고 힘세게 내쉬는 숨소리가 매우 천촉하게** 들린다. 가슴과 어깻죽지가 모두 달싹달싹한다.

이는 속으로 일종 쾌감을 느꼈다. 자기의 말 한마디에 수십 명 학생을 격동시켰다는— 그러한 영웅적 자만심도 일어났다. 그러나 그것보다도 평시에 약하게만 보던 그들의 모양이 매우 강한 것에 감복이 되었다. 얼마동안 침묵은 계속이 되었다.

그러나 그는 이와 같은 침묵을 오랫동안 지키고는 싶지 않았다. 낙망과 분노에 잠겨 있는 여러 학생들의 모양이 마치 못된 목자에게 인도되어 있는 양떼와 같이 보인 까닭이다.

"그럼 내가 힘자라는 데까지는 K선생님은 다시 오시게 해볼 터이니 너희들도 힘을 쓰고 싶건 써보렴."

말이 끝나자 여러 학생들은 입을 악물었다.

그러면서 양순이가

"그럼 이 선생님 정말 K선생님을 좀 오시게 해주십시오." 하면서 여러 학생들을 돌아보았다.

여러 학생들도 서로 눈을 마주쳤다.

불평과 반역과 또는 공포가 싸인 여러 학생들의 시선과 시선의 충돌에는 침묵의 대화가 가득히 차서 있다.

이도 얼만큼 기뻤다. 그러나 한편으로 아직까지 저들의 행위에 대한 의심도 없지는 않았다.

* 눈찌 : 흘겨보거나 쏘아보는 눈길.
** 천촉喘促하다 : 숨을 가쁘게 쉬며 헐떡거리다.

4

이런 일이 있은 뒤로부터 사흘 되는 일요일 날이다.

Y학원 여자부 학생 전부는 동맹 휴학을 하였다. 그리고 학교 당국에게 열세 가지 조문이 제출되었다.

그의 전부는 대개 종합하여보면 새로 온 C선생을 도로 보내주고 내쫓은 K선생을 복직시켜 달라는 요구였었다. 그리고 최후의 한 조문은 '만일 우리들의 요구를 들어주지 아니하시면 우리들은 당연히 우리들의 요구가 성사될 때까지 동맹 휴학을 계속하겠습니다.'라고 하는 것이었다.

교장과 교무주임과 또는 일반 학교의 직원들은 의외로 놀라서 긴급회의를 열었다.

그러나 그들의 의론은 이번 사건을 상대로 하고 그 대책을 공구하는 것이라기보다 '제까짓 것들이' '감히 학생의 직분으로서 학교를 대항하다니' 하는 먼저 그 인격을 무시하고 어떤 방법으로든지 진압할 일을 전제前提로 하고 의론을 시작한 것이다. 즉 그들로서는 저희들 같은 철모르고 나이 어린 여학생들이 소위 동맹 휴학이니 뭐니 하는 것이 얼만큼 괘씸하고 또는 우스운지 몰랐다.

어른과 사나이는 아이와 계집애보다 한층 우월한 인간이라는 것을 알아오고 또는 그것이 이 세상의 공변된 진리같이 생각하던 머리를 가진 그들이기 때문에 괘씸한 것은 물론이고 한층 더 나아가서 미운 생각까지 났다. 하여서 될 수만 있으면 모두 일제히 퇴학을 시켜서 자기들의 위엄을 보이고들 싶었다. 그리하여 다 각각 머릿속에는 퇴학을 당한 어린 학생들이 울며 불면서 사죄를 하고 다시 복교復校를 시켜달라는 모양들을 그려가면서 일종 승리자의 쾌감을 느끼고들 있다.

물론 좌석에는 얼굴이 다소간 빨개서 앉은 C선생도 있다. 한참 동안 의론은 익어 들어갔다.

혹은 전부 퇴학을 시키자거니 혹은 그 수뇌자만 퇴학을 시키자거니 혹은 태도를 완화이 하여 어루만지자거니 하고 모두 각각 의견을 진술하였다. 그중에 한 젊은 선생은 이번 일의 원인이 C선생에게 있는 것을 짐작하고 가장 태도를 공명하게 해서

"이번 일은 우리 학교 직원끼리만 의론을 할 것이 아니라 좀 더— 선생과 학생의 사이를 가깝게 하여 직접 학생과 대면해서 해결하는 것이 좋다."

고 말을 하였다. 말이 끝나자 얼굴 넓적한 H교무주임이 뻘겋게 얼굴이 상혈이 지며 분연하게

"이번 일의 원인은 하여간에 첫째로 학생들로서 학교를 대하여 반항한다는 것은 우리로서는 그냥 용인할 수가 없소. 그거면은 원인의 흑백이 이 사건을 해결할 요건이 되지 않고 다만 얼마나한 정도로 학생을 징치하겠다는 것이 이 사건을 해결할 문제가 될 뿐이오."

하며 매우 흥분된 어조로 말을 끊었다.

일좌—座는 모두 옳다고 찬성을 하였다.

H교무의 주장에 공명하였다니보다 그의 권력—즉 와세다 대학을 졸업할 뻔한 자격자의—에 눌린 것이다.

처음 말한 젊은 선생은 H교무의 태도에 불평이 있었으나 그만 월급을 쥐고 있는 교장의 얼굴을 보고 감히 말을 못했다. 그리하여 그냥 묵묵하게 앉아서 여러 사람과 같이 딸려만 갔다.

교장도 매우 옳다는 듯이

"그렇구말구. H선생의 말이 옳소. 첫째 글 배는 어린것들이 감히 그 따위 짓을 한다는 것도 고약하지만 더군다나 계집애년들이……."

모두들 굽실굽실한다. H교무는 더한층 득의한 듯이 삐뚤어진 넥타이를 고쳐 매면서

"그리고요 이번 일은 저희들의 자발이 아니올세다. 반드시 그 뒤에는 어떤 못된 자의 선동이 있을 것입니다. 그렇지 않으면 제까짓 계집애년들이 어떻게 그런 생각을 먹어요."

말이 끝나자 일동은 또다시 의외로 놀랐다. 그리고 '반드시 있으리라' 하는 의념*이 공통되었다. 이리하여 의론은 다시 선동자가 누군가 하는 문제로 변하였다. H교무는 다시

"물론 이번 일에도 선동자는 이필승일 것입니다." 교장은 깨달은 듯이

"옳아, 그 ××××자 말이지." 연해 고개를 끄덕끄덕하며

"참 한심한 노릇이야. 왜 젊은 사람이 그럴까?"

H교무는 다시 연이어서

"반드시 이런 자는 상당히 정치를 해야 할 필요가 있습니다. 물론 현대에 있어서는 ××××의 이상은 진선미이겠지만 도저히 우리 조선 같은 모두 가난한 나라에서는 될 수가 없는 것입니다. 오히려 더한층 생활의 불안만 지을 뿐이며 그리고 순박한 인심만 과격하게 해놓을 뿐이지요. 더욱이 어른 아이를 알아보지 못한다든지 학생이 건방지게 선생을 업신여긴다든가 자식이 애비를 몰라본다든가 계집이 머리를 깎고 남녀동등을 부르짖는다든가 참으로 한심한 노릇이지요."

하고 도도하게 부르짖었다. 그의 머릿속에는 사상상으로 적대시하던 모든 ××××자들의 초췌한 모양이 어른거렸다. 그리고 항상 홍원 사회에 있어서 지식 계급의 제일 위를 뺏고 있던 이필승이를 우연한 기회에 있어서 넘어뜨리게 된 일을 생각하고는 복수적 심리도 한 모퉁이에서 활

| * 의념疑念 : 의심스러운 생각.

동을 하였다.

교장도 항상 미워하던 이필승이—더욱이 ××××자—를 생각하고 흥분이 되었다.

"아니 이번 일은 이필승이가 분명하오?"

"그럼요. 증거는 다 있는데요. 저번 K선생이 원산으로 나갈 때에도 학생들을 일부러 몰아가지고 삼호까지 끌고 갔다가 온종일 무슨 소리를 했던지 그날 저녁 차에나 모두 돌아왔다던데요. 그리고 이번 일은 순전한 사감이라던데요. 이것은 혹 제가 개인을 공격하는 것 같지만 누구나 홍원 사람이면은 다 알 것입니다. 원래 이필승이는 K선생과 무슨 관계까지 있대요." K선생은 될 수 있으면은 이가 못된 놈이라는 것을 일부러 드러내려는 듯한 어조로 말을 한다.

교장은 더— 뛰면서

"뭣! 그런 놈을 그냥 둬……."

하면서 바로 이필승이가 눈앞에 있는 듯이 노호怒呼를 한다. 여러 사람들도 모두 놀랐다.

이리하여 더한층 의론은 깊어가면서 그날 늦게까지 갔었다.

5

며칠 동안은 아무 소리가 없이 가만히 지나갔다.

학교 측에서도 아무런 대책을 쓰지 않고 또는 학생 측에서도 아무런 동정이 없었다. 그냥 현상 유지로 그의 외양은 매우 정온한 모양을 띠고 있었다.

다만 곳곳이 일어나는 학부형과 학생들의 소충돌小衝突만 모든 사람들의 이야깃거리로 돌아다녔을 뿐이다.

그러나 한 가지 이상한 조짐이 읍안 거리에 나타나고 있었다. 그것은 오륙 인 혹은 수십 인씩 몰려다니는 Y학원 남자부 생도들이다.

골목마다 수군수군하고 모퉁이마다 서로 눈을 주고받는 뭉텅이가 있다. 마치 장차 일어날 큰 싸움에 전초前哨와도 같은 매우 살기 띤 기분을 띠고 있다.

그러나 역시 아무런 일이 없이 한 1주일 동안이나 그냥 지나갔다.

이필승이는 동맹 휴학이 일어나던 날에는 매우 놀랐다.

"아무러기로 저희들이 그러할 용기가 있을라고."

하던 자기의 추상이 어그러진 까닭이다.

그러나 또 한 가지는 비록 용기는 내어 거사는 했더라도 얼마 되지 못해서 실패를 하리라고 예상을 하였다.

그리고 광명뿐만인 미래를 향하여 싸우는 그들의 전도를 위하여 매우 기뻐하였다.

통틀어 말하면 그동안의 그는 그의 모든 것을 구부려서(더욱이 그는 구부리지 않는 우월성이 있다.) 저들에게 대한 경학한 사례를 하였다.

그러는 중에 며칠이 못 가서 별별 소리가 다 떠돌아다녔다. K선생과 자기가 연애를 하였다느니, 이번 일은 이모가 선동을 했다느니 하는 소리가 들렸다. 그는 도리어 웃었다. 구태여 자기의 행위를 변명하고는 싶지 않았다. 다만 일종 영웅적 호기심에 빠져서 높은 자의 웃음만 웃었다.

그리하여 그 뒤부터는 더— 한층 활보로서 길로 쏘다니면서 또 한편으로는 신문 기사 재료만을 구하고 있었다. 그리고 청년회 동지 O나 P와 서로 만나면 신기한 웃음거리나 생겼다는 듯이 웃고 지나버렸다.

그리하여 길모퉁이마다 매복하여서 몰려 있는 Y학원 남학생들을 볼 때에는 아무런 생각을 안 했다. 물론 Y학원 생도 전반을 상대로 하지 않음도 않음이려니와 실상 말하면 Y학원 생도가 자기를 대하여 어떠한 태도를 취하려는 것을 몰랐던 까닭이다. 다만 학교 당국자＝더욱이 H교무주임＝가 이번 일을 악선전惡宣戰을 하여서 여러 학생이 자기를 오해를 하나보다 하는 정도만큼밖에는 더— 짐작을 못한 까닭이다. 그리고 또 만일의 학생들이 H교무의 말에 현혹되어서 어떤 적극적 박해를 하더라도 그만한 것에는 변명도 하고 또는 방어도 할 만한 지력과 완력에 대한 자신이 있었던 것도 한 원인이었었다.

그러나 사실은 이의 추상과는 점점 다른 방면으로 변화되어 갔다.

'이필승이놈 죽일 놈이다.' 하는 소리가 또 돌아다녔다. 그리고 Y학원 생도들은 학교에서 파하여 나올 때마다 더— 한층 흥분들이 되어서 나왔다.

그들의 순박한 머리에는 어느 단순한 언어에 흥분이 된 것이다. 그리하여 굳센 주먹과 부릅뜬 눈으로 서로서로 이필승이를 벼르고 있었다.

—하여서 그들의 행동은 점점 노골화露骨化하여 갔다. 홍원 전읍은 소동되었다. 민심은 헌앙'되었다.

'아무 철모르는 어린 계집애들을 꾀이러나 다니고 도적녀석 모양으로 잘 사는 사람을 욕이나 하고 돌아다니는' 부랑자라는 소리가 일제히 이필승이를 향하여 모여들었다. 모든 학생(더욱이 중학부 생도)이 중심이 되어서 일반 읍민邑民은 그를 일종 야수나 강도같이 보았다. 물론 모든 군중은 왜 그렇다는 까닭을 몰랐다. 점점 인심은 흉흉하여 갔다. 이의 어머니도 알게 되었다. 그리하여 모두들 초민한 가운데 빠져서 조석으로 그의 신변을 염려하였다.

그러나 실상 당자인 이는 혼연하였다. 그는 자신이 강한 까닭이다.

| ＊ 헌앙軒昂 : 풍채 · 의기가 당당함.

모든 학생이 자기를 적개시하는 것도 모든 학생 자체의 자발이 아니고 일부 ××계급의 농락에 마춰된 것이라는 것을 간파한 까닭이다.

따라서 만일에 어떠한 일이 있더라도 당당히 군중 앞에서 자기의 모든 것을 설명하면 그만이겠다는 예산을 하였었다.

홍원 전읍은 모두 그와 적이었다. 다만 그의 어머니와 처와 이삼의 동지만이 그를 둘러싸고 보호할 뿐이다.

어떤 날 오후였다. 넘어가는 석양은 붉고도 빛나게 홍원 전읍에 비추었다. 전진 바다의 저녁 물결 소리는 고깃배잡이 사공의 노래와 같이 멀리 들려서 온다. 남산 솔밭에 잠자리 찾는 새들의 재잘거림은 점점 커간다.

저녁 연기, 개 짖는 소리, 붉은 햇빛, 이러한 가운데에 홍원의 석양은 어두워간다.

이가 막— 저녁을 마치자마자 대문 밖에서 어수선한 소리가 난다. 그러더니 큼직큼직한 학생 5, 6명이 우뚝우뚝 뜰로 들어선다. 이는 웃기부터 했다.

"옳다. 이놈들이 대단히 취하였구나."

하면서 유유하게 문을 열고 내다보았다.

그중에 한 학생이 모자를 벗고 강잉히 예를 하더니

"이 선생님 바쁘지 않으시거든 저리로 좀 와주시지 못하겠습니까?"

그 옆의 한 학생이 입 속으로 "선생은 무슨 선생이야."

하고 중얼중얼한다.

이는 듣고도 못들은 척하면서

"그리 바쁘지는 않지만 저기가 어디란 말요."

"네 저 공자묘 말이에요, 거기서 우리 몇 사람이 모였는데 이 선생님을 좀 청해다가 듣고자 하는 말이 있어서 그럽니다."

이는 다 알아들었다. 그리고 반드시 무슨 일이 나리라고 생각을 하였다. 공자묘 하면 인가와 떨어진 산 속에 있는 곳이다. 그리고 지금은 어두워 가는 저녁이다. 밤 또는 산 속,

더군다나 저희들은 수백 명이다. 자기는 혼잣몸이다. 아무리 항우 같은 힘이 있다고 하더라고 그곳으로 가기만 하면 위태할 것은 정한 일이다.

더군다나 자기는 법률까지도 ……………………………………… 몸이다. 그러면 가면 죽는다.

아무리 자기가 옳다고 군중에게 변명을 하더라도 벌써 군중은 병이 들었다……. 여기까지 연상한 그는 머리끝이 으쓱하였다.

그러나 눈앞에 반이나 위협하는 듯이 노려보고 섰는 학생들을 볼 때에는 그의 가슴에서는 피가 끓었다. 경우와 환경에 눈 먼 흉녕한 피였다.

유전적으로 내려오는 반역의 핏발이다. 나는 남자다, 사람이다, 죽음과 싸움이다, ─하는 야수적野獸的 맹염猛炎은 그를 불꽃으로 만들었다.

그의 눈에는 아무것도 없었다. 사람까지 세상까지 안 보였다. 다만 피 흘린 송장만 떠올랐다.

그리하여 분연히 일어났다. 팔구 분이나 지나 노한 소리로

"오냐 가겠다."

하고 번쩍 주먹을 쥐었다. 여러 학생은 모두 놀랐다. 그의 절대한 완력 앞에는 어쩔 수가 없었다. 그리하여 한풀 꺾여서 매우 공손하여졌다.

그의 어머니는 깜짝 놀랐다. 여러 사람에게 더욱이 밤중에 산 속으로 끌려가는 아들을 보고는 그는 그냥 있지 못했다. 마치 미친 듯이 되어 목을 놓고 운다. 그의 어머니의 머릿속에는 자기의 시아버니가 사람에게 맞아 죽고 또는 자기의 남편이 사람에게 맞아 죽는 그런 일이 회상되었다.

그리하여 또다시 자기의 시아버니나 남편 같은 운명이 또다시 외아들인 필승이에게 올 것을 예감하고는 가슴이 내려앉았다.

그리하여 미친 듯이 뛰어나갔다. 방 안에서 이의 처의 우는 소리와

어린애의 우는 소리가 겹쳐서 났다.

6

서편 산 속 어두운 송림 가운데에는 일좌의 공자묘가 있다. 대성전大
成殿 앞뜰에는 가득히 찬 것이 학생이다. 처마 끝에는 커다란 램프가 두
개나 달렸다. 붉고 희미한 램프의 불빛에 비치는 군중의 얼굴에는 무섭
게 흥분된 빛이 통일되고 있다.

한편 구석에는 H교무주임과 몇몇 선생들이 서서 있다.

그리고 무어라고 수군수군하면서 매우 열렬하게 떠들고 있다. 그의
주위周圍에는 한 떼의 나이 먹은 학생이 둘러서서 H교무의 말하는 대로
소리를 버럭버럭 지른다. 그 소리에 또다시 일반 군중은 점점 더— 긴장
이 되어간다.

그러자 학생 몇 사람이 달음박질로 뛰어 들어오면서

"지금 온다."

하고 부르짖는다. 그 소리가 끝나자마자 모든 군중은 모두들 팔을
뽐내고 소리를 지른다. H교무의 일행은 황급히 수림 중으로 사라지고
말았다.

얼마 만에 이필승이는 오육 인의 학생을 따라서 엄연히 걸어 들어온
다. 그의 얼굴에는 이상스런 웃음이 띠여 있다. 그리고 번뜩이는 눈으로
군중을 돌아본다. 군중은 이가 들어오자마자 별안간 고요하여졌다. 무서
운 정적은 수백 군중을 지배하고 있다.

이는 지도하는 학생을 따라서 대성전 섬돌 위로 올라갔다. 섬돌 위에
는 미리부터 준비하여 놓은 의자가 서너 개가 보였다. 이는 속으로 매우

웃으면서 나중에 어떻게 되는 것이나 보려고 평연하게 의자에 가 앉았다. 자세姿勢를 완만히 하여 다리를 비꼬아 두 팔을 얽매어 끼고 앉았다.

그리고 번쩍이는 눈에는 일종 영웅적 색체가 띠었다. 하여간 공포는 그와 멀리 떨어졌다.

매우 정중하게 입을 열어서 데리고 오던 학생을 보고

"대관절 무슨 일로 오랬니?"

그 말이 끝나자마자 H교무와 섞여 있던 나이 먹은 학생들 중에서 그 중 수령인 듯한 한 학생이 껑충 뛰어 오르면서 매우 거센 소리로

"이 선생님 보고 할 말이 있어서 그러우—."

그러자 군중 속에서

"그게 무슨 선생이냐—." 하는 포효가 일어난다.

이는 좌우를 돌아보면서

"일이라니—."

말이 끝나기도 전에 그 학생이 잼쳐서* 반이나 위협하는 목소리로

"다른 것이 아니라 이번 동맹 휴학 사건은 말 들으니까 선생님이 교사教唆를 하였다지요."

이는 기가 막히는 듯이 허허 웃으면서

"아니 그게 무슨 소리요. 온— 참, 나는 알 수 없는 일인데…… 하하하."

그냥 내처 웃기만 했다. 모든 군중은 이의 유유한 태도에 더한층 흥분이 되어간다.

이는 다시

"그래 내가 그러고 안 그런 건! 당신네들이 어떻게 알았으며 또는 당

| * 여기서 '잼치다'는 어떤 행동이 잇따라 진행되다라는 의미인 '재우치다'의 변형태인 듯하다.

신네들도 글 배우는 학생들이 아닌 밤중에 작당을 하여 이렇게 하는 것이 옳은 일인 줄 아시유…… 에이 참."

그 말이 끝나자 여러 군중 가운데서

"무엇, 글 배우는 학생, 흥, 글 배우는 학생들 중히 여기는 자가 아무것도 모르는 여학생들 선동을 시킨다…… 에― 끼―."

그 소리가 끝나자 모두들 아우성을 친다.

그러면서 그 학생이

"그럼 당신이 선동자가 분명하시구려."

이 말에는 이도 참지를 못하였다. 그리하여 분연히 일어서며

"무슨 소리요. 내가 여기서 구태여 변명은 안 하겠소. 벌써 당신들은 마비가 되었소. 자― 기왕 이렇게 된 판이니 우리 똑똑히 합시다. 증인, 증인, 증인을 불러오―."

말이 끝나자 군중은 비등되었다.

"개소리 마라."

"저놈 죽여라." "말은 들어 뭣하니." 마치 끓는 물과 같았다. 그 수령되는 학생은 도리어 군중을 제어하면서

"가만히 있거라. 자복을 받은 뒤에도 넉넉하다."

하면서 다시 이를 향하여

"그래 증인이 오면 자복을 할까?"

아주 사법관인의 어조로 변하였다. 이는 이제까지 흥분되었던 것이 이 소리 한 마디에 모두 풀려버렸다. 눈앞에 둘러싼 수백 군중은 마치 순박한 한 떼 양과 마찬가지였다. 그러나 몇몇 못된 목자牧者의 독언에 마취된 것이다.

한편으로 미웁기도 했으나 도리어 어찌 불쌍한지 몰랐다. 그리하여 마음이 풀렸다. 잠시 그를 정복하였던 유전적遺傳的 야혈野血은 다시 식

은 것이다. 그러나 다 정신을 차려서 너털웃음을 웃으면서

"어디 증인 아니라 뭐라도 불러오려무나. 내가 안 헌 일이 억지로 했다면 된다더냐?"

하며 일종 우월한 인도심人道心에 빠져버렸다.

*

얼마 만에 벌벌 떠는 김양순이는 한 떼의 학생에게 둘러싸여서 잡혀온다. 이는 양순이를 보자 다시 그의 가슴은 유전적 야혈로 변했다. 그리고 어른어른하며 C선생, K선생, 여러 여학생 더욱이 H교무가 떠올랐다.

그의 주먹은 쇠같이 쥐여졌다. 그의 눈은 짐승의 눈으로 되었다. 아우성 소리치는 여러 군중은 적敵과 같아 보였다. 그리고 피 흘리고 자빠진 송장이 보고 싶었다. 그러다가 다시 언뜻이 깼다.

그때는 벌써 양순이가 단 아래로 가까이 왔을 때다. 양순이의 눈에는 눈물이 어렸다. 얼굴은 다 죽어 가는 빛이다.

"얘 너 똑— 한 말만 하고 내려오너라."

하는 소리와 어울려서 양순이를 섬돌 위로 올려 보낸다. 그는 속으로 웃었다. '또 무슨 제독*을 했구나.'

하고 빙긋이 웃었다.

양순이는 올라서 떨고만 섰다. 눈물 어린 두 눈은 웃음을 띠고 섰는 이의 눈과 마주쳤다.

그리고 두 사람의 가슴속에는 똑—같은 파동波動이 일어났다. 똑—같이 감명感銘이 되었다.

| * 제독制毒 : 미리 해독을 막음.

수령 되는 학생은 양순이를 보고

"얘, 어서 말해라. 못할 것이 뭣 있니?"

양순이는 강잉히 입을 열었다. 그리고 다시 이를 쳐다본다. =억지로 말한다는 듯이=

"왜…… 이…… 선……생님이, 이, 이 나— 날더러 그 그러라고 하셨— 지……"

끝내지도 못하고 그만 울어버렸다. 그러자 한 떼 학생이 몰려 올라와서 양순이를 잡아 끌어내리며

"그만하면 되었다 자— 됐다. 됐다."

고함을 친다. 이어서 이를 보고

"인제두…… 이놈 죽일 놈."

이는 어떻게 변명을 할 수가 없었다. 군중을 걷잡을 수가 없었다. 그만 신경반사적으로 부르짖었다.

"아니 내 말도 안 듣고 이런 무리한 일이 어디 있니…… 무리다. 너희들의 오해다. 자…… 내 말을 들어라. 잠깐만 참아다오. 잠깐, 잠깐 오 분이다."

그러나 아무 효력이 없었다. 군중의 포효 가운데서는 조금도 효력이 없었다. 군중이 열중이 되지 않아서 들었다고 하더라도 참을 만한 관대寬大는 안 가졌다. 더— 한층 비통이 되며

"죽여라."

"쳐라."

"때려서 박살을 해라."

천둥소리같이 온 장내는 뒤집어졌다.

이는 마음을 단속을 하였다. 그러나 왈칵 달려들 수는 없었다. 죄 없는 저들과 싸운다는 것은 얼마나 어리석은 일인가? 에구 죽일 놈, 학생을

약을 먹여 놓아…… 그는 입을 악다물었다. 그리고 눈앞에는 이마 넓적한 H교무의 모양이 나타났다. 그러나 또다시 눈앞에는 학생들이 보였다.

이러지도 못하고 저러지도 못하고 우두커니 섰기만 했다. 그러자 벌써 군중은 당상에 몰려 올랐다. 램프는 깨어졌다. 캄캄하여졌다. 아우성소리만 난다. 잠자던 새들도 놀라 달아난다. 하늘에 별들도 놀라 떨어질 듯하다. 전진 바다가 뒤집혀 들어오는 듯했다.

우지끈 하며 걸상 두 개는 일시로 이의 어깨와 머리에 떨어졌다. 발길과 주먹, 주먹과 발길 빗발치듯 했다. 군중은 군중 자체도 모르는 이유 아래에서 흥분이 되었다. 피 떨어지는 '이필승'의 시체屍體가 보고 싶었다. 필승이 하나만 죽이면 천하가 태평할 듯이 생각되었다. 재래 인습에 교양 받은 그들의 머릿속에는 선천심으로 반역의 기풍이 있는 이가 미웠다. 아니…… 차라리 그들은 이지理智가 없다.

다만 선도자의 지도대로만 돌진하는 양떼와 같았다. 그리고 피를 보고 싶어 하는 동물적=원시적=갈망은 통일되고 있다.

이는 위기가 절박됨에 따라 급히 두 팔을 벌렸다. 그리고 한 손에 하나씩 두 학생을 쥐었다. 하나는 멱살, 하나는 허리춤이 붙잡혔다. 주먹과 발길은 그리고 몽둥이는 점점 더하게 들어온다.

그는 만일 이 두 사람을 마주 부딪치면 물론 박살이 될 것이다. 그러면은 이리저리 충돌만 하면 넉넉히 달아날 수가 있다. 괜히 죽는 것보다 달아나는 것이 상책이다ㅡ 하고 생각을 하였다.

그러다가 다시 눈앞에는 두 손에 붙잡힌 죄 없는 두 어린 시체가 나타났다.

이들은 죄 없는 무리다. 죄 없는 자는 죽일 수가 없다. 속아서 병든 자는…… 에라 죽을지언정 죽이지는 못하겠다. 이러한 사이에 그는 머리가 깨어졌다.

피가 얼굴에 흘렀다. 살이 터졌다. 온몸이 피가 되었다. 그러나 아직까지는 그는 결정을 못했다.

있자니 죽고 달아나자니 죽여야겠다…….

─이러다가 "에라." 그는 크게 비명을 지르고 그만 두 손을 놓았다. 그리고 그냥 군중의 발길 가운데로 벌떡 나자빠졌다.

그러나 다시 그의 머리에는 죽음이라는 공포가 엄습하였다. 그리고 그는 이제까지 주저하던 것을 결정하였다. 결정하였다느니보다 본능적으로 저절로 그래졌다. 즉 유죄무죄니 하는 소위 인도적 번민보다 그는 먼저 자기의 생명이 아까웠다. 순진한 생물 본능의 발작에 지배가 되었다. 그는 무섭게 고함을 치면서 다시 일어났다. 그리고 힘껏 또다시 두 손에 하나씩 두 사람을 잡았다.

그는 또다시 발로서 한 사람을 밟았다.

그는 신용神勇을 냈다. 전신에 힘을 냈다.

이삼십 인씩 당해내던 절대한 완력은 있는 데까지 그 절정에 달했다. 그는 힘을 더욱 내려 했다.

그의 한 번 힘에는 장차 세 사람의 시체가 생기게 될 것이다. 모든 군중은 한층 더 광란狂亂되었다.

그때가. 섬돌 아래에서 모든 군중을 헤치고 달려오는 한 사람의 노파가 있었다. 그 노파는 미친 암사자와 같이 이쪽으로 돌진하고 있다.

"얘, 필승아, 네가 웬일이냐. 얘, 필승아 얘, 엉엉."

하는 부르짖는 소리는 모든 군중의 노호 소리에서 한층 뛰어나게 강렬하였다.

아무것도 모르는 사람의 마음, 또는 사람의 동작에서 벗어난 초인적 광란에 빠져 있던 필승이의 귀에는 마치 고춧가루나 송곳 끝 모양으로 예리한 감촉이 되었다. 늙은 노파의 미친 듯이 부르짖는 소리에 절대의 세력이 있었다.

　그러자 말라빠진 얼굴에 눈물이 어린 늙은 어머니의 얼굴이 언뜻 비쳤다. 번개같이 빨랐다.

　그래도 역시 필승이는 그대로 날뛰었다. 짐승이었다. 삶에 집착이 강한 짐승이었다.

　그러자 또 한 줄기 부르짖음이 일어난다.

　"이 녀석들아, 나를 쳐 죽여라, 어서 나를 마저 죽여라."

　군중의 한 모퉁이는 밑 빠진 그릇의 물 모양으로 움찔한다. 필승이에게 잡히고 밟힌 어린 학생은 비명을 친다. 그 외에는 마찬가지다. 미쳤다. 살인광殺人狂에 걸려 있다. 잼쳐서 그 노파는 필승이의 앞으로 더 가깝게 오면서

　"애 필승아 네가 웬일이냐. 내가 너를 기를 적에…… 엉엉."

　"이놈들아. 너희들도 무사할 줄 아니."

　필승이보다, 필승이를 둘러싼 군중보다, 그보다 그중에 강한 자는 외아들이 맞아 죽는 것에 눈 뒤집힌 늙은 어머다. 늙은 어머니의 목소리다.

　필승이의 귀는 점점 밝아갔다.

　"너희 아버지 생각을 못하니." 양반 욕하였다고 그의 아버지가 맞아 죽었을 당시에 그의 어머니는 겨우 두 살 갓 된 필승이를 안고 피난을 하였다. 젊은 남편은 사람의 몽둥이 속에 죽어가는 데에도 어린 자식을 위해서 그의 어머니는 울고 달아났다. 천하는 잊어도 어머니의 마음은 못 잊었다.

　필승이의 머릿속에는 이 같은 전광 같은 환각幻覺이 일어났다. 그리하여 또다시 마음은 약하여졌다.

그때는 벌써 그가 반이나 시체로 변하였을 때다. 한소리 외마디를 치고 또다시 군중 속에 가 몸을 버텼다. 죽음을 군중과 바꾸려 했다.

그러면서 살대같이 빠른 그의 어머니의 늙은 몸이 피 묻은 몸에 가 얹혔다. 한데 쓰러졌다.

이리하자 군중들은 무서운 꿈을 깬 듯이 되었다.

식은땀이 났다. 머리끝이 올라갔다. 사람이 느끼는 공포를 느꼈다. 또 무위無爲를 느꼈다. 비애와 참회에 빠졌다. 이리하여 헤어졌다. 다 각각 방향불명方向不明한 원망을 하였다.

7

다섯 달 만에 이필승이는 또다시 빙글빙글 웃는 얼굴로 홍원 거리에 나타났다. 그러나 그의 두 눈은 전보다도 더한층 강렬, 그리고 위대한 광채가 번뜩하였다. 마치 아침 햇살과 같이 온 천지를 밝게 비췄다.

이리하여 바닷가에서 고기 잡는 친구나 강냉이 벌판에 농사짓는 친구나 또는 건장하고도 부지런한 모든 아주머니나—의 눈동자까지도 새로운 광채에 번뜩이게 되었다.

긴— 꿈꾸던 홍원의 잠든 밤은 이제는 훌륭하게 지나간 옛날이야기로 변하고 말았다.

아— 새벽, 광명, 그리고 모든 것이 몽키인 사람들의 눈동자.

- 끝 -

1925년 12월 3일

—《개벽》, 1926년 3월

용광로

1

동경 시외 오오지마(大島)는 언제든지 구름 같은 검은 연기로 하늘을 삼고 기계 바퀴에 울려서 흔들리는 겁쟁이 땅덩이로 발붙임을 삼은 한 뭉치 공장촌工場村이었다.

모터의 포효, 감독의 눈살, 그리고 난잡한 남녀의 지껄거림, 이것들은 한데 합하여 일종 살기를 띠우고서 언제든지 이 동리를 밤중을 만들고 있었다. 사람마다 넘어지면서도 누구 때문에 넘어지는 줄을 모르고 서로 당치 않은 싸움만을 하고 있는 좋지 못한 암흑만이 뒤를 잇고 있다.

그 가운데 ×칠 공장은 더한층 그러한 암흑에 둘러싸였다.

넓기 백 칸은 되는 광대한 공장 안에는 한편으로 열두 개의 용광로가 놓였다. 벌거벗은(지금은 겨울이다.) 화부는 마치 불에서 사는 사람과 같은 이상한 인내력을 가지고 붉은 불꽃이 활활 나오는 아궁이 앞에서 석탄을 넣고 있다. 한편에는 마주볼 수 없는 산소불(酸火) 또 쇠 자르는 기계, 머리통만한 장도리, 철퇴, 그리고 힘줄이 불끈불끈 솟은 팔뚝, 땀이 뚝뚝 떨어지는 남녀의 얼굴, 이런 것들은 이편저편에 꼭꼭 차서 있다.

달음질하는 자, 꼬부린 자, 섰기만 하는 자, 앉았기만 하는 자. 그들은 사나이나 여자나의 구별은 하여간에 사람이라는 것까지도 알 수 없게 되었다. 다만 누르면 들어가고 빼내면 나오는 순전한 기계가 되어 있다. 모두 노래다. 한숨이다. 웃음이다. 부르짖음이다. 역시 전기의 돌아가는 기계 소리와 같은 아무런 자유와 또는 감정이 없는 기계의 노래다.

공장, 사람기계의 회전소⋯⋯임은 노래의 대감방!

2

용광로의 아궁이는 한 개에 세 군데씩 있다. 앞으로 있고 좌우로 있다. 그리고 뒤쪽만은 굴뚝으로 통하게 되었다. 그리고 그 굴뚝에는 커다란 가마[釜]가 걸렸다. 내어버리는 연기조차 그냥 버리기는 아까우니까 나가는 길에 물이나 뜨뜻하게 데워놓고 나가란 말이다.

별안간 이곳저곳에서 일하던 모든 사람들은 일제히 이 가마 앞으로 시선을 모았다.

마침 그때엔 요사이 새로 들어온 직공 견습의 젊은 벙어리가 커다란 빡껫스를 들고 물을 푸고 있다. 머리에는 수건을 동이고 해어진 세루 쓰봉*에다 새로 얻은 ×공장 상호商號 박은 한텐을 입었다. 모든 것이 서투른 듯이 입을 꽉 다물고 있는 모양은 참으로 벙어리 모양으로 우습고도 어리석어 보였다. 그러나 끔쩍끔쩍하는 두 눈초리만은 매우 침중스러운 듯한 빛을 띠고 서 있다.

그자는 아무 소리 없이 물만을 풍풍 푸고 있다. 가끔가끔 여러 사람

| * 세루 쓰봉セ儿(serge) ズボン(jupon) : '서지(모직물의 한 종류)'로 된 양복바지.

들이 쳐다들 보는 것이 매우 귀찮은 듯이 고개를 숙였다가 다시 들며 얼굴이 붉어졌다가는 또 빙그레 하고 뭇낫퉁한 웃음을 웃기도 한다.

그는 물을 다 푼 뒤에 기운을 들여서 한쪽 손에 들고 게다 신은 발을 가만가만히 떼어 놓는다.

한편으로 쳐—진 어깻죽지는 엉성하게 여위어 보이고 비슬비슬하는 서투른 걸음은 변변치 못하게 보인다.

"오이 긴군 고구로다네オイ 金君 御苦勞ダネ.*"

하고 일부러 두들기던 장도리를 지팡이 삼아 거꾸로 짚고 서서 어떤 자가 크게 외친다.

물론 김 군이란 자는 새로 들어온 젊은 벙어리다.

그는 흘낏 쳐다보더니 아무 대답이 없이 그냥 빙긋이 웃고만 지나간다.

처음 외치던 자는 의례히 대답을 못 들을 줄을 예상한 듯이 그냥 일을 계속하면서

"애…… 벙어리, 말할 줄 아는 벙어리, 넘어져서 목욕이나 하렴. 하하…… 조선양반…… 중학교 졸업생…… 애 아— 훌륭한데……."

치켰다 내리켰다 하며 마음껏 놀려낸다. 모든 직공들도 모두 웃었다. 비슬비슬하는 젊은 벙어리의 뒷모양을 보고는 더욱더욱 웃었다. 호화로운 웃음이 없는 곳에 병신구실 하는 젊은 직공 견습도 웃음의 꽃이 피는 것 같다.

벙어리는 그의 별명이었다. 얼마든지 할 수 있는 말과 또는 입을 가지고도 그는 이 공장에 들어온 이후로 통— 말을 하지 않았다. 이 사람이 묻고 저 사람이 물어도 다만 빙긋빙긋 웃기만 할 뿐이었다. 그리하여 장난 좋아하고 흉보기 좋아하는 여러 직공들은 그를 벙어리라고 별명을 지

| * 이봐 김 군 수고하네.

었다.

그러나 벙어리 노릇하는 김상덕金尙悳이의 가슴에는 말하지 아니하는 그만큼 말을 많이 쌓아 가지고 있었다. 남이 욕을 하거나 흠을 보거나 그는 다만 침묵으로서 대항하였다. 대항하였다기보다 양보만 하고 지기만 하였다.

김은 스물다섯이 갓 된 젊은이다.

'그리고 우리 젊은 사람의 나갈 길은 다만 하나밖에 없다. 그리고 할 일은 다만 한 가지밖에 없다. 그것은 세상의 모든 일이란 단순하게 통일이 되어서 다만 하나밖에 아니 남은 까닭이다. 하나다. 새벽맞이의 전날 밤 준비인 싸움, 이 싸움 하나뿐이 이 세상에 남아 있는 그 하나다.'

김은 이렇게 생각하고 있다. 그리고 실제로 하나밖에 없는 일을 착수한 것이다.

착수하여야겠다는 이론을 가지고 김이 이 일에 착수했다느니보다 흘러가는 물과 같이 그의 환경은 그로 하여금 그렇게 하지 않으면 아니 될 경우를 준 것이다. 김은 이론 가진 싸움꾼이 아니다. 역경…… 방랑, 최하층으로 타락, 기갈, 식욕, 여기에서 일어나는 반역적 정열, 이것이 김으로 자연스런 싸움꾼을 만든 것이요 따라서 자연스럽게 싸움꾼이 없어서는 안 될 이러한 큰 공장의 직공 견습으로 된 것이다.

3

그날 밤 그는 공장 전용의(직공용) 목욕탕으로 왔다. 목욕탕은 식당과 연하여 있다. 그리하여 대개는 식당 안을 지나서 목욕탕으로 들어간다.

그는 솜같이 늘어진 쭉지를 긁으면서 가느다란 모가지에는 세수수건을 걸쳤다. 개개풀린 눈, 느린 걸음, 시원치 못한 호흡은 늘씬하게 매 맞고 나온 놈 같다.

요요한 전등 불빛은 목욕실 내에 가득 찼다. 늦은 까닭에 여러 백 명이 씻고 난 목욕통 물은 부옇게 때가 떠서 있다. 여기저기에는 대야와 널 조각이 늘어 놓여 있다.

지금은 열 시다. 직공 합숙소 안에서는 코고는 소리가 차서 있는 늦은 밤이다. 온종일 빙글빙글 웃던 그 웃음은 어디로 갔는지 다만 침통스런 우울한 빛만이 그의 얼굴에 차서 있다.

그는 무섭게 한숨을 내리쉬더니 홀―홀―홀― 옷을 벗었다. 옷이라고는 해어진 양복뿐이다. 내의內衣도 없다. 그의 온몸은 뼈만 남은 것같이 보인다.

"에히……."

무슨 말을 하려다가 다시 그치면서 대야로 물 하나를 떴다. 그리고 아주 아무 의식 없이 어깨로부터 쭈루루하고 내리부었다.

"악― 뜨거……."

무심결에 끼얹었다가 그제야 정신이 났다.

멀거니 뜨고 있던 두 눈에 빛이 났다. 힘찬 빛이다.

"에그 쓰려……."

그의 온몸은 가시나무로 찔린 것과 같이 만신창이 되었다. 긁은 자죽에 피, 피딱지 위에 긁은 자죽.

"엥히 엠병할. 이가 언제나 없어지나. 이는 무슨 심사로 살지 못해 쫓겨만 다니는 거지 같은 몸에만 들이덤비누……."

혼잣말로 중얼중얼하면서 또다시 그의 눈은 어떤 명상에나 빠진 듯이 멀건하게 되었다.

……못살게 구는 이나 잡을까 하고 뒷간 속으로 들어갔다. 뒷간 구멍

에서는 찬바람이 나온다. 터진 손은 꼭 께낄 수가 없다. 억지로 옷을 헤치고 보리알 같은 이를 잡아 죽이고 나왔다. 직공 감독을 만났다. '너는 밤낮 무슨 뒷간이냐'고 야단을 만났다. 실컷 핀잔만 맞았다……. 이런 일이 눈에 환하게 비친다.

……월급날…… 직공 견습이기 때문에 겨우 십이 원…… 하루 열다섯 시간…… 한 달에 한 번밖에 안 주는 휴가…… 그리고…… '너는 특별히 대접하여서 이만큼을 준다. 다른 직공 견습들은 잘해야 칠 원, 아이들이나 여자는 삼 원…… 한 달에 삼 원…… 너는 십이 원…… 중학교 졸업한 대접이다.' 하는 공장주의 관대한 훈화…….

이것도 생각났다.

학대받는 어린 직공의 모양! 조선 엿장수! 화부…… 거지 고학생…… 날마다 공장에서 보던 사람들의 얼굴은 모조리 생각났다. 그는 미친 듯이 나대었다.

"아!"

*

별안간 식당 안에서 게다 소리가 난다. 이쪽으로 오는 발자취가 분명하다. 자죽자죽 떼어놓는 발자취 소리, 그는 꿈이나 깬 듯이 급히 일어났다. 그리고 얼른 목욕탕 속으로 들어가버렸다.

그가 이렇게 늦게 온 것도 실상인즉 여러 사람의 눈을 피하여 온 것이다. 피부병자 같은 자기의 살을 남을 보이기가 싫었다. '요보는 아무렇게 하여도 이가 많아서 더럽다.'고들 놀려대는 소리에는 조선 사람 전체를 자기 한몸 때문에 욕을 먹이는 것 같은 민족적 책임감을 더욱더욱 느낀 까닭이다. 그러다가 이제 누구의 발자취 소리가 남을 듣고는 일종 공포를 느꼈다. 그리하여 신경 발작적으로 통 안으로 들어간 것이다.

4

오비*를 끌러버리고 기모노의 앞자락을 두 손으로 쥐고 들어오는 여자는 이 공장의 식당 하녀이다.

이제 열아홉, 작은 키, 둥근 얼굴, 마음은 곱고도 암상꾼이…….

무심히 들어오다가 김을 보고 깜짝 놀라며

"에그 김 상이세요. 어쩌면 가만히 계셔요."

김도 깜짝 놀라면서

"그럼 어떻게 하여요."

"에구 참…… 하……."

한참 웃기만 하다가

"천천히 하고 나오십쇼. 매우 실례했습니다네."

하면서 매우 다정스럽게 말하면서 나간다. 아무렇게나 틀어 얹은 어미 뒷모양! 두 어깨, 잔등이, 허리통, 그는 얼―없이** 보기만 하였다.

이제까지 우울하던 마음은 봄 만난 나비와도 같이 허황거려졌다.

멀리― 병든 어머니와 어린 처자가 있는 고향도 없어지고 모멸과 학대로 못살게 굴던 공장 안의 공기까지라도 그는 잊어버린 듯이 되었다. 그는 우습고도 심각한 영감을 느꼈다…… 가슴 뛰는 영감, 하녀의 뒷모양.

그는 얼른 옷을 추려 입고 목욕탕에서 나왔다.

크나큰 공장 안에는 조용한 전등 불빛이 차서 있다.

* 오비おび[帯] : 허리에 두르는 띠.
** 얼없이 : 조금도 틀림없이.

여기저기 늘어 놓인 장도리, 또는 마치, 철봉 그리고 늘어져서 있는 기계들은 온종일 시달려 지쳐 있는 듯이 보인다. 다만 한편 쪽에 있는 용광로에서만 석탄 타는 불꽃이 딱— 틱— 하고 가만히 정적을 깨뜨릴 뿐이다. 그는 그 용광로 앞으로 왔다.

화부는 널빤지 조각을 갖다놓고 도적잠을 자고 있다. 그 옆에는 조그만 의자 하나가 놓이고 거기에는 김의 목욕하기를 기다리느라고 앉아 있다가 잠이 들은 계집하인이 졸고 앉아 있다.

얼굴은 불기운에 달아서 붉게 되었다. 온몸은 늘어져 있었다. 숨결은 들리지 않았다. 캄캄한 새벽부터 주인 마누라쟁이에게 욕을 먹어가면서 밥 짓고 설거지하던 저는 따뜻한 용광로 앞에서 잠이 든 것이다.

그는 가까이 갔다. 오비는 매진 않았으나 앞자락은 두 손으로 쥐었다. 그러나 잠이 들어서 쥔 손은 늘어졌다. 앞자락은 헤쳐졌다. 새빨간 고시마키*가 보인다. 그는 가슴이 뜨끔하였다. 온몸은 별안간 떨렸다. 두 눈은 무섭게 번쩍였다.

그는 다시 황황스레** 저의 아랫도리를 보았다.

하얀 발, 하얀 다리목, 그리고 또 빨간 고시마키…… 그의 머릿속에는 하얀 젖가슴, 하얀 어깻죽지까지 어른거렸다…… 뛰었다. 숫짐승의 피가 뛰었다. 이러다가 그는 꿈 깨인 듯이 억지로 정신을 차렸다. 그리고 떨리는 소리로

"이마무라今村 상."

이마무라는 깜짝 놀라 일어나면서 두 손으로 눈을 비비고 어리광 피우는 것 같은 목소리로

"아이고…… 졸려. 지가 아주 꼬박 잠이 들었어요." 하면서 목욕탕으

---

* 고시마키こしまき(腰巻)き : 여자가 일본 옷을 입을 때 아랫도리의 맨살에 두르는 속치마.
** 황황遑遑스럽다 : 마음이 급해 허둥거리며 정신이 없다.

로 들어가버렸다.

모든 사람들이 모두 벙어리라고 놀려대나 홀로 가만히 있던 어리고
도 얌전한 이마무라 기미코今村君子의 모양이 더욱이 오늘 저녁에는 그에
게 커다란 인상을 주었다.

5

그 이튿날 그는 구루마를 끌게 되었다. 한 이십 관 되는 쇳덩이 세 개
를 싣고 이 공장에서 한 이십 리나 되는 동경시내 본소구本所區에 있는
어떤 가게로 배달을 하러 갔다.

주인이 네가 몸이 약한데 구루마를 끌겠느냐는 말에 그는 일종 호기
심의 충동으로 '넉넉'하다고 다짐을 두었다. 그는 아직까지 '넥타이'를
날리던 예전 생활이 생각이 되어 구루마를 끌고 밖으로 나가는 것이 좀
서먹서먹은 하였으나 그러나 그는 첫째는 밖으로 나가고 싶었다. 온종일
해가 뜨고 지는 것도 모르고 먼지투성이의 공장 안에만 있던 그는 청청
한 하늘이 보고 싶었다. 상점이 보고 싶었다. 행인이 그리웠다. 그리하여
한 번도 끌어보지 못하던 구루마를 끌고 나선 것이다.

그에게 있어서 일종의 모험冒險과도 같으나 실상 여러 직공들에게는
웃음거리로밖에 아니 보였다.

동경에서도 복잡하기로 그중 유명한 오오지마 큰길로 나섰다. 처음
에는 비슬비슬하고 이리저리 끌었다.

그가 구루마를 끄는 것이 아니라 구루마가 그를 미는 것 같았다. 구
루마 바퀴가 오른편으로 돌면 그의 몸은 왼편으로 쓰러진다. 그는 숨이
차기를 시작했다. 허리가 구부러져 간다. 어깻죽지가 아파간다. 그러나

그는 일심정력으로 있는 힘을 다 내었다.

그러나 그는 그중 큰 난관이 왔다. 오오치마 5정목 큰길에는 우전천隅田川의 지류가 가로 흘러간다. 그 위는 활등같이 구부러진 높다란 나무다리가 놓였다. 올라가려나 올라갈 수는 없었다. 두어 걸음 올라다가가 세 걸음 물러 내려온다. 그럴 때마다 구루마 채를 죽으라 하고 가슴과 배로 버티고 있었다. 그의 얼굴은 비 맞은 것같이 땀이 흘려 있다. 두 눈은 상혈까지 되었다.

어깻죽지는 들먹들먹한다. 그는 가슴이 답답하였다.

까맣게 쳐다보이는 다리의 위는 높기 태산같아 보였다. 갈려야 나갈 수 없고 돌아서자니 돌아설 수도 없다.

그는 슬픈 마음이 났다. 울고까지 싶었다. 그냥 내버리고 한없이 도망질을 치고까지 싶었다.

'온 경칠 놈이 노동을 신성하다느냐.'

그의 머리는 번개같이 빠른 감정에 지배되고 있다.

'노동자의 괴로움, 값없는 괴로움! 살라는 세상에 사는 것이 왜 이렇게 괴로우냐? 밥, 땀, 힘.'

이렇게 그는 속으로 부르짖었다.

그때에 별안간 뒤로부터 마차꾼의 외치는 소리가 들린다.

"오이 ハヤク行カンカコラ……."*

그는 점점 절박하여 오므로 죽을힘을 다 들였다. 헛수고는 아니었다. 구루마는 움직였다. 그러자 구루마 뒤에는 어떤 신문배달부 한 사람이 밀어주었다.

| * おいハヤク行カンカコラ(오이 하야꾸잇깐가코라……) : 이봐 빨리 가지 못할까, 이런…….

*

그는 그날 밤중이나 되어서 공장으로 돌아왔다.

반나절이면 넉넉히 갔다 오리라고 감독에게 주의까지 받았으나 그는 온종일 쩔쩔매고 길에서 헤매었기 때문에 겨우 이제야 돌아오게 된 것이다.

물론 온종일 굶었다. 배는 고프고 몸은 아팠다.

그는 얼른 사무실로 들어갔다. 한편 의자에는 지배인이 앉았고 그 아래 조그만 테이블 아래에는 공장 감독이 앉아 있다. 그리고 편지 겉봉 쓰고 있는 규지*만 서서 있고 그 외에는 아무도 없었다.

"좀 늦었습니다."

말이 끝이 나기 무섭게 공장 감독이

"아니 왜 인제 왔나."

그는 빙긋빙긋 웃으면서

"처음이 되어서 퍽 고생을 했어요."

감독은 아주 판을 차려 돌아앉으며

"핑계는 좋은데 처음이고 두 번째고 남의 부리는 사람이 되어가지고 그렇게 더뎌서야 쓰나. 그래 길에서 노닥거리고 나무 그늘에서 낮잠이나 자는 못된 놈의 버릇이 퍽— 부러웠던 모양이었네그려……"

비꼬아가면서 냉정스럽게 몰아세운다.

그는 원통하고도 분한 생각이 났다. 그리하여 얼굴빛이 붉고 숨이 되어졌다.

그때 지배인이 아주 점잖은 목소리로

| * 규지ㅎゅぅじ[給仕] : 관공서·학교 등의 급사. 사환使喚.

"여보게 요다음부터는 좀 더— 주의하게. 첫째 자네만 성실하게 힘쓰면 주인이든지 나든지 간에 다 알아보지 않겠나. 하하하."

하며 귀여운 강아지나 내려다보고 웃는 듯이 높직한 웃음을 웃는다. 그는 억지로 끄덕끄덕하였다.

그러나 온종일 고생한 그 값이 아니꼬운 꾸지람과 또는 높직한 조롱인가를 생각할 때에는 참으로 그의 가슴에는 한 가지 굳은 결심이 났다.

'옳다.'

그는 무섭게 흥분이 되어서 분연히* 공장 안으로 나왔다. 한편에는 밤일을 하느라고 아직까지 야단이다. 그리고 한쪽에는 겨우 일을 그치고 난 직공들이 둘러썼기도 하고 앉아 있기도 하다.

그는 그중 동편 쪽에 있는 용광로 앞으로 왔다.

마침 그때에 새로 지은 기모노(무명옷)에 삼십 전짜리 게다를 신은 어린아이들이 한 뭉치 모여 섰다. 그는 더— 한층 흥분이 되었다. 그리하여 분연히 그 아이들 있는 곳까지 갔다.

그 아이들은 조선서 갓 건너온 고소(小僧)**이다.

건너왔다느니보다 새로 사온 것들이다. 저들은 마음 좋지 못한 조선 직공과 또는 공장 주인의 간계奸計에 빠져서 아직 말도 잘 못하는 나이에 저희들의 고향을 버리고 온 것이다.

'일본에만 가면 공부를 시켜준다. 옷 주고 밥 주고 일 가르치고 공부 시켜준다.'고

아무것도 모르는 시골 농군을 속여서 나무나 하고 아이 보아주고 하던 어린아이를 데려오는 것이다.

그리고 계약서에는 삼 년이니 사 년이니 하여 가지고 여비나 의복비

* 분연奮然히 : 떨쳐 일어서는 기운이 세차게.
** 고소こ—ぞう(小僧) : 나이 어린 심부름꾼.

니 해서 오육십 원씩을 주어서 데려오는 것이다. 오기만 하면 물론 가지 못한다.

마치 창기* 모양으로 여기 올 때까지의 비용은 주인에게 빚을 진 셈이니까 일거일동은 주인이 좌우하게 되는 것이다. 그리하여 인정과 풍속이 다른 이곳에서 평생에 햇빛도 보지를 못하고 어린 몸뚱이를 온통 대자본가의 자본資本 확충擴充의 노예奴隸 노릇을 하는 것이다.

그는 이 어린 노예들을 볼 때에는 울었다. 이를 깨물었다. '가갸거겨' 하고 '눈깔사탕'이나 사먹을 십이삼 세의 유년들을 순전한 기계를 —그보다도 상품商品— 만든다는 것은 얼마나 가련한 일이냐? 얼마나 악착한 일이냐? 세상은 전변하여야만 하겠다는 이론도 다 치워버려라. 다만 당면에 살기가 어려우니까 —즉 죽어 가니까— 거기에 대한 살겠다는 반항만이 있어야겠다—는 이러한 생각은 그로 하여금 불꽃을 만들어주었다.

6

그 이튿날 오후에 공장 안은 수라장이 되어버렸다.

마침 월급날이기 때문에 모든 사람들의 머릿속에서는 일종의 공통되는 공상에 어울려 있다.

'나가는 것이 많은' 계산을 하느라고 머리들은 복잡하여졌다. 미리 빚쟁이한테 졸릴 생각을 하고 고개를 숙이는 자 또는 옷 해 입을 것이 없어 걱정하는 자! 또 다 치워버리고 계집집이나 가버릴까! 하는 자! 하여간 천 가지 만 가지 공상들은 다르기는 하였지만은 부족不足하다는 그 점

| * 창기娼妓 : 몸을 팔던 천한 기생.

에서만은 똑같았다.

오후 네 시! 회계원은 치룽* 같은 궤짝에다가 돈주머니를 가지고 나왔다.

여러 사람들은 일시에 불안함에 빠졌다. 웃음이 없어졌다. 받아가지고 입맛도 쩍쩍 다시며 또 어떤 자는 너털웃음도 웃어버린다. 이렇게 월급은 차차차차 돌리기가 시작되었다.

한 시간은 되었다. 공장 감독은 종을 쳤다. 모여들라는 종이다. 모두들 모여들었다. 중간으로 삥 둘러섰다. 그리고 불안과 저주와 또는 초민** 하는 빛들을 띠고 섰다.

얼마 뒤에 주인은 나왔다. 지배인과 또는 여러 사무원들은 전후로 옹위하였다.

주인은 여러 직공들의 거친 그리고 강렬한 눈결에 싸여서 매우 정중한 소리로

"오늘은 다 아는 바와 같이 당신네들의 애쓰신 결과를 받는 날이 아니요. 아무쪼록 더한층 성실과 인내와 또는 결심을 가집시다. 그리고 오늘 이렇게 모이란 것은 이 공장 안에 너무나 나태한 자가 많이 늘어가는 까닭에 그를 방지하자고 의논을 하려는 것이오. 즉 어떤 오래된 자는 오래된 것만을 믿고 식전에 늦게도 오고 또 가끔 빠지기도 하니 그런 나쁜 일이 어디 있단 말이오. 그래서 오늘부터 이렇게 규칙을 정하였소.

아침에 늦게 오는 자는 그날은 반공전.***

와서 일을 성실히 하지 않는 자는 그날은 일 원감.

그리고 또 고소라든가 직공 견습들은 하루라도 더 배우는 게 좋으니

---

* 치룽 : 싸리로 채롱 비슷이 결어 만든 그릇.
** 초민焦悶 : 속이 타도록 몹시 고민함 또는 그런 고민. 혹은 애처롭고 민망憫忙하게 여김.
*** 반공전半工錢 : 절반의 품삯.

까 한 달에 두 번 놀리던 것을 이번부터에는 한 번으로 고치겠소. 다—들 알았소?

각별 주의를 하여 규칙에 어김이 없도록 합시다!"

말이 끝나자마자 온통 군중은 물 끓듯 되었다. 수만 마리 벌떼 모양으로 웅얼웅얼하는 소리는 공장 안을 수라장으로 만들었다. 그러나 뾰족하게 나오는 목소리는 없었다. 모두 우물쭈물하는 군소리뿐이었다.

"야 지독하다."

하는 소리가 났다. 누구를 상대 삼지 않고 혼자 하는 말이다. 공장 주인은 으레이 그러려니 하고 예상이나 한 듯이 가만히 서서 내려다보고만 있었다. 감독은 눈살을 찌푸리고 섰다.

"아니 반공전— 픽 똑똑한 규칙입니다그려."

"아니 일을 늦게 한다니, 어떻게 하야 하루 일 원을 감하지 않나요?"

"허…… 하루 칠십 전 버는 사람은 으레 모자라겠네."

여직공의 소리도 났다.

"뭐도 한 달에 두 번 노는 것도 너무 과하단 말이지."

"핑계는 좋소."

최후 고함 소리가 났다. 여러 사람들의 시선은 그 고함지르는 곳으로 몰렸다. 모든 사람의 가슴은 터질 듯이 뛰었다. 그리고 주먹들은 단단하여 갔다.

아이들은 울 것같이 섰다. 늙은이는 한숨만 쉰다.

직공 감독은 모질고 큰 목소리로

"자— 제군 좀 정숙하게 합시다. 쥔 영감께서도 실상인즉 제군들을 위하여 하시는 일이니까 제군은 더한층 열심으로 일만 보면 좋을 것이 아니요."

터질 듯 터질 듯하던 남녀 군중의 분통은 그만 터져버렸다. 고함 소리는 났다. 공장은 떠달아날 듯이 되었다. 기계 소리, 불 소리, 모든 소리는 불평을 부르짖는 여러 군중의 목소리에 정복이 되었다.

그러는 중에 군중 한편쪽이 갈라졌다. 미친 듯이 뛰어나오는 젊은 자가 있었다.

평생에 벙어리라고 별명 듣던 김상덕이다.

분연히 나와 서며 여러 군중을 향하여 소리를 쳤다.

처음에는 무슨 소린지 몰랐으나 참으로 군중들이 무슨 소린가 하고 정돈됨에 따라 그의 목소리는 산악같이 변하여졌다.

"제군— 제군은 정신차리라. 조건 없이 우리는 복종할 것이 아니란 것에 주의하여라.

생각하라. 우리는 우리들의 정당한 요구를 할 수 있지 않은가— 자— 제군 우리는 일제하게 이 부당한 강제의 규칙에는 반항을 하자. 만일 제군이 이번 규칙을 받지 않겠다거든 일제히 박수를 하자—"

소리가 나자마자 장내는 떠나갈 듯이 남녀 군중의 박수 소리에 파묻혔다.

이어서 그는 주인 앞으로 갔다. 그 태도는 대담하였다. 그의 두 눈은 별보다도 더 빛이 났다. 두 주먹은 떨려 있었다.

여러 군중도 다 같이 그와 주인을 본다. 주인은 잔뜩 흥분이 되었다. 물론 아무 소리가 없이 규칙이 통과되리라는 예상이 어그러진 데 성이 난 것이다.

더욱이 직공 견습 녀석이 나와서 뒤떠들어 가면서 여러 군중을 격동시키는 것에는 하늘을 뚫을 듯이 성이 났다. 그를 당장 잡아 죽일 듯이 미웁게 보였다.

그는 그러한 주인의 얼굴도 살필 여가가 없을 만치 흥분이 되었다. 몇 해 동안 쌓였던 묵은 원한은 한데 터져서 그를 불꽃으로 만들었다. 그는 직공이 아니었다. 사람이었다. 그보다도 짐승이었다. 여러 해 주린 거칠은 짐승이었다. 그의 눈에는 보이는 것이 피밖에 없었다.

수많은 무리를 한데 말려 죽여서 혼자만 살쪄가는 못된 것의 피만 보였다. 그리고 기가 보였다. 햇빛이 보였다. 그는 신경 발작 이상의 감정에 도취되어 있다.

자기의 등 뒤에 있는 수백 군중은 무장한 군대와도 같이 보였다. 그리고 자기의 몸에도 칼이나 있는 듯이 생각되었다.

목소리 떨리는 목소리로

"영감 우리는 그 규칙을 못 받겠소…… 못 받아요……."

주인 영감은

"무엇…… 이런 무례한 놈 봐……."

그는 더욱 완강하게 서서

"무엇이 무례해요! 말하는 것이 무례해요."

군중은 손뼉을 친다.

그는 다시 이어서

"무례고 유례고 간에 우리도 살아야죠. 이 핑계 저 핑계하고 조금도 여가를 안 주며 또 뭐니뭐니 해서 그만큼 주는 월급까지라도 깎으려면 되나요."

주인은 한풀 꺾인 듯하였으나 역시 큰 목소리로

"아니 월급을 깎다니."

"그럼 깎는 것과 똑같지 뭐야요. 깎을 수는 차마 없으니까 벌금이란 조목으로 자꾸 감해내면 그만 아니야요."

김은 더한층 소리를 지른다.

군중 가운데에서는

"옳다."

"옳은 말이다."

"에 벙어리…… 잘한다 잘한다."

하는 부르짖음이 일어난다.

그는 다시 군중을 돌아보았다. 군중은 무섭게 흥분한 가운데에도 의아가 떠어 있었다.

해고 · 밥줄.

이것들을 군중은 무서워하는 까닭이다.

군중 맨 뒤에는 여자들이 서서 있다. 앞이 보이지를 아니하니까 용광로 옆으로 올라가서 발돋움을 하고 서서 보는 자도 있었다. 그중에는 마에가게*에 수건을 쓰고 있는 기미고君子도 있었다.

언제나 해결이 되는지 몰라서 모든 군중은 흥분된 가운데에서도 초조들을 했다.

그러자 한 떼의 경관이 나타났다.

김상덕이는 아무 소리 없이 잡혔다. 공장 주인의 얼굴은 더한층 살기가 떠 있었다.

김은 잡힌 대로 서서 또 소리를 지른다.

"제군 나는 아무 상관없다. 다만 제군들은 정신만 차리라……."

말이 끝나지 않아서 경관은 뺨을 갈겼다.

또다시 김은 상혈이 되었다. 저항 없는 온몸에는 살점마다 각각 뛰었다.

그럴 때다. 군중은 한편 구석부터 헤어졌다.

뒤에 섰던 여직공들은 거의 뒤로 자빠질 듯이 밀렸다.

경관은 두어 마디로 주인에게 인사를 하더니 김을 끌었다. 김은 그냥

| * 마에가게まえかけ(前掛)ナ : 앞치마. 원문에는 '마에기게'로 되어 있음.

따라갔다.

여러 군중은 불안과 공포와 또는 반역의 빛에 싸여서 잡혀가는 김을 본다.

그때에 기미고는 정신없이 바라본다. 어쩐지 두 눈초리는 샐쭉하여지고 까만 눈동자에는 물기가 돌았다. 확실히 흥분이 된 모양이다.

김은 경관에게 끌린 대로 용광로 앞으로 갔다.

그와 기미고의 사이는 다섯 칸 통밖에 아니 남았다.

우연히 그는 기미고의 두 눈과 마주쳤다.

불길 같은 눈길…… 불길 같은 충돌.

그는 별안간에 가슴이 찢어지는 듯하였다. 아무렇게 잡혀갔다 오리라고 하던 소극적 태도는 돌변되었다.

사랑하는 계집 하인이! 더욱이 처지가 같은 기미고가 말없이 서서 눈물을 내고 섰는 것을 보고는 차마 발이 떨어지지 않았다.

마음이 놓이지를 않았다. 널따란 사막에다 혼자 내버리고 가는 듯한 적막을 느꼈다. 슬펐다. 분했다. 그의 가슴은 비분강개한 용사의 피가 끓었다.

그리하여 그는 꼼짝을 아니하였다. 산악같이 무거웠다. 경관은 그냥 잡아끈다. 그는 경관이 잡는 대로 뿌리쳤다. 경관의 발길, 손 주먹. 그것은 우박 모양으로 그의 몸을 휩싸버렸다. 그의 모양은 흉녕하게 변하였다. 머리는 쑥대같이 흐트러졌다. 옷은 찢어졌다.

그보다 그의 마음은 물결 모양으로 출렁거렸다. 사람— 사람! 모든 사람은 그의 눈에 보이지 않았다. 직업적으로 일종의 기계화한 경관의 횡포한 모양은 마치 야수 모양으로 보였다.

야수, 피, 어금니. 여기에 대한 생물 본능의 반항은 그로 불꽃을 만들었다.

그는 소리를 질렀다. 무슨 소린지 모르는 일종의 호효이다. 그러나 그는 하나, 경관은 무수. 버르적거리면서 결국은 자꾸 끌려가기만 했다.

군중은 반이나 헤어졌다.

그리고 모두 울렁거리는 공포와 분노, 반항과 굴복, 자유와 밥줄. 이러한 기로에서 방황하고 있다. 주먹마다 벌벌 떨리기는 했다. 그러나 그들의 머릿속에는 노랑꽃 핀 처자의 그림자가 어른거렸다. 그리하여 모든 군중의 바깥 모양은 어리석어 보이고 또는 온순하여 보였다.

그리고 개나 도야지 모양으로 질질 끌려가는 그의 얼굴에서만은 씩씩한 그리고 장엄한 기색이 나타났었다.

7

돌연突然! 기미고의 섰는 용광로의 아궁이가 무너졌다. 이 용광로는 요사이 새로 고쳤던바 아직 아궁이 한편은 대강 시멘트로 겉만 발라놓았던 것이었다.

그래서 기미고가 그 옆에 서서 있는 바람에 사이가 점점 벌어져서 한꺼번에 무너져버린 것이었다.

맹렬한 불길이 훨훨 붙어 있는 석탄덩이는 우루루 하고 쏟아져 왔다.

기미고는 김이 끌려오는 것을 정신없이 바라보고 섰었다. 좁은 가슴에는 원분스런 핏발이 뛰었다.

소견스럽고 다정스럽던 김이 애매히 잡혀가는 것을 보고는 자기의 부모나 잡혀가는 듯이 아니 그보다도 더 강렬스럽게 가슴이 아팠던 것이다.

그러다가 뻘겋게 상혈된 김의 눈과 마주칠 때에는 거의 울듯이 되었다.

저녁마다 아무도 없는 고요한 용광로 앞에서

어려서 지내던 일, 고생하던 일, 낮에 지낸 사정, 또는 아름다운 장래將來. 이런 것들을 이야기할 때마다 김은 침통스런 가운데에서도 다정스런 웃음을 띠고 만반으로 위로를 하여주던 그 얼굴, 그 웃음 띤 얼굴. 그것은 한끝— 머릿속에 떠돌았다.

그러는 판에 등 뒤에서 벼락 치는 소리가 들렸다.

그리하자 언뜻 돌아볼 때— 아— 불 용광로…… 급작스럽게 피하려다가 그만 신경이 아찔하게 되어 그냥 그 자리에 쓰러져버렸다.

불꽃은 기미고를 둘러쌌다. 집어삼킬 듯한 무서운 세력을 가지고 있다.

온 장내는 긴장이 되어버렸다. 모두들 어쩔 줄을 모르고 소리들만 지른다. 주인도 소리를 지른다. 여자들과 아이들은 울 듯한 목소리로 부르짖는다.

불길은 점점 높아간다. 기미고의 옷자락에도 불이 붙었다.

벌써 직공들의 한패는 수돗물을 떠가지고 온다.

괭이와 삽을 가지고 덤벼든다.

김은 미친 듯이 되었다. 경찰의 부축도 다소 누그러졌다. 김은 살대 같은 빠른 세력으로 불꽃 속으로 달려들었다. 이성理性은 그로부터 떠나가버렸다. 예민한 신경의 반사적反射的 활동뿐만의 그는 지배되어 있다.

정신없이 쓰러진 기미고를 껴안았다. 불붙은 옷자락을 손으로 쥐었다. 뜨겁거니 무겁거나 하는 모든 육체의 괴로움은 없었다. 없었다느니보다 몰랐다. 순전히 그는 강렬한 열정에 도취되어버렸다. 지배인은 달려와서 대중없이 소리를 지른다.

"애 병원 기미고…… 얼른 얼른."

김은 그냥 열에 떠서

"자 염려 마시오. 내가 데리고 가리다."

그냥 꺼—안은 대로 문 밖으로 향하여 달아났다.

군중들은 놀람과 무서움에 싸여서 몰려드는 물결 모양으로 한데 문밖으로 밀려나갔다.

경관들도 쫓아나갔다.

주인과 지배인은 용광로 앞으로 왔다.

불길은 거의 거의 꺼져버렸다. 다만 연기와 증기가 한데 섞여서 부옇게 떠오르고 있을 뿐이다.

주인은 무너진 아궁이를 바라보면서 입맛을 쩍쩍 다시기만 하고 섰다가 상을 찡그리고

"엥히 오늘은 운이 나쁜 날인걸……."

그리고 무슨 말을 하려다가 말을 하여도 소용이 없다는 듯이 그냥 입맛만 쩍쩍 다시고 섰다.

*

가메도龜戶 병원 응급 치료소 방 안에는 불에 상한 기미고가 누워 있다. 그 옆에는 간호부 두어 사람과 의사가 서서 있고 그 외에 초조하는 빛에 싸인 김이 서서 있다.

"생명에는 관계가 없다고 그러셨지요."

의사는 도리어 민망스러운 듯이

"네…… 아무 염려 마시오. 급작스러이 놀라기만 해서 심장마비*가 되었을 뿐이니까요."

| * 원문에는 '신장마비'로 되어 있음.

김은 그래도 못 알아들은 듯이

"곧 깨어날까요."

의사는 귀찮은 듯이

"글쎄 염려 마셔요."

김의 두 눈은 뚫어질 듯이 기미고의 얼굴에 닿았다.

그리고 가슴은 초민에 빠져 있었다. 의분義憤이라든가 불평이라든가 세상이라든가 그 외의 모든 것은 잠잔 듯이 가라앉아버렸다.

다만 기미고의 방긋이 되어서 나는 얼굴, 새파랗게 질린 얼굴, 빨래 하는 생생한 모양, 빳빳하게 시체가 된 모양.

이 광경과 암흑, 여기에 순화純化되어 있다.

그때에 기미고는 어깨를 들먹들먹하더니 조그마한 입을 열어서 선하 품을 한다.

김은 더한층 황황하여져서 어쩔 줄을 몰랐다.

그럴 때도 도어가 열리면서 쫓아왔던 경관이 들어왔다.

"자— 갑시다."

김은 못 들은 듯이 기미고만 들여다보고 섰다.

기미고는 또 무겁게 한숨을 내쉰다. 그는 더욱 달려들었다.

경관은 그를 잡아끌었다. 그는 애걸하는 소리로

"잠깐만 참으시요. 네 잠깐요."

경관은

"안 돼! 안 되어. 어서 갑시다."

그는 앙탈을 하다 못하여 그냥 끌려 나간다. 그는 거의 울 듯이 되었 다. 그러다가 또다시 그의 머릿속에는 손뼉과 발을 구르며 소리 지르는 군중의 모양이 떠올랐다. 불길이 보였다. 주인의 목소리가 들렸다.

이제까지 고요만 하고 적막만 하던 마음은 다시 산악같이 변하였다.

요란하게 흔들렸다.

그리하여 거칠고도 강렬한 소리로 부르짖었다.

"오냐 가자."

목소리는 병실을 울렸다.

막 문밖으로 나가려할 때 기미고는 눈을 떴다. 조건 없이 잡혀가는 김상덕이의 마음, 조건 없이 병실에 드러누워 있는 기미고의 마음 그리고 온 세상을 태워버릴 듯한 세력을 가진 용광로의 불길!

흘러가는 물결과 같이 지리하던 밤중도 지나가버리지를 않는가?

– 끝 –

5월 5일 고개 밑에서.

—《개벽》, 1926년 6월

석공조합 대표

1

대동강의 물결은 노래만 하고 왔다.

질탕거리는 신사숙녀의 '배따라기' 노랫소리만 듣고 보아서 그리고 젖어서— 유탕한 기운에 찼었다.

그러나, 보라! 들어라.

대동강의 물결 소리는 변하여버렸다. 오인하는 사공의 탄식과 고기 잡이 여인네의 가쁜 숨과 또는 청류벽 아래에서 땀 흘리는 석공石工들의 돌 쪼는 소리에 훌륭하게 변하여버렸다.

*

"이런 제기할 것— 언제나 이것을 면하고 만단 말인가?"

붉은 햇발이 동쪽 기슭을 헤치고 나올 때마다 이러한 탄식 소리는 여러 석공의 입으로서 나왔다.

그들은 어디까지든지 그들의 하고 있는 생활을 싫증을 내면서도 또는 내어버리려고도 아니하고 지내가는 모순을 가지고 산다.

과연 그들은 그와 같은 모순을 스스로 지어 가지고 있나? 또는 막으려나 막을 수 없는 물결 모양 같은 불가항력의 자연으로 가지게 되었나? 우리들은 가장 단순하게 그중의 하나인 젊은 석공 박창호의 지내가는 꼴이나 검사하여보자.

2

창호의 집은 모란봉에서 멀지 아니한 경산리 산언덕 위이다. 그 산언덕에는 커다란 과원이 있다. 그 과원을 거두어가며 지키고 사는 늙은 원정*이 있다. 창호의 아버지였다.

아버지는 펴지지 않는 꼬부랑 허리를 펴가며 호미와 괭이와 또는 과일 따는 작대로 지내가며, 아들인 창호는 정과 장도리로 돌을 쪼고 다듬으며 또는 비문碑文도 새기고 지내간다.

창호는 처가 있었다. 이제 이십이 갓 된 젊은 색시였다. 그리고 작년에 갓 낳은 두 살 먹은 돌 안 된** 아들이 있다. 그의 처는 구옥순이다. 역시 대동문 안 ××고무공장의 여직공으로 다닌다.

'벌지 않거든 먹지 말아라.'

이것을 그들은 스스로 실행하고 지내간다. 마땅한 일이다. 그러나 마땅한 일을 마땅치 않게 강박이 되어 지내가는 데에야 그들의 마음은 언제든지 쓰릴 뿐이다.

봄이다. 늦은 봄이다.

---

* 원정園丁: 정원사庭園師.
** 원문에는 '된'이 빠져 있다.

모든 것은 활개를 폈다. 푸르고 붉고 그리고 찬란하게…… 하여간 자연만의 세상은 기쁨에 뛰었다.

대동문 아래 연광정 옆에는 커다란 석공장이 있다. 철재로 둥그렇게 둘러싸고 그 안에는 여기저기 비석과 대리석이 쌓여서 있다. 한편에는 나무로 지은 바랏구* 한 채가 있다. 'XX석공장사무소'라는 패가 붙이어 있었다.

돌을 다듬는다. 깨트린다. 또는 갈기도 한다. 새기기도 한다. 한 삼십 명은 된다. 대개는 사오십은 되어 보인다.

그중에 창호도 쭈크리고** 앉아서 비문을 새기고 있다. 헌 양복저고리를 사무복 삼아서 입었다. 검정 바지에 고무신을 신었다. 머리에는 헐어 빠진 캡을 쓰고 눈에는 헝겊으로 테를 싸맨 커다란 안경을 썼다.

그는 작은 키다. 얼굴은 동그랗다. 눈은 빽빽하다. 매우 소갈머리도 없어 보이고 또는 어림도 없어 보인다. 손가락집이 따로 없는 뚱그런 장갑을 한편 손에 끼고 가느단 정으로 비문 글자를 새기고 앉았다.

그는 골몰하였다. 모든 사람들도 다 정신은 쪼고 갈고 새기는 거기에 통일되고 있다.

강가에는 옹기 실은 짐배가 닿아서 야단들이 났다.

머리에다 수건 쓴 아즈먼네들이 제각기 값 싸고 좋은 것을 사려고 뱃전과 또는 뱃가에 둘러싸서 있다.

아이들…… 짐꾼…… 굵고 가는 말소리는 한데 합하여 와글와글한다. 강물 소리는 없다. 잔잔만 하고 유유만 하였다. 다만 가끔 불어오는 바람이 철렁철렁하는 가는 물결 소리를 멀리서 가지고 올 뿐이다.

와글와글 땡 땡…… 스르스르 딱 딱 그리고 어기여차 이것들만이 봄

---

* 바랏구 : 바라크baraque. 허름하게 임시로 지은 작은 집. 판잣집. 가건물.
** 원문에는 '주푸리고'로 되어 있음.

날 푸른 강가의 유유한 공기를 출렁거렸다 가라앉았다 할 뿐이다.

그는 아침부터 큰 글자 다섯과 작은 글자 셋…… 모두 여덟 자밖에는 새기지를 못했다. 물론 다른 날보다는 매우 덜했다. 반도 못한 셈이다……. 그러나 그는 그리 속히 하려고도 아니하였다.

손과 눈과 또는 그의 몸뿐만은 그를 기계와 같은 우상으로 만들었을 뿐이요, 실상 그의 풀린 물결 같은 호활한 마음은 다른 데로 다른 데로 떠돌아다니는 까닭이다.

그의 마음은 오늘뿐만 아니었다. 언제든지 이같이 판 박아 논 듯한 과도한 노력을 할 때에는 떠돌아다니었다. 그는 하는 일이 '비문' 새기는 것이었기 때문에 언제든지 '영세불망비', 'ㅈ공자선비' 같은 것을 잘 새기었다.

이런 비문을 자기의 손으로 새기는 것은, 다시 말하면 그 같은 비석(?)이 자기 손 때문에 이 세상에 서게 되는 것을 생각할 때에는 그는 언제든지 분하였다. 절통하였다. 그래서 그는 그런 비문을 새길 때마다 그 비문의 주인을 찾아갔었다. 그리하여 가장 엄연하고도 가장 비통하게 꾸짖었다. '영세불망이라니……. 너의 한 일을 오래도록 잊어버리지 말고 있었다가 뒤집어버리란 말이냐.' 아주 이 때문에 흥분된 소리로 포함*을 쳤다. 그러나 역시 이것은 그의 생각만이었었다. 그러면 그날 저녁에는 삯전을 적게 받아가는 것이 그의 생각이 흥분되었던 보수이었다.

그러나 지금의 생각은 그전과는 달랐다.

얼마 아니 있으면 서울 올라갈 궁리였었다.

씩씩하고도 무서운 그리고 열정의 모든 뜻 같은 생활 같은 동지들과 만나서 이야기할 생각이었었다.

| * 포함 : 무당이 귀신의 말을 받아서 하는 호령號令.

혹은 연단에 서도 보고 혹은 결의문도 낭독하여보았다. 혹은 벽력같은 소리로 야치*도 해보고 혹은 큰 정략가의 명상 모양으로 고개를 푹 숙이기도 해보는 것이었다. 그러다간 그는 점점 깊이 빠져버린다.

회장會場은 변하여 ××회장이 되고 자기들은 승리를 축하하는 술잔도 들어보았다.

"나는 ×× 전에는 평양에 있는 석공조합원으로서 모든 같은 석공과 또는 비슷한 동무들의 똑같은 이익과 행복을 위하여 싸우다가 감옥에를 세 번이나 들어갔습니다. (더 비장한 소리로) 그래서 나의 어린 처는 그 사람으로서는 맡지 못할 흉악한 고무 냄새를 맡아가면서 나의 늙은 아버지를 공양하고 나를 기다리다가 그만 원통하게도 원통하게도 영양 부족이 원인이 되어서 죽어버렸습니다. 춥고 더운 삼 년 동안의 감옥생활을 하다가 나온 내가 처자와 부모까지 다 굶어 죽은 것을 당할 때에 과연 이 가슴이 어떻겠습니까……. 여러분! 그때는 말할 수 없이 나의 마음은 비장하여졌었습니다. 그저 두 토막의 송장이 되더라도 앞날의 승리를 향하야 돌진하려고 했었습니다."

이와 같은 추억담도 하였다. 그래서 그는 승리에 못 견디는 희열에 흥분이 되어버렸다. 그래서 주먹을 꽉 쥐었다. 주먹에는 쥐었던 정이 더 꽉 잡히었다. 섬뜩하였다. 그래서 그는 깜짝 놀랐다. 멀리 갔던 공상은 다시 공상 속에서 추억하던 옛날인 지금으로 돌아왔다. 승리를 축하하는 술꾼이었던 그는 승리를 기약하는 젊은 석공으로 또다시 변하여버렸다.

| *야지やじ [野次] : 'やじうま'의 준말. 야유함 또는 그 말.

그날 저녁때이다. 보름달은 초저녁부터 솟아서 있다.

모든 석공들은 연장〔匠鍊〕을 망태기에다 넣어서 둘러메고 피곤된 빛으로 저희 집으로 돌아간다.

모두들 사무실로 들어가서 쥔에게 인사를 하고야 간다. 그도 사무실 안으로 들어섰다. 한 이 칸쯤 되는 방 안에는 조그만 사선상* 하나가 놓였다. 그리고 사선상 위에는 금자 박은 장부책 몇 권과 조그만 손철궤 하나와 그리고 주문서 부스럭지, 주판, 재떨이 따위들이 질서 없이 놓였다.

그 앞에는 그야말로 양돼지 같은 쥔 영감이 앉았다. 아무것도 없고 배만 있다고 해도 옳을 만치 그의 배는 부르고 크다. 머리는 대야머리다. 얼굴은 넓적이…… 게다가 테 작은 금테 안경을 써서 더 넓적하여 보인다. 떡 걸터앉아서 모든 석공들의 인사하는 것을 받고 앉았다. 일부러 안경 너머로 쳐다보는 그의 눈쌀은 능갈치고 무서운 잔인성이 띠어서 있다.

창호가 막 인사를 하자마자 쥔은 손을 들어서 멈추면서

"자넨 잠깐만 있게, 좀 말할 게 있네."

매우 거북살스러운 소리다.

"네!" 그도 간단하게 말을 하고 매우 좋지 못한 기분이 되어서 서서 있었다.

모든 석공들이 다 간 뒤에 쥔은 더한층 얼굴이 이상하여졌다. 살기가 돌았다. 그리고 능멸하는 빛이 돌았다.

"자네. 그래, 꼭 갔다 오겠나."

---

* 사선상四仙床 : 네 사람이 둘러앉게 만든, 네 발이 달린 높은 음식상.

그는 알았다. 물어보는 말이 어떤 것은커녕 물어본 뒤에 어떻게 하리라는 쥔의 마음새까지 알았다.

"그럼 어떻게 합니까? 저 혼자 마음도 아니고 여러 사람이 결정을 한 것을……."

쥔은 더한층 노하였다. 목소리는 떳떳하여졌다. 그 뚱뚱한 몸뚱이에다가 대이며는 그 목소리는 너무나 작았고 떳떳만 하였다.

"아니 대체 석공조합이란 것은 뭔가?"

그도 홀연히 마음이 군세어졌다. 언제든지 삯전 때문에 고개를 숙이고 지내가던 쥔 앞에서 그는 엄연하게 한 사람이 되었다. 목소리는 떨렸다. 무거웠다.

"그건 별안간에 왜 물으십니까? 썩 쉬웁죠. 석공들이 모인 게죠."

"그건 누가 모르나."

금방 해라로 변하였다. 이 세상에서 그중 분하고 보기 싫은 것을 대하여 이야기하는 것같이 쥔은 매우 분노되었다.

"그 목적이 뭐냐 말야."

그도 더 흥분이 되었다. 그와 쥔은 질서 있는 정비례적 분노로 흥분되어 간다.

"그 목적이야 물론 우리들의 행복을 위한 것이지요. 언제든지……."

말이 끝나기도 전에 쥔은 책상을 딱 치며 소리를 고래고래 지른다.

"행복— 흥, 그래 멀쩡하게 남들이 피땀을 흘려 가며 모아 논 것을 뺏어 먹는 것이 너희들의 행복이냐. ××주의니 뭐니 하는 것은 멀쩡한 도적놈들이야. 너도 젊은 녀석이…… 아니 어떤 녀석의 꼬임에 빠졌니…… 공연히 온공하게* 시대를 맞춰 살아서 부모처자를 굶겨 죽이지 말아 아

| * 온공溫恭하다 : 온화하고 공손하다.

니할 생각이나 해······ 국으로."

그는 불이 되었다. 그리고 벙어리가 되었다. 가슴에서 일어나는 불은 그의 말을 모두 태워버린 듯싶다. 다만 불뚝불뚝하는 힘줄과 번쩍번쩍하는 두 눈빛만은 무섭게 되었다. 쥔은 좀 언성을 낮추어서 어린애 가지고 말하듯이 좀 유한 소리로,

"너 괜히 순히 이르는 것이니 다 그만두어라. 석공조합 대표가 다 뭐냐. 대표 노릇 하면 누가 돈을 푹푹— 갖다 줄 줄 아니······ 그리고 공연히 대회니 뭐니 해서 서울을 며칠씩 가서 있으면 그동안에는 네 집은 다 굶어 죽으란 말이냐."

쥔은 좀 누그러지자 그는 돌연히 더 흥분이 되었다. 엄연한 소리로

"전 그런 말씀은 들을 줄을 모릅니다."

쥔은 그 소리에 또다시 분이 나서

"뭐? 그럼 꼭 가겠단 말이냐?"

"꼭 가지요."

쥔은 별안간 외면을 하면서,

"그럼 어서 가거라. 귀찮다······." 다시 고개를 돌리면서

"너 생각해서 해. 가려거든 너는 가고 관계 끊는 셈만 쳐라."

그는 흥분된 가운데에서도 분통하여져서

"글쎄, 영감께 지가 거기 잠깐 다녀오기로 무슨 이해상관이 계십니까?"

"그래, 나는 이해상관이 실상은 없다고 그러자. 그렇지만 뻔히 너도 모르는 터도 아니고 하니까 너의 집안 사정을 봐서 그러는 말야······. 너 부모나 처자가 얼어 죽으면 네 생각은 시원하겠니."

그는 또다시 험하여 갔다. 일시 애상적이 되었던 그의 신경은 순전한 야수, 주린 야수의 부르짖는 그러한 험악으로 변하여버렸다. 그래서 가슴속에서는 소리를 치면서 피가 끓었다. 머리는 전광 같은 공상이 전광

같이 왕래하였다. 그래서 말도 하기가 싫고 더 섰기도 싫었다. 그는 딱 끊어서

"저는 꼭 갈 터이니까 그런 줄 압쇼."

내어던지듯이 탁 쏘아 말하고 나왔다.

걸음은 매우 빨랐다. 분연하였다. 그리고 "그런 줄 아슈." 하는 시위적 언사, 남성적 결기를 남기고 온 자기의 행위가 매우 장쾌하였다. 그는 이러한 장쾌한 기분에 도취되어서 집으로 돌아왔다.

3

아주 캄캄한 밤이다.

창호가 막 집으로 와서 방문을 열었을 때이다. 방 안에는 같은 조합 대표인 김익진이란 젊은 동무가 와서 앉았다. 그와 김은 반가이 서로 악수를 하였다.

두루마기를 탁탁 벗어 내어던진 창호는 익진이와 손목을 잡은 대로 펄썩 주저앉았다.

"아니 오늘 꽤 늦었네그려."

떠벌려진 소리로 쾌활하게 묻는다. 그도 저절로 웃음이 나와서 웃으면서

"그것 참, 오늘 또 재수 없었지."

그의 말소리는 다시 힘이 있어 간다. 익진이는

"왜?"

창호는 익진이에게 대면 매우 침착한 성격을 가졌다. 빙그레 웃으면서

"가만있게. 내가 말하기 전에, 자넨 왜 요새 볼 수가 없나."

익진이는 손으로 가슴을 가리키며

"나?"

"그래."

"흥, 말 말게⋯⋯."

막 말을 벌여 놓으려는 판에 방문이 열리면서 창호의 처 구옥순이가 들어온다.

머리에는 수건을 평양식으로 둘러쓰고 치마는 짤막한 검정 치마를 입었다. 누비처네*로 어린애를 둘러쳐 업고 손에는 변도 보자기를 들었다. 얼굴은 동그스름하고 코는 오똑하나 눈꺼풀은 은행꺼풀같이 얇고 눈동자는 수정같이 맑다. 어여쁘고도 영리한 얼굴이다.

그러나 누런빛과 같은 빛이 둘러 있었다. 어린애 업은 어깨통은 앙상하여 보인다. 소리 큰 기계 밑에서 얼마나 시달리었음을 말하고 있다.

원래 이 집은 대문이 없는 집이다. 과원 한편 구석에 서너 칸 일자집을 세워 놓은 원정園丁의 자는 방이었던 까닭이다. 양쪽이 방이요 가운데가 부엌이다. 일자로 방문 셋이 앞으로 쭉! 달리었다. 그래서 이 집을 드나드는 문은 낮에는 객실로 쓰고 밤에는 창호의 침방으로 쓰는 이 방 방문이었던 것이다.

익진이를 향하여 인사를 하고 유순하고도 피곤한 소리로 창호를 보고

"아이구, 애 좀 받아주세요."

창호는 일어나서 엉거주춤하고 팔을 벌려서 자는 어린애를 받았다. 어린애는 아주 곤한 모양인지 그대로 잔다. 창호는 안고서 앉았다. 옥순이 팔을 힘없이 좌우로 벌렸다가 다시 진한** 허리와 엉덩이를 탁탁 치면서

---

* 누비처네 : 누비어 만든 것으로, 어린아이를 업을 때 두르는 작은 이불.
** 진하다 : 기력이 다하여 없어지다.

"아이구, 아주 허리가 똑 떨어지는 것 같으이."

시름없이 앉아서 잠깐 눈을 감는다.

그와 익진이는 묵연히 앉았다. 그러나 말할 수 없는 쓸쓸한 빛은 그들의 얼굴빛을 통일시키고 있다.

방은 잠깐 동안 침묵에 잠겼다. 얼마 뒤에 그의 처는 깜짝 놀라는 듯이 눈을 뜨고 몸을 고쳐서 앉으며 웃는 소리로

"에구, 손님도 계시고 헌데 내가 실례했네…… 아이구, 어떻게 곤한지 자구만 싶으이."

익진이는 얼른 정중한 소리로

"천만에요. 참 어려우시겠습니다."

그 말대답은 아무도 아니하였다.

그의 처는

"아바지 어디 가셨어요."

"몰라, 나도 지금 막 온 길이니까."

"그럼 얼른 내려가보아야겠네. 시장들 하시겠는데."

하고 그는 꿈같이 늘어진 몸을 다시 수습하여 가면서 부엌으로 내려간다.

그의 부처가 공장으로 가면 그의 늙은 아버지는 과원에서 과수를 가꾸어주다가 친히 부엌으로 들어가서 밥을 지어 놓는 것이 상례이었었다.

그의 처가 부엌으로 내려간 뒤에는…… 방 안이 잠시 고요하였다. 그수선 잘 떠는, 걱정이 있어도 없는 듯한 낙천성의 익진이까지도 별안간 얼굴빛이 애상이 떠어간다. 창호도 가슴이 찢어지는 듯하였다. 그래서 잠잠만 하다가 익진이의 모양을 보고 이상히 여겨서

"아니, 자네 별안간에 웬일인가?"

그 소리에 익진이도 잠 깨는 사람 모양으로 고개를 번쩍 들었다. 그

의 눈은 번뜻 하는 빛이 났다.

"정말이지 나는 자네 와이푸 보고 아주 울 뻔했네."

"왜?"

"자네 아까 날더러 며칠을 못 만나니 웬일이냐 물었지……. 다 일이 있었다네."

진이는 거기까지 말하더니 별안간 그의 언성은 높아졌다. 위풍이 당당하였다. 북풍 바람 같아졌다.

"참, 나는 언제는 케케묵은 소리지만 아주 죽고도 싶데."

"왜?"

"정말이지 자네, 내 와이프 이야기 들었나."

그때에 창호는 심각하였다. 익진이가 병이 들어서 한 달 동안이나 석공 일을 못하고 드러누워 있었을 때에 그의 처도 역시 병이 들었었다. 그래서 아무도 없는 두 젊은 양주는 불도 못 땐 냉방에 가(그때는 첫여름이긴 했으나) 드러누워 있을 때 창호 양주는 언제든지 가서 구원을 하였었다. 그럴 때에 익진이 처는 먼저 나았다. 그러나 병 앓고 난 약한 몸으로 송충이 잡는 일을 하였다.

송충이가 만연될 때에는 관청에서는 하루 사십 전의 일당日當으로 송충이잡이꾼을 구했었다. 그 통에 익진이 처도 끼였었던 일이었다. 아침도 못 먹고 온종일 굶어가면서라도 송충이를 잡아다가 병든 남편을 공경했던 일이었다. 이런 것을 언뜻 창호는 연상하였다.

그래서

"그래, 그 양반 말야. 무슨 이야기."

익진이는 좀 기색이 침울하여지면서

"이건 좀 우스운 소리지만 자네 어떻게 아나…… 우리 와이프를."

"어떻게라니……. 물론 말할 수 없는 거지. 참 エライ*하시지."

"エライ하지." 다짐 주듯이 말하더니

"그러니까 말일세. 나의 처의 자랑이 아니라 참으로 나의 처는 훌륭한 여자이었었네. 그런데 벌써 한 달은 되네. 자기 본가로 간다고 가더니 입때 아주 소식이 없네그려. 그래서 나는 하도 궁금했더니만 며칠 전에 서울서 편지가 왔는데 어떤 청년의 후원을 받아서 공부를 한다데⋯⋯."

아주 시름이 없어져버리었다. 울듯이 되었다.

"이건 다시 말하면 나의 잘못일세. 내가 돈 없는 탓일세⋯⋯ 음— 나는 세상에서 요렇게 구박을 받았네. 사랑하는 처를 억지로 고등 매소부**로 빼앗기고⋯⋯ 이런⋯⋯."

아주 흥분이 되었다. 무뚝뚝하고 활발하던 평생에 한숨 한 번 안 쉬던 익진이는 금방 울었다. 피가 얽힌 눈물이다. 창호도 눈에 눈물이 핑하고 돌았다. 억지로 진정을 하면서

"공연히 너무 그렇게 비관을 말게. 그리고 너무 오해를 말게."

"아니, 오해가 아닐세. 내가 저를 조금도 원망치는 않네."

말끝도 채 못 마치어서 그는 그만 주먹으로 방바닥을 땅 치면서

"나는 원수를 갚고 마네. 이 망할 세상에게— 그래, 젊은 놈들이 되어 가지고 가슴에서 바작바작 타는 혈조를 가만두는 것은 하여간 손톱만한 향락까지도 할 수 없는 이런 경을 칠 일이 있단 말인가. 그저—."

창호도 분연하여 하였다. 그리고 쥔 영감과 싸우는 이야기까지 했다. 두 젊은이는 비분강개한 그리고 용장과 같은 정열에 탔다. 부엌에서는 남편과 또는 익진이의 이야기하는 소리를 듣고서 눈물을 흘리는 옥순이의 손에서 밥솥의 불이 역시 바작바작하고 탔다.

---

* 에라이えらい : 훌륭하다.
** 매소부賣笑婦 : 매음녀賣淫女.

4

머칠 동안은 아무 일이 없었다.

창호와 익진이는 예전 모양으로 비문만 새기고 있었다. 쿈도 아무 소리 없이 그 조그만 안경 너머로 눈살만 찌푸리고 있었다. 창호의 처도 아픈 머리를 끌고 공장에를 갔다.

어느 날 아침.

창호가 막 밥을 먹고 그의 처와 같이 집을 떠나려고 하던 판에 그의 아버지는

"얘들아, 내 말을 좀 듣고 가거라."

두 사람이 다 섰다. 아버지는 이제 오십이 갓 된 중노인이다. 그러나 누구든지 보면 칠십은 되었으리라고 볼 만치 아주 노쇠한 노인이다.

머리는 백발이고 얼굴은 주황빛과 검은빛이 다 되어서 우글쭈글하다. 허리는 까꾸러졌다.

그러나 인자한 어버이의 웃음을 띠고 있는 그 두 눈동자만은 유난히 반짝반짝하였다.

흐리멍덩한 그야말로 노인의 눈은 아니었다.

씩씩한 청춘의 눈이었었다.

"다른 게 아니라 낼[來日]이 그날이지."

즉 평양 석공조합 대표로 서울로 떠나가는 날이다.

"네……."

그의 아버지는 더 웃으면서

"그래 꼭 갈 터이냐?"

"그럼요, 아버지도 별안간에 무슨 소리셔요."

거의 퉁명스런 소리로 하는 자기 아들의 소리에는 노하지 않고 더한

층 화한 소리로

"아니, 너 가는 것을 싫어서 그러는 게 아니다. 내가 아무리 늙었기로 그렇게 완고가 아닌 것은 너희들도 다 알지 않니. 나도……."

추억하는 빛이 나며

"저— 북만주로 돌아다니면서 학교도 세우고 회도 모으고 하던 내가 아무러기로 너희들의 하는 일을 방해야 하겠니—. 참말이지 너희들 어린 것들이 그러는 것을 보면 기쁘고 거룩만 할 뿐이지."

진정으로 나오는 말이었었다. 그 소리에는 창호도 진심으로 감격하여서 하였다. 사상적으로 무섭게 압박하는 보통 부모 가운데에 태어나서 정으로나 마음으로나 철저하게 이해해주시는 아버지에게 대하여서는 참으로 거룩한 생각이 났었다.

그래서 마음은 얼마큼 공축*되었다. 그의 아버지는 다시 말을 이어

"그런데 너도 다 알겠지만 너의 공장 쥔이란 자가 좀 그악이냐. 무슨 하필 너와 나뿐 아니라 이 평양 안에 사는 사람 쳐놓고 그 영감 좋다는 사람이 어디 있니. 그런데 더군다나 우리는 네가 거기에 매이지 않었니? 그리고 또 이 과원도 그 사람 게 아니냐. 만일 그 사람이 성만 더 나면 네가 거기 못 댕기는 것도 것이려니와 당장에 이 집까지 내놓으라고 그럴 테니 어떻게 하니……. 똥이 무서워서 피하니 더러워서 피하지……. 나도 생각이 너만 같지 못하지 않다. 내가 조금만 원만하면 너희들을 저렇게 고생을 시키겠니? 그러니까 잘 생각해 하란 말이다. 뭐 기회가 이번만이 아닐 것이고 또 일후에도 많을 것이니 너는 이번에 잠깐 빠져도 좋지 않겠니……."

그의 말소리는 충곡**에서부터 떨려서 나왔다. 그리고 주름진 뺨에는

---

* 공축恐縮 : 두려워 몸을 움츠림.
** 충곡衷曲 : 여러 가지로 생각하는 마음의 깊은 속. 심곡心曲.

두 줄기 눈물이 흘러내렸다.

펄펄 뛰는 듯한 젊은 자식들을 생지옥 같은 괴로운 생활을 시키는 어버이의 마음 숭고한 감정에 접목된 까닭이다.

태산이라도 뚫을 듯한 창호의 의기는 그만 꺾어졌다. 울 것같이 되었다. 당장에 길거리에서 내어쫓긴 아버지와 처자의 그림자가 보였다. 굶어서 뻐드러진 송장이 보였다. 손가락질하는 세상 사람의 비소 소리가 들리었다. 마음으로 슬플 대로 슬펐다. 울 때까지 울고 싶었었다. 그래서 그는 잠잠히 고개를 숙이고 나왔다.

평생에 약한 소리를 하지 않던 그의 처는 가만한 소리로

"그것도 옳은 말씀이긴 해요. 세상일이란 시간이 걸리니까요."

즉 당장에 되는 일이 아니니 차차 살아가면서 해보지요 하는 말소리였다. 그러나 그의 귀에는 더 쓸쓸하게만 들리었다.

얼마 가다가 종로 네거리 앞까지 왔다. 언제든지 그들은 이렇게 두 사람이 같이 동행을 했던 것이다. 그러나 오늘은 무덤으로 향하여 가는 마지막 이별의 길을 걷는 듯이나시피 추연하였다.

그는 아주 정신이 없었다. 그러다가 그의 처는

"자…… 이따가 오세요."

하면서 공장 들어가는 길로 돌쳐선다.

그때에 그는 확연히 무엇을 깨달았다. 익진의 말소리가 생각이 났다. 익진의 처의 일이 생각이 났다.

익진이의 처…… 나의 처…….

서울로 가버린 익진이의 처…… 공장으로 들어간 나의 처…… 처가 그리웠다. 그 사나이 많은 공장…… 모양 낸 사나이가 걸어가는 길…… 아…… 처…… 약한 처…… 배가 고파서 밥 찾는 처…… 거지…… 유린…… 애교…… 배반…… 아…… 그의 눈에는 도화분* 바르고 새비로

양복** 입은 사나이와 웃고 가는 그의 처가 보였다. 꼭 보였다…… 그는 거의 신경의 이상이 생길 만치 되었다. 만치가 아니라 생기어버렸다.

급히 골목으로 따라 들어섰다. 멀리 사람 틈에서 어린애를 업고 밴도를 끼고 가는 시름없는 그의 처가 보였다. 여러 사람에게 싸여 갔다.

"아— 사내놈과 닿으면 어떡하나……. 사내놈이 보면 어떡하나."

그는 달음질을 할 듯이 따라만 갔다.

한참이나 갔다. 그러다가 별안간 어떤 뚱뚱한 신사 하나와 마주쳤다. 그는 멈칫하였다. 몸에서는 식은땀이 났다. '석공장 쥔 영감'과 같이 보였던 까닭이다. 그러나 역시 잘못 보았다. 그 신사는 그냥 그의 옆으로 지나간다. 그는 그제야 정신이 났다. 그리고 마음이 가라앉았다. 다만 머리만 횡하여졌다.

그리하여 다시 고개만 수그리고 공장으로 갔다.

5

공장 안으로 들어오자 벌써 여러 석공들은 일을 다— 시작하고 있다. 익진이도 와서 있었다.

그는 아버지와 처와 또는 집과 조합과…… 공장 쥔과 또는 서울 가는 것과…… 모든 것을 한데 뒤섞어서 어떻게 결정을 짓지 못하고 번민만 하다가 건듯 공장 안에 들어서면서 모든 것은 다 가라앉아버렸다.

쪼고 새기고 갈고 깨트리면서, 서로 웃고 서로 시시덕거리면서, 대동강 물결에 저녁 별빛 나기만 기다리는 그러한 일개 석공의 기분이 되었

* 도화분桃花粉 : 복숭아꽃 빛깔을 띤 백분白粉.
** 새비로 양복 : 서양 남성복.

다. 직업적 기분이 되었다. 요컨대 흥분되었던 감정은 다시 정연한 질서로 돌아왔다.

익진이와 마주 앉았다. 장도리로 정을 때렸다.

"여보게, 내일 저녁차에 갈까?"

익진이가 쾌활하게 묻는다.

창호는 익진이의 소리를 듣자마자 규칙 없이 둘러앉은 모든 석공들이 일제히 박수를 하며 자기를 대표자로 선정하던 광경이 생각났다. 숭엄한 장면에 그는 완전하게 또다시 순전한 조합원이 되었다.

자기네들의 행복과 이익과를 위하여 옳지 못한 협박을 하고 있는 자들과 싸우겠다는 씩씩한 조합원이 되었다.

"글쎄, 아무렇게 해도 저녁차가 낫겠지."

"쥔이 아무리 내쫓느니 뭐니 해두 무슨 상관있나?"

"그럼. 그야말로 시들방귀일세."

"그럼. 굶어 죽기밖에 더 하겠나…… 사실 요렇게 알뜰하게 살아가는 것보다는 차라리 한 번 막— 죽는 것이 더 낫지 않은가?"

"참 옳은 말이지. 자꾸 죽이는 놈에게 그저 조금만 더 두었다가 죽여줍쇼 하는 것보다 이놈 하고 일어나서 죽더라도 낫지 않은가."

"그래……. 그렇지만 하여간 우리들은 불행한 놈일세. 이건 난 왜 요런 땅에가 태어났나 하는 생각도 안 날 적이 없네……. 아무리 젊은 것으로 있어서는 다사다단*한 곳에서 활동을 하는 것도 외려 좋지 않은 것도 아니지만……."

"어떻든지 우리들은 모든 것이 쓸쓸하기가 짝이 없네. 이후에 기쁜 봄이 오더라도 지리한 겨울이 지긋지긋하이……."

| * 다사다단多事多端 : 일이 많은데다 까닭도 많음.

두 사람은 장도리 소리에 맞추어가면서 이 같은 감상과 담화를 하였다.

언제든지 어기여차만 부르는 뱃사공, 언제든지 동이만 이고 다니는 물거품꾼 여자, 언제든지 장도리만 가지고 되풀이하는 석공들…….

삼천리 금수강산이 언제든지 푸름과 같이 푸르려는가? 혹은 산천이 벽해 되는 것과 같이 커다란 행복과 희열에 춤추게 되려는가?

6

익진이와 창호가 평양을 떠난 지가 닷샛날이다.

창호의 처는 어린애가 병이 나서 공장을 쉬고 있고 덧─바지를 입고 벌레 잡는 꼬챙이와 또는 횔이를 가지고 동산으로 올라갔다.

때는 오정이 훨씬 지난 대낮이었다.

늦은 봄 뜨건 햇빛은 모든 과수의 푸른 잎사귀를 점점 윤택하게 해서 능금빛이 빛나고 있다. 파리들은 섬돌 양지까지 와─앉았다가 날았다가 하는 때다.

창호의 처는 마침 어린애를 재워 놓고 부엌에서 약을 달이던 때에 바깥으로부터 석공장 주인 영감과 또 늙수그레한 사람 하나가 들어온다.

그는 벌써 가슴이 섬뜩하였다. 살기가 등등하여 들어오는 것을 볼 때에 벌써 자기의 남편이 상상되었다. 언제든지 얼굴이 침통한 젊은 남편이 상상되었다. 쥔 영감은 소리 낮게 들어오면서 벌써 집부터 아래위로 휘휘 하고 둘러본다.

집을 잘 가꾸고 사나? 하는 집 쥔 같은 집요의 눈깔이다.

"창호 어른 계시오."

그는 어름어름하면서 그보다 분한 생각이 나서 가슴이 탁 막히어서

"네!"

"어디요."

"저 동산에요."

"좀 오라구 그러우."

퉁명스럽게 저의 집 하인을 저의 집 하인에게나 불러오라는 듯하였다. 그는 가슴이 콕콕 하면서 금방 울듯이 흥분이 되었다. 그러나 겨우겨우 참았다.

그의 부르는 소리를 듣고 아버지는 얼굴부터 확확하였다. 팩— 하기로 유명한 자기 성미는 어디론지 사라지고 말았다. 추장酋長 앞에서 굽실거리는 노예奴隸와 같았다. 그렇다. 그는 확실히 노예이었었다. 공연히 빙긋빙긋하고 나와서 굽실하면서

"영감 웬일이세요."

쥔은 그 대답은 들었는지 말았는지 모른 척하고 가장 살기 있는 소리로

"창호는 언제 온답디까?"

"글쎄요! 갈 적에는 이틀만 있으면 곧 내려온다더니 오늘이 벌써 닷새째나 되는데 아주 궁금한데요."

해해 하고 또 웃으며 저의 눈치만 본다. 그러나 그의 말라빠진 가슴 속에서는 뼈 울리는 고통이 날뛰었다.

같은 늙은이로 박대 받는 설움, 분노는 온몸을 사시나무같이 떨어 놓았다.

"궁금해요. 당신두 딱허우! 여보 길게 말할 것도 없소. 대체 창호가 갈 적에 날 보고 뭐라고 간 줄은 아시유."

"그럼요. 한 이틀 동안만 말미를 줍시사고 했다죠."

쥔은 덜컥 목소리를 높이며,

"뭐요— 저러니까 어디 자식 하나 윽박지를 수가 있수……. 내 이야기할게 들어보오—. '너 갈 테냐', '네', '너 가지 마라. 내쫓는다', '좋소' 이랬다우."

들이대는 소리로,

"알았수—. 그건 어떻든지 간에 그야 창호가 내 공장 아니면 빌어먹질 못할 테요, 내가 창호 아니면 공장을 못할 게요? 아무 상관은 없소."

사형선고 듣는 듯싶었다. 아버지는 급히 말을 가로채서 애걸하다시피

"아니 영감, 망령의 말씀을 다 하시는구려. 다 어린 사람을 용서를 하셔야죠."

"용서요. 참 어린것입니다. 아무 상관없이 일만 잘하는 모든 공쟁들을 저녁마다 모아 놓고 뭐니 뭐니 하고 동맹파업이나 해서 쥔을 곯릴 의논만 하는 놈이 어리단 말요—. 여보, 그건 어떻든지 간에 좀 박정하지마는 영감도 오늘부터는 좀 쉬슈."

"네?"

"그동안 내 과원을 이렇게 잘 거두어주시어 고맙기는 허오마는 오늘부터는 내가 이 사람을 좀 맡기려고 해서 왔으니 내일 안으로 내놓도록 하시오."

아버지는 거의 소리를 지를 만치 놀랐다.

물론 상상은 하였지만 이같이 심악하고 또는 급전될 줄을 몰랐다. 분하고 괘씸하고— 한 생각은 죄 없어졌다. 다만 엎드리든지 볼기를 맞든지 어떤 무슨 욕을 당해가면서라도 살려주기만 바라는 그러한 초조에 빠졌다.

"아니, 그게 무슨 소리세요."

그 소리는 아주 처량히 들렸다. 늙어 빠진 얼굴이 거의 울듯이 되어서 벌벌 떨고 하는 소리는 마치 외양간으로 끌려가면서 곡성 전율하는

늙은 소와 같았다.

그러나 쥔은 도리어 재미있게 보였다. 상쾌하게 보였다. 그리고 자기 말 한마디에 저렇게 벌벌 떨게 만드는 자기의 위력은 스스로 자긍하였다. 사실 자기는 그만 위력, 그만한 권력의 주인인 만큼 그만큼 잔인성이 있었다. 그러다가 다시 쥔의 마음은 상쾌함이 증오로 변하였다. 늙은 것이 벌벌 떠는 것이 재미있다가는 그 재미있는 찰나가 연장됨을 따라 보기 싫게 되었다.

거지가 불쌍한 것보다 누더기옷 입은 꼴이 먼저 보기 싫은 것과 같은 똑같은 심리로 변하였다.

그래서 때리는구나 싶었다. 넘어져서 우는 어린애를 더한층 윽박질러 두들겨 대는 사나운 어머니의 마음과 비슷하게 변하였다.

그래서 주인 영감은 아주 늙은 마귀같이 되었다.

"뭐 늙은 게, 자식 하나 가르치지 못하는 게 뭐? 무슨 큰소리야!"

하고 집을 휘둘러보더니

"그래, 남의 집을 얻어 들었으면 고마운 줄은 모르고. 그래, 남의 집이라고 시들게 알아서 이렇게 거지를 맨들어 놨단 말이냐. 정말이지 내가 웬만한 사람만 같애도 배상이라도 물어 받을 형편인데."

아버지는 마음을 종잡을 수가 없었다.

"영감 덕택은 참 모르는 것은 아니올시다마는 뻔히 아시다시피……."

말을 끝도 내기 전에 벼락같이 달려들어서 아버지의 뺨을 내리갈겼다. 마음먹어 갈긴 뺨에 아버지는 그냥 쓰러졌다.

쓰러지면서 금방 두 눈에 눈물이 말랐다. '살려주' 하던 간망적懇望的 애소哀訴는 눈같이 사라졌다. 그 애소! 그 간망!이 들씌우고 있던 그 맨 밑의 불평과 분노, 태산 같은 분노! 그것은 생물적으로 폭발이 되었다. 목소리는 무섭고 떨리었다. 쥔늙은이 소리보다 더한층 무서웠다.

"뭐냐! 이 개 같은 놈."

"흥! 개! 같은 놈."

이때 옥순이는 참지를 못했다. 학대와 모욕 받는 아버지. 짐승같이 몰정沒情한 쥔늙은이······. 아! 그는 악한 계집이 아니었다. 어미를 잃어버려서 미쳐서 날뛰는 암사자이었다.

"너, 왜 사람 치니."

쥔은 하도 어이가 없는 듯이

"너, 조그만 계집년이."

그 말대답은 하지도 않았다.

넘어진 아버지는 거의 기색이나 될 듯이 씨근씨근하기만 한다. 옥순이는 적어도 돌진성과 모험성을 가진 서쪽 여인이다. 그보다 똑바른 정신을 가진 사람이다.

왈칵 달려들어서 두 손으로 힘껏 쥔늙은이를 밀쳤다.

"뭣, 왜 우리 아버님을 때려― 내노면 그만이지······ 우리가 너 집 아니면 못 살 듯하냐."

쥔늙은이는 뒤로 비슬하였다. 그리고 더욱 분노하였다. 그때 별안간 "으악" 소리가 나며 그의 아버지는 뒤로 나가자빠졌다. 분통이 터져서 기색*이 된 것이다. 금방금방 버둥버둥한다. 옥순이는 급히 달려들었다. 가슴을 흔들었다. 고개를 바로잡고 목이 메었다. 아무 소리는 못하고 울기만 했다. 꼼짝도 못하고 가만히 앉아서 울기만 한다.

쥔 영감은 이 꼴을 보더니 그냥 슬그머니 갔다.

옥순이는 쩔쩔매고 울었다. 가슴은 터질 듯이 되어서 울었다. 그러나 기색한 아버지의 얼굴은 점점 청기만 돌아간다. 눈초리는 검어만 간다.

---

* 기색氣塞 : 심한 충격이나 흥분으로 호흡이 일시적으로 막힘 또는 그런 생태.

그럴 때에 방 안에서는 어린애의 우는 소리가 난다. 부엌에서 졸아붙는 약 소리가 난다.

*

이러는 때이다. 꼭 이 시간이다.

서울 구리개 광무대 안에서는 대회를 원만히 마쳤다는 최후의 만세 소리가 난다.

비장하고도 열렬한 희망 있는 만세 소리가 난다.

그중에는 젊은 박창호의 목소리가 더한층 심각하였었다.

- 끝 -

1926년 12월 5일

—《문예시대》, 1927년 1월

군중정류 群衆停留

1

눈이 와서 온 세상은 은뚜껑을 해서 덮은 것 같다.

다 스러져가는 듯한 초가집떼들이나 펼쳐 놓인 논밭전지들도 다 하얗기만 하다.

더군다나 지금은 섣달 보름날 저녁! 달까지 밝다. 고요하고 쌀쌀하며 희고도 밝은 빛은 언제든지 어둡기만 하던 ××두메에 차서 있었다.

이 두메 안은 얼어 죽은 듯이 고요만 하다.

별안간 댕강댕강 하는 요령 소리가 두메 가운데서 난다. 그러자 바지바람에 방한모만 뒤집어쓴 사람 두엇이 나타난다.

하나는 키 작은 늙은이, 하나는 멀쑥한 젊은이.

늙은이는 요령을 흔들고 앞을 서고 젊은이는 기다란 몽둥이를 들고 뒤를 따른다.

두 사람은 두메 끝까지 나와서 다시 두메 뒤로 돌아 들어간다. 한 바퀴 도는 모양이다.

그러다가 그 두메 맨 끝 산기슭 아래 조그만 움집 앞까지 가서 딱 서

더니

늙은이가,

"여보게 순호, 군호나 한번 하게."

젊은이는 픽— 팽팽하게 생겼다.

"왜요."

늙은이는,

"왜요가 다— 뭔가, 혹시 순사가 오다가 듣더라도 순*이나 돈— 줄 알
게."

순호는 생긋 웃으면서 목소리를 이상스럽게 내빼어서 "우후", "우후"
한다. 건넌 마을에서도 역시 군호 소리가 건너온다. 양편 동네에서 "우
후", "우후" 하는 소리는 마치 무슨 전조를 말이나 하는 듯하다.

2

움 속만은 말꾼으로 가득 찼다. 다— 더러운 흙투성이 옷을 입고 한
이십 명은 둘러앉았다.

순호가 먼저 껑충 뛰어 내려가면서

"엥히 추워. 경칠 순인가 뭔가 돌다가는 어른 돌아가시겠네."

말이 끝나기도 무섭게 담뱃대를 물고 있던 상투쟁이 하나가

"그래 우리 조카놈 개똥 쌌다."

그러자 또 한편에 눈이 재물재물** 하게 생긴 자가

"그럼 우리 손자놈이게."

---

* 순巡 : 순찰巡察. 여러 곳을 돌아다니며 사정을 살핌.
** 재물재물 : 얼굴이나 눈이 좀스럽게 생긴 모양.

"저런 내 증손자놈일세."

순호는 성은커녕 도리어 듣기 좋은 듯이 생글생글 웃으며

"에그 버릇없는 애놈들 같으니. 저희 할아버질 가지고 그게 무슨 소리야."

그러자 또 한 자가

"에그 허리 아파. 왜— 자꾸 부르니. 아무리 네 할아범이기로." ……하면서 상을 찡그리고 허리를 탁탁 친다. 모두 웃음판이 되었다.

그러자 키 작은 늙은이가 들어온다. 모두들 말을 그쳤다. 상투쟁이가 옆의 사람을 꾹 찌르며 조그맣게, "애 안달이 들어온다."

그 소리에 모두들 또 웃었다. 흘끔흘끔 안달이를 쳐다보면서 웃었다. 안달이는 웬 영문인 줄 모르고 따라서 웃고 한편에 가 앉는다. 그 앉는 모양이든지 생김생김새가 참 너무나 채신머리가 없어 보인다.

안달이 늙은이가 일부러 목소리를 점잖게 내면서

"참말이지 순이라는 것은 잘 낸 노릇야."

순호는

"왜요."

"어히 자네는 너무 막 하네그려, 왜가 다 뭔가."

"아뇨, 왜 그러냐 말씀이죠."

"그럼 생각해보게, 요새 같은 대목에는 좀도적이 좀— 많은가, 그러니까 서로 동내가 돌려가면서 순을 도는 것이 서로 보아주는 미풍美風이 아닌가?"

순호는 이제까지 시시덕거리던 빛은 없어지고 다소 긴장이 되었다. 퍽— 다혈질로 생긴 사나이다.

"아니 미풍이라는 게 뭐 말라죽은 거야요."

막 들이대는 바람에 안달이 늙은이도 언성이 높아갔다. 모든 사람들

은 재미나 있는 듯이 두 사람을 번갈아 보고 있다.

"아니 자네 그게 무슨 말버릇인가."

순호는 슬쩍 눙치면서

"아뇨, 잘못했습니다. 제 말버릇이 그렇답니다. 그런데 미풍이라뇨."

"아름다운 풍속 말야. 이웃사촌이라고 좀 존가. 그전 같아 보게그려, 서로 야순*은커녕 옆집을 떠가도 그 옆집에서 내다나 보았나."

순호는 빙긋 웃으면서,

"그건 영감이 잘못 생각하셨어요."

"왜?"

"실상 순이라는 것은 저희들이 욕 당하는 셈과 같애요."

"어째서."

"그럼 뭐야요, 순이라는 것은 도적놈 지킨다는 것이라죠. 그럼 저희 같은 놈들이야 도적놈이 와야 집어 갈 것이 있어야죠."

그러자 여러 사람들은 이구동성으로

"암― 그렇지."

"실상은 있는 사람을 위한 것이지."

"우리들은 실상 있는 놈을 더― 좋게만 하는 셈야."

와글와글 야단이다. 두 사람의 문답은 끊어졌다.

그러다가 다시 순호가 더― 힘 있게,

"그러니까 그렇지 뭐야요. 실상 이 세상이라는 것은 없는 놈만 더 못 살게 구는 세상이니까요."

"그래.", "그래." 모두들 또 대꾸를 한다.

"참― 세상은 망할 세상이죠. 있는 놈은 떡― 자빠져 있어도 그저 생

| * 야순夜巡 : 야간 순찰巡察.

겨라 생겨라 하는 것이 돈이고 없는 놈은 그저 생겨라 생겨라 하는 것이
빚밖에 없죠.

　　이러고 세상이 온전해요."

　　안달이 늙은이는 반대는* 못했다.

　　"그건 그래. 그렇지만 어떻게 인력으로 할 수야 있나. 다― 운수
지―."

　　"운수요. 에그 영감 같으신 이는 똑― 그게 병야요."

　　"무슨 병야."

　　"병이라도 큰 병이시지요. 운수라는 것이 다 뭐야요. 세상일은 사람
이 저질러 놓고 또 해가는 것인데 운수가 다 무업니까―. 운수 운수 하고
가만히 있으면 죽다가도 사는 수가 있나요."

　　"자넨 아직 젊어서 모르는 소릴세. 예전 사적을 보면 다― 운수가 돌
아야 성사도 되고 한다네……."

　　상투쟁이도 그럴듯이 여겨서

　　"꼭 운수라는 것은 있나 봐요. 참― 저도 그렇게 살려고 애를 써도 밤
낮 요 모양인데 저 건너 이뿐네 집은 그럭저럭하더니 곤잘 살지를 않습
니까?"

　　늙은이는 득승**이나 한 듯이

　　"그럼, 이 세상은 뭐니 뭐니 해도 꼭 천수가 있다네……."

　　그러자 느리광이로 생긴 사람 하나가

　　"글쎄요, 운수려니 하다가도 어떤 때는 운수라는 것이 없는 듯도 하
던데요."

　　"왜?"

* 원문에는 '반대며는'으로 되어 있다.
** 득승得勝 : 싸움이나 경쟁에서 이김.

"아니 옛날부터 하느님이란 공평무사하시다고 그랬죠. 그럼 왜? 저 윗골 박주부네는 왜 개 모양이 되었나요. 그렇게 사람 좋고 인정 있는 성인 같으신 양반이 지금 한 칸 방도 없는 거지가 되었나요."

"허ㅡ 그건 그렇지 않지. 아무리 착한 사람이라도 잘못된다는 팔자를 타고난 거야 헐 수 있나?"

순호는 기가 막히는 듯이 웃으면서

"팔자라니요."

"그럼 팔자지ㅡ, 자네 김옥균이나 박영효 아나."

"그럼요, 개화당패이죠."

"그래 두 양반은 다ㅡ 똑같은 개화당패가 아닌가. 몇 백 년을 내려오면서 호인 놈들에게 지질려* 지내 오던 우리나라를 ××시키려고 야단야단치던 양반들이 아닌가? 왜 (더 힘 있게) 그런 양반들이 다ㅡ 똑같이 진심갈력은 했건마는 왜 한 양반은 와석종신**을 하고 한 양반은 육시처참***을 당하였나, 다ㅡ 생각하면 운수지 뭔가?"

순호는 언성이 높아졌다. 불뚝하는 기운이 났다.

"별별 케케묵은 소리를 다 하슈. 그래 무슨 경칠 놈의 운수가 나쁜 놈만 잘 만들어 놓는단 말입쇼."

"사실이 그런 걸 어쩌나?"

"사실 아니라 오실이라도 전ㅡ 그렇게 운수라고만 생각을 안 해요. 그저 목이라도 턱ㅡ턱ㅡ 베어 죽일 놈들이 있어서들 그 모양이죠."

점점 문답은 높아가고 어려워간다. 모든 말꾼들은 그래도 순호의 하는 소리에 공명들이 되는 모양이다.

---

* 지질리다 : '지지르다'의 피동형. 기운이나 의견 따위가 꺾여 눌리다.
** 와석종신臥席終身 : 자기 명을 다 살고 편안히 누워서 죽음.
*** 육시처참戮屍處斬 : 이미 죽은 사람의 시체에 참형斬刑을 행함.

"여보게 자네 괜히 그렇게 엇먹지* 말게."

"뭘 엇먹어요."

"아니 껵둑댄단** 말이지. 지금 세상에는 쓸데없이 큰소리만 하면 큰 코 다치네."

"무슨 큰소리예요, 똑바른 말이죠."

"그럼 자네 큰소리만 하면 별수 있나. 자네도 뻔히 보면서 그러나. 세상은 점점 강팔라 가서 서로 눈만 감으면 코를 다— 베어 먹을 판이고…… 그저 별수 없네. 아무렇게 굽실굽실거리더라도 다— 있는 놈한테 다소곳하고*** 사는 게 그중이지!"

"아니 개 모양으로요."

"허허, 그야 실상 말하면 개 모양이나마 되나. 배 주고 뱃속 빌어먹는 분수밖에는 안 되지. 그렇지만 운순 걸 어떡하나?"

순호는 아주 흥분이 되었다.

"그러니까 요 모양이죠. 영감 같은 것들이 젊은이 노릇을 하고 지내왔으니 이렇게밖에 더 되어요. 에히, 그저 죽일 놈은 조선놈밖에 없어……"

성을 냈다. 움 안은 긴장이 되었다. 시시덕거리고 잡소리를 하던 기분은 사라지고 말았다.

"참, 큰일 났지."

"몇 해만 있으면 어떻게 되려는지……"

"그저 자꾸 죽어가다가도 끝이 있을는지……"

하는 절망의 탄식은 이곳저곳에서 일어난다.

---

* 엇먹다 : 사리에 맞지 않는 말과 행동으로 비꼬다.
** 껵둑대다 : 자꾸 잘난 체하며 건방지게 행동하다. 원문에는 '껵덕'으로 되어 있다.
*** 원문에는 '다수국하고'로 되어 있음.

3

이런 판에 움 문이 탁 열린다.

그러면서 어떤 암상군이*로 생긴 농군 하나가 쑥— 들어와서 움 안을 휘휘 둘러보다가 순호를 보더니

"아니 자네 여기 있었네그려."

순호는 얼굴이 좀 불쾌하여지며

"그래!"

그자는 득의한 목소리로

"아니 그래가 뭔가, 자넨 정신이 없나."

"왜?"

"아니 오늘은 무슨 날인지 아나."

"알고말고. 보름날이지."

"흥, 퍽은 뻔뻔하이…… 어서 가보게. 여러 계원들이 아주 야단이 났네."

순호는 점점 더 불쾌한 소리로,

"별 빌어먹을 소리를 다 하는구나. 야단이 무슨 야단야, 멀쩡한 망할 자식들 같으니."

그자는 두 눈을 샐쭉하게 뜨고 걸어잡아** 당기는 소리로

"아니 자네 그걸 말이라구 하나."

말을 채 끝내지를 못하여 순호는 벌떡 일어나며 메다붙이는 소리로

"이런 망할 자식, 넌 무슨 참견이냐. 거지 같은 녀석 같으니. 왜— 너도 쉰둥개 밥통에 가 매어달렸으니까 그러니—. 흥, 더러……."

---

* 암상군이 : 남을 시기하고 샘을 잘 내는 사람.
** 걸어잡다 : 그물이나 줄 따위에 걸리게 하여 잡다. 원문에는 '갈거잡고'로 되어 있음.

그 소리에 방 안은 또 웃음판이 되었다. 호화로운 웃음이 아니다. 그리고 모두들 쉰둥개의 모양을 생각하고 있다.

원래 쉰둥개라는 것은 이 동리에서 그중 부자인 지주의 별명이다. 옛날에 무엇을 지냈는지는 모르나 하여간 돈 있는 계제*로 김 참의라고 지내는 어른이다. 더군다나 이 리의 구장이며 또는 동척회사의 농감**이었다. 어디로 보든지 세력이 팽팽하고 또는 자기의 앞을 더 터가려는 욕심뿐만을 가진 늙은이다.

원래 쉰둥개라는 별명도 역시 순호가 지은 것이었었다. 어느 때 김매느라고 한참 바쁘던 여름날 해가 서쪽 봉화둑에 가 걸려서 붉고 빛나는 빛을 온 들에 비추었을 때이다.

여러 농군들은 푸른 물결 같은 논 가운데에 가 하얗게 들어서서 김을 매던 판이었었다. 별안간에 순호는 벌떡 일어났다. 그의 눈에는 불평이 어리어 있었다.

새삼스러이 화가 복받치는 듯이 진흙투성이가 된 호미를 논두렁에다가 탁 하고 내어던졌다.

"이런 우라질 일이 있담."

그 옆에 늙수그레한 사람 하나가

"아니 자네 별안간 무슨 화가 그렇게 복받치나?"

그는,

"엥히 그 쉰둥개 생각이 나서요."

아주 험상궂었다. 모두들 이상스러이 생각했다.

그 늙은이는

"쉰둥개라니?"

---

* 계제階梯 : 어떤 일을 할 수 있게 된 형편이나 기회.
** 농감農監 : 지주를 대신하여 소작인을 지도 감독하고 소작료를 받아들이는 일 또는 그런 일을 하는 사람.

그 말에 키 작고 바라지게 생긴 자 하나가

"아니 암캐 말이냐. 엣따 그 녀석 암캐 생각을 다 하고 제법일세."

그 소리에 모두 웃음판이 되었다. 그도 웃었다. 그러나 더— 큰 목소리로

"개란 놈은 쥔에게 아첨을 하겠다. 그리고 얻어먹겠다."

그중에 우스운 소리 잘하는 떠벌이가,

"어— 알았네. 그만 집어치게. 쉰둥이*— 농감 빚쟁이…… 알았네."

손가락 셋을 쪽— 붙여 번쩍 들면서

"이렇게 똑같단 말이지!"

모두들 그 우습게 하는 소리에 깔깔 웃었다. 그는

"그래 옳다. 그놈의 쉰둥개들 때문에 우리들이 살 수가 있어야지."

새는 노래하고 해는 넘어가는 여름날 석양에 훈훈한 바람은 푸른 벼를 흔들어내는 광경이 눈앞에 보일 제 그들은 잘된 곡식을 다 뺏—겨버리고 벌벌 떨고 지내갈 앞날들이 생각났다.

그리하여 잠깐 동안은 모두가 잠잠하였다. 이것이 이 김 농감이 쉰둥개란 별명을 듣게 된 이야기다.

4

김 농감 집 사랑방은 한 이 칸통은 된다.

방 안에는 백립 쓰고 담뱃대 물고 있는 시골 사람들이 좍— 하고 둘러앉았다. 한 이십 명은 된다.

| * 쉰둥이 : 아버지나 어머니가 쉰 살에 낳은 아이.

오늘은 곗契날이다. 이 동리와 또는 이 근처에 있는 사람들 중에 그래도 밥술이나 먹는다는 패들이(지주, 사음*, 농감) 모아 놓은 계이다. 그리고 계장 겸 도가**가 이 쥔 영감이었었다.

순호는 역시 불쾌한 얼굴로 들어섰다. 얼굴뿐 아니라 그의 가슴속까지라도 매우 험하여졌다.

예전 같으면 아무렇게 해서라도 굽실굽실거려 가며 여러 빚쟁이들의 환심을 사서 잠깐 봉변만은 피하려 들었으나 그는 아주 달라졌다. 막다른 골목으로 들어가 놓았으니 뒤에서 따라오는 자에게 더— 쫓기어 갈 수 없는 것이다. 죽든지 살든지 간에 다시 돌쳐서 나오는 수밖에는 없는 것이다.

김 농감, 즉 쉰둥개 영감은 아랫목에 가 정좌하였다. 그의 앞에는 백지로 맨 계의 치부책***과 돈 담는 대접이 놓였다. 지전 몇 장에 은전 몇 푼이 담겨서 있다.

"어서 들어오지."

"네—."

"다른 게 아닐세. 오늘은 곗—날이 아닌가?"

순호의 마음은 찢어지는 듯이 되었다. 향방 없는 울분만 떠올랐다. 그러나 역시 작은 소리로

"네—."

여러 계원들의 눈은 다— 순호에게로 모였다.

"자네도 그만 경우는 모를 사람이 아닌데 어째 그렇게 무심하단 말인가?"

---

* 사음舍音 : 지주地主를 대리하여 소작권을 관리하는 사람. 마름.
** 도가都家 : 같은 장사를 하는 상인들이 모여 계契나 그 밖의 장사에 대해 의논을 하는 집.
*** 치부책置簿册 : 금전·물품의 드나드는 것을 적는 책. 치부장.

순호는 좀— 언성이 높아졌다. 떨렸다.

"무에 무심해요."

쉰둥개 영감도 좀 목소리가 커가며

"아니 '뭐'가 다 뭔가?"

"무에 무심하냐 말씀이죠."

"왜 낼 돈을 안 내느냐 말야. 밤낮 밀고만 지내고……."

"없는 것을 억지로 해요. 제가 일부러 그런 것도 아니고 다— 사정이 그런 걸 제가 유심한들 소용이 있겠어요."

영감도 이 소리에 흥분이 되었다.

"아니 난 그런 줄 몰랐더니 자네도 퍽— 흐린 사람일세그려."

말이 끝나지도 못해서 순호는

"무엇이 흐려요. 없어서 갚지 못하는 게 흐려요."

그 소리에 일좌는 긴장이 되었다. 그중에 치부책 옆에 가 앉아서 먹을 갈고 있던 서기가

"여보슈. 그걸 말이라구 허슈."

그 말을 쥔 영감은 가로채서 막으면서

"여보 시비할 거야 있소. 참구려. 그 사람이 성미가 그러니까…… 어떻든지 셈이나 뽑아보슈."

새빨갛게 상혈이 되었던 서기는 그저 꿀떡 참는 모양으로 좀 진정을 하더니 치부책을 꺼내 들고서

"원 본금이 오천 냥인데요. 재작년 추봉*에 가져간 거구요. 변은 서 푼 오 리로요. 그래서 작년 추봉까지 변리 합하여 칠천일백 냥이 되었구면요. 그리고 금년, 즉 지금까지에는 모두 합금이 구천팔백이십육 냥 닷

* 추봉秋捧 : 결세結稅와 잡세를 가을에 징수함.

돈이 되었구먼요."

보고가 끝이 나자 모든 계원들의 눈에는 상혈이 되었다. 돈 동록*에 마음이 젖은 그들의 귀에는 아무것도 없는 놈에게 받을 돈이 그렇게 많이 된 것이 들릴 때에는 벌써 그것이 뜨면은 어떻게 하나 하는 초조가 일어난 까닭이다. 순호는 기가 막히었다. 두 눈이 캄캄하여졌다.

쉰둥개 영감은

"다― 자세히 들었나. 셈이 틀리지는 않나?"

"틀리고 맞고 간에 누가 아나요."

"그럼 자네 것을 자네가 알지 누가 아나?"

순호가 뭐라고 또 말을 하려는 판에 쉰둥개 영감은

"아니 긴 말은 그만두게. 돈 해 가지고 왔나?"

"아니 누굴 놀리시는 모양이에요. 뻔히 없어서 그냥 온 것을 아시구설랑."

"그럼 오늘 못 된단 말이지."

"그럼요."

"그럼 어떻게 한단 말인가?"

"차차 숨 돌리는 대로요."

"차차 숨이라니. 그럼 숨을 돌리지를 못하면 못 낸단 말인가―. 에히 그걸 말이라고 하나?"

"왜요, 말이야 똑―바로 했죠. 턱―없이 낼 낸다 모레 낸다 하면 소용이 있나요."

"여보게 순호."

"네."

| * 동록銅綠 : 구리 거죽에 도는 푸른빛의 물질.

"픽— 박절한 소리 같지만 어쩔 수 있나. 자네 하나 사정을 봐주다가는 우리 계가 망하란 말인가?"

"계가 왜 망해요. 어떻게 불한당질을 해야 계가 아니 망하나요."

그 말에는 정말로 모두가 긴장이 되었다. 윗목에 앉아서 구경만 하던 심술궂게 생긴 자 하나가

"뭐야, 우리가 불한당질을 하는 것을 보았어—."

톡톡히 시비를 건다. 순호는 조금도 주저하지는 않았다. 도리어 얼굴이 평연하여졌다. 그래서 휘휘 방 안을 돌아보더니 좀 비꼬는 소리로

"아무리 돌아봐도 모두 그럴듯한데요."

쉰둥개 영감은 고함을 친다.

"뭐 그럴듯해—."

"멀쩡들하게 생겼단 말이죠."

"뭐 이 녀석아—."

순호는 도리어 픽 웃었다.

"왜요, 듣기에들 좀 안 되었죠—."

그리고 또 말을 강렬하게 고쳐서

"그럼 뭐야요. 고기는 씹어야 맛이고 말은 해야 맛이라고—. 그래— 벼 두 섬에 구천여 냥이 어디 있단 말야요. 그래 그런 날불한당질이 더 있단 말요."

진짜 흥분이 되었다.

"뭐야, 벼 두 섬!"

"그럼, 그래 없는 놈이 오죽해야 장릿벼*를 쓴단 말야요. 그런데 더군다나 물난리를 이태나 겪었으니 갚지 못한 것도 일부러는 안 그랬죠. 그

---

* 장릿벼 : 장리(長利 : 곡식을 대차하는 데 붙는, 1년에 본 곡식의 절반이 되는 변리)로 빌려주거나 빌리는 벼.

래 벼 두 섬이 석 섬 반이 되고 석 섬 반이 다섯 섬 반이 금방 된단 말씀
요. 아니 없는 사람을 구제라도 해줄 형편인데 그래 눈깔 딱— 감고 그걸
아주 인정이나 있는 듯이 변돈* 백 원으로 앉힌단 말요. 여보슈들, 언제
내 손에다가 돈 백 원을 쥐어주었단 말요."

이 말에는 모든 자는 분이 상투 끝까지 났다. 더군다나 쉰둥개 영감
은 펄펄 뛰면서

"뭐 누가 불한당이냐. 참— 저런 생불한당 녀석 같은 녀석의 말이 있
담. 몇 해 동안을 질질 끌어 오다가 인제 딱— 당해가지고는 어쩌고 어
쩌? 그만둬."

하더니 벽장문을 딱 열어젖뜨린다. 벽장 앞턱에는 뚜껑을 열어 논 돈
궤짝과 또는 문서 뭉치가 길길이 쌓였다. 부리나케 궤 뚜껑을 열고 문서
덩치를 꺼내서 뒤적뒤적하더니 그중에서 어떤 것을 한 벌 꺼내서 딱 하
고 방에다가 내어던진다.

"집문서—."

순호는 거들떠보지도 않고 여러 계원을 향하여

"여보슈들 별수 없소. 이 따위 놈에게는 말도 다— 소용이 없으니까.
이건 그때 전집한** 문서요. 아마 시가로 한 육천 냥은 받겠지. 이것을 먼
저 입시을 잡읍시다."

"그러시죠."

"그래도 그 나머지는 어쩌구요."

쉰둥개는

"그건 이왕 그런 걸 어떡하오."

인정이 뚝뚝 떨어지는 듯이 말했다. 그리고 더 유순한 목소리로

* 변邊돈 : 이자를 무는 빚돈.
** 전집專執하다 : 어떤 일을 오로지 혼자서 주장하여 잡다.

"금방 어떻게는 아니 되겠지만 한 십여 일 위한하고* 집을 내놓을 도리나 하게. 아무리 없어서 악이 나기로 그렇게 말을 마구 말게."

순호는 말이 아니 나왔다. 금방 눈이 캄캄만 하여졌다. 온— 세상이 다— 밤 같았다.

집을 내뇌라 못 내놓겠다. 정말 그래 이렇게까지 스스로 결말을 짓기까지는 하였으나 매우 애매하였다. 꿈속 같았다. 그저 분통만 터졌다.

"집을 내뇌요?"

"그래—."

"누가 안 갚는다고 그랬어요."

"말로만 말이지."

"왜 말은요."

"그럼— 어서 내야지."

"차차 해드린닷게요—."

"차차, 그렇지. 차차 숨을 돌려가지고 또 집을 사면 마찬가지지."

이 말에는 그는 아무것도 생각이 나지 않았다.

그리고 언뜻 보이는 것이 벽장 속에 떨어진 문서 덩치였다. 수없는 작인들의 생명이 들어 있는 문서 덩치. 금방이라도 달려들어 살라버리고 싶었다.

아내가 다 뭐야 자식이 다 뭐야. 한숨 쉬고 있는 여러 헐벗은 떼의 근심 덩치나 없애주는 것이 그중 좋을 듯했다.

저걸 집어가 갖다가 살라버려—. 그럼 나는 징역하렸다. 그럼 나를 징역한 놈이라고 흉을 볼까! 아니겠지. 그럼, 그럴 리가 있나. 모두 웃겠지. 기뻐하겠지. 우리 여편네는 뭐 되나…….

| * 위한爲限하다 : 기한이나 한도를 정하다.

그는 속이 물 끓듯했다. 용솟음을 쳤다. 이럴까.

저럴까. 할까 말까. 그는 스스로

질정*을 하지 못했다. 그러나 신경만은 점점 극도로 흥분이 되어갔다. 몇 배 이상의 맥박과 또는 고동은 잦았다.

그러다가 언뜻 생각이 났다.

그건 작년 봄인가 어떻든지 춥지 아니하던 때의 일이다. 읍내에 있는 아무 소작인조합小作人組合에서 순회강연대가 왔었다.

밤이었다. 쉰둥개 집 앞뜰 넓은 마당에다가 횃불을 잡히고 아뭏게나 가짜로 연단을 만들었었다. 사람은 모두 한 이백 명은 왔었다.

이것도 순호의 허풍 바람이었었다. 읍내에서 재주꾼이 와서 요술도 피우고 우스운 이야기도 하고 또 깡깡이**도 켠다는 바람에 구경이 퍽 장하려니 하고들 모여들었었다.

그때 조합 간부 되는 젊은이 하나는 그전부터 순호와 친한 친구였었다. 순호는 무식하기는 했으나 보통 사람 모양으로 꼼짝꼼짝해서 먹고 살려고만 애쓰는 것 이외에 무슨 사업이든지 하고 싶은 호활한 의심이 있었다. 그래서 무슨 운동이니 하고 돌아다니는 사람은 아주 퍽 부러웠었다.

이와 같은 성미를 잘 알아주어 가지고 교묘히 사귀고 지내가는 동무가 즉 이 소작인조합의 동무였었다. 순호는 무턱대고 이 동무의 말은 신뢰하였다.

그리고 혹 서울에서, 떠오는 소문에 어떤 곳에서 폭탄을 던졌다, 국경 방면에서 누가 들어오다가 어떡했다는 것을 들을 때마다는 무섭게 흥분이 되어서 지냈던 것이었었다.

---

* 질정質定 : 갈피를 잡아서 분명하게 정함.
** 깡깡이 : 악기의 소리가 코 먹은 소리와 같아서 일컫는 '해금奚琴'의 속칭.

그래서 그날 밤도 매우 유심하게 연설하는 소리를 들었다.

"여러분, 점점 살아가실 수가 없게 되는 것은 여러분의 과실이 아닙니다. 다른 까닭이 있는 까닭입니다. 여러분은 훌륭하게 잘 살아가실 만한 일을 하고 계십니다."

그리고 무수히 실제 사실을 들어서 그야말로 우습고도 침통한 말소리로 군중을 혹하게 해놓았었다.

그리고 맨 끝으로

"……이러한 수 적은 나쁜 도깨비가 대낮에도 있는 까닭은 여러분이 다 아실 것 같으면 다만 하나 서로 굳게 단결만 하여야겠다는 결심으로 하십시오. 서로 단결만 하시는 게 여러분의 근심과 걱정을 없애시는 데에 하나밖에 없는 약이죠."

그때 여러 군중은 그저 그럴싸하게만 들었다.

그러나 순호만은 열광이 되었다. 그래서 망할 것 세상에 한번 나면 죽기는 마찬가지니 사나이답게나 죽어버리겠다 하는 일종 영웅적인 기분이 잠깐 섞인 정의감이 났었었다……

지금에 그러한 생각이 났다. 수 적은 도깨비— 모든 계원— 문서 뭉치! 피 뭉치! 그는 아주 이 세상의 사람이 아니었다. 총소리와 칼 소리만이 온 땅을 뒤집는 전쟁터의 용사와 같았다. 그래서 또다시 빙긋빙긋 웃으면서

"영감, 이왕 그렇게 됐으니 한 달만 참아주시죠."

쉰둥개 영감은 입맛을 썩 다시면서

"그러게그려. 사람은 서로 사정도 보아주어야 하느니!"

순호는 못나게 픽픽 웃으며 점점 가까이 아랫목 쪽으로 들어앉으면서

"그런데 영감님, 제 집값이 얼마나 된다고 그러셨어요."

"한 육천 냥은 갈걸."

무심히 대답을 하면서 문서를 펴서 본다.

순호는 엎디어서 두 손으로 방바닥을 짚고 기웃이 들여다보면서

"원 그 집은 칠천 냥에 샀는데요—."

손가락으로 문서를 가리키며,

"왜 칠천 냥이라고, 썼지요."

쉰둥개 영감은 무심히 문서를 방바닥에다가 놓으며,

"자— 보게그려, 어디 칠천 냥인가?"

순호의 가슴은 두근거리었다. 손은 떨리었다.

아주 번개같이 문서를 움켜잡았다. 그리고 또 벽장 앞턱에 있는 문서 뭉치를 집었다. 그리고 그만 후닥닥 창문을 박차고 나왔다. 그는 미친 것 같다. 같다가 아니라 꼭 미쳤다. 방 안은 수라장이 되었다. 모두 아우성을 친다.

"도적야."

"이놈아."

그러나 벌써 그는 나갔다. 모두들 달아난 순호보다도 더 미친 듯이 되어서 쫓아 나왔다. 막— 사랑문을 열려고 하는 것을 어떤 자가 붙잡았다. 그러나 뿌리치는 바람에 쓰러졌다. 사랑문은 열렸다. 달아나는 순호나 쫓아가는 계원들이나 다 발버둥이다. 체면이 다 뭐냐. 더러운 게 다 뭐냐. 그들은 한 뭉치 미친 군중이 되었다.

5

조용하던 동네 안은 그냥 벌컥 뒤집혀버렸다.

"도적야."

"저놈 잡아라."

"이놈 죽일 놈 같으니. 가면은 어디까지 가니."

백립 쓰고 담뱃대 들고 발버둥으로 뒤우뚱뒤우뚱거리는 군중은 보기에만에도 살기가 띠었다.

순호는 그저 달아난다. 아무렇게 해서라도 잡히지만 않고 가서 세연하게 태워버리겠다는 그것밖에는 아무 생각이 없었다.

어느덧 동네 뒷산 기슭 앞까지 왔다.

이럴 때 순경 도는 움 속에서는 여러 마실꾼이 깜짝 놀랐다. 별안간에 동네가 떠나가는 듯한 소리! 우루루 으아으아 도적야 도적야 하는 소리에 제각기 눈들이 둥그렇게 되었다.

"도적이란다."

"나가보자."

"뉘 집에 들었을까."

좍— 우루루 쏟아져 나왔다. 한 삼십 명은 된다. 한편 구석에서 자던 놈들도 눈이 둥그래져서 나왔다. 막 나와 서자 한 떼의 늙은이는 으아 소리를 지르고 지나간다.

"여보게들 큰일 났네. 저놈 잡게, 저놈."

그 통에 말꾼들이 바라보았다. 달밤이기는 하나 멀리 떨어져서 달아나는 사람은 누군지를 몰랐다.

어떤 도적놈이려니 하는 직감들밖에는 아니 났었다.

안달이 노인이 쉰둥개를 보고

"아니 무슨 일야요."

이것은 벌써 두 패가 한 뭉치가 되어서 따라가면서 하는 소리였다. 아무런 대답 소리는 아니 났다.

그저 달음박질 소리, 킥킥거리는 소리, 외치는 소리 한데 어우러져

나는 아우성 소리에 군중은 지배되었다.

이럴 때 동네에 집집마다 야단들이 났다.

사립짝 문 열리는 소리, 어린애 우는 소리, 몽둥이 들고 자다 말고 나오는 사람들의 고함 소리.

몹시 고요만 하던 반대로 아주 요란한 수라장으로 변했다. 군중은 점점 늘어간다.

순호는 산언덕으로 올라갔다. 그래서 두 손에 있던 문서 뭉치를 한데 뭉쳐서 쥐었다. 그리고 씨근씨근하는 숨을 내쉬면서 동네 끝 산기슭으로 몰려오는 군중을 바라다보았다.

"흥, 날더러 도적놈이라고."

그러자 핑— 하더니 돌멩이 하나가 떠들어온다.

"이놈 거기 섰거라."

"가면 죽는다."

날마다 서로 보고 장난치고 이야기도 하던 같은 동리놈들은 금방 자기와 원수가 되었다.

'저런 밥통들 보았나—. 나를 왜 쫓아오나.'

그렇게 속으로 웃었다. 또 돌멩이는 날아서 들어온다. 그는 딱— 버티고 서서

"이놈들아, 나는 순호다. 쫓아오려거든 온—."

그리고 또 달아났다. 한층 용기는 더 났다. 나중에 어떻게 하겠다는 것은 몰랐다. 그냥 열광만 되었다. 군중은 멀리 산언덕 위에 서서 뭐라고 외치는 소리를 들었다. 그러나 무슨 소리인지는 몰랐다. 그러자 조건 없이 더— 한층 흥분만 되어 있다. 사생을 결단하는 계원의 초조 반 장난삼아 소리치는 군중의 포효咆哮 한 데 합하여 점점 높아간다.

군중 가운데서

"아니, 어떤 놈이야요?"

"멍텅구리 소리 말게. 제 이름 대고 다니는 도둑놈이 있나."

이런 문답이 왔다 갔다 하다가 아주 분통이 터지는 듯한 쉰둥개 영감의 목소리가 나며

"순호라네, 순호……."

"뭐요, 순호요."

"그래—."

이 소리에 군중의 발길은 멈칫하여졌다. 의논한 듯이 느려졌다. 쉰둥개 영감은 더— 초조를 하면서

"아니 어서들 가지 않고— 왜들 이러나—."

"아뇨! 순호가 무슨 도적질요."

"아니 급한데 차차 알지."

평시에 좋지 않아하던 쉰둥개 영감이 이렇게 죽을 듯이 날뛰는 것을 도리어 고소하게 여기는 기운이 은연중에 군중 가운데에 나타났다.

"차차라뇨."

하면서 성미 급한 계원 하나가[*]

"돈도 아니고 알토란이라우. 문서 뭉치라우, 문서 뭉치. 전당 잡은 문서 뭉치."

이 소리에 모든 군중은 가슴이 선뜩하였다. 평시에 얌전하고 사람 좋기로 유명한 순호를 사랑하는 마음……. 따라서 돈도 아니고 문서를 가져갔다는 의심된 마음.

이런 것들은 여러 군중의 발을 무디게 하였다.

---

[*] 이 소설 「군중정류」는 1930년 별나라사에서 발행한 『농민소설집』에 재수록 되었다. 재수록 되면서 이 문장 이후 부분이 '이하략以下略'이라는 표기 이후 빠져 수록되었다. 이 작품에 이어 수록된 작품이 「오전 9시午前九時」이다. 「군중정류」에서 이러한 생략이 이루어진 것은 뒤에 이어진 「오전 9시」와의 연속성과도 관계가 있어 보인다.

계원들은 한편으로 쫓아 올라가며 소리를 친다. 쉰둥개 영감은 모든 군중을 보고 소리를 친다.

"어서 쫓아가세…… 쫓아가…… 큰일일세, 큰일야."

이런 판에 한 십여 간통밖에 안 되는 건너편 언덕에는 순호가 나타났다.

"여보슈들."

고함 소리는 났다. 똑똑히 들리었다. 여러 군중은 딱— 섰다. 계원들도 어쩔 수 없이 멈추었다.

"이놈아."

"죽일 놈아."

그러자 또 한편 구석에서

"여보, 떠들지 말우."

와글와글하다가 금방 딱— 그쳤다.

"여보슈들, 왜 날 따라오슈. 내가 도적놈인 줄 아슈. 당신네들이 도적맞은 것을 찾아주는 것이라우."

순호의 목소리는 요량하였다.* 열렬하였다. 그리고 또 뭐라고 크게 외친다. 들리지는 않는다. 바람은 분다. 눈보라는 치기를 시작한다. 계원들은 그냥 막질러 쫓아 올라간다.

순호는 유유하게 섰다. 여러 군중은 그냥 섰다. 일종 구슬픈 생각이 모든 군중의 가슴을 휘청거려 놓았다. 그러자 순호의 쨋쨋하고도** 떨리는 목소리가 났다. 크다. 산이 울린다. 그러자 산언덕 위에서 연기가 난다.

"자— 봐라. 탄다. 빚뭉치가 탄다. 탄다—."

＊ 요량하다 : 소리가 맑고 낭랑하다.
＊＊ 쨋쨋하다 : '쩟쩟하다'의 북한어. 딱딱하고 깔깔하다.

모든 군중은 해연하였다.' 계원들은 아주 미쳤다.

아련한 달밤 눈 쌓인 산 속에서 한 줄기 연기는 올라오고 있다. 군중은 뻔하게 쳐다보고만 섰다.

- 끝 -

1927년 1월 18일, 폭풍우 중에서

―《현대평론》, 1927년 3월

---

* 해연駭然하다 : 몹시 이상스러워 놀랍다.

석탄石炭 속의 부부夫婦들

1

점심 먹으라는 기적 소리는 비온 뒤에 대순과 같이 동경의 동쪽 교외를 뒤집어 놓았다.

모양은 다르나 실상은 같은 여러 가지의 사람의 기계들은 팔다리가 더— 속히 돌아가라는 기름인 찬밥덩이를 먹느라고 야단들이 났다. 그들의 기쁜 것은 이것— 요 순간밖에는 없다.

지금은 봄이다. 나비도 건드럭거리고 고운 꽃만 찾아다니고 눈에 보이지 않는 작은 벌레까지도 구석구석에 맞붙어 움직이고 있다.

어떻든지 쾌락이며 행복이며 자유다. 그러나 이 동쪽 마을만은 변한 것들이 없다. 있다면은 그들의 가슴속뿐일 것이다.

*

동경에서 제일 큰 가스 공장은 석탄덩치만 하여도 큰 산만하다. 이 덩치에 좌우 옆에는 다섯 개씩의 가스탱크가 있다.

탱크는 거인과 같이 침묵만 지키고 있다. 그리고 그 아래로는 탱크의 오장 속을 들이 뒤집는 수백 개의 용광로가 있다.

이 용광로의 아궁지는 언제든지 강렬한 불길이 타오르고 있다.

2

이 불길 앞에는 두 사람의 젊은 사람이 있다. 한 사람은 키가 크며 몸이 장대하고 한 사람은 그와 반대로 매우 연약하여 보인다.(우리는 키 큰 사람을 A라고 부르고 약한 사람을 B라고 부른다.)

A와 B도 기적 소리가 나자 쥐었던 부삽을 보기 좋게 석탄더미에다가 던지고 A가

"밥이나 먹세."

B도 그냥

"그러세." 둘이 다 기계적이다. 그리고 꺼멓고 빼빼마른 얼굴을 수건들로 씻는다. A는 좀 코웃음소리로

"땀도 없는걸. 우리가 무엇을 씻는 셈인가."

사실 그들은 땀들도 없었다.

옥동같이 추운 겨울날에야 조금씩 땀이 날 뿐이요 그 외에 봄과 여름에는 짬이 없었다. 워낙 불 속에서 강렬한 열도를 씌우고 지내는 까닭에 땀은 나오기 전에 말라들어버린 것이다. 땀커녕 기름도 없다.

완전한 나무때기가 그의 육체를 대신했다. 이러면서 두 젊은 사람은 고개를 숙이고 직공 전용의 식당으로 향하여 갔다.

식당 안에는 한 천 명이나 남자의 직공들이 점심들을 농담에 섞어서 먹고들 있다.

A와 B도 그중에 섞여서 앉았다.

"여보게, B."

"응."

"이런 거칠 노릇이 있나. 나는 오늘 한바탕을 싸우고 나왔네."

"누구하고 말이야." 하다가 B는 다시 얼핏 말을 고치면서

"오라 자네 처하고 말인가? 허허. 그래 오늘 승부는 누가 어떻게 되었나?"

A는 다소 흥분이 되면서

"승부! 물론 내가 이겼지. 어림 있나. 야단 한 번이면 녹지." 하며 주먹을 불끈 쥔다.

B는 좀 놀라면서

"에기 이보게, 자네는 그야말로 야만일세그려."

"왜 야만인가?"

"허허, 그럼 뭔가? 왜 툭하면 강제로 아내를 제재하나." 하면서 유심히 A를 쳐다본다. A는 좀 더 흥분이 되면서

"자네 말 말게. 나도 실상인즉 자네만큼은 인정머리가 있다네. 하여간 더— 깊이 말하면 내가 잘못했다고도 할 수 있지……. 그렇지만 여보게. 내가 일부러 그러나. 내가 힘이 있나 손재주가 있나. 그리고 길는 것을 탐내는 놈인가?" 주먹을 번쩍 들면서

"흥, 똑 요놈의 ××××것은 부부의 사랑도 기계화나 그렇지 않으면 돈으로 정가표를 붙여준단 말이지." 하면서 씨근씨근 한다. B는 그저 한 모양으로 냉정하게만

"흥, 자네는 지금 1923, 4년 식式밖에는 안 되는 소리를 하네—."

"왜?"

"왜라니. 요컨대 자네는 자네의 아낙이 자네가 하는 운동을 적극적으

로 후원하여주지 않는다고 분개해서 하는 말이 아닌가."

"그럼 뭐야."

"아닐세. 그럼 뭐야가 아니라 자네는 아직 우리 운동이 아주 호기에 있을 때에 운동자가 가지고 있는 불평을 자네의 아내에게 가지고 있네!"

"어째 그런가—."

"이야기 해보려나. 자네는 ×××부인이 전×××××의 ×××××거리고 있는 것이 퍽 부러워서 그러지 않나?"

"……."

"자네가 대답을 아니하고 있어도 뻔한 문서이지. ……그렇지만 여보게, 꼭 운동이란 것은 동부인을 해서 하여야 하나. 그리고 더군다나 자네는 직공이 아닌가?"

이 소리에 A는 무척 흥분이 되었다.

"뭐야, 직공이라니?" B는 조금도 기색을 변하지를 않고 더— 침착하게

"흥, 자네가 이러니까 1923, 4년 식式이란 소리를 듣지! 자— 그만두게. 밥이나 먹세."

"난 밥도 싫으니 운동 선에 있어서는 상당한 동지이지만은 가정 관계에 대해서는 나와 반대일세. 그러니까 자네는 치의하는 태도를 옳다는 말인가?"

"허어, 자네 정말 흥분되었네그려."

"흥분이 아니라 진정일세."

"그럼 말하려나. 나는 자네의 아내가 퍽 좋다고 보네."

"아니 무엇이 좋단 말인가? 얼굴 말인가, 몸맵시 말인가. 난 사실이지 얼굴이나 몸맵시를 가지고 내 처를 비난하는 것이 아닐세."

"흥, 누가 그걸 모르나. 자네 딴은 사상이 틀린다는 말이지."

"그것이야 말할 필요가 있나." 하면서 좀 능치면서

"오라 자네의 속도 알았네. 자네는 나의 처가 내게 대해서 충실 ××
××노릇을 잘해주는 그것 만에 감복을 한 모양일세—."

B도 그제야 신이 나서

"사실일세. 자네의 아낙으로 말하면 아무것도 모르시는 농촌의 처녀
로 계시다가 자네만 믿고 이 같은 외국에 와서 더욱이 노동자의 세민굴
생활을 하시는 그것만 뵈와도 감복할 노릇이 아닌가? 보통 여자 같아보
게. 제일 첫째 이곳으로 쫓아올 것인가. 그리고 아무리 우리들은 운동 때
문이라고 하드라도 자네가 아내 대접다운 대접을 하여주었나. 결혼이라
고 한 뒤에 이제까지 아마 한 사 오 년 되지 않나. 뭣 편안하게 한 번이나
해드렸었나. 뭐든지 양편을 다 생각하여야지. 자네 생각만 해서야 쓰나."

A는 B의 반박이 일리—理는 있든 말든 간에 반감밖에 일어나는 것은
없었다. 더— 나가서 의심까지 났다.

B는 자기와 어려서 친구며 또는 사상이 같은 동지자다. 친형제 이상
의 정분을 가지고 있다. 그런데 지금 와서는 어쩐지 의심이 나서 못 견디
었다.

B가 무슨 까닭으로 나의 처를 역성을 하여줄까? 어째서? 왜? 아주 견
디지 못할 만한 괴로움을 억제치를 못하였다.

3

A는 먹던 밥을 채 마치지도 않고서 벌떡 일어선다. 그제야 B는 깜짝
놀라서

"아니 정말 흥분되었나."

"아닐세." 하는 소리는 좀 떨렸다. 얼굴까지 붉어졌다. B는 무심히 한 말에 A가 오해한 것을 그제야 깨닫고

"아니 여보게 정말 노했나. 그럼 자네는 오해일세."

"아냐!"

"그럼— 왜? 좋지 못해서 밥도 다— 아니 먹고 일어나나?"

"몸이 좀 불편해서 그런다네. 엥히, 귀찮으이." 하면서 후닥뚝닥하고 뛰어서 밖으로 나갔다. B는 의외에 오해를 사서 다소 민망은 하였으나 얼마 있어서 흥분이 가라앉지만은 자세히 이야기를 하리라 하고 다만 입 맛만 다시었다.

*

A는 용광로의 불길 이상으로 점점 더— 흥분이 되었다. 공연히 미친 놈같이 달음박질을 하여서 석탄더미 위로 올라갔다.

'엥히, 난 어떻게 사나. 움 세상에 못 믿을 것은 사람의 마음이고나.'

매우 적막하여졌다. 굉장하게 요란한 공장 안은 사막보다도 더 황무하게 보였다.

'아니! B가! B가— 내 처가!'

'아니 내가 왜 이럴까? 내가 공연히 이러는 것이 아닌가.' 이러면서 다시 진정도 한다. 그러나 그 진정은 그다음에 더한 폭발을 낳았다.

'움, 그놈. 그 자식 B— B— 그놈은 총각이겠다. 나보다 말도 잘하겠다. 웃는 것도 매력이 있더라.'

이러면서 B의 어여쁜 얼굴이 =그러나 파리한= 나타났다. A는 못 견디는 듯이 석탄덩치를 집었다.

그러다가 '아니 내가 왜 이럴까?'

'B는 나의 동지다. 어제 저녁에도 같이 회 안에 참례를 하였다. 오늘 저녁에도 같이 회 안으로 갈 동지다. 내가 신경이 과민이 되었을까?'

'아냐 아냐. 그놈이 허위가 아닐까. 나의 젊은 아내를 낚시질하기 위해서 나의 동지가 되지를 않았을까?' 여기까지 생각하였던 A는 다시 가슴이 아파졌다.

'움, 내가 나쁘다. 질투심 야비한 질투심만을 가지고 신성한 동지를 오해하는구나!' 쥐었던 석탄덩치를 홱— 하고 던졌다.

4

원래의 A는 자기의 처와 여간 의가 좋은 것이 아니다. 지금도 그렇다. 그러나 요사이 와서는 가끔 싸움을 한다. 싸움이란 것보다도 자기가 야단을 치는 것이다.

그 야단치는 것은 무슨 까닭인가? A는 처음에 자기 처와 만나기 전의 이상은 신여성이었었다. 물론 겉치장만 한 개화開花한 노예인 신여성은 아니었다. B의 말마따나 ×××× 부인과 같은 신여성이었다. 그러나 그에게는 그 같은 여성과 만날 수가 없었다. 그런데에도 불구하고 그의 나이는 스물 하나의 봄을 맞았다.

그때는 꽃이 맘껏 피었었다. 바람도 뜻 다르게 불어서 그의 온몸은 짝 찾는 무서운 정열에 달았다.

그래서 그는

'이 세상의 모든 일이란 결혼을 한 뒤에야 비로소 침착하게 할 수가 있겠다.'는 이론을 가지게 되었다. 사실 그때의 그는 휘황하기가 한이 없었다. 무슨 일이든지 적막한 비애와 같이 한다. 자신이 덜— 생겼다.

마음이 잡히지가 않고 점잖지가 못하였다. 다만 자나 깨나 책을 보나 운동을 하나 그저 다른 동정憧情에만 헤매었다. 이래서 그는 그 같은 새 이론을 세웠던 것이다.

'운동가라는 것은 결혼이 필요치가 않다. 결혼은 젊은이의 사형장이다. 구속이다.'라고 아주 부인하였었다.

요컨대 생리적 변화는 그의 주장까지 변하여 온 것이다. 이래서 그저 아무 사람이나 얼핏 만났으면 좋겠다는 초조가 생겼다.

동리 집 처녀가 시집만 가도 공연히 질투심이 일어나고 슬프기도 하고 어느 친구가 장가를 들었다고 해도 의례히 심술이 났다.

이래서 젊은이는 반드시 운동의 동지로서의 부부가 되어야 한다는 자기의 결혼지학은 여지없이 사라져버리고 처라는 것은 무엇보다도 얌전만 하면 된다! 보다도 얼굴만 이쁘기만 하면 된다! 보다도 계집애이기만 하면 된다!는 데에까지 열중이 되었다.

그러다가 지금 처를 만났다. 처는 얼굴도 어여쁘지만 성격이 아름다웠다. 하나도 내버릴 구석이 없었다.

제일 첫째 자기의 남편에게 향하여 이해를 잘했다. 사실 학교 교육이라고는 듣지도 못한 무식한 군중의 처녀이었으나 자기의 남편의 하는 일은 극력으로 후원하여주고 격려하였다. 여기에 아주 A는 감복하였다. 그보다도 마취되었다.

그래서 그는 처음의 자기 처를 '신네'라고 불렀다고 나중에는 (××= 와이푸)라고까지 선언을 하였다.

*

제일 첫째 A는 결혼을 하자마자 조선 안에서는 새로이 두 동맹이 탄

생하려는 때다. 이 통에 A도 아무것도 보이지가 않아서 운동 그곳에 몰
중이 되었다. 그래서 겨우 밥이나 지어먹든 직업도 떨어지고 처의 옷가
지도 모두 잽혀먹고도 그리고도 '거지'가 되어도 좋다 하는 결심이 생
겼다.

의례히 이러려니? 하는 추정도 생겼다. 다시 말하면 책상머리에서 내
가 본 운○○선은 꿈같이 황홀하게 보였던 것이다.

그래서 맨 나중에는 처에게 다만 하나밖에 없는 '결혼반지'까지 뺏어
다가 팔아먹었다. 물론 운동비다. 그 운동비의 7/10은 호떡값이었었다.

그때까지도 처도 조금도 불평을 말하지를 않았다. 도리어

"에그 아무 염려 말고 일을 끝장이나 내봐요."라는 말을 가장 힘 있게
던져주었다.

A는 여기에 그중 울 듯이 되었다. 감복하였다. 그리고 '움, 젊은 아내
를 거지꼴을 시키고 영양부족을 시켜놓고 엥히…… 남편의 자격이 없
다. 인정 없는 사람놈이다!……' 이렇게 개탄을 하다가는 결국에는

'엥히, 이것도 다 ×××××이다. 그렇다. ××다. ×××자.' 하는 결
정이 지어진다.

지방에서 지방으로 돌아다니는 동안에 아내는 아이까지 낳았다. 그
때는 집안이 다 망해서 아내는 자기 본가로 가서 있었던 때다. 아내의 본
가는 말이 집안이지 역시 가난하기가 짝이 없었다. 더군다나 집안마다—
즉 아버지나 어머니나 동생이나—들이 다 각각 성미가 맞지를 아니하였
었다.

이래서 아내에게서 가끔 이러한 편지가 왔다.

"나는 무엇보다 본가살이가 싫습니다. 시집간 이후에는 차라리 거지
노릇이 낫습니다."

A는 이러한 편지에 무섭게 가슴이 떨리는 것을 깨달았다.

'아내는 아내요 나는 나다. 한 아내의 포옹보다도 수만 부부의 행복이 앞을 선다.'라고 결심은 슬그머니 가라앉고 수만 부부의 행복을 위하는 것은 긴 시간이고 한 아내의 굶어죽는 것은 당장일이란 것을 느꼈다.

그래서 어떻게 하든지 간에 먼저 살아야겠다는 결심을 고쳐서 하였다.

그때는 A의 모든 ××들이 ××, ××, 감옥…… 그리고는 숨어버리고 도망가버리고 하여서 운동의 한 계단이 되었을 때이다. 말 한 마디, 글 한 줄, 간판 한 조각, 까지라도 여지없이 고려장만 지내였을 때다.

요컨대 A도 이 숨어버리는 무리 중으로 섞여서 들어갔던 것이다.

그래서 가장 친한 B와 같이 이곳 가스 공장의 탱크화부로 지내갔었다.

그러면 아내에게서 또 이러한 편지가 왔었다.

"될 수 있으면 나를 데려가주십시오. 가서 나도 노동이라도 하겠습니다. 제일 못 견딜 것은 남편의 성공을 기다리고 있는 아내의 마음이며 더욱이 맘에 있지 않는 본가살이입니다."

여기까지만 왔으면 오히려 관계가 없었을 것이나 그다음에는 또 이러한 말이 끼어 있었다.

"그러나 과히 상심치는 마십시오. 편할 대로 하십시오. 새벽이 되려면 지리한 밤중에 고생할 것도 알고 있습니다."

얼마나 울었는지 몰랐다. 더욱이 지옥 같은 탱크 앞으로 내다보이는 고향의 저녁 하늘을 보고는 더―하였다. 무척 애상적이 되었다. 능금나무 복사나무의 우거진 숲속에서 서로 손목 잡고 놀던 새색시 적의 생각도 나고 통통히 부른 배를 부둥켜안고 자기 남편의 자유스런 운동을 위하여 본가로 돌아가던 것도 생각이 났다.

더욱이 일본으로 떠나오려던 때에 가장 얼굴에는 좋은 빛을 씌었으나 파리한 두 어깨가 걷잡을새 없이 들먹거리고 섰던 가난한 딸도 생각되었다.

이래서 아주 울 것같이 된 것이다. '당분간은 운동선상에서 빠지지. 이제까지 희생만 되어오던 젊은 아내를 위하여……'라고 결심한 뒤에 몇 달 동안 노력한 결과에 자기의 아내를 데려왔다.

이래서 B와도 같이 한 집안 식구로 셋이 살아왔다. 이런 뒤의 A와 아내는 여간 더 가까워진 것이 아니다. 서로서로의 고통은 서로가 쥐어주고 지내왔다.

이런지도 벌써 두 해 전 이야기였던 것이다.

5

그리하였지만 A는 B와 같이 있는 것이 마치 단순한 가정생활을 할 수가 없었다. 공장 안의 공기가 정치화(××化)하니만치 그들도 ×××의 ××을 하지 않을 수가 없었던 것이다.

그리고 첫 번 만나는 보통선거운동의 혈전은 현실화가 되고 또는 ×××××××××도 화개가 열린 까닭에 도리어 조선 있을 때보다도 더한 운동을 하게 되었다.

더한 운동이라니보다 훨씬 달라진 ××××××하게 되었다.

단순한 ××××××대한 경제 ××× 옛날이 되고 말았다. 이래서 다시 가정은 영락이 되어갔다. 그러나 아내는 조금도 반대는 아니하였다. 다만 가끔가끔 이러한 말을 하기만은 한다.

"두 가지 중에 아무것이든지 철저하게 하나만 하세요. 내가 당신에게 운동을 하지 말라는 소리가 아닙니다. 하시려거든 더— 철저하게 하세요." 하고서 얼굴에 비분한 기색 띤다. 그러면 A는

"아니, 왜? 내가 철저치 못한 것이 뭐야."

"뭐고 하니 운동을 전력을 들여 하시든지 살림을 당분간 전문으로 하시든지 말이야요. 당신은 공연히 중간에서 어정쩡하게 하기 때문에 운동에고 큰 성적을 나타내지도 못하고 집안도 이 꼴을 만들어 논 것이 아니에요. 뭐 내가 살림이 이렇다고 고생이 되어서 그런 것이 아니라 그렇지가 아니해요." 하고서 고개를 숙인다.

A도 매우 감상적이 되어서

"그렇지만 어디 그럴 수가 있어야지."

아내는 아주 떨리는 소리로

"그러니까 꼭 선택하는 것이 좋다는 말이죠. 처자권속을 생각지 마시고 아주 ××××××× 을 하시란 말씀이죠. 지금같이 다만 나 하나만을 꺼려서 되지 못할 놈들에게 마음 맞지 아니하는 ××을 하시고 기운을 잘못 펴실 것이 무엇이야요." 하면서 거의 울듯이 되었다. A는 아주 가슴이 터지는 듯하여서 왈칵 달려들어서 아내를 껴안고

"참, 원통한 노릇이지. 그렇지만 지금은 그 전과 같이 일이 개의 ×××××× 하는 운동과는 다르다우. 수천 개의 작은 기계가 합해야만 한 바퀴가 굴러가는 셈과 마찬가지라우."

아내는 그날 남편에게 안긴 채로 쳐다보면서

"난 다만 한 가지 원이 되는 것은 이 몸이 왜 다른 신식여자같이 되지 못한 것만 한이에요. 더군다나 이런 외국에 와서도 굼벵이처럼 가만히 들어앉아서 남편의 걱정이나, 하는 일을 구경만 하고 있으니 무슨 소용이야요."

"아니지, 그건 당신이 괜히 그러는 것이야. 실상이지 당신은 입이나 글이나 몸뚱이로 나타나는 □□을 못하지만 그보다 더— 큰 마음의 □□을 하고 있는 것이니까!" 이러면서 두 젊은 부부는 아주 터져라 하고 껴

안았다. □□□포옹, 뜻있는 포옹! 그리고 멀리 떠오르는 태양을 바라보는 감격은 그들의 가슴속을 흔들어주었다.

*

A는 결국에 아내에게 대한 성심이 운동에 대한 성심보다는 커졌다.

'당분간'이라는 간판을 내어 걸고 운동 선에서 다시 나오려고 하였다. 그러나 또 역시 운동 선에서는 나올 수가 없었다. 저절로 그렇다. 그야말로 아내의 말마따나 어정쩡하였다. 그보다도 어떤 때는 타락도 된 듯하였다.

동지와 어느 날 만나자는 약속도 아내가 병이 나면 가지를 못하게 된다.

동지들이 회에 비용으로 돈이나 좀 있거든 달라면은 없다고 그런다. 저녁쌀이나 아침쌀을 팔기 위해서 '결혼반지'까지 내다 팔던 때와는 아주 달라졌다. 이래서 A는 가끔 양심의 가책을 받는다. 그러다가는 다시 이렇게 생각하였다.

'운동도 먹어야 한다. 살아야 한다.'

'살아가려니까 그렇다.'라고 자위를 한다. 이래서 A는 자기의 아내를 두 가지로 본다.

'감격한 동무', '귀여운 방해'. 이같이 본다. 그러나 이것들은 순진한 이지의 작용이었었다. 떼려야 뗄 수 없는 부부의 애정은 더해 가기만 할 뿐이다. 실상 말하면 ×××세상에는 문제도 되지 않을 것이 이렇게 A를 괴롭게 하는 것이다.

6

요사이 와서 A는 아내를 '감격한 동무'보다는 '귀여운 방해'로 보게 되었다.

그래서 아까 아침에 이렇게 이야기를 하였다.

A가 막 공장으로 오려고 할 때에 아내는 캄캄한 부엌에서 나오면서

"여보, 오늘은 일찍이 와요."

"왜?"

"정말이지 혼자서 적적해서 못 자겠어요." 사실 며칠 전에 어린아이가 죽었던 것이다.

"그렇지만 회에를 가야지 어쩌나."

"글쎄, 회를 가시더라도 일찍이 돌아오지 못요. 가만히 보면 회에서 파하면 공연히 다른 데로 번지면서요."

"어디 번진다고 해도 놀러가나."

"뭘, 마찬가지지 뭐야요⋯⋯. 아니 정말 늦게 오실 테에요."

"글쎄, 어디 일찍 와보지."

아내는 좀 샐쭉하여지며 좀 쏘는 소리로

"뭘 그리구 안 들어오려구."

"아냐."

"몰라, 좀 인정이 있어야지. 내가 여기를 누구를 바라보고 왔담."

A는 훨씬 눙치어서 그런 모양으로 아내의 어깨를 얼싸안아서 품에다 넣으면서

"아냐, 정말이지 일찍 오지. 누군 나가면 들어올 줄을 모르나. 나는 실상 더 애가 씌는걸." 아내는 우는 듯이 우는 듯이 어린애의 어리광같이

"뭘, 그래서 며칠 일 나가면 안 들어오는군."

"인제 안 그러지." 하면서 키스를 하려고 하였다. 아내는 쌀쌀스럽게 피하면서 팩 쏘면서

"난 싫어, 뭘 인정 없는 사람하고는 가깝게 하기 싫어!"

"뭘, 정말이야." 하면서 A는 항복하듯이 히히히히 웃는다. 아내는 더 앵돌아뜨리며 뿌리치고 저편 구석으로 달아나서 돌아서면서

"그럼 정말이지 누가 거짓말을 하나?" 하고 발끈 성을 낸다. A는 좀 무류하여졌다가 다시 골이 났다. 좀 성난 소리로

"정말이야."

"그럼." A는 우습게 흥분이 되었다. 얼굴이 좀 벌개지며

"아니 내가 인정이 없어. 아니, 그렇게 이해가 없어." 어떻게 나오는 줄도 모르면서 탁 내었다. 아내는 잠깐 동안 일부러 그랬던 것이 사실로 남편이 좋지 않게 여기는 것을 겁이 나서 금방 웃어버리고 싶었으나 어쩐지 웃어지지는 않고 더 성이 나진다.

그래서 잠잠하고 섰다. A는 더 크게

"정말 내가 인정이 없어서 가깝게 하기가 싫단 말야. 응, 정말이야! 오, 알았다. 그만두어라." 하고서 홱 나갔다. 아내는 그제야 "아니 내가 왜? 그랬던가. 이걸 어떡하나." 하면서 눈에서 눈물부터 떨어졌다. 그래서 달음박질로 현관으로 쫓아 나왔으나 벌써 남편은 보이지도 않았다.

이래서 아내는 그냥 다다미에 가 쓰러져서 울었다. 한시 바삐라도 남편에게 사죄를 하고 싶게 되었다. 그러나 A도 실상은 성이 나서 갔으나 조금 가다가는 다시 "아니, 내가 너무 야단을 쳤구나.", "도로 갈까." "도로 갈까." 하면서 역시 울듯이 되었다. 이래서 두 젊은 부부는 아주 만나 보지 못할 곳으로 헤어져서나 있는 듯이 가슴들을 조리었다.

이랬다가 지금 점심시간에 우연히 말이 난 것이 이렇게 된 것이다.

B나 A나 누구나 똑같은 근본을 가졌으나 B는 일종 농담으로 놀려댄다던 것이 A는 진정으로 감정이 났던 것이다.

하여간 A는 오늘에는 신경이 무섭게 과민이 된 모양이었었다.

그래서 공교하고도 자기의 아내와 B를 마주대어 보고 혼자 울고 혼자 분해하였다.

A가 이제까지 이와 같은 불쾌한 고민을 해본 것도 처음이었다.

7

다시 일 시작하는 뚜— 소리는 난다. A는 "에라." 하면서 용광로 앞으로 왔다. B는 벌써 와서 석탄재를 뜨느라고 기다란 쇠꼬치를 들고 섰다.

A는 다시 불쾌하여졌다. 그러다가 도리어 그 같은 생각을 하는 것이 더 괴로울 것을 알았다. 그래서 참았다.

B는 슬금슬금 A를 보다가

"여보게, 자네 왜? 이렇게 기분이 좋지 못한가?"

"난 똑 죽고 싶으이."*

B는 금방에 너털웃음을 내놓으면서 A의 어깨죽지를 탁— 하고 치면서

"에끼 여보게, 자네 오늘 미쳤네그려. 자네 같은 사람이 왜 그따위 편

| * 원문에는 '죽고십흐이'로 되어 있음.

157

협한 오해를 하나. 에끼, 자네 좀 냉정하게 생각을 하게. 나는 불쾌해서 말도 하기 싫지만 똑 연애하는 사람에게만 역성을 하는 법인가, 에그 참." 하면서 B는 아주 엄숙한 말로 점점 더— 되어 가면서 A의 손목을 힘 있게 잡으면서

"여보게, 사실이지 자네나 나 같은 사이에 그 같은 일이 일어날 까닭도 없고 또 자네도 알다시피 나는 윤리나 도학관념이 완고라고 하다시피 많은 사람이 아닌가……. 허허허 참, 자네는 아마 오늘 신경이 약해진 모양일세그려."

A는 아주 꿈을 깬 듯이 B에 말소리에 눈이 떠였다. 그러나 역시 자기 스스로도 억제치 못할 질투심 같은 불쾌한 감정은 사라지지 않고 자기 자신을 더 적막하게만 빠지게 한다. B는 점점 더 정색을 하고 좀 강개한 소리로

"참, 자네가 이러는 것은 나는 처음 보았네." 하면서 역시 말할 기운 이 없어져서 망연히 용광로의 불길만 쳐다보고 섰다. 두 사람은 한참이 나 망연히 섰다가 B는 언뜻 생각이 나는 것이 있었다.

"여보게 A군君, 내가 자네가 가진 '의심병'을 고칠 약방문이 있네." A 는 기계적으로

"뭔가."

"이런 제기, 그러니까 자네는 착실히 신경병에 걸리고 있는 모양일세 그려. 허참, 자네도 나이가 먹어가니까 별 병을 다 앓네." 하면서 까만 포 켓트 속에서 두어 장의 편지를 꺼내준다.

"여보게, 내게 이 같은 훌륭한 연인이 있다네……. 자세히 보게." 하 고 빙긋 웃는다. A는 그제야 안심이 되었다. 과연 그것은 꿈보다도 더한 사랑의 편지였었다.

그러나 역시 변화하지는 못한 가을철과 같은 쓸쓸한 사랑이었었다.

A는 아주 마음이 풀려서 다시 본정신으로 돌아갔다. 그래서 B의 손목을 힘 있게 잡으면서

"아니 내가 왜 이때까지 그랬나? 나도 알 수가 없는걸. 하여간 용서하게."

B도 아주 유쾌하여져서

"에그, 용서가 다 뭔가? 그런데 가만히 생각하니까 분한걸. 나의 일대 비밀까지 자백을 한 생각을 하면, 엥이 참."

A도 아조 이제는 유쾌하게만 되어서

"참 웃어 죽겠네, 아마 이래서 오해가 있고 누명이 있고 원억*이 있고 원사**도 있나보이."

"에키 허허…… 아닌 게 아니라 그렇다네. 더군다나 자네 말마따나 우리들의 연애나 부부애는 정가표가 없기 때문에 값이 올라가기도 하고 내려가기도 한다네. 아니 그런데 아까 왜 그랬나?"

"누가 아나."

"엥히, 그런 수작이 어디 있나. 그리고 내가 한 소리도 모두 농담인데―. 그걸 마치메***하게 듣고……. 자― 다시 일이나 하세." 하면서 아주 그전보다 더― 힘 있게 일을 하였다.

8

공장에서 파해서 A와 B가 막 나오려니까 ×××××× 반대 동맹에서

---

* 원억冤抑 : 원통한 누명을 써서 억울함.
** 원사冤死 : 원통하게 죽음 또는 원한을 품고 죽음.
*** 마지메まじめ[真面目] : 진지함, 진심임, 진실임.

는 이 같은 공고가 왔다.

오는 ××일날 저녁에 ××홀―에서 반대동맹전국대회를 열고 따라서 ××× 탄핵연설대회까지 연다는 것이다.

그리고 A와 B도 연사로 결정이 되었으니 그날 밤에 옷 좀 두둑하게 잘 찢어지지 않을 것으로 입고 밥도 며칠 주릴 작정으로 몇 끼를 미리 먹고 오라는 의미의 글도 있었다.

A와 B는 다 같이

"흥, 자네 몇 개 먹어도 병나지 않겠나."

"어디 먹어봐야 알지, 먹기는 어렵지 않아도 ××× 잘되고 못되는 것이 문제이지―." 하고들 깔깔깔들 웃었다. 웃음도 침통하려니와 으레 팥밥을 몇 그릇 먹으려니들 생각하는 것만 보아도 참호생활을 여러 해 동안이나 한 것을 알 수가 있었다.

그러면서 다시 걸어가다가 A가

"여보게, 오늘 저녁에는 자네 연인과 면회 좀 시켜주게." B는 웃으면서 팔을 내저으면서

"일없네, 또 내가 자네를 의심하면 어떡하나."

"에키, 너무 조롱하지 말게……. 움, 정말."

"글쎄." 하면서 B는 웃기만 한다.

B의 연인은 멀지 않은 인쇄공장 제분실에 있는 여직공이다. 이제 열아홉밖에 안 된 묘령의 처녀이었었다.

B가 우연히 길에서 만난 것이 처음 인연이 되고 회석에서 가끔 만난 것이 가깝게 되었으며 나중에 아니까 한 고향의 사람이라는 것이 아주 연애가 되어버린 것이다. 더욱이 그 처녀는 어렸을 때의 남녀아동직공을 사들이는 바람에 뽑혀 오던 그 통에 들어온 기계이었었다. 원래의 이곳에서 조선의 아동을 많이 데려오는 것은 그 값이 헐한 것, 그 쓰기가 편한

것, 그 부모가 멀리 있는 것들의 영업상 이익이 많이 있는 까닭이었다.

이렇게 된 처녀 직공과 정열적인 B가 사귄인 지는 벌써 삼 년이 넘었고 정식으로는 결혼은 아니하였으나 사실에 있어서 영육간으로 부부생활을 하여왔던 것이다. 그러나 아직 A는 몰랐던 것이다. A는 다시

"대관절 어디 계신가."

"저기." 이러다가 B는 다시

"여보게, 먼저 가 있게. 내가 가서 같이 데리고 갈 테이니!"

"정말인가."

"그럼." 이러고 A와 B는 서로 헤어졌다. A는 부리나케 집으로 돌아왔으나 차마 왈칵 들어가지는 못하고 가만히 뒷문(즉 부엌문)으로 돌아가니까 마침 아내는 방으로 들어가 있다. 가만가만히 죄나 진 듯이 부엌으로 들어서니까 마침 밥은 퍼서 통에다 담은 채로 솥 속에다가 넣어 두었다.

가만히 장지 틈으로 들여다보니까 상에다가 젓가락들을 얌전히 놓고 앉아서 자꾸 시계만 쳐다보고 앉았다.

그리고 자기의 젓가락은 집어서 두 손으로 싹싹 부볐다가 가슴에다가도 대어보고 또 도로 놓기도 한다. A는 아주 미친 듯이 되었다.

그래서 왈칵— 문을 열었다.

"에그머니나." 소스라쳐 놀란다.

"왜?"

"에그, 어쩌면 그렇게 사람을 놀랜단 말이요."

"왜?" 그냥 서로 마주 ×× 앉았다.

단 두 양주만 사니까 더욱이 ×××문에 이런 일이 일과같이 있었으나 오늘에 한해서는 더— 말할 필요가 없다.

이래서 완전하게 두 부부는 화해가 되었다.

9

얼마 뒤에 B의 두 사람(사실은 부부다.)은 왔다.

이래서 두 쌍의 부부는 저녁밥을 먹게 되었다. A가 먼저

"여보게, 인제는 우리 집에서 한데 지내세."

"그야 물론이지."

"그런데 왜 그렇게 속였나."

B는 자기의 연인을 가리키면서

"이— 여왕천하의 명령이시었다네."

"하하……. 자네도 신통치는 못하이그려."

B의 연인도 고개를 숙이고 A의 아내도 고개를 숙이고 그러나 A와 B의 이상으로 웃고들 있었다. B는 좀 정색을 하고

"참, A, 그러니까 모레 저녁이지?"

"그렇지."

A의 아내는

"아니 무슨 날이에요. 또 회예요."

A는 뚫어지게 보면서

"왜 그래. 또 겁이 나오." A의 아내는 아주 쾌활하게 웃으며

"누가 겁을 내는 줄을 모르겠소."

"에구 참, 누가 더— 겁을 내는데. 지금 모레 저녁에 내가 가면 또 잡혀가지나 않나 하고 속으로 애를 쓰고 있지 뭐야."

A의 아내는 좀 강렬한 웃음을 띠우고

"뭐니 뭐니 해도 당신은 좀 약한 소리를 하였어요. 당신이 진정으로 운동에 대한 정열이 있으면은 자기 아내가 겁을 내려니 하는 추측도 하지 말아야 않으요. 결국 당신이 내가 잡혀가서 젊은 아내가 고생을 하면

어떡하나 하고 생각을 하는 것도 그만큼은 약한 것이에요." 아주 A는 여기에 놀랐다. B는 박수를 하면서

"하하하, 대기염인걸. 자네 코떼었네. 나 같으면 자살이라도 하겠네." 하니까 모두 웃음판이 되었다. 그러다가 B는 다시 자기의 연인을 보고 A의 아내를 가리키면서

"자— 어른의 말씀을 들어보아요. 당신은 그저 나 하나 떨어지기만 싫어서 어디 회에만 간다고 하여도 겉으로는 좋은 척을 하지만 실상은 얼굴이 벌개져서 야단이지! 엥히 약자야, 지금의 부부라는 것은 부부 이상의 의의意義가 또 있는 것이야! 엥히, 바보." B의 연인은 아주 부끄러운 듯이 그러나 좀 암상이 나서 쌔끈거리기만 한다. A는

"아니, 여자라는 것은 대동소이하군. 우리 마님도 지금은 아주 대기염을 토하지만 내가 어제까지 늦게만 와도 눈물을 잔뜩 담은 바가지를 막 깨뜨린다네."

또 모두 웃음판이 되었다. 두 연인은 그제야 조용히 입을 열었다. 그러나 말소리는 엄을 졌다.

"참, 남자는 마찬가지로군. 다만 너펄너펄하고 떠드는 것만 제일인 줄을 알았지. 차근차근한 인내나 정열은 하나도 모르니까? 하하하."

"에그, 대찬성일세." 이렇게 두 부부는 남편끼리 아내끼리 전선을 각각 치고 싸움은 벌어졌다.

10

그럭저럭 그날 저녁은 돌아왔다.

전 동경은 물론이지만 각지에서도 대표의원들이 구름같이 모여들고

일본 동지들도 자기끼리의 집회 이상의 성의들을 가지고 모여들었다.

그리고 경찰관의 수효는 관중의 수효와 거의 맞비겨 떨어질만치 많았다.

무대 위에는 글자가 사람의 심장 만하게 크고 심장 만하게 ×××수십여 개의 표어가 ××× 광선을 내솟고 걸려 있다.

×××××와 ××이 꿈틀거리는 포스타. 프로그람. 그리고 기, 기, 또, 기.

오후 일곱 시 반.

사회자가 오르기가 무섭게 박수와 만세 소리는 일어난다. ×××××들은 송곳의 오만 갑절보다도 더 뾰족하게 되고 군중 심장은 ×××××××보다도 더 뜨겁게 되었다.

사회자는

"여러분, 오늘 이 밤의 우리들의………" 하다가는 개시로 중지를 받았다. 군중의 ××소리는 ×××× 일어났다.

이러면서 다시 사십여 명의 인사는 연단으로 ××××× 뛰어들 올라갔다.

올라가서는

"여러분." 소리 한 마디뿐만으로써 중지를 당하고 ××× 당하였다.

"무리다. 불법이다. ×××다." 하는 ××××와 ××× ××× ××× 일어났다.

관중과 연사는 얼굴과 가슴으로 훌륭하게 통하고만 있었다.

*

"××.", "××." 소리에 따라서 수백 명의 ××는 사십여 명의 ××를 잡아가지고 회장에서 나왔다. ×중은 ×××××××다. 쫓긴다. ×××.
모인다. 나간다.

이러는 가운데의 회장 문밖까지 나왔다. 회장 문밖에는 한 떼의 여인
군중이 있다. A의 아내와 B의 연인도 물론 섞여서 있었다.

검속자*가 몰켜 나오는 가운데에도 A와 B는 잔뜩 흥분된 채로 섞여
서 나왔다.

나오자마자 A와 B의 두 아내는 미친 듯이 소리를 쳤다.

"잘 갔다오세요……. ××××."

이 강렬한 수창 소리에 또다시 ××××××는 시작이 되었다.

이 통에 A와 B는 자기들의 아내를 발견하였다. 두 아내도 두 남편을
발견하였다.

네 남녀의 눈결은 비장 ×××에 빛나면서 마주쳤다. 네 남녀의 가슴
속은 잘 달은 쇠공이로 달구질을 하여 놓았다.

"잘들 있거라."

"다이죠―부다."**

"요로시이."***

이러면서 네 남녀는 헤어졌다.

*

두 아내는 길로 걸어오면서 ×××× 한다.

"아니 언제나 나올까."

---

* 검속자檢束者 : 공공의 안전을 해롭게 하거나 죄를 지을 염려가 있어 경찰서에 갇혀 있던 사람.
** だいじょうぶ(大丈夫)だ. : 괜찮아.
*** よろしい(宜しい) : 괜찮아요.

"기껏해야 이 주일이지."

"에구 ××××."

"하하, ×××× 웃어죽겠어. 성난 ××××××× 세음이지."

"흥, 홀로 ××× 시새(××)로 ×× 세음이지."

"에구, 어떻든지 하하하."

두 아내는 이러면서 집으로 돌아갔다.

둘이 웃옷을 벗으면서

"애쓰지 말아요."

"에구, 누가 애를 써요. 웃어죽겠네."

"글쎄, 말이에요."

이러면서 두 아내는 자리 속으로 들어갔다. 겉으로 말할 때보다는 자리 속으로 들어와서는 의외로 잠들이 아니 오는 모양이다.

'뻣뻣한 송장'으로 변한 자기네의 남편들이 보였다. 아주 울었다. 그러나 차마 소리를 내지는 못하였다. 가만가만히 느껴가면서 울었다. 서로 살은 닿는다. 떨리는 것을 서로 느꼈다. 그러나 서로 "왜 그러느냐."고 물어보지들은 않았다. 볼 수가 없었던 것이다.

다만 어서 웃고 나오는 건강한 남편의 얼굴들만 기다리고서들 있었다.

이렇게 밤은 깊어갔다. 온 세상의 밤은 이 같은 서로 떨어진 젊은 일꾼의 양주들의 몰래 우는 울음에 지배되고 있다.

그러나 그들의 울음 가운데에는 무엇보다도 '옛날이야기'에 취해서 날뛰는 그들의 요다음의 생활이 똑똑히 비치어가지고 있었다.

- 끝 -

1928년 4월 8일

—《조선지광》, 1928년 5월

우리들의 사랑

1

요사이는 영노가 퍽― 잠이 많아졌다. 그보다도 퍽 게을러졌다. 그가 전 같으면 그렇게 피곤하게 된 몸이지만 공장에서 돌아오기만 하면 돌아다니느라고 자정이나 새로 한 두 시 안에는 아니 잔다. 더군다나 영노가 있는 공장은 동경에서도 그중 먼지가 많은 솜[錦] 트는 공장이다. 솜―도 그냥 솜이 아니다. 병원에서 나오는 병자에게 쓰던 솜― 같은 값싼 흰 솜이다. 냄새란 냄새 먼지란 먼지 그리고 긴― 시간이, 얼마나 가뜩이나 약한 영노에게는 고된 일이겠으랴? 그러나 영노는 조금도 곤한 것을 생각지 않고 여러 동지를 찾아다니고 강연회나 협의회 같은 데로 돌아다니는 것을 그중 좋아하였다.

좋아했다면 오히려 말이 이상할 것이다.

무서운 물결에 파묻히면 죽을 기를 다 써서 헤어나오려고 하는 것이다. 마찬가지다. 살려고 헤엄치는 처참한 모양이 결코 좋아서 하는 것은 아닐 것이다.

그러나 어쩐 일인지 요사이는 영노는 아주 풀이 죽었다.

부르짖음도 주먹도 홱―홱― 내갈기는 ×전 포스터도 무엇도 무엇도 다― 일이 없는 모양이다. 하루도 안 가면 못 견디어 하는 회관에도 인제는 갈 마음도 먹지를 않는 모양이다.

그저 돌아오면 겨우 밥이나 먹은 뒤에는 이불을 둘러쓰고 자버린다.

2

오늘도 영노는 공장에서 시간이 되자마자 변도를 집어 끼고 부리나케 공장에서 나왔다.

같이 한 집에 있는 직공들을 따라서 나왔다.

오뎅야(조선으로 치면 선술집)와 완딴*, 우동 그리고 규―메시(牛食. 소고기 넣은 비빔밥 파는 집)들의 음식점 문패만이 양편으로 쭉― 내깔린 좁은 길거리에는 짐자동차와 마차와 자전거만이 꽉― 차서 움직인다.

지금은 저녁이다. 각처에서 파해서 나오는 남녀의 직공들은 다― 똑같은 옷과 얼굴과 걸음들로 걸어 나온다. 마치 어두운 광 속에서 수백 마리 쥐떼가 행렬을 지은 듯이나 싶었다.

그들은 쥐같이 새까맣다. 쥐같이 눈가에** 점들이 있다. 쥐같이 걸음들이 동동거렸다.

똑딱똑딱하는 게다의 소리, 쪼리***의 소리, 다비****의 소리 그리고 마차 바퀴 소리는 아직까지 끊기지 않는 공장의 수백 기적 소리와 아울러

* 완딴ワンタン : 중국 요리의 하나인 만두국.
** 원문에는 '눈에가'로 되어 있다.
*** 쪼리ぞうり[草履] : 짚·골풀·죽순껍질 등으로 얽은, 바닥이 평평하고 게다와 같은 끈을 단 일본식 짚신.
**** 다비たび[足袋] : 일본식 버선.

서 (공장의 기적)이란 교향악을 아뢰고 있다.

여기에 연기와 구름이 뒤섞인 얕은 하늘이 춤을 춘다. 이 행렬 가운데 영노의 일행도 쥐 모양으로 걸어가고 있다.

같이 가던 친구가

"여보게 영노, 왜 요새는 이렇게 기운이 없나."

영노는 그저 잠잠하다.

"응 왜 대답이 없나. 대관절 오늘이 며칠날인 줄 아나?"

영노는 그제야 기운 없이

"몰라."

그 친구는 변도 든 채로 그냥 탁 잔등이를 울렸다.

"뭐 그것도 몰라."

영노는 대거리도 안하고 그저 귀찮은 듯이

"에끼 나 말하기 싫으이." 하고 이상하게 공중을 쳐다본다. 그 친구는 좀— 크게

"아니 영노. 정말 자네 미쳤네그려. 대관절 무슨 일인가……. 공연히 속에만 넣고 있지 말고 한번 말해보게그려."

"일이 무슨 일야. 어쩐지 요사이는 기분이 나지를 않아서 자고만 싶으니까 그렇지."

"뭐 자고만 싶어……. 허…… 큰일 났네그려. 여보게 오늘은 벌써 사월 스무닷새 날일세. 오월 초하룻날이 불과 며칠이 안 남았네."

이 소리에 다소 영노가 눈이 번쩍하였다가 다시 고개를 숙이며

"그러니 어쩌란 말인가."

하면서 다시 공중을 쳐다본다. 아직까지 서쪽 하늘에는 붉은 놀이 사라지지를 않았다.

검은 연기와 검은 구름이 무겁게 둘러싸인 온 하늘 한편 짝만 붉게

놀이 뜬 것을 보고는 영노는 더한층 가슴이 물큰하여졌다.*

"아— 저 하늘." 하면서 알지 못하는 사이에 부르짖었다.

*

한 주일 전밖에는 아니 되었다. 영노가 그날은 공장에서 숙직을 하게 되어서 몇 사람과 같이 떨어져 있었다.

저녁밥을 먹으러 식당으로 들어가 있으려니까 바깥에서 왁자지껄하는 소리가 난다. 영노는 공연히 빙긋 웃으면서 왜? 또 저러노. 무슨 장난들인구— 하면서 호기심에 찔려서 공장 안으로 나갔다.

거기는 마침 조선 여자의 엿장수가 와서 있다. 심심해서 못 견뎌서들 있던 직공들이 마침 잘되었다는 듯이 찧고 까불고 야단들이다.

"에구 이것 맛이 없어— 아주 싸— 싸—."

"일없어. 이게 오 전야. 헤에…… 일 전에 다섯만 해……."

"그거 또 얼굴이나 이뻤으면."

하면서 히히 껄껄거리고도 있다. 영노는 또 가슴이 물큰하여졌다. 그보다도 쓸쓸하여졌다.

그 여자는 그저 "네네네." 하면서 억지로 미소만 띄우고 섰다. 모—멘**의 기모노의 깜장빛 덧옷을 입었다. 머리에는 수건을 썼으나 퍽— 푸스스한 모양으로 머리칼이 내다보인다.

다홍빛 질빵***을 반 어깨에 걸치고 엿 궤짝을 가슴 아래에다 달고서 섰다.

* 물큰하다 : 연하고 부드러운 느낌이 날 정도로 물렁하다. 여기서는 가슴이 '뭉클하다'의 의미.
** 모멘も—めん(木綿) : 목면, 무명.
*** 질빵 : 짐을 지는 데에 쓰는 줄.

여간 쓸쓸하여 보이는 게 아니다.

영노는 하도 불쾌하여서 앞으로 가까이 가려니까 그 여자도 누가 또 엿을 사러 오나 하고 고개를 든다.

"앗—."

"에그—."

그 여자와 마주 영노는 소스라쳐 놀랐다. 그리고는 아주 벙어리같이 되었다. 모든 직공들도 매우 호기심들이 나서 벙— 하고들만 섰다.

한참만에야 영노가

"아니 웬일이세요."

"네 예—." 하면서 다시 목이 미여서 말을 못한다. 두 눈에는 눈물이 돌았다.

"자— 저리— 잠깐만 가시죠."

하면서 영노는 휴게실 쪽으로 갔다. 그 여자도 그냥 따라갔다.

그러자 모든 직공들은 그저 너털웃음을 내놓으면서

"애— 괜찮구나." "국수 좀 먹겠구나."

하면서 소리소리들을 질렀다.

3

둘이 마주앉아 놓으니까 더 벙어리가 되었다.

*

원래 이 여자는 영노와 약혼하였던 용희이다.

용희나 영노는 지금은 청국으로 달아나서 없는 용희 오빠의 소개로 친하게 되었다.

　친한 친구의 누이니까 믿는 오빠의 친구니까— 하고 서로 만났다. '오빠 친구'라는 첫말 없어져버리게 되었다. 더욱이 나이가 열아홉, 열일곱이었다.

　천하는 모두 겨울이나 그들만은 언제든 봄이었었다. 봄은 아지랑이가 온 산골에 얽히고 나비도 펄펄, 참새도 짹짹…… 더군다나 영문 모르는 파리까지 엥엥거리는 봄날이면은 언제든지 두 남녀는 고개를 맞대고 있었다.

　용희의 집은 서울 자하문 밖이다. 복숭아나무와 능금나무가 수없이 널려 있는 산골짜기집이다.

　용희의 아버지는 한 달이면 두 번이나 세 번이나 밖에는 집으로 돌아오지를 않고 지내는 전당국의 서기이다. 용희의 오빠는 아까도 말한 바와 같이 북으로 북으로 한 번 힘 있게 헤매어보겠다고 청국으로 가버려서 가끔가끔 편지만 날려오고 있다.

　집 안이라고는 용희의 어머님 한 분과 어린아이만 두서넛 있을 뿐이다. 더욱이 용희의 어머니는 아주 완매하다든가 그렇지 않으면 꺽지거나* 그악한** 아낙네가 아니었다. 어떻게 보면 주심이 없는 듯도 하다.

　어쨌든지 마음이 고우나 약하고 음전하나 그악지가 못한 아낙네다. 더욱이 아들의 말이라면 절대복종이다. 또는 영노와도 자연히 정이 들었다.

　이런 것들이 그들로 하여금 날마다 날마다 황홀하기 꿈같은 속살거림과 찬란하기 무지개 같은 장면을 짓게 하는 기회가 된 것이었다. 언제

　＊ 꺽지다 : 억세고 용감하고 과단성이 있다.
　＊＊ 그악하다 : 억척스럽고 끈질기다.

든지 그들이 모여 앉으면 이런 이야기다.

이것도 달이 밝은 밤이다. 조용한 달빛은 새로 핀 복숭아꽃에다 유리막을 들씌운다. 새로 풀린 골짜기 물은 멀어졌다 멀어졌다 하면서 쫄쫄거린다.

영노는 용희의 다홍댕기를 집어서 손바닥에다 놓고 빨래 모양으로 또닥거리고 않았다. 용희는 어린애같이 조금 풀어진 귓머리* 몇 가락을 입에다 물고 있다.

"이것 보 용희, 우리들의 사랑은 순탄치가 않다오."

"뭐요."

"에그 그것도 모르오. 저—것야요." 하면서 여기저기에 금 뿌린 별이 반짝이는 푸른 하늘을 가리켰다.

용희는 눈동자가 이상스러워졌다.

"뭐요 별요."

"아뇨." 고개를 쩔래쩔래 흔든다.

"그럼 달이요."

"아뇨."

"그럼 은하수요."

"아뇨."

"그럼 뭐야요. 난 몰라요."

"에구 그것두 모르우. 저 푸른 하늘 말이라우. 꼭 푸른 바다 같지 않우. 그와 같다우. 우리들의 사랑은 높은 물결과 낮은 물결이 출렁출렁하는 푸른 바다와 같다우. 유복한 집 남녀의 호화스러운 사랑은 자동차나 타고 커피차나 먹고 어린애의 옷감 때문에 싸움이나 하고 그렇게 그렇게

| * 귓머리 : 귀밑머리.

지내가지만 우리들은 아주 딴판이라우…….

오늘은 이 땅, 내일은 저 땅, 오늘 만났다가도 내일엔 몇 천 리 밖, 편지가 날마다 오다가도, 또 몇 십 년도 끊기기도 하고 아주 변화가 무상하다우.

우리들의 사랑은 쓸쓸하다우. 그리고 바쁘다우. 연기가 나고 피가 흐르고 이렇게 천둥같이 야단이 난 판에 이 참호에서 저 참호로 왔다 갔다 하는 길에 먼 데서 잠깐 보고 손만 번쩍번쩍 드는 아주 이러한 사랑이라우."

영노는 아주 애상적이나 그러나 강개하게 되었다. 용희도 아주 쓸쓸하게 되었다. 언제든지 버들안개가 꼈던 두 눈동자에는 이슬이 돌았다. 달빛도 가만히 안 있었다.

영노는 말을 그치자 이 두 눈이 보였다.

"용희, 아니 왜 이류, 에구 허허 웃어 죽겠네. 이러니까 여자지."

그제야 용희는 깜짝 놀라는 듯이 눈을 깜짝하면서 아주 선선한 목소리로

"아니 뭐 약해요. 나두요, 실상은 당신만큼은 해요."

"어째요."

"굳세다나요. 나두 우리 오빠 닮아서 모험은 할 줄 안다나요."

아닌 게 아니라 용희는 모험성이 대단한 처녀이었었다.

"아니 모험, 밤 뒷간에 혼자 갈 줄 아는 것 말요." 하며 비웃대니까 용희는

"뭐요. 에구 우스워라." 하면서 발딱 일어섰다.

그러나 영노가 쥐고 있던 댕기가 끌려서 다시 발칵 하면서 영노의 가슴에 쓰러졌다. 영노도 자빠졌다.

푸른 달빛이 어우러진 푸른 잔디밭 위에는 쓰러지고 넘어진 두 남녀

가 웃기들만 한다.

*

그러나 이 같은 것도 그들에게 있어서는 한때의 연극 폭밖에는 아니 되었다. 영노는 얼마 동안 지방으로 돌아다녔다. 그때는 조선의 일대가 기근에 빠졌을 때이다. 영노들이 잡고 나아가는 ××회의 맹원들은 전부가 출동이 되었었다.

그래서 한 달 두 달 하다가는 기어코 영노는 다른 동지와 같이 ××의 사람이 되었다.

이렇게 일 년 동안이 지났다. 영노는 다시 나와서 첫째로 찾아간 집이 용희의 집이었다.

그러나 용희는 없었다. 그리고 용희 어머니도 매우 반가워는 하였으나 용희의 이야기는 당초에 입을 열지 않았다. 그저 열심으로 물어본 대답이

"누가 아나. 저 황해도 있는 저의 고모 집으로 다니러 간다고 가서 입 때 아니 오니까 어쩐 일인지 모르겠네." 하면서 방으로 들어가버린다.

영노는 거의 미친 듯이나 되어서 뛰며 돌아왔다.

그 뒤에는 소식을 들으니까 아닌 게 아니라 황해도로는 가기는 갔는데 한다하게 시집을 갔다고 한다. 이래서 영노는 아주 미친 듯이 되었었다. 그래서 '여자는 여자다.'라고까지 흥분이 되었다.

더욱이 그때는 모든 동지들이 새벽별 모양으로 헤어지고 서울은 비이다시피 되었을 때이다.

여기서 영노는 서울을 떠나가고 싶었다.

이래서 이 동경으로 흘러왔다. 그리고 어느 친구와 같이 이 공장에서 일을 하게 되었다.

이것도 벌써 일 년 전의 일이다. 지금까지 일 년 된 지금까지 언제나 용희가 생각나지 않았던 게 아니다. 그럴 때마다 가슴을 쥐어뜯고 울었다. 그리고 '오냐. 싸움이다. 연애할 자격이 없다.'라고 부르짖었다. 그래서 날마다 동경에 퍼져 있는 동지를 찾아다니며 수군거리는 것으로 큰 위안을 삼아왔다. 다시 말하면 그의 전부는 그곳으로 모여지게만 하는 환경의 한편 원인이 이 용희와 헤어진 것이 되었었단 말이다.

이러다가 우연히 이 용희는 가련한 엿장수 모양이 되어서 나타났던 것이다.

4

용희의 눈에는 눈물이 났다.

"영노 씨……." 말이 되지를 않고 울음이 되었다. 아주 이 소리에 영노는 꿈속같이 되어서 가슴만 부둥키었다. 저절로 눈물이 났다.

"아니 그동안에는."

"네……." 하더니만 용희는 또 말을 못한다.

영노는 억지로 목소리를 가다듬었다.

"아니 제가 어떻게 당신을 찾아 돌아다녔는지 아세요. 감옥에서 나오는 날에도 제일 먼저 당신 집을 찾아갔었는데요." 아주 원망을 하는 듯이나 영호는

떨면서 말을 했다. 용희는 그래 물어버렸다.

"네…… 네…… 저두요."

"당신두 어째요." 하면서 언뜻 본 곳이 용희의 머리였다. 아주 술술 풀어서 간사시 몇 개만 꽂았다. 추렁추렁하게 땋아서 늘였던 모양은 연

상도 할 수 없을 만치 그 자취가 사라졌다. 영노는 여기에 더 가슴이 막혔다. 그리고도 다소 흥분이 되었었다.

"정말이죠. 나두 아주 생각을 달리 먹었어요."

하면서 역시 말을 못 이룬다.

"영노 씨, 용서해주세요."

"네 용서요."

"정말이죠 저는— 정말요 저는요."

"저는 사람이 아니에요."

"네네." 영노는 금방에 몸이 떨리었다. 옳다. 정조를 개떡같이 유린이 되었다는 소리로구나 하는 직감이 난 까닭이다. 아주 못 견디어서 입술을 앙 물었다. 그의 눈앞에는 말쑥하게 비단옷을 지어 입고 거무스름한 얼굴에 하늘을 뚫을 듯한 무서운 육정을 띠운 신랑 녀석이 보였다. 비녀를 꽂고 새로 지은 원앙침에 가 쓰러지는 용희도 보였다. 아주 걷잡을 새가 없이 그의 흥분은 도가 높아간다.

용희는 더— 고개를 흔들면서 느끼기만 하다가 별안간에 무슨 결심을 한 듯이 진정을 하면서 눈물을 씻고 영노를 쳐다본다.

영노는 뚫어질 듯이 마주보았다.

"영노 씨, 저를 지금 우연히 만나신 줄 아십니까."

별안간에 이 이상스런 질문을 들은 영노는 더한층 마음이 났다. 그래서 바야흐로 그 흥분된 것이 조금 가라앉았다. 그리고 의심나는 것이 어떻게 되어서 시골로 시집간 처녀가 이 먼— 곳으로 왔을까 하는 것이다. 그래서

"네, 뭐야요."

"사실은요 제가 만나 뵈려고 했어요. 그래서 이 엿장수 노릇은 그 방법이었어요."

점점 더— 이상한 소리에 영노는 아주 꿈속의 사람같이 멍하게 되었다.

"네, 그러면 제가 여기에 온 줄을 어떻게 아셨어요."

"벌써 오시던 날부터 알았지요."

"네 어떻게요."

"소식도 듣고요."

"또요."

"말도 들었어요."

"아뇨, 누구에게요. 어떻게요. 대관절 어떤 세음이에요."

영노는 아주 황황거렸다. 그리고 아주 흥분되었던 것은 없어졌다. 다시 처녀 적 총각 적…… 몇 해 전으로 돌아간 듯이나 되었다. 능금나무의 능금은 주렁주렁 복숭아나무의 복숭아도 주렁주렁 열린 자하문 산골짜기에 나앉은 듯싶었다.

용희는 아주 차근차근하게 이야기를 한다.

"저— 실상은요. 소식을 안 것이 한 달밖에는 아니 돼요. 왜 원숭이라는 여자를 모르세요."

"네 원숭이요. 알지요. 이 공장에 있던 여직공 말이지요. 네 알고 말고요. 한 달 전에 여기에서 나가버렸답니다. 그 원숭이말입니까."

"네 바루 그 여자예요. 저는 대도정大島町 모스린* 공장에 있답니다. 그런데 그 여자가 저희 공장으로 들어왔죠. 그래서 저하고 사귀게 되자 그래서 영노 씨의 계신 것도 알았답니다." 하고서 또 고개를 숙이고 흐르륵 느끼었다. 영노는 점점 더— 황황하여지며

"아니 어떻게 되어서 모스린 공장으로 오시게 되었어요."

| * 모스린 : 모슬린mousseline. 소모사를 써서 평직으로 얇고 보드랍게 짠 모직물.

"네…… 그건요."

하면서 용희는 겨우 울음을 그치고 띄엄띄엄 지낸 이야기를 한다.

원래, 영노가 감옥에 있을 때에 용희의 아버지는 종로 네거리에서 큰 포목전을 하고 지내는 부잣집 큰아들과 혼인을 정하여버렸다. 처음에 용희의 어머니는 반대를 하고

"벌써 저희들도 거의 다 양주가 되다시피 하고 들었었는데 어떻게 우리 욕심만 채운단 말요." 하였으나 조금도 그 효과는 없었다.

그래서 결국 어머니도 아버지와 같이 되었다.

용희는 아주 펄펄 뛰었으나 어쩔 수가 없었다. 그러나 용희는 자신도 자칭한 바와 같이 모험성이 풍부한 여자였다. 아주 천연하게 지내다가 혼인이 닥쳐오던 때에 서흥 사는 자기의 고모 집으로 도망을 쳤다.

물론 서흥이 어딘지도 몰랐다. 기차도 그때에 처음으로 타보았으니 말할 것도 없었다.

그렇게 천신만고로 서흥의 고모 집까지 찾아갔으나 그에서도 야단이다. 그래서 다시 서울로 올라온다는 것이 마침 먼— 일가로 어떻게 되는 아저씨를 만나게 되었다. 그이는 동경에서 직공 노릇을 하고 지내가는 것이다. 더욱이 그이도 집안에 대한 불평을 품고 동경으로 들어갔던 옛날 집안에 대한 반역자이었던 관계로 그만 용희의 하소연 소리에 감심이 되어서 같이 동경까지 왔다고 한다. 그러나 모르는 것은 사람의 마음이다. 그 아저씨는 이 모스린 공장에다가 용희의 월급 열 달치나 먼저 받아먹고 들여보내주고는 어디론지 또 흘러가버리고 말았던 것이다.

*

이러한 장황하나 피눈물이 섞인 이야기를 용희는 겨우 마치자마자

179

그만 푹 엎드려 울기만 한다.

영노는 아주 거룩한 감격에 느껴서 용희를 잡아 일으켰다. 그리고 힘 있게 껴안았다.

"아니 용희 씨, 정말 그러면 내가 잘못했습니다그려."

"네 잘못요."

이러면서 뜨겁게 영노를 쳐다본다.

용희의 얼굴은 광대뼈만 남았다. 두 볼에는 붉은 빛이 없었다. 다만, 검은 그늘 사이에서 빛나고 있는 두 눈동자만은 아직까지 그전 같을 뿐이다.

그 두 눈, 영노가 처음 용희를 만나니 가슴이 뛰던 것도 이 두 눈 때문이었다.

아무리 모험성이 많다는 여자이었기로 시골로, 외국으로 정처 없이 흘러 다닐 때에는 할 수 없는 고생이 되었을 것이다.

용희는 대체 누구를 위하여 그 같은 고생을 자처하였느냐? 하는 뾰족한 자문自問에 영노는 어쩔 줄을 몰랐다.

더욱이 살얼음판 같은 공장촌으로 엿장수 노릇을 하고 나선 그에게는 근본부터 굴복하지 않을 수가 없다.

영노는 아주 감격과 감사 여기에 눈물이 났다. 났다가 아니라 퍼부어 내렸다.

떨리는 손으로 쳐다보는 용희의 머리를 받치었다. 그리고 한 손은 저절로 들썩들썩하는 어깨에 가 닿았다.

용희도 영노보다 못지않은 눈물이 났다.

반가움이랴? 시원함이랴? 종잡을 수 없는 분망한 감정은 그의 온몸을 달려버렸다.

이 같은 침묵은 잠깐 동안 그들을 이 현실에서 잡아끌었다.

빨간 꽃, 푸른 폭포…… 그리고 별, 달, 또 새의 노래…… 이러한 옛날의 장면으로 그들은 걸어 들어간다.

"이것보세요. 영노 씨, 우리 오빠는 좀― 쓸쓸하실까요."

"그렇지만 일을 위하여서는요."

"아무리 일은 일이라도 그 먼지와 바람만이 가득 찬 북만주 벌판에서 좀 쓸쓸하시겠어요."

"그야 퍽 쓸쓸하시겠죠."

이같이 속살거리면서

"이것 보세요 용희 씨."

"네."

"우리들은 장가가고 시집가는 것이 서로 붙어서 살려고만 하는 것이 아니라 서로 붙어서 일을 하려는 것이랍니다."

"에구, 그렇지만 나는 배운 것이 있어야죠."

"허허 하필 ××의 부인같이 지도나 그려야 하나요. 남편이 ××가면 밥이라도 어서 갖다주면 그만이죠." 이러면서 두 남녀는 장차 닥쳐올 거룩한 그러나 비참한 전도를 눈앞에 그리면서 몹시 쓸쓸스런 것을 못 이겨서 마주 얼싸안았다.

영노의 팔이 용희의 팔인지 용희의 팔이 영노의 팔인지 그보다도 영노가 용흰지 용희가 영노인지도 모르게 되었다. 그러고들 한숨을 쉬었다.

달은 밝고 물결은 금빛이었지만 그들의 키스는 쌀쌀한 가을바람 같았다.

*

잠깐 동안에 침묵은 이 같은 과거로 그들을 모두 쳐보냈다가 바깥에서 왁자지껄하는 직공들의 웃음소리에 그들은 다시 깜짝들 놀랐다.

5

영노는 다시

"그럼 어디서 유숙은 해요."

"나는 공장합숙소에 있어요."

"거기는 여자뿐인가요." 그는 확실히 신경과민이 되었다.

"그럼요……. 에그 여자 직공들만 수백 명이 있답니다."

"네."

영노는 어쩔 줄을 몰랐다. 그래서 장차 어떻게 지내어 갈까 하는 생각이 종잡을 수 없이 나왔다. 아니 집을 살까. 인제 아무렇게라도 결혼이라고 해야지……. 여기까지밖에는 생각이 더 안 갔다.

가슴이 뛰어서 숨이 차서 생각이 막혀졌던 것이다. 용희도

"그런데 영노 씨는요."

"나요. 저 아래 동네에서 세집을 얻어가지고 산답니다. 그런데요 용희 씨, 어떻게 했으면 좋을까요."

"어떻게요. 그건 전 모릅니다. 영노 씨 맘대로 하세요."

"네, 그럼 내일부터라도 저 있는 집으로 오시죠. 같이 있는 친구들 다른 데로 가라지요."

"아니 그러면 되나요."

"아뇨. 괜찮습니다. 무슨 상관이 있어요."

그러자 용희는 다시 무슨 생각이 난 듯이

"참, 영노 씨 저를 공장합숙소에서 나와 자게 할는지 몰라요."

"왜요."

"글쎄 저희 아저씨가 제 월급을 열 달치나 선화를 하여 가지고 가신걸요. 그래서 여간 공장에서 저희를 감시하는 것이 아니어요.
요사이도 아주 사감舍監 노릇하는 노파와 사정 이야기를 해서 이렇게 나와 다닌걸요."

하면서 고개를 내리숙였다.

용희는 사람이라는 것보다 사람 같은 물건이 사람 흉내를 내는 폭밖에는 아니 되었다.

"오— 열 달치에 매달렸다. 자유가 없다." 자꾸자꾸 이러한 분개는 영노를 다시 흥분시켰다.

"왜요. 내가 가서 말을 하지요."

"말은 공연히 덧드리기만 합니다."

"아냐요……. 돈 가지고 가죠. 대관절 몇 달을 계셨어요."

"저요— 아홉 달요."

"그럼 됐습니다그려. 한 달 치만 해가지고 가면 그만입니다그려. 그런데 한 달 치는 얼만데요."

"한 달요. 한 달이 아니라 하루에 사십 전씩예요. 노는 날이 하루고 반나절 하는 날이 하루고 해서 하루 반나절 치를 제하고 나면 십일 원쯤 되어요."

영노는 아주 금방에나 같이 있게 될 듯하다 싶어서 "십일 원요. 그럼 제가 내일 저녁때에 가지요."

영노가 펄펄 뛰는 반대로 용희는 더욱이 풀이 죽어지며

"그렇지만 영노 씨."

"네."

"그건 안 돼요."

"왜요?"

"제 월급은 그것이면 다 되겠지만 조선서 여기 온 차비와 또 잡비 모두해서 또 백 원이나 되어요."

"네."

아주 여기에는 다시 영노가 본정신으로 돌아왔다. 어린애같이 날뛰던 것은 아주 없어져버렸다.

"뭐요. 에히 개자식들. 아니 자기 조카딸을 팔아먹는담."

하면서 아주 주먹을 쥐면서 벌벌 떤다. 용희는 그저 한숨만 쉬고 앉아있다.

"왜 저뿐인가요. 그전에도 한 이십 명이나 있고 또 저하고도 다섯인가 같이 들어왔어요. 우리 공장뿐 아니라 어디든지 없는 공장이 없다는데요."

"그걸 누가 모릅니까……. 에이……. 사는 놈이나 파는 놈이……."

아주 그는 사사*나 같이 되었다. 그러다가 얼마 만에

"그렇지만, 가만히 깁쇼. 제가 내일이라도 월급이나 해가지고 가서 사정 이야기를 하지요. 도장이나 쳐서 보증서나 해놓고 몇 달이고 간에 월부를 갚는다고 하고 저의 집에서 통근通勤을 하게 하시죠."

"글쎄요."

이렇게 그들은 장황한 이야기에 파묻혀버렸다.

| * 사사死士 : 죽기를 각오하고 나선 군사.

6

그 이튿날 저녁때에 영노가 십일 원을 해가지고 갔다가 공장지배인에게 창피만 당하고 쫓겨 왔다.

여간이 아니었다. 영노는 금방에라도 다— 치워버리고 아주 편협한 직접행동까지 하고 싶었다.

그러나 그짓을 할 수 없었다. 그짓커녕은 그짓이 원인이 되어가지고 용희는 당초에 공장합숙소에서는 나오지 못하게 되었다.

그 이튿날 또 그 이튿날 인사들이나 찾아가도 면회까지 인제는 사절을 하였다.

용희의 소식은 끊어져버렸다. 어떻게 들으면 다른 공장으로 전근까지 시킨다는 소리까지 있다.

*

이래서 영노는 요사이에 와서 아주 실신한 사람이 된 것이다. 차차 메—데—가 가까워 와서 조합에서 자꾸 오라는 통지가 빗발치듯하나 모두 귀찮은 것 같아서 그저 집으로 돌아가면 일찍부터 이불만 푹 쓰고 지냈다. 친구들은 잠이 많아졌다, 게을러졌다고들 흉도 보고 권고도 하지만 그는 아주 깊은 구멍에나 빠진 듯이 절망만 하였다.

그러나 아주 절망한 것은 아니었다. 그저 어떻게 하면 용희를 찾아내다가 도망이라도 갈까? 하는 궁리에 몰두되었을 뿐이다.

지금도 친구들과 걸어가면서 이 같은 궁리에 빠졌다. 친구들은 자꾸 물어보나 아무 소리도 못했다. 이러한 사이에 그들은 벌통을 벌여놓은 듯 한 낭아야〔長屋〕 동네로 돌아들었다.

7

막— 집으로 들어서니까 현관에는 종이가 서너 장이나 놓여 있었다.

두 장은 조합 간부가 다녀갔다는 명함이다. 무슨 일이 있더라도 오늘 저녁에는 모여야겠다는 것이다. 일주일밖에 안 남은 메—데—의 준비로 적극적으로 놓아 맡아야겠다는 의미의 글이 뒤짝에 씌어 있다.

또 한 장은 '영노 씨 친전'이라고 쓴 조그마한 봉투 편지이다. 그는 아주 황황하게 뒤쪽을 보았다.

　　　모스린 공장에서 용희는…….

이것에 그는 아주 펄펄뛰었다. 저절로 어깨가 들썩여졌다. 미친 듯이 나 북—북— 찢었다. 그 안에는 아주 간단한 편지발이 움직이고 있었다.

저는 돈 백 원에 전당이 잡힌 인조기계이기 때문에 사람으로서의 자유가 없습니다. 여러 번 가려고 하였으나 이곳에서는 절대로 출입을 금하오며 더군다나 저를 찾아오는 사람까지 의심을 해서 면회를 거절하나 봅니다.

그러나 우리들의 메—데—는 가까워 옵니다. 이곳 우리들의 모스린 여자직공조합에서도 참가하게 될 것입니다. 그날이나 만나 뵙지요. 침을 뱉을 수도 없이 정하게 쓸어놓은 일비곡 공원으로 우리들의 행렬이 지나갈 때는 다만 '동경여자직공조합대도정지부'라는 기만 찾아보십시오. 반드시 그 기 아래는 제가 있을 것입니다.

　　　　　　　　　　　　　　　　　　　　　　　　—용희

읽고 난 그는 오랫동안 병실에 가 드러누웠다가 새로이 해가 솟는 개인 아침날로 나온 듯 싶었다.

모든 것은 다 해결되었다. 아주 무섭게 흥분이 되어서 악을 썼다.

모든 친구들은 의외에 영노가 기고만장이 된 것에 도리어 어리둥절하였다.

"아니 여보게, 어디로 가잔 말인가?"

그 말이 끝나지도 못해서 영노는 그 대답한 친구의 등을 탁하고 울리면서

"어딘 어디야. 조합이지. 아니 자네들은 조합원이 아닌가? 직공들이 아닌가? 달력은 당초에 보고들 지내지 않나? 오월* 초하룻날은 엇따가 매여 놓았는지 아나?" 아주 혼자 야단이다. 모두들 깔깔 웃었다.

"아니 이 사람이 별안간에 정신이 났나. 아니 누구더러 되려 말인가."

"글쎄 말야. 자네같이 고개를 숙이고 말도 안 하고 잠만은 자지 않았다네."

"아니 대체 왜 그랬었나."

영노는 그저 더한층 쾌활하여지면서

"오라— 그래서 그랬던 것일세그려. 어쨌든지 축복하네……. 자 바쁜 때긴 하지만 ××뻐라 보퉁이 속에다 우동이나 께기** 지고 가겠네. 별수 있나?

툭—탁— 으악…… 하는 아우성판에서라도 손목이나 잡고 똑같이 나가게그려. 우리들도 곁눈질이나 해가면서 축사 대신에 악이나 써줌세.

'우리들의 사랑', '우리들의 사랑' 이렇게 말일세."

"허허허허." 하면서 그들은 마치 연극배우들이나 같이 악들을 썼다.

이러면서 그들은 신발도 끌르지를 않고 변도만 빈— 다다미에다 내어 팽겨들을 치고 웅얼웅얼 하면서 아직까지 쥐의 행렬이 끊기지 않은

---

* 원문에는 '正月'로 되어 있으나 '五月'의 오기誤記.
** 께기ケーキ[cake] : 케이크. 양과자.

좁은 거리로 돌쳐섰다.

이렇게 이렇게 빛나는 1923년의 오월은 가까워 온다.

- 끝 -

—《조선지광》, 1929년 1월

교대 시간 交代時間

1

우리들 삼천 명과 그들 일만칠천 명과는 두 편 되어가지고 큰 싸움이 일어났다.

*

지금은 아침 교대 시간이다.

어제부터 들어가 묻혔던 패는 광 속에서 올라오며 어제 저녁에 나와 있던 패는 다시 광 속으로 들어가려고 이곳저곳의 조그만 광구녁〔坑口〕들이 북적북적할 때다.

아직도 해는 올라오지를 아니하였다. 새벽안개가 어린 동편 산기슭에 시뻘건 햇발에 힘 있게 물들어 있기만 하다.

들어가는 패도 이 기슭을 쳐다보고 나오는 패도 이 기슭을 쳐다본다.

나오는 패의 석탄 투성이 된 시꺼먼 얼굴판대기에는 웃음이 띠었고 들어가는 패의 시꺼먼 얼굴에도 웃음이 띠었다.

"에구 인제는 하루는 더 살았구나."

하는 것이 땅 위로 올라오는 패의 웃음이었고

"낼 아침에 다시 나와볼까?"

하는 것이 땅속으로 들어가는 패의 웃음이었다.

우리들은 우리들의 죽음을 스스로 알고 지내가는 놈들이다.

그리고 뻔뻔스럽게 얼굴판대기에는 웃음만이 넘쳐서 있구나.

나도 이 들어가는 패 중의 한 놈이다.

광 문을 지나서 한참이나 걸어 들어가면 길다란 복도가 있고 이 복도 양편은 양철대야가 쫙— 놓인 우리들의 세수하는 곳이 있다.

광 속에서 나오는 패는 으레 이곳에서 세수들을 하는 것이다.

지금은 우리들의 가는 길에, 나오는 패들이 세수를 하느라고 구부리고 서서 찢어진 바지 입은 널따란 볼기짝들을 쳐들고들 있다.

우리들 들어가는 패들은 나오는 패들의 세수하는 볼기짝을 걷어차는 것이 아침인사가 되어 있다.

탁 질르면 '에쿠' 하면서 악을 쓰고 일어나서 물 묻은 시꺼먼 얼굴을 잔뜩 찡그리고 섰는 것이 여간 재미가 있는 것이 아니다.

"이 자식아—."

"히…… 죽지 않고 나왔구나……."

"망할 자식! 넌 왜 눈이 푹 들어갔어……."

"아니 너 …… 선녀하고 × 몇 번 맞췄어."

"히……."

"히……."

이것이 우리들의 인사이다.

'선녀'라는 것은 광 속에 있는 술 파는 계집들의 이름이다.

놀라지 마라. 몇 백 미터 속 깊은 탄광 속— 지옥 같은 곳에도 여의 주점이 있다.

포도주, 위스키―, 값싼 정종…… 더욱이 조선 노동자를 상대한 조선 막걸리까지 술이라는 술은 다 있는 것이다.

이 구석…… 저 구석 …… 구석구석마다 요란한 운반찻길 옆마다 다 있다.

작부들도 가지각색이다. 조선 것, 청국 것, 일본 것…… 그것들은 햇볕을 못 보아서 어름어름하는 가운데에도 검정 손자국이 난 하얀 젖을 내어놓고 아양을 떨고 있다.

지옥에 있는 여자……. 이러니까 선녀가 아니고는 무엇이겠느냐.

그 선녀들이 우리들의 하루 동안 번 삯돈을 갉아먹는 요마년들이지만 그렇지만 잠깐 동안의 기쁨, 닥치는 죽음을 잊어버려주게 하는 그것들이 어째서 선녀같이 어여쁜 것이 아니냐?

우리들은 잘 안다, 어째서 그같이 어여쁜 선녀들이 우리들의 땀내 나는 옆에서 술잔을 잡고 있는 것을 잘 안다. 그년들도 제 마음대로 있는 것이 아니요, 고마운 광주 영감께서 우리들을 위로하여주려고 일부러 벌려놓은 것도 안다.

하루 일 환 삼십 전은커녕 일천 삼백 환의 삯을 준다고 하여도 (우리들도 산 놈이기 때문에 목숨을 아낄 줄 안다) 위험한 지옥에는 두 번씩은 들어오고 싶지 않다.

석탄을 패지를 않는다.

그러면 우리들의 이 같은 마음을 잡아끄는 것은 즉 약을 먹이는 것은 이 새로운 인육노예가 필요한 것이다.

―이런 것을 알고 광주 영감의 배때기속도 알고― 하지만 무슨 소용 있느냐?

빠지면 죽을 줄을 아나 살얼음을 디디지 않을 수가 없는 것이다.

2

이같이 아침인사가 끝이 나면은 땅 속으로 들어가는 우리들의 엘나 뱃타(昇降機)를 탄다.

엘나뱃타! 말만은 좋다……. 미쯔꼬시三越나 시라기야白木屋 같은 곳에 있는 엘나뱃타와는 아주 근본으로 다른 최신식의 승강기다.

끌어올릴 때는 어쩔 수 없이 전력電力을 쓰지만 내려갈 때에는 전력이 필요가 없다.

그냥 줄만 늦추어 놓아도 저절로 내려갈 것이니까……. 곤두박질로 내려쏠려도 아무 상관이 없다.

목판 속의 노동자 따위야 약간 대가리 터지기로 그들에게 무슨 상관이 있겠느냐? 치료비나 위자료가 광산 규칙에 없는 바에야 대가리 하나, 다리 하나쯤 부러지는 것이야 무슨 일이 있겠느냐? 그만한 전력이나 경제가 되었으면 회사가 더 왕성할 것이니까……

이러한 한 번에 한 놈씩 병신 되는 승강기에를 올라서며 다 각각 가운데로 끼려고 야단이 난다.

그러나 요사이에 와서는 광산법이 개량이 되어서 불쌍한 우리들을 깊이 생각하여주어서 약간의 전력을 쓰기로 되었다. 그러나 꽝! 하는 소리에 따라서 귀가 먹을 것같이 되는 것이다.

막— 우리들이 승강기로 올라서려고 하는 판이다. 별안간에 세수하는 곳에서 고함치는 소리가 난다.

"사람이 죽었다—."

이까짓 소리쯤야 우리들은 항용 듣는 소리다.

우리들 광산에서 '불나고' '사람 죽는 것'은 서로 줄대어 있는 일이다.

다른 광산과 달라서 가스 투성이의 석탄광이기 때문에 툭하면 불이 난다. 그러기 때문에 불 끄는 방법이 여간 발달되어 있는 것이 아니다.

광 속은 갈래가 여러 갈래이며 갈래마다 들어가는 입구에 공고한 불 막는 방화문防火門이 있는 것이다.

그래서 만일에 한 갈래 속에서 가스가 폭발이 된다든가 하여서 크게 불이 나면 벌써 그 문부터 걸어버린다. 그 속에는 몇 백 명의 산 목숨이 곡괭이를 휘두르며 살려달라고 미쳐 날뛰지만 덮어놓고 그 문을 막는 것이다. 그래서 이 광산이 타는 것을 막는 것이다.

한쪽 속에서는 산 동무가 죽느라고 악을 쓰는 소리를 듣고도 우리들은 우리들 손으로 그 문을 떡— 막는 그것은 다만 술과 음식을 막 먹어도 팔 게 없다는 광산 규칙에 취하여 있는 까닭이다.

그래서 지금도 사람이 죽었다 하는 소리를 듣고 또 불이 났다 하면 또 몇이나 죽었나 하게 들린다.

그러나 이곳은 광 속이 아니다. 햇발이 비치인 땅 위에서 일어난 소리다.

그러면 싸움이 아닌가? 하고들 생각을 하였다. 그래서 우리들은 누구의 호령이나 들은 듯이 승강기를 내버리고* 세수터로 왔다.

벌써 수백 명이나 모여 둘러싸서 중간이 어떻게 되었는지 알 수가 없게 되었다.

그러나 이 점점 늘어가는 우리들의 뭉텅이는 자연히 두 편으로 갈라지고 있다.

"조선놈이 죽었다."

"×놈을 죽여라."

이러한 소리가 일어난다.

| * 원문에는 '내여버리고'로 되어 있음.

나는 여기에 벌써 직각을 하였다.

"흥, 또 몇은 굳히는군…… . 일은 또 벌어졌는데."

이렇게 중얼거리면서 곡괭이 자루를 잔뜩 쥐었다. 이러면서 싸움은 자꾸 커져가고 있다.

떠드는 소리를 들어서 맞추어보면 이 싸움의 원인은 아주 간단하 다─.

우리들의 아침인사─궁둥이를 발길로 차는 것이─가 싸움의 원인이 되어버린 것이다.

일본인 노동자와 조선인 노동자가 세수를 하느라고 둘이 나란히 섰 는데 다른 조선인 노동자가 아침인사를 하느라고 세수하는 조선인 노동 자를 발길로 지르니까 별안간 발길 맞은 노동자가 넘어져서 옆에 있는 일본인 노동자의 세숫대야를 엎었다.

"너─ 왜, 남의 세숫대야를 엎었어."

"엎으면 어째?!"

"뭐야, 잘했어…… ."

"뭐, 이놈아."

이러면서

"네까진 ××놈이."

이 말에 흥분이 된 것이다. 이러면서 어느 틈엔지 두 사람의 곡괭이 는 번쩍 들리면서 서로 찍었다.

골이 깨어지고 어깨가 부러진 두 사람의 부상자는 그만 나가자빠 졌다.

이러면서 금방에 우리들은 지방대로 편이 갈라져서 싸움이 된 것 이다.

항상 우리들은 이 같은 서로들 감정을 품고 지내어갔던 것이다.

같은 광산에서 일하는 노동자들로 되어가지고 지방이 다르다고 우리들은 차별을 받고 지내였다. 일 환 팔십 전—과 일 환 삼십 전……. 다리 팔이나 일하는 시간이나 다 같은 우리들이었건마는 어쩐지 광주는 이 같이 우리들을 차별하여주었다. 삯뿐이나마 들어 사는 집도 한 곳은 비록 낭아고야[長小屋]이지만 사택이란 이름이 있고 우리들의 바라크는 감옥소라는 별명을 지어주었다.

먹는 것! 모든 것! 하다못해 승강기 타는 때에도 가장 사소한 점까지라도 모두 이 같은 차별이 흘러서 있었다.

그러나 이 차별은 아무리 민족적 차별이라고 하드래도 우리들은 이것을 민족적으로 대항하면은 안 될 일이었다.

그러니까 지금 팔구 년이나 되었다.

'났다'는 것은 어머니 뱃속에서 '났다'는 소리가 아니라 우리들 광산의 풍속은 한 오야카타[親方]*를 따라서 광산으로 들어가는 날(즉 입산入山하는 날)을 '난 날'이라고 한다. 그러니까 우리들 광부의 생일날은 둘씩이 되는 셈이다.

그런데 나는 처음 입산할 때에는 우리 동네사람들의 소개로 오십 명이나 한테** 지내는 도가다판[自由勞動者群]이 일이 끊어져서 한꺼번에 입산을 하되 오 년 기한을 하고 왔던 것이다. 즉 오 년 동안을 내 몸을 전당잡혔던 것이다. 그때에 나는 멀리 북쪽 하늘 조선의 하늘을 쳐다보고 눈물 어린 눈으로 성공을 맹서하였던 젊은 사나이의 한 놈이었었다.

시골서 아무리 농사를 지어도 살 수가 없으므로 일본 가서 돈이나 벌어볼까 하는 희망을 가진 한 개의 '앞길을 모르는' 어리석은 노동자였었다.

---

* 오야카타おや―かた[親方] : (목수·미장이 등의) 우두머리.
** 한테 : '한데'의 오기誤記인 듯. '함께', '한 곳에'의 의미.

그래서 일구월심*으로 돈만 모을 생각밖에는 아무것도 없었다.

그러나 일곱 해 동안의 지내온 나의 생활은 고향 하늘을 쳐다보고 늙은 부모와 젊은 처자에게 며칠 뒤에 성공을 약속하는 어리석은 나의 그림자를 불살라버리고 말았다.

살라버린 것이 아니라 저절로 그렇게 되었었던 것이다……

그래서 계집이라도 아주 음탕한 것만 골라보고 싶었으며 술이라도 아주 독한 것을 좋아하였었다.

고향 하늘이란다. 무슨 말라빠진 것이냐? 그러나 가끔가끔 고요한 달 밝은 밤이면은 가슴속에서 분한 생각이 올라왔다.

이 생각은 나뿐 아니라 우리들이 모두 가지고 있는 생각이다.

"대체 우리들이 왜 이렇게 고생을 하고 살게 되었을까? 무슨 까닭일까? 누구 때문일까?"

"무엇을 위해서 사는 것일까. 누구를 위해서 일하는 것일까?"

하는 의심으로 우리들의 생각이 변하자 문득 거슬러 생각나는 것이 ××××××××× 덕택이다.

다시 썩 쉽게 이야기하자면 우리들이 조선 사람이기 때문에 고생이 더— 하는구나 하는 결론을 가지게 되었다는 말이다.

이리하여 이 그릇된 결론을 가지고 있는 우리들은 미운 생각을 ×× ××× 들과 또는 ×××× 같은 것들이 모여 있는 뭉텡이에게로 가는 것뿐이 아니라 같은 노동자인 저들 노동자에게까지도 같은 것이다.

아무리 같은 노동자이라고 하지만 저들은 뚱뚱보와 피와 말과 풍속과 조상을 같이 가진 한 종족이라고 생각을 하였다.

이렇게 우리들은 우리들의 노동자 동지끼리 서로 편을 갈리게 되었다.

---

* 일구월심日久月深 : 날이 오래고 달이 깊어간다는 뜻으로, 세월이 흐를수록 더함.

이것이 무슨 까닭이냐?

한 개의 교묘한 수단에 넘어간 어리석은 놈들이 우리들인 까닭이었었다.

우리들뿐 아니라 저들도 우리들을 그같이 생각하고 있다.

쓸데없는 아무 이익 없는 반목은 언제든지 우리들 사이에 일그러져 있었던 것이다.

그러나 몇 해 전부터는 이곳에도 노동조합의 지회가 설립이 되었다.

그러나 역시 일본노동조합, 재일본조선노동조합. 이 같은 민족별로 편성된 두 가지의 조합으로 우리들의 이만二萬의 동무들은 가담을 하게 되었었던 것이다.

그 뒤로 다소 감정은 이 조합으로 말미암아 융화가 되어갔다.

여기에 깜짝 놀란 것은 광주들 또는 중역들이다.

이렇게 하여서 암연한 가운데에서 중역들은 우리들 사이에 이간정책을 베풀어놓았다.

즉 이것이 민족적으로 노동자를 대우하여 일부러 서로를 미워하게 제도를 차별하여 논 것이다.

우리들은 이런 것을 몰랐다.

더욱이 우리들의 머리에는 이제까지의 종족관념이 남아 있었기 때문에 더하였던 것이다.

공연히 이야기가 길었다.

─이런 관계상 나도 지회의 집행위원이 되었다. 이 광산에 나까지 열 사람의 위원이 있었던 것이다. 우리들의 위원은 지금 같은 교묘한 농락에 속아서 쓸데없이 피를 흘리는 싸움판에서 더─ 한층 의무가 무거워진다.

"싸움을 마라─ 쓸데없는 것이다."

"서로 싸우는 힘을 한 데 ×하여라……. 싸움의 ××을 돌려라."

이렇게 악을 쓸 때가 왔다.

3

싸움은 온 광산을 통하여 퍼져버렸다. 사무소에서 기적의 소리와 헛총소리가 요란하게 난다.

공중에는 공중 운반차가 거꾸로 매여달린 대로 대롱거리기만 하고 이곳저곳에는 머―터와 바퀴가 다 쉬어 있다. 모든 것이 길바닥에 죽은 듯이 나가 자빠져 있다.

해는 완전히 높이 솟았다. 싸움으로 인하여 광산의 법칙은 없어졌다. 지휘자나 통제자가 다 무슨 소용이냐. 육혈포 자루만 쥐고 쩔쩔 매는 순사와 감독들도 도리어 눈만 팽팽 도는 듯이 우두커니 서서 있을 뿐이다.

아침 해에 핏발은 번뜩인다. 곡괭이의 하얀 뿌리는 공중에서 어른어른한다.

사람을 살려라, 사람이 죽는다.

이 두 가지 소리만이 요란한 소리 가운데에도 가끔가끔 들리는 소리다.

광주는 급히 무선전신을 친 모양이다.

그러나 무장경관쯤이야 이러한 싸움에서 아무런 소용이 없다. 무력이 있다면은 그래도 대포와 비행기와 삼등들의 산목숨밖에는 없다.

이외에는 해결할 방법은 없다. 싸움은 자꾸 백병전이 되어서 유도와 격금과 택견과 모든 끔찍한 용맹들은 산산이 헤처져서 있다.

악쓰는 소리다.

가슴속에서 흘러나오는 핏기 있는 악쓰는 소리다. 조합지부가 설치된 뒤로는 처음으로 일어난 일이다. 이것 장차 어찌하겠느냐. 쓸데없는 살생은 자꾸만 늘어나기만 한다.

나는 어쩔 줄을 몰랐다. 그러나 어떤 위험한 일이 있더라도 싸움의 중심지로 들어가보아야만 할 일이다.

이리하여서 나는 곡괭이자루를 두 동강을 내었다. 그래서 짤막한 몽둥이를 만들어 가지고 무리들을 헤치기를 시작하였다.

막— 헤쳐 들어가려는 판에 등 뒤에서

"여보게." 하는 거세인 목소리가 난다.

나는 돌아다보니까 먼저 반가운 생각부터 났다.

"응 춘삼인가, 여보게 사람을 상하지만 말고 내 몸을 좀 보호를 하여주게."

"응 염려 말아, 너는 내 뒤만 따라오너라. 길은 내가 열어줄게. 그런데 뒤에서 혹 누가 덤비거든 내 이름만 불러—."

그의 특징은 툭 불거진 우악한 눈깔이며 방울 같은 목소리며 그리고 후닥뚝딱 얽은 곰보 같았었다.

의리만은 있으나 싸움을 좋아하는 가장 성품이 거세인 친구다.

춘삼이의 걸음은 코끼리가 지나가는 모양 같다.

닥치는 대로 두 주먹만 길게 빼서 휘휘 두르면 코끼리 다리에 부러져 넘어지는 나뭇가지나 마찬가지로 된다. 이렇게 길은 자꾸 열어진다.

벌써 하얀 옷을 입은 광산병원의 인부들은 병신 떼를 담아 올려 가느라고 야단이다.

한참이나 들어가려니까 또 내 이름을 부르는 소리가 난다. "위원장 군, 위원장—."

"응 누구냐." 내가 대답을 하고 잠깐 섰으려니까 그들은 두 김 군이다. 두 김이 이름이 아니라 김가 친구가 둘이란 말이다.

우리 광산에서 이 두 친구를 일러서 두 김 군이라고 부른다. 저희들이 항상 붙어 다니며 더욱이 나이가 그중 어린 스물한 살씩이며 그리고 무엇보다도 이곳의 광산노동조합지부를 창립한 공로자들이다.

조합에 대하여는 처녀지였던 이곳을 그들은 일부러 들어와서 일 년 동안이나 우리들과 섞이어서 일을 하고 지내면서 밤이나 혹은 쉬는 시간이나를 이용하여서 열심으로 우리들을 깨우쳐주었던 것이다.

아마 우리들 중에는 그중 학식도 있고 일본말도 잘하며 그리고 무엇보다도 눈물이 줄줄 나게 하는, 주먹이 불끈불끈 쥐어지게 하는 열렬한 젊은 웅변가들이었다.

우리들은 이래서 언제든지 이 두 김 군을 믿고 지냈으며 그들의 말을 따라갔던 것이다.

두 김 군은 나의 팔을 잡고

"이것 당신까지 이 모양이요. 큰일 났구료. 어떻게 해야겠소!"

"흥, 나까지…… 나도 두 김 군의 마음을 아네. 내가 지금 싸움을 하러 오는 것이 아니라 말리러 오는 걸세."

두 김 군은 내 소리가 의외인 듯이 네 개의 눈동자가 일시에 반짝하면서

"응, 그래. 그럼 무슨 방법으로……"

"방법, 이것은 내 목숨밖에 없네. 아무리 군중이 흥분이 되었다고 하더라도 몹시 끔찍한 꼴을 보게 되면 풀어지는 수가 있네."

"어떻게."

"자— 나는 어떻게든지 중심으로 들어가서 주모자만 잡아가지고 나옴세. 그러면은 자네들의 할 일은 더— 많으니…… 먼저 저 아래 우리들의 바라크로 내려가서 오늘 쉬고 있는 노동자를 끌고 올 일이며 한편으로 두 조합의 집행위원회를 곧 열어주게. 아무 데서라도 좋으니…… 지금같이 야단이 난 판이니까 한편에 모여서도 냄새 맡을 리도 없을 테이

니까—."

"자— 그럼 믿네, 위원장 군—."

두 김 군은 달아나버린다.

나는 다시 길을 찾으려 할 때 또 어느 틈엔지 두 김 군은 왔다.

"그런데 위원장, 저희 이름은 이렇게 하지. 두 조합, 합동확대위원연합회—."

"좋으이…… . 자— 어서…… . 그런데 군호는 작대길세. 기다란 작대기 끝에다가 찢어진 옷자락이라도 매어 달아두게…… ."

"자— 그런데 장소는 대강 알고 있지—."

"그러게. 저 제 삼 친산親山 옆 운반차고車庫 앞으로—."

두 김은 다시 달아났다.

4

중심을 찾아 들어간다고 헤치고 가보니까 역시 마찬가지였다. 머리가 터지고 다리를 절뚝거리며 달아나는 자들도 많이 있었다.

이곳은 정말 위험하였다. 우리들의 수효는 겨우 춘삼이와 나까지 합하여서 십오륙 인쯤 되었고 저편엔 한 이삼백 명은 되어 보인다.

둥그렇게 싸서 십여 명의 친구들은 거의 죽게만 되었다.

"에쿠—." "에구머니—."

단 한마디씩이라도 일본말만 하고 지내던 그들도 급하니까 나오는 외마디소리만은 자기 당의 사투리이었었다.

나는 얼핏 춘삼이에게

"여보게 별수 없네. 먼저 저 사람들을 구해내세."

"요—시—." 하는 춘삼이의 원기 있는 대답소리가 그치자마자 저는 있는 기운을 다 뽐내기를 시작한다. 벙긋벙긋 웃어가면서 사람을 쳐도 보기 좋게 이삼십 명쯤은 걱정이 없는데 하물며 지금에는 그 부리부리한 두 눈방울이 불끈 솟아 있는데야 말할 것이 무엇이냐?

픽— 픽— 이리저리 쓰러지고 넘어지고 자빠지고 킥— 킥— 거리고 나까지 춘삼이와 같이 되었다.

인정이 다 뭐냐? 사정이란 어떻게 생긴 것이란 말이냐? 소위 신사 영감같이 점잔을 피웠다가는 이곳에서는 그만 마지막이다.

야수와 같이 사나워지는 것이 우리들이 생명을 보존하여가는 한 가지 방법이 되어 있다.

—보다도 저절로 나는 피에 홀리고 피에 흥분이 되었다. 저놈들도 소같은 두 장사인 나와 춘삼이가 날뛰는 데에는 좀 움찔한다.

사실 생각하면서도 부모를 처 죽인 원수가 우리들이 아닐진데 그렇게 열심스러히 싸움을 하려고는 아니할 것이다.

저희들도 어느 정도까지 우리들과 같이 가만히 있으면 맞아죽을 것이니까 맞아죽지를 않기 위하여 수들이 된 것일 것이다.

"에구, 사람 살려라—."

하더니만 상투 달린 친구 하나가 얼굴을 두 손으로 가린다.

"왜 그러우." 하면서 내가 그 친구의 손을 잡아 제치니까 두 손바닥에는 선지피가 가득하게 찼으며 한쪽의 눈알맹이가 솟아 나와서 쭈렁쭈렁 달려 있다.

"이것, 큰일 났다—."

하였으나 이미 때는 늦었다. 친구에 눈알 빠진 것을 본 춘삼이는 완전히 짐승 같아졌다. 어느 틈엔지 한편 주먹에 조그만 돌 하나를 들고 만나는 대로 콕콕 때려서 넘어뜨린다. 근방에 이 근처는 모두 자빠지고 넘어진 반송장이 즐비하게 되었다.

"춘삼이 앗게* 앗게."

하고 악을 쓰자 나의 얼굴에는 비린내 나는 선지피가 가득히 뿌려졌다. 어쩐 셈인가하고 급히 눈가를 씻고 보니 눈알 빠진 친구가 한쪽 눈을 겨우 떠서 나를 보고 섰다.

"뭘— 아서— 이 자식아—. 나는 한 눈이 마저 빠질 테야—." 하면서 이를 악물고 저편으로 뛰어 달아난다. 이 상투쟁이 친구는 이곳에 온 지는 반년 밖에 아니 되었으며 고향은 경상도 통영 땅이었었다.

고향에서 조그만 구멍가게를 내어가지고 겨우 살아가다가 일본이 좋다는 바람에 가산집물을 다— 팔아가지고 아내와 자식들은 본가에다가 삼 년 작정을 하고 갖다 두고 대판으로 들어왔던 것이다.

그래서 처음에는 엿장수를 해서 '상투쟁이 엿장수'로 이름까지 지어졌으나 한 이태 뒤에 장사한 것을 보면 홀몸뚱이밖에 남은 것이 없었다.

이래서 우리들의 광산에 와서 지내면서 담배도 한 개를 다섯 토막씩 내어서 먹고, 술도 안 먹고, 친구도 사귀지도 않고 하면서 요사이에 와서는 우리들 중에는 그중에 재산가가 되었으니 조선 나갈 차비를 넉넉히 모았던 그것이다.

이래서 이러나저러나 처자와 약속한 삼 년 되는 날에는 나간다고 속으로 예산을 잔뜩 하고 있던 것이 삼 년이 되기 전 단— 한 달도 못 되어서 눈깔 빠진 짐승이 되어가지고 날뛰고 있다.

며칠 전에 '나가겠다'는 편지까지 처자에게 했으니 지금쯤은 그들의 처자는 전보만 가기를 기다리고 있을 것이다.

| * 문맥으로 보아서 '그렇게 하지 말라고 금지할 때 하는 감탄사'인 '아서라'의 뜻인 듯하다.

5

서편 언덕을 바라보니 흰옷 입은 광산의원의 인부들의 들것을 메고 다니는 것이 여간 많아진 것이 아니다.

그저 한 '들것'에 둘씩 셋씩까지 한꺼번에 겹쳐서 메고 가는 패도 있다.

이러면서 광산병원 옆에 우루루 쏟아지더니 ……떼가 나타났다.

인제는 문제가 간단하게 되었다.

달아나든지 죽어 자빠지든지—밖에 없다. 만일에 쓸데없이 어름어름 했다가는 싸움의 주모자로 잡혀가게 될 것이다.

어쩔 줄을 몰라서 잠깐 동안 우둑하니 섰으려니까 별안간에 누군지 등덜미를 탁— 잡는다. 나는 가슴이 선뜻하여서 돌아보려고 할 때에 벼락같이 나의 뒷다리를 번쩍 들더니 딴죽을 걸어서 내동댕이를 쳐서 준다.

"에쿠—." 하고 팽하는 정신을 억지로 차려서 눈을 떠보니 그는 의외로 춘삼이었다.

"아니, 너 미쳤니—." 하니까 춘삼이는 황급하게

"쉬— 암말 말게— 자 보게. 상한 놈의 수효가 저놈들이 더— 많으니까 나중 뒤끝이 어떻게 될 줄 아나. 그저 끙끙 앓고만 드러누워 있게……."

하더니 저부터 푹 엎드려서 꿍꿍거리고 신음을 하고 있다.

들으니 그럴듯한 소리다. 그래서 나도 한 옆에 가 드러누워서 끙끙 앓기를 시작한다.

그런데 내가 드러누운 바로 옆으로는 조그만 시냇물이 흘러내려간다. 새로 풀린 봄물결이라 마음껏 윤택하여 보인다. 나는 무심히 물결 속에서 나의 그림자를 발견하였다.

얼굴에는 맨 피투성이다. 옷은 여러 곳이나 찢어져서 있다. 내가 보기에도 나는 한 개의 야수 같아 보였다. 그러다가 문득 생각이 나는 것이 아까에 약속한 두 김 군의 일이다. 저들은 얼굴에 상기들이 되어가지고 바라크에서 바라크로— 이 산으로— 저 산으로— 돌아다니며 미친 듯이 날뛸 것을 생각하니 내— 한 몸만 생각하고 다치지도 않은 몸을 다친 척하고 드러누웠는 것이 여간 못난 짓이 아닌 것같이 생각이 들었다.

"에라— 죽으나— 사나— 약속한 장소까지는 가보자." 하고 막 일어나려니까 내 귓가로 팽— 하고 지나가는 것은 ××총알이었다. 다시 푹 엎드리며

"이것 큰일 났다—. 지금 가도 소용이 없다—. 때는 늦었다!" 하는 자문자답이 나오면서 얼마 동안 꼼짝을 못하였다.

싸움은 완전히 끝이 졌다.

이제야 남은 것은 죽고 죽게 된 광부들을 실어가는 것과 싸움의 주동 분자를 잡아가는 일밖에는 없었다.

"에라—." 소리는 나의 가슴에서 나와서 다시 귓속을 통하여 가슴에 가 박혔다.

되나 안 되나— 약속한 장소까지는 가보는 것이 나의 책임이다. '그렇다. 그것은 나의 책임이다—.'

나는 살살 기기를 시작하였다. 이 시냇가로만 끼고 내려가면 제삼 친산에 건너편이 되는 것이다.

얼마쯤 내려가니까 별안간에 뒤에 구두 소리가 왁자하게 난다.

나는 질겁을 해서 푹 엎드리고 앓는 소리를 크게 쳤다. ×× 아니면 병원의 인부려니 하고서 가만히 손 틈으로 내다보니까 그것들은 인부이었다.

누군지 들것에는 벌써 한 놈이 담기어서 있었다.

"자— 하나 더— 얹어 가지고 가세— 퍽 다친 모양인데—." 하더니만 한 놈이 달려들어서 발길로 꾹꾹 차면서

"이놈아— 일어나—."

나는 그저 더— 엄살을 하면서

"에이구 죽겠다. 건드리지 마, 말아!"

"홍, 아주 파김치가 되었는걸!"

하더니만 두 놈은 나를 부축을 해서 실었다.

6

내가 병상에 드러누운 지도 벌써 사흘이나 되었다. 이 방에는 한 줄에 열 사람씩 누워서 모두 세 줄로 되어 있다. 한 침대와 침대 사이가 겨우 한 자밖에 아니 되는 좁은 사이지만 십 조*〔十疊〕가 될락말락한 조그만 바라크 한편 구석에서 오십 명, 육십 명씩이나 발도 잘 뻗지를 못하고 자던 데에다 비하면 여간 호강이 아니었다.

첫째는 발을 마음대로 뻗을 수가 있고 둘째로는 자리가 여간 푹신푹신한 것이 아니다.

정말이지 땀내가 나고 끈적끈적하고 물 것이 있는 다다미방에서 자던 우리들의 몸이 보기에도 눈이 부신 하얀 침대 푹신푹신하는 침대에다가 드러누운 것은 여간 호강이 아니었다.

그러나 한 가지 곤란한 일은 배가 고파서 못 견디는 것이다.

---

* 조疊 : 다다미. 마루방에 까는 일본식 돗자리. 속에 짚을 5cm가량의 두께로 넣고, 위에 돗자리를 씌워 꿰맨 것으로, 보통 너비 석 자에 길이 여섯 자 정도의 직사각형 모양으로 만든다.

그래도 바라크에 있을 때에는 맨 된장국의 먹는 밥이나마 두둑하게 먹었지만 이곳에서는 소위 환자患者이라고 하얀 흰죽을 갖다가 준다.

생때같은 우리들이 간에 기별도 못가는 이 흰죽 칠 홉 사발이 무슨 소용이냐?

그런데 공교하게도 내 외편에는 춘삼이가 드러누워 있고 바른편에는 새로이 애꾸눈이가 된 상투 달린 친구가 드러누워 있게 되었다.

상투 달린 친구는 아주 정신이 없이 낑낑 앓고만 있고 가끔 가다가 "엥, 분하다." 하기도 하고 어떤 때는 "복순아 잘 있었니?" 하는 반가움에 겨운 소리도 주절거린다.

아마도 저는 싸움하던 꿈과 고향의 돌아간 꿈을 엇갈려가면서 꾸고 있는 모양이다.

*

오정이나 거의 되어가니까 배가 정말로 고파서 못 견디겠다.

그래서 마침 방 안에는 간호원도 없고 한 틈을 타서

"여보게 춘삼이!"

춘삼이는 자는 줄 알았더니 내 말소리가 떨어지자마자

"응— 왜 그러나?" 하고 내 쪽으로 향하여 돌아눕는다.

"여보게 어떤가?" 벌써 어떤가 하는 것은 여기에 들어와서는 우리들의 암호같이 되었다.

배가 얼마큼 고픈가? 하는 소리였다.

"아이구, 여보게 암말 말게. 인제 겨우 잊어버리느라고 이불을 쓰고 드러누웠었는데 또 이렇게 깨뜨려낸 것이 뭔가? 엥히, 사람도." 하면서 입에 침을 꿀떡꿀떡 삼키며 더한층 못 견디어 한다.

"이것 어떻게 견디나?"

"흥, 어떻게나마나 똥을 쌀 의사 녀석이 일주일을 작정하여주고 갔으니 그때까지는 있어야지……."

"아이구 인제두 나흘이나 더— 참아야 해……."

하고 말하는 나는 나흘이란 동안이 여간 긴 것같이 생각되든 것이 아니다.

그러나 문득 마음이 켕기는 것은 두 김 군의 일이다.

"춘삼이— 두 김 군이 어떻게 되었을까?"

"글쎄…… 무사할 테지……."

말하는 소리는 좀 퉁명스럽게 들렀다.

"퍽 궁금한걸, 그날은 물론 회는 안 열렸을 테지……. 그런 때 회를 했으면 했던 것도 너무 황*했었어……."

춘삼이는 어쩐 셈인지 기분이 좋아지지 않은 모양이다. 그래서 한참 동안이나 천장만 쳐다보다가는 역시 마땅치 못해하는 목소리로

"이것 봐……. 난, 그건 다— 소용이 없는 줄 아네."

나는 벌써 춘삼이의 가슴속을 짐작하였다.

의례히 춘삼이로서는 그러한 말을 할 것이다 하였다.

"아니 왜!"

"흥, 왜? 가 뭔가? 물론 우리들 노동자들은 ××을 하여야 하네. 그렇지만 고 ×놈들과는 ××이 안 되는걸!"

나는 슬그머니 흥분이 되었다. 그래서 배고픈 것도 없어지고 어떻게든지 옳은 생각으로 고쳐 집어넣어주겠다는 열성이 일어났다.

그래서

| *황 : 어떤 일을 이루는 데에 부합되지 아니함.

"아니 어째서 그래?"

내 말이 다 떨어지기도 전에 그리고 춘삼이의 대답 소리가 나오기 전에 벼락같이 악을 쓰는 소리가 난다.

"아니, 이게 무슨 경칠 얘기들야!"

나는 물론이요 춘삼이와 아무 소리 없이 끙끙 앓고만 있던 다른 부상자들도 이 소리에는 다— 놀란 모양이다.

모두들 고개를 조금씩 들어서 말 나는 곳으로 향하여 본다.

그는 아주 정신이 없어 드러누워서 잠꼬대만 하던 상투쟁이 친구였었다.

그는 붕대로 하얗게 싸인 중에 코와 입과 한편 눈만이 조금 뚫어져 있는 '파대기'를 좀 들더니 나를 쳐다보면서 좀 더— 흥분된 목소리로 말한다.

"아니 그들과 우리들이 합해야 옳다냐. 아무리 같은 노동자라고 하지만 다르지 않아."

하면서 다시 기운이 없어지는 듯이 고개를 뒤로 젖힌다. 나도 슬그머니 목소리는 높아졌다. 그리고 이 같은 문제를 해결할 것이 나의 의무이란 것을 더— 깊이 느꼈다. 그러나 어쩐지 뭐라고 말이 아니 나왔다. 어떻게 말을 하여야 간단한 몇 마디로 나타낼까 하였다.

"여보, 그것은 물론 그렇기는 하우—. 그렇지만 우리들이 이곳에 와서 사니까 이곳의 노동자와 합하여야 한단 말이요. 만일에 우리들이 미국이나 영국으로 가서 노동을 한다면은 그곳의 미국의 노동자나 영국의 노동자와 합하여야 한다는 말이요, 그건 어째 그러냐 하는 것은 이론보다도 사실이 그렇지가 않소. 우리들은 이 나라나 저 나라의 노동자인 것을 물론하고 다— 한 계통의 자본주 밑에 가 매어달려 있는 것이 아니요—."

그러자 다시 상투쟁이 친구는

"뭐? 그것도 분수가 있는 것이요. 아니 그러면 우리들이 이곳에 와서 산다고 이곳의 노동자와 합한다고 칩시다. 그러면 이곳의 노동자들이 우리대로 나와 살 때면 어떻게 하여야겠소ㅡ."

이 소리에 맞장구를 지는 것은 춘삼이였다.

"홍, 그렇지 그렇지. 그때는 어떻게 하노…… 여보게 그걸 어떻게 하나?"

나는 조금도 꺾이지를 않고

"그때도 원칙상으로는 합하여야 하지만 딴 사정이 있지?"

"아니 무슨 사정이야. 홍, 여보게 암말 말게. 혹 이곳에서는 자네나 두 김군 말이 많네. □□□□□□도 어떤 때 가만히 생각해보면 그럴듯 하거든. 나로 말해도 대판에 있을 때 후구다의 솜공장에 있을 때에도 모두 직공이 한 팔백 명쯤 되는데 그중의 우리네 사람들이 한 백 명이 될 듯 말 듯했거든. 그런데 그때 우리들은 재일본조선노동총동맹관서지부 대판노동조합에 들어 있었는데 그때 우리들끼리만 ……을 했었는데 …… 아무 소용도 없데……. 그렇지만 말야! 우리에게로 나와 있는……."

하면서 주먹을 잔뜩 쥔다.

나도 이 말이 끝나기가 무섭게 악을 썼다.

"그건 그럴 것일세. 조선에 나와 있는 이곳의 노동자라는 것은 모두가 ……세.

…… 뽑아 보내는 것이니까. ……한 ……려서 내어보낼 것은 정한 일이 아닌가?"

이 소리에 상투쟁이 친구는

"뭐? 백 소리 천 소리는 다 소용없어! 부모들…… 다 더한 걸 있다

하나 아니 우리들이 언제든지 이렇게 ×을 줄 아나? 흥!" 하면서 한편 눈만 나온 눈동자가 무섭게 반짝한다.

나도 사실은 분할 일이 한두 가지가 아니다. 그러나 이곳에서 있어서 그 같은 감정을 눌러야만 할 필요가 있다. 필요보다도 그래야 살아갈 수가 있다.

어쩐지 방 안은 비장한 침묵에 잠겼다. 괄괄하는 춘삼이까지 아무 소리가 없다.

7

일주일이 되는 날은 왔다.

아침 여덟 시쯤 되더니만 의사는 들어와서 이 방으로 돌아다니며 우리들을 보았다.

그리고 그중에 성적이 좋아서 퇴원을 하여도 좋겠다는 사람은 나와 춘삼이와 또 그 외에 서너 사람이요, 아주 희망 없다는 듯이 고개를 기웃하고 상을 찡그린 것이 바로 내 옆에 상투쟁이었다.

나는 어쩐지 이것을 보고는 가슴이 뭉클하였다. 그리고 알지도 못하게 눈물이 날 듯하게 되었다.

의사가 상투쟁이 앞에서 떠나가려 할 때에 상투쟁이는 어린애같이 되어서 한 눈으로 의사를 쳐다보면서

"여보, 난 언제나 나가우!"

하니까 의사는 민망한 듯이 그러나 너그러운 의사의 태도를 지으며

"차차 나아 가시니까 머지않으면 나갈 테지요."

하며 그다음 침대로 옮겨가버렸다.

상투쟁이는 정신을 잃어버린 듯이 망연히 천장만 쳐다보다가는 그만 눈을 감아버렸다.

아마 한 시간은 지나간 것 같다.

나와 춘삼이는 간호원의 통기를 따라서 침대에서 일어났다.

병을 조리를 한 것이 아니라 경을 친 것같이 도리어 몸이 찌뿌드드했다.

춘삼이와 서로 쳐다보면서 서로들 빙긋빙긋 웃고 있으려니까 눈자위가 이상하게 변한 상투쟁이

"여보…… 여보……."

나와 춘삼이는 그 옆으로 가깝게 갔다. 시퍼렇고 아주 정기가 없어진 눈동자에는 눈물이 괴여 있었다. 얼굴을 생각할 때에 벌써 속으로 '할 수 없군.' 하였다.

그는 아주 떨리는 목소리로

"여보게들, 내가 살겠나?"

춘삼이는 그 괄괄한 목소리로

"엥히, 그 사람 왜 그런 소리를 하나!"

"아니……." 하더니만 아주 달라지면서

"여보게들, 잘 있게— 나는 그저 죽나보이."

하더니 눈을 뜬 대로 사지가 뻣뻣하여 간다.

"여보, 홍 서방, 홍 서방." 하고 흔들어도 상투쟁이는 그저 들리는 듯 말 듯한 목소리로

"복순아! 잘 있었……늬……." 하더니만 그만 목구멍에서 깔딱하는 가래 끓는 소리로

"아……." 하는 나의 눈에는 눈물이 났다.

춘삼이도 얼굴이 언짢아지더니만 한 손으로 상투쟁이의 눈을 감겨주

었다.

아— 홍 서방은 죽었다. 애꾸눈이 상투쟁이는 죽었다.

그러나 과연 그는 죽었다고 할 수 있을까? 그냥은 죽지를 않는다고 하던 그가 그냥 죽은 이것을 죽었다고 할 수 있을까?

고향에서 복순이라는 어린 딸은 일본 가서 돈 벌어 가지고 온다는 아버지를 얼마나 기다리고 있을까?

8

두 김 군은 싸움에 주모자로 잡혀갔다고 하는 것이 병원에서 나오면서 첫 번으로 들은 소식 있어서 우리패의 생각을 가지고 있는 사람이면 대개는 이 같은 방식으로 그들 ××××가고마□ 한 달 지낸 뒤에는 광산은 다시 뒤집히게 되었다. 광산 사무실 앞 광장에는 우리들 광산의 전 노동자는 한데 모였다.

그러나 우리들끼리는 싸우지를 아니하였다.

일만* 칠천 명과 삼천 명의 마음은 두 가지가 아니었었다.

훌륭히 한마음으로 통하여 있었다.

분한 생각, 미운 생각은 한 곳으로 몰렸던 것이다.

– 끝 –

—《조선지광》 90~91호, 1930년 3월~6월

| * 원문에 '만일'로 되어 있는 것을 바로잡음.

그 뒤의 박승호 朴勝昊

1

"선생님, 들이밀까요."

난로 연통에다 막대기를 끼면서 어린 학생이 말했다.

"그래 그냥 쑥 밀어라."

뒤껼 처마 끝에다 사닥다리를 놓고 동그랗게 올라선 승호는 대답을 하였다.

휙휙 살을 에는 듯한 눈발 섞인 바람은 승호의 얼굴을 새빨갛게 얼려 놓았다.

연통은 얼음보다도 더 차다. 한 손엔 꼬챙이를 들고 나무 끝이 보이기만 기다리고 있었다.

"자— 나갑니다."

아이들의 악쓰는 소리와 같이 부대 조각을 뭉쳐 맨 막대기 끝이 조금 보였다.

"자— 더 밀어라—."

하면서 승호는 꼬챙이로 잡아당겼다.

풀썩하면서 '검정'이 쏟아졌다. 온통 승호의 옷과 얼굴에는 검정 투성이가 되었다.

"에구 추워 얼른 하세요!"

발발 뜨는 여학생들의 재촉 소리가 났다.

"뭐야 아무리 어리기로 염치가 있어야지."

그중 나이 많이 먹은 반장인 오복이는 핀잔을 주었다.

"아니 왜?"

"선생님이 고스카이* 노릇 하시는 것도 안됐는데 재촉까지 해―."

그 소리는 어린아이들의 춥다고 떠들던 소리를 눌러버렸다.

"해―." 하는 여학생들의 무안해서 웃는 소리가 났다.

연통 뚜껑을 끼우면서 승호는 이 소리를 듣고 빙긋이 웃었다.

그리고 고드름이 다 된 새빨간 손으로 무심히 뺨을 한 번 만졌다.

*

"하아 하아."

얼굴 시커먼 승호를 보고 여러 아이들은 웃었다.

"에키 고것들." 승호는 그저 빙긋빙긋이 웃기만 하였다.

"선생님 오늘은 나무가 많습니다."

오복이는 난로 옆에 높직이 쌓인 장작을 가리켰다.

"아니 어서 났니?"

"저희들이 해 왔지요."

"저도 해 왔답니다."

---

* 고스카이こづかい : 소사. 관청이나 회사, 학교, 가게 따위에서 잔심부름을 시키기 위해 고용한 사람. 사환 使喚.

그중에는 '졸가리'*도 섞이고 '검불'**도 섞여 있었다.

아이들은 날마다 돌려가면서 '쏘시개' 나무를 해 가지고 오는 것이 있었다.

확— 확— 소리가 나면서 난로는 담박에 뻘개졌다. 걸상들을 동그랗게 족—들 앉았다.

"에구 더워—."

"나 앉았는 데는 여간 바람이 들어오는 게 아니야."

"너만 쪼이고 있니."

옹알옹알 하면서들 떠든다.

유리창 밑 담벼락은 여기저기가 뚫려 있었다.

아침 햇빛은 유리창에 가 비추었다.

승호가 세수를 마치고 나서 막 수건질을 하려고 할 때에 동네 김 농감은 들어왔다.

새까만 얼굴이 반짝반짝한다.

뾰족한 입부리와 그리고 눈초리는 퍽 영악하여 보였다.

손에다 무슨 봉투를 들고 생긋생긋 웃으면서

"선생님 애쓰십니다그려—."

"온 천만에요. 안녕하셨습니까?"

"네— 그런데—."

하면서 더— 생긋생긋 웃는다.

"자— 이리로 오시지요."

아이들이 비워놓은 자리로 김 농감은 앉았다.

"선생님 상학 시간이 되지 않았습니까—."

---

* 졸가리 : 잎이 다 떨어진 나뭇가지. 여기서는 '졸가리로 된 땔나무'라는 뜻이다.
** 검불 : 가느다란 마른 나뭇가지, 마른 풀, 낙엽 따위를 통틀어 이르는 말.

"아닙니다. 괜찮습니다."

"그러면 이것 좀 보아줍쇼."

승호는 동양척식회사에서나 금융조합에서 나온 공문인가 하였다. 한 달에도 몇 번씩 이런 공문을 보아주고 어떤 때는 답장도 써주었던 일이 있었던 까닭이다.

"네─ 인 줍쇼. 어디서 온 것입니까?"

"네─ '면'에서 왔는데 무슨 진흥환─지 뭔지라는 것이라우."

이것은 요사이 새로이 부락을 본위로 해서 구석구석이 조직된 진흥회의 공문이다.

이 김 농감은 이 동리 진흥회의 회장이 되었던 것이다.

"네─ 진흥회의 공문입니다. 그저 아─ 모레 저녁에 이리로 강연을 하러 온다는 것입니다그려─."

"네─ 그러니까 연설을 하러 옵니다그려. 오─ 그러니까 이 홍택진이 하고 김관호의 이름이 씐 것은 그네들이 연설을 한다는 말인가요."

"그렇습죠. 저 홍택진이는 '자력갱생自力更生'이란 무엇인가! 하는 문제구요 또 근검절약勤儉節約이란 문제로는 김관호가 하는군요."

"네─ 하…… 아니 그 사람들이 언제 연설을 해봤나…… 세금 독촉이나 할 줄 알지 하…… 세상에 별일이 다 많군. 아니 박 선생 같은 이가 했으면 잘하실 터이지─ 하─."

"하…… 별소리를 다─ 하십니다그려. 얘 오복아 종 처라─."

"네……." 오복이는 기다렸다는 듯이 달음박질 사무실 방으로 들어가서 조그만 종을 가지고 나온다.

땡땡땡땡땡땡땡땡땡.

고요한 마을의 겨울 아침은 유난히도 이 종소리에 흔들렸다.

벌써 오복이의 '기착' 하는 소리가 난다.

"에구 인제 가야겠군. 그런데 박 선생 모레 저녁에는 학교 좀 빌려 써야겠습니다."

"그러시죠. 그렇지만 세전은 단단히 내셔야 하실걸요."

"내다 뿐입니까. 진흥회원들이 근검절약을 하면 모두 부자들이 될 텐데— 흥 인제는 조선은 부자 투성이가 될 테야."

"아니 회장께서도 그런 비방의 말씀을 하시나요."

"회장은 참 굉장한 벼슬 했수. 하…… 그저 하라니까 했지. 진흥이 뭔지 갱생이 뭔지 알 턱이 있수.

그래 농사를 잘못 지어서 조선 사람이 가난하다니 어떻게 지어야 옳은가요— 하…… 자— 이따가 봅시다."

김 농감은 꼬집어 뜯고 비꼬기 잘하기로는 유명하다. 입바르기로도 유명하다. 일꾼 몰아세우기도 유명하다. 그러나 결국에 있어서는 동척의 농감이며 진흥회의 회장이었던 것이다.

2

하학을 막 하고 나자 우스운 소리 잘하기로 이름난 익살쟁이 김 서방이 찾아왔다.

언제든 큰 키를 꾸부렁하면서 너털웃음을 웃으면서 다닌다.

그러나 어쩐 일인지 지금은 퍽 풀기가 없어 보인다.

"승호—"

"응 키다린가?"

"에키 버릇없게. 허허허허."

두 사람은 너니 내니 조카님이니 아우님이니 하고서 막 농을 하고 지내갔었다.

"그런데 키다리 조카님 무슨 바람이 불었나?"

"에키 광대버섯을 먹었나? 버릇이라고는 꽁무니도 없으니!"

"응 그래서 자네는 곡마단 버섯만 먹고 지내네그려."

"허! 허허."

"그런데 승호 좀 의논 좀 하러 왔네!"

퍽 말소리는 우울하여졌다.

"응 무슨 말인가!"

"저어— 조금 귀찮은 청인데……. 허허허 어떻든지 저 넘어가세!"

"어딜."

"글쎄 따라오기나 하게."

키다리 김 서방은 승호를 끌고서 그 너머 술집으로 갔다.

"아니 대낮에 술을 먹어—."

"뭘 많이 먹나. 어서 이리 들어오게."

술청*이 따로 없고 부엌에서 판다.

큰 솥에는 우거짓국이 펄펄 끓고 있다.

"아주머니 막걸리 좀 되슈—."

"네—."

쥔아주머니는 양푼에다 술을 되였다.

"다른 게 아니라 편지 하나 써주게. 정말이지 한번 보고 감동이 되어
서 눈물이 쫄쫄 나게 써줘야 하네—."

"아니 무슨 편진데."

"흥 뭐 말은 아니 해도 자네두 잘 알지 않나?

| * 술청 : 주로 선술집에서 술잔을 놓기 위하여 쓰는, 널빤지로 좁고 기다랗게 만든 상.

정말이지 해마다 그렇지만 올해는 꼭 죽었네. 농사라고 지어놓고 그냥 집행을 당하지 않았나. 몇 해 전부터 내려오던 빚은 몇 갑절이 됐지. 그런데 진장*이라고 믿고 있다가 그저 개 값도 못 받지 않았나? 어떻든지 거름 값도 못 뺐네. 그런데 말야 저 동산리에 최 씨한테서 빚을 얻어 온 게 있는데 저번에는 와서 내 소를 끌어간다고 야단을 치고 갔네.

그런데 그 소도 내 소가 아니지. 우리 매부가 먹고 살라고 사준 것이 아닌가? 이러니 어떻게 되나. 그러니 최 씨한테 내년 봄까지만 기다려 달라는 편질세…… 흥 화나."

하면서 쭉 한 사발을 마셨다.

"그야 어려울 게 있나. 그런데 언제까지 써야 하나."

"될 틈나는 대로 써주게. 그런데 암만해도 금융조합 돈 때문에 집이라고 올라가겠는걸."

이 얘기 저 얘기 간난한 이야기를 한참이나 늘어놓고 있는 판에 사오 인의 술꾼들이 들어섰다.

매가리꾼들이다. 참을 먹으러 오는 모양이다.

머리에는 수건들을 썼다. 옷은 말할 것도 없지만 머리털 눈썹까지라도 허연 겨투성이들이 되었다.

"에구 선생님."

"김 서방."

"응 봉만인가? 점순이 자네 오래간만일세."

"아니 누구집 벤**—가—."

"구장집 거라네."

한참 웅얼웅얼하면서 부엌 안이 뿌둑하여졌다.

---

* 진장珍藏 : 진귀하게 여겨 잘 간직함.
** 벤 : 벼.

"자아 아주머니 어서 국 한 그릇씩 뜨슈. 박 선생 우리들만 먹습니다."

더덜더덜하는 목소리로 봉만이는 말했다.

"온 별말씀 맙쇼. 우리두 우리끼리만 먹었는데……."

"자— 어서들 먹게."

김 서방은 뒤받쳐 말을 했다.

"그런데 낼모레 밤이 연설이라지."

봉만이가 입을 삐죽이 내밀면서 말했다.

김 서방이

"아니 무슨 연설횐—가. 학교서 하나. 누가 하나. 박 선생요—."

"아니." 승호는 고개를 내둘렀다.

"김 서방 그것도 모르우. 진흥회의 연설이라우."

"아니 진흥회! 오라 저번 생긴 거 말이지……. 허…… 그래 진흥회 하라는 대로 하면 모두 잘살게 된다지……."

말소리가 쨍쨍한 점순이가

"뭐요 잘살아요. 모르면 몰랐지 '천작'* 마찬가질 테죠. 하느님 아버지만 믿고 있다가 굶어죽는 것 마찬가지로 잘살려니 하고 믿고만 있으란 말인 게죠."

"흥 자네 방귀 곧잘 뀄네. 뀌던 중에도 그중 구수한데그려."

"에키 망할 자식— 오— 그러니까 너는 방귀를 먹구 지내는 모양이구나."

점순이와 연갑**되는 쇠만이는 둘이 욕을 하였다.

김 서방이

---

* 천작天作 : 사람의 힘을 가하지 않고 하늘의 조화로 만들어짐. 또는 사람의 힘으로 만든 것이 신통하게 바라는 대로 꼭 맞게 만들어지는 일.

** 연갑年甲 : 비슷한 또래의 나이 또는 그런 사람. 연배年輩.

"여보게 승호, 어디 자네 말 좀 하게. 진흥회가 좋은가 나쁜가?"

승호는 그저 웃었다.

"아니 왜 웃기만 하나. 어서 말 좀 하게그려—."

"박 선생 말씀 좀 하시구려—."

재촉 소리는 부엌 안에 꽉 찼다.

"글쎄요—." 승호가 막 말을 하려 할 때에 또 한패의 술꾼은 들어왔다. 그들은 면서기들이다.

모레 저녁에 연설할 홍택진이와 김관호 두 사람이다.

지세 독촉을 나온 모양이다.

이리하여 승호의 이야기는 움츠러지고 만 것이다.

3

홍택진이와 김관호는 승호와 같이 안방으로 들어가 앉았다. 면서기니만치 특별히 대접을 하는 모양이다.

승호는 나가려 하였으나 두 사람은 유달리 승호를 붙들었다. 어쩔 수 없이 따라 들어가 앉기는 했으나 마음만은 상쾌치 못하였다.

무전골이 놓인 술상은 들어왔다.

택진이는 새빨간 얼굴에 생글생글 눈웃음을 치면서

"참 박 상하고 몇 번이나 모시고 놀고 싶었지만 자연히 기회가 없었습니다그려—."

"온 천만에 피차에 일반이지요."

면내에 있어서 일본 갔다 왔다고 호기 피고 지내는 김관호는 그 떠듬 떠듬하는 목소리로

"정말이지 우리들은 길이 다르기 때문에 박 선생하고 놀지를 못했었 던 것이었죠.

정말 우리 면서기 생활보다는 더— 고생이 되실걸요."

"고생이 되시다마다. 왜 박 상 같은 재주를 가지고 돈도 안 생기는 이 두메 속에 와서 파묻혀 계신단 말씀이오—."

어느 정도까지 진정이 섞인 말이다.

승호는 그냥 웃었다. 가끔 '천만에요' 소리만 내던지기만 하였다.

술이 반취가 되자 택진이는 말했다.

"정말 우리 인제는 큰일 났수."

"아니 왜요."

"글쎄 우리더러 연설을 하라고 하니 어디 이때까지 해봤어야 말이지 요. 참 뭐라고 할는지 알 수가 없는데요."

관호도 덩달아 걱정을 했다.

"정말 켕겼는데요. 인제는 연설 같은 것도 해야만 입에 밥이 들어가 니 큰일 났구."

"그런데 박 상, 박 상 같은 이는 연설을 잘하시니까 아무 걱정이 없으 시겠소만은 참 오늘 우리들에게 연설하는 법을 좀 아르켜주시오."

"허…… 내가 무슨 연설을 잘 한다고 가르쳐 드려요—."

"에구 괜히 사양 말고 대장 요령이라도 뚱겨주슈. 월사금은 얼마든지 바칠게. 허—."

세 사람은 다— 같이 웃었다.

승호는 더— 웃었다. 연설을 가르쳐 달라는 꼴들이 보기 싫은 가운데 에도 한편으로는 불쌍하게도 보였다.

아궁이 뚜껑을 사라느니, 양잠 묘목을 사라느니, 지세를 아무 날까지 아니 내면 집행을 한다느니 하면서 무식한 농민 앞에서 호기 피우고 살아가는 그들의 꼴은 밉다 못해 도리어 우스웠던 것이다.

"자— 여기다 적어주어요. 첫째 '야마사키' 이야기부텀 하슈—."

승호는 연설의 이야기를 적었다.

그러나 속으로는 꿍꿍이속을 차렸다.

평시에 농민에게 미움을 받으나 그러나 호기를 피우는 그들의 호기를 한번 쏙 들여보내보겠다는 생각이 났던 것이다.

그래서 연설의 줄거리를 진흥회를 위하여 똑바로 내려가지를 아니하고 비뚤비뚤 내려가게 된 것이다.

*

그날 밤 자정이 지난 때다.

동네 젊은 패들이 다—들 돌아간 뒤에 승호는 자리를 펴고 드러누웠다.

한 칸 방 안에는 담배 연기와 흙내음새가 가득히 배어 있었다.

이제까지 여러 젊은 패들은 청년회 이야기를 하고 갔다.

한 육칠 년 전에 이곳에는 청년회가 있었다. 지금의 젊은 패들은 물론 회원들이었으며 지금에는 모두들 집에나 파묻혀 들어앉아서 농사나 짓고 빚에나 졸리고 엉망으로 지내는 중년 농민들로 모두 그때에는 회원이었던 것이다.

어떻든지 조선 사람이면 회에 들어야 한다—.

하는 막연한 생각 밑에 모였었던 것이었었다.

그때의 회장은 역시 이 학교의 교장 선생으로 있던 서 선생이요 그 외의 위원들은 면서기도 섞였고 산림간수도 있었고 장사치도 있었다.

어떻든지 면내에서 학식이라고 대강 있는 젊은 사람이면은 모두 위원이 되었었던 것이다.

그중에는 삼일三一운동 때 만세 부르다가 삼 년 징역을 살고 나온 내시(불알 없는 사람)도 있었고 감옥소 간정看丁도 있었고 병원의 약제사도 있었다.

그러나 면민의 대부분인 농사패들은 아무 상관이 없었던 것이었었다. 다만 몇몇 사람이 억지로 끌려서 회원이었었기만 하였었다. 그때에는 가끔 연설회를 열었다.

그러나 구경꾼(농사꾼)들은 꼭두각시나 활동사진을 하려니 하고서 모였다가 그냥 헤어지고 헤어지고 하였었다.

그러다가 햇수가 지남에 따라 회원들은 차차 줄었었다.

지내는 모양이 다 각각이었으니만치 다 각각 서로 헤어져갔다.

그러다가 회장 선생과 면서기 김용수는 이 동리에 봉만이, 점순이 또다른 동리에 농사꾼패들과 어울려서 청년회를 헤치고 농민조합을 세웠었다.

그러나 역시 몇 사람만 아는 몇 사람끼리만 모인 조합에 지나지 않았었다.

더욱이 그 몇 사람까지라도 그전에 청년회와 비슷한 것이 농민조합이려니 하고서 생각들을 하기까지 하였었다.

그러다가 서 선생도 생활에 쪼들려서 어디든지 가버리고 김용수 면서기도 이 바람에 먹국을 먹고* 말았다.

다만 봉만이, 점순이 같은 사람들이 생각들만은 가지고 있었으나 역시 서 선생이나 김용수에게 딸려서 지냈었기 때문에 스스로는 어떻게 해나가지를 못하였다.

이렇게 농민조합이라는 것은 흐지부지 중에 파묻혀버리고 말았었던

| * 먹국을 먹다 : 미역국을 먹다. 해고解雇되다, 해고당하다.

225

것이다.

승호는 이런 지난 이야기를 언제든지 듣고 지낸다. 저녁마다 모이는 젊은 패들의 말 속에는 어딘지 서로 다시 모여봤으면 좋겠다는 뜻이 흘러서 있었다.

그러나 승호는 여기에 대해서는 이렇다 저렇다 하는 말은 하지 않는다.

다만 이곳저곳에서 일어나는 소작쟁의 이야기라든가 정말 똑바른 농민조합이라는 것은 농민 스스로가 모이지 않으면 아니 된다든가 농업 공황은 무엇이라든가 하는 이야기만 가끔가끔 서로 건네게 되었었던 것이다.

그러나 다만 봉만이와 점순이와만 만나면 어떻게든지 우리들은 다시 새로운 튼튼한 조직을 세워서 굳세게 합하지 않으면 아니 되겠다는 구체적 의논을 하였었던 것이다.

*

"박 선생 주무슈―."

"누구요. 네― 봉만 씨요, 어서 들어오슈."

봉만이는 아직까지 얼굴이 허옇다.

"아니 밤늦게 웬일이슈―."

"에― 오늘 일을 자정이나 되어서 떼었다우. 그리고 지금 집으로 가는 길인데 좀 들렀다우."

"네― 잘 오셨수. 자 앉으슈―."

봉만이는 손으로 허리를 짚고 상을 찡그리면서 앉는다.

"에구 허리야. 경치게 허리두 아픈지. 그런데 박 선생 여보! 전에 이야기하던 것은 어떻게 했으면 좋겠수."

"글쎄요—."

"나두 아무리 생각하여 봐도 농민조합이라고 하고는 도저히 모일 수도 없는 일이고 하니까 어디 무슨 딴 방법이 있었으면 좋겠수."

승호는 조금 만에 다소 조심스런 말소리로

"내 생각 같아서는 계를 모았으면 좋겠수. '계' 이름을 '근검저축계'라고 하면 사람도 꽤 모일 것 같고 또 모인다고 해야 저 사람네도 으레 좋아할 테니까—."

"글쎄 그렇지만 간판을 '저축계'라고 하면 혹 잘못 생각들을 하지 않겠수. 자기들도 뻔히 당하는 일이니 저축이라면 곧이듣겠소. 정말이지 내년 봄이 되기 전에 모두 얼어밖에 죽지 못하겠수."

"그러니까 더욱 좋지요, 지금 친구들이 살기에 눈이 뒤집힌 판이니까 저축이다, 계다, 애경상조*다 하면 직접 눈앞에 보이는 이익이 있으려니 하면서 모일 것이 아니오. 이렇게 모여놓기만 하면 그만이지요—."

봉만이는 담배 한 대를 피워 물고

"그럼 면에서 조직한 진흥회와 비슷한 것이 되지 않겠수."

"그야 상관 있수. 겉모양이 좀 같기로…… 어떻든지 모레 저녁에 될 수 있는 대로 사람이나 많이 모이도록 해보슈.

그래서 그때 형편 봐서 당석에서 계를 조직하도록 하시오—."

"허…… 그도 그럴듯해……."

두 사람은 한참 동안이나 웃었다.

깜박거리는 석유 등잔불까지 너울거렸다.

바깥에서는 야경** 도는 요령 소리가 났다.

---

* 애경상조哀慶相助 : 슬픈 일과 경사스러운 일에 서로 도움.
** 야경夜警 : 밤에 동네를 돌면서 화재 · 범죄 등의 경계를 하는 일.

4

모두 여덟 칸이나 되는 학교 강당 안에는 커다란 램프 불이 두 개나 켜 있었다.

칠판에는 '××리 진흥회 강연회'라고 크게 씌어 있었다.

그리고

'自力更生', '勤儉節約', '農事改良', '副業獎勵'*니 하는 포스터—가 쫙— 걸려 있었다.

그 앞에 걸상에는 연사되는 홍택진이와 김관호가 앉아 있었다.

그리고 회장되는 김 농감과 고리대금 하는 박 구장 노인과 홍 참봉이니 최 부위니 하는 동리에서 그중 유력하다는 노인들이 갓들을 쓰고 담뱃대들을 물고 죽 둘러앉았다.

그 다음에는 갓 안 쓴 노인(잘 살지 못하는 작인들)들이 앉았다. 그 뒤로는 동리 젊은 패들과 아이들이 섞여서 한 사오십 명이나 쫙 둘러앉았다.

들창 밖에는 동리 여인네들이 몰려섰다.

커다란 계집애들도 몇 섞여 서서 소곤거리고 있다. 상투 바람에 담뱃대를 물고 문 밖에서 뺑뺑 도는 사람들도 있다.

그중에는 봉만이도 섞여 있었다.

승호는 오늘 하학된 뒤에 어디론지 가버리고 말았다.

한문 글자나 좀 안다고 양반 행세하는 홍 참봉이 김 농감을 보고

"자— 얼른 시작을 해보시지요."

김 농감이 생글생글 웃으면서

| * '자력갱생', '근검절약', '농사개량', '부업장려'.

"왜 날더러 시작을 하라고 하슈."

"아니 그럼 회장이 시작을 아니하면 누가 한단 말이오."

최 부위가 괄괄한 목소리로 반박을 하였다.

"암 그렇지요."

"그럼 말로만 회장인 줄 아슈."

노인패들은 와글와글 떠든다.

"허— 이거 큰일 났군. 글쎄 누가 이런 것을 한 번이라도 구경을 해봤어야 말이지—."

모두들 이 말에는 웃음판이 되었다.

관호가 좀 긴장된 목소리로

"자— 영감 시작하시지요."

"글쎄 뭐라고 시작하란 말이오."

"뭬? 그렇게 어렵게 생각을 하실 일이 아닙니다. 그저 오늘은 진흥회의 연설회 날인데 지금부터 시작할 터이니 조용히 잘 들어달라고 하면 그만이지요."

"그렇습죠 그리합쇼." 얼굴 새빨간 택진이가 곁에서 말했다.

"허…… 이건 참 큰 중역인걸. 글쎄 내가 어떡하나. 홍 상이나 김 상이 대신 하시구료."

"아닙니다. 개회사는 반드시 회장이 하셔야 합니다."

"허 이건 어떡하나. 엥히 모르겠수."

김 회장은 얼굴이 붉은 중에도 역시 생글생글 눈웃음을 치면서 일어났다.

모두들 웅얼웅얼 한다.

"자— 지금부터 '개회사'를 시작할 텐데 떠들지를 마슈…… 허…… 이러면 돼나…… 허……."

그야말로 만장*이 웃음판이 되었다.

최 부위는 무르팍을 치면서

"아니 개회사가 뭐요. 돼지회사는 아니고…… 허…… 어떻든지 농 감나리가 돼서 회사밖에는 모르는 모양이로군."

또 웃음판이 되었다.

조금만에 택진이가 연단으로 나섰다.

가뜩이나 빨간 얼굴이 새빨갛게 되었다. 공연히 두 손으로 머리도 만지고 양복 주머니 속에도 넣고 책상도 만지고 어쩔 줄을 모른다.

"어— 저는 여러분이 다 아시다시피 세납이나 받으러 다니던 사람입니다.

그런데 별안간에 연설을 하게 되어서— 어— 아무것도 모르지만— 어— 몇 마디 말씀을 어— 하렵니다."

"어— 소리는 뺍시다." 젊은 패 중에서 야지가 나왔다. 또들 웃었다. 택진이는 더한층 정신을 가다듬어서 큰기침을 한 번 탁 하고 나서는

"진흥회가 무엇인지 다— 아시겠지만 어— 대체 진흥회는 아니 무릇 진흥회는 어— 자력갱생을 하자는 취지 밑에서 나왔습니다.

그러면 대체로 자력갱생이란 것이 무엇이냐 하면(승호가 적어준 쪽지를 잠깐 보고서) 퍽 쉽게 말씀하면 빨리 속히 다시 살아나자 하는 것입니다. 어째 그러냐 어— 자력갱생이란 '자自'자字는 자전거라는 자자自字요 력力이란 력자力字는 인력거의 력자입니다.

그러니까 우리들은 자전거나 인력거 마찬가지로 아주 퍽 빨리빨리 다시 살아나자는 말입니다.

(관중들은 또 웃었다.)

---

* 만장滿場 : 회장會場에 가득 모임. 또는 회장에 가득 모인 사람들.

우리 백의동포는 길는[*] 사람이 많습니다.

일하기를 싫어합니다. 일본에 단 한 분밖에 아니 계신 '야마사키' 농학박사는 일본의 농사꾼으로 일 년 동안에 칠십팔 일밖에 노는 날이 없고 우리 조선 사람은 그 갑절로 넘는 일백오십여 일이나 논다고 합니다.

이렇게 게으르고 놀기만 좋아하니 가난할 것이 아닙니까.

게다가 술과 담배를 많이 먹습니다.

또 농사질 줄을 모릅니다.

부업을 장려할 줄을 모릅니다.

그러니까 우리들은 술과 담배를 먹지 말고서 (또 쪽지를 보고서) 그 돈을 모아서 부업을 힘씁시다." 한참 동안이나 떠들었다. 바깥에 여인네들은 심심하다고 다— 헤어져 돌아갔다. 노인 축들은 하품들만 하였다. 젊은 패들은 꾹꾹 찌르면서 웃기들만 한다.

택진이는 땀을 빨빨 흘리고 연단에서 내렸다.

최 부위가

"에구 애썼수, 그런데 홍 상 말씀대로 하면 자전거 탈 줄 모르는 사람이면 진흥회에 들지를 못하겠구료— 허……."

또 모두 웃음판이 되었다.

"홍 놀고 싶어 노나—."

"술만 먹지 않으면 부자가 되겠군."

"그래 농사를 잘못 지어서 이렇게 가난하다……."

"허……."

웃는 가운데에는 이 같은 말들이 섞여 있었다.

관호가 억지로 연단으로 올라섰다.

| * 길는 : 문맥상 '게으른'의 뜻인 듯.

그때에 최 부위는 일어섰다. 홍 참봉도 따라서 일어섰다.

"아니 왜 벌써 가셔요."

연설하려던 관호가 말을 하였다.

"뭐 또 들어도 마찬가지가 아뇨. 낼부터 자전거 대신에 달음박질 연습이나 하겠소. 허…… 자— 그건 농담에 말이구 좀 볼일이 있어서 먼저 가우."

"그럼 안녕히 갑쇼."

두 늙은이는 웃으면서 먼저 갔다. 김 농감은 연해 하품만 하고 앉았다.

5

관호의 연설은 단 십 분도 못 되어서 끝이 나버렸다.

기다렸던 듯이 구장이 일어나면서 헤어지려고 하는 관중을 멈췄다.

"이거봐들 잠깐만 섰어—."

구장은 나이도 먹었지만 말버릇은 언제든지 분명치는 못하였다.

"저— 어— 이왕 이렇게 모인 김에 지세하고 뚜껑 값하고 다— 내지 못한 사람은 얼른 이 자리에서 말해…… 정말이지 내가 귀찮으니 자— 홍 상 그리고 김 상 어서 한마디 말씀하슈."

연설회는 세금 독촉으로 변하여버리고 말았다.

관중들은 긴장들이 되었다. 그러나 웅얼거렸다.

구장은 또 말했다.

"여보게 봉만이 자네는 작년에 낼 묘목 값이 입때 있네."

"네— 차차 내지요—."

"아니 밤낮 차차야—."

택진이도 아따 연설하던 말소리보담은 좀 뻣뻣하게

"저 신 서방은 어떡하실 셈요."

"차차 내죠."

한참이나 와글거렸다.

"할아버지— 어서들 오세요—."

구장의 손자 되는 아이가 숨찬 소리로 달려와서 악을 썼다.

"자— 그럼 어서들 갑시다—."

구장집 사랑 안에는 술상이 벌어졌다.

구장 이하 연설회패들은 구경꾼들의 웃음을 뒤에다 두고 구장집으로
몰려갔다.

*

학교 안은 처음으로 떠들썩하였다.

"아니 그게 겨우 연설야."

"이 자식아 너는 자전거 탈 줄 아니."

"이놈아 나는 비행기도 타라면 탈 테야."

"허……."

"제기 세금 독촉하듯이 하면 무슨 일을 못할까."

"그런데 이것 봐."

봉만이가 뛰어나게 큰 소리를 쳤다.

모두들 봉만이를 쳐다들 본다.

"어떻든지 우리들이 이렇게 살다가는 큰일밖에는 당할 것이 없으니,
우리 계 하나 모으세."

키다리 김 서방이 준비를 하고 있었던 듯이

"여보게 계 일없네 일없어— 계라면 넌덜이가 나네—."

"정말이지 사람의 탈을 쓰고는 못할 노릇이지. 말이 애경상조지 실상은 사람 가죽 베껴 먹는 셈이야."

"그럼, 아마 우리들이 계만 아니면 덜할걸."

"그렇지만 계가 없이도 살 수 있나, 나중은 어떻든지 간에 당장에 셈 피는 것은 좋지."

"어떻든지 계하는 사람보다 곗돈 쓰는 놈이 도둑놈이지—."

와글와글 야단들이 났다.

"아냐 그런 게 아냐. 자네들도 알다시피 우리들이 막막한 때가 좀 많은가. 그래서 우리들끼리만 계를 모아서 우리들끼리만의 편의를 도웁고 또 급한 일이 있으면 서로 도우며 어려운 일을 당하면 같이 막아내면 좋지 않은가?"

한참 동안이나 봉만이는 떠들어댔다.

모두들 그럴 듯이 여겨갔다.

*

그 뒤에 '근검저축계'가 조직이 되었다.

밤마다 계도가*에 모여서들 지냈다.

그러나 승호는 한 번도 계도가에는 나오지를 않았다.

전과 마찬가지로 아이들과 싸우고 지내간다.

그리고 밤에는 봉만이와 점순이와 가끔 만나서 이야기를 주고받았다.

어느 때는 논 구렁 속으로 미꾸라지를 잡으러 갔다.

| * 계도가契都家 : 계契의 일을 도맡아 처리하는 집.

그런 때는 역시 봉만이나 점순이가 끼어 있었다.

- 끝 -

1933년 1월 6일

─《신단계》, 1933년 8월

오전 9시午前九時

첫여름이 되어서 새로 푸른 잎사귀는 그늘까지 푸르게 하였다.

동면에서 북면으로 넘어가는 길에 큰 고개가 있다. 무성한 국유림國有林 사이로 저녁 해에 붉게 비친 좁은 길이 꼬불꼬불 파묻혀 올라갔다. 봉성이는 농립*을 푹 뒤집어쓰고 닭의장을 짊어졌다.

닭장 속에는 닭이 서너 마리 들어 있고 달걀도 한 꾸러미쯤 들어 있다. ××농민조합이 창립된 뒤로 비로소 한 달 전에 소작쟁의가 일어났다.

××농민조합은 열세 개의 지부로 조직되어 있다. 면面마다 지부가 있으며 동리里마다 반班이 있고 더욱이 그중에 동면과 북면만은 지주地主가 한 사람인 까닭에 연락위원회를 조직하고 있었다.

작년 가을부터 곡가가 떨어지고 거기에 따라서 점점 더— 하여 가는 공황恐慌 때문에 없는 사람들은 다—들 죽기를 기다리거나 그렇지 않으

| * 농립農笠 : 농군이 여름에 쓰는 밀짚모자나 대팻밥모자. 농립모農笠帽.

면 그 공황을 그리고 그 공황의 원인을 향하여 어떤 행동을 하지 않으면 안 될 경우가 닥쳤다.

　　××농민조합에서도 지세는 지주가 부담하라.
　　비료를 공동으로 사서 들이되 그 자금은 지주가 먼저 내놓되 이자가 없이 해라.
　　새 곡식이 날 때까지 농량農糧은 지주가 이자 없이 선대*하여라.
　　농민 조합원에게 대한 직접 간접의 간섭을 절대 중지하고 소작권을 지주 독단으로는 옮기지를 못한다.

　이와 같은 요구 조건으로 처음으로 지주에게 부딪쳐 왔으나 지주는 두말없이 박차버리고 도리어 그중의 몇 사람의 땅을 떼어버리고 말았다.
　여기에서 전 조합원 이천여 명은 들고 일어났던 것이다. 그것은 정도가 넘치는 간섭으로 말미암아 폭동으로 변하고 백여 명의 앞줄의 조합원은 잡혀가고 말았다.
　그리고 지금은 폭풍이 지나간 빈 터 모양으로 대단히 불안하고 쓸쓸한 흔적을 이 근처에 남겨놓았을 뿐이다.
　그러나 지주의 집을 습격하느니 잡혀간 동무를 찾으러 온다거니 시위운동이 일어나느니 하는 별의별 소문이 다— 돌아다니고 있었다. 읍내는 사방으로 통한 길목에다가 비상한 거미줄을 쳐놓고 근처로부터 응원 온 경관들도 그저 남아 있어서 만일을 경계하고 있었다. 동네와 동네 사이나 산모퉁이 동네 끝 이곳저곳에 요목에는 모두 지키는 사람들의 두 눈초리 끝이 빛나고 있었다. 모든 농민들은 불안에 싸여 있고 겁 있는 노

| * 선대先貸 : 후일에 지급할 금전을 그 기일 이전에 빌려줌.

파나 여인들은 먼 길을 가지도 못하였다.

　　조합 본부와 각 지부의 사무소는 봉쇄를 당하였다. 그리고 육장' 와서 지키고 있는 파수꾼이 있었다.

*

　　봉성이는 가장 조심은 하였으나 그러나 아주 탄평하게 올라갔다. 막고개 마루턱까지 올라왔을 때에는 별안간에 소나무 속에서 악쓰는 소리가 났다.

　　"누구냐?"

　　봉성이는 굽실하면서

　　"네—."

　　"어디로 가는 것이야—." 하면서 두 사람의 정복"은 나타났다.

　　몹시 눈을 홉뜨고서 아래위를 훑어보았다.

　　"어디 살아—."

　　"저 동면요—."

　　"성명은 뭐고 무엇하러 어디로 가는 거야—."

　　"저—요, 저—저는 이봉성인뎁쇼. 저—어— 닭장수로 그저— 겨우 살아갑죠. 그런데 동으로 닭을 사러 가는 길인뎁쇼! 헤."

　　하면서 굽실굽실한다.

　　"정말야! 거짓말하면 콩밥이야."

　　"네 그러믄요. 무엇하러 나리님***께 거짓말을 여쭙니까? 마른하늘도

* 육장六場 : 늘, 항상.
** 정복正服 : 본래 제복制服이라는 뜻이지만, 일제시기에는 '경찰관'을 의미하는 뜻으로 쓰였다.
*** 원문에는 '나람'으로 되어 있음.

무섭지가 않습니까?"

그중에 한 정복이

"그럼 어서 몸을 보자—."

"네— 그럽쇼."

봉성이는 태연히 '닭어리'*를 내렸다.

처음 말하던 정복이 안심했다는 듯이 픽픽 웃으며

"그만두고 가—. 그리고 이놈아 너무 늦게는 다니지 마라."

"네네 그저 이렇게 안 다니면 살 수가 없으니깐요— 헤— 자 안녕히 들 갑쇼."

하면서 설렁설렁 걸어올라갔다.

두어 간 통 지나서 마루턱까지 올라와서야 한숨을 한 번 휘— 하고 내리쉬었다.

머리 위에 소나무 가지에서는 까치 한 마리가 푸드덕 하고 날아갔다. 북면의 맨 처음 동네인 영창리永昌里는 눈 아래로 보인다. 넓은 들— 이 곳저곳에는 모〔秧〕내인 농민들이 흩어져 있었다. 동네 위에는 보랏빛 연기가 얼크러져 있었다.

"엥히, 하마터면."

하면서 또 한 번 뒤를 돌아보고 픽픽하고 웃었다.

*

영창리를 거의 다 가다가 한편 모판에는 한 떼의 일꾼이 있었다.

봉성이는

| * 닭어리 : 닭의어리'의 북한말. 나뭇가지나 싸리 따위로 엮어 닭을 넣어 두는 물건.

"신 서방 형님! 바쁘시구료—."

하면서 외쳤다. 꾸부리고 줄모를 심그던 신 서방은 쳐다보면서

"어— 봉선인가. 웬일인가 다 늦게!"

"형님 잠깐 이리오슈."

"응"

하면서 손에 쥐었던 모를 마저 꼽고 급히 나왔다.

"형님 댁에 달걀이 있다죠—."

"응 서너 꾸러미 있지. 왜 사려나."

"그럼 파슈. 이십사 전씩에—."

"허허허 아무렇게나 하게. 그럼 집에* 가보게. 아마 저녁때니까 있으리—."

두 사람은 남이 알아듣게 일부러 크게 악들을 쓰고 허허거렸다. 그러면서 봉성이는 가장 조심성스런 소리로

"여보 형님 모레 아침 아홉 시요. 조심해서 모두 통지를 하슈. 꼭꼭요. 모레 아침 그 시간에 읍내요— 개새끼만 빼놓고는 모두 오게요— 괜히 잘못하면 큰일요." 다시 목소리를 높여서

"그럼 형님 댁으로 들러서 바로 가겠소—. 자— 편안히 쉬슈—."

"어— 잘 가게—."

이러면서 다시 신 서방은 논 속으로 들어갔다. 붉은 저녁 해에 푸른 모는 흔들린다.

신 서방의 부르는 농부가에 모두들 따라서 외쳤다.

"에야— 엥야— 얼널너야—."

| * 원문에는 '집이'로 되어 있다.

*

달걀을 찾아가지고 이중면利中面 쪽으로 갔다. 이중면은 강가에 있는 약간 어민도 섞여 사는 동네이다. 이 면을 지나가면 읍내는 얼마나 되지를 않는다.

지나는 곳마다 곳곳에서 봉성이는 취조를 받았다. 그러나 닭장수이기 때문에 언제든지 무사하였었다.

강변가로 난 큰길로 봉성이는 갔다. 날은 거의 어두워 가고 벌써 동편 하늘에는 반쪽달이 허옇게 떠 있었다.

뒤에서 자전거 소리가 나면서

"여보게 봉성이." 하는 소리가 났다.

"음— 자넨가?" 봉성이만 대강 짐작하는 친구인 화산면化山面의 강면식이다.

읍내에 있는 양조장釀造場에서 술 배달을 하고 지내는 친구이다. 농민조합원도 아니요 또는 아무런 겉으로 나타난 단체에 참가했다가 당국의 주의를 받거나 하는 인물은 아니다. 그저 낮에는 술통이나 메고 자전거나 차고 돌아다니고 밤이면 술 먹으러 오는 손님의 심부름이나 하고 지내가는 친구다.

남하고 이야기도 많지 않고 친구도 그리 많지는 않은 어리석은 듯하게 생긴 삼십 줄에 든 청년이다. 봉성이와는 좀 절친하게 지내간다.

그러나 역시 단둘이 만나지를 아니하면 별로 친한 것같이 보이지 않고 또 일부러 서로 찾아다니지도 않았다.

"면식이 어디 갔다 오나."

"응 이것 못 보나—." 하면서 뒤에 얽힌 붉은 술통을 가리킨다.

두 사람은 다— 허허허 하고 걸어갔다.

"여보게 면식이 할 일은 다했네."

"응 잘했군. 자— 그럼 나는 먼저 가네—."

"그런데 여보게 삐라는 ××가 백이었네. 어젯밤에 충식이의 (××의 소사小使*) 숙직날이거든. 그래서 일은 무사히 되었나보이—."**

"허허*** 그것."

"그런데 말야. 충식이는 도망질을 쳤네—."

"음 그래서 오늘은 안 보이는군—."

"자—."

이러면서 두 사람은 헤어졌다. 두 사람의 머릿속에는 출장 간다고 나가버린 자기의 아들이 자기의 남편이 곧 오겠지 하면서 태산같이 믿고 기다리는 ×소사 충식이의 가족들이 홱 하고 생각이 났다.

*

밤이 늦어져야 봉성이는 집으로 돌아왔다.

막— 대문을 들어서자 방문이 홱— 열리면서

아내는 내어다본다.

"왜— 이렇게 늦었수."

"재연이 그랬지—." 닭어리를 헛간에다 벗어놓고 방으로 들어갔다.

깜박깜박하는 애기 등잔불 빛에 비친 아내의 얼굴에는 불안한 기색이 나타내보였다.

"저— 얼마 전에 김 순사가 왔다 갔수—. 당신이 어디 갔느냐고."

---

* 소사小使: 관청이나 회사, 학교, 가게 따위에서 잔심부름을 시키기 위하여 고용한 사람.
** 원문에는 따옴표가 없으나 맞게 넣었으며, 괄호 사용도 잘못되어 바로잡았다.
*** 원문에는 '허'와 '그것' 사이가 보이지 않는다. 여기서는 '허허'로 했다.

"응— 아니 왜?"

좀*— 놀란 목소리로 물었다. 아내는 더 작은 목소리로

"저— 그래서 닭 흥정하러 북면으로 갔다구 했더니만 말요. 김 순사가 입속으로 '음— 정말이군' 하더니 가버렸다우—."

봉성이는

"난 또— 무슨 일이 있었다구—. 다른 게 아니라 내가 가다가 산고개며 이곳저곳에서 여러 번 조사를 받았거든— 그래 정말인가 아닌가? 이쪽으로 물어보았던 게로군— 허허허. 어서 밥이나 줘."

"음— 허허허." 하면서 두 사람은 잠깐 쳐다보다가 아내는 뱅긋 웃으면서 밖으로 나갔다.

조밥 한 사발에 풋김치 한 사발을 곁들여 먹고 난 봉성이는 그냥 쓰러져 잤다. 봉성이가 깔고 자는 요 속에는 솜과 섞여서 삐라가 들어 있었다.

아내는 곤히 자는 남편의 얼굴을 들눈대로 한참이나 쳐다보다가 조심성스러히 다시 꾸매인** 요구통이***를 만져보았다. 그리고 다시 얼굴을 쳐다보다가 두 눈에 눈물이 잠깐 돌았다. 아내는 결심한 듯이 입모습을 앙 물었다. 그리고 힘 있게 검고 굵은 남편의 두 어깨를 마주 잡고서 뺨에다 자기의 뺨을 갖다가 대었다.

조금 뒤에 등잔불은 꺼졌다. 밤은 늦어갔다.

아내의 코 고는 소리도 봉성이의 코 고는 소리와 어울려서 났다.

---

* 원문에는 '점—'으로 되어 있지만 이후에는 모두 '좀'으로 고쳤다.
** 꾸매다 : '꿰매다'의 방언.
*** 요구통이 : '요 귀퉁이'의 의미인 듯하다.

*

그날 밤은 밝고 그 이튿날 밤도 새었다.

××군郡 십삼 면의 방방곡곡에는 아침 햇발이 비쳤다.

닭장수는 닭장수로— 농군은 농군으로 망태를 메고 농립을 쓰고 아침 아홉 시를 앞두고 읍내로 읍내로 흩어져 간다. 흩어져서 모여들어 간다.

봉성이도 닭어리 속 달걀꾸러미 속에다 흰 종이를 뭉쳐 넣어 가지고 떠나갔다.

아내도 수건을 쓰고 팔목〔布木〕 몇 자를 끊으러 간다고 길을 떠났다.

×사무소의 충식이는 돌아오지 않았다.

면식이는 술통을 맨 대로 더— 멀리 배달을 나갔다. 박 서방— 또 김 첨지 사방에서 모여오는 장꾼*들은 읍내로 가득히 모여든다.

오전 아홉 시.

아홉 시는 십 분, 오 분, 일 분씩 자꾸 가까워 온다.

- 끝 -

1931년 6월 3일

—『농민소설집』, 별나라사, 1933년 10월

| * 원문에는 '장군'으로 되어 있다. 비유적인 표현은 아닌 듯하여 '장꾼'으로 고쳤다.

오마니

1

납형날부터 시작한 눈보라가 겨우 어젯밤에야 그쳤다.

아침! 며칠 만에 솟아오른 붉은 햇빛에 온 세상은 연분홍빛으로 변해버렸다.

어느 석탄회사 지배인으로 있는 '야마다'의 집은 서울에서 사택이 제일 많은 동리에 있었다.

엄전한* 박남산 기슭에 붉은 집, 푸른 집, 이층, 삼층의 문화주택이 우뚝우뚝 줄대어 솟았다.

'야마다'의 집은 단층집이다. 그러나 지대가 높아서 퍽 높아 보였다.

'야마다'는 오십이나 넘은 신사였다. 허연 수염과 금테 안경은 지배인다운 점을 나타내고 있었다.

아내와 아들과 딸은 자기의 고향인 '구마모토'에다 두었다. 몇 해 전에 이곳서 같이 살림을 하였는데 아들 둘 딸 하나 연달아 삼남매가 성홍

| * 엄전하다 : 동작이나 태도가 정숙하고 점잖다.

열*에 걸려 올라가버렸다. 이래서 조선은 기후가 나빠서 자식 기를 수가 없다고 해서 고향으로 돌려보낸 것이다.

그리고 단 혼자서 지내었다.

다만 말이나 잘하고 바느질, 음식 모든 것을 잘 만드는 조선의 '오마니'를 구하였다.

여간 어려운 '오마니' 노릇이 아니었다.

첫째는 '야마다'와 이야기를 조선말보다도 잘하여야 하는 어학이 선수이어야 하고 둘째는 '미소시루'**, 덴푸라, '미쓰마메'*** 같은 온갖 음식을 고추장찌개보다 더— 맛있게 하여야 하고 그리고도 꿇어앉아 밥을 푼다든지 '겐간구치'****에 나가 손님을 맞아들인다든지 와이셔츠를 '전기다리미'로 반드르하게 다리는 것이라든지의 온갖 것을 정말 옥상*****보다 잘하여야 하는 여자이라야만 '오마니' 될 자격이 있었던 것이다.

여기에 뽑혀 온 '오마니'는 열아홉 살 때부터 소박을 맞아서 십 년 동안이나 생과부 노릇을 하고 지내던 왕십리 여자였다.

광대뼈가 나오고 눈이 깊고 입술이 두꺼워서 암만 보아도 여자같이 보이지 않는 것이 그가 소박맞은 까닭인 것 같다.

그래서 처음에는 밥만 지어주는 '오마니', 다음에는 반찬까지 빨래까지 이렇게 십 년 동안을 '오마니' 실습을 마치고 난 뒤에 이 '야마다' 집으로 오게 된 것이다.

---

* 성홍열猩紅熱 : 용혈성溶血性의 연쇄상구균에 의한 법정法定 급성 전염병의 하나. 얼굴이 짙은 다홍빛을 띠면서 피부에 발진이 나타나는데, 관절 류머티즘 · 중이염 · 신장염을 일으키는 전염병.
** 미소시루みそしる[味噌汁] : 된장국.
*** 미쓰마메みつまめ[蜜豆] : 삶은 완두콩에 우무를 넣고 꿀을 친 음식.
**** 겐간구치げんかん[玄關]+ぐち[口] : 현관 입구.
***** 옥상おくさん[奥さん] : 남의 아내의 높임말. 부인.

야마다의 집 뜰에 있는 상록수는 온통 배꽃에 파묻혔다.

'야마다'는 털외투와 털모자로 부둥둥이*같이 온몸을 쌌다. 사냥총을 어깨에다가 가로 메었다.

'겐간'에 가 걸터앉아서 장화를 신는다.

'오마니'는 상을 찡그리면서 장화를 신긴다.

"아이구 겨우 들어갔습니다."

"어— 수고했군."

'오마니'는 문을 열어놓고 먼저 달음박질 나가서 엔가와** 옆 모노이 레***에 가두었던 개 두 마리를 꺼내어 잡아끌고 왔다.

"많이나 잡어가지고 오세요."

"음, 이번에는 꼭 노루 한 마리는 잡을걸."

하면서 연붉은빛에 번쩍이는 박남산을 쳐다보았다. 맨 꼭대기 봉우리에는 국기 다는 깃대가 삐죽이 서 있었다.

야마다는 오마니를 보았다. 빙긋이 웃으면서

"자아— 사흘만 있다 오겠어—. 그동안 혼자 애 좀 써줘—."

"네— 천만에요."

오마니는 대문간까지 따라 나왔다.

'야마다'는 아주 유쾌하게 개 두 마리를 몰고서 동리 밖으로 사라져 졌다.

'오마니'는 돌아서다가 눈 위에 난 야마다의 구두 자국을 보았다. 그

---

* 부둥둥이 : 약간 통통하게 살이 찌고 부드럽다라는 뜻인 '부둥하다'와 접미사 '둥이'가 결합되어 만들어 진 단어 같다.
** 엔가와えんがわ(縁側) : 툇마루.
*** 모노이레ものいれ(物入れ) : 물건을 넣어 두는 주머니, 자루, 상자.

옆에 나란히 난 고무신 자국을 보았다.

'오마니'는 고무신 자국에다 다시 자기 발을 맞추어보았다. 꼭 맞았다. 또 그 옆에 '아마다' 구두 자국을 디디어보았다. 훨씬 컸다.

몇 번이나 번갈아 디디어보다가 한숨을 쉬고 말았다.

2

오마니는 대강 집 안을 다― 치우고 난 뒤에 목욕탕에다 불을 땠다.

몇 번이나 통을 부시고, 부시고 난 뒤에 맑은 물을 가득히 부어놓았다.

뚜껑도 몇 번이나 요리조리 맞추어보다가는 닫았다. 선반 위에는 '칫솔'과 '치분'과 새로 뜯은 비누와 빗과 면도칼과 크림과 빠루를 족 보기 좋게 벌려놓았다.

'대야'도 모란꽃 그린 새 '대야'를 갖다놓았다.

몇 번이나 목간 안을 살펴본 뒤에 체경 앞으로 갔다.

가슴 앞을 동그랗게 판 '마에가게'** 속으로는 자줏빛 저고리 깃이 내다보였다.

분을 부옇게 발라서 두 눈은 더― 시커매 보였다.

이마섶에 머리칼을 일부러 몇 가락 내려뜨려서 귀밑을 덮어도 보았다.

웃어도 보고 눈도 부릅떠보았다.

행주치마로 두 눈을 가리고 어깨만 들썩거리면서 시름없이 걸어가시는 어머니의 뒤를 따라서 논틀길로 가던 옛날의 자기의 모양보다는 훨씬더― 돋보이는 것 같았다.

---

* 치분齒粉 : 치마분齒磨粉. 이를 닦을 때 칫솔에 묻혀 쓰는 가루 치약.
** 마에가게まえがけ前掛(け) : 앞치마.

오마니는 벌떡 일어났다.

나가려다가 다시 벽에 걸린 큰 체경에다 자기의 온몸을 비추어보았다.

널찍한 두 어깨, 펑퍼진 엉덩이, 뭉뚝한 종아리, 몇 번이나 훑어보았다.

         *

솜틀같이 생긴 조선집 동리 가운데서도 그중 찌그러질 듯한 양철집으로 오마니는 찾아갔다.

대문 안을 들여다보니까 맞은편 방 앞에는 허옇게 된 검정구두가 서너 켤레나 벌려 놓았다. 뚫어진 창틈으로 뽀얀 연기가 새어나온다.

두런두런하는 사나이들의 목소리가 났다. 그중에는 너털거리는 김 선생의 목소리도 섞여 있었다.

어름어름하다가 기운을 내어서 대문 앞으로 들어섰다.

"선생님 깁쇼."

"네."

방문이 열리면서 얼굴 기다란 김 선생이 내다본다.

"네. 오셨어요."

오마니는 일부러 말솜씨를 치장을 하였다.

"저어— 선생님 전화 왔습니다."

"네. 전화요. 어디서요."

"모릅죠."

"어— 매우 미안합니다. 자 내 잠깐 갔다 올게 기대리고들 앉었게."

김 선생의 말이 끝나자

"암, 기대리지."

"음, 아모쪼록 오래도록 전화를 하게."

하면서들 킬킬거린다.

'오마니'는 얼굴이 발개져서 달음박질 집으로 돌아왔다.

뒤미쳐서 김 선생도 쫓아왔다.

'오마니'는 수화기를 걸면서

"에구 선생님 전화가 끊겼습니다그려."

김 선생은

"어, 너무 늦게 와서 그랬습니다그려."

"어떻든지 올라오시지요. 또 올는지도 알 수가 없는데요."

'오마니'는 김 선생을 쳐다보다가 어글어글한 그의 눈과 마주쳤다.

"글쎄요. 잠깐 기대릴까요."

김 선생은 마지못하여 따라 올라갔다.

*

오마니는 공연히 왔다 갔다 하다가는

"선생님 정 바쁘시지가 않으시거든 목욕이나 잠깐 하고 가시지요."

"목욕이요?"

김 선생은 석 달 동안이나 씻지 않은 자기의 몸뚱이가 생각이 났다.

잠깐만 할까 하였다.

"잠깐 하시죠. 주인도 사냥을 나갔으니까 저 혼자밖에 없습니다. 맘 놓고 한참 씻으셔도 좋습니다."

"글쎄요."

"자— 그러시면 옷을 벗으시죠. 마침 물이 끓습니다."

하면서 오마니는 다른 방으로 들어갔다.

김 선생은 옷을 훌훌 벗고 목욕통 안으로 들어갔다.

여간 정갈한 것이 아니었다.

조그만 방 안에서 아내와 아이들과 우글우글 끓던 생각이 저절로 났다. 몸이 가벼워진 듯하였다.

'오마니'는 가슴이 두근거렸다. 다리가 떨렸다. 목소리도 잘 나오지를 않았다.

"물이 더웁니까."

"네, 아주 좋습니다."

쭈룩쭈룩 한참 동안이나 김 선생은 아무 소리도 없이 몸을 씻었다.

오마니는 가만히 창틈으로 들여다보았다. 물김이 가득 차서 안개가 낀 것 같았다.

김 선생은 통 안에 가 앉았다. 빨갛게 익은 어깨통만 내다보인다. 얼굴도 익은 것 같았다. 김 선생은 조금 몸을 솟았다.

벌어진 어깨통 불쑥 나온 가슴!

김 선생은 두 팔을 공중으로 쳐들면서 기지개를 켰다. 불룩한 허리통이 꿈틀하였다.

"어― 뜨거." 가만히 중얼거리면서 김 선생은 벌떡 일어났다. 배, 배꼽, 아랫배. '오마니'는 그만 눈을 감아버렸다.

3

"어, 참 잘했습니다."

김 선생은 주섬주섬 옷을 입으면서 말했다.

"원, 천만에요."

'오마니'는 주인이 높은 손님이 나와야 내놓으라던 금박 쟁반에다가

'고히'* 차를 얹어 왔다.

"에구, 너무 미안합니다그려."

"별말씀을 마세요. 목욕을 하시고 나면 목이 마르시다는데요. 아주 변변치가 않습니다."

김 선생은 차를 마셨다.

"선생님, 전화가 오지를 않습니다그려. 혹시나 다음에 오거든 번호를 알았다가 드리죠."

"네, 고맙습니다."

김 선생은 찻잔만 들여다보고 훌훌 마시고 있다.

"선생님, 퍽 아이들 데리고 계시느라고 고단하시겠습니다."

"괜찮습니다. 버릇이 되어서요."

"선생님, 실례의 말씀입니다마는 학교에서 생기시는 것만 가지시면 살림하시기가 어려우실걸요."

"그저 그렇습니다."

김 선생은 대답만 할 뿐이었다.

차를 다— 마시고 난 뒤에 김 선생은 일어서면서

"참 여기 주인이 석탄회사의 지배인이라죠."

"네, 그렇습니다. 사람이 퍽 좋아요."

"거기 인부들이 퍽 많은가요."

"그럼요. 정거장에 나가 있는 인부까지 치면 칠팔십 명은 된대요⋯⋯ 호⋯⋯ 그런데 왜 별안간에 그건 왜 물어보세요."

"글쎄요, 자— 실례합니다."

김 선생은 일어섰다.

| * 고히コ ― ヒ ―[coffee] : 커피.

"에구, 손님들 모시고 말씀하시는데 매우 죄송스러웠습니다. 가끔 오셔서 목욕이나 좀 하세요."

"네— 고맙습니다."

김 선생은 뒤도 돌아다보지 아니하고 충…… 충 나가버렸다.

*

'오마니'는 한참 동안이나 대문간을 바라보았다. 벌겋게 익은 김 선생의 살이 눈에 선했다.

'음.' 입이 앙물어졌다. 주먹으로 가슴을 쳤다. 똑 물에 빠진 모양으로 갑갑하여 못견뎠다. 서운하였다. 그러다가 분하고 슬퍼졌다.

목욕탕 안으로 들어가서 보니까 정성스럽게 벌여놓았던 크림과 파루와 면도칼들은 그대로 있다. 수증기에 파묻혀 물방울만 져 있었다.

"엥이, 숙맥이."

만일에 김 선생이 다시 온다면 잘 웃어주고까지 싶었다.

*

"언니." 하면서 은행 사택의 오마니로 있는 영애라는 젊은 색시가 들어온다.

"응, 영애야 어서 와!"

조그마한 키, 오목조목한 얼굴, 하얀 손.

연두 저고리에 검정 세루치마를 입었다.

"언니 쥔 없수."

"응, 없다. 어서 들어와. 그런데 너 오늘 일 안 갔니!"

“어저께 쥔 집에 술손님이 벌어져서 어떻게 늦게 잤는지 오늘은 빠뜨렸다오.*”

하면서 게슴츠레한 눈에 웃음을 띄운다.

“응, 어서 올러와. 퍽 요새 고되지! 그래 거기는 전에 있던 데보다 어떻든.”

“일 원 더— 주는 맛에 갔는데 고된 것은 갑절이라우. 그리고 쥔년이 여우야…… 하…….”

영애는 유심히 ‘오마니’를 쳐다보고 웃는다.

“아니 이놈이 미쳤나 너 허파줄이 끊어졌니.”

“언니…… 하…….”

오마니도 따라 웃으면서

“아니 왜 자꾸 웃니? 응.”

“언니 퍽 경사스럽습니다.”

아주 ‘엔가와’에 가 펄썩 걸터앉아서 웃는다.

“이런 미친년 뭐? 경사스럽단 말이야.”

“괜히 속이질 말어요. 선생이 목욕을 하고 갔지 호…….”

“엥이히 미친년 젊은 년이 내 이렇게 성치를 못하야. 어서 올러오기나 해라.”

영애는 겨우 웃음을 그치고

“언니 나도 고히 차나 한잔 주구료.”

오마니는 얼굴이 빨개져서 어색한 웃음을 웃으면서

“너 그건 어떻게 아니. 선생이 그러든.”

“선생이 그래야 아남. 저걸 보면 몰라.” 하면서 다다미에 놓인 빈 잔

---

* 원문에는 ‘베때렸다오’라고 되어 있다.

을 가리킨다.

"너 목욕하고 갔기로서니 뭐 그렇게 우습냐?"

"목욕뿐인가? 요새 언니가 이뻐졌는데!"

"엑기, 망할 것. 괜히 실속도 없는 헛소문 나면 큰일 난다."

하면서 영애를 톡 쳤다.

영애는

"언니 나도 야학 다닐까봐."

"아니 왜?"

'오마니'의 눈은 번쩍하였다.

"공부가 하고 싶었는데 어디 부끄러 다닐 수가 있어야지! 그런데 요
새 그 야학에는 머리 쪽찐 여자들도 많다던데!"

"응, 참 그런가보더라."

"그런데 그 선생이 이야기 잘하고 글도 잘 가르친다고 그럽디다."

"아니 그럼 지금 학생이 몇이나 되니."

"모두 한 오십 명이나 되나봅디다. 저— 고무공장에 다니는 경숙이도
있지, 전매국 다니는 순안이 명례들도 있지, 과자공장 다니는 경순이, 비
누공장 다니는 소담이 봉순이…… 그리고 모두 고모리(아이 보는 아이)
들이야……. 어떻든지 낮에 노는 아이들은 하나도 없답디다."

"응, 그 참 우리들도 다녔으면 좋겠구나. 그렇지만 나 같은 늙은 것은
소용없지."

"에구, 언니가 뭐 늙었수. 서른 살이 늙으면 한 사십이 되면 죽게
호……."

영애는 목욕간을 들여다본다.

"언니 목간에서 사내내가 나는구료 호……."

"엥이 망할 것, 너도 '오마니' 노릇을 하드니 버렸구나."

"던지지도 않았다우…… 흥……." 하면서 휘휘 돌아본다.

"아니 이 애가 왜 이렇게 까시*를 부려."

"언니 쥔 없는 김에 집이나 좀 구경합시다."

"실컫 다니면서 하렴."

영애는 이 방 저 방으로 돌아다녔다.

한 네 칸이나 되는 온돌방이 이 오마니의 침실이었다.

"언니 여기가 언니 방이오."

"그렇단다." 부엌에서 찻잔을 씻으면서 대답을 했다.

"우리들 방에다 대면 대궐 같구료. 언니 이게 쥔 방이오."

"어디 말야."

"하치조〔八疊〕 방 말이야."

"그렇단다."

"에그 화나!" 하면서 영애는 다다미방을 쾅하고 구르면서 암상을 폈다.

4

저녁밥을 먹는 둥 마는 둥 먹고 난 뒤에 '오마니'는 자기 방에 가 앉았다.

불을 일부러 삼십 촉광으로 끼어놓았다. 방 안은 낮같이 환하여졌다.

반쯤 열린 '오시이레'** 속에는 이부자리가 내다보였다.

땅…….

야학의 종소리가 들려왔다. 종소리는 깊이깊이 가슴속을 휘저어놓았

| * 까시 : '가시'의 사투리. 여기서는 비유적으로 쓰였다.
| ** 오시이레おしーいれ : 반침半寢. 큰 방에 붙은 작은 방, 물건을 넣어 두는 데에 씀.

다. 어깻죽지의 기운이 없어졌다.

'나도 야학에를 갈까?'

그러나 '오마니' 겸 '옥상' 겸으로 이 집 안의 온갖 살림을 맡아가지고 있는 자기로서는 도저히 나갈 틈이 없었던 것이다.

'오마니'는 종소리가 끝나자 이불을 꺼내어서 아랫목에다가 던졌다.

그리고 그 위에 가 쓰러졌다.

잊어버리려야 자꾸 더— 용솟음치는 김 선생의 익은 살 생각에 오마니는 취하여버렸다.

전깃불을 끄고 이불을 덮고 김 선생의 팔을 베어보고 싶은 생각은 자꾸자꾸 커갔다.

'아니 내가 왜 이래.'

'경칠 년이 왜 이래.'

주고받는 혼잣말에 그는 반이나 미쳤다.

대문 소리가 나면서 어떤 여자의 기침 소리가 났다.

오마니는 정신이 번쩍 나서

"아니 거 누구요."

"나요."

맹맹한 순이 어머니의 목소리가 났다.

"에구 순이 어머니세요. 어서 들어오세요."

순이 어머니는 빨래만 맡아다가 해주는 삯빨래꾼이다.

뜨내기 '오마니'다.

검정 치마저고리 검정 양말을 신었다. 키가 늘씬 크고 얼굴이 빼빼 마른 한 사십이나 된 중년부인이었다.

"벌써 주무시려고 허우." 순이 어머니는 이부자리를 보고 물었다.

"아니야요. 벌써 자요."

순이 어머니의 얼굴엔 검은 빛이 돌았다.

오마니는

"저녁 잡수셨소." 하면서 유심히 쳐다보았다.

"그저 먹으나마나 했소."

"아니…… 가만있어 저 먹고 남은 찬 진지라도 조금 데워올까요."

"아니요 괜찮요!"

"아니 순이 아버지가 요새는 벌이가 좀 어떠신가요."

"밤낮 그날이 장날이라우— 더군다나 요새는 그 벌이가 적어요."

그 벌이라는 것은 헌신 꿰매는 노릇이었다.

"그러시겠지요."

순이 어머니는 퍽 부러운 듯이

"정말이지 당신은 상팔자슈."

"아이구 내가 상팔자야요."

"그럼 뭐요. 먹고 입는 걱정을 평생 가니 해볼까, 게다가 다달이 돈 십 원씩은 딸기 따듯이 따고 하니까 그렇지 않소."

"에구 그렇지만 나는 외톨이 아니야요. 나는 굶더라도 남정네와 자식들을 데리고 살았으면 좋겠어요."

"흥, 남편 말 마슈. 원수나 다름없소. 에구 무슨 경칠 사람이 그렇게 끝장이 안 난단 말요. 어떤 때는 뚝 죽고만 싶습니다."

"에구 별소리를 마세요."

잠깐 동안 두 사람은 다 각각 딴 생각들을 하면서 잠잠하고 앉았다.

조금 이따가 순이 어머니는

"여보."

"네."

"퍽 말하기는 어려우나 내 요담 저— 너머 '다나카 상' 집에서 빨랫삯

받거든 값을 테니 돈 삼 원만 취해주."

오마니는 검은 두 눈초리가 조금 실쭉해졌다.

순이 어머니는 어색하게 웃었다.

"참 귀찮어 죽겠소. 정말이지 이런 이야기는 매 맞는 것보다도 더허구료."

오마니는 흐하 하면서 웃었다.

그리고 거북살스런 목소리로

"에구 천만에 말씀을 다— 하시죠. 다— 군색하게 지내려면 별일이 다— 많답니다." 하면서 오마니는 속으로 좀 자기의 몸이 높은 것같이 호기심이 내뻗쳤다. 자기도 꽤 잘난 것 같은 생각도 났다.

오마니는 헛소리가 나도록 숨을 들이마시면서

"그렇지만 좀 미안한걸요. 제가 타는 월급은 다달이 고대로 식산저금*을 해서 돈 한 푼도 못 만져본답니다. 그런데 쥔이 이달 용돈을 맡겨둔 것이 있는데 거기서나 조금 드리지요. 가만히 깁쇼."

하면서 허리춤에서 헝겊 지갑을 끄집어내었다.

찌르렁 하는 은전 소리가 났다.

전등불에다 속을 비춰보더니 그중에서 일 원짜리 지폐 한 장을 끄집어내었다.

"순이 어머니 퍽 미안한걸요. 여기 있기는 돈 몇 원 더— 있는데 며칠 동안 용돈을 쓰려니까 좀 더— 드릴 수가 없습니다."

순이 어머니는 감사히 받고 웃는다.

"아니 용돈이라면서 이걸 꺼내도 괜찮수."

"괜찮습니다. 아무 염려 마세요."

---

* 식산저금殖産積金 : 일정한 기간을 정해놓고 다달이 일정한 금액을 납입하는 저축의 한 방법. 일제시대 '저축 적금'을 일컫던 말.

순이 어머니는 일어서면서

"자— 그럼 나는 가우. 너무 생광스럽소.*"

"자꾸 그러시네—. 말씀하신 대로 다 안 되어서 미안해요."

오마니도 따라 나왔다.

순이 어머니는 퍽 바쁜 걸음으로 충충충 걸어갔다. 오마니는 벙긋이 웃었다.

5

며칠 지낸 뒤다.

주인은 노루를 몇 마리나 잡느라고 그러는지 아직까지 돌아오지를 않았다.

'오마니'는 저녁마다 김 선생의 생각만 하고 지냈다.

어떻게든지 김 선생의 마음을 사려고 애를 썼다. 그러나 아무런 신통한 꾀는 생기지를 않았다.

전깃불이 막 들어올 때쯤 되어서 영애는 또 찾아왔다.

"언니."

"응."

홱 돌아다보니 영애는 흰 저고리에 검정 치마를 입었다. 옆에는 남책보가 끼어 있었다.

"아니 너 야학에 들어갔구나."

"그렇다우. 어저께부터 갔는데 어떻게 어색한지. 하…… 똑 모두들

| * 생광生光스럽다 : 아쉬울 때에 요긴하게 쓰게 되어 보람이 있다.

나만 쳐다보는 것 같습디다."

오마니는 분한 생각이 났다. 거염*이 생겼다.

"그래 재미있든."

"정말이지 야학은 다닐 것입디다. 언니 글쎄 책상에 앉았으니까 저절로 공부가 되는 것 같애."

"잘 가르치든."

영애를 쳐다보았다. 영애도 '오마니'를 쳐다보고 두 눈을 다— 감길만큼 생긋 웃었다.

"호…… 잘 가르치십디다. 왜 그러우."

"호…… 괜히 망할 것 또 까시 부려. 인제 괜히 너무 그러면 선생님께 여쭈어서 종아리 맞힐 테야."

"아이구 아파 죽겠네. 어디 누구라고 말을 안 들어…… 그렇지만……."

"아니 그렇지만 어쨌단 말이야."

"언니는 낙제야…… 야학생들이 난다 긴다 합디다.

정말이지 전 멋쟁이도 많던데……. 저어…… 누구라드라……. 참제사공장에 있는 간난이란 아이는 단발낭이고…… 언니 같은……하……."

오마니는 조금 골이 났다. 아주 골이 났다. 목소리는 거세어졌다.

"망할 계집애 말이면 다하는 줄 알고. 아니 야학이 아니라 농탕치는데란 말이냐. 더럽게……."

영애는 얼굴이 빨개졌다. 그러나 역시 눈웃음을 치면서

"언니 정말 오고루**했구료…… 하…… 다— 장난의 말이지."

* 거염 : '거염지다'는 '엄청나고 굉장하다'라는 뜻이 있는데, 여기서는 명사로 사용했다.
** 오고루おこる[怒る] : 화내다.

오마니도 조금 눙쳤다.

"누가 오고루했어…… 너무 네가 주책을 떠니까 그렇지……."

영애는

"그런데 언니 정말이지 김 선생은 퍽 점잖으십디다. 나는 어저께 처음 보아서 모르지만 거기서들 학생들이 하는 꼴을 보니까 그렇디다."

"글쎄 그건 누가 모르니. 여북해 그렇게 큰 처녀들을 다 저희 집에서 믿고 보내겠니."

오마니는 목욕탕 생각이 났다.

"그런데 영애야 김 선생은 점잖기는 한데, 바— 보— 야—." 하다가는 말끝을 흐려버렸다. 영애는 또 웃어버렸다.

"자…… 시간이 바빠서 가봐야겠수. 오늘이 반공일날이지……. 오늘은 이야기 시간이 있는 날이라우. 가끔 오리다."

영애는 통통통통 걸어 나간다.

오마니는 부럽다 못해서 분하였다.

그러다가 빙긋이 웃었다. 한숨을 쉬었다.

*

두 번째 종소리가 나는 소리를 듣고 오마니는 대문을 잠근 뒤에 뒷벽문으로 나갔다.

높은 언덕에다 지어놓은 초가집 유리창에서 비춰 나오는 전깃불은 그 앞에 있는 인가의 지붕을 비추고 있다.

이곳이 이 동리에 하나밖에 없는 교육기관이다. 오마니는 학교 등 뒤로 돌아갔다.

학교가 움푹 패인 데에 들어앉았기 때문에 뒤에서 보면 유리창으로

다— 들여다보인다.

머리 쪽찐 학생, 트레머리한 학생, 휘청휘청 따서 늘인 학생, 굵직굵직한 처녀와 색시들은 구부리고들 앉았다.

어깻죽지들만이 삐죽이 솟아 있었다. 까만 머리들이 전등불에 더 윤이 흘렀다.

분내 기름내가 저절로 코에 가 맡히는 것 같다. 학생 티는 하나도 없다.

가뜬한 옷차림, 푸수수한 머리칼 이러한 천진스런 소녀의 모양은 하나도 없었다.

푸른빛이 없고 생생한 빛이 없었다.

교실 안은 축 처져 보였다.

오마니는 숨을 죽이고 유리창 앞으로 가까이 갔다.

김선생은 검정 두루마기에다가 백묵가루를 뒤집어쓰고 돌아서서 칠판에다 무엇인지 쓴다.

학생들은 들이베낀다.

"선생님, 지금 쓰신 게 무슨 자야요."

어떤 여학생의 목소리가 났다.

김 선생은 쓰던 것을 멈추고 돌아다보면서

"어떤 거." 하였다.

전등불에 비친 그의 얼굴은 한 바퀴의 달 같아 보였다.

"이거."

"네, 그거야요. 획수가 많아서 알 수가 있어야죠."

"참 그래. 나도 그런데."

"크게 다시 쓰세요." 모두들 와글와글하였다. 김 선생은 칠판 한구석에다 커—다랗게 結字를 썼다.

"맺을 결자야."

"네, 알았어요."

다시들 조용하였다.

*

얼마 뒤에 김 선생은 칠판의 글을 읽었다. 무슨 말인지 밖에서는 똑똑히 들리지 않았다.

다만

"하루 열다섯 시간을 일을 해도."

"기숙사의 설비."

"여직공들이 아니냐?"

"우리는……."

이런 소리만이 띄엄띄엄 들렸을 뿐이다.

"자― 조금 쉬었다가 하지. 자―."

하니까 고무공장에 다니는 인숙이가 일어나서 뭐라고 하니까 거기에 따라서 모두 일어나서 예를 하고 와― 하고 헤어졌다.

오마니는 도적질을 하다가 들킨 듯이나 급히 집으로 돌아갔다.

6

쥔은 꿩 한 마리도 못 잡아가지고 돌아온 지가 벌써 이틀이나 넘었다.

열 시나 되어서 아침상을 받았다.

'오마니'는 공기에다 밥을 담아 두 손으로 받들어 올렸다.

쥔은 한 공기를 먹고 난 뒤에 유심히 '오마니'를 보았다.

"오마니."

"네."

"당신 정말 글 배우고 싶어."

"네."

오마니는 얼굴이 붉어지며 웃었다. 쥔이 오는 날부터 자기의 월급이 적어지더라도 누구든지 저녁이면 집 볼 사람이나 하나 얻은 뒤에 한 서너 달 동안 야학을 다녔으면 좋겠다는 청을 하였다.

쥔은 우습기도 했지만 한편으로 기특한 생각도 났었다.

그래서 지금도 그 문제를 꺼낸 것이다.

"오마니 그럼 오늘부터라도 또 오마니 하낱*이 얻으시오."

"네, 고맙습니다."

그야말로 오마니는 코를 땅에다 댔다.

*

쥔이 나가기도 무섭게 동리 아이를 시켜서 순이 어머니를 불러왔다.

"아우님 왜 불렀소."

햇빛에 비친 순이 어머니의 얼굴은 노랗게 진이 올랐다.

"에그 형님 요새는 지내시기가 어떠세요."

"그저 그렇다오."

"어서 이리 좀 올라오세요."

오마니는 허둥지둥 야단을 부렸다. 순이 어머니의 팔죽지를 그대로 끌어올렸다.

"아니 아우님 별안간 왜 이러우. 무슨 좋은 일 났소."

| * 원문에는 '한낮'이라고 되어 있음

"형님 정말 이리 앉으슈. 에구 참 자부동*을 드려야지."

순이 어머니는 영문을 몰라서 빙긋빙긋 웃고만 있다.

"자— 이리 앉아요. 저— 내 청 하나 들어주슈. 형님 저 우리 집에 와서 저녁에 두어 시간씩만 집을 봐주시고 한 삼 원씩 가져가시구료."

"뭐? 집 봐주는 일요. 아니 아우님은."

"응, 나는 한 서너 달 동안 야학엘 다니게 되었어요. 형님 하……."

"아니 다 늦게 무슨 글이야."

"그렇지만 너무 장님이 되어서 좀 갑갑해요. 그런데 이 동리 야학에 어른도 많답니다. 그래서 내가 쥔에게 말했더니 쥔도 그러라고 했어요."

합쇼를 했다 반말을 했다 존대를 했다 뒤둥대둥하면서 수선을 피운다.

순이 어머니의 얼굴에는 비웃는 빛과 쓸쓸한 빛이 한데 떠올랐다.

"그러겠소. 노는 것보담 낫지."

"그럼요, 그러면 형님 오늘 저녁부터 오시오."

"그럼 그러지. 저 난 또 무슨 큰일이나 났다고 나는 좀 얼른 가봐야겠소."

"그럼 이따가 오세요. 일곱 시 안으로."

"그러우."

순이 어머니는 가버렸다. 오마니는 펄펄 뛰며 돌아다녔다.

'오시이레'** 속에서 옷을 모두 내어서 방 안에다 가득히 벌여놓았다. 그중에서 검정빛 치마를 골라놓았다.

어느 틈에 날이 어두웠다.

쥔에게서는 오늘밤 저녁은 먹지 않는다는 전화가 왔다. '오마니'는 더— 한층 기뻤다.

---

* 자부동ざぶとん[座布団] : 방석方席.
** 오시이레おし―いれ[押(し)入れ] : 벽장壁欌.

흰 저고리를 입고 검정 치마를 입었다. 분을 많이 바르면 흉본다는 소리를 듣기 때문에 대강 바르고 애전에* 크림을 많이 발랐다.

머리에도 파루를 바르지 않았다. 될 수 있는 대로 수수하고 학생 티가 나타나도록 애를 썼다.

책보를 가슴에다 안아도 보고 옆구리에다가 끼어도 보았다.

왔다 갔다 하면서 걸어다녀도 보았다.

트레머리한, 구두 신은 여학생의 걸음걸이도 생각을 해보았다.

전등불빛에 잠긴 교실 안도 눈에 선해 보였다. 어느 줄에 앉을까, 어느만큼 앉을까, 맨 앞줄 김 선생 가까이 앉게 되지 않을까?

그 어글어글한 눈, 하얀 손, 붉게 익은 살.

오마니는 얼굴이 붉어졌다. 누구에게 무안을 당한 듯이나 좌우를 둘러보았다.

시계를 여섯 시 반이나 되었다.

'이런 경칠 여편네 봤나. 왜 여태 아니 와.'

순이 어머니같이 이 세상에서 제일 게으른 여자는 없을 것같이 생각이 키었다.

대문 쪽을 내다보았다. 고요만 하였다.

행길에서는 종알거리고 콩콩거리고 소근거리고 지나가는 여자의 자취가 난다.

'아이구 시간이 늦겠는걸. 모두들 가는걸.'

다시 시계를 쳐다보았다.

'종이나 치면 어떻게 하나.'

가슴이 조마거리다 못해서 한 줌 만치 웅크라졌다.

일곱 시가 거의 되어서 순이 어머니는 허둥대고 왔다.

| * 애전에 : 애초에.

"아우님 좀 늦어 안됐수. 좀 일이 껴서 그랬어."

오마니는 야단이라도 치고 싶던 생각은 정작 없어지고 다행하기만 했다.

"에구 형님 어떻게 기다렸는지 모르우. 자 올라와요. 내 갔다 올게."

충충거리고 뜰로 내려왔다.

순이 어머니는 물끄러미 쳐다보다가

"아주 훌륭한 여학생이시군 하……."

"에구 까시 놀지 말어요. 가뜩이나 서먹거리고 어색한데 자— 갔다 오리다."

활개를 치고 대문 가까이 나가다가 다시 돌아다본다.

"형님 길에를 어떻게 나가나."

"에구 저게 학생이람. 학생은 활발해야 하는 거야."

"하……."

오마니의 웃음은 저절로 나왔다. 막 대문을 나서려니까 영애가 툭 튀어 들어왔다.

"아니, 영애 웬일이."

"흥, 언니 야학으로 가려고 그러우."

"그래 하…… 애구 남부끄러." 어깨를 뒤틀었다.

그렇게 암상맞고 야무지던 영애의 얼굴을 어쩐지 시름이 없어졌다.

"아니 영애 왜 그래."

"왜 그런가가 뭐요. 언니 야학인지 뭔지 망했다우."

"아니 왜?"

오마니의 가슴은 덜컥 내려앉았다.

어느 틈에 순이 어머니도 옆에 와서 섰다. 영애는 조금 떨리는 소리로

"저기 김 선생이 아까 저녁때에 잡혀갔다우."

오마니는 더― 놀랐다.

"아니 왜? 무슨 일로."

"낸들 알우."

"아니 그렇게 얌전한 선생을 왜 잡어갔을까."

"그러기 말이야." 순이 어머니도 곁에서 말을 했다. 영애는

"그런데 이것 보오. 저 큰 여학생들도 넷인가 잡혀갔데."

"응, 누구들이."

"저 간난이하고 또 고무공장 다니는 누구!"

"경숙이."

"네, 참 경숙이 또 과자공장의 봉순이 또 누구라더라. 어떻든지 야학
에서는 제일 점잖은 처녀들만은 모둔가 봅디다."

"뭐? 모둔 점잖은 년들뿐야! 괜히 경칠년놈들." 오마니는 책보를 다
다미에다 멀리 팽개치면서 악을 썼다.

검은 눈은 씰쪽해졌다. 가슴은 터질 듯이 뛴다. 순이 어머니는

"아니 왜 욕이요."

"그럼 욕이 안 나오게 생겼나 보오. 소위 선생 녀석이라고 큰 여학생
들만 가지고 농탕을 쳤으니."

"아니 그건 어떻게 아우 언니." 영애의 눈은 뻔적하게 빛났다.

"아니 그걸 몰라, 그러게 잡혀갔지 왜 잡혀가. 그따위 연놈들은 주리
를 한바탕 잘 틀어놔야 해."

영애도 그럴싸하게 알았다.

"에구 그러게 사람이란 것은 겉만 보고는 모르겠단 말이지요, 글쎄."

순이 어머니는 어쩐지 못 믿었다.

"설마 그랬을까?"

"설마가 무슨 우리질 설마야. 형님 참 미안하게 됐구료. 한 달에 삼

원도 탈 뻔 택이 되어서."

화가 꼭두것 났다.

순이' 어머니는 별안간에 너털웃음을 웃었다.

"에그 내게는 삼 원 복도 없고 허…… 아우님 나는 가우."

"에구 놀다가나 가시지—."

"아니, 가봐야겠소."

"언니, 나도 가겠소."

두 여자는 나가버렸다.

혼자 남은 오마니는 다다미 바닥에 흐트러진 책보만 들여다보고 섰다. 검정 치마를 불끈 손으로 쥐었다. 곱게 빗은 머리를 끄들었다.

'엥히 망할 자식 어쩐지 자식이 흉측스럽더라.'

그 어글어글한 눈, 우뚝한 코, 넓적한 입, 불쑥한 가슴, 털투성이 정강이 모두가 더럽고 음충맞게 생각이 되었다.

'정말 그 자식이 음충맞을까.'

여기까지 생각난 그는 쓸쓸하여졌다.

'아, 나는 어떻게 사나.'

'경칠 종소리는 왜 아니 나노.'

'경칠 종소리나 한 번 더 들어보았으면.'

김 선생의 익은 살은커녕 밥공기를 휘젓는 소리라도 듣고 싶었다. 통통거리는 여학생의 발소리도 들었으면 좋겠다.

오마니는 견디다 못해서 쓰러졌다.

시계는 일곱 시를 쳤다. 동리 안은 고요하였다.

― 끝 ―

—《중앙》, 1934년 6월

* 원문에는 '영순이'로 되어 있다.

월파 선생 月波先生

1

월파 선생은 오늘 아침에도 이 동산 위로 거닐었다.

늦은 봄날이요 이른 새벽이다.

건너편 봉화산은 아지랑이 속에 잠겨서 있다.

그 아래에 옹기종기 모인 대촌리大村里라는 마을은 겨우 파란 아침 연기를 열 줄 스무 줄 내뿜는 것으로 깨었다는 것을 나타내고 있다.

바람은 불지 않아서 연기는 한 일자로 아지랑이 속으로 스며 올라가고들 있다.

동리 앞 어구 높은 둑은 왼편으로 오른편으로 꿈틀거리고 널따란 벌판으로 내뻗쳐 있다.

새로 풀린 부첫내는 새로 떠오른 아침 햇빛을 은빛같이 담아가지고 끝가지 흘러 내려가고 있다.

가지가 새로 푸른 수양버들은 기쁜 듯이 늘어져 있다.

아지랑이 속에서는 종달새 소리와 농부들의 "어듸여" 소리가 섞여서 흘러온다.

월파 선생은 이 같은 앞을 한참이나 내다보았다. 이, 버드나무 사이로 이 작은 내 건너로 내다보이는 대촌리 마을 한가운데를 뚫어지도록 바라만 보고 섰다.

이 마을 한가운데에는 하얗고 길쭉한 커다란 집 한 채가 보인다.

월파 선생의 시선이 모인 곳이 바로 이곳이다.

*

한참 만에 월파 선생은 중얼거렸다.

"엥이 건방진 녀석 같으니."

미움도 섞이고 아니꼬움도 섞인 거센 목소리였다. 못 견디는 듯이 눈을 감고 팔짱을 꼈다. 눈은 감았으나 감은 눈 속의 동자만은 번쩍이는 모양 같다.

쫑긋하는 그의 입모습은 이 눈동자의 빛을 겹쳐서 나타내고 있다.

"아무것도 모르는 녀석이."

눈을 감은 대로 또 중얼거렸다.

"엥이 근본을 모르는 녀석 같으니."

바로 땅을 쾅 울리면서 눈을 떴다.

그의 눈에서는 비분하고 강개한 빛이 흘러 나타났다.

그리고 건너편 마을 한 가운데에 있는 하얗고 큰 집을 또 한번 흘겨보았다.

*

이 집은 이 근처에 단 하나밖에 없는 사립강습소다.

십여 간밖에 안 되는 초가집 강당 안에서 백여 명이나 되는 시골 아이들이 단 한 사람밖에 안 되는 젊은 선생 밑에서 글을 배우고 있는 가난한 촌학교다.

젊은 선생은 이 촌학교의 선생이며 교장이며 심부름꾼이며 따라서 경영자이었었다.

어느 중학교를 졸업하고서 동경으로 가서 몇 해 돌아다니다가 한 사오 년 전부터 이 대촌리라는 동리에 파묻혀서 이 학교를 세우고 지내가는 젊은 청년이다.

월파 선생은 대촌리와 마주 서 있는 중촌리 안에 있는 시중의숙時中義塾이라는 글방의 선생이다.

이 시중의숙은 설립된 지 십오 년이나 훨씬 넘고 따라서 이 근처에 한문자나마 똑똑하다는 사람들은 대개가 이 월파 선생의 제자이었던 것이다.

이 동리를 가도 월파 선생, 저 동리를 가도 월파 선생.

이 근처에서는 남녀노소를 물론하고 이 월파 노인 선생을 존경하고 숭배하였었다.

학식이 유여한 문장이요 도덕이 겸비한 군자라는 것이 이 월파 선생이 가진 모두의 명예였던 것이다.

동리집 큰일이 있어도 으레 월파 선생이었었다. 관혼상제의 모든 절차, 축문, 택일, 명명命名— 모든 크고 작은 일은 월파 선생이 도맡아 하였었다.

어느 집 큰 잔치 어느 집 큰일에 월파 선생의 흰 구레나룻 달린 얼굴이 번뜩이지 않을 때가 없었다.

월파 선생은 한문뿐 아니라 약간의 신학문도 통하고 있었다.

그가 가진 신학문은 구한국시대 보성관寶成館과 의진사義進社에서 발행했던 선한문으로 된 약간의 서양학문에다 그 뿌리를 두었다.

물리학, 화학, 식물학들의 초보의 박물학들과 나파륜실기, 알랙산드 대왕 같은 그때 시절의 사상서적도 읽었었다.

그중에도 그가 하느님같이 숭배하는 새로운 학자는 중국의 음빙실飮氷室 주인主人 양계초梁啓超였고 그가 주먹 치고 읽은 책은 나파륜실기였던 것이다.

2*

사서삼경과 정주자의 송학파 퇴계 율곡의 이조 유학에 대한 약간의 지식과 이 양계초류의 신사상을 한데 섞어서 놓은 것이 월파 선생의 모든 것이다.

그가 가진 논리학은 대학의 격물치지格物致知요 그가 가진 우주관은 중용의 중화설中和設이다.

그가 가진 정치학은 논어의 요순지도堯舜之道요, 그가 가진 교육학은 주자가훈朱子家訓의 그대로 이었었다.

그는 스스로 공자같이 하학이상달下學而上達을 하려고 힘을 썼고 그리고 또 일이관지一以貫之의 태도를 취하고 있었다.

그리고 그가 제일 분개하는 것이 요사이 젊은 사람들은 반쪽 병신이라는 점이다.

신학문의 뿌리도 실상은 구학문에 있는데 젊은 사람들은 신학문만에는 다소 경솔히 날뛰나 구학문에 대한 지식**에는 너무나 무식하다는

---

* 원문에는 '2'가 없었으나, '2'를 넣어 바로잡음.
** 원문에는 '지직'으로 되어 있다.

점이다.

또 한편으로는 다소 한문이 능하다는 중변 이상의 지식 계급은 너무나 신학문에 몰이해한 것이 딱해 보였다.

구학문과 신학문에는 그만 그만 장처와 단처가 있다.

그것을 똑 알만치 취할 것은 취하고 버릴 것은 버려서 정당한 것만을 가지고 있는 것이 옳은 일이다.

월파 선생은 이 같은 사단 취장을 잘한 것같이 스스로 믿었다.

따라서 반편 병신들이 되어 있는 완고패와 신학문패를 통틀어 비웃대었다*.

그가 경영하는 글방의 이름을 '시중時中'으로 취한 것도 그의 주장을 실행하느라고 한 노릇이다.

君子之中庸也는 君子而市中이요

小人之中庸也는 小人而無忌彈也니라

재래의 조선의 학자들은 순전히 장구章句에만 매달려서 왈가왈부曰可曰否하는 썩은 선배들이다.

글은 글이요 나는 나라는 실행 없는 입만 깐 학자들이였었다.

글은 외는 것이 아니라 실행하는 것이다.

글을 실행하렴에는 때에 따라서 그 방법이 다르다.

또는 그곳에 따라서도 그 모양이 변한다.

똑같은 인仁과 예禮도 중국이 다르고 조선이 다르고 옛날이 다르고 지금이 다르다.

그냥, 옛날을 그대로 지키고 옛날을 그대로 좇기만 하는 것은 시중을 모르는 고수固守주의자의 어리석은 행동이다.

| * 비웃대다 : 남을 비웃는 태도로 자꾸 빈정거리다. 비웃적대다.

글 가르치는 것도 옛날에는 육례六禮에 그치고 육절六節에 그쳐 있다.

그러나 시대가 문명한 지금에는 좀 더— 달리 시대에 맞도록 가르쳐 주지 않으면 아니 된다.

이같이 생각하고 이것을* 실행한 것이 이 월파 선생의 시중의숙이다.

시중의숙에는 한문 이외의 또 가르치는 것이 있다.

측량법測量法, 육법전서六法全書, 택견법(체조 대신), 산수학算數學들이 이 시중의숙에만 있는 특징 있는 교수과목이다.

이것 때문에 한때 동안은 아이들이 산같이 모여들었었다. 구학문과 신학문을 겹쳐서 배우는 곳이라는 소문이 원근에 자자하였다.

3

그러나 건너편 대촌리 학교가 설립이 된 뒤로부터는 이 글방은 변하기를 시작하였다.

처음에는 "그까진 학교쯤이야." 하고 업수이 여겼으나 날이 갈수록 학교는 자꾸 커갔다.

반대로 이 글방에는 영성**은 가을바람이 불었다.

촌학교는 처음에는 오륙 명 학생밖에 없었다. 그때의 이 글방은 팔십 명의 학도가 있었다.

그러나 단 다섯 해밖에 안 지낸 지금에는 그 거꾸로가 되었다.

촌학교 학생은 백여 명이나 넘고 이 글방의 학도는 단 열 명밖에 아

---

* 원문에는 '이것은'으로 되어 있음.
** 영성零星 : 수효가 적어서 보잘것없음.

니 남았다.

학생뿐 아니라 선생의 인기도 완전히 전도가 되었다. 월파 선생, 월파 선생 하는 대신에 박 선생, 박 선생 하는 소리가 여러 마을 안에 가득 찼다.

한창 당년에 월파 선생의 성명은 꿈같이 사라졌다. 뿐만 아니라 지금도 자꾸 사라져가는 판이다.

박 선생의 이름은 하늘에까지 닿고 월파 선생의 이름은 더 떨어질 땅이 없었다.

월파 선생은 대단히 분하였다. 변하여가는 무상한 인심을 원망하였다.

춘추 때에 백성은 공자를 알아보지 못했다. 지금 시절의 백성은 월파 선생을 몰라보았다.

분하고 원통하나 어쩌는 수가 없었다.

월파 선생은 전력을 다— 들여서 아이들을 가르쳤다. 그러나 그 결과는 반대의 효과를 나타내버리고 말았다.

잘 가르칠수록 아이들은 달아났다.

힘을 쓸수록 아이들은 줄었다. 따라서 동리의 학부형의 태도도 어쩐지 쓸쓸하게 변하여들 갔다.

4

요사이에 와서는 더욱 심하였다. 월파 선생은 밤에 자지도 못하고 그 대책을 생각하였다.

어떻게 무슨 일이라도 생겨서 촌학교가 망하기만 했으면 하는 생각도 들어갔다.

망하고 나면 반드시 자기 글방의 인기는 다시 일어날 것같이도 생각했다.

그러나 이것은 공상에 지나지 않았다.

망하는 것은 촌학교와는 담을 쌓고 도리어 자기 글방 위를 누르고 있다.

보이지는 아니하나 망한다는 검은 구름은 점점 더— 두텁게 이 글방을 둘러싸고 있다.

그 원인을 여러 가지로 연구도 해보았으나 왜? 촌학교가 흥왕해간다는 것을 잘 몰랐다.

월파 선생의 울분한 마음은 질투와 증오로 변해버렸다.

박 선생이 원수같이 생각되었다.

이래서 아침이면 이 글방 뒷동산 위에 올라와서 건너편 촌학교를 바라보고 혼자 미워하고 샘을 내고 주먹을 쥐고 발을 구르고 욕을 한다.

아련한 아지랑이 속에 파묻힌 조그마한 촌학교, 그 속에서 그림같이 나타나는 젊은 박 선생의 환상幻想!

월파 선생은 뚫어질 듯이 바라다보고 중얼거린다.

"아무것도 모르는 녀석."

"건방진 녀석.", "무식한 녀석!"

월파 선생이 못 견뎌서 눈을 감아도 빙긋빙긋 웃는 박 선생의* 환상은 사라지지를 않았다.

| * 원문에는 '박 선생은'으로 되어 있음.

해는 훨씬 퍼져서 풀끝에 맺힌 이슬방울을 헤저어놓은 듯싶다.

개나리와 진달래는 더— 한층 선명하였다.

월파 선생은 지팡이로 풀숲을 탁탁 치면서 작은 길로 돌아서 내려온다.

언덕 아래에는 커다란 회화나무가 섰다.

회화나무 옆으로 있는 꼬부라진 ㄱ 초가집이 시중의숙이다.

사립짝 대문을 들어서면 널찍한 앞뜰이 반듯하다.

한편에 둘둘 말아 놓인 두서너 잎의 명석은 한창 당년에 소년 용사를 길러내던 택견 연습용이다.

오른편에는 부엌과 안방이 붙었고 정면은 펼쳐 이 칸 되는 마루요 그 다음에 한 칸 붙은 것은 건넌방이다. 마루에는 장지를 들였다.

안방, 건넌방 이 간 장지마루는 근 백 명의 아이들이 꽉꽉 차서 앉아서 글을 외우던 곳이다.

그러나 지금에는 안방은 내실 전용이 되고 마루는 폐지하고 한 칸 건넌방에서만 열도 못되는 아이들을 붙잡고 가르치고 있다.

마루 기둥에는 시중의숙이란 커다란 간판이 걸려 있다.

마루 가운데 맞은편 벽에는 조그마한 칠판이 걸렸다.

칠판 옆에는 측량기계 한 벌이 먼지가 뽀얗게 앉은 채 묶여 서 있다.

폐허와 같은 쓸쓸한 분위기가 처마 끝을 뺑뺑 둘러싸고 있다.

"아가 뭣하니?"

월파 선생은 지팡이를 건넌방 모퉁이에다 탁탁 하고 내던지면서 조그맣게 불렀다.

"밥, 집니다."

선생의 외딸 열여덟 살 먹은 숙회 처녀의 목소리는 부엌 속에서 흘러나왔다.

똑, 똑 하는 솔가지 꺾는 소리도 간간이 들렸다.

월파 선생은 빙긋이 웃었다. 우울한 빛은 그의 얼굴에서 사라져버렸다.

"세숫물 좀 주렴."

"네."

조금 있더니 숙희는 찌그러진 양철대야에다 더운물을 떠가지고 나와서 주춧돌 위에다 놓는다.

뒤미처 소금과 양칫물도 떠서 내다놓는다.

조그마한 처녀이다. 얼굴은 갸죽하고 두 눈은 옴폭하다.

살결은 눈같이 희고 손목은 볼통하게 찍어 논 듯하다.

조그마한 어깨, 차랑차랑하는 머리

조붓한 가슴, 짤막한 다리, 호리호리한 허리

가을 들판에 핀 조그만 들국화 같다.

노랑 저고리에 분홍 치마를 입고 행주치마를 겨드랑이 밑까지 바싹 치켜 입었다. 옷 입은 모양은 동그랗고 가뜬하다.

얌전한 그러나 칼날 같은 그의 성격을 은연중에 나타내고 있다.

월파 선생은 대야에다 손을 잠그면서 멀거니 숙희 뒷모습을 바라보고 섰다.

숙희는 다시 밥솥에 불을 때고 있다.

시중의숙을 시작한 지 한 사오 년 만에 숙희의 어머니는 죽었다.

선생은 어린 딸 숙희만에게 마음을 의지했다.

혹 후취하라는 권고도 받았으나 아무리 착한 부인을 맞아들이더라도 숙희에게 슬픔이 돌아갈까봐서 그만 참아버렸다.

동리집 노파 한 사람이 아침저녁으로 와서 조석을 끓여주고 가고, 옷은 삯을 주어서 지어 입었다.

그러나 대개는 가난한 아이들 집에서 '갱미돈' 대신으로 지어왔다.

간장, 고추장 같은 것, 또 짐장 같은 것도 역시 '갱미돈' 대신에 들어오기도 하고 또는 그냥 선사도 들어왔다.

'갱미돈'은 돈 대신에 벼를 받았다.

'천자'짜리는 벼 반 섬, 소학 이상은 한 섬, 맹자, 논어짜리는 한 섬 반 혹은 두 섬, 이러한 풀이로써 가을이면 받아들였다.

더욱이 동리의 구장이 책임을 지고 그 외에 좀 유력한 사람들이 서둘러주어서 해마다 해마다 조금도 힘을 켜지 않고 거둬들였다.

항용 일 년에 걷히는 벼는 육칠십 섬은 된다. 웬만한 자작농보다도 추수 섬 수는 많았다.

그 외에 반찬, 옷 같은 것도 그냥 걷히고 더욱이 동리에서 집까지 주었으며 또 식구가 단 두 식구니 선생의 생활은 해마다 더 윤택하여졌다.

이름만이 올라간 것이 아니라 재물도 늘어갔다.

이렇게 십여 년 동안을 지내오는 동안에 조그만 밭까지 샀다.

선생은 이 같은 가운데에서 오직 진심스런 사랑을 외딸 숙희에게 모았다.

유명해지고 가난을 면하게 되나 그보다도 더— 큰 즐거움은 외딸 숙희의 커 가는 모양이다.

선생은 일가도 없고 지구*도 적다.

먼— 시골에 사오촌 몇 사람이 살고 있으나 서로 소식이 끊어지고 지내서 없는 것과 마찬가지다.

다만 아내와 외딸 숙희만이 서로 의지를 하고 지내다가 아내는 먼저

| * 지구知舊 : 오랜 친구.

갔다.

이러니 그의 딸에 대한 사랑은 더한층 깊고 커 갔던 것이다.

숙희에게는, 일곱 살에 계몽편을 가르치고 아홉 살에 열녀전을 읽혔다.

열두 살 때에 시운법詩韻法을 가르치고 열네 살 때에는 시전의 주남소남'을 외우게 했다.

숙희는 총명하고 영악해서 한번 배운 것을 잊지를 않는다.

글씨의 획도 제법 번듯하고 오언五言과 률律도 꽤 이쁘게 얽어 논다.

그 외에 침선도 잘하고 몸 처신도 잘한다.

이 동리는, 물론이지만 이 근처에는 숙희 처녀의 칭찬이 꽤 높았다.

선생은 더— 좋아했다.

그가 산다는 뜻은 오직 숙희에게만 있는 듯싶었다.

5

월파 선생은 건넌방 아궁이 앞을 새로 틀어막는 잿더미를 보았다.

"아가, 벌써 건넌방에 겨 집어넣고나?"

"그럼요."

"몇 삼태기 넣었니?"

"두 삼태기요."

"뭐?" 하고나서 뒤미처 나올 듯하던

"너무 많이 넣었구나." 하려던 말끝을 흐려버렸다.

겨를 두 삼태기를 넣든, 열 삼태기를 넣든 당초에 그 같은 사소한 참

---

* 주남소남周南召南: 『시경』의 「국풍國風」 편 가운데 주남周南 · 소남召南에 실려 있는 작품. 왕과 어진 사람의 덕을 찬양하는 내용으로 백성들을 널리 불러 교화하는 내용.

견은 해오지 않던 선생도 요사이 하도 집안이 거들거리니까 저절로 이
같은 소리가 나왔다.

*

선생이 아침상을 막 받았을 때 '통감' 짜리 이길동이가 왔다.

안방문을 고요히 열고서 최경례를 한다.

"선생님, 안녕히 주무셨습니까?"

"오— 길동이냐."

길동이는 다시 고요히 건넌방으로 건너갔다.

절하는 것을 폐지하고 최경례를 사용한 것도 선생의 시중지도時中之
道였던 것이다.

'천자' 짜리도 오고 '소학' 짜리도 와서 아침상이 끝날 때쯤 되어서는
아홉 명의 아이들이 다—들 왔다.

그중 큰아이가 열여섯 살 먹은 길동이요 제일 작은 아이가 일곱 살
먹은 상남이다.

상남이는 이 동리에서 제일 부자라는 김 농감의 손자요 길동이는 구
장의 막내아들이다.

선생이 이 두 아이를 더— 소중히 아는 것도 애들의 아버지가 농감이
요 구장인 까닭에 있다.

선생은 안방 미닫이를 열고 내다보면서

"길동아, 다들 왔니?"

"네!"

"자— 그러면 시작하자."

"네…… 애들아 모두 나와, 모두."

길동이는 여러 아이들을 뜰로 불러내었다.

그리고 일렬횡대로 죽— 마루를 향하여 늘어세웠다.

월파 선생은 마루 끝으로 나와서 한손으로 구레나룻을 쓰다듬으면서 위엄을 띠우고서 섰다.

길동이는

"기착."

"경례."

아이들은 각인각양으로 예를 했다.

아주 꾸부린 애도 있고 고개만 숙인 애도 있다.

울퉁불퉁한 모양은 선생을 노하게 만들었다.

"이놈들아, 예하는 것이 이게 무슨 모양이냐. 날마다 일러도 이 모양이냐. 예 하는 법이 상반신을 사십오 각도만을 꾸부린다고 몇 번이나 일러주었니? 엥히 고연 놈들— 다시, 다시, 예."

길동이는 다시 목소리를 가다듬어서 호령을 했다. 전보담은 좀 나았으나 역시 울퉁불퉁했다. 선생은 훈화를 시작한다.

"오늘도 화한 마음과 건실한 몸으로써 글을 배우고 몸을 닦자 날마다 이야기지마는 글보다도 우리는 몸을 잘 가져야 한다. 사람은 규칙을 잘 지켜야 한다. 습관을 잘 길러야 한다.

오늘 아침에 모두들 출필고出必告 하였나."

아이들은 일제히 허리를 사십오도로 꾸부리고 기계적으로 대답들을 했다.

"네—."

"어제 배운 것을 다—들 익혔나."

"네—."

선생은 건넌방 모퉁이에 써 붙인 글발을 가리켰다.

"苟日新, 日日新, 又日新"

—이라고 커다랗게 써 붙였다.

"이게 뭔가?"

"구일신이요 일일신이요 우일신이니라."

역시 기계적으로 대답들을 하였다.

"옳지, 그러면 우리도 오늘 더한층 새롭게 되자."

"네—."

"자, 노래와 소제다."

"네—."

아이들은 와르르 헤어져서 비도 들고 총채*도 들고 걸레도 들면서 다 각기 저희들 맡은 소제를 시작한다.

노래들을 시작한다.

곡조는 당음唐音 읽는 소리도 같고 시조時調 읊는 소리도 같다.

그보다도 부인전도사들의 찬미가 소리와 흡사하다. 길고 느리고 청 승맞고 단조롭다.

음계音階가 정확치 못한 것은 물론이요 장단과 휴지休止도 엉망진창 이다.

노래의 내용은 대개 아래와 같다.

쇄소응대**는 수신의 근본이니

아침이면 뜰 쓸고 마루 걸레 쳐봅시다.

더러운 먼지를 천리 밖으로 털어버리면

우려의 마음도 가을의 창공이 될 것이로다.

* 총채 : 말총 따위로 만든 먼지떨이.
** 쇄소응대灑掃應對 : 물을 뿌려 쓸고 응대한다는 뜻으로, 집 안팎을 깨끗이 거두고 웃어른의 부름이나 물 음에 응하여 상대함을 이르는 말.

온고지신溫故知新은 우리의 할 일이니

배운 것 또 익히고 익힌 것 또 배울지로다.
　송시삼백宋詩三百하고 불능전대不能專對하면 소용이 없으니 언행일치
言行一致를 위주합시다.

6

　점심을 먹고 나서는 한 시간씩을 놀리는 것도 이 글방의 특색의 하나
이었다.
　아이들은 대개 동산으로 올라가서들 논다.
　뜰보다는 자유스러운 까닭이다.
　그러나 오늘 점심은 한 시간이 훨씬 넘어도 아이들은 동산에서 내려
오지를 않는다.
　선생은 참다못해서 잔뜩 성낸 얼굴을 쳐들고서 동산으로 올라갔다.
　소리 없는 봄바람은 살랑살랑 푸른 풀을 흔든다. 노랑나비 몇 마리는
진달래 위에서 춤을 춘다.
　파리들은 웽웽거리면서 날려 다닌다.
　그리고는 아주 고요하다. 아이들은 그림자도 없다.
　"아니 이놈들이 다—들 어데들을 갔어."
　중얼거리면서 입맛을 다시었다.
　이리저리 두리번두리번하고 찾아다니다가 우연히 건너 마을을 쳐다
보았다.
　대촌리학교 앞뜰에는 사람들이 들끓는다.

아이들 소리, 어른 소리가 가끔가끔 바람결에 들려온다.

파리 소리가 꿈속 같아서 나오는 것같이 아득하게 들리는 모양으로 그 소리는 멀어졌다 가까워졌다 아주 사라졌다 한다.

선생은 두 눈이 번쩍하여졌다.

"잉." 저절로 입모습이 악물어졌다.

"이 녀석들이 건너 학교로 갔구나."

사랑하는 애인을 뺏긴 이상으로 분하고 미운 생각이 났다.

그리고 선생의 머릿속에는 며칠 전의 일이 언뜻 떠올랐다.

*

젊은 박 선생은 동리 젊은패 몇 사람과 포스터와 풀을 가지고 동리마다 돌아다니었다.

시중의숙 울타리 밖 건너편 회화나무 밑까지 그의 일행은 왔다.

나무그늘 밑에는 동리 노인 몇 사람이 담배를 피우고서 한담들을 하고 앉아 있었다.

그들은 공손히 노인들에게 인사를 하고 가졌던 포스터― 한 장을 고목나무 가지에다 철걱 붙였다.

"그건 뭐요."

그중에 한 노인은 물어보았다.

"네, 오는 보름날 저녁에 구경 오시라는 겁니다."

"학교에서 뭣하오."

"네, 학예회를 한답니다."

"학예회, 응 작년처럼 말요."

노인들도 인제는 학예회가 뭔지를 대개 짐작들을 했다.

박 선생이 처음 학교를 실시한 뒤에 이 근처의 사람들이 처음 보는 체조와 창가를 가르쳤다.

동리사람들은

학교라고 미친 지랄만 가르치고 광대소리나 가르치는 곳이라고 반대들을 했다.

그러나 박 선생은 밤마다 동리 노인들을 찾아다니면서 열심스러이 그렇지 않다는 설명을 했다.

한편으로는 젊은패들을 깊이 사귀었다.

그래서 한때는 엇꿰진* 젊은 녀석이 모이는 곳이라는 비난도 받았다.

그러나 박 선생는 더 열심으로 그들을 깨워주려고 애썼다.

한편으로 농민강좌農民講座를 열어서 일반의 초보지식을 일깨주었다.

한편으로는 학예회 같은 모임을 열어서 학부형들의 완고스런 '학교에 대한 태도'를 깨뜨렸다.

제일 첫 번 학예회 때에는 거운** 야단이 일어날 뻔했다. 첫째 여학생들에게 유희를 시킨 것이 큰 문제가 되었다.

'기생춤'을 가르쳤다는 오해를 받은 까닭이다.

딸들을 학교만으로 보낸 것도 그들에게 있어서는 큰 용단이었는데 게다가 '서양춤'(유희)까지 가르쳤으니 그들이 가만히 있을 리가 없었다.

그래서 학예회 뒤끝에는, 여학생들이 반이나 줄었다. 그러나 그때는 이미 '농민강좌'에 열심히 모여오는 젊은패들이 있었다.

이 패들이 중간에서 열심히 활동을 해서 겨우 퇴학했던 여학생들만을 복교시키는 데에 많은 성공을 했었다.

* 원문에는 '엇뀌진'으로 되어 있다. '엇꿰지다'는 일이 틀어지거나 잘못되거나 한 방향으로 벗어나다라는 뜻이다.
** 거우다 : 건드려 성나게 하다.

그러나 역시 구석구석에서는 "학교라고 '꼭두각시'까지 꾸미네." 하는 뒷공론들이 돌아다녔다.

더욱이 시중의숙이 있는 중촌리에서 더한 비난과 훼방이 돌아다녔다.

월파 선생을 중심으로 한 동리 구장, 농감들의 영감축들이 이 여론의 본 고장이었던 것이다.

더욱이 월파 선생에게는 사상적으로 받는 영향보다도 경제적으로 받는 타격이 더 커졌던 것이다.

의례히 이런 학예회 끝에서는 글방 아이들은 건너편 학교로 건너가 버린다.

또 대개 이 건너가는 아이들의 부형은 '농민강좌'에를 열심으로 다니는 젊은패들이나 혹은 이 패들의 일가들이었던 것이다.

이래서 자연히 월파 선생은 '농민강좌'와 '학예회'를 원수같이 미워하게 되었던 것이다.

*

그러나 해가 갈수록 이들의 비난은 적어갔다보담도 그 비난은 일부의 호평으로 바뀌었다.

제일 반대자가 많은 이 중촌리 노인패들도 인제는 비난도 아니하고 호평도 아니하는 중립태도들을 가졌다.

그들은 월파 선생을 만날 때는 월파 선생의 말이 옳고 박 선생을 만나면 박 선생의 하는 일이 그럴듯하게 생각되고들 있었다.

박 선생의 일행 가운데의 젊은패가 여러 노인들을 보고

"그날 밤에 많이들 오십쇼. 퍽 재미있는 것도 많고 유익한 이야기도 많습니다."

"어, 그러게."

"고 참 작년에 보니까 아이들이 잘들도 하데."

"그러니까 어떻든지 사람이란 가르쳐야 하는 것이야."

노인들은 줄대어서 수선수선했다.

그럴 판에 월파 선생은 나왔다. 박 선생은 역시 공손히 예를 한다.

"선생님, 요사이 얼마나 근념*하십니까?"

월파 선생은 기분이 나빴으나 억지로 화색을 지었다.

"천만에요. 선생도 퍽 요새 애를 쓰시는구료."

"황송스럽습니다— 그런데 참 선생님, 일간 청첩도 보내드리겠습니다만은 오는 저의 학예회날에는 꼭 참례를 하여주십쇼."

"예, 그러리다."

월파 선생의 목소리는 몹시 떨렸다.

박 선생의 일행은 인사들을 하고 돌쳐서서 다시 다른 동리로 향해서 간다.

회화나무줄기에는 붉고 검은 글씨를 섞어서 쓴 국문의 포스터—가 번듯이 붙어 있었다.

7

"오, 오늘이 보름날이로구나."

월파 선생은 건너편 학교마당을 뚫어질 듯이 바라보면서 중얼거렸다.

학예회를 준비하느라고 와글와글하는 뜰, 잘 보이지는 아니하나 '농

| * 근념勤念 : 애쓰고 수고함.

'민강좌'의 젊은패들은 볼일들도 다 젖혀놓고 뜰에다 '비게'*(무대 대용舞臺代用)를 매고 만국기를 달고 천막을 치고 명석을 펴고 온통 야단들이 나서 분주히 돌아다닐 것이다.

박 선생은 아이들을 데리고 교실 안에서 연극과 노래의 연습을 시키고 있을 것이다.

"배우지 않으면 눈 뜬 장님이다."라는 따위의 포스터—도 '입춘' 모양으로 잔뜩 써서 붙였을 것이다.

자기 글방의 아이들은 부러워하는 기색을 띠우고서 학교 아이들의 창가 하는 것을 입을 벌리고 서서 구경들을 하고 있을 것이다.

"엥히 망할 고연 녀석들."

월파 선생은 맨 나중의 환상만을 더— 한번 생각하고서 아무도 들을 수 있을 만치 큰 목소리로 악을 썼다.

—입을 벌리고 서서 구경하는 자기 글방 학도의 환상을 그리고서

"오냐 돌아오기만 해봐라."

잔뜩 벼르면서 선생은 집으로 내려왔다.

"아버지, 점심 잡수시죠."

"싫다."

매우 거세인 목소리로 다정스런 숙희의 목소리를 짓눌러버렸다.

숙희는 그래도 생긋이 웃으면서

"아이들이 저 건너 학교로 구경을 간 모양이죠."

"아마 그런 모양인가보다. 엥히, 망할 자식들 같으니."

"아버지, 왜 그렇게 역정만 내십니까."

"아니다."

| * 비게 : 고층 건물을 지을 때 디디고 서도록 긴 나무나 쇠파이프를 얽어서 널을 걸쳐 놓은 시설.

월파 선생은 화가 덜컥 나서 담배 한대를 피워 물었다. 숙희는 아버지의 마음을 알아보고 매우 민망스러이 알았으나 그러나 아무런 기색도 내지는 않았다.

좀 더— 다정한 목소리로

"아버지, 되어가는 대로 하시지 그렇게 걱정만 하시면 되십니까."

"누가 걱정하니 엥히."

"하…… 아버지, 안심입명安心立命을 하라고 저에게 노— 일러주셨죠."

이 소리에 월파 선생의 화는 풀렸다.

"허…… 누가 화를 내는 줄로 아니. 허…… 인제는 시대가 몹시 변했구나."

아버지의 웃는 소리를 듣자 숙희의 웃음은 사라졌다.

억지로 웃는 아버지의 마음을 짐작한 숙희의 어린 가슴은 미여질 듯이나 우울하여졌다.

*

한 식경이 훨씬 지나서 아이들이 허범덕거리고 달음박질 뛰어왔다.

선생은 말 한마디 없이 마루 끝에 가 도사리고 앉아 있었다.

아이들은 얼굴들이 새빨갛게 상기들이 되어가지고 쌔근쌔근거린다.

겁이 잔뜩 어린 까만 눈동자로 서로 쳐다보면서 아무 소리들도 아니 했다.

그중에 제일 큰 길동이만은 무어라고 말대답을 할까 하고 미리부터 입술을 쫑긋쫑긋하고 섰다.

"너희들 어디 갔다 왔니."

목소리는 매우 부드럽고 인자하였다.

벼락이 떨어질 줄 알고 있던 아이들의 마음은 오 분이나 가라앉았다.

길동이도 빙긋 웃으면서

"저— 건너 학교에요."

"음, 저기 오늘 학예회날이지…… 요다음부터는 점심시간에는 너무 먼데 가서 놀지 마라."

"네."

아이들은 우당퉁탕 마루로 뛰어올라서 펄펄뛰면서 건넌방으로 들어갔다.

벌써 글 읽는 소리가 시작되었다.

8

선생은 담배를 또 한대 피워 물었다.

그리고 어떻게 하여야 박 선생보다도 나은 일을 해볼까 하는 생각을 하였다.

비난을 하고 훼방을 놓고 하던 재래의 소극적 태도에서 한층 뛰어 나아가서 좀 더 좋은 적극적 대항책이 없을까?

여러 가지로 생각을 해보았으나 별다른 묘책은 아니 나왔다.

한참 만에 선생은 주먹으로 마룻바닥을 쾅하고 쳤다.

"옳다. 되었다."

혼자서 중얼거리고 혼자서 웃었다.

선생은 부리나케 일어나서 안방으로 들어갔다.

숙희는 윗목에 앉아서 바느질을 하고 있다.

선생은 아랫목 벽에 놓인 벼루집 앞에 가 앉아서 붓과 종이를 들었다.

이열치열以熱治熱이라는 원칙을 얻은 까닭이다.

'너도 학예회 하니? 나도 학예회를 하겠다.'

이것이 선생이 얻은 묘책이다.

비록 아이들은 적으나 잘하고 못하는 것은 선생의 손에 달렸다.

이번 학예회를 통해서 자기의 실력을 나타내 보이고가 싶었다.

'내가 비록 늙었으나 뜨거운 의기는 젊었다. 한문 이외에 상당한 신학문도 안다.'

그야말로 천하를 서로 쪼개는 최후의 판가리 싸움이다.

그리고 선생은 글방으로써 학예회를 했다는 호시嚆矢*를 짓고 싶은 생각도 났다.

"그것 참 월파 선생은 별 어른이야, 어쩌면 학교보다도 학예회를 더 재미있게 할까?"

하는 칭찬하는 소리가 벌써부터 귓가에서 쟁쟁거린다.

노래—.

먼저 합창으로 날마다 조회시간이면 하는 '쇄소응대가'를 하자.

다음으로 흥용이가 목소리가 좋으니 독창을 시키자.

독창할 노래는 신식 노래보다 옛날 노래를 시켜서 옛날 조선에도 노래가 있었다는 것을 겸처서 알려주자. 학교보다는 더 좋은 특색이 있다는 것을 모두에게 선전을 하자.

그러면

시조삼장時調三章이나 슬프게 하고

또,

---

* 원문에 '호시'라고 쓰고 한자어는 '효시嚆矢'가 병기되어 있다. 어떤 사물이나 현상이 시작되어 나온 맨 처음을 비유적으로 이르는 말로 쓰는 '효시(嚆矢:우는살)'를, 원문에서 '호시'라고 표기한 것은 중국 음을 따랐기 때문으로 보인다.

율곡선생의 석담구곡가*

그리고 추풍감별곡**— 엥히 감별곡은 정성***의 맛이 있어 좀 음하니 집어치우자.

그 다음에는 연극을 두 가지만 하자.

한 가지는 '불운不運의 대성大成'을 하자―.

이것은 월파 선생이 평소부터 생각해논 연극이었다.

춘추 때의 공자가 주인공으로서 초광접여楚狂接與를 만나고 장저長沮와 걸익傑溺에게 조소를 받고 진채지간陳蔡之間에서 사흘을 굶고 한 이야기를 엮어놓은 이야기다.

실상은 엮어보려고 작정한 연극의 줄거리다.

선생은 스스로 자기의 심경을 공자에다 비하고서 때 못 만난 봉鳳으로 자처하고 있었던 것이다.

그리고 글 낭독이나 몇 자 지어 넣자.

이것만은 학교보다는 당연히 우세다. 장님 경 읽듯이 들이 주워대기만 하는 학교의 조선어 낭독보다는 얼마나 음율적이랴?

그리고 학교의 이파 대신에 측량법이나 연설하게 하자.

이만하면 그럭저럭 하룻밤 구경거리는 넉넉하다. 선생은 신이 나서 대강대강 이 같은 계획을 적었다.

"애들아, 모두 이리 건너온."

"네―."

---

 * 석담구곡가石潭九曲歌 : 고산구곡가高山九曲歌의 다른 말. 조선 선조 11년(1578년)에 율곡 이이가 지은 연시조로, 작가가 황해도 고산에 은거하면서 고산의 구곡 풍경과 감회를 읊은 것이다.
 ** 추풍감별곡秋風感別曲 : 채봉감별곡彩鳳感別曲의 다른 말. 조선 시대의 장회章回 소설로, 평양 김 진사의 딸 채봉과 선천 부사의 아들 강필성이 많은 시련을 극복하고 혼인하게 되는 이야기이다.
 *** 정성鄭聲 : 음란하고 야비한 음률을 비유적으로 이르는 말. 옛날 중국 정나라의 가요가 음탕하고 외설적인 데서 나온 말이다.

아이들이 웬 영문인지도 몰라서 우루루 안방으로 건너왔다.

숙희는 반짇고리를 들고 뒷창 툇마루로 쪼루루 나갔다.

"애들아, 너희들 아까 저 건너 학교에 가보니까 퍽 부럽지—."

"아뇨."

아이들은 억지로 거짓말을 했다.

"뭘, 똑바로 말해. 학교 아이들이 창가도 하고 춤도 추는 것이 너희들도 하고 싶지."

모두들 서로 쳐다들 보고만 있으나 그중에 제일 어린 상남이가

"네, 하고 싶어요."

월파 선생은 껄껄 웃었다. 여러 아이들도 모두 웃었다.

"그래 네 말이 정직하다. 사람이란 죽을 때 죽더라도 똑바로 말을 해야지. 자— 그런데 말이다. 너희들도 그런 학예회가 하고 싶지."

"그럼요."

"그럼 말이다. 우리 시중의숙도 몇 날 뒤면은 학예회를 하자."

"네."

아이들은 진가를 몰라서 어리둥절들 한다.

상남이는

"아니 누가 창가는 가르치구요."

또 아이들은 웃었다. 월파 선생도 웃었다. 그전 같으면 야단이 났을 것이지만 지금은 참았다. 도리어 눙쳐서 온화한 목소리로

"내가 가르치지, 누가 가르쳐. 나는 창가 할 줄을 모르는 줄 아니? 허…… 그리고 연극도 한다."

"네 연극도요."

이번에는 길동이가 하도 신기하다는 듯이 말을 했다.

"그럼 그리고 연설도 한다."

"아이구 연설두요."

"에구 좋아라." 아이들은 그야말로 참새같이 뛴다.

"내일부터 연습이다. 그리고 스무날 안에는 우리도 장하게 학예회를 하자."

"그런데 선생님, 아이들이 적어서요."

"음, 좋지. 그러나 적어도 잘만 하면 그만이 아니냐."

하면서 월파 선생은 또, 껄껄대고 웃었다.

아이들은 좋아서 이 선생의 웃음을 받아 웃었다.

그러나 창밖 툇마루에 앉았는 숙희의 눈에는 가느다랗게 눈물방울이 졌다.

"애들아, 그럼 오늘은 그만 집으로 간다. 그리고 오늘 밤들 잘 쉬고서 내일 아침에는 일찍이 온다. 책 안 가지고 온다."

여러 아이들은 좋아서 예를 허둥지둥하면서 달아났다.

월파 선생은 아이들의 경례하는 허리의 각도角度가 몇 도가 되는 줄도 알아보지도 못할만치 되어서 그냥 "오냐 잘 가거라."만 기계적으로 외쳤다.

집은 조용해졌다.

선생은 열심스럽게 연극의 줄거리를 꾸미고 앉았다.

숙희는 바느질할 기운이 없어서 뒤뜰로 살그머니 내려가서 새파란 하늘을 쳐다보고 섰다.

9

"선생님 계십니까?"

쨍쨍한 구장의 목소리가 난다.

"네, 구장이십니까?"

월파 선생은 쓰던 붓을 내던지고 마루로 나왔다.

"아이구 김 참봉(농감)도 오시구. 아이구 면장영감도 오셨습니다그려……."

허둥지둥 뜰로 내려왔다.

숙희는 벌써 안방을 말쑥하게 훔치고 방석을 깔아놓고 다시 나갔다.

얼굴 넙적하고 눈이 가느다란 면장은 명주 두루마기에 '인바네스'*를 입고 중절모를 썼다.

"선생님, 요새 매우 건염하시지요."

착, 가라앉은 목소리에는 간사한 것이 다닥다닥 달렸다.

"에이구 천만에요. 그런데 원로에 어려운 출입을 하시었습니다그려. 자—들 올라오시지요."

"네, 감사합니다."

김 참봉은 금테안경 회색 능직두루마기를 입었다. 회색 깃도 경제화를 신고 오동화류 단장을 짚었다.

매우 사치스러워 보이나 얼굴만은 상스러워 보인다.

소작인 출신으로 중지주로 성공한 그의 지낸 경력은 이 얼굴과 이 의복이 겹쳐서 나타내고 있었다.

더욱이 그가 동척의 농감이 되고 면협의원이 된 뒤부터는 상당히 이 근처의 유지 신사로서 행세를 하고 지낸다.

억지로 점잖게 지여서 말하는 김 참봉의 말솜씨는 구석구석에서 소작인 때의 말티가 섞여서 있었다.

| * 인바네스 : 인버네스Inverness. 소매 대신에 망토가 달린 남자용 외투.

"오늘 선생님 아이들 노는구료. 일찍 갔습니다그려."

"네, 좀 일이 있어서 일찍 파했습니다. 자— 누추하지만 들어오시지요."

세 늙은 유지 신사는 선생의 안방으로 들어와서 둘러앉았다.

구장은 키도 작지만 목소리도 쨋쨋하게 바라졌다.

이십 년 동안 구장을 계속해서 군수영감에게로부터 표창장까지 받은 늙은이다.

다소 한문자도 알고 새 풍속도 짐작한다. 먼저 말을 낸다.

"선생님, 오늘 면장께서 내려오신 것은 다른 일이 아니라! 저어 공립보통학교 문제로 해서."

월파 선생은 가슴이 선뜻하였다. 그러나 역시 온화한 사색을 띄우고

"네 알겠습니다. 전번에 기성회까지 조직이 된 것 말씀이지요."

면장은 좀 나릿한 목소리로 위엄과 친절을 지어서 말한다.

"네 그 일 말씀입니다. 우리, 면내에 이 시중의숙이나 대촌학교 같은 교육기관이 있기는 하옵지만 그보다도 아주 커다란 공립교육기관이 없는 것이 대단히 유감으로 생각하는 바였습니다. 그러다가 다행히 이번에 여러 유지 제씨의 힘으로 이같이 일이 잘 진행되어 가오니 대단히 기쁜 일입니다. 참으로 감사한 노릇이지요."

하면서 에헴 하고서 한번 큰기침을 한다.

김 참봉은 걸걸한 목소리로 맞장구를 친다.

"원 천만에요. 모두 면장영감의 진력이죠."

"원 천만에요. 모두 김 회장의 덕택이죠."

"그렇지요, 두 영감의 진력이고 덕택이죠."

마지막 판으로 구장이 두 영감을 다 같이 올리켰다.

선생은 묵묵히 앉아서 담뱃불을 핀다.

김 참봉은 새로이 기성된 공립보통학교 창립 기성회의 회장이 되었다.

면장이 고문이요 또 중촌리 안에 사는 일본내지 이민으로 부자가 된 야마모도도 고문이 되었다. 각 동리 구장은 평의원이 되고 건너 박 선생과 이곳 월파 선생은 선전원으로 추천되었다.

이 일행의 방문 온 목적이 추천된 통지를 전하며 따라서 원조를 해달라는 인사치례 하려는 데 있다. 자본은 면민에게 납세 내는 등급별로 기부를 걷게 되고 그 외에 이 면 안에 땅을 가진 부재지주에게도 약간씩 걷기로 작정이 되었다.

이 일행은 벌써 대촌리 박 선생에게로 거쳐서 오는 길이었었다.

면장은 다시 말한다.

"이번에 우리 기성회에서는 만장일치로써 선생님을 선전원으로 추천했습니다. 그래서 저희들이 선생님께 이 뜻을 전하고 따라서 많이 노력해주시기를 바라러 온 길이었답니다. 허허……"

"원, 천만에요. 나 같은 늙은 폐물이 뭣을 알아야 말씀이죠."

"아이구 너무 겸사의 말씀이십니다. 선생 같으신 어른이 아니면 이 직책을 할 사람이 없습니다.

이번 일의 성패는 오직 선전원 되시는 어른의 활동 여하에 달렸다고 해도 과언이 아닙니다."

월파 선생의 자부심은 고개를 들었다.

비록 외교로 하는 겉에 묻은 말이라고 하지만 하여간 추켜올리는 것에는 만족을 느끼지 않을 수가 없었다.

"누구누구인가요?"

구장은 면장이 대답도 하기 전에 가로채며 말했다.

"선생님하고 저 건너 젊은 박 선생이랍니다."

"네, 박 선생하고요."

월파 선생의 사색은 금방 변하였다.

오월동주도 분수가 있는 일이다. 만일에 선전원이 명예스러운 일이라고 하더라도 박 같은 젊은패와는 어깨를 겨누고 있기는 싫었다.

일종에 모욕이다.

"이미 정해놓으신 일이지만 나는 그 일을 감당치 못하겠는걸요."

김 참봉은 벌써 월파 선생의 속을 들여다보았다.

그래서 슬쩍 눙치는 목소리로

"하지만 선생님 아니시면 할 사람이 없습니다. 저 건너 박 선생도 선전원으로 추천이 되기는 했습니다마는 그저, 말하자면 학교 선생으로 있는 관계로 그렇게 된 것이죠— 실상 믿기는 월파 선생님밖에는…… 허허……."

하면서 말끝을 웃음으로 흐려버렸다.

면장도

"하여간 노인네가 젊은패보다는 나으실 테죠, 허……. 그리고 뭣보다도 요새 젊은 사람은 근본적인 한문에는 무식들 하니까요. 허……."

구장도

"사실 한문이 근본이지요."

이 세 사람의 자부는 바람에 월파 선생은 넘어갔다.

"그렇죠. 지금 모든 신학문도 실상은 한문에서 모두 나왔으니까요— 정말이지 요새 젊은 청년은 경조부박한 편이 많지요."

면장은

"그렇구말구요."

월파 선생은 더— 큰 목소리로

"요새 신학문에 철학이라는 것요, 그것도 실상은 중용 한 권에서 풀려나온 것이죠. 정치학요 모두가 예전 문서를 요새 말로 돌려 꾸며논 폭밖에는 아니 되죠."

김 참봉은

"참 월파 선생께서는 어떻게 신학문에까지 통하시었습니까?"

"원 천만에요. 조금 짐작만 하지요.

허…… 이건 다 우순 소리지만 언젠가 젊은 사람들 앞에서 내가 뉴톤의 만유인력이니, 박테리야니, 수중기니, 전지니, 나파륜이니 하고 몇 마디 말을 했더니 깜짝들 놀라던걸요……허……."

"그럴 것입니다."

월파 선생은

"그러면 힘자라는 대로 심부름을 해보죠. 참 저의 의숙에서도 며칠 안에 학예회를 하겠습니다."

"네?"

세 사람은 놀랍다는 듯이 일제히 반문을 했다.

"그저 힘자라는 대로 하루저녁 아이들의 재주를 나타내어볼까 하는데요. 허……."

"참, 그러시면 그날밤에 선생님께서도 공보 문제를 가지시고 연설이나 한번 하시지요. 저 건너 학교 오늘 저녁에 박 선생이 연설을 하기로 했는데요. 그리고 면장께옵서도 연설을 하시게 되구요."

구장은

"참 저 건너 선생은 연설 한 개만은 곧잘 하는 모양입디다."

월파 선생은 또 꿍, 한 생각이 났다.

'그까짓 녀석이 연설을 잘해……. 나도 한번 잘해야지.'

하는 결심이 생겼다.

10

면장과 김참봉은 먼저 돌아가고 구장만은 뒤떨어졌다.

구장은 월파 선생과 지기이다. 시중의숙을 지어준 사람도 이 구장이요 해마다 벼를 거둬준 것도 이 구장이다.

월파 선생은 간담을 토하고 지내갔다.

형제 이상으로 지내갔다.

월파 선생은 넌짓하게 말했다.

"여보 구장, 공립학교가 되면 대촌리 학교나 우리 의숙은 망하지를 않겠소."

구장은 한참이나 생각을 하더니

"아니죠, 저쪽 학교는 똑같은 학교끼리니까 혹 없어질지를 몰라도 우리 의숙이야 교육하는 성질이 다르니까 관계없을 듯하오."

"글쎄 그러면 박 선생은 어찌나 될까."

"아마 잘하면 공립학교로 건너가기도 쉽고 그렇지 않더라도……."

구장은 또 한참이나 있더니만 무엇을 생각한 듯이 생긋 웃는다.

"그런데 선생 이번 공립학교가 불원간 되기는 할 것이나 그 사품에 우리 의숙은 도리어 이를 볼는지 모르겠소.

저기 학교는 물론 못하게 될 것이니까─

만일 박 선생이 넘어가면 모르거니와 못 넘어가게 되면 그야말로 몇 해 동안 쌓은 탑이 무너져버리겠지만─

이 시중의숙이야 글방이니까 없어지지도 않을 것이요 또, 아이가 늘면 늘었지, 줄지는 않을 것이니까 해……."

월파 선생은 적이 안심되었다.

그리고 책보통이 하나만 끼고 쓸쓸하게 돌아서가는 박 선생의 뒷모양이 벌써부터 눈앞에 선—하게 나타났다.

"그러고 선생, 이건 우리 둘 사이니까 말이지만 박 선생이 대단히 똑똑한 모양입니다. 그리고 인심도 상당히 얻은 모양입니다.

그저 어디를 가도 박 선생 칭찬이구료.

그중에도 젊은 사람은 박 선생이라면 사족들을 못 쓰고 있구료.

나는 듣지는 못했지만 농민강좌도 참 재미있답디다. 픽, 유식도 하지만 속도 터지고 말도 잘한다나 봅디다.

또 아이들에게 어떻게 굴었는지 아이들이 박 선생이라면 부모보다도 더—하게 안답디다. 저어— 어느 땐가 칠성네 집 아이들 말요.

간도로 가게 돼서 아이들이 학교를 그만두게 되니까 아이들은 이틀이나 날마다 학교에를 가서 선생을 붙들고 울었더라나요. 해…… 하여간 젊은 사람 쳐놓고는 뛰어난 사람인가 봅디다."

월파 선생은 실쭉한 얼굴을 들고 코—로만 흥흥 하고 대답했다. 그러다가 좀 거북살스러운 목소리로

"선생이란 강유가 겸해야 하니까요. 공연히 아녀자같이 아이들하고 눈물이나 찔끔찔끔 흘리면 그 아이 꼴이 되나요."

구장도 그제야 눈치를 채고 좀 미안쩍 했었다.

"해…… 그렇죠. 선생이란 첫째 엄해야 하지! 해……."

"그래서 아이들이 그리 몰려가는 모양이요. 허…… 내가 공연히 좁은 소리를 하는군……. 허…… 그런데 구장 자제도 그리 보내시구료 허……."

구장은 팔짝 뛰었다.

"아니 선생님 망녕이슈……. 해…… 하도 속이 상하니까 남의 비위를 거시는 말씀이구료. 해…… 내 아무리 뭣하기로 우리 놈에게는 한문을 완성시켜주고야, 말걸 그러우 해……."

"허…… 다— 실없는 말이죠."

"아이구 참 나도 가보겠소. 참 밤에 학예회 구경가시구료."

"나요. 나도 우리 학예회 준비 때문에 갈 새가 있는지요. 허……."

"자, 그러면 나는 건너가오."

"편안히 가슈."

대답을 하자마자 선생은 붓을 들었다. 아까 쓰다놓아 둔 '불운의 대성인'을 꾸미기를 시작했다.

대촌리 학교의 학예회가 대성황리에 끝난 뒤에 시중의숙의 학도는 또 다섯이나 줄었다.

그중에는 '무슨 일이 있더라도 한문을 완성시켜보겠다'던 구장 아들 길동이도 있고 다만 하나인 돈구녕인 농감 손자 상남이도 끼었었다.

이 바람에 크게 기세를 올리려던 시중의숙의 학예회는 열지를 못했다.

아무리 월파 선생이 힘들어서 세워논 '프로그램'이지만 출연할 아이들이 없으니 그야말로 헛문서이었었다.

월파 선생의 울분은 더— 커졌다. 교언영색으로 지내가는 세속의 인간들이 더럽고 미웠다.

믿고 있던 구장과 농감까지 자기를 배반할 줄은 참으로 꿈밖이다.

팔십여 명이나 되던 학생들의 학부형은

"어쩔 수가 없어서 그리로 보냈습니다. 요새는 신학문이 있어야 살아갈 수 있다니까요."

이구동성으로 천편일률로 이와 같이 와서 이 같은 말을 했다.

농감도 능글능글하게 웃으면서 이런 말을 했다. 구장도 간특스럽게 생긋거리면서 이런 말을 했다. 세상은 넓으나 아는 사람은 없다.

그러나 오직 숙희만은 생긋생긋 웃으면서

"아버지, 안심입명을 하라고 저에게 말하셨지요."

"되어가시는 대로 살아가시죠."

따뜻하게 위로하여주었다.

누구보다도 친딸의 말이 제일 따뜻하고 친딸의 마음이 제일 다정했다.

선생은 의숙을 그만두려고까지 생각했다.

그러나 '나도 선생이다. 마음은 젊었다. 끝까지 나가자. 단 한 아이라도 붙잡고 나가자.'

굳세인 마음, 꺾이지 않는 마음은 불같이 일어났다.

그래서 누가 뭐라고 하든 어쨌든 나는 나대로 이 시중의숙을 빛내보겠다고— 그야말로 안심입명을 하였다.

그러나 대촌학교와 박 선생에 대한 증오의 불길은 휴화산 속같이 그의 가슴속에서 소리 없이 커갔다.

*

한 달 뒤다. 공립보통학교의 기금은 모두 걷히었다. 터전은 대촌리와 중촌리와의 사이에 있는 조그만 언덕 아래에 있는 큰 밭으로 결정하였다.

오는 가을 제이학기부터는 개교를 하게 작정되었다.

대촌학교는 여전히 흥왕하고 시중의숙도 여전히 영쇄하였다.

박 선생의 인기는 더욱 올라갔다. 한 달에 두 번씩밖에 아니하던 농민강좌는 요사이에 와서는 한 주일에 한 번씩으로 잦아졌다.

강좌에 참가하는 젊은패는 수백 명이나 넘었다. 요사이에 와서는 늙은이도 끼었다.

젊은이나 늙은이는 모두가 소작인들이었다.

구장이나 농감 같은 세력 있고 돈 푼 있는 노인패들은 하나도 없었다.

그전에는 이 세력 있는 노인패들은 시중의숙으로 모여서 놀았다.

그러나 길동이와 상남이가 퇴숙한 이후부터는 그들도 발들을 끊었다.

따라서 그들과 어울려 지내던 소위 동리에 점잖다는 축들도 발들을 끊었다.

월파 선생은 낮에는 네 명만 남은 아이들과 지내고 밤에는 애매한 경서만을 되풀이하고 지낸다.

몹시 화가 나는 때는 동산에 올라가서 건너편 학교를 건너다보고 또 한편으로 허옇게 닦아는 공립학교의 마당도 건너다본다.

그래도 못 견디는 때는 숙희의 뒷모양을 바라보고 혼자서 웃었다.

*

어느 날 대낮이다.

농감은 오래간만에 월파 선생을 찾아왔다.

월파 선생은 냉정하게 그러나 온화한 기색으로 맞았다.

"이거 김 참봉 오래간만입니다그려."

김 참봉의 태도는 매우 황황하고도 흥분이 되었다.

"네, 피차없습니다. 그런데 요새 얼마나 애를 쓰십니까! 변한 것이나 없으십니까?"

두루마기 뒷자락을 훨씬 젖히고서 마루 끝에 가 걸터앉는다.

월파 선생은

"올라오시죠."

"네, 괜찮습니다. 아이고 더위서!"

"참, 그동안 애들을 많이 쓰셨더군요. 어느 틈에 터전까지 닦아졌으니요."

"허! 애가 무슨 앱—니까? 다들 여러분 덕택이죠……. 그런데 참 선생님."

그의 태도는 무엇인가 선생에게 하소연을 하러 온 것 같았다.

"참, 선생님 요새 무슨 소식을 못 들으셨습니까?"

"무슨 소식요."

월파 선생은 잔뜩 호기심에 띄었다.

김 참봉은 퍽 기가 막히는 듯이

"이런 망할 세상이 있습니까? 어떤 녀석의 소원인지는 모르나 농감을 떼여먹으려는 녀석이 있습니다그려."

"네, 그게 무슨 소리세요."

"허 이것 참 기가 막혀서…… 회사로 투서가 들어갔는데 '날더러 악사음*이라고 떼여달라고'— 아이구 참 괘씸한 자식이 있습니까? 그러나 일이 잘되느라고 그 편지를 뜯어본 서무계 서기가 나하고 사분이 두터운지라 나에게 슬그머니 통지를 했습디다그려…… 그러나 앞으로 주의를 하라고—

아니 이런 괘씸한 녀석이 있습니까. 어느 녀석인 줄 알았으면 금방에 허리라도 분질러 놓고 싶습니다마는."

월파 선생은 농감의 말을 들으면서 머리에는 딴생각이 떠올랐다.

'농민강좌' 패로구나! 하고 직각을 하였다.

*

어느 때인가 월파 선생은 농민강좌를 구경을 갔었다. 물론 들어간 것

| * 악사음惡숨音 : 나쁜 마름.

이 아니요 어둑한 창밖에 서서 엿들었던 것이다.

박 선생이 하도 이야기를 잘한다고들 야단들이니 어떻게 하나? 하는 호기심에 이끌렸던 것이다.

중간이 되어서 처음에는 어떠한 이야기를 하였는지는 모르나 칠판에는 소작권이니 지주니 농업노동이니 하는 글귀가 쓰여 있었다.

반쯤 짓다가 말아서 다 보이지는 않으나 단團 자도 있도 만국萬國도 있었다.

그중에는 반쪽만이 지여진 '농민조합'도 있었다. 그리고 그때는 '웰리암 텔—'이라는 서양 영웅 이야기를 익살맞게 이야기를 하고 있었다.

청중들은 손뼉들을 치고 웃고 씩씩거리고 야단들이 났다.

월파 선생도 '무식한 녀석' 하고 입을 삐죽이 내밀고 섰다가는 그만 나중에는 허— 하고 입을 벌리고 웃었다.

*

김 참봉의 말을 듣자마자 이런 생각이 떠올랐다. 그리고 칠판에가 반쪽씩 혹은 한자씩 남은 모든 글자들이 또다시 보였다.

그러나 역시 입을 다물었다.

김 참봉은

"그런 건방진 녀석들 봤나요. 필시 젊은 녀석의 소위는 분명한 노릇이나 어디 증거를 잡을 수가 있어야죠. 암만해도 주재소에다 부탁하는 밖에 없는데요. 그리고 참 선생 우리 계말예요."

우리 계라는 것은 김 참봉이 회장이요, 야마모도가 총무인 근검저축계다. 김 참봉, 야마모도들이 중심이 되어가지고 품삯군의 품삯 중에서 오 전씩 떼어서 금융조합에다 의무저금을 해준다.

그리고 일 시킬 때 담배와 막걸리 주는 대신으로 그 대전代錢을 계의 고금으로 들여놓게 하고 또 그 돈을 식리를 해서 봄이면 비료 같은 것을 공동구입도 하게 한다.

이래서 이 동리 가운데에는 '금융조합모범부락'이란 새 말뚝이 서게 되고 농감은 군으로부터 '독농가'의 상장까지 받게 되었다. 월파 선생은

"네, 계가 어떻게 되었나요."

"아니 계원 녀석들 가운데 젊은 녀석들이 요새 와서는 계를 그만두자거니 저금이 소용없느니 하면서 말썽을 부린답니다. 그중에서 봉길이 녀석이 더해요. 그런데 선생, 그 녀석도 농민강좌에 다니기 전에는 여간 순박한 녀석이 아니였는데요. 오죽해 그놈 별명이 소였던가요.

선생, 대관절 농민강좌에서는 무엇을 이야기해줍니까? 박 선생은 얌전한 젊은 교사인지라 소문 들으면 상식도 늘려주고 부업에 대한 지도도 해준다는데……."

하면서 알고도 묻는지 정말 의아해서 그러는지 월파 선생을 은근히 쳐다본다.

월파 선생은 "힝" 하고 웃었다.

가슴속에는 모락모락 타는 증오의 불길이 고개를 들었다.

그러나 역시 아무 말도 안했다.

"그야 박 선생이 그렇게 건방져지라고 하지는 안했겠죠. 허…… 하여간 세상이 말짜니까요. 허……."

군자답게 화한 웃음을 웃었다.

비록 박 선생이 미우나 절대로 훼방하지는 않으려고 했다.

얼마 아니 있으면 책보 싸고 쫓겨 갈 가련한 청년이니 더—한 훼방은 너무나 잔인하며, 뿐만 아니라 남의 흉을 드러내거나 남 못되는 것을 좋아하는 것이 소인의 할 짓이라는 것을 노인답게 알고 있는 까닭이다.

아이들을 뺏기고 친구를 뺏기고 수입이 적어지고 이름이 떨어진 모든 개인적 원한은 잠깐 동안 그의 군자지도에게 눌리었다.

그의 말을 빌어 말하면 도심道心이 인욕人慾을 눌렀던 것이다.

참— 때의 노는 시간에 아이들은 동산으로 올라갔었다. 월파 선생은 또다시 우울해져 뒷짐을 지고 마당으로 거닐고 있었다.

별안간 동산 위에서 아이들의 우는 소리, 욕하는 소리가 와글와글 하고 나더니만 조금 있다가 와— 하고 몰켜서 내려온다.

쫓겨서 오는 발소리다.

월파 선생은 내달아 나가볼 마음도 없이 그저 유연히 거닐고만 있었다.

집 뒤까지 와서는 아이들의 욕소리가 빗발치듯했다.

"이 자식아, 우리 선생님한테 욕했지."

"엠병할 자식."

"키 크고 기운만 세면 제일이냐."

그중에서 우는 목소리도 섞여 있었다.

"너 요담에 보자."

월파 선생은 잠깐 서서 듣다가 커다랗게 외쳤다.

"애들아, 그만 들어오너라."

아이들은 옷에 흙투성이를 하고 눈들이 퉁퉁이 부어서 들어왔다.

씨근거리는 놈도 있고 느껴서 우는 놈도 있다.

"왜, 들 그러니?"

느껴 우는 영배가 대답을 했다.

"저어— 길동이 자식이 괜히 와서 때리고 욕을 하고 갔어요."

"음."

선생은 그대로 대답만 했다.

"저어— 선생님, 길동이가 저희보고 글방떨거지라고 해요."

"그리고 선생님이 케케묵었대요."

"저희 학교 선생님은 정말 훌륭하고 우리 선생님은 늙은 바—"

하고서 차마 다— 말을 끝내지를 못한다.

월파 선생의 가슴속에 불길은 다시 타올랐다. 눈이 실쭉하여지고 입모습이 팽팽하여졌다.

"듣기 싫다. 이놈들아. 못나게 맞고 다니다니. 어서 들어가서 글들이나 읽어라."

목소리는 무섭게 우렁차고도 떨렸다.

아이들이 찔금해서 방으로 몰켜 들어갔다.

'엥히 나쁜 선생놈. 어떻게 아이들을 가르쳤길래 그따위 소리를 하고 돌아다닐까.'

'젊은 녀석은 할 수 없어— 못된 녀석!'

당장에 박 선생이 눈앞에 보이면 뺨이라도 치고 가고 싶었다.

갖은 간교한 수단을 다 부려서 학생을 뺏어간 그 녀석을 실컷 갈기고 싶었다.

몇 안 되는 아이들의 글 읽는 소리를 들을 때에는 더한층 그 심사는 측량할 수가 없었다.

그럴 판에 주재소의 김 순사가 찾아왔다.

"선생님, 그동안 안녕하십니까?"

"아이 김 주사시유— 자— 어서 올러오슈."

김 순사는 땀을 씻으면서

"아뇨. 바빠서 곧 가겠습니다. 그런데 잠깐 이리 내려오십쇼."

"네."

두 사람은 회화나무 그늘 밑까지 갔다.

김순사는 은근한 목소리로

"저어 선생님, 저 건너 박 선생이 어떠한 사람입니까?"

"낸들 알 수가 있수."

"그런데 좀 참고로 여쭈어볼 말씀이 있는데요. 혹 무슨 소리 못 들으셨나요."

월파 선생은 벌써 김 참봉 조건인 줄을 알았다.

"무슨 소리요!"

"네, 뭐, 별다른 소리는 아니구요— 저어 박 선생이 농민강좌를 한다는데 그 외에 혹 농민조합 같은 것을 새로 모았다는 소리를 들으신 일이 있나요."

"왜요. 그게 나쁜 일인가요."

"아니 나쁠 건 없겠지만— 그런데 저어 그 사람 사상은 혹 어떤지요?"

"사상은 어떤지를 모르지만 어느 날 밤에 구경을 가보니까—."

"네, 농민강좌에를요."

"네, 그런데 자세히는 몰라도 칠판에 농민조합이라고 써 있습디다."

"네."

김 순사의 두 눈은 번쩍하였다. 한참 무슨 생각을 하더니만 다시 절절 웃으면서

"공연히 바쁘신데 실례했사옵니다. 자— 또, 뵈옵죠."

하면서 환도를 덜컥덜컥하면서 동리 속으로 들어간다.

월파 선생은 적이 분이 풀린 듯이 가벼운 유쾌를 느꼈다. 그러나 다시 가슴속은 물쿤하여져서 무슨 나쁜 일을 한 듯이나 불쾌도 하였다.

며칠 뒤다. 역시 청명한 대낮이었다.

동리에 사는 길성이란 젊은 사람이 뛰어왔다.

"선생님, 야단났습니다."

월파 선생은 무심히

"아니 왜?"

"저어— 왼통 형사들이 떼를 지어서 나와서 야단을 합니다. 저 건너 봉길이, 영만이 또 이 아래 홍석이, 형칠이 모두들 붙잡혀 갑니다. 그리고 저어 건너 학교 선생도 붙들려 갔다나봐요."

"뭐? 저 너머 학교 선생!"

"네. 그 연설꾼이 박 선생말이에요. 참 저는 봉길이 큰집으로 통지를 좀 하러 가겠습니다. 그럼 전 갑니다."

길성이는 눈이 둥그레져서 그대로 달음질쳐 뛰어간다.

월파 선생은 두 눈을 가만히 감았다.

김 순사의 얼굴, 김 참봉의 얼굴, 박 선생의 얼굴은 갖가지로 번갈아 나타나고 있었다.

"애들아, 오늘은 일찌거니들 가거라."

아주 힘없이 아이들을 보냈다. 글 읽는 소리의 마디마디는 그의 가슴을 에는 듯이나 싶었다.

그는 건넌방 모퉁이의 놓인 지팡이를 집어 들고 뒷동산으로 올라 갔다.

첫여름 날씨라 훈훈한 기운이 확확 끼친다.

풀향내는 훈훈히 진동한다. 천천히 고개를 숙인대로 올라서서 있던 곳까지 올라갔다.

바람은 휘휘 하고 동남에서 불어온다.

하얀 구레나룻, 하얀 머리칼이 은실같이 휘날린다. 선생은 지팡이 든 손으로 뒤허리를 고이고서 조금 뒤로 기대었다.

두 눈은 인형의 눈같이 꼼짝도 아니하고 건너편 마을 수선한 학교집에 모여서 있다.

그 외에는 모두가 부동이다. 나무로 깎아 세운 듯했다.

다만 바람이 부는 대로 하얀 터럭만이 푸스스 흩날릴 뿐이다.

대촌리 어구 버드나무 선 길둑길에는 기다란 일행이 있다.

자세히 보이지는 아니하나 양복쟁이 몇 사람의 행렬이다.

그들이 가는 편은 주재소로 가는 길이다.

학교 앞에는 아이들 소리가 와글와글거린다.

역시 자세히 들리지는 아니하나 울고불고하는 아우성 소리다.

아직까지 늦은 봄 아지랑이는 나무 끝에서 아른거린다. 파릇파릇한 모판에는 희끗희끗한 농부가 보인다. 논뚝 사잇길에는 빨간 치마 입은 소녀들이 점점이 움직인다.

역시 이들의 얼굴도 역시 자세히는 안 보이나 반드시 이 이상한 행렬을 바라보고들 입을 벌리고들 있을 것이다.

이 행렬은 차차 산모퉁이 길로 향해서 멀어진다. 월파 선생의 눈동자 끝은 행렬을 따라간다.

머리칼도 여전히 흩날린다. 그러나 역시 나무로 깎아 세운 사람같이 꼼짝도 아니했다.

*

얼마 뒤에 이 행렬은 산모퉁이 뒤로 사라져버렸다.

뒤미쳐서 그 산모퉁이 뒤에서는 빈 소 두 마리가 타나났다.

까치 두 마리가 싸우는 듯이 서로 붙어서 깍깍거리면서 날아간다.

그때에야 월파 선생은 깜짝 놀랐다.

뒤에 짚었던 지팡이를 홱 돌려서 땅바닥을 쳤다.

휘— 하고 한숨을 쉬었다.

두 눈에는 눈물이 글썽글썽하여졌다.

"아버지."

별안간 숙희의 목소리가 등 뒤에서 났다.

"아니 너 왜 올랐니?"

시름없이 물었다. 그리고 숙희의 얼굴을 쳐다보았다.

움푹한 새까만 두 눈동자는 물 묻은 구슬 모양같이 되었다. 조금 통통한 두 볼은 새빨갛게 상기가 되어 있었다.

두 부녀는 아무 소리 없이 한참이나 서로 쳐다보았다.

"아버지, 박 선생이 왜 잡혀갔어요."

"음, 모르겠다."

평생에 처음으로 물어보는 처녀 딸의 말대답을 뭐라고 할 수가 없었다.

따라서 왜? 규중처녀로서 외간남자의 소식을 물어보니? 하는 아버지로서의 할 말도 아니 나왔다.

숙희도 엄숙한 아버지의 앞에서 그 같은 소리가 언제 나오는 줄도 모르게 나왔다.

숙희의 품속에는 박 선생이 지어 보낸 오언五言 몇 귀가 있었다. 반드시 박 선생의 품속에도 숙희 처녀의 오언이 품겨 있을 것이다.

박선생과 숙희 사이로 언제부터 이 같은 오언이 왔다 갔다 하는 것은 이 '월파 선생' 이야기 속에서는 알 일이 아니다. 작자는 독자와 더불어 따로히 이 처녀의 이야기를 주고받기로 여기서 잠깐 약속하여 둔다.

*

몇 달이 지난 뒤의 가을은 왔다.

월파 선생은 또 이 동산 위에 올라서서 여전히 나무때기 사람 모양으로 백수만 흩날리고 섰다.

대촌리 학교는 쓸쓸하기 짝이 없다. 시들어져 가는 벌판과 몹시도 어울린다.

언덕 아래 새로 지어진 공립보통학교에는 천진스런 학생들이 펄펄 뛰어놀고 있다.

시중의숙도 여름부터 문을 닫았다.

월파 선생은 학도들에게 '쇄소응대' 가르치는 대신에 이제는 이 동산 위에 올라서서 새파란 가을 하늘도 바라보고 문 닫은 학교와 새로 연 학교도 바라보고 있다.

몇 달 전에 사라진 일행의 가던 꼬부랑 둔덕길에도 소조한 가을빛에 잠겼다.

월파 선생의 백수도 갈대꽃같이 쓸쓸하여 보였다.

그 뒤부터는 월파 선생은 벙어리가 되어서 지내갔다.

만유인력이니 박테리아니 대학지도니 인의예지니 하던 신구가 겸전한 그의 웅변은 자취를 감춰버렸다.

동리사람들은 그저

"선생도 늙으니까 할 수가 없군."

하여들 버렸다. 그러나 가끔 눈물 어린 눈으로 서로 쳐다보는 두 부녀만이 서로들 가슴속을 비추고 지낼 뿐이었다. 그러나 박 선생의 소식은 언제나 오나?

농민강좌의 젊은패들은 다들 어디에 가 파묻혀 있나?

- 끝 -

2월 1일

—《조선일보》, 1936년 2월 23일~3월 10일(총15회 연재)

능금나무 그늘

1

서울 북악산 뒷기슭은 가득 찬 것이 과실나무다. 산등성이나 산판*이나 산 밑이나 온 산에 그득하게 들어선 과목은 이곳 사람들의 목숨을 쥐고 있다.

제일 많은 것은 능금나무요 그다음은 복숭아, 살구, 배, 감, 앵두 따위들이나 모두가 능금나무라도 해도 좋을 만치 능금나무 투성이다.

옛날부터 경능금은 조선서 유명했고 경능금의 소산은 이곳 자하문紫霞門 밖이다.

삼각산에서 흐르는 옥 같은 시냇물에 종이를 뜨고 포백**을 하고 북악산 기슭 널따란 양지쪽에 과실을 심고 화초를 심어서 지내가는 것이 이 산골짜기 주민의 생활 상태이다.

---

* 산판山坂 : 나무를 함부로 베지 못하게 가꾸는 산 또는 산의 일대.
** 포백曝白 : 생피륙을 삶거나 빨아 볕에 바래는 일. 마전.

지금은 첫여름이다. 온 산에 가득 찬 과목나무는 희고 붉고 노란 꽃들을 활짝 피어가지고 있다.

푸른 잎 푸른 가지들도 한껏 빛나고 있다.

온 산은 푸른 잎과 붉은 꽃으로 수를 놓은 듯하다. 골짜기마다 색색이 안개를 내린 듯이 희붉고 푸르게 몽롱하여 보인다.

새파란 하늘은 더욱 밝아 보인다. 차차 자주 나르는 제비들은 쌍쌍이 헤맨다.

꽃핀 언덕 사이에는 옥 같은 물이 쫄쫄거린다. 굽이굽이 돌면서 작은 폭포가 되면서 쫄쫄거린다.

가끔 꽃 이파리는 흩날려서 물 위에 뜬다.

떨어지는 꽃잎은 소리가 없으나 꽃잎 받는 물결은 소리를 친다.

남향판 어떤 언덕 위 능금나무 사이에는 조그만 오막살이 한 채가 있다.

대문도 없고 마루도 없는 조그만 초가집이다.

방 한 칸, 부엌 한 칸밖에 없는 집이다.

이 집 옆에는 높직이 지은 정자亭子 한 채가 섰다. 아로새긴 난간을 들이고 색칠한 기둥에는 붉게 새긴 주련*이 걸려 있는 아담한 정자다.

두 칸통이나 되는 이 정자의 분합문**은 활짝 열렸다. 그리고 그 안에는 독자상을 차려놓았다.

그 아래 마당에는 병풍을 치고 전안상***을 놓았다. 한 칸 부엌은 숙수

---

* 주련柱聯 : 기둥이나 벽 따위에 장식으로 써서 붙이는 글귀.
** 분합문分閤門 : 대청 앞에 드리는 네 쪽의 긴 창살문.
*** 전안상奠雁床 : 혼례 때, 신랑이 기러기를 가지고 신부 집에 가서 절할 때에 기러기를 올려놓는 상.

간*이 되었다. 한 칸 방에는 칠보단장한 신부를 둘러싸고 여인네 손님들이 가득 차서 있다.

2

이 정자에는 서울 사는 어느 장사치의 별장이요 정자 앞 초가집은 이 정자를 지키는 김 첨지의 집이다.

김 첨지는 이 정자 주인의 상점에서 십 년 이상이나 서기 노릇을 하고 지내오는 오십줄에 든 사나이다.

김 첨지는 아들딸 칠 남매를 가졌다.

큰아들은 스물다섯 살 된 청년으로 북쪽나라 아라사**로 들어간 지 이미 삼 년이나 되었는데 편지 한 장 없이 소식이 감감하고 둘째아들은 스물세 살 된 청년으로 돈 모아보겠다고 동경으로 들어가서 직공 노릇하고 지내기를 역시 삼사 년이 넘는다.

큰아들과 다르게 가끔 안부 편지만은 오나 역시 시원한 소식은 없었다.

'몇 해만 더― 기다리십시오. 돈을 벌면은 내보내 드리겠습니다.' 하는 글발이 해마다 되풀이만 할 뿐이요 실상은 저 혼자 지내가기도 매우 곤란한 모양이다.

큰딸은 스물일곱 살 된 여자로 역시 동경에서 어느 공장 노동자와 살아가나 썩 시원치는 못한 모양이다.

둘째딸은 스물한 살인데 어느 시골로 시집을 갔다가 시아범에게 속

---

* 숙수간熟手間 : 잔치 때 음식을 만드는 곳. 숙설간熟設間.
** 아라사俄羅斯 : 러시아. '노서아露西亞'의 구칭舊稱.

아서 중국 어느 곳으로 매춘부로 팔려가서 소식이 감감하다.

오늘은 셋째 딸 되는 옥녀의 혼인날이다.

옥녀는 열여덟이 갓 된 이슬을 머금은 듯한 반 열린 꽃봉오리다.

김 첨지는 자기 아내와 둘이만 앉으면 한탄이다.

"자식들이라고 모두 왜 그 모양들이 되었소!"

"다— 팔자소관이지 별수가 있나요."

"엥히 달아나지 않으면 빌어먹으러 다니고 고생바가지를 차고 있는
년이 아니면 팔려가고……."

"때가 오겠지요, 설마 언제까지 이러리까?"

"자식 덕은커녕 걱정이나 없어야지."

"생각하면 뭣하나요. 우리 옥녀나 시집을 잘 보냅시다."

아들 둘, 딸 둘의 기구한 운명을 한탄하다가는 나중에는 으레 남아
있는 삼남매나 잘되기를 바라면서 서로 위로를 한다.

삼남매 중에도 그중 큰 옥녀의 장래가 행복되기를 축수하고 지냈다.

남의 집 자식은 시집도 잘 가서 재미있게 지내는데!

남의 집 자식은 벌이도 잘해 오는데…….

왜! 내 자식들만은 모조리 그 모양들인가? 하면서 탄식들을 하다가는

"다— 우리의 잘못이지. 자식들이라고 어려서부터 잘 먹이지도 못하
고 잘 가르치지도 못했으니 무슨 염치로 자식 덕을 바라노!" 하면서 스
스로 가슴을 쳤다.

더욱이 큰아들놈은 멀쩡하게 관청을 다녀서 월급을 꼭꼭 타오던 놈이
다. 담배 한 개 안 먹고 술 한 잔 안 먹던 얌전한 놈이다.

동네 일판에서 모두 칭찬이 자자하던 청년이다. 그런 녀석이 어떻게
생각이 주제넘게 가로 꿰져서 무슨 회니 무슨 잡지니 하고 밤낮 미쳐 돌
아다니더니 기어코 아라사로 들고 뛰어 달아났다.

난봉이 아니라고 하지만 집안 몰라보기는 마찬가지다. 둘째놈은 큰 놈과 다르게 일구월심으로 돈을 모아서 집안을 일으켜보겠다고 직공으로 점원으로 몇 해 돌아다니다가 나중에는 좀 더 성공을 해보겠다고 동경으로 건너갔으나 역시 성공은 둘째놈과 담을 싼 모양인지 그날이 장날이다.

김 첨지는 이제는 나이도 늙고 눈도 어두워서 서기 노릇도 잘 못한다.

더욱이 그 상점도 요사이는 거들거려서 월급도 잘 못 준다.

한 달에 잘하여야 이십 원폭밖에 차례가 아니 온다. 이것으로 남은 삼남매와 같이 다섯 식구가 이 정자 앞 오막살이에서 겨우 입에 풀칠을 하고 지낸다.

지내가는 것이 간구할수록* 멀리 떨어진 사남매가 더욱 생각났다. 뼈가 저리도록 불쌍한 마음도 일어났다가는 왜 딴 집 자식만 못할까 하는 원망스런 마음도 일어났다.

3

옥녀는 얼굴이 하얗고 똥그랗다. 눈은 샛별 같고 코는 오똑하다. 키는 호리호리하고 허리는 날씬하다. 새가슴이요 버들허리다.

입은 평생 다물고 있으나 붉은 두 뺨에는 언제나 화색을 띠고 있다.

암상스러우나 싹싹하고 영악하다.

어른의 비위를 잘 맞추나 조금만 비참한 일을 보아도 새파랗게 성을 낸다.

| * 간구艱苟하다 : 가난하고 구차하다.

큰딸같이 너털거리지도 않고 둘째딸같이 악착방망이도 아니다.

진일, 마른일은 도맡아 하고서 언제든지 웃는 얼굴로 김 첨지 내외를 위로하고 지낸다.

김 첨지 내외는 이 옥녀에게 순전히 마음을 붙이고 산다.

얌전한 처녀, 아담한 색시, 일 잘하고 마음 고운 애기, 이것이 옥녀가 가진 이 산골짜기의 칭찬이다. 봄이면 이 산골짜기는 붉은 도화가 피우는 향기에 잠긴다.

그러나 김 첨지 집은 겨울에는 이 옥녀가 피우는 가냘픈 향내에 찼다.

이 집의 모든 희망과 행복은 이 옥녀가 차지하고 있다.

김 첨지 내외는 아무리 어려워도 옥녀만은 충분히 좋은 혼처를 골라서 시집을 보내려고 했다.

부자 사위를 얻어서 덕을 보겠다는 마음보다, 차라리 큰딸 작은딸같이 고생스럽게 지내지만 말기를 축수했다.

신랑만 얌전하고 굶지만 않는 집을 만나기만을 바랐다. 큰딸은 잘산다고 보냈다가 본가집 못산다고 업신여기는 바람에 못 견뎌서 뛰어나와서 동경으로 개가를 했다. 둘째딸은 양반집이라고 믿고 보냈다가 기어코 제 몸까지 망했다.

두 아들은 사내라 어떻게든지 저희들이 저희들의 앞길을 개척하고 지낸다. 집안을 돌보아주지는 못해도 제 몸들만은 버티고 지내간다.

그러나 어디 가서 죽었는지 살았는지도 모르는 둘째딸은 시시로 뼛속까지 사무치게 불쌍하였다.

*

김 첨지 내외의 가슴에는 못이 박혔다.

과목나무 사이에 옥녀의 분홍치마가 널린 것을 볼 때에나 밝은 달밤에 감나무 밑에서 흘러나오는 귀뚜라미 소리를 들을 때에는! 더욱이 딸들의 생각에 눈물들이 났다.

이럴 때마다 옥녀를 더욱 위하였다. 무서운 악마가 또 어여쁜 천진스런 새 처녀딸을 빼앗으러 오는 듯이나 긴장들이 되었다.

무슨 일이 있어도 옥녀만은 시집을 잘 보내야지! 하면서 조바심을 치면서 지낸다.

그들은 자기들의 행복을 위하여 사는 것이 아니라 마음 고운 옥녀의 장래의 행복을 위하여 살아가고 있다.

오늘은 이 같은 그들의 행복에 큰 관계가 있는 옥녀 처녀의 혼인날이다.

4

고르고 고른 옥녀의 신랑감은 어떠한 청년인가? 서울에 우대* 어느 중인네 집안의 큰아들이다.

이제 스물한 살 된 청년으로 우편국의 사무원을 다닌다.

그의 집안은 부자는 아니나 굶지는 아니한다. 신랑 아버지 되는 박 주사는 조그만 책사를 한다.

김 첨지와 박 주사는 글방 동무다. 어려서 한 동리서 자라나고 한집 안같이 서로 통하고 지냈다.

그의 아들 문성이는 중학교를 마치고 우편국원이 되어서 술도 안 먹

| * 우대 : 서울 도성 안의 서북쪽 지역을 이르던 말. 인왕산 부근의 동네.

고 담배도 아니 먹고 월급 타는 돈 한 푼 쓸 줄 모르는 숙맥이다.

월급봉투를 고대로 갖다가 자기 아버지에게다 맡기면은 도리어 그의 아버지는 돈 원 집어서 주고서 용돈으로 쓰라고 하다시피 한다.

그러나 문성이는 돈 쓸 곳이 없어서 자기 어머니에게 드린다.

그 동리 안에서는 문성이 소문이 역시 자자했다. 술담배 먹지 않고 난봉 필 줄을 모르는 시체 청년과는 다른 얌전한 청년이라고 수통에 모이는 여인네들의 입에 오르내린다.

*

김 첨지와 박 주사는 비록 어려서 동문수학한 동무 사이였으나 서로 교제가 끊어진 지는 수십 년이 되었다. 혹 길에서 만나면 인사만 하고서 지나갈 정도밖에 아니 되었다.

물론 그들은 성장한 아들과 딸이 있는 줄도 몰랐다. 그러니까 서로 통혼할 생각은 염두에도 없었다.

그렇다고 매파*가 중매를 했거나 일가 사람이 중간에 들어서 된 혼인도 아니다.

문성이와 옥녀의 혼인은 그들의 아버지들이나 일가들이나 매파들의 주선으로 된 것이 아니다.

| * 매파媒婆 : 혼인을 중매하는 할멈.

5

지나간 겨울에 김 첨지에게는 생사도 모르던 큰아들에게서 처음으로 편지 한 장이 왔다.

처음 집을 떠나갈 때 간도 용정에서

"소자는 자식으로 여기지 마십시오. 준용(둘째아들)이들에게나 마음을 붙이고 사십시오. 소자는 얼마 동안 집안을 잊어버리겠습니다. 불효가 되겠습니다. 언제까지든지 소식이 없드래도, 잘 있는 줄 알아주십시오."

―하는 편지를 남긴 뒤에 3년이 되도록 한 장 편지가 없다가 처음으로 온 편지였었다.

보낸 곳은 아라사 땅이었으나 어느 곳 몇 번지라는 것은 자세히 적혀 있지 않았다.

편지의 내용은 대개 다음과 같았다.

"그동안 안녕히 지내시기나 하셨습니까?

소자도 그동안 몸만은 건강히 잘 있습니다. 그리고? 꾸준히 힘차게 일하고 있습니다.…… 중략 ―

옥녀가 인제는 처녀가 되었겠지요.

박문성이 혹시 생각나십니까. 소자와 중학교에 같이 다니던 아이 말입니다. 왜? 가끔 집으로 놀러오던 문성이 말이에요.

그 사람은 지금 우편국원으로 있고 또 매우 얌전한 청년입니다. 만일 지금까지 다른 데와 통혼이 되지 않았으면 문성이와 혼인을 시키십시오.

문성이는 모양도 낼 줄 모르고 길에서 여자를 만나면 도리어 길을 피하여 달아나는 '진국'입니다.

그리고 담배도 술도 모릅니다. 그리고 책도 많이 읽고 있습니다. 신식 공부도 많이 하고 있으나 보통 신식 청년과는 다르니!

그러면 또 안녕히 계십시오. 또 필요하면 편지하겠습니다. 편지 없으면 잘 있는 줄 아십시오."

김 첨지는 매우 반가웠다. 두 내외는 돌려가면서 백독 천독을 했다.

집안을 모르는 놈이라고 괘씸도 하게 알았으나 어쩐지 월급만 똑똑 타오고 평범하게 지내는 다른 집 자식보다 훨씬 잘난 것같이 생각이 들었다.

"우리 집 애는 참 얌전합니다."

하는 동리집 여편네의 자랑 소리를 들을 때에는

'피─ 먹고 살 줄만 하는 평범한 자식이 뭬 얌전해, 우리 아들같이 큰 뜻이 있나?'

하면서 속으로 버티기도 하고 비웃기도 했다.

왜? 자식 복이 없나? 하다가도 나중에는 큰 대장이나 큰 부자가 반드시 되어서 돌아올 큰아들의 장래를 바라보고 기뻐했다.

무슨 빌어먹을 큰 뜻이야. 집안 식구를 다 굶어죽이고도 큰 뜻인가? 이러다가도 그만 몇 백 몇 천 청년보다 훨씬 큰 뜻을 가진 아들의 생각에 경복도 하였다.

이러한 큰아들에게서 온 편지에는 무조건하고 좇지 않지 못했다.

그놈이 좋다는 신랑이니 좋은 신랑이기는 할 것이다. 그러나 하나 염려는 유유상종이라고 그놈이 좋다는 그놈도 그놈같이 큰 뜻이 있을 것은 정한 이치다. 큰 뜻을 가진 것만은 좋은 일이나 살아가는 데는 상극이다. 큰 뜻이 있다는 것은 집안을 굶긴다는 소리와 마찬가지다.

그놈이 사람만은 좋으나 부모와 동생을 버리고 달아난 것은 나쁘다.

그러한 그놈이 좋다는 옥녀의 신랑감은 그놈같이 좋기는 할 모양이나 옥녀를 내버리고 달아날까봐 겁이 났다.

두 딸 대신에 잘 살려보겠다는 옥녀의 신랑감을 큰 뜻 가진 큰놈이 소개하는 신랑에게 주기는 좀 꺼림칙하였다.

그래서 어쩔까 이쩔까 하다가 그냥 흐지부지 내버려두었다.

그런 중에 마침 상점 주인이 어떤 신랑을 소개하였다. 그 신랑은 종로바닥에서도 제일 부자인 어떤 상인의 큰손자 되는 자다.

첫째는 부자요 둘째는 종손宗孫이다.

혼인만 하는 날이면 처가도 먹여 살린다는 조건도 붙어 있었다. 더욱이 신랑도 똑똑하다. 상업학교를 졸업하고 나서 자기 전방*에서 밤낮 일을 보고 지낸다.

이생 생리에 눈을 뜨고 난봉과는 담을 쌓고 지내는 모범 청년이다.

김 첨지는 뛸 만치 기뻐하면서 집으로 돌아와서 자기 아내에게 이야기를 했다. 그리고 딸에게까지

"애 옥녀야 너 시집가게 되었다, 허……

지금은 예전과 다르니까 너에게 미리 알려주는 것이다.

신랑은 상업학교 졸업생이다. 부자 장사꾼의 큰손자다."

옥녀는 얼굴이 빨개져서 고개만 숙이고 앉았다.

6

그러나 그 이튿날부터 옥녀는 아침밥도 아니 먹고 몸져 드러누웠다.

이틀, 사흘, 옥녀의 병은 더— 하였다.

옥녀의 품속에는 오빠의 편지가 들어 있었다.

| * 전방廛房 : 물건을 늘어놓고 파는 가게.

옥녀는 두 오빠 두 언니 중에 제일 숭배하고 있는 것이 큰오빠다.

오빠가 가진 큰 뜻이 어떤 것인 줄은 모르나 좋은 것인 줄만 알았다. 몹시 높고 거룩한 것인 것만인 줄은 알았다.

자기는 소학교 삼학년밖에 안 다녀본 무식한 여자이었으나 남편만은 유식한 사나이를 만나고 싶었다.

자기 큰오빠는 보통 청년보다는 퍽 유명하고 무척 유식하다고 알았다. 따라서 오빠의 친구들도 다— 유명하고 유식한 청년들인 것같이 알고 믿었다.

오빠는 가끔 재미있는 이야기를 하여주었다.

모두 다 잊어버렸으나 다 좋은 말이란 것만은 생각났다. 어째서 좋다고 남에게 설명할 순 없으나 자기의 마음과 몸은 이 오빠와 또는 오빠 친구축들의 말과 행동에 물들어버렸다.

어느 회사를 다니느니— 무슨 장사를 하느니 하는 동리집이나 일가집에 있는 청년들은 어쩐지 오빠 축에다가 대면은 케케묵은 것 같았다.

오빠 축들은 확실한 까마귀떼 중의 한두 마리의 학이며 봉황이었다.

오빠는 돈 모으려는 생각보다 공부하려는 생각이 더— 크다.

집안 살림살이보다 세상일에 더— 흥미를 갖고 있다. 옥녀의 생각은 막연하나마 그의 큰오빠 축들에게 감화되어 있었다.

굶어죽어도 좋다. 고생을 하여도 좋다.

오빠 동무 같은 남편만을 만나면 그만이다. 내가 비록 무식해서 신여성과 같이 남편과 손에 손목을 잡고 같이 사회에 나가서 일은 못한다고 하더라도 남편의 하는 일을 잘 이해하여주고 남편의 피로한 몸과 마음을 잘 위로만 하여주는 아내만이라도 되어보겠다—는 결심만은 그의 나이와 같이 무럭무럭 커가고 익어갔다.

문성이는 오빠 동무 중에서도 가장 자주 자기 집으로 놀러 오던 청년이다.

어려서부터 드나들어서 오빠나 다름없이 숙친하여졌다.

문성이는 아홉 살, 옥녀는 여섯 살 되는 어릴 때부터 서로 친하였다. 물론 그때는 옥녀는 문성이에게 오빠라고 불렀다. 문성이는 가끔 과자와 사탕을 사가지고 놀러도 오고 교과서를 가지고 와서 오빠와 공부도 했다.

그러나 옥녀가 처녀가 된 뒤에는 문성이와 물론 내외를 하였다.

다른 사나이에게 하듯이 먼 데서만 봐도 방으로 뛰어 들어가는 내외는 아니었다. 서로 마주 쳐다보기는 하였으나 인사만 하지 않고 말만 하지 않는 정도의 내외였었다.

어떤 때는 오빠와 같이 무슨 무거운 책을 끼고들 들어와서 온종일 서로 읽고 이야기를 하는 때도 있었다. 여름 같은 때는 동산에 올라가들 있으니 문제가 없겠으나 겨울만은 한 방에 들어앉았다.

방이 하나라 피하려야 피할 곳이 없다.

아랫목에서는 오빠와 문성이가 책을 보고 또 그 색다른 이야기들을 주고받고 날이 가는 줄을 모른다. 윗목에서는 옥녀와 어머니가 바느질을 가운데 놓고 조용히 앉았다.

서로 말은 없으나 방 안의 공기는 봄안개가 낀 듯이 몽롱하고 붉었다.

바느질은 하나 생각은 휘청거려졌었다.

가끔 고개를 들면 문성이와 두 눈이 마주친다.

얼굴이 빨개져서 고개를 숙이면 가슴이 터질 듯이 뛴다. 온몸은 짜르르짜르르 울린다.

그럴 때는 문성이의 책 읽는 소리도 떨리는 듯싶었다.

옥녀는 문성이가 오는 날이면 부끄러우나 기뻤다. 문성이는 어떻게 마음을 먹고 있는지 모르나 자주자주 찾아온다. 반드시 책을 가지고 오고 오빠와 긴— 이야기를 하러 온다. 어떤 때는 서로 싸움하듯이 몇 시간

동안이나 격렬하게 토론을 하다가는 끝으로는 언제든지

'너는 아직 모른다' '너는 아직 어린애다' 하면서 깔깔 웃어들 버린다.

오빠가 아라사로 달아난 뒤에는 문성이도 아니 왔다.

그러나 옥녀의 눈에는 아랫목에 앉았던 문성이의 어글어글한 얼굴이 사라지지 않았다.

귀에는 책 읽는 소리가 더 똑똑히 커가고 있었다. 밤이면 꿈을 꾸고 꿈마다는 문성이와 만난다.

요사이 와서는 더욱 더— 하였다.

그러다가 오빠에게서 편지가 왔다. 옥녀는 말은 하지를 않았으나 속으로는 펄펄 뛸 듯이 기뻤다.

오빠 같은 친구, 어려서부터 같이 자라났던 문성이, 유명하고 유식한 보통 청년보다 뛰어난 청년.

자기의 이상하는 남편감.

옥녀는 무지개와 꽃과 작은 새와 나비와 푸른 하늘과 맑은 물이 가득 찬 자기의 앞날을 눈앞에 그리고 혼자서 기뻐했다.

열일곱 살 먹은 처녀의 가슴에는 이 큰 뜻 가진 오빠의 친구

유명한 청년 장래의 남편의 황홀한 그림자가 꽉, 차서 있었다.

그러나 아버지는 오빠축과는 정반대인 케케묵은 신랑감을 찾아왔다.

돈만 모을 줄 아는 돈 많은 집 도련님을 사위로 삼으려고 한다.

이래서 그만 말도 못하고 먹지도 못하고 드러누워버렸다.

며칠 뒤에 옥녀는 할 수 없이 자기의 소회를 내쏟아버렸다. 그리고 요구를 들어주면 살고 안 들어주면 죽겠다는 의미의 말을 결론지어 말했다.

*

김 첨지는 꺽지지가 못한 영감이다. 더욱이 자식에게 대해서는 절대로 방임하는 주의를 가진 사나이다.

"그전과 달러서 자식의 혼인이라도 어디 우리 마음대로 할 수가 있소, 어디 문성이 집에 통혼이나 해보고 인품과 가품을 알아나봅시다."

아내와 이와 같이 작정을 하였다.

문성이는 평소부터 보아서 얼굴도 잘생기고 예의도 있고 글자도 똑똑한 것만은 알아왔다. 신랑감으로서는 부족한 점이 없는 것도 알았다.

다만, 하나 꺼리는 것은 큰놈 같은 오장을 가지고 있는 것이다. 술 담배 안 먹고, 건방지지 않고, 얌전하고 유식도 하나 그 가툭꾀진 큰 뜻을 가진 것이 대단히 염려가 되었다.

그러나 당자인 옥녀가 죽을 작정으로 마음을 쏠리고 있고 큰놈이 일부러 삼 년 만에 편지까지 하니 좋지 않을 수가 없었다.

"모두가 팔자소관이지 할 수 있나! 되어가는 대로 하지."

하면서 옥녀를 안심시켜주었다.

그리고 한편으로 문성이 집 내를 알아보니 그의 아버지는 자기와 동문수학하던 죽마지우였다.

또, 문성이는 자기 큰놈과 다른 것은 큰 뜻을 가졌기는 하나 그러나 집안 살림에 눈을 뜨고 있는 점이다. 그 동리에서 소문난 것을 들으면 그 동리 청년 중에서는 별로 떨어지지 않게 얌전한 살림꾼이다.

관청에서도 성적이 좋고 월급도 타서 한 푼 낭비도 아니한다.

이래서 김첨지는 크게 기뻐했다. 그래서 부랴사랴 통혼을 한다, 선채*

---

* 선채先綵 : 전통 혼례에서, 혼례를 치르기 전에 신랑 집에서 신부 집으로 보내는, 치마나 저고릿감으로 쓰는 푸른색과 붉은색의 비단.

를 받는다. 사주를 받는다 해서 기어이 오늘 같은 혼인날을 당한 것이다.

·7

오정이 가까워 왔을 때 신랑의 행렬은 꼬불꼬불한 꽃밭 사잇길로 올라온다.

부인 손님네들은 울타리까지 나와서 교자 속을 들여다보고들 떠든다.

"신랑이 신식 청년이라는데 왜 구식으로 하노."

어떤 부인이 말했다.

"너무 신식 신랑이 되어서 예배당 혼인도 반대를 한답니다."

하면서 손님 가운데서 단 하나밖에 없는 트레머리 여자가 웃으면서 대답을 했다.

이 트레머리는 옥녀의 육촌형 되는 신여자로서 유명한 피아니스트다.

그의 남편은 문예극단의 단장으로서 오늘 이 혼인에 팔밀이꾼 노릇을 하게 되었다.

김 첨지 영감이 신랑이 유식한 신식 청년이라니까 일부러 팔밀이꾼도 자기 일가 중에서는 그중 유식하다는 신식 청년인 조카사위를 선택했던 것이다.

주당살이 아무 데도 없다고 하여서 부인네 손님들은 아주 마음대로 잘 보이는 곳에 가들 서서들 있다.

극단장은 회색 양복을 입고 지져서 꼬불꼬불하게 치켜 올린 머리에 금테 안경을 쓰고 섰다. 신랑은 교자에서 나왔다. 나오자마자 모든 손님들은 차마 크게 웃지를 못하나 터질 듯한 입을 수건으로 틀어막고들 씻

| * 주당살周堂煞 : 혼인 때에 꺼리는 귀신을 덧들여 받는 액운.

씻거린다.

허여멀건 얼굴, 어글어글한 두 눈 높은 코, 큰 입, 뻔하게 잘생긴 기연한* 신랑을 왜들 보고 부인네들은 웃으려고 하는가?

신랑도 다소 기분이 좋지 못한 모양 같았으나 억지로 참는 모양으로 유식한 극단장의 안내를 받으면서 독자상 앞까지 왔다.

"신랑은 퍽— 잘생겼군."

"나이도 신부하고 걸맞겠는걸."

"퍽, 순하고 착해 보이는군."

"술담배를 다 안 먹고 퍽, 얌전하다지요."

"그런데 준일(옥녀의 큰오빠)이와 한축이라나 봅디다."

수군거리는 부인네들의 소리는 점점 커 갔다. 여전히 웃는 소리는 섞여 있었다.

늙수그레한 중매는 신랑을 전안상으로 인도했다. 칠보단장한 신부는 수님에게 부축이 되어서 그림같이 섰다.

"여보 중매마누라, 신랑 뿔 좀 보오—."

괄괄한 어떤 부인네의 외치는 소리에 모든 손님들의 웃음은 터졌다.

원래 사모**에 왼쪽 뿔이 반대편으로 꽂혀 있었던 것이다.

그때에야 중매는

"에구 그 신랑 대단히 사나웁군. 내낮부터 벌써 성이 나서 뿔을 뒤로 꾸부리었네." 하면서 왼쪽 뿔을 쑥 빼서 똑바로 다시 꽂아주었다.

---

* 기연하다 : 키가 크고 인품이 있다.
** 사모紗帽 : 검은 사紗로 만들었는데 흔히 전통 혼례식에서 신랑이 쓰는 모자.

김 첨지 내외가 생각하는 얌전한 사위, 여러 딸의 행복을 대표해주었으면 하는 옥녀의 새 남편 되는 문성이는 왜 뿔이 모로 끼워진 사모를 썼을까?

옥녀가 생각하는 이상적 남편, 오빠같이 유식하고 오빠같이 잘난 커다란 생각 가진 새로운 남편 되는 문성이는 왜 사모의 뿔이 가로 꽂힌 줄을 몰랐을까.

문성이는 준일이와는 누구나 다— 알듯이 서로 간담을 통하고 지내가는 청년이다.

술, 담배 안 먹고 돈 쓸 줄 모르고 난봉과는 담을 쌓고 지내는 얌전한 청년이다.

우편국에서 나오면 책이나 보고 들어앉았고 노는 날이면 도서관에 나가는 단순한 생활을 하고 지내가는 청년이다.

그의 가진 사상이 어떻고 그가 가진 이상이나 포부는 어떤가는 원래 그가 입을 다물고 있으므로 짐작하는 사람이 하나도 없었다.

다만 멀리 간 준일이만이 잘 알고 있으나 역시 준일이까지 없으니 알 바는 전혀 없었다.

다만 그는 스물두 살이 되도록 연애를 해본 일이 없는 청년인 것만은 확실하다.

그는 어느 예술단체 동인으로서 지내는 모양이나 역시 그가 아직 발표한 작품도 없으며 따라서 그 단체가 아직 사회에 표현되지 않은 만큼 역시 그가 어떠한 예술 사상을 가진 줄도 모른다.

그러나 그는 우편국에서도 사무상에 앉아서 한참씩 허공을 쳐다보고 있기도 하고 식당에서 다른 사무원이 보기에는 과격한 언론도 토하기도 하고, 지배인이나 소사나 규지에게도 존대를 하고 지내는 것만이 보통 우편국원과 조금 다른 모양이다.

예술단체의 연구회 같은 데에도 한번 결석을 한 일도 없고 집에서 밤이면 밤을 새워가면서, 습작을 게을리하지 않는 것만이 다소 열성스러워 보인다.

그 외에는 다른 사람과 다른 점은 하나도 없다.

김 첨지가 떨려 하는 큰 뜻을 가진 것 같지도 않고 옥녀가 이상하는 위대한 남편 노릇할 만한 용기를 가진 것 같지도 않다.

8

그는 '결혼은 청춘의 사형장'이라는 글발을 언제든지 일기장에도 쓰고 있었다.

처성자옥妻城子獄*이라는 말도 충분히 새겨서 비판하고 지내갔다.

청춘은 봄이요 결혼도 봄이다.

봄은 강이요 강은 흐른다.

인생이 봄을 맞이하고 즐거워하는 것은 지극한 자연이요 필연이다.

봄이 되면 작은 벌레도 마주 붙어 앵앵거리고 나비도 꽃을 찾아 날아든다.

총각은 애비가 되고 처녀는 에미가 되어 아들딸 낳고 즐거이 가정을 이루는 것도 인생의 봄의 풍경이다.

본능은 자연이요 자연은 필연이다.

---

* 처성자옥妻城子獄 : 아내는 성城이고 자식은 감옥이라는 뜻으로, 처자가 있는 사람은 거기에 얽매여 자유롭게 활동할 수 없음을 이르는 말.

그러나 우리들 지금 세상의 젊은이는 이 지극한 자연이 쫓아갈 여가가 없다.

바쁘다. 할 일이 많다. 힘이요 노력이요 피땀 어린 분투를 안 하면 안 된다.

좀 더— 좋은 장래를 위하여 영원한 평화를 위하여! 이것이 얼마 전까지 문성이가 가진 결혼관이다.

*

결혼은 해야 한다. 결혼은 힘이다. 모든 일의 원동력이다. 미혼 청년은 혈기로 자라나서 흥분만 하고 긴장만 되어서 모든 일을 경조하게* 보고 또는 처리한다.

여기서 실패가 많이 생긴다.

인생의 어른이 되어서 좀 더 침착해지지 않으면 안 된다. 침착하고 정숙하게 인생의 행복을 찾아보자. 그러면 결혼은 보통 동물들의 생식 본능을 위한 우연한 결합만에 그치면 아니 된다.

위대한 인생의 새로운 행복의 창조를 위하여 서로 붙잡고 나아가는 협동전선이 되지 않으면 아니 된다. 결혼은 춘기 발동된 청춘남녀들의 육정과 법열로서 성립되는 것이 아니다.

인생을 위하여 행복을 위하여 싸워보겠다는 자각 있는 일꾼들의 악수로써 결합이 되지 않으면 아니 된다.

결혼은 자연보다도 의식적이며 정서보다 이지의 결합이 아니 되면 아니 된다.

| * 경조輕佻하다 : 말이나 행동이 진중하지 못하고 가볍다.

이것은 요사이에 변한 그의 결혼관이다.

*

결혼은 하여야 한다. 그러면 서로 악수할 부부는 어떻게 만나야 할까? 어떠한 아내가 되어야 할까?

같이 손목 잡고 일할 여자이어야 할까? 남편의 일을 보주만 해줄 여자이어야 할까! 남편의 일을 이해 잘해줄 여자이어야 할까?

이남박*과 반짇고리에만 매달려 지내는 여자, 남편에게는 절대 복종만 하는 여자이어야 할까!

신여자이어야 할까! 구여자이어야 할까!

미인이어야 할까? 보통이어야 할까?

그는 장차 맞아들일 아내를 여러 가지로 공상하여보았다.

이러한 판에 믿고 믿는 준일에게서 편지가 왔다.

"나는 군에게 내 누의**를 권한다. 내 누이는 군도 잘 알다시피 미인은 아니다. 또 새로운 지식도 없다. 군과 같이 손목 잡고, 같은 운동할 자격도 없고 내조할 만한 지식도 가지지 못했다.

그러나 나는 내 누이가 우리들의 생각만은 잘 이해하고 있는 영악한 여자란 것만은 믿고 있다. 또 우리 남매들이 가지고 있는 선천적 모험성을 가지고 있는 것도 잘 안다.

조선에는 군의 배우가 될 만한 신여성도 많이 있다. 그러나 여고를

---

* 이남박 : 안쪽에 여러 줄로 고랑이 지게 돌려 파서 만든 함지박으로, 쌀 따위를 씻어 일 때에 돌과 모래를
  가라앉게 하는 것.
** 누의 : 누이의 옛말.

졸업하고도 무꾸리*를 다니고 부인론**을 읽었어도 더 낡은 현모양처만에 갇혀 있는 얼치기 신여성보다도 차라리 무식하나 단순한 용기와 신념을 가진 나의 누이동생을 권한다.

나는 집에도 편지를 해두었다. 생각 있거든 통혼하여서 재미있는 새 부부가 되기를 바란다.

물론 결혼으로 말미암아 군이 가지고 있는 생각이 좁아지거나 물러나지 않고 오히려 더 커지고 굳세어지기를 믿고서 말이다.

언제든지 만나자. 딛고 섰는 곳이 일터다."

문성이는 이 편지를 받자마자 결혼에 대한 모든 이론과 새로 맞을 아내에 대한 여러 가지 공상이 다— 날아가버렸다. 다만 어려서부터 서로 보고 지내던 옥녀에게 대한 연연한 정이 불길같이 일어났던 것이다.

9

이렇게 되어서 혼인이 되고 또 오늘을 당했다. 동무들은 신식으로 하자고 권하기도 했으나 그는 신식이나 구식이나 식이라는 형식은 마찬가지니까 이왕이면 사모를 한번 써보겠다고 주장을 했다.

혼인날이 되매 그는 더 크게 결심을 했다.

대개는 결혼을 하면 사상이 변하고 좁아진다고 하나 나는 더 커지고 굳세어지리라는 것이다.

---

* 무꾸리 : 무당이나 판수에게 가서 길흉을 점치는 것.
** 부인론 : 1879년에 독일의 사회주의자 베벨이 지은 책 『여성과 사회주의』를 일컫는다.

자기의 천직은 창작가다. 더욱이 현실을 잘 헤쳐보는 시대의 선구로서의 창작가다.

아내에 얽히고 자식에 매달리면 아니 될 가장 힘센 창작가다.

상아탑 속에서 은피리나 불면서 때에 따라서 달도 새라고 읊는 세기말의 물랭이 같은 연약한 □□이 아니라 자기가 가진 세계관과 예술관으로써 돌진하는 힘센 창작가다.

자기는 아직도 싹이다. 엉기지 않은 그릇이다. 큰 나무가 되는 것이나 좋은 그릇이 되는 것도 지금부터다.

그러면 혼인날도 보통 신랑같이 지내가면 아니 된다. 자기가 가진 천직을 쉬면 아니 된다.

이래서 그는 관대 입은 가슴속에서 원고지와 연필을 품었었다.

교자를 타고 가면서 원고지를 꺼내어 썼다.

결혼은 인생의 재출발, 성공의 기로선

잘못하면 평범한 비부*의 길로!

잘하면 위대한 투사의 생활로!

아내와 한 몸은 되어도 아내에게 취하면 아니 된다. 청춘의 향락에 노예가 되기 전에 진정한 행복의 창조자가 되라. 화촉동방에 꿈같은 속삭임 속에서도 창작적 노력을 쉬지 마라.

철인이나 문호들의 경구나 금언같이 몇 줄 내리썼다. 그리고 다시 가슴속에다 힘 있게 품었다.

색시에게 취하여 가는 새 신랑의 호기심보다도 전쟁 나가는 전사와

---

* 비부婢夫 : 계집종의 남편.

같이 스스로 신경을 긴장시키고 있었다.

가파른 고개를 넘는 바람에 모자가 흔들려서 사모 쓴 이마가 배긴다. 더욱이 첫여름이라 머릿속이 텁텁하다.

잠깐 벗었다 쓰리라 생각하고 그는 사모를 벗었다.

교자 들창 밖으로는 능금꽃, 감꽃이 울긋불긋 지나간다. 노랑나비, 흰나비는 소리 없이 춤을 춘다.

그는 오늘밤 생각, 옥녀와 어릴 때 지나던 생각, 요다음 살림할 생각, 신부집이 가까워질수록 별별 공상에 잠겨 있었다.

그러는 사이에 신부집이 가까워졌다.

그는 깜짝 놀라서 다시 사모를 쓰다가 잘못 써서 왼쪽 뿔이 떨어졌다. 그는 더 황황하여져서 급히 꽂는다는 것이 반대로 꽂아서 이같이 신부집 손님들을 웃겼던 것이다.

10

십 년이 지난 뒤다.

또다시 첫여름은 이 능금나무 그늘 밑 김 첨지 집으로 찾아왔다.

능금꽃, 감꽃은 활짝 피어서 만발하고 노랑나비, 흰나비는 너훌너훌 춤을 춘다.

하늘은 파랗고 밝고 시냇물은 쫄쫄쫄 소리를 친다.

김 첨지는 아주 백발이 되었다. 다니던 상점은 망하여 없어지고 그의 눈도 어두워버려 폐인이 되었다. 김 첨지 아내도 허리가 꼬부라지고 이가 빠져서 오물오물한다.

정자 앞 시냇가에서는 막내딸 금순이가 빨래를 한다.

추렁추렁한 구름 같은 머릿단을 옆구리에다 휘어 끼우고 분길* 같은 하얀 손목으로 방망이질을 한다.

노랑 저고리 입은 두 어깨는 달먹달먹한다. 분홍 치맛자락은 시냇물이 비쳐 알록거린다.

게슴츠레한 눈, 뾰족한 코, 똥그란 얼굴, 불그스름한 두 뺨은 십 년 전 옥녀와 흡사하게 같다.

김 첨지 내외는 정자 마루 끝에 앉아서 멀리 금순이의 뒷모양을 바라본다.

바람에 불려서 떨어지는 두어 조각의 노란 감꽃 이파리가 너훌너훌 떠다니다가 금순이의 새까만 머리 위에 가 사붓 앉는다.

김 첨지는 한숨을 휘— 쉬면서

"여보 길동 어멈이 요새는 얼마씩 월급을 타노."

길동 어멈이란 것은 십 년 전에 시집간 옥녀를 가리킨 말이다.

옥녀는 지금은 아홉 살 먹은 길동이놈 아래로 모두 사남매를 낳았다.

얌전하고 잘생긴 길동 아범은 무슨 회에 들었다는 죄로 형무소로 들어간 지가 이ㄴ 년이나 넘는다.

늙은 시부모와 어린 사남매를 먹여 살리기 위하여 옥녀는 어느 공장에 여공으로 다닌다.

우리 옥녀만은 시집을 잘 보내야지— 하던 이 귀여운 딸 옥녀는 남편과 금실만은 좋게 지내나 별별 고생을 다— 하다가 지금에는 약한 몸에 여공 노릇을 해가면서 많은 가족을 호구시켜 가면서 남편이 백방되기만 기다리고 지낸다.

십 년 전의 고운 얼굴은 없어지고 낡고 바스러지고 창백한 여공으로

* 분粉길 : 분粉의 곱고 부드러운 결. 분粉결.

변하여버렸다.

큰아들 준일이에게서도 여전히 소식이 없고 동경 있는 둘째아들에게서도 여전히 일 년에 한 번씩 성공할 때까지 기다려줍쇼 하는 편지만 오고 있다.

큰딸도 여전히 동경 가메도* 낭아야에서 헤어나지를 못하는 모양이요 중국 간 둘째딸은 무서운 화류병에 걸려서 다 죽게 되었다는 소식만은 한번 듣고는 그 뒤는 생사가 묘연하다.

김 첨지 마님은 따라서 한숨을 쉬면서

"요새는 한 달에 구백 냥이랍디다!"

"응, 꽤, 많아졌구료.**"

조금 동안도, 부부는 아무 소리 없이 금순이의 뒷모양만 쳐다보고 앉았다.

금순이는 여전히 토닥토닥 방망이질을 한다.

"여보 마누라 정말이지 금순이만은 시집을 잘 보냅시다."

"다― 팔자소관이지 억지로 인력으로 할 수가 있소."

두 늙은 내외는 또 한숨을 내쉬었다.

금순이는 허리가 아픈 듯이 일어나서 기지개를 켜면서 돌아다본다.

바람에 날리는 다홍 댕기는 너훌너훌한다.

푸수수한 앞이마 머리칼 위에는 노란 감꽃이 그대로 얹혀 있었다. 방긋이 웃으면서

"왜? 어머니 아버지는 나만 보시고 계셔요."

- 끝 -

―《조광》, 1936년 3월

---

* 가메도 : 가메이도[龜戶]. 일본 지역명.
** 원문에는 '많아졌구료조!'로 되어 있다.

아버지

1

서 주사는 생각다 못해서 또다시 그의 아들 만식이의 책궤를 뒤져보았다.

조그만 책궤는 텅 비다시피 허룩했다.*

얼마 전만 해도 금글자 놓은 두꺼운 책들이 가득 찼더니 지금에는 다― 떨어진 헌책 몇 권과 잡지, 원고지, 쓰다 버린 휴지 등속이 밑바닥에 조금 깔려 있었다.

만식이가 집을 떠나간 뒤로 벌써 일 년이 넘었는데, 그동안 이 책궤짝은 사오 차 이상이나 알알 샅샅이 뒤져보곤 뒤져보곤 했다.

처음 뒤졌을 때는 새로 정초해 놓은 「어서 막幕을 닫아라」라는 2막짜리 희극 한 편을 얻어냈었다.

다― 끝까지 마친 원고였으나, 맨 끝 페이지에는 '다시 써야겠다. 발표하기에는 부족하고 버리기에는 아까웁다. 계륵**이다.'라고 씌어 있다.

---

* 허룩하다 : 줄거나 없어져 적다.
** 계륵鷄肋 : 닭의 갈비라는 뜻으로 그다지 큰 소용은 없으나 버리기에는 아까운 것을 이르는 말.

서 주사는 아들의 명예를 위하여 역시 그냥 두려고 생각하였으나 워낙 집안 형편이 절박하니까 할 수 없이 어떤 신문사에다가 약간의 원고료를 받고 팔아먹었다.

만일 그때 그 원고료가 없었다면 보통학교 삼학년 다니는 큰 손녀딸이 월사금 밀린 것 때문에 쫓겨났을 것이다.

또는 새로 해산을 하고 드러누운 며느리 방이 냉방대로 그대로 있어서 산모 산아가 다 얼어 죽었을는지도 몰랐다.

만식이와 친한 동무들은 대개는 만식이와 함께 예심*에 붙어서 고생을 했다. 그러나 그 외에도 형제같이 친―하게 지내는 동무들도 몇 사람 남아 있었다. 그들 중에는 다달이 만식이 집에다 오 원씩 보내주는 거룩한 우정을 발휘하는 동무도 있었다.

단― 몇 푼 못 타는 월급에서 얼마씩 생으로 떼어서 보조해주는 동무도 있었다.

또, 만식이의 두 딸의 학비를 책임지고 대주는 동무도 있었다.

사글세를 책임지고 내주는 동무도 있었다.

그러나 아무리 그들의 희생적인 인정이 넘친 원조가 있다 하여도 만식의 집 살림을 다 책임진다는 수는 도저히 없었다.

잡혀간 만식이에게는 사남매 외 어린것이 있다. 양친과 늙은 조모가 있다. 이 수많은 권속**이 어떻게 동무들의 원조로서만 호구를 해 갈 수가 있을까?

서 주사는 날마다 아침이면 나가서 저녁이면 돌아온다. 하는 일이란 아들의 친구 집으로 돌아다니는 것과 자기의 단 두 사람밖에 없는 친구

---

* 예심豫審 : 형사 소송법에서 공소 제기 후에 피고 사건을 공판에 회부할 것인가의 여부를 결정하고 아울러 공판에서 조사하기 어렵다고 생각되는 증거를 수집하고 확보하는 공판 전의 절차.
** 권속眷屬 : 한집에 거느리고 사는 식구. 권솔眷率.

인 사립학교 교장과 대서소하는 이의 집으로 찾아가는 것이다.

그래서 혹시 몇 원간 생기면 활기를 띠고 돌아오고, 빈손이면은 고개를 처뜨리고 돌아왔다.

서 주사의 아내도 돌아다녔다. 일갓집으로 돌아다니며 반찬 먹던 찌꺼기, 김치 아랫도리, 쌀됫박 같은 것을 얻어서는 고개가 부러질 듯이 되어서 이고는 온다.

그들의 며느리, 즉 만식의 아내는 남의 집 바느질을 품 팔아서 조금씩 살림에 보탠다.

이것이 다만 한 사람이었던 '버는꾼'을 잃어버린 이 집안의 지내가는 모양이었다.

잡혀간 만식이는 가난한 소설가였다. 또, 그가 쓰는 소설은 가끔 압수도 되고 말썽도 일으켜서 가뜩이나 적은 원고료가 수입 안 되는 달이 더— 많았었다. 그러나 어떻게든지 집안 식구는 굶기지 않으려고 애를 쓰고는 지내갔었다.

그래도 이 만식이만이 있으면 이같이 무더기 떼거지 꼴이 아니 되었을 것이다. 그만, 만식이는 그 압수 잘 되는 소설이 기어이 크게 말썽을 일으켜서 그 모양이 되어버렸다.

2

서 주사가 그다음에 또 자기 아들의 책궤를 뒤졌을 때에는 삼분의 이쯤 쓰다가 내버린 「간난이」라는 단편소설을 찾아냈다.

금이나 발견한 듯이 기뻐서 그는 그 나머지 삼분의 일을 자기 손으로 마치려고 계획을 했다.

서 주사는 그래도 젊었을 때에는 신소설권이나 저작해서 팔아도 먹고 출판도 한 경험이 있다.

서 주사는 젊었을 때 종로 정동 병문 안에서 커다랗게 책점을 낸 일이 있다.

출판도 수십 가지 이상이나 하고 흥정도 꽤 좋았었다.

그러나 젊은 기운에 어떤 기생에게 빠져서 출판권과 책권을 송두리째 테두리를 쳤다.

그때 그는 그러한 출판물의 작가로서 활약을 했다. 한문의 토대 지식이 있는지라 한문 고서를 번역도 하고 또는 그때 처음으로 유행하던 이인직, 이해조 일파가 창작하던 신소설 종류를 모방도 했다.

대개 그때 소설책 이름을 들자면 중국 소설을 번역(혹은 번안)한 것으로는 설인귀전, 조씨삼대록, 구래공전, 서한연의, 수호지, 서상기 등속이었고 신소설로는 강릉추월, 지지대, 옥중금낭, 설중매화, 등속이었다.

번역한 소설도 그렇지만 소위 창작했다는 신소설도 실상은 이인직, 이해조 두 소설가의 작품들과 비슷비슷한 위조품이었다.

치악산이나 홍도전, 귀의 성, 혈의 누, 추월색들 같은 그때 항간을 울리고 웃기던 두 소설가의 작품은 서 주사 같은 책점 소설가 솜씨로 이리저리 찌끼기도* 하고 변형도 되었다.

서 주사는 이 같은 자기의 경험과 수완을 믿고서 이 아들의 작품을 완성시키려 했다.

물론 중요한 목적은 맞추어 팔아서 살림에 보태겠다는 데 있지만 또 한편으로는 나도 너만한 소설가의 수완이 있다 하는 것을 뽐내보겠다는 책점 소설가의 노파심도 있었다.

| * 찌끼다 : 물체의 틈 사이에 끼여 치이거나 으스러지다.

그리고 아들의 작품을 내 손으로 완성시킨다는 가족적 기쁨과 아울러 일종의 창조적 정열도 일어났었다.

깜박거리는 아기등잔불 밑에 가 앉아서 그는 조그만 안경을 썼다.

불 못 땐 겨울의 냉방은 천장에 얽힌 거미줄이 흔들릴 만치 외풍이 심하였다.

늙은 아내와 며느리는 네 어린것을 푹 껴안고 이불을 둘러쓰고 한편쪽에 꼬부리고 누워 있었다.

얼어붙은 잉크를 흔들어서 겨우 풀고 꽁꽁 언 손으로 철필을 눌렀다.

먼저 원고를 읽어보았다.

고무공장 다니는 간난이가 폐병이 들어서 시집도 못 가고 있는 판이나 그의 얼굴이 이쁘므로 어떤 동릿집 사내와 연애를 한다.

'그 사나이는 전매국 다니는 직공인데 무슨 일엔지 잡혀가고 간난이는 인정 없는 자기 아비에게 팔아먹히려고 한다.'

소설은 여기에서 끊어지고 말았다.

서 주사는 입맛을 쩍쩍 다시면서 혼잣말을 했다.

"그 녀석은 밤낮 쓴다는 것이 직공이고 잡혀가고 팔려가고 야단치고 하는 것뿐인가—. 요새 소설 쓴다는 놈은 보이는 게 청승맞고 구저분한 가난뱅이밖에 없는 모양인가 봐."

하면서 아랫입술을 삐죽이 내밀었다.

그는 무슨 불평스런 일이나 우스운 일을 볼 때에는 으레 입술을 내민다. 이것이 정— 심하게 되면 혀를 질정질정 씹으면서 입을 우물우물한다.

"할 수 있나. 세속이 그러니까…… 가만있자, 그러면…… 이것을 어떻게 마칠까? 응, 가만있자, 딸을 팔어먹으려던 애비가 회개를 해서 눈물을 내고 잡혀갔던 동리 사나이는 무사백방이 되어 나와서 간난이와 혼인을 하고 간난이 병도 가을 하늘같이 말갛게 낫고, 게다가 돈벌이 자리도 생겨서 아들딸 낳고 일가 단란하게 지내간다……. 옳아 이렇게 마치겠다."

서 주사는 이렇게 구상을 마쳤다.

그리고 일사천리로 오늘 밤에 마치리라고 힘을 내었다.

그러나 제일의 난관이 닥쳤다.

아들의 작품은 문체가 모두 '하였다' '했다' '다'로 되어 있는데 자기는 아무리 '하였다' 식으로 쓰려고 해도 '하더라' '하였도다'로밖에 아니된다.

그렇다고 아들의 '하였다'를 '하였도다'로 고칠 수도 없는 일이다.

쓰다가 찢고, 또다시 써보고 찢었다.

자정이 훨씬 지난 뒤까지 전력을 들여도 여전히 '하였도다'가 나오고 억지로 '하였다'를 써놓고 보면 당치도 않은 곳에 '하였다'가 붙어서 픽, 어색하여 보였다.

이불 속에서는 간난애가 젖이 안 난다고 깽깽거리며 운다. 천장의 거미줄은 더 심하게 흩날린다.

날이 훤—하도록 써보아도 역시 마치지는 못했다. 그 이튿날 서 주사는 할 수가 없어서

'아들의 작품을 완성시켜보겠다는 기쁨'도 내버리고 그 미정고를 가지고 아들의 동무인 어떤 젊은 소설가에게 가지고 가서 마쳐주기를 부탁했다.

며칠 뒤 신문에는 한 개의 완성된 「간난이」가 신문에 발표되고 그에게 원고료 삼십이 서류로 왔다.

3

그 뒤에도, 또 몇 번 뒤져보았으나 아무것도 없어서 인제는 궤짝 속에 대한 희망은 아주 끊어져버렸다.

*

그러나 오늘 서 주사는 하도 답답해서 또 이 궤짝 문을 열었다.

인제는 헌 잡지도 없어지고 헌— 수지*도 허룩해졌다. 이런 것들은 지난겨울에 아주 궁극에 달했을 때에 군불 아궁이로 집어넣어버렸던 것이다.

또는 쌀은 있고 나무가 없을 때 밥도 지어 먹었던 것이다. 두꺼운 책이면 다섯 권, 잡지면은 일곱 권만 가지면 한 끼 밥을 끓였다. 물론 한 장한 장씩 떼어서 둥그렇게 말아서 불길을 일으키는 기술을 가지고 때어야만 말이다. 뭉텅이로 때었다가는 어림도 없이 모자란다.

그리고 이 궤짝 속에 남은 것은 철필로 잘디잘게 쓴 노트북 몇 권과 헌 소설책 중에서도 좀 성한 것 몇 권만이 남아 있었다.

서 주사는 전과 마찬가지로 노트북과 헌 소설책을 몇 번 뒤적뒤적하였으나 「간난이」 같은 것이나마 찾을 수가 없었다.

다시 낙망이 되어서 궤 바닥에다 탁 던져 집어넣고 우두커니 앉았다.

다섯 살 먹은 손자 녀석은 고개를 기울이고 옆에 섰다가는 시름없이

"할아버지, 아버지 원고 팔 것 없소, 인제는."

비록 다섯 살밖에는 아니 되었어도, 몇 번 경험에서 이 같은 말을 할

| * 수지 : 휴지休紙.

350

줄 알았다. 으레 할아버지가 책궤만 열면은 아버지 원고를 찾는 줄을 안다. 어떤 때 밥을 못 짓는 때에는 배가 고파서 떼를 쓰고 울다가는 나중에는 궤짝을 가리키고 아버지 원고 꺼내서 쌀 팔아 오라고 야단을 친다. 그럴 때면 서 주사는 기가 막혀서 허허 웃어버린다.

지금도 서 주사는 껄껄 웃었다.

"허— 네 아범 원고는 인제는 동이 났단다."

"동이 뭐야, 할아버지."

"없어졌단 말이란다. 인제 아빠가 오면, 또 원고를 쓴다. 그러면 우리 광희도 과자 많이 사다 주지."

"할아버지, 정말이지. 에구 좋아! 누나, 할아버지가 아빠 오면 나 과자 사준다고 하셨다."

하면서 좋아서 펄펄 뛰면서 냉방에서 산수 숙제를 하고 앉았는 큰누이에게로 들어갔다.

서 주사는 여전히 허허거리면서 웃으나 그의 가슴은 찢어지는 듯이 아팠다.

그리고 또 한 번 노트북을 헤쳐보았다.

노트북 안에는 깨알 같은 글자가 가득 차서 있었다. 그리고 표지에는 창작각서創作覺書라고 흘려 썼다.

서 주사는 워낙에 글씨가 잘고 또 공책에 쓴 것이므로 무슨 참고서인 줄만 알고 언제든지 자세히 읽어보지를 않았다.

그러나 지금에는 한번 자세히 내용이 읽어보고 싶었다.

그중에 한 권을 가지고 예의 안경을 쓰고 읽어보았다.

맨 처음 페이지에는 이러한 글발이 있었다.

"끊이지 않는 노동은 생활의 법칙인 동시에 예술의 법칙이다.

예술은 관념화한 창조인 까닭이다." (발자크)

"예술은 행동이다." (로맹 롤랑)

"예술의 가치는 인습의 타파에 있다. 인습 속에서 헤매는 작품은 졸
작이며 범작이다." (삼수 외森漱外)

서 주사는,
"왜? 인습이 나쁘담. 요새 젊은 축들은 온고이지신溫故而知新을 몰
라." 혼자 중얼거리면서 또 한 장을 젖혔다.
거기에는 한 페이지를 잡아서 커다랗게,
"아버지"
라고 씌어 있다.
"아버지는 왜 커다랗게 써놨나."
서주사는 또 중얼거리면서 또— 한 장을 젖혔다.

"나는 「아버지」라는 장편소설을 완성시키겠다. 조선에는 여러 아버
지들이 있다. 투르게네프의 「아버지와 아들」 속에 나오는 아버지도 많
고, 입센의 「민중의 적」이나 하이엘맨스의 「×××會」 속에 있는 아버지
도 많다."
"조선의 아버지는 조선의 아들과 딴 세상에 살고 있다. 감정과 사상
이 다른 아버지와 아들의 나라 사이에는 다만 가느다란 부자유친*이라는
인습의 줄이 얽혀 있을 뿐이다."

* 부자유친父子有親 : 가정윤리의 실천덕목인 오륜五倫의 하나. 부모는 자식에게 인자하고 자녀는 부모에
  게 존경과 섬김을 다하라는 말.

"조선의 아버지에게도 큰 정이 있거라."

"나는 이 소설의 완성을 위하여 내가 친히 보고 듣는 여러 수백 모양의 여러 수백의 조선의 '아버지들'의 모양을 이 책에 모아보려 한다."

"먼저 나는 나의 '아버지'의 모양을 적어보려 한다."

그리고 그 아래는 뭔지 썼다가 까맣게 지워버렸다. 서 주사는 대단히 호기심이 났다. 그래서 안경을 벗어서 다시 닦아서 쓰고 그다음 페이지를 읽기 시작했다.

4

네 살 때.

이 칸이나 넘는 커다란 우리 방은 화류 의장과 사방탁자와 문갑과 모본단 방장과 비단 이불 요로 화려하게 장식되었었다.

그때는 우리 집도 잘 살았고 우리 외갓집도 부자이었었다. 두 부잣집의 큰아들 큰딸이 서로 만나 부부가 된 나의 부모의 방은 화려하기가 짝이 없었다.

나는 '아버지'라고 부르고 덤벼들어도 한 번도 아버지는 나를 안아주지 않았다.

낮에는 어른 앞에서 젊은 것이 자식을 안는 것이 뭐냐?는 할아버지들의 야단이 무서워서 그랬지만 밤중에까지 안아주지 않을 게 무에 있나?

나는 초저녁부터 곯아떨어졌다. 어떤 때 밤중에 깨어 보면 어머니는 아버지 이불 속으로 들어가서 잔다. 나는 무섭고 분한 마음이 생겨서 '엄마'를 부르고 울었다.

그러면 어머니는 웃으면서 내 앞으로 돌아 드러눕는다. 그래도 나는 분한 나머지에 어머니의 따뜻한 젖을 만지면서 그대로 울었다. 그러면 아버지는 어머니의 등 뒤에다 무서운 얼굴을 쳐들면서 소리를 질렀다.

"울지 말어."

그때의 아버지의 얼굴은 무섭고 미웠다.

안아주지도 않으면서도 악만 쓰는 아버지, 밤이면 어머니 젖을 못 만지게 투덜대는 아버지는 네 살 먹은 나의 어린 머리에 깊이 미웁고 무서운 인상을 찍어주었다.

다섯 살 때.

우리 집은 따로 났다.

어머니는 부잣집 큰딸이라 금지옥엽같이 귀하게 자라났다. 손에다 물을 묻혀보지 못하고 자라났다.

그러한 어머니가 역시 부잣집 큰며느리 노릇 하기에는 매우 고되었다. 침모가 있고 차집*과 '하님'**과 상노***와 시비****가 골고루 있기는 하지만 며느리 된 직책으로서 시어머니보다 먼저 자지도 못하며 시아버지 술상 심부름도 밤을 새워가며 하지 않으면 아니 된다.

나의 할아버지는 글 짓고 술만 마시는 옛날의 선비요, 할머니는 엄정하고 예의만 찾는 역시 옛날의 주부였었다.

이러한 시부모 밑에서 어머니는 신음을 했다.

아버지는 그때부터 술을 좋아했다. 그러나 도저히 어른을 모신 한 집안에서는 기를 펴고 맘대로 술을 먹을 수가 없었다. 엄부모의 기반 밑에서 해방되고 싶어 하는 젊은 혈기는 뛰었다.

---

* 차집 : 부유한 집에서 음식 장만 따위의 잡일을 맡아보던 여자. 보통의 계집 하인보다 높다.
** 하님 : 여자 종을 대접하여 부르거나 여자 종들이 서로 높여 부르던 말.
*** 상노床奴 : 밥상을 나르거나 잔심부름을 하는 어린아이.
**** 시비侍婢 : 곁에서 시중을 드는 계집종.

이 같은 아버지와 어머니는 공모를 하고 더욱이 부자 외갓집의 경제적 원조 밑에서 따로 났던 것이다.

물론 파란과 곡절도 일어나기는 했었다.

따로 난 뒤의 아버지는 밤낮 술만 마셨다.

할아버지와 한 집에 있을 때에는 혹 술을 먹어도 할아버지께 들킬까 봐서 몰래 방 속으로 들어가서 숨소리도 없이 자기만 했다. 그러나 걸리는 사람이 없이 자유스러워진 뒤에는 전에 눌렸던 반동으로 한갓 방종하여졌다. 주정은 나날이 늘었다.

그때는 겨울이다.

나와 어머니는 안방에서 자고 건넌방에는 안잠자기* 마누라와 식모가 자고 있었다.

밤중쯤 되더니 대문짝 차는 소리가 난다.

나는 이런 때면 으레 잠이 깬다. 무섭기만 한 아버지는 술만 취하면 사나운 짐승같이나 생각되었다.

언제든지 밤이면 취하여 돌아오면 어머니를 때린다, 세간을 깨뜨린다, 밥상을 동댕이를 친다, 온통 집안은 수라장이 된다.

그 이튿날이면 어머니가 야단치는 차례다. 그러면 아버지는 순한 양같이 다소곳하게 듣고만 있다가 깨어진 만큼 세간과 그릇을 그날 낮으로 다시 사들인다. 그러나 그날 밤이 되면 또, 어머니는 야단 만나는 차례다.

밤이면 아버지, 낮이면 어머니. 우리 집안은 밤낮으로 싸움이 벌어진다.

그 사품에** 나는 울기만 한다. 어린 마음이지만 집안이라고 재미가 없었다.

---

* 안잠자기 : 여자가 남의 집에서 먹고 자며 그 집의 일을 도와주는 일.
** 사품에 : 어떤 동작이나 일이 진행되는 바람이나 겨를.

그리고 아버지에게는 안아달라기는커녕 혹시 아버지가 불러도 달아나버렸다.

밤마다 일어나는 야단 중에 그중 잊혀지지 않는 것이 다섯 살 먹던 이해 이 밤의 일이다.

아버지는 어머니와 싸우고 방망이로 세간을 들부시고 난 끝에 무슨 일인지 나를 죽인다고 야단을 쳤다. 나는 자리 속에서 옹그라져서 떨면서 느껴 울었다. 아버지는 방치돌*을 들고서 나에게로 달려들었다. 어머니는 외마디를 쳤다.

"자식이 무슨 죄요." 울면서 아버지를 막았다.

안잠자기와 식모도 달려들어서 방치돌을 빼앗았다.

그 바람에 방치돌은 내 발치에 가 쿵 하고 떨어졌다. 만일 어머니와 식모들이 아니었더면 술 취한 아버지는 정말 나에게 방치돌을 내던졌을는지도 모른다. 나는 아주 아버지에 대한 정이 떨어졌다.

나는 아버지만 보면 호랑이 앞의 작은 토끼처럼 떨면서 무서워만 했다.

그리고 옆집 아이들이 저희 아버지의 손목을 잡고 다니는 것을 보고는 한껏 부러워했다.

일곱 살 때.

그때는 가을이었다. 우리 집 사랑 앞뜰에는 노란— 국화가 그윽한 향내를 내뿜고 있었다. 나는 무심히 사랑 앞뜰로 놀러 들어갔다. 그때의 나의 귀에는 양금** 소리가 들렸다. 그리고 아버지 웃는 소리와 기생의 웃는 소리가 한데 섞여서 방 안에서 흘러나왔다. 미닫이는 꼭꼭 닫혔다.

나는 무의식적으로 발소리를 죽였다. 가만가만히 발끝으로 걸어서

* 방치돌 : 방췃棒鎚돌. '다듬잇돌'의 평안도 사투리.
** 양금洋琴 : 채로 줄을 쳐서 소리를 내는 현악기의 하나.

미닫이 밑까지 갔다.

그리고 가만히 엎드려서 틈바귀 사이로 들여다보았다.

아버지는 남치마 입은 기생과 마주 앉아서 양금을 친다.

조금 있더니만 아버지는 치던 양금을 내던지고 껄껄 웃으면서

"요것아, 이번엔 네가 졌다. '징' 칠 때에 왜, '흥'을 쳤어."

하면서 기생에게 달려들어서 입을 쭉 맞췄다.

기생의 얼굴은 새빨개지면서 색색거리고 웃는다. 기생을 쳐다보는 아버지의 얼굴은 봄동산같이 화창하고 나비 날개같이 가벼웠었다.

방치돌을 들고 달려들던 무서운 표정은 찾으려야 없다.

왜? 이렇게 좋은 아버지의 얼굴이 나만 보면 짐승같이 찡그리기만 하였을까?

여덟 살 때.

어느 날 아침, 나는 발가벗겨서 건넌방 속에 갇혔었다. 방문 밖에는 기—다란 회초리를 든 아버지가 섰다. 예의 무서운 얼굴을 하고 있었다.

그 옆에는 어머니가 아버지의 회초리를 빼앗느라고 아귀다툼을 하고 섰었다.

나는 천자와 계몽편*을 떼고 동몽선습**을 배우고 있었다. 글방은 무섭다고 한 번 갔다가 도망을 해 와서 할 수 없이 집에서 아버지에게 배우게 되었다.

아침이면 강을 한다. 글자가 한 자가 틀려도 금방 이와 같은 야단은 일어난다.

한 번도 웃지도 않고 악만 쓰고 가르치는 글이니 제대로 외워질 까닭

---

* 계몽편啓蒙篇 : 조선시대 초학初學 아동교육용 교과서.
** 동몽선습童蒙先習 : 조선시대 서당書堂에서 교재로 사용한 책.

이 없다.

글 배우는 것이 아니라 죄인 심문당하는 셈이다. 더욱이 글 뜻을 모른다. 아버지는 한 식경씩이나 글 뜻을 설명하여주기는 하나, 하나도 나에게는 이해가 아니 되었다.

한참 중언부언하면서 야단같이 설명을 하고 나서 "그러니까, 너도 그래야 한다." 하면 나는 그저 덩달아서 스러져가는 소리로 "네—." 하고 대답을 한다.

'어쩌니까 그래라.' 하는 것은 물론 티끌만치도 모른다.

*

"이건 자식을 죽이려우."

"걱정이 웬 걱정야, 똑똑 에미라고 이 모양이니까 자식이 점점 못되어 가지."

"못되기는 뭘? 못된다 말요. 어린것이 그만큼 배우면 그만이지."

"듣기 싫어."

"그러면 자식을 가둬 놔야 옳단 말요."

나는 벌벌 떨고서 울면서, 이야기가 어떻게 끝이 나나 하는 것을 한편으로 귀를 기울였다.

아버지는 악마 같고 어머니는 천사 같았다.

나는 철이 날수록 아버지가 무서웠다. 변변히 '아버지' 소리 한마디를 못하고 지냈다.

아홉 살 때.

머리 깎고 사포 쓰고 책 거저 주고 점심 거저 주는 보인학교로 입학을 하였다.

복건* 쓰고 전복** 입고 태사신*** 신고 다니던 도령으로부터 징신****
신고 사포 쓴 소학생도가 되었다.

아버지는 여전히 무서웠으나 가끔 내가 곁눈으로 보면 나의 뒷모양
을 보고 웃는다.

왜? 아버지는 나를 바로 보고 웃지를 않는가?

소학교 다닐 동안에도 아버지의 술주정이나, 회초리질은 마찬가지였
고 가끔 웃기는 하나 역시 말소리는 엄하기 짝이 없었다. 그 외는 다―
마찬가지였으므로 열세 살까지 동안의 이야기는 쓰지 않는다.

열네 살 때.

나는 소설책에 미쳐 지냈다.

학교에 갈 때에도 바지 속에다가 차고 가서 교실 뒷모퉁이에 가서 몰
래 본다. 집에 있을 때에도 아버지 몰래 소설책만 읽었다.

그때에는 가끔 아버지에게 야단맞는 것이 이 소설책 때문이다. 학교 성
적은 첫째 아니면 둘째로 줄곧 우등으로만 있었으니 야단맞을 일이 없다.

또 그때에는 학교에서 돌아오면 따로이 한우당韓于堂 노인에게 논어
를 배우러 다녔다. 이것은 이틀이나 사흘만큼씩 아버지에게 강을 하지만
역시 불통이 없었다.

이래서 나는 야단맞는 일이란 소설책 읽는 것밖에는 없다. 삼국지,
수호지, 서상기, 비파기, 서유기, 홍루몽 같은 한문 소설도 원문으로 떠

* 복건幅巾 : 도복道服에 갖추어서 머리에 쓰던 건巾.
** 전복戰服 : 예전에 무관들이 입던 옷.
*** 태사太史신 : 남자의 마른신.
**** 징신 : 징을 박은 신.

듬떠듬 읽었다.

그 외에는 모두 언문 길―책이다. 길―책이란 것은 인쇄된 책이 아니라 붓으로 베껴서 세 주는 책을 말함이다. 조웅전, 유충렬전, 심청전, 춘향전 또 그리고 그때에 새로 생기기 시작한 신소설책들도 읽었다.

들키기만 하면 야단이 난다. 책은 갈가리 찢어지고 내 두 눈은 퉁퉁히 붓는다.

왜? 읽으면 안 된다는 이유도 없이 덮어놓고 금하기만 하는가?

순순히 앞뒤 조리가 분명하게 훈계했을 것 같으면 나는 그때 단연코 소설책과 발을 끊었을는지도 모른다. 그러나 너무 야만적으로 강압만 하였기 때문에 나는 반동으로 더 소설과 친하게 되었다.

똑같은 그해 겨울, 어느 날 밤이다.

나는 행랑방 계집애 내 동갑 먹은 복술이와 떡 내기 화투를 쳤다. 마침 전날 밤에 고사를 지냈기 때문에 집에는 떡이 많았다.

내가 한 목판 갖고, 또 복술이가 한 목판을 주고서, 한 번 지면 한 숟가락만큼씩 떼어서 주기로 작정했다.

복술이는 이름대로 얼굴이 복술복술했다.

두 눈이 어글어글하고 머리가 추렁추렁하게 늘어졌었다.

아랫목에서는 어머니가 책을 보시고 드러누워 계시다가 잠이 드셨다.

행랑방도 조용했다. 다만 시계 소리와 화투 치는 소리만이 쩍깍쩍깍 토닥토닥 하면서 밤의 정적을 가만히 깨뜨렸을 뿐이었다.

"애, 떡 내기만 하면 심심하니 우리 다른 내기 할까."

"무슨 내기―."

"저어― 입, 입."

"입이 뭐냐?"

"저어 입 맞추기 내기."

복술이 얼굴이 빨개졌으나 그대로 고개를 까닥까닥했다.

이래서 다시 화투 시작을 했다.

내가 져도 입을 맞추이고 이겨도 입을 맞춘다. 나와 복술이는 얼굴빛이 빨개 가지고 숨들을 쌔근쌔근 쉬면서 화투 치고 입 맞추기에 정신이 빠졌다. 꿈같고 무지개 같은 안개 속에 파묻혀 있었다.

내가 또 이겨서 막 복술이의 입을 맞출 때에 미닫이는 왈칵 열리면서 아버지의 무서운 얼굴이 나타났다. 나와 복술이는 자지러졌다.

화투만 하여도 야단이 날 터인데 행랑 계집애와 입까지 맞추었으니 말할 것도 없었다.

열일곱 살 때.

××통 바람에 나는 배재학교의 모자를 벗어버리고 새로 산 캡을 썼다.

인제는 아버지가 무섭지만은 않다.

답답해 보이고 민망해 보이고 또 노골적으로 말하면 우스워 보였다.

나는 가끔 아버지와 충돌이 된다.

열일곱 해 동안 눌려오기만 하던 불평과 원망이 터지기 시작한 모양이다.

그러나 나의 시작된 반항은 침묵의 반항이었다. 야단을 맞으면 속으로만 반항하던 마음이 불타고만 있었다.

말로 표현도 못하고 동작으로 나타내지도 못했다. 나의 책상 위에는 일본말로 번역된 서양소설들이 있었다. 도스토예프스키의 「죄罪와 벌罰」과 투르게네프의 「아버지들과 아들들」과 고리키의 「3인」들이 있었다.

소로의 「나무 싹틀 때」도 있고 자크·론돈의 「데부스의 꿈」도 있었다.

또 '청년에게 소함' 하는 따위의 팜푸렛트도 있었다. 그리고 그때에 나에게는 머리 기다랗고 단장 짚은 청년 몇 동무가 있었다.

내가 가진 이러한 책과 동무들은 나의 마음을 전과 다르게 해주었다.

그때에 아버지도 야단을 가끔 친다.

야단치는 내용은 아주 그전과 다르다.

'너는 제사 지낼 줄을 모른다.

너는 산소에 갈 줄을 모른다. 조상에게 정성이 없다.

너는 예의를 모른다. 사람은 첫째가 언어거동이 예법에 벗어나지 않아야 한다.

너는 집안 살림을 모른다. 부모를 공양하고 집안 다스리는 것이 모든 것의 근본이다.

수신제가치국평천하를 잊어서는 안 된다.

너는 세상을 모른다.

네 머리는 길다. 미친놈 같다.

너는 양책에만 미쳤다. 사서삼경이 제일이다.'

대개 이런 것들이 아버지가 나에게 야단치는 변한 내용이었다.

5

서 주사는 여기까지 읽고 나서는 눈을 감았다.

더— 그다음을 읽을 용기가 나지를 아니했다. 아들이 본 그의 지내간 자태는 그의 눈앞에 어른어른 나타났다.

귀여워도 야단을 치고 안고 싶어도 상을 찡그리고 지내 온 자기의 과거를 보아왔다.

껴안고 싶도록 사랑스러운 때에도 역시 엄부의 표정을 지키기에 무한히 애를 썼었다.

한데 웃고 한데 뛰어 놀고도 싶은 때가 많았으나 한 번도 '아버지'로서의 위신을 무너뜨리지 않았다.

곤히 잠든 얼굴에다 입은 맞추어도 아버지 하고 달려드는 것은 본 체 만 체를 했다.

아내와 같이 앉아서 아들 이야기로 웃음의 꽃을 피워봤지만 마주 대놓고는 한 번도 웃지도 아니했다.

친구들과 만나면은 아들 자랑에 침이 말랐지만 직접 아들에게는 꾸짖고 훈계만을 해왔다.

그는 돌아간 자기 아버지를 생각했다. 자기의 어려서를 생각해봤다.

그것은 지금 자기와 자기 아들과 사이보다도 더한 엄격한 생활이었었다.

예의를 지키기 위하여 정을 멸망시켜버렸다.

자기의 아버지와 자기, 또 자기와 자기 아들, 이 층층이 내려오는 부자의 사이는 언제든지 겨울 같은 모양에 잠겨만 있었다.

서 주사는 노트북을 다시 헤쳐보고 다시 덮었다. 그리고 새카만 자기의 궤짝에다 넣었다.

이 궤짝은 돌아간 그의 아버지가 그중 귀애하던 청련靑蓮시집*을 기념으로 보관해두는 궤짝이다. 아버지의 청련시집 위에는 아들의 '창작각서'가 놓였다.

다섯 살 먹은 손자 놈은 밥 달라고 악을 악을 쓴다. 그럴 때에 울타리 밖에서

"편지 들어가요." 하는 배달부의 소리가 났다.

| * 여기서는 선 중기의 문신 이후백(李後白 : 1520년~1578년)이 지은 『청련집靑蓮集』을 일컫는 듯하다.

서 주사는 아들의 편지를 받은 대로 또 눈을 감았다.

생각은 좋으나 집안을 몰라보는 놈이라고 다소 괘씸하게 알던 생각은 눈같이 사라졌다.

차디찬 마루에서 떨고 앉았는 아들의 고통을 뼛속들이로 멀리 느꼈다.

그리고 한편으로 훌륭한 놈, 잘난 놈, 유명한 놈 하는 소리 없는 부르짖음이 가슴속에서 흘러나왔다. 이제까지 사랑하고 싶어도 못해보던 사랑이 화산같이 폭발이 되었다.

그가 품고 있는 아들의 편지에는 어떠한 말이 씌어 있을까?

– 끝 –

—《중앙》, 1936년 3월

'솜틀거리'에서 나온 소식消息

1

선생님!

그동안에도 역시 몸이나 건강하시었습니까?

가뜩이나 몸이 약하신 선생님께서 어떻게나 그 추운 겨울을 지내가시었습니까.

더욱이 지난 겨울에는 근년에는 보기 드문 추위였습니다.

집의 할아버지께옵서는

"그런 추위는 처음 보았다."고 하시면서 아침이면 구레나룻에 달린 고드름을 쓰다듬고 계시었답니다.

따뜻한 아랫목에 가 화로를 쪼이고 지낸 저희들도 한 번도 몸을 펴지를 못하고 옹송그리고 지내었답니다.

선생님!

선생님 계신 방에는 화롯불도 없다고 하시었지요.

천장에 달린 거미줄이 흔들린다고 하시었지요.

앞벽에 달린 '캘린더'와 뒷벽에 걸린 수도 흔들린다고 하시었지요.

통풍장치通風裝置로 뚫어 놓은 벽에 뚫린 구멍에서는 칼날 같은 바람이 쏟아져 들어온다고 하시었지요.

코끝과 귀끝과 무르팍과 발가락들은 떼어 나가는 듯이 시리다고 하시었지요.

아리고 매웁다 못해서 아프다고 하시었지요.

선생님!

그러나 이 몹쓸 놈의 겨울, 인정 없는 겨울, 눈도 없고 코도 없는 겨울은 그만 가버리고 말았습니다.

마음대로 선생님을 시달리고 회초리질하던 겨울!

선생님의 몸을 알알샅샅이 괴롭게 굴던 겨울! 선생님의 마음을 울리고 웃기고 조롱하고 모욕하던 겨울.

요놈의 겨울도 가버리는 때가 있기는 합니다그려.

*

겨울이 갔다고 천하는 좋아합니다.

푸른 하늘은 아지랑이 수건을 나붓거리면서 종달새를 부르고 있습니다.

높은 산은 기쁨에 못 이겨서 겨울 동안에 얼어붙었던 눈물을 골짜기 골짜기로 감격하게 흘리고 있습니다.

성미 급한 개나리는 벌거벗은 몸으로 노란 웃음을 웃고 있습니다.

파리는 주춧돌 아래에서 앵앵거리고 강아지는 아무나 보고도 깡총깡총 뛰어오릅니다.

천하는 웃습니다. 노래합니다.

지긋지긋하던 겨울을 쫓아버린 나머지에 눈물까지 냅니다.

인제는 선생님도 춥지만은 않으실 터이지요.

하여간 봄이라 봄기운에 싸여만은 계시겠지요.

무엇보다도 건강입니다, 승리입니다. 겨울에게 지지 않으신 거룩한 선생님의 마음은 종달새와 꾀꼬리와 온 봄을 노래하는 만물의 마음과 같이 어우러져서 계시겠지요. 그보다도 더더 확실하게 기뻐하시고 더 명랑한 자신을 가지고 계시겠지요.

2

선생님!

그런데 벌써 선생님이 가신 지가 일 년이 넘었습니다그려.

그동안 선생님의 지내시는 모양은 선생님 주신 편지에서 역력히 알고 지냈습니다.

그보다도 저희들이 미리 짐작으로 더 똑똑히 눈앞에 그리고 지내가고 있답니다.

그동안에 저희들도 퍽 많이 변해버렸답니다.

서로들 뿔뿔이 헤어져서 가지각색의 모양들로 변했답니다.

흰 저고리를 입고 검정 치마를 입고 지내었던 저희들의 모양은 '하얀 에프롱'으로도 변하고 녹의홍상*으로도 변하고 기다란 남치맛자락으로도 변해버렸답니다.

쭈렁쭈렁 따서 늘인 검은 긴 머리는 똥그란 쪽찐 머리, 길쭉한 트레머리, 별의별 머리로 다 변해버렸답니다.

| * 녹의홍상綠衣紅裳 : 연두저고리에 다홍치마라는 뜻으로 젊은 여자의 고운 옷차림을 이르는 말.

눈썹을 외쪽달같이 그리고 분홍 입술을 만들고 머릿기름으로 범벅을 하고 있는 아이도 생겼답니다.

선생님이 항상 말씀하시던 저희들 동리는 아주 더 '솜틀' 같은 집이 그보다도 더 작은 집이 자꾸만 늘어가고 있답니다.

그동안에라도 벌써부터 몇 번이나 이 저희들의 '솜틀거리' 속에서 일어난 이야기를 더욱이 선생님께서 가르쳐주시던 저희들 야학생들의 이야기를 자세히 전해 보내드리려고 했습니다마는 도리어 선생님의 마음을 휘청거려 드릴까봐 겁이 나서 주저를 하고 주저를 하고 하였답니다.

그러나 선생님께서 저번 편지에,

"소식이면 아무것도 좋다. 슬픈 것이나 기쁜 것이나 정말 이야기면 좋다.

이곳에서는 무엇보다도 눈으로 보는 듯한 정말 이야기와 참된 소식이 더 듣고 싶다. 사바'가 그립다."

─하시기 때문에 이 기다란 소식을 전해드리려고 하는 것이랍니다.

그러나 역시 길게는 쓰지를 않습니다. 백 가지 천 가지 중에서도 그중의 큰 이야기만을 그리고 별별 곡절 중에서도 그중 기막힌 구절만을 몇 가지만을 추려 놓으려고 합니다.

3

첫째로 선생님이 떠나가신 뒤로는 저희들의 야학이 그대로 흐지부지 헤어져버리고 말았답니다.

| ＊사바娑婆 : 괴로움이 많은 인간 세계. 원문에는 '사파'로 되어 있음.

처음에는 선생님 대신으로 교장선생님께서 며칠 동안은 가르쳐주시었답니다. 교장선생님께서는

"선생님께서 잠깐 볼일이 계셔서 시골로 내려가셨다고."

"그리고 무슨 장사를 하시러 가셨었는데 한 해 두 해 안으로 그리 쉽사리 돌아오시지 않으시리라고."

"이 야학은 그 선생이 힘을 쓰던 것인데 인제는 앞으로 다른 더 좋은 선생님이 오시리라고."

저희들은 눈물들이 났답니다.

"왜 가실 때 단 한마디 말씀이나마 아니하시고 가셨을까?"

"대관절 왜 우리들을 버리시고 가셨을까."

"무슨 장사를 그렇게 별안간 가셨을까."

야속도 하고 궁금도 하고 섭섭도 하고 원망도 스러웠답니다.

그중에서도 영애는 울면서도 암살*을 피웠답니다.

"어쩌면 인사 한마디도 아니 하시고 가시니 어쩌면 글쎄."

이 '어쩌면 글쎄' 소리가 저희들의 입에서 오르내렸답니다.

그래도 울기들은 모두 했습니다. 맨 앞에 앉았던 혜숙이까지 울었으니 말할 게 있어야지요. 트레머리한 '두리'와 '존숙'이도 우리들 앞에서는 아무런 기색을 아니 보이지만 자기들끼리는 언짢아하던 모양이더군요.

단 사흘이 못 되어서 아이들은 반이나 줄었습니다.

아명이, 옥순이, 소담이, 영숙이들 같은 커다란 처녀들은 아주 나가버렸습니다.

그리고 돈, 더 받는 맛에 밤에 자고 있는 진고갯집들 オマニ**들이 되

---

* 암살 : 아픔이나 괴로움 따위를 거짓으로 꾸미거나 실제보다 조금 보태어서 나타내는 태도.
** 오마니. 일본어에서도 확인하기 어려운 단어다. 문맥상 의미는 하녀, 식모, 안잠자기 등이다. 발음상 유추해 보면 '오나헤(お—なべ)'와 조선어의 결합으로 '오마니'가 된 것 같다. 일본어 'お—なべ'는 '하녀', '식모' 등을 일컫는 속어이다. 참고로 송영은 「오마니」(《중앙》, 1934년 6월)라는 제목의 단편소설을 쓴 바 있다.

었답니다.

숙엽이, 복이들은 과자공장으로 난영이, 복술이, 무던이는 비누공장으로!

모두들 하루 십오 전, 이십 전짜리 일공녀로 들어들 가버렸습니다.

전매국 다니는 순녀와 채순이도 안 다닙니다.

그럭저럭 다 나가고 단 열 명도 안 남았지요.

그래서 교장선생님께서

"미안하지만 너희들을 가르쳐줄 수가 없다. 너희들도 알다시피 우리 야학의 경비는 너희들의 월사금으로 조금씩 유지해 나가는데, 너희들이 이렇게 적으니 전깃불 값도 못 되지 않니.

선생님 월급은 물론이다. 다만 너희들 직업 가지고 공부 못하는 너희들을 위하여 일종 사업으로 하는 노릇이니까 선생님의 월급은 없다.

그러나 아무리 선생님 보수가 없더라도 전깃불 값이라도 되어야 하지 않니."

이것이 마지막 야학을 파하던 날에 하시던 교장선생님의 말씀이었습니다.

처음부터 끝까지가 '전깃불 값'도 못 된다는 말씀뿐이었습니다.

선생님!

저희는 그때에 저희들은 선생님 생각이 더한층 났습니다.

저희들의 눈치만 보시면서 가난한 학생들의 월사금 봉투에다 슬그머니 '도장'을 찍어주시던 선생님의 얼굴이 확확 하고 눈앞에 지쳤답니다.

이렇게 저희들은 모두들 헤어져버리고 말았지요.

저희들은 이것이 아주 마지막 공부입니다.

집에서들은 계집애년들이 그만큼 배웠으면 넉넉하지 — 하시고들 다른 데에는 다시 보내주시지 않으십니다.

그리고 또 한편으로 배우러 오라는 학교도 없답니다. 있다고 하더라도 갈 수도 없습니다.

인제는 저희들도 이십이 가까운 계집애들이니 어떻게 부끄러워서 조그만 아이들만 모인 곳으로 가겠습니까?

왜? 서울 안에는 저희들 같은 나이 찬 처녀들, 무식한 처녀들, 공장 다니는 처녀들, 오마니 노릇 하는 처녀들을 위하여 따로 있는 야학이 그리 적습니까.

저는 요전부터는 집에만 들어앉아 있습니다.

"너도 벌써 이십이 넘었으니 집에 가 들어앉아서 침선이나 배워라."

하시는 말씀과 같이 갇혀서 있답니다.

그러나 저보다도 더 나이 먹은 순이, 영숙이, 복남이들은 여전히 고무공장에를 다니고들 있답니다.

4

지난 봄날의 이야깁니다.

그때는 벌써 야학이 파한 지 반년이 넘었을 때입니다.

저는 집에서 그야말로 침선이나 배우고 하도 화가 나면 배우던 교과서를 복습도 하고 지내갑니다.

그래도 선생님이 계실 때에는 재미있는 책을 얻어서 읽었습니다마는 어디 지금에야 그런 책이나마 있어야지요.

또 돈도 없지마는 혹시 사 보고 싶은 생각이 나도 어떻게 어디 가서 어떠한 책을 사서 보아야 좋은 줄을 알아야지요.

그때 선생님이 빌려주시었다가 그냥 가버리신 뒤에 남은 책 두 권, 그것만 되풀이만 하기도 했지요.

무슨 책인 줄 아십니까? 뮤렌 선생의 동화책과 또 무엇이던가…… 옳아, '잔닥크' 이야기하고 두 권 말입니다.

참 그런데 말입니다.

그때는 가끔 난이와 영숙이와 경란이와 저와 넷이만은 가끔 편지들도 하고 찾아다니기도 하였답니다.

그때 영숙이는 진고갯집 オマニ로 그대로 있었고 경란이는 고무공장에를 다녔고 난이는 제사공장을 다니고 있었답니다.

참, 난이 말입니다. 선생님 계실 때에는 비누공장을 다녔지만 그때는 '두리'가 소개를 해서 제사공장의 견습직공으로 끌려 들어갔었답니다.

그때도 영숙이에게서 편지가 왔습니다.

"하도 오래간만이니 공일날 놀러 오너라. 나하고 난이하고 경란이 집에서 기다리고 있을 터이니 오정* 안으로는 꼭 오기를 바란다.

인제는 아주 날이 따뜻해졌다.

'경복재' 약물터 앞에는 진달래가 만발하였다.

학교 뒤 산언덕 위 푸른 마당에는 잔디가 새파랗게 뒤덮이었다.

하루 동안 우리들이 가끔 달이 뜨면 선생님과 같이 올라가서 놀던 푸른 언덕에서 우리들이 글 배우던 학교나마 내려다보면서 하루 동안 소창**이나 하자.

우리 동리에는 선생님이 말씀하시던 '솜틀' 같은 집들이 더 많이 늘었다.

그리고 별 이야기가 더 많이 생기었단다."

---

* 오정午正 : 정오正午.
** 소창消暢 : 심심하거나 답답한 마음을 풀어 후련하게 함.

—하는 뜻의 편지가 왔답니다.

저는 하도 반가워서 억지로 어머님에게 승낙을 받아가지고 약속한 그다음 공일날 오정 안으로 '솜틀거리' 속에서도 제일 허술한 경란이의 '솜틀 같은 집'으로 찾아갔었답니다.

*

동리 어귀로 들어서니까 문득 학교 생각이 끼쳤습니다.

울창한 뒷남산의 푸른 송백은 아련한 아지랑이 속에 잠겨 있었습니다.

푸른 이층집 붉은 이층집들은 이곳저곳에 우뚝우뚝 더 늘어 있습니다.

어느 집에서는 풍금 소리도 흘러나왔습니다.

이곳에는 그전에는 은행 사택들만이 있었더니만 지금에는 다른 회사와 학교 선생 같은 부자 내지인들도 퍽 많이 와서 사는 모양이었습니다.

그 대신에 솜틀 같은 집은 산골짜기와 큰길 아래 개천 속으로 모두들 쫓겨 들어갔습니다.

선생님!

새문 밖 현저동 산꼭대기와 또 공덕리 산언덕에도 솜틀 같은 집이 꽉 차서 있지요.

그러나 이 뒷남산 기슭 동리의 솜틀집들은 개천 속 골짜기 속으로 기어서 떨어져 가기만 합니다.

이 골짜기 동리에서도 그중 허술한 동리가 이 경란이 집이 있는 '활터구멍'이었습니다.

작년 여름 장마 통에 물이 많이 쏟아져 내려오기 때문에 무너진 집들도 있었습니다.

산골짜기 양편 벽에다 조그만 터전을 호비작거려* 놓고 양철 지붕과

널빤지 조각으로 앙상하게 지어 놓은 솜틀집들이야말로 바람만 불어도 날아갈 듯이 앙상들 합니다.

벽, 아래턱이 쓸려 내려가는 물 때문에 허물어지는 바람에 그 위에 지어 놓았던 '솜틀'들은 삼분의 일이나 밑땅이 없어지고 삼분의 이만 겨우 걸려서 떨어지지를 않고 있습니다.

아주 무너질까 봐서 기다란 서까래로 바닥땅 없는 솜틀집의 한옆을 엉버텨 놓았습니다.

보기만 하여도 아슬아슬한 광경입니다.

그래도 이런 무서운 떨어질 듯한 집에서도 아이들의 울음소리도 흘러나오고 다듬이 소리도 흘러나오고 있었습니다.

굴뚝에서 연기도 나오고 있고 야단치는 어머니의 쨋쨋한 목소리도 잠겨서 있습니다.

선생님!

이 무시무시한 동리로 들어가는 모퉁이에는 새로 조그마한 장작가게가 생겼습니다.

이 가게는 전매국 다니던 순녀 집이었습니다.

왜, 순녀, 모르십니까.

항상 폐병으로 얼굴이 창백해서 골골하고 기침만 하던 애 말입니다.

키가 늘씬 크고는 게슴츠레하던 계집애 말입니다.

그 애는 벌써 스물두 살이나 되었지요. 저보다 한 살을 더 먹었으니까 그렇지 않습니까.

참, 전매국 다니던 여자들은 그런 병들이 많은 모양이더군요.

왜, 채순이도 그렇지 않았습니까. 왜, 시집갔다가 다시 와서 머리를

| * 호비작거리다 : 좁은 틈이나 구멍 속을 자꾸 함부로 갉거나 돌려 파내다.

다시 땋아서 늘이고 다니던 여자 말입니다.

순녀도 우연히 얻은 병이 시름시름 깊어져서 그때는 아주 고질이 되어버리다시피 되었답니다.

저는 이 순녀네 가게를 지나갈 때에 처음에는 퍽 이상스럽게 생각을 하였습니다.

순녀 아버지는 아무것도 하시는 것이 없고 더군다나 집안이 가난해서 억지로 지내가고 있지 않습니까.

겨우 폐병 든 순녀가 벌어오는 돈으로 연명만 하고 지내가지를 않습니까.

이렇게 가난한 순녀 집에서 별안간 어디서 돈이 생기어서 가게까지 내었나? 하고 속으로 생각을 하였습니다.

혹시 순녀 집이 떠나고 딴사람이 와서 들었나 하고 지나가는 길에 가게 속을 들여다보니까 얼굴이 갈쭉한 순녀 아버지가 조그만 곰방담뱃대를 물고서 앉아 있었습니다.

*

경란이의 집으로 찾아 들어가니까
벌써 약속한 세 동무들은 와서 있었습니다.
"얘 퍽 오래간만이구나."
"어서 오우. 언니 인제는 아주 아씨가 되셨구려."
모두들 반가워서 웃고서들 손들을 맞잡았습니다.
"그래 영숙아 너— 지금도 기무라 집에 그저 있니."
"아니 다른 데로 옮겨 갔다. 인제는 아주 게서 먹고 있단다. 쥔이 당초에 꼼짝을 하게 해야지. 집에도 잘해야 한 달에 한두 번밖에 오지를 못

한단다. 식구가 단출해서 일은 비교적 없으나 똑 갑갑한 게 걱정이란다."

영숙이는 새로 머리를 틀어 얹었습니다.

키는 더, 크지 않았지만 매우 뚱뚱하여지고 목 뒤가 굵어졌습니다.

하얀 두 손길을 보니까 비교적 하는 일은 세차지 않은 것같이 짐작되었습니다.

그리고 일본 내지 말투같이 조선말을 하고 웃고 몸 갖는 것이 어딘지 オマニ의 냄새가 젖어 있는 것같이 보였습니다.

"난아, 너는 요새 월급이 좀 올랐니."

"오르기는 경치게 올라, 겨우 지금 이십오 전씩이란다. 비누공장보다도 더 고되더라. 그리고 감독이니 지배인이니 하는 것들이 보기가 싫어서 병이 될 것 같더라. 엥히 빌어먹을 것―."

얼굴 넓적하고 성미 괄괄한 난이는 당장 눈앞에 감독이 있는 것같이 욕을 퍼부었습니다.

"그런데 참 경란이 언니는 지금은 아주 월급이 많겠구려."

경란이는 저보다 두 살이나 더 먹었는데도 도리어 저보다는 더 애티가 나타나 있었습니다.

얼굴이 하얗고 두 손길은 양촛가락 같았습니다.

"나, 뭘 많아. 그것도 일이나 많으면 하루 돈 원씩 넘어 받지만 요새는 어디 세월이 있어야지. 한 달에도 보름씩은 노는데―."

하면서 빙긋이 웃었습니다. 그러나 픽, 쓸쓸스러워 보였습니다.

한참 동안이나 저희들은 그동안 지낸 이야기를 했습니다.

신문에서 선생님의 사진을 본 것도 이야기하고 선생님께서 고생하실 것도 생각들을 하면서 픽들 쓸쓸스럽게 지냈습니다.

"모두들 다른 아이들은 잘 있니!"

하고 제가 물어보니까,

다들 그전 집이 내지인 집으로! 공장으로! 다니면서 벌이를 하나 그 중에 권번'으로 소리를 배우러 다니는 아이들도 사오 명이나 늘었다는 소리도 들었습니다.

참, 선생님.

독창 잘하던 순이는 카페걸이 되었다는 소리도 들었습니다.

점분이, 복순이는 아주 노래를 다 배우고 그때에는 벌써 기생 영업을 시작하고 있다는 말도 들었습니다.

저희들은 모든 동무들의 변한 이야기를 해가면서 쓸쓸스럽게 웃었습니다.

가슴이 갑갑해서 못 견디었습니다.

공연히 분해도 지고 겁도 슬그머니 났습니다.

5

선생님!

그보다도 더— 분하고 더 무서운 이야기도 들었습니다.

순녀가 만주로 오백 원에 팔려갔다는 이야기입니다.

선생님!

순녀가, 폐병으로 골골하던 순녀가 만주 창기로 팔려갔답니다.

그래서 그의 아버지가 그 돈으로 장작가게를 시작했더란 것이랍니다.

선생님!

어쩌면 제 딸을 팔아먹는 아버지가 있습니까.

| * 권번券番 : 일제 강점기 시대에 기생들의 조합을 이르던 말.

아무리 어렵더라도 어쩌면 자기가 친히 난 딸을 더군다나 오늘 죽을지 내일 죽을지도 모르는 병든 처녀들을 팔아먹을 생각이 납니까.

동리 사람들은 모두 욕을 한답니다.

"사람이 아니라 개돼지야."

"어쩌면 딸을 호인 놈에게 팔아먹을까."

"그렇게 하는 가게가 잘될 일이 있나."

"장작을 파는 것이 아니라 제 딸을 토막 쳐서 파는 셈과 마찬가지야."

이러한 욕들은 이 솜틀거리에 가득 차 있답니다.

한 사람도 그 가게에 가서 장작을 사는 사람이 없답니다. 그래서 벌써 밑천을 들어먹고 인제는 남은 것이 '망'하는 것밖에는 없답니다.

난이는 그 투덜거리는 목소리로 순녀 아버지를 욕을 했습니다.

저희들은 오래간만에 만나서 논다는 것이 이런 이야기 타령이었습니다.

날씨는 매우 청명한 봄날이었으나

저희들의 마음은 대단히 흐려 있었습니다.

*

겨우 저녁때나 되어서 경복재 앞 푸른 언덕으로 올라갔습니다.

즐비한 양옥집들은 봄빛에 번뜩이었습니다.

이 골짜기 저 골짜기에 처박힌 솜틀거리는 쓰레기통 폭밖에 안 되었습니다.

선생님!

저희들은 이 쓰레기통 속에서 조금 큰 양철집인 저희들의 야학집을 내려다보고 섰었습니다.

마침 중학생들의 창가 소리가 스며 올라왔습니다.

선생님!

저희들은 창가 소리를 듣고 눈물이 날 듯했습니다. 선생님 생각이 나서요.

창가 곡조는 보통학교에서만 들을 수 있는 국어 창가이었습니다.

선생님이 계실 때에는 조선말 동요만 가르쳐주시었지요.

그러나 요새 와서는 국어 창가만 한답니다.

그리고 선생님들이나 학생들도 국어만 사용한다나요.

"뒷간에 소제를 잘해라. 월사금을 얼른 가져오너라."

―만을 전문으로 조회시간에 훈화로 삼고 지내시는 교장선생님도 국어로 훈화를 하신답니다.

저희들은 이 국어 창가 소리를 듣고서 한참이나 서로 말이 없이 우두커니 섰기만 하였습니다.

조금 만에 경숙이는 가만히 노래를 불렀습니다.

"지하촌서 모여 오는 헐벗은 동무들

모여모여 한데 모여 힘써 배우자."

―하는 야학 교가이었습니다.

저희들은 저절로 따라서 불렀습니다. 경복재 앞에서 빨랫방망이 소리가 났습니다.

영숙이는 "애들아, 저것 봐라."

하면서 언덕 아래 좁은 길 위를 가리키었습니다.

저희들은 모두 내려다보았습니다.

거기에는 노랑 저고리에 남치마를 입은 점분이와 분순이가 둘이 나란히 서서 지나가고 있었습니다.

벌써 걸음걸이에 기생 티가 박혀서 있었습니다.

건너편 연화봉 산봉우리에는 붉은 저녁 해가 반쯤 걸려서 있었습니다.
영숙이, 경란이, 난이들의 얼굴들은 붉은 놀빛에 잠겨서 있었습니다.

6

선생님!
벌써 이 이야기도 일 년 전 옛일이 되었습니다.
지금은 또다시 봄이나 역시 솜틀거리는 쓸쓸하기만 하답니다.
저희들은 아주 드문드문히밖에는 못 만나 봅니다.
경란이의 편지가 온 지도 두 달이 넘었습니다.
순녀의 소식은 아주 묘연해졌습니다. 다른 아이들도 마찬가지로 벌이들을 다니고 있습니다.
학교 안에서도 여전히 창가 소리가 흘러나옵니다.
저도 역시 집 안에만 들어앉았습니다. 그런데 참, 이것은 며칠 전에 일어난 이야기입니다.
너무 장황해서 잊어버렸습니다그려. 동리 안에서 딱정떼 여편네라고 별명 듣던 복동 어머니가 경찰서에 붙들려갔다가 나왔답니다.
왜, 순녀와 같이 전매국에 다니는 키 큰 여자 말입니다.
점심시간에 감독하고 싸움을 하고 며칠 동안 말썽을 일으키더니 기어이 경찰서까지 다녀 나왔다나요.
동리 사람들은 욕들을 한답니다.
"젊은 계집년이 사내 감독하고 싸우다가 경찰서 신세까지 끼쳤다구요."
물론 전매국에서도 쫓겨 나왔지요. 그래도 복동 어머니는 더 기승을 피우면서 동리를 뒤엎고 다닌답니다.

언제인가 저희 집에도 한번 놀러 왔다가 갔지요.

그 큰 목소리로 별별 이야기를 다 하고 갔습니다.

머리 쪽찐 복동 어머니의 말하는 소리가 어딘지 선생님의 하시는 말씀과 비슷한 게 많아요.

선생님!

인제는 아무리 분한 일이 있더라도 공장에서 시끄럽게 굴 것이 아니더군요.

공연히 복동 어머니 모양으로 경찰서 구경이나 하고 밥줄이나 끊어지게요.

7

선생님!

그러면 이 소식도 그치려고 합니다.

선생님께서 인제 석 달만 계시면 돌아오시게 된다지요.

다시 오시면 다시 선생님은 선생님 되시고 저희들도 다시 학생들이 되어보게 될는지요.

어떻든지 몸이나 건강히 지키고 계시다가 나와주십시오.

그때까지 저희들도 아주 퍽 좋은 얼굴로써 선생님을 맞이하도록 하지요.

그러면 안녕히 계십시오.

김백순

- 끝 -

—《삼천리》, 1936년 4월

숙수치마

1

연순然順이는 시계 치는 소리에 깜짝 놀라 깨었다. 분홍 모기장은 전등불빛에 어렴풋이 붉게 보였다.

그의 잠 취한 얼굴은 이 붉은빛에 잠기었다. 머리는 푸수수하게 흐트러져 있다.

흰 지지미* 속적삼은 땀이 배어서 좁은 어깨와 불통한 젖가슴에 착 붙어 있었다.

모기장 밖에서는 앵앵거리는 모기 소리가 난다.

그리고 시계의 똑딱거리는 소리도 난다.

그리고는 모두가 고요하다. 깊은 여름밤이다.

"입때 아니 들어오나."

그는 입 속으로 종알거리면서 기지개를 켰다.

그의 반짝 쳐드는 두 팔 겨드랑이 밑은 분홍 물결에 고운 곡선을 그

---

* 지지미 : 신축성이 좋으며 여름옷의 속옷감으로 흔히 쓰는 일본산 베를 일컫는 일본어.

리고 있다.

그는 홑이불을 덮은 대로 바스스 일어나서 눈을 비비고 모기장 밖에 걸린 시계를 쳐다보았다.

지금 친 소리는 오전 두 시였다.

"에이구 오늘도 회를 하는 모양이로군."

하면서 하품을 하였다.

안방에서는 아까까지 주정을 하던 시아버지의 코고는 소리가 났다.

창문과 미닫이를 열어 놓았는데도 방 안은 후듯하였다.*

밤이 깊었건만 바람 한 점도 없었다.

모기장은 꼼짝도 아니했다.

푸수수한 머리칼이 덮인 그의 하얀 이마에는 구슬 같은 땀방울이 스며 나오고 있다.

"아휴 더워."

그는 홑이불을 벗어버리고 벌떡 일어섰다.

모시 치마는 후줄근하게 구겨졌다.

그는 어느 때나 그의 남편이 돌아오기 전에는 옷을 입고 잔다.

겨울에는 두루마기까지 입고 그대로 이불 위에 뒹굴어져서 기다린다.

지금 같은 더운 때에도 치마도 벗지를 않고 드러누워서 기다린다.

어느 때는 온밤을 그대로 새우기도 한다.

잠을 지새 자면서 조그만 소리에도 깜짝 놀라 깬다.

바람에 창문만 펄쩍 해도 기급을 해서 일어나서 미닫이를 열고 내다도 본다.

그의 남편은 언제든지 밤이 깊어야 들어온다. 어느 때는 새벽녘에도

| * 후듯하다 : 온김이 훈훈하다.

들어오고 어느 때는 그 이튿날 아침에도 들어온다.

아침에 돌아올 때에는 그의 남편의 얼굴은 홀쭉하다.

두 눈이 넘어갈 듯이 헐떡하고 목소리는 감기 든 사람같이 쉬어 있었다.

그리고 두 어깨는 축 늘어지고 얼굴빛은 거멓게 되어 있었다.

온밤을 그대로 새우고 들어왔다는 것을 역력히 나타내고 있었다.

연순이도 온밤을 설잤기 때문에 두 눈에는 잠이 가득 차고 얼굴은 빨개져 있었다.

그러나 연순이는 뱅긋이 웃으면서 그의 남편을 맞이한다.

"어제도 회에서 늦으셨어요?"

"응, 졸려 죽겠는걸. 어떻게 바쁜지 그럭저럭 밤을 새웠어."

"그럼 오늘은 못 들어가시게."

"안 들어가면 되나. 어서 밥 채려요."

그의 남편은 허둥지둥 아침상을 받고 나서는 그냥 그가 출근하는 관청으로 줄달음질을 쳐서 간다.

2

그의 남편은 그보다 세 살밖에 더 안 먹은 이십이 세의 청년이다.

연순이가 열여덟 살 때 이십일 세 먹은 그와 혼인을 하였다.

그의 남편은 연순이의 큰오빠의 친한 친구였었다.

이 두 사람의 혼인도 큰오빠의 주선으로 되었었다.

그의 남편은 큰오빠와 같이 문학에 미친 청년이었었다.

언제든지 두 청년은 금글자 놓은 양장한 외국소설을 옆에다 끼고 돌아다녔다.

두 청년은 만나기만 하면 서로 떨어질 줄을 모르고 밤을 새워가면서 고담과 준론*을 주고받는다.

오빠가 남편의 집에서 밤을 새우기도 하고 남편이 오빠 집에서 밤을 새우기도 하나 대개는 오빠 집에서 밤을 새우는 일이 많다.

그때 오빠는 종로 어느 약방에 점원으로 다니면서 겨우 어려운 집안의 호구를 시켜가고 지냈다.

남편은 지금까지도 다니는 어느 관청의 사무원으로 지내갔었다.

두 청년은 겨우 보통학교들만 마치고 다른 동무들이 상급학교로 들어가서 양복에 구두를 신고 다니는 때에 그들은 새로 산 '캡'을 어색하게 쓰고 점원으로 사무원으로 변하여들 버렸다.

두 청년은 같이 가난하고 같이 직업 전선으로 일찌거니 나가고 또 같이 문학을 좋아하는 것이 더 원인이 되어서 형제 이상으로 지내갔던 것이다.

남편 될 청년이 오빠와 같이 한 칸 사글셋방 윗목에 가 앉아서 떠들고 있을 때는 연순이는 어머니와 같이 아랫목 벽에 가 돌아앉아서 바느질을 하고 있었다.

연순이는 보통학교 이학년밖에 못 다녔다.

국문만은 환—하게 깨쳐서 소설책이나 신문 삼면만은 겨우 뜯어보고 지냈다.

그래서 오빠 책상에 금글자 박힌 두꺼운 양책을 볼 때에는 공연히 울 것같이 쓸쓸하여졌다.

그가 들어 있는 사글셋방은 목사님 아랫방이다. 안채 목사에게는 딸

---

* 고담과 준론 : 고담준론高談峻論. 뜻이 높고 바르며 엄숙하고 날카로운 말.

이 형제가 있다.

큰딸은 동경에서 여자대학을 다니고 둘째딸은 서울 어느 여자고등보통학교에를 다닌다.

둘째딸은 연순이보다 두 살이나 나이가 적다. 연순이는 이 안챗집 두 딸을 한없이 속으로 부러워하였다.

그중에도 한집안에 있는 둘째딸이 더 부러웠다. 검정 세루치마를 무르팍까지 올라오게 가뜬하게 입고 굽 높은 구두를 신고 수틀과 책보를 들고 해득해득하게 다니는 그의 활발한 자태를 바라볼 때에는 눈물이 나기도 했다.

다 더러운 분홍 치마에 머리때 묻은 노랑 저고리에 헤어진 행주치마에 뒤꿈치 찢어진 고무신 조각에 파묻혀 있는 자기 자신의 자태는 분하고 원통할 만치도 남이 부끄러웠다.

둘째딸은 영어도 한다. 어떤 때는 독창도 한다. 그리고 밖으로 맘대로 놀러도 나간다.

그러나 자기는 밖은커녕 낯 서투른 남자만이 찾아와도 부엌으로 피신을 한다.

독창은커녕 크게 웃기만 해도,

"계집애년이 왜 단정치가 못하냐." 하는 어머님의 꾸중 소리를 듣는다.

혹시 일갓집으로 갈 일이 있어도 행주치마를 푹 뒤집어쓰고 눈 하나만 빼꼼히 내놓고 땅만 내려다보고 지척거린다.

가끔 둘째딸에게는 역시 둘째딸 같은 여학생 동무들이 몰려온다.

대청이 떠나가라 하고 그들은 웃고 떠든다.

남자 이야기도 하고 세상 이야기도 한다. 그리고 일본말도 하고 영어도 한다.

연순이는 이런 때는 방 안에서 나오지를 않는다. 옷 입은 모양, 머리

땋은 모양, 걸음걸이, 활갯짓, 모든 것이 '구식'인 자기의 동정을 보이기가 싫었다.

그들이 노골적으로 말들은 아니하나 가끔 흘깃흘깃 쳐다보는 것은 순전히 자기를 업수이 여기고 깔보는 것 같았다.

어떤 때 그들은 자기를 보고 웃고서 일본말로 지껄이기도 한다.

'엥이 망할년들, 학교에 안 다니는 여자라고 막들 놀리는구나.'

'분해.'

연순이는 못 견뎌서 쥐어뜯기도 했다.

한숨이 저절로 나왔다.

때는 신식 세상이다. 남녀나 노소를 물론하고 모두가 신식만을 좋아하는 세상이다.

무식한 여자, 구식 여자!

그는 '구식 여자'라는 소리를 듣고 지내는 것은 마치 송곳으로 찔리는 듯이나 온몸이 괴로웠던 것이다.

*

그러나 연순이는 큰오빠를 믿고 살아왔다.

큰오빠는 어머니같이 완고스럽게 야단도 치지를 않고 둘째딸 축같이 경멸도 하지를 않았다.

가끔 큰오빠는 말한다.

"집안이 가난하니 너나 나나 공부는 못한다. 그러나 사람은 공부만이 제일이 아니다. 첫째가 마음이다. 뜻이다. 우리들은 굳세고 용감하고 대담한 마음을 언제든지 가지고 지내가자.

여학생은 허영심이 많다. 구식 여자는 완고에게 지기만 한다.

그러나 너는 허영심도 없고 완고스럽지도 않다. 언문 한 자라도 눈을 홉뜨고 독학을 해라. 그리고 마음을 크게 먹어라. 나는 언제든지 너를 뒤받쳐주마."

대개 이러한 이야기를 들려준다.

그리고 틈만 있으면 세상 이야기, 지구 이야기, 사회는 어떤 것이다. 남녀동등이란 이러저러한 것이다.

모든 것을 자세히 가르쳐준다.

어느 때는 세상에 유명한 여자의 전기傳記도 이야기하여준다.

연순이는 글자에는 무식하지만 상식만은 높아갔다.

세상이 어떻다고 비판은 할 줄 모르나 세상이 어떻다는 이해만은 가졌다.

그리고 오빠가 말한 '용감하고 대담하고 넓고 굳센 마음'이 그의 좁은 가슴속에서 모락모락 자라가고 있었다.

그의 남편 될 청년과는 큰오빠의 주장으로 내외를 하지를 않았다.

그래서 언제든지 단 한 칸 방에서 윗목 아랫목에 앉아서 밤을 새워가면서 지내갔던 것이다.

3

연순이는 이 세상에서 제일 고마운 사람도 오빠요 따라서 제일 훌륭한 청년도 큰오빠라고 생각했다.

왜? 그렇다고 구체적인 이론은 물론 안 가졌다. 무조건이요 일종의 맹목적이다.

무슨 책인지를 몰라도 책상 위에 양책이 쌓인 것만 보아도 큰오빠는 유식한 것이다.

무슨 말인 줄은 몰라도 남편과 밤을 새워가면서 언전을 하는 것을 보면 반드시 훌륭한 말을 주고받는 것일 것이다.

더욱이 큰오빠는 담배도 아니 먹고 술도 반대를 한다.

밤에 극장도 아니 가고 '이 자식', '저 자식' 하는 막된 친구도 한 사람도 없다.

온종일 약방에서 일을 보다가 밤늦게 집으로 돌아오면 언제든지 책만 본다.

혹시 남편이 찾아오면 역시 '이러셨어요', '그랬습니다' 하는 점잖은 어조로 듣기에도 어려운 이야기로 세월을 보낸다.

이래서 연순이는 큰오빠를 숭배하고 믿었다. 따라서 큰오빠와 한짝인 남편 될 청년도 숭배하고 믿어졌다.

큰오빠와 남편 될 청년은 신식 중에서 더 신식 청년들이다.

중학교나 대학교들은 아니들 다녀도 보는 책은 대단히 어렵고 두꺼운 책이다. 이야기도 알아들을 수도 없을 만한 매우 유식한 이야기다.

그러나 머리에 기름이나 바르고 다니는 모양 낸 신식 청년들도 아니다.

모든 이런 점들은 그로 하여금 두 청년을 믿고 사랑하게 만들었다.

*

연순이가 열일곱 살 되던 봄에 그의 큰오빠는 동경으로 고학을 목적하고 달아나버렸다.

그 뒤부터는 그의 동무 청년도 찾아오지를 않았다. 혹시 찾아와도 그전같이 방으로도 들어오지도 않고 또 어머니가 들이지도 않고 해서 대문간에만 잠깐잠깐 섰다가 간다.

연순이도 이제는 아주 처녀가 되었다고 내외를 시켰다.

큰오빠가 떠나간 것은 연순이의 행복과 자유가 떠나간 것과 마찬가지였다.

다만 한 가지의 기쁨과 믿음이었던 큰오빠는 자기 누이에게 또다시 쓸쓸한 생활을 남겨 놓고 지나갔다.

*

그 뒤에 큰오빠는 편지로써 두 편 집에 주선을 하여서 연순이와 그의 동무를 결혼을 하게 하였다.

연순이는 대단히 만족하여 하였다.

남편은 물론 신식 청년이다. 자기 같은 구식 처녀와 결혼을 하지 아니하고 반드시 신식 여학생과 결혼하려니 하던 자기의 추상이 깨뜨려진 까닭이다.

남편이 고맙기만 했다.

처녀의 순진스런 첫사랑은 이 같은 감격성을 띠고 있었다.

남편은 자기가 연상한 것과 같이 매우 유순하고 활발하고 관대한 성격을 가지고 있었다.

큰오빠 모양으로 술 담배도 아니 먹고 '이 자식' 친구도 없고 극장에도 아니 가고 책만 보고 글만 썼다.

그리고 조금도 '무식한 여자'라고 경멸하지도 않고 '구식 여자'라고 상도 찡그리지 않았다.

무엇이든지 모르는 것은 자세히 일러주고 일깨워주었다.

밤이면은 틈 있는 대로 쉬운 산술도 가르쳐주고 한문자도 알려주었다.

그리고 큰오빠 모양으로 별별 이야기를 다 들려주었다.

그보다도 진심으로 자기를 사랑하여주는 데에 취하여버렸다.

그의 남편은 무엇 하는 단체인지는 모르나 하여간 훌륭한 세상 일을 하는 곳이란 것만은 짐작하였다.

그 단체에는 여자도 많았다.

가끔 그의 남편은 여자 회원과 가지런히 나가면은 으레 늦게 들어온다.

그러나 그는 조금도 그의 남편을 의심치는 않았다.

그는 남편도 믿었지만 남편을 소개한 자기의 큰오빠의 말을 더 믿었다.

"애, 영로는 보통 신식 청년과는 다르다. 조금도 해뜩거리지도* 않는다. 길에 갈 때에도 여자를 쳐다보지도 않는다. 도리어 고개를 숙인다."

이러한 자기의 남편이며 더욱이 세상 일을 넓게 아는 훌륭한 사람이니 아무리 여자와 같이 다녀도 탈선은 하지 않으리라는 자신이 있었다.

그러나 밤이 늦도록 돌아오지를 않으면 잠만은 깊이 들지 않았던 것이다.

4

결혼한 지 반년도 못 되어서 그의 남편은 관청에서 쫓겨났다.

종업원 친목회라는 것을 조직해가지고 여러 가지로 활동을 하던 것이 당국에서 사상운동으로 오해를 당해서 그것이 원인이 되어서 몇 번 시말서를 쓰다가 기어코 희생이 되었던 것이다.

시아버지는 착실한 아들이 어쭉대다가** 밥줄까지 끊어뜨렸다고 화풀이로 술만 먹고 지내간다.

---

* 해뜩거리다 : 갑자기 얼굴을 돌리며 살짝살짝 자꾸 돌아보다.
** 어쭉대다 : 들떠서 멋없이 자꾸 거들먹거리다.

전에는 술을 먹어도 나비 같은 새 며느리를 귀여히 여기는 마음으로 껄껄 웃기만 했다.

그러나 이제는 상을 잔뜩 찡그리고 아들을 야단치고 아내를 들들 볶고 며느리의 비위를 건다.

날마다 밤이면 술이 취해 들어오면 아들을 불러 앉히고 두 시간 세 시간씩이나 야단을 친다.

"이놈아 너도 정신을 차려야지."

"이제는 너도 홀몸도 아닌 터에 늙은 부모는커녕 젊은 계집까지 굶겨 죽일 모양이냐?"

"의식족이 지예절*이라고 먼저 먹어야 아니하니?"

"네까짓 녀석들이 떠든다고 삐뚤어진 세상이 바로잡히겠느냐?"

이와 같은 내용을 가지고 백 번 천 번씩 되풀이를 하면서 악을 악을 쓴다.

아들은 처음부터 끝까지 벙어리같이 듣고만 앉았다.

건넌방에 앉아 있는 연순이는 가슴이 터질 듯이 답답만 해졌다.

'완고 노인들은 할 수가 없어……'

'참 케케묵었어. 그러니까 세상이 요 모양이지.'

하면서 혼자서 분개도 하였다.

어느 때는 후닥뚝딱 안방으로 건너가서

"아버지는 왜 이렇게 케케묵은 소리만 하세요?"

하고 한번 호되게 집어세고도 싶었다.

그러나 그는 차마 일어서지지가 않았다.

아주아주 참다참다 못해서 어느 때는 눈물까지도 난다.

---

* 의식족이 지예절衣食足而知禮節 : 의식衣食이 넉넉하여야 예를 안다.

몇 시간 뒤에 시아버지가 술기운에 못 이겨서 쓰러진 뒤에야 남편은 건너온다.

남편의 얼굴은 매우 우울하여 보이나 역시 아무 소리도 없었다.

연순이도 그저

"어서 주무셔요." 하고 쳐다만 본다.

그러면 남편도

"응, 퍽 졸린데." 하면서 그냥 자리 속으로 들어간다.

연순이도 따라 들어가서 아무 소리 없이 옆에 가 눕는다.

남편은 아무 소리 없이 연순이를 껴안는다.

연순이도 아무 소리 없이 바싹 껴안긴다.

그럴 때면 연순이의 눈에는 눈물이 팽 돈다.

남편은 슬그머니 그의 눈을 만져보고서

"흠 괜찮어." 하면서 빙긋이 웃는다.

"누가 어쩌나요, 호." 하면서 연순이도 뱅긋이 웃는다. 그리고 두 부부는 감격에 잠겨서 더한층 바싹 달려들어서 한 뭉치가 되어버린다.

5

시어머니도 친어머니답게 귀여워했다.

그러나 아들이 실직한 뒤부터는 다소 그 태도가 변해졌다.

시어머니는 아들이 실직한 뒤에 여러 군데로 무꾸리를 다녀보았다.

유명한 무당과 판수에게 또는 전내군*에게로 돌아다녀보았다.

| * 전내殿內군 : 점집을 차려 놓고 관성제군을 믿는 점쟁이.

불사님 모셨다는 곳이나 최일 장군을 모시고 있다는 곳이나 관성제군, 백보살, 모든 영하다는 곳은 다 돌아다녀보았으나 그 결과는

며느리가 잘못 들어와서 그렇게 되었다는 말뿐이다.

며느리가 들어와서 집안이 느는 수도 있고 망하는 수도 있다.

며느리는 아무리 사람이 좋아도 사주四柱 관계로 그 집안에 미치는 영향은 대단히 크다.

시어머니는 보통 구식 아낙네 모양으로 한 개의 미신의 화신化神이다.

무당의 말은 조상의 말보다도 더— 하늘같이 안다.

연순이의 하는 꼴은 모두가 만점이다.

진일 마른일에 거치는 일이 없이 재빠르고 얌전하다.

어른 아이에게 하는 일이 하나도 예의에 벗어나는 일이 없다.

게다가 인사성이 있고 사람의 마음을 잘 맞춘다. 남편을 공경하나 음란하게 하지는 않는다.

팔모로* 뜯어보아도 부족한 점은 하나도 없다. 그야말로 며느리다운 며느리였었다.

그러나 그의 사주에는 살**이 있다.

문제는 이 집안을 망하게 하고 남편을 괴롭게 하는 요악스런 살을 가지고 있었다.

그래서 직접 며느리에게는 말은 아니하나 일갓집 여편네 축들과 만나면 수군거린다.

이 수군거리는 소리는 이리저리 굴러서 연순이의 귀로 들어온다.

아무리 이해가 깊은 남편에게 의지하여서 지내지만 이 같은 시집 쪽 여편네 축들에게 원성을 들을 때에는 기분이 좋지를 못했다.

---

* 팔모로 : 여러 방면 또는 여러 측면으로.
** 살煞 : 사람을 해치거나 물건을 깨뜨리는 모질고 독한 귀신의 기운.

"왜? 또 그래. 흥 무슨 소리를 들은 모양이로군…… 허…… 엥이 바보."

가끔 눈치를 챈 남편은 연순이의 잔등이를 툭툭 치면서 이같이 웃는다.

"호, 왜 내가 바보예요."

하면서 연순이도 따라서 웃는다. 그리고 그의 마음은 대단히 명랑하여진다.

이렇게 지내오기를 만 일 년이나 하였다.

남편은 여전히 직업을 얻지를 못하고 회에만 미쳐서 다닌다.

전에는 관청에서 다녀 나온 뒤에 노는 시간에나 다니던 곳을 요사이는 주야를 헤아리지를 아니하고 전문으로 종사를 한다.

어느 때는 며칠씩 나가서 들어오지도 않는다.

이럴 때면 으레 시아버지의 주정은 늘고 시어머니의 사색도 달라진다.

남편이 회에 열중이 되면 될수록 집안에 들어앉았는 연순이의 고통은 점점 더 무거워만 갔다.

6

오늘 밤에도 시아버지는 한바탕 화를 내고 곯아떨어졌다.

남편은 아직까지 돌아오지를 않았다.

연순이는 모기장 밖으로 나와서 들창을 내다보았다.

검푸른 여름 하늘에는 투명한 별이 가득 차서 있다.

은하수는 앞집 지붕 위에 반쯤 걸려서 있었다. 처마 밑 어둑한 곳에는 모기 소리가 꿈속같이 잠겨 있었다.

어느 때인가 결혼한 지가 얼마 아니 된 때였었다. 연순이는 남편과 같이 자기 집 뜰 앞에 서서 있었다.

그때도 여름이요 또한 깊은 밤이었었다. 하늘도 역시 검푸르고 투명한 별들도 은하수에 잠겨 있을 때이다.

　마침 시부모는 일갓집 제사 참례를 가고 집 안에는 그들만이 있었었다.

　연순이는 연두 적삼에 분홍 치마를 입고 있었다.

　"여보, 저것 보."

　"뭐요."

　"별 말요."

　"별이 어쨌단 말예요."

　"별 뒤는 넓은 하늘이 아니오. 우리들의 장래도 저같이 넓고 자유스러울걸!"

　"그럼요."

　"그런데 이봐 지금 세상에 부부라는 것은 화락하게만 지낼 수가 없어. 우리들도 이렇게 지내다가 언제 어떻게 헤어질 줄 아나."

　"그럼."

　"부부라는 것은 첫째가 서로 돕고 지내가야 하는 거야. 서로 맞붙잡고 일을 해야 하는 거야."

　"누구처럼 지도라도 그리란 말이지."

　"암, 하여간 이해만이라도 가져야 해……."

　"그럼."

　두 부부는 멀리 여름 하늘을 쳐다보면서 속삭거렸다.

　지금 연순이는 또 이 생각이 났다.

　언제든지 가끔 그날 밤의 생각이 났다.

　별 뒤의 넓은 하늘, 한없이 넓은 하늘.

　아까 이른 아침에 남편은 같은 단체의 회원인 안경 쓴 여자가 찾아와서 같이 나갔다.

그때는 별안간 소낙비가 쏟아졌다. 남편은 그 여자 회원과 같이 한 우산을 받고 나갔다.

그 여자 회원은 그의 남편과 한 우산 속에서 연순이를 돌아다보고 생긋 웃으면서

"모시고 나가서 미안합니다."

"온 천만에요, 호…… 얼마든지 모시고 나가주세요." 하면서 쾌활하게 웃었다.

남편과 그 여자는 쾌활하게 이야기를 하면서 골목 밖으로 사라졌다.

그 여자는 행길 가는 사람이 쳐다보는 것도 관계치 않고 남자 이상으로 활달하게 크게 웃으면서 사라졌다.

연순이는 대문에 기대어 서서 그들의 뒷모양이 사라진 골목길을 멍—하게 쳐다보았다.

쓸쓸한 생각이 났다.

'이해만 가지면 무슨 소용이 있나. 같이 일을 해야지.' 하면서 그 여자의 유식한 말과 쾌활한 행동이 대단히 부러웠다.

'나는 못난 년이야.'

'왜? 공부를 못하였을까?'

자기 자신이 불쌍하였다. 부모가 원망스러웠고 세상이 귀찮았다.

'나도 어떻게 하면 저 여자같이 되어보나.' 하면서 가슴이 터질 듯이 쓸쓸하였다.

*

지금도 밤이 새는 줄도 모르고 남편은 아까 그 여자와 또 다른 활발한 여자들과 또 다른 남편 같은 남자들과 한데 모여 앉아서 세상 일을 이

야기하고 있을 것이다.

'이해만 하면 무슨 소용이 있나.'

'흥, 나는 병신이야.'

저절로 눈물이 팽팽 돌았다.

7

남편은 세 시나 되어서 돌아왔다.

그는 삼동주*'루바슈카'**를 입고 백세루*** 바지를 입었다. 머리는 길쭉하게 길러서 뒤로 젖혔다.

"아니 입때 안 잤소."

"아뇨, 실컷 자고 지금 깨었어요."

하면서 생긋하고 웃었다.

남편은 무엇인지 걱정이 있는 모양으로 다소 얼굴이 흐려져서 있다.

"아니 무슨 걱정이 계셔요."

"음, 글쎄."

하면서 입맛을 다신다. 연순이는 또 쓸쓸하여졌다.

가끔 남편은 무슨 걱정을 하다가도 연순이가 물어보면 '아니'라고 하든지 그렇지 않으면 '너는 알아도 소용이 없다'는 듯이 껄껄 웃어버리고 만다.

그럴 때면 연순이는

---

* 삼동주 : '산동주山東紬'의 오기誤記. 중국의 산둥山東 지방에서 나는 명주로 산누에 실로 짜고 빛깔이 누르스름하며 조금 두껍다.
** 루바슈카 : rubashka. 블라우스와 비슷한 러시아의 남성용 겉저고리.
*** 백세루白+serge : 흰색의 서지(serge:모직물)로 된 천.

'내가 오죽 무식해야 남편까지라도 상대를 아니하여주나.' 하는 욱한 생각도 나고 또 한편으로는 쓸쓸한 적막도 느낀다.

그러다가 스스로 돌려 생각을 한다.

도적이 제 발이 저리다고 내가 너무 지나치게 오해를 하는구나. 아무리 남편이라도 하지 못할 말도 있겠지. 더욱이 큰일 하는 데에는 비밀이 제일이라는데— 하면서 억지로 마음을 다잡아서 명랑하게 만든다.

연순이는 지금도 역시 그와 같았다.

남편은 루바슈카를 벗어던지고 수건으로 웃통을 씻으면서 연순이를 의미 있게 쳐다본다.

"이거 봐 또 큰일 났는데."

하면서 빙긋하게 웃는다.

연순이는 남편에게 부채질을 하면서

"왜 무슨 또 큰일……" 하다가 그만 말끝을 옴츠러뜨렸다.

그리고 언뜻 생각나는 것이 있었다.

남편이 실직한 뒤에 더욱이 회에 열중이 되었을 때 눈치를 채고서 전당을 내주었다.

혼인할 때에 만든 반반한 옷가지는 대개 이 같은 전당으로 달아났다.

물론 시부모님에게는 비밀이었었다. 그러다가 기어코 나중에는 발각이 되었다.

처음에는 터놓고 의논을 하였으나 나중에는 남편도 너무 염치가 없어서 말을 못했다.

사실 연순이는 뻘건 몸뚱이만 남았다. 화류 이층장 속은 텅 비어버렸다.

연순이는 지금도 남편의 태도를 보고 직각을 하였다.

그래서 퍽 온화한 목소리로

"왜 또 돈 때문이죠."

남편은 그제야 껄껄 웃었다.

"그렇다우……. 참 큰일 났는데. 실상인즉 말야, 내일모레 내가 시골을 좀 갈 일이 있는데 여비가 퍽 많이 든단 말야……. 저어 남쪽 말야왜? 신문에도 봤지. 삼남이 온통 기근이 나서 모두들 죽게 됐다고 그랬지."

"네, 참 그것 야단났습디다그려."

"그런데 사회단체들이 연합을 해서 기근구제강연회를 하게 됐어……. 그런데 우리 회에서는 내가 내려가게 됐는데 적어도 한 십 원은 들어야겠는데……" 하면서 요 위로 네 활개를 펴고 드러누웠다.

연순이는 아무리 농장 속을 생각을 하여도 십 원과 바꿀 만한 물건이 없었다.

다만 숙수치마* 하나밖에 남은 게 없다.

그러나 그것은 잡히기는커녕 아주 팔아버린다고 하더라도 십 원에는 가당치도 못하다.

"그것 큰일났구려. 남은 것이라고는 치마 하나밖에 없는데." 하면서 연순이는 멍하니 장롱만 쳐다보았다.

남편은 다시 벌떡 일어앉으면서

"그런데 말야. 한 반은 들어섰어. 아까 나하고 같이 나가던 경옥이 말야. 왜 안경 쓴 말괄량이 말야― 아까 낮에 회에서 그와 같이 결정된 것을 듣고 나더니 슬그머니 나가서 단 하나밖에 없는 세루치마를 삼 원에 잡혀 왔겠지."

이 소리에 연순이의 두 눈은 반짝하여졌다. 그리고 또 한 번 숙수치

| * 숙수치마 : 무늬 없이 평직平織으로 짠 천으로 만든 치마.

마가 언뜻 떠었다.

남편은 또 말을 계속한다.

"그리고 저 창호 말야. 그이가 월사금 가져갈 돈에서 삼 원을 내놓았어."

창호는 어떤 전문학교 학생이다. 변호사의 동생으로 사상이 불온하다고 언제든지 그 형과 충돌을 하고 지내간다. 그래서 학비도 겨우겨우 뜯어서 쓰고 지낸다.

"그리고 저 추수 말야. 어떻게 했는지 일 원을 해왔겠지."

추수는 인쇄직공이나 아홉 식구를 혼자 책임지고 지내기 때문에 언제든지 쩔쩔매고 지내는 가난한 젊은이다.

"그래 결국 한 삼사 원 모자라는 셈인데 그건 내가 덮어놓고 주선을 한다고 호기를 피웠단 말야. 참 똥끄렸는걸, 허……."

하고 다시 네 활개를 펴고 드러누웠다.

연순이는 적이 안심이 되었다.

"그럼 내일 아침 저 숙수치마나 가지고 나가세요."

"엥히 싫여. 단 하나밖에 안 남은 걸, 그거 됐나."

"괜찮어요. 내일 아침 일찌거니 어머니 일어나시기 전에 가지고 나가세요."

"엥히 참."

"뭐 엥히에요. 무슨 일이 있어요, 호……."

하면서 연순이는 온화하게 웃었다.

"자— 어서 일찍 주무시고 일찍 일어나 나가세요."

남편은 한참만이나 잠잠하고 누웠다가 별안간에 껄껄대고 웃었다.

"그래, 그럼 낼 아침에 잘 싸줘……. 허…… 내 또 돈 벌기 시작하거든 변리해서 옷 해줄게."

"그럼 변리도 이만저만하지 않을걸요, 호⋯⋯."

"허⋯⋯."

두 부부는 한참 동안이나 서로 웃기들만 했다.

*

이틀 뒤다. 지금이 밤 열 시요 이곳은 경성역이다.

서울에 있는 각 사회단체의 대표들은 아주 씩씩한 얼굴로써 남행 급행열차에 올라섰다.

플랫폼에는 각 단체의 젊은 일꾼들이 가득 차서 있었다.

"잘들 갔다 오시오."

"건투하시오."

"믿습니다."

"뽐내라."

별별 소리가 다 한데 섞여서 웅얼거렸다.

"뛰—."

하면서 젊은 일꾼들을 실은 급행열차의 힘 있는 기적 소리는 여름 하늘을 뒤흔들었다.

이 기적 소리는 온 서울 공중에 가득 찼다. 그리고 골목골목 구석구석까지 스며들어갔다.

그래서 들창을 열고 멍—하게 하늘을 쳐다보고 섰는 연순이의 고막도 흔들었다.

"음, 인제 떠나는군."

하면서 그는 빙긋이 웃었다.

매우 만족한 웃음이었다. 모기는 벌써 앵앵거리기를 시작했다. 별들은 유리같이 반짝거리면서 온 하늘에 깔렸다.

2월 17일

- 끝 -

—《조선문학》, 1936년 5월

승군蠅群[*]

1

우편배달부 김창식이는 삼십 년 동안이나 배달부 노릇을 하였다.

지금 쉰두 살이다. 머리는 희끗희끗하고 얼굴은 쭈굴쭈굴하다. 눈이 나빠서 흰 잇기로 테한 뚱그란 안경을 썼다.

누구를 볼 때에는 으레 안경 너머로 내다본다. 가끔 취체^{**}나 주임에 게 야단을 만나고 나서 "잘못했다"고 고개를 숙일^{***} 때에도 이 버릇이 나와서 안경 너머로 쳐다보다가 더— 야단을 만나는 때도 있었다.

그는 국어는 잘 못한다. 겨우

"オリマセン"^{****}, "ワカリマセン"^{*****}, "ハヤイテス"^{******}, "サヨウナラ"^{*******} 등의 사무에 필요한 말만을 몇 개 알고 있을 뿐이다.

---

* 승군蠅群 : 파리 떼.
** 취체取締 : 규칙, 법령, 명령 따위를 지키도록 통제함.
*** 원문에는 '숙일'에서 '일'이 누락되어 있다.
**** 아리마셍 : '있습니다.'
***** 와까리마셍 : '알겠습니다.'
****** 하야이데쓰 : '빠릅니다.'
******* 사요나라 : '안녕히 계십시오.'

한문은 조금* 안다. 주소와 씨명만은 어렵지 않게 안다.

그러나 그는 글씨만은 잘 쓰는 편이다. 배달부 중에서 제일이라는 칭찬을 받고 지내고 또 이 칭찬 소리에 그는 들떠 있다.

안경너머로 부전**을 쓸 때에는 그는 옆에서 누가 보지나 않나 하면서 힐끔힐끔 좌우를 쳐다보면서 쓴다.

'행위불명行衛不明', '본인부재本人不在', '폐문閉門'들의 부전을 써서는 사무원에게 내어놓을 때에도 일부러 부전지 붙은 쪽을 위에다 올려놓아 가지고 '내 글씨가 변변치 못하지만 이만합니다.' 하는 듯이 쑥 내민다. 그런 때는 입까지 삐죽이 내밀어진다. 그는 도대체 말이 없다.

그러나 혹시 성이 나면 모든 것을 다 잃어버리고 우락부락한 목소리로 악을 부린다.

그의 악은 유명하였었다. 평시에는 순한 양같이 굽실굽실거리기만 하면서 입을 꼭 다물고 있던 그도 한번 이 악만 나오면 취체나 주임이나 심지어 국장 앞에서까지라도 펄펄 뛴다.

그는 거짓말이 없다. 곧이곧대로다.

편지를 배달할 때에도 언제든지 달음박질만 한다.

아무리 구석진 집이라도 꼭꼭 찾아간다.

'폐문閉門'이니 뭐니 하면서 거짓말 부전은 한 번도 붙인 일이 없다.

정직하고 충실하고 부지런한 것이 그로 하여금 이제까지 붙어 있게 한 원인들이 되었다.

만일 그에게 이러한 장처가 없었더면은 국어를 못하고 늙고 월급이 많아졌다고 금방에 떡국을 먹었을 것이다.

그는 월급이 오십이 원이다. 조선인 배달부 중에서는 최고급이다.

---

* 원문에는 '조금'에서 '조'가 누락되어 있다.
** 부전附箋 : 어떤 서류에 간단한 의견을 적어서 덧붙이는 쪽지.

그러나 그는 요사이 차차 밀려나기를 시작했다.

그래서 시외구역으로 쫓기여 나갔다.

아침이면 일찍이 자전거를 타고 산으로 들로 촌락으로 찾아서 돌아다닌다.

그러나 역시 시외배달부 중에서 가끔 볼 수 있는 먼 데 편지를 남에게 위탁하는 것 같은 일은 조금도 하지를 아니하였다.

역시 그는 충실하였다.

그의 모자에는 정근표인 흰 줄이 다섯이나 둘러 있었다.

이 년 동안을 하로도 빠지지 않으면 타는 포상이다.

그는 언제든지 이 흰 테 둘린 모자를 끄덕거리면서 동관*들에게 호기를 피운다.

무슨 큰 벼슬이나 한 듯이 그보다도 자기가 큰 인물이나 된 것같이나 호기를 피우고 자랑을 하였다.

그러나 그의 자랑은 결코 그의 입에서 나오지를 않았다.

다만 삐죽이 내미는 입부리와 반쯤 찡그린 두 눈초리와 점잖게 뛰어놓는 그의 '대학지도'식의 걸음걸이들이 표현해주고 있다.

그는 우편국 안에서뿐만이 아니라 자기 동리에 있어서도 마치 큰물이나 같이 가슴을 내밀고 뒷짐을 지고 다닌다.

잘 때에는 반듯이 이 흰 테두리 모자를 맞은편 벽에다가 걸어놓는다.

자다가 혹시 잠이 깰 때나 또는 아침마다 일어날 때에 쳐다보이는 그 순간은 대단히 유쾌하고 만족한 것이었다.

그는 혹시 노는 날에 친구 집이나 일가 집으로 놀러갈 때에도 사복을 입지 않고 이 제복을 입고 간다.

---

* 동관同官 : 한 관아에서 일하는 같은 등급의 관리나 벼슬아치. 여기서는 같은 직급의 회사동료를 말함.

어떤 때는 조선두루마기에 '모자'만은 관모官帽를 쓴다.

그래서 그는 가끔 놀림감이 된다.

그러나 그의 귀에는 도리어 자기를 숭배하는 자들의 치켜주는 찬송으로 들리었다.

2

지금도 창식이는 아랫목에 누운 대로 눈을 번쩍 떴다.

쓰그러질듯한 한 간 방이다. 천장은 야트막하고 윗목 벽은 배를 쑥 내밀었다.

한편 구석에는 신문지로 바른 나무 반닫이*가 놓였다.

동창으로는 훤—하게 새벽빛이 비춰서 들어온다.

이 새벽빛에 흰 테두리 모자가 뚜렷이 나타나고 있었다.

창식이는 이 모자만 쳐다보고 누웠다.

부엌에서는 늙은 그의 아내가 대각거리고 있다.

윗목에는 아들 둘 막내딸 하나 조카 두 녀석 외손녀 하나 칠팔 명의 아이들이 꾸부리고들 코들을 골고 있다.

시계는 여섯 시 오 분 전이다.

"여보 병렬이는 벌써 갔수?"

병렬이는 그의 큰아들이다. 금년에 스물한 살이다.

병렬이 위로 출가한 두 딸이 있다.

그는 도합 육남매의 아버지다. 큰사위는 죽고 큰딸은 남의 집 침모

| * 반닫이 : 앞의 위쪽 절반이 문짝으로 되어 아래로 젖혀 여닫게 만든 가구.

노릇으로 겨우 지내간다.

그래서 여섯 살 된 계집애 하나가 이 외가에 붙어서 있다.

그의 동생은 집주림 방에서 그럭저럭 지내는 가난뱅이다. 그래서 그의 자식 둘을 염치불고하고 이 형 집에 붙여두었다.

그래도 관청에 다니고 월급을 많이 탄다고 그의 가난한 일가들은 가끔 별것들을 다 뜯어간다.

조그만 어린애 생일까지라도 일가 떼들은 아침부터 모여든다.

물론 공복들로써 미리부터 입에다 침들을 잔뜩 담아가지고 모여든다. 그리하여

점심 먹고 저녁까지 먹고 나중에 갈 때에는 밥덩이 나물접시들을 구메구메 싸가지고 간다.

"어쩌면 나이를 먹은 이로서 그렇게 관청에 오래 붙어 있나?"

"젊은 학교 출신도 뻔둥뻔둥 노는 세상에……."

이것이 그에게 모여드는 '부러움' 섞인 비평이었었다.

창식이 아내가 가끔 상을 찡그리고 쫑쫑거리면 창식이는 예의 점잖은 어조로

"뭘 그래, 되어가는 대로 살지. 그나마 우리가 굶어보구료. 오라고 해도, 아니 올 터이니……."

"그래도 염채(염치)들이 있어야지."

"괜찮어…… 허……."

하면서 흰 테두리 모자를 한번 다시 고쳐 쓴다.

이러한 창식이 집도 아직까지 사글세집이다.

그리고 모아놓은 재산 대신에 월숫돈 변리돈*만은 잔뜩 짊어지고

| * '변리돈'은 원문에 '변 돈'으로 되어 있다.

있다.

짚어지고 있기만 한 것이 아니라 점점 눌려서 고개도 들지 못할 형편이다.

이러는 판에 병렬이는 전보배달부가 되었다. 보통학교를 겨우 졸업시키고 나서 뻔둥뻔둥 노니까 보기도 싫을 뿐 아니라 조금이나마 가게에 보태여볼까 하고 일급 삼십 오 전짜리 전보배달부로 들여보내었다.

이래서 일가와 동리사람들은 더— 한층 그의 집안을 부러워하였다.

병렬이는 삼 년 만에 성년배달부가 되었다.

아버지와 달라서 국어를 잘한다. 부전도 꽤 말을 만들어서 쓴다.

아버지와 같이 튼튼치는 않으나 그 대신에 빠르다. 안경을 썼으니 편지봉투도 잘 알아보고 피가 한창 끓어오르는 때니 다리도 빠르다.

그리고 자전거도 잘 타고 전차의 '도비노리'*도 잘한다.

병렬이는 아버지보다 훨씬 영악하고 민첩하나 그 대신 아버지같이 만만치가 않다.

취체나 주임의 말대답도 곧잘 하고 동료들에게 연설도 잘한다.

병렬이는 시체 젊은 청년같이 술 담배를 먹지도 않는다. 과히 부랑한 짓도 아니한다.

월급봉투는 고대로 그의 아버지 앞에다 내어놓는다.

창식이는 여기에 대단히 만족하여한다.

그리고 한편으로는 '좀 더 공부를 시켰더면' '어린것을 그 같은 고역을 시켜서 안됐다' 하는 아버지로서의 양심의 가책을 받는다.

그러나 병렬이는 요사이 와서 건방져졌다.

"얘 다소곳하고 그냥 다니기만 해…… 엇쭉지 않은 짓을 말고."

| * 도비노리とびのり[飛(び)乗り] : 달리는 차 등에 뛰어올라 탐.

"누가 어쩌나요."

"공연히 낏덕대다가는 뜨거운 성상 당한다."

"염려 마세요."

"왜? 염려가 안 돼—."

"아버지는 아무것도 모르세요."

"뭐야 이 자식아."

이 같은 언쟁이 가끔 이들 부자 사이에서 일어났었다.

3

아내는 부엌에서 아침을 짓느라고 그의 남편의 말소리를 못 알아들은 모양인지 잠잠만 하고 있다.

창식이는 다시 크게

"여보 병렬이 안 들어왔소."

"뭐요." 아내는 부엌에서 나오면서 반문을 한다.

"병렬이 말요?"

"응 병렬이 말요. 안 들어왔소."

"아니 망할 자식이 밤낮 돌아다니는 데가 어디야."

"누가 알우. 어디 미쳐 다니는지."

아내는 다시 부엌으로 들어가버렸다.

"흥 집안 망할 자식 같으니."

창식은 '샤쓰' 바람으로 수건을 목에다 걸친 대로 마루로 나왔다.

"흥 참 큰일 났군. 아무러해도 그 녀석들이 뜨건 성상은 한번 볼 거야. 흥 언제들이나 철들이 나나…… 여보 세숫물이나 노오—."

창식이는 뜰로 내려와서 뜰로 난 건넌방의 쌍창 미닫이를 부욱 하고 열어 젖혀뜨렸다.

벽에는 털복숭아 같은 서양 늙은이의 사진도 걸리고 굴뚝이 삐죽삐죽한 이층집 사진도 걸려 있었다.

한편 구석에는 조그만 책상이 놓이고 그 위에는 검정 껍질 붉은 의衣를 한 두꺼운 책들과 잡지 신문들이 난잡하게 쌓여서 있었다.

"자식은 말쩡한 미친 녀석야— 흥, 그건 난봉도 아니고…… 참, 대관절 자식이 명색이 뭐람."

하면서 미닫이를 다시 탁 하고 닫혀버렸다.

아내는 새까맣고 쭈구러진 양철대야에다 세숫물을 떠놓으면서

"그거 참 그 녀석이야말로 어— 하고 사람 죽이는 녀석야. 얌전한 것도 같고 난봉도 같고……."

"여보 어떻든지 그 녀석은…… 그참……."

"누가 아우. 저도 생각이 나겠지."

"어떻든지 임자가 개* 변도는 좀 가지고 가슈."

"일없우. 밤낮 나는 그 녀석의 변도만 가지고 다니나."

"그럼 어떡하우. 오늘에는 들어올 테지."

"참 이루 말도 할 수 없구 큰일 났어……. 아직 그 녀석이 관청이 어떤 곳인 줄을 몰라."

창식이는 아모 죄 없는 자기의 얼굴을 홧김에 부욱부욱 문질러가면서 세수를 했다.

아침밥을 먹을 때까지도 아들은 돌아오지 않았다.

창식이는 쭝얼쭝얼하면서 할 수 없이 아들의 변도까지 들고 예의 '대

| * 원문에는 '개'로 되어 있다.

학지도'의 걸음으로 우편국으로 향하야 갔다.

4

우편국 건너편짝에는 커다란 상점이 세 곳이 족— 붙었다.

첫 번 가게는 백승만이란 늙은이의 싸전이요 다음 가게는 조덕진이라는 사람의 과자가게요 맨 끝에 가게는 백승만의 셋째 동생 되는 백승환이가 경영하는 전당국이다.

이 세 사람은 우편국과 깊은 관계를 맺고 있다.

승만이와 덕진이는 체□*협회구매조합에 가입을 해가지고 있다.

그래서 구매전표購買傳票로써 거래를 하고 있다.

쌀 한 섬에도 으레 오십 전씩은 비싸다.

숯 한 섬에도 이십 전씩은 비싸다. 과자 값도 비싸고 저울질도 분명치를 못하다.

그중에도 승만이는 전표를 현금으로 바꾸는 영업을 한다.

우편국 종업원들은 다달이 쩔쩔맨다.

월급날이면 그들은 몸둘바를 모른다. 그래서 전표들을 쓴다.

원내에 이 전표는 월급과 비교해서 본관** 이상이면 칠 할, 고원이면 오 할, 용인은 사 할의 평균으로 다달이 취해주고 다음달 월급이면 회계에서 미리 제하여버리는 일종의 선대제도***이다.

그리고 지정된 상점에 가서 물품과 교환하는 법이다.

* 원문에 누락되어 있다. 누락된 'ㅁ'은 '체신遞信'의 '신'인 듯.
** 본관本官 : 견습, 고원雇員 및 촉탁 따위가 아닌 보통의 관직
*** 선대제도先貸制度 : 유럽에서 상인 자본가가 가내 수공업자에게 미리 원료와 기구를 대주고 물건을 만들게 한 후에 삯을 치르고 그 물건을 도맡아 팔던 제도. 객주제도客主制度라고도 한다.

그러나 그들은 다달이 현금에 곤란을 더— 받는다.

여기에 눈치 채인 백승만 미전은 일 할을 제하고 현금과 바꾸어준다. 물론 내용으로도 비밀이다.

일 원짜리 전표를 가지고 오면 구십 전을 받는다.

한 달 동안에 느는 이자가 겨우 대돈변*이다.

이러한 사실이 우편국 서무당국에 알리는 날이면 금방에 '구매조합'의 지정점은 취소되어버린다.

그러나 서무당국에서 전연히 모르는 것이 아니다. 알고도 모른 척한다.

거기에는 중간에서 '알고도 모르는 척해주.'

하는 활동을 하는 인물이 몇 개가 있는 까닭이다.

그중의 한 중요한 인물이 집배인 취체 되는 '야마무라'다.

고원 이상은 월급을 서무계 회계가 지불하지만 용인(배달부, 취집부, 소사, 급사, 전보배달부들)은 용인들의 감독인 취체가 맡아서 나눠준다.

이 싸전 주인 백승만이는 이 취체와 부동이 되어서 '전표' 바꾸는 영업을 한다.

전당국 백승환이는 월수와 변돈을 준다.

변돈은 전표 바꾸는 모양으로 대돈변이다.

월수돈은 멀어야 여덟 달 월수 보통은 다섯 달 월수다. 그리고 '이갑'이다.(갑봉**이 갑절씩 늘어나는 것)

이것도 역시 취체와 연락을 취해서 한다. 취체가 월급을 맡기 때문에 이 사람에게 쓰는 월숫돈도 월급에서 미리 제하고 준다.

그리고 그 값으로 일할의 사례금을 받는다.

취체 이외에 두 사람의 내근 우편부가 또 이들 사이에서 손발이 되어

---

* 대돈변 : 돈 한 냥에 대하여 한 달에 한 돈씩 계산하는 변리.
** 갑봉甲捧 : 고리대금업자들이 변리를 본전에 곱쳐서 받는 일.

서 있다.

그리고 취체 자신도 돈취리*를 한다.

언제든지 월급은 모자란다. 그래서 취체는 가장 사정을 보아주는 듯
이나 한 달 기한짜리 변돈을 준다.

배달부들은 월급을 타는 것이 아니라 취체의 변돈을 쓰는 셈이다.

월급마다 그들은 애걸복걸해서 몇 십 원씩 취대**를 하여 간다. 전
표를 바꾸어 쓴다든가 전당국 과자가게의 월수를 쓴다 해서 겨우겨우
지내간다.

그래서 그들은 이 부채에서 벗어나지를 못하고 점점 눌리어서 숨들
도 못 쉬고 지내간다.

*

창식이가 우편국 문 뒤까지 다다랐을 때에야 오늘이 월급날인 줄 알
았다.

집에서 나올 때까지 병렬이 바람에 슬며시 화가 나서 월급날인 줄을
몰랐다.

휴게실 안에는 몇 사람의 지배인이 벌써 와 있었다.

한편 구석에는 어젯밤에 숙직한 몇 사람의 내근 우편부와 체송부遞送
夫가 끄덕거리고 졸고 앉았다.

그리고 가운데에 노인 취체의 책상에는 취체가 벌써부터 무엇인지
쓰고 있다.

그 앞에는 승환이가 벌서 와서 마주앉아서 수군거리고 있다.

---

* 돈취리取利 : 돈놀이.
** 취대取貸 : 돈을 돌려서 꾸어 주거나 꾸어 씀.

"어서 옵쇼."

"퍽— 이릅니다그려."

모든 배달부들은 기계적으로 아침인사를 한다.

제일 오래 다니고 고급자이고 노인이라고 존경들을 하고 있다.

취체는 흘깃 처다보면서

"어서 오게."

하면서 역시 무엇을 열심스럽게 쓴다.

그중에 한 배달부가

"긴 상 오늘 숙직이십니까?"

"아니."

"그럼 왜 변도가 둘입니까?"

"움."

그는 잠깐 어름어름하다가 다시 어조를 똑똑하게 고치면서

"움 병렬이 변도요. 오늘 그놈을 어디 좀 심부름을 시켜서 내가 가지고 왔다우."

"네—."

역시 모두들 기계적으로 대답들을 한다.

승환이는 빙그레 웃고 일어난다.

"참— 긴 상 오늘은 서로 좋게 지내도록 해보시죠."

창식이는 실없이 골이 났다.

"망할 자식 식전 꼭대기부터……." 그래서 아무 대답도 아니했다.

승환이는 여전히 빙긋 한다. 그러나 눈동자는 이상히 번쩍 한다.

"아침부터 말씀한다고 그랬슈."

창식이는 억지로 악이 나올 것을 억제하면서

"염려 마슈."

하면서 아들의 변도를 들고서 전보 배달실로 간다.

5

변도를 갖다두고 다시 휴게실로 돌아왔다.

이제는 휴게실 안은 북적북적한다.

낄낄거리고 웃고 수군거린다. 각반*을 고쳐 매는 자도 있고 가방끈을 고치고 앉았는 자도 있다.

출근시간은 이십 분밖에 아니 남았다.

창식이는 속으로 걱정을 하였다.

"아니 이 자식이 어디를 갔나?"

하면서 실내를 돌아보았다.

언제든지 병렬이와 맞붙어 다니는 박동울이와 최남산이라는 젊은 배달부가 눈에 보이지가 않았다.

"흥 이 자식들이 또 한데 붙었구나." 하면서 화가 났으나 그러나 한편으로는 걱정을 하였다.

취체의 책상 앞에는 승환이 대신 그의 형 승만이가 허연 수염을 쓰다듬으면서 역시 취체와 수군거리고 있다.

창식이는 한편 걸상에 가 쭈그리고 앉았었다.

| *각반脚絆 : 걸음을 걸을 때 발목 부분을 가뜬하게 하기 위하여 발목에서부터 무릎 아래까지 돌려 감거나 싸는 띠.

출근 시간을 오 분밖에 아니 남기고 병렬이는 동울이와 남산이와 같이 부리나케 들어왔다.

"이건 꼭— 시간을 맞춰 다니는구나."

"고등관인데!"

젊은 축에서들 야지가 일어난다.

병렬이는 언뜻 창식이를 보고 고개를 숙인다.

창식이는 병렬이가 인사를 하기 전에 얼른 말을 했다.

"네 변도 갖다났다."

병렬이는 어리둥절해서 그러나 다소 미안쩍은 생각이 들어서 어름어름했다.

"네—."

창식이는

"애 잘 다녀왔니?"

병렬이는 역시 영문을 몰랐다. 그래서 잠잠했다.

"자— 어서 가봐라. 자세한 이야기는 이따가 하자."

"네."

병렬이는 그냥 한편 쪽으로 들어갔다.

그럴 때에 요령 소리가 난다.

모두들 우— 하고 뒤뜰로 나갔다. 가방들을 메고* 모자들을 바로 쓰고 온통 법석이 났다.

승만이도 그제야 일어나면서 취체를 보고

| * 원문에는 '미고'로 되어 있다.

"그럼 영감 이따가 또 뵙시다."

취체는 허둥지둥 서류를 거두어서 품속에다 넣고 밖으로 나왔다.

승만이는 그냥 헛청대고 인사를 했다.

"이따가들 뵈옵시다." 하면서 휘청휘청 나갔다.

승만이가 뒷문 앞에서 마주 들어오는 과자장수 덕진이를 만났다.

승만이는

"조 서방요 어서 갔다가 오후에나 봅시다. 시간 됐수."

덕진이는 입맛을 짝 다시면서 아무 소리 없이 그대로 돌쳐섰다.

취체는 위엄을 담아가지고

"기―" 하면서 호령을 불렀다.

수십여 명의 배달부들은 꾸불꾸불한 자세로 일렬횡대를 짓고 섰다.

6

창식이는 밤 여덟 시나 되어서 시외배달을 마치고 파김치같이 늘어
져서 돌아왔다.

우편국 안은 왁자하였다.

그가 배달구분실로 들어서서 구분대에 엎드려서 부전을 쓸 때에 내
근 우편부 한 사람이 옆으로 왔다.

내근 우편부는 눈이 부리부리한 중년의 심술박이다. 삐죽한 입을 내
밀고

"여보 긴 상." 다소 어조는 은근하였다.

그리고 흘깃하고 뒤를 돌아다본다.

배달계의 사무원은 편지를 구분하고 있다.

취집계 사무원은 배달 시간표를 쓰고서 앉았다. 조금 떨어진 곳에는 얼굴 똥그란 통신주사가 위체* 조사를 하느라고 금액을 부르고 그 둘레에는 위체계 여자 사무원들이 주판들을 대각거리고** 섰다.

내근 우편부가 돌아다 본 곳이 이 통신주사이었다.

창식이는 다소 의아해서

"아니 왜 그러나?"

내근 우편부는 더 작은 목소리로

"긴 상 오늘 야단났수!"

창식이는 부전을 쓰면서 그대로 무심한 지나가는 목소리로

"아니 무슨 야단?"

내근 우편부는 그의 귀에다 입을 대고 더 나직한 목소리로

"저어 '야마무라'가 경쳤수."

"응?" 그제야 창식이는 '내근'을 쳐다보았다.

그러면서

"아니 누구에게."

"병렬이 패에게."

"응." 창식이는 깜짝 놀랐다.

내근은 가만가만히 오늘 낮의 소동을 이야기했다.

*

월급은 그전과 같이 오후 세 시가량 해서 나눠주기를 시작하였다고 한다.

* 위체爲替 : 멀리 있는 채권자에게 현금 대신에 어음, 수표, 증서 따위를 보내어 결제하는 방식. 환換.
** 대각거리다 : 작고 단단한 물건이 가볍게 부딪치거나 해서 소리가 잇따라 나다.

역시 그전과 같이 모든 집배인들은 애걸복걸하면서 돈을 취해들 갔다.

백승만이 형제와 조덕신이는 취체의 책상 좌우에서 떠나지를 않았다.

별별 비극과 희극은 다— 일어났다. 병렬이와 동울이는 월급을 다— 달라고 요구를 했다.

주는 건 주는 것이요 받는 건 받는 것이니 먼저 월급을 다— 준 뒤에 받아갈 것을 받아가라고 요구했다.

취체는 덮어놓고 병렬이 뺨을 쳤다.

"건방진 자식이라고!" 동울이도 발길로 걷어채였다.

옆에 섰던 남산이는 성미가 급한 청년이다.

아무 소리 없이 취체의 책상을 둘러메쳤다.

책상 위에 놓였던 월급봉투 담은 '고리짝'과 벼루와 붓과 모든 서류들은 시멘트 바닥으로 헤여졌다*.

휴게실 안에 가득 찼던 모든 집배인들은 입들을 버리고 무거운 침묵에 잠겨버렸다.

웃고 씩씩대든 그들 월급봉투를 들여다보고 한숨 쉬던 그들, 기가 막혀 껄껄 웃던 그들은 모두 이 기막힌 광경에 그만 화석化石들이 되었다.

취체는 그야말로 무서운 짐승같이 되었다.

그러나 병렬이와 동울이 남산이들은 별별 소리를 다 했다.

통상 우편계장 통신주사 감시원들은 모두 몰려왔다.

그럭저럭 한 시간 동안이나 분란은 계속이 되었다. 그때에 병렬이는 통신주사에게 취체가 월급 주는 권리를 이용해서 모든 자기들에게 폭리 이상의 폭리를 취하며 그 외에 싸전 장수와 전당국과 과자장수와 연락을 취하여 갖은 독한 일을 다 하고 있다고 알알 샅샅이 폭로하였다.

| * 헤여지다 : '헤어지다'의 북한어. 여기서는 비유적으로 쓰였다.

이 문제는 커져서 전표를 발행하는 책임자인 서무주임이 국장에게 불려도 갔다고 한다.

그 외에 취체와 감시원과 통신주사들도 국장 앞에 불려가고 병렬이 패 젊은 세 사람도 불려갔다고 한다.

*

대강대강 이같이 이야기를 하고 나서 내근 우편부는

"어떻든지 시원하게는 했습니다. 우리 같은 나이 먹은 축은 똥이나 뱃속에 찼지 무슨 소용 있는 물건입니까? 하여간 똑똑하고 장합니다.

우리들 속이 참 뚫리는 것 갔습니다! 그렇지만 끄트머리가 어떻게 되는지요?" 하면서 소포계로 들어가버렸다.

창식이는 그저— 멍하게 되었다. 그의 감정은 한데 정지한 듯이나시피 '희로애락' 중의 그 아무도 아니요 다만 어둑하고 깊은 한 뭉치의 '두루뭉수리'로 되어버렸다.

7

한 열흘이 지난 뒤에 병렬이는 자원해서 배달부를 그만두었다. 남산이와 동울이는 시말서를 쓰고 한풀 꺾이긴 대로 그대로 다니었다.

백승환이 조덕진 이들은 구매조합지정판매점이 취소가 되느니 뭐니 하더니 그만 흐지부지 되어버렸다.

취체는 한 일주일 동안 병이 나서 아니 온다고 계출'을 하고 쉬더니만 다시 여전히 취체로 출근을 하고 지낸다.

창식이는 취체가 다시 출근한 지 이틀 되던 날에 구 년 묵어서 늙었다는 이유 밑에서 권고사직을 당하였다.

공제조합비 퇴근수당 규약저금 가족저금들을 모두 합해서 칠백여 원이나 찾아가지고 나왔다.

*

창식이는 퇴직금으로써 조그맣게 구멍가게를 내었다.

그의 가게 방에는 여전히 땀에 절인 흰 테두리 모자가 걸려 있었다.

병렬이는 우편국을 나온 뒤에는 더— 집 안으로 잘 들어오지를 않고 어디론지 돌아다니면서 밤을 새우고 수군거리고 지내간다.

우편배달부들은 여전히 오십 전씩 비싼 쌀과 이십 전씩 비싼 숯을 백승환이 가게에서 산다.

승만이 전당포에서도 조덕진이 과자가게에서도 여전히 '이 갑'짜리 월수를 놓는다.

취체도 전보다 더 비밀이 변돈을 주고 지낸다. 배달부들은 여전히 이러한 속에서 헤매인다.

다만 일가와 친척들에게 부자父子가 돈 잘 벌어서 오붓하게 산다고 하는 부러움의 사이였던 창식이 부자만이 희생이 되었다.

그러나 병렬이는 밤이면 동울이 패와 밤낮 만나서 꿍꿍대고 지낸다.

통신노동자들 한데 모아서 체신현업원조합을 조직하여보겠다는 것이 그들의 꿍꿍대는 의론의 중심이다.

창식이 구멍가게의 한편 벽에는 먼지 앉은 흰 테두리 누렁모자가 그

---

* 계출届出 : 신고申告.

대로 걸려 있었다.

- 끝 -

—《삼천리》, 1936년 6월

여사무원女事務員

1

지금은 오전 열한 시 반이다.

K우편국 안은 한창 바빠졌다.

3호점의 취집聚集은 돌아오고 2호편의 우편물이 도착倒着이 되어서 발착發着계는 불끈 뒤집혔다.

배달대配達臺 가에는 열아홉 명의 배달부가 구분區分을 하고 섰다.

중얼중얼거리며 찍찍거리며 손을 기계같이 재게 놀린다.

누런 제복制服은 허옇도록 바랬다. 등에는 땀자국들이 났다.

고무장화도 신고 운동화도 신었다.

혹간 구두를 신은 자도 있으나 매우 허술하여 보였다.

배달계 사무원은 편지를 한 뭉치씩 들고 기계같이 손을 놀리면서 구분을 하고 있다.

"일구 많이 모였네."

"오구 어서와!"

사무원들은 가끔가끔 허공 대고 악을 쓴다.

그 구역을 맡은 배달부들은 역시 쳐다도 보지 않고 대답만 한다.

도착대 위에는 도착 일부인日附印 찍는 소리가 요란하다.

남편 구석으로 있는 특수 우편계도 역시 바쁘다.

특수 우편물은 일반 등기登記 우편, 즉 서류 우편書留을 가리킨 말이다.

가표기〔價格表記〕, 대금인환代金引換, 소송서류訴訟書類, 내용증명內容證明, 별배달別配達, 배달증명配達證明 같은 여러 가지의 서류 우편들만을 따로이 취급하는 곳이다.

키 작은 계장, 나이 젊은 배달계원, 이들이 주主가 되어서 이 모든 서류를 배달원부에 기록하고 있다.

통신주사通信主事와 숙직주사보宿直主事補들도 보조를 하여주고 있다.

영노英露는 특수 배달계를 맡은 젊은 사무원이다.

와이셔츠 바람에 검정 사무복을 입었다. 화복和服 위에도 입어도 좋게 지은 사무복인 까닭에 소매폭과 어깨품이 대단히 넓다.

남의 옷을 빌려 입은 것같이 몹시도 어색하게 쿠렁쿠렁하다.

골필* 끝을 번개같이 돌린다.

커다란 눈이 상혈이 되다시피, 뾰족하게 되어서 붓끝만 내두르고 있다.

건너편 소포계에서는 번호 읽는 소리가 벌써부터 들린다.

창구 앞에는 군중들이 몰려들었다.

남편 유리창에서는 늦은 봄 대낮 볕이 쏟아져 들어온다. 먼지는 햇빛을 타고 뽀얗게 흔들린다. 우편국 안은 구석구석이 바쁘다.

모든 종업원들의 눈들은 송곳같이 뾰족하여졌다.

편지와 엽서는 광주리와 구분대와 가죽 가방으로 번개같이 이동되고

| * 골필骨筆 : 먹지를 대고 복사할 때에 쓰는 필기도구.

있었다.

2

"여보 취체* 이리 좀 오."

영노**는 집배인 취체取締 털복숭아 같은 얼굴 가진 야마다山田를 불렀다.

배달 기록이 끝나고 배달증을 다 붙인 까닭에 이제는 배달들에게 나눠 주려기 때문에 좀 불러내이는 일을 보조 좀 해달라려고 불렀던 것이다.

"헤이."

하면서 야마다는 징그럽게 웃으면서 특수계편으로 왔다.

얼굴에는 어찌 수염과 털이 많이 났는지 입은 아주 보이지도 않고 다만 움푹한 두 눈동자만이 흉측스럽게 번적번적 내다만 보일 뿐이다.

모자 테는 흰 테가 다섯 개나 둘려 있다. 이 흰 테 한 줄은 만 이 개 년을 하루도 빠지지를 않고 또 직무에도 충실하면 그 포상褒賞으로 이 줄 한 테와 수당금 몇 원을 준다.

다섯 개는 십 년 동안을 하루도 아니 빠졌다는 표적이다.

그러나 이 야마다는 실상은 십칠 년이 넘었다.

처음에는 전보 배달로 그 다음은 성년 배달로 자꾸자꾸 승차가 되어서 용인***급의 수령인 취체까지 되었다.

이 집배인들 가운데에는 구한국시대에 있던 우정국郵政局 때부터 지

* 취체 : 규칙·법령·명령 등을 지키도록 통제함 또는 그런 일을 하는 사람.
** 원문에는 '영로'로 되어 있다.
*** 용인傭人 : 고용인.

금까지 근 삼십 년을 가까이 다닌 패도 있다.

그 아래로 이십 년짜리가 사오 인, 십 년 이상짜리가 십여 인 그리고 그 나머지들도 사오 년씩들은 다 되었다.

대개가 일급들이다.

일본 사람 집배인 가운데에는 월급거리가 많다. 그러나 대부분의 조선 배달부들은 대개가 일급이다.

월급은 적어도 흰 테를 두 줄쯤 얻을 만하여야 되는 것이다.

물론 야마다는 월급이다.

그리고 처음 들어온 고원雇員들보다도 몇 갑절을 먹는다.

영노는

"자 일구부터." 하면서 한 뭉치 서류 우편을 테이블 위에다 놓고 배달 원부를 펴놓았다.

야마다는

"오이, 일구 김창근."

김창근이가 바로 삼십 년 묵은 배달부로 십 년이 늦게 들어온 야마다보다 월급을 반밖에 못 타먹고 지내는 흰 테 두 줄 잡이다.

주름살까지 누렁빛에 밴 듯싶다.

"헤이." 하고 벌리는 입까지 편지 가방의 아가리를 닮은 듯하였다.

한쪽 손에 도장을 들고 왔다.

영노에게 서류 받은 대로 배달원부에다가 도장을 찍는다.

"얼른 찍어요."

영노는 기계적으로 재촉을 한다.

"네. 우물에 가서 숭늉(숙냉) 달래겠소."

뻣뻣한 목소리로 그러나 격의 없이 말한다.

"어서 어서요."

"암 암."

그 다음에는 이구 또 삼구 이렇게 열아홉 구역의 배달부에게 서류를 다 돌려주었다.

용인과 고원, 고원과 본관, 이들의 사이는 매우 계급이 현저하게 가로막혀 있다.

대우는 물론이요 언사까지도 뚜렷한 구별이 있다.

사무원은 집배인에게 '해라' 아니면 '허게'를 한다.

그러나 영노는 깍듯이 '공대'*를 한다.

이것이 영노가 가진 주장이다.

"사람은 다 마찬가진데."

그의 주의는 단순하고 막연하다. 아무런 과학적 근거가 있다든가 이론적 체계가 세워진 '한 개의 주의'가 아니라 차라리 어떤 '한 개의 주의'를 완성되어가는 '미완성'이었다.

3

배달부들은 다들 헤어져 가고 계장도 점심을 먹으러 갔다.

영노만이 갑자기 조용해진 테이블 앞에 앉아서 남은 서류를 정리하고 있다.

창구窓口 쪽에서 여자 사무원 우에하라가 조리**를 짝짝 끌고 왔다.

이는 서류 우편을 인수引受하는 여자다. 얼굴은 하얗고 똥그랗다. 두

---

* 공대恭待 : 상대에게 높임말을 함.
** 조리ぞうり[草履] : 짚·골풀·죽순껍질 등으로 엮은, 바닥이 평평하고, 게다와 같은 끈을 단 신발. 일본식 짚신.

볼은 통통하고 두 눈은 반짝한다.

그의 특징은 두 눈이다.

몇 십 리나 되는 듯이 그의 눈동자는 아득하여 보인다. 그리고 몹시 무슨 비밀이 잠겨 있는 듯이 보인다.

감기가 들었는지 하얀 붕대로 목을 감았다. 검정 사무복 속으로는 분홍 에리가 내다보이고 흰 다비* 위로는 남빛 옷자락이 찰랑거린다.

"리 상 이것 좀 써주세요."

하면서 외국 가는 서류 우편 한 통과 인수부를 내어놓는다.

외국어의 소양이 없어서 가끔 이러한 청을 한다.

"매우 미안합니다." 하면서 그는 영노 앞으로 바싹 다가선다.

주르르 하면서 처녀의 향내는 영노의 온몸을 몇 겹인지 둘러싼다.

영노의 얼굴은 별안간 붉어지며 가슴은 두근거렸다.

"어디 가는 것입니까. 응, 큐바 가는 거군요."

영노는 획획 수취인과 차출인의 이름을 영어로 갈겼다.

우에하라는 한 팔로 영노의 가슴에 닿은 테이블 끝을 짚고 한 팔은 꾸부려서 상반신을 비슷하게 꾸부려서 영노의 가슴 밑에다 착 붙였다.

그의 머리는 영노의 턱 아래에 닿았다.

"자요."

영노가 책과 서류를 밀어내니까 우에하라는

"고맙습니다."

하면서 서류를 집다가 거의 계획적으로 하는 듯이나시피 영노의 손목을 담석 눌렀다.

"에구 실례했습니다."

| * 다비たび足袋 : 일본식 버선.

"천만에요."

두 사람은 한참이나 쳐다보았다.

우에하라의 눈동자 속은 더— 깊어가는 듯하고 영노의 얼굴은 분홍 구름에 찼다.

"참 리 상 점심은요."

"아직 안 먹었어요."

"그럼 같이 가세요."

"그러세요. 계장이 오거든……."

"행!"

우에하라는 의미 있게 웃고는 다시 창구 쪽으로 갔다.

4

식당은 위층 가운데 방이다.

그리 넓지는 않아도 밝기만은 하다.

유리창 밖으로는 큰길로 전차 다니는 것이 보이고 멀리로는 의젓한 북악산이 보인다.

영노는 언제든지 이 산을 쳐다보고 별별 공상을 다 하고 지내간다.

가운데 기다란 식탁이 놓이고 그 주위로 동그란 의자가 수십 개가 놓였다.

한편 구석에는 큰 화로가 있고 그 주위에는 구리주전자가 푸푸 소리를 내고 얹혀 있다.

이 식당의 왼편 방은 국장과 주사들만이 전용하는 높은 관리의 식당이요 오른편 방은 옷, 모자를 걸어두는 의복실이다.

시간이 늦어서 식당 안에는 몇 사람이 없다.

영노와 우에하라가 나란히 식당 안으로 들어서니 밥을 먹고 있던 서너 사람이 흘깃 쳐다본다.

그들은 늙은 조선 사무원과 키 작은 급사 출신의 판임이라는 애꾸눈의 감시원들이다.

그들은 모두 창백한 얼굴을 가지고 있다. 축 늘어진 어깨와 주름 잡힌 어깨들은 그들의 생활을 말하고 있다.

영노와 우에하라는 마주앉아서 변도 뚜껑을 열었다.

영노의 변도 반찬은 배추김치다.

파, 마늘들의 시큼하고도 매웃한 김치 냄새는 해방된 기쁨에 펄펄 뛰는 듯이 왈칵 올라온다.

두 사람은 잠깐 상을 찡그렸다.

그들은 속으로 '에구 냄새야.' 하고 외쳤다. 그러나 그 소리는 목구멍을 넘어는 오지를 않았다.

언제인가도 영노가 변도를 먹을 때에 어떤 일본 동료가 "구사이나."* 하고서 마치 야만인종만이 먹는 음식의 냄새를 맡는 듯이 경멸스런 태도를 취하였다 영노에게 코를 떼었다.

평생에 말이 없는 영노도 발큰 성을 낼 때에는 무서웠다.

하필 김치 냄새뿐 아니라 모든 것,

옷 입는 모양, 말하는 태도, 사무 보는 성적들도 내지인들은 조선 사람에게 언제든지

'조선 사람이니까 할 수 없어.'

하는 태도들을 취한다.

| * 구사이나く さい臭い ね : 고약하네.

영노가 없기 전에는 모든 조선 사무원들은 이 같은 경멸을 받고서도 그저 속으로만 분해하고 꽁해도 했으나 한 번도 항의는 한 자가 없었다.

그러나 영노는 이 모든 조선인 종업원만이 혼자 맛볼 수 있는 차별성 있는 대우에 순종을 하지 않았다.

비록 조그만 일이라도 참지를 않는다. 하다못해 김치 냄새 문제 같은 것은 그냥 지내지를 않는다.

그래서 가끔 싸움이다.

결국은 국장이 국장다웁게

"다— 똑같은 신민으로 있어서 또는 한 곳에 동관*으로서 그같이 감정으로만 드러나면 안 된다. 서로 이해하고 용서하고 지내자."

하는 훈화를 듣는 데까지 이른다.

이래서 원래에 그가 강렬하고 또는 정당한 이론과 풍부한 상식과 그보다도 가갈 줄만 아는 이십 청년의 혈기를 가지고 있으므로 자연히 그들은 그의 앞에서만은 조심들을 하고 지내간다.

그리고 그들은 그를 '만세 사람'이라고 속으로 별명들을 짓고 있다.

불온한 생각, 민족주의적 사상을 가진 조선 사람에게는 이 같은 별명이 간다.

기미년 만세 소동 이후부터로 말이다.

*

다섯 사람은 아무 소리들도 없이 밥들만 먹는다.

우에하라는 식탁 밑으로 영노의 발끝을 꼭꼭 누른다.

| * 동관同官 : 한 관아에서 일하는 같은 등급의 관리나 벼슬아치.

영노는 빙긋이 웃으면서 우에하라를 쳐다보면 우에하라는 젓가락을 입 속에다 넣은 대로 뱅긋이 웃고 쳐다본다.

조금 뒤에는 영노가 우에하라의 발등을 조금 누른다. 우에하라에 다른 발 하나는 또 영노의 발등으로 오른다.

식탁에는 발로 쌓은 삼층탑이 생겼다.

영노는 밥이 잘 넘어가지를 않았다. 가슴이 몹시 두근거려서 식도가 오그라진 듯도 싶었다.

"여보게 영노."

늙은 조선 사무원은 변도 뚜껑을 덮으면서 영노를 쳐다보았다.

사무원 가운데에는 그중 구년묵이다. 이십 년이나 되었다. 구한국 시대에 탁지부* 주사로 있다가 일한합병한 뒤에 이 우편국으로 넘어왔다.

조선 사람 사무원으로서도 첫째다. 그의 옆에 있는 일본 내지인 판임관보는 그보다 십 년이나 늦게 조그마한 급사로 들어왔다.

물론 그는 급사에게 '해라'를 하고 월급도 더 많이 받았다.

그러나 급사는 십 년도 못 되어서 사무원으로, 판임관** 견습으로 판임관보로 승차가 되어서 이제는 이 늙은 구년묵이 선배에게 '기미 기미'*** 하게 되었다.

월급도 갑절이나 먹는다.

이 늙은 사무원은 이제는 남은 것이 권고사직밖에 없다. 몇 푼의 퇴직 수당금을 받아가지고 쓸쓸스럽게 돌아서는 날에는 이 급사 출신의 판임관보는 판임관으로 승차하는 지령을 받을는지도 모른다.

조선 사람은 자격이 없으니까 사무의 성적이 나쁘니까 그럴 수밖에

---

* 탁지부度支部 : 대한제국 때에 설치한, 국가 전반의 재정財政을 맡아보던 중앙 관청.
** 판임관判任官 : 일제 강점기에, 장관이 마음대로 임면任免하던 하위 관직.
*** 기미ㅎ지[君] : 남자가 동년배 또는 손아래 상대를 친근하게 부르는 말. '자네 자네.'

없다는 일반 관청 직원의 한 개의 훌륭한 표본이 이 늙은 사무원인 것같이도 생각된다.

그는 훌륭한 표본이다.

냄새나는 반찬을 먹고 '새' 생각이 없고 모든 것을 운명에 맡기고 월급이나 타서 가족을 연명이나 시키고 지내가는 조선 사무원의 한 개의 표본이다.

이 늙은 표본의 눈에는 젊은 영노의 하는 일이 못마땅해 보인다.

"아직 철이 없는 애야."

"세상 형편을 모르는 벌거숭이야."

"밥을 굶어보지 못한 놈이야."

"그까짓 사상이 다 뭐야. 구구히 월급이나 타먹지."

이런 것들이 이 늙은 표본의 영노 관이다.

"여보게 영노, 요새도 백우회白郵會가 있나?"

"없지요."

백우회라는 것은 경성 안에 있는 각 우편국의 조선인 종업원들이 모인 한 개의 친목기관이다.

다달이 두어 번씩 예회를 열고 한 달에 한 번씩 백우라는 등사판 잡지를 받아서 돌려보는 것이 이 회 사업의 모두이다.

처음에는 전신 종업원 가운데에서 역시 몇 개의 젊은 '만세 사람' 축들이 시작을 해놓았다.

전신과 전화의 종업원들은 전신 기계와 전화통을 통해서 쓸데없이 욕들을 하고 지내가는 것이 일종의 관례가 되었었다.

온종일 기계 앞에 앉아서 들락거리기만 하는 우울한 나머지에 저절로 나온 것이 욕이었던 것이다.

직업적으로 생긴 우울을 풀어버려보겠다는 일종의 농담에서 나왔으나 그것은 결국 감정으로 변하고 또는 격화가 되었다.

부산과 경성, 의주와 평양, 얼굴도 모르는 젊은 조선인 종업원들은 입에 못 담을 욕을 주고받고 지낸다.

이런 나머지에 몇 사람의 상식 있고 생각이 높은 젊은 '만세 사람'이 다 같은 종업원으로 더욱이 똑같은 동포 민족으로 이같이 사소한 일로서 날로 감정이 격화가 되어서 적대시들 하고 지내는 것은 대단히 유감이라고 부르짖으면서 조직한 것이 백우회다.

한 일 년 동안 백우회 잡지 '백우'는 이 같은 악풍을 교정하기에 오륙 분 성공을 하였다.

그러는 동안 그들의 생각은 커가고 넓어갔다.

그리고 그들의 똑같은 환경.

김치 냄새 때문에 경멸을 당하는 쓸쓸스런 감정, 승차 대신에 권고사직을 당하는 할 수 없는 사람의 슬픔!

이 같은 직업적으로 공통된 감정은 한데 모여서 ××적 감정으로 변하였다.

이래서 이들의 활동은 한걸음 앞서 나갔다.

각 우편국원들은 거의 다 망라가 되었고 또 우편국마다 대표 간사가 있었다. 영노는 이 K우편국의 간사였던 것이다. 그런데 이 백우회에는 모두가 젊은 사람밖에는 아니 들었다. 이 늙은 표본 같은 늙은 사무원은 입회는 물론 아니하였지만 은근히 반대까지 하였다.

이래서 언제든지 영노와 의견이 충돌이 되어서 지내갔다.

"아니 왜 없어졌나? 그렇게 열심으로 해가던 회가."

늙은 표본은 그러면 그렇지 네까짓 것들이 얼마까지나 해가겠니? 하듯이 비꼬인 수작으로 말한다.

영노는 그의 말하는 뜻을 속까지 짐작하였으나 역시 치지도지**하는 태도로

"글쎄요, 왜 없어지니까 시원하십니까?"

"아니 허…… 자네 오해하지 말게. 그렇지만 여보게 어떻든지 잘되었네. 그까짓 회가 다 무슨 소용이 있나. 공연히 남에게 심상치 않게만 보이고 결국은 신상에 해로운 걸세……. 어떡하나 먹고 살려면은 나도 오장이야 없겠나. 그렇지만 먹고 살아가려면 다— 별수가 없는 걸세. 허…… 하여간 없어졌다니 잘되었네. 뾰족한 체하면 소용이 있는 줄 아나."

그는 영노의 대답도 기다리기 전에 변도를 싸가지고 휘적휘적 나갔다.

영노는 속으로 흥 없어지기는커녕 더 커졌단다 하면서 겉으로는 그냥 빙긋이 웃었다.

애꾸눈이도 나가고 판임관보도 나갔다. 식당 안에는 단 두 남녀만이 남았다.

우에하라는

"아니 남의 발등은 왜 밟어요. 흉없게."

"누가 먼저 밟았는데요."

"나는 모르고 밟었죠. 이렇게."

하면서 우에하라는 다시 밟았다.

---

* 원문에는 4를 두 번 표기하는 바람에 전체 8장이 7장으로 끝나고 있으나 여기서는 바로잡았다.
** 지치도지置之度之는 '치지도외置之度外'의 잘못. 치지도외置之度外 : 내버려 두어 문제로 삼지 아니함.

"아야 옳지 엄벙뚱땅하고 막 밟는다. 어디 봅시다."

하면서 영노는 살그머니 우에하라 정강이를 걷어찼다.

"아야……."

"하……."

두 남녀는 한참 웃기들만 했다.

밥들을 다 먹고 난 뒤에 우에하라는

"에구 참 리 상."

"네!"

"에구 에구."

우에하라는 두 어깨를 양쪽으로 올렸다 내렸다 하면서 상을 찡그린다.

더! 한층 어여뻐 보였다.

"아니 왜 그래." 반말이 되었다.

"이거 봐 리 상. 잔등이가 가려워 죽겠어."

"뭐!"

영노는 일어났다.

"좀 미안하지만 잠깐만 긁어줘."

우에하라는 영노 앞으로 와서 돌아서서 허리를 조금 구부린다.

"어디." 영노는 옷 위로 우에하라의 잔등이를 만졌다. 몰큰몰큰한 쾌감은 영노의 손끝을 통하여 온몸을 뜨겁게 만든다.

"아이구 그러니까 더 가려워지네. 이리 손을 넣요."

하면서 목 뒷덜미 하얀 살을 가리킨다.

"내 손이 찬데."

"괜찮어요."

영노는 가늘게 떨리는 손길을 우에하라의 목덜미 속으로 집어넣었다.

"에구 차거. 하하."

"어디, 여기?"

"아니."

"그럼, 요기."

"응, 고기."

따뜻하고 몰큰몰큰한 처녀의 잔등이 위에서 영노의 흥분된 손은 그만 마비가 되어버리고 말았다.

"자 그만." 우에하라는 허리를 폈다.

영노는 손을 빼면서 다시 우에하라의 손목을 잡았다.

한 손으로 허리를 끼었다.

우에하라도 한 손으로 영노의 목을 끼었다. 두 남녀는 무아몽중이 되어서 푹 껴안았다.

"이와 우에하라, 나는 정말 당신하고 결혼할 테야."

"뭐, 당신 같은 '만세 사람'이."

"홍, 인제는 '만세 사람'이 아니야."

하면서 입을 맞췄다. 두 입은 아주 붙은 듯이나 아니 떨어졌다.

"참 우에하라, 교환수들 하고 언제 만나지?"

"요담 공일날 저녁에."

"아무쪼록 잘해봐. 순전한 친목기관이라 조금도 위험한 단체가 아니라고."

"그럼, 그런데 리 상, 리 상은 집배인들하고 모여봤지."

"그럼 세 번이나……. 그런데 그까짓 회가 무슨 소용이냐고 막들 야단들야. 그렇지만 요새는 차차 익어가는 판인데."

"참 국장이 나중에 알게 되면 어떻게 될까."

"뭐? 관계 있나. 순전한 친목 단체라고 하면 그만이지."

이러는 동안에 층계 밟는 소리가 난다.

두 사람은 급히 떨어져서 시치미를 떼고 섰다. 그러나 얼굴들은 여전히 붉어져 있다. 발소리의 임자는 급사였다.

"리 상, 계장이 얼른 오시라고 하세요. 진지를 몇 시간씩 잡수시느냐고요."

하면서 의미 있게 두 사람을 번갈아 흘깃흘깃 쳐다보더니 빙긋 웃고 다시 쿵쿵거리고 내려간다.

"에이 또 쨍쨍거리는군."

"밥 좀 천천히 먹으면 어떻담."

두 사람은 중얼중얼거리면서 황황히 아래로 내려왔다.

6

우에하라는 바로 창구로 달음질쳐가고 영노는 변소로 갔다.

변소를 다녀서 일부러 저편쪽 문으로 돌아서 갔다.

저편 문으로 가는 길에는 집배인 휴식실이 있다.

널따란 방 안에 기다란 나무 의자가 놓이고 이곳저곳에 집배인들이 앉았기도 하고 드러눕기도 했다. 담배를 먹는 자도 있고 꼬박꼬박 조는 친구도 있다. 영노가 막 이 휴식실 안으로 들어가려고 하는데 저편짝 구석에서 악쓰는 소리가 난다.

그 구석에는 털복숭이 취체가 비스듬히 기대앉아서 어떤 집배인을 몰아세우고 있다.

영노는 들어가려는 것을 그만두고 그냥 서서 잠깐 들여다만 보았다.

야단맞는 집배인은 영노와 그중 친한 젊은 집배인 김복돌이다.

그들 중에서 '나마이키'라는 비판을 받는 친구들이다.

일본말도 곧잘 하고 부전도 틀리지 않게 쓰고 일도 영악하게 하는 소위 모범 집배인들이다. 그들의 병통은 취체의 말대답을 잘하는 것이다.

툭하면 집어시고 뺨까지도 맞는다. 뺨을 맞으면 더한층 이론을 늘어놓는다. 지금도 반드시 그러한 나마이키한 이론을 늘어놓고 있는 모양이다.

영노가 백우회 간사가 된 뒤에 먼저 주장한 것이 백우회를 뜯어고치자는 것이었었다. 이왕이면 좀 더— 크게 친목을 하자.

'흰 옷 입은 우편국원'만이 모여서 서로 욕을 하지 말고 지내지를 말고 다 같은 우편국원끼리 크게 친목을 하고 지내가는 회로 고치자고 주장을 하였다.

여러 달 동안 싸워 내려오면서 많은 동의자를 얻었다.

그래서 결국은 처음 착수로써 경성 안과 그 근처에 있는 우편 체신들의 일반 통신 기관에 종사하고 지내가는 사람들을 일괄해서 커다란 친목 기관으로 확대시키자고 하였다.

이래서 우편국별로 활동하고 또는 개인적으로 활동을 하여서 먼저 활동할 동지를 얻으려고 애를 썼다.

그중에 영노는 교환수와 집배인을 맡았다.

다른 간사 중에는 체신국원 저금관리소원들을 맡기도 했다.

그러나 역시 조선인 중심으로 활동을 하였다.

그래서 영노는 먼저 집배인 가운데에서 이 복돌이를 찾아내고 이 복돌이와 같이 여러 달 동안 노력을 해서 근자에 와서는 몇 번 회합까지 해보게 되었다.

또 같은 계원인 우에하라와 친하게 되면서 우에하라의 동생이 교환수인 관계로 역시 교환수를 모아보려고 애를 쓰고 있는 판이다.

| * 나마이키なまいき[生意気]: 건방짐. 주제넘음

그러는 사이에 우에하라와는 사랑하는 사이가 되어서 다만 결혼은 시간 문제로서 남아 있을 뿐이다.

7

계장은 성이 통통이 나서 아무 소리도 없이 앉아서 차립장差立帳만 뒤적뒤적하고 앉았다.

영노는

"좀 늦어 미안합니다."

하고서 역시 잠잠히 자기 자리에 가 앉았다. 테이블 위에는 도장 받아온 영수증과 반환된 서류 우편이 수북이 쌓여서 있었다.

계장은 참기가 어려운 듯이

"리 군 거기 속달우편 왔네. 장부나 남이 알게 두고 다녀야 나라도 대신 처리해서 두지……."

"어디요."

어느 변호사에게서 집달리* 사무소로 가는 속달 우편이 '다나'** 위에 놓여 있었다.

영노는 서랍 속에서 속달 우편 배달부를 꺼내서 기입을 하면서

"언제든지 여기다가 넣고 다니는데 뭘 그러우."

하면서 평범하게 중얼거렸다.

"여기고 저기고 간에 점심시간이 한 시간 십 분씩 걸리는 게 어디

* 집달리執達吏 : 지방 법원 및 그 지원에 소속되어 재판 결과의 집행, 법원이 발하는 서류의 송달 사무, 기타의 사무를 맡아보는 기관의 직원.
** 다나たな[棚] : 선반.

있나."

"힝, 나는 이가 부실해서 속히 먹을 수가 없는 것을 어떡하오.
허……."

하면서 얼레발*을 쳐보았다.

계장도 기가 막히는 듯이 '헹' 하고 웃었다. 영노는 급히 속달 우편을
가지고 전보 배달실로 갔다.

"자! 속달 우편요."

하면서 돌아서 오려니까 금테 안경 쓴 전신계 주사가 어느 조선인 부
하를 보고서

"자네는 언제든지 그 모양인가. 자네 같은 사람들은 할 수가 없어."

하면서 몰아세우고 있었다.

영노는 못들은 척하고 창구편으로 나오니까 위체계** 주임이 지불 창
구에 있는 계원을 보고

"자네는 언제든지 그 모양인가. 자네 같은 사람은 할 수가 없어!"

하면서 쌩쌩거린다.

영노는 저절로 가슴이 답답하여져서 '우에하라'에게로 갔다.

"야단맞았지."

"그럼."

하면서 우에하라는 눈이 뾰족하게 되어서 체신국에서 나온 '통신사
무로 서류 우편' 위에다 인수 번호를 토닥토닥 찍고 섰다.

"흥." 영노는 콧소리를 내서고 돌아서서 오려니까 맞은편짝 소포계에
서 급사 출신 판임관보, 소포계장이 이십 년 된 늙은 표본에게

* 얼레발 : '엉너리'의 북한말. 남의 환심을 사기 위하여 어벌쩡하게 서두르는 짓.
** 위체계爲替界 : '위체爲替'는 '환換'의 잘못이다. 환換은 멀리 있는 채권자에게 현금 대신에 어음, 수표,
　증서 따위를 보내어 결제하는 방식으로 우편환, 전보환 등이 있다.

"자네 같은 사람들은 할 수가 없어!"
하면서 쫑알거린다.

온 우편국 안의 구석구석에는 모두 이 같은

"자네 같은 사람은 할 수가 없어!"
하는 소리만이 차서 있었다.

8

몇 해 동안이나 훌쩍 지나갔다.

K우편국 안은 여전히 바쁘고 먼지가 뽀얗게 차 있었다.

그러나 영노와 우에하라와 늙은 표본과 김복돌이들은 없었다.

그 대신 역시 그 같은 다른 자네 같은 사람들이 이 "자네 같은 사람들은 할 수가 없어." 하는 소리를 듣고서 지내간다.

우에하라는 명치정에 있는 어느 카—페에 있다가 북해도에 가서 창기가 되었다는 소리가 있다.

늙은 표본은 퇴직금을 타가지고 나가서 담배가게를 내었는데 이제는 거덜거린다고 한다.

영노는 동경 가서 어느 노동 단체에서 활동을 한다고 한다.

김복돌이는 무슨 사건에 관련이 되어서 지대문 형무소에 예심 중에 있다고 한다.

그러나 하나도 정확한 소식들은 아니었다.

다만 '한다고 한다' 하는 소식에 불과하다. 다만 스탬프 소리와 주서 소리와 소포 번호 읽는 소리와 "자네 같은 사람들은 할 수 없어." 하는 소리만이 차서 있는 K우편국 안의 소식만은 정확하다.

K우편국 안은 여전히 바쁘지만 혹 나마이키한 집배인과 '만세 사람'
의 사무원들이 또 섞여 있지만 않을까!

- 끝 -

─《조광》, 1936년 7월

인왕산仁旺山

1

용철이가 고개를 숙이고 T관청으로 행하여 가는 길에 뒤에서 누군지 거세게 부르는 소리가 난다.

"박 군!"

용철이는 그래도 돌아다보지를 않았다.

더욱이 이곳은 아침이면 학생들이 제일 많이 다니는 서울 안국동 네거리다.

그리고 그는 요사이에 와서는 자기에게 군이라고 부를 친구가 없는 판이다. 있다고 한다면 과장급이나 주임 축들이 사무적으로 부르는 것밖에 없고 그 외에 안다는 관청 친구들은 '상'이라고 부른다. 대학 친구들이 있다고 해도 모두 자기보다 연하年下기 때문에 '미스터 박'이라고 뒹굴려서 부른다.

조금 동안 걸어가도 또 부르는 소리가 나지를 않는다. 그래서 그는

'아마, 잘못 들었나보다—.' 하면서 몇 시간 뒤에 닥칠 광경을 또 눈앞에 그리기를 시작했다.

오늘은 지령指令이 나오는 날이다.

오래 다닌 고원은 본관으로! 본관은 승봉으로 그리고 상반기 특별수당금, 조금씩이라도 기쁨이 느는 날이다. 혹 오래된 고원! 월급 많고, 늙고, 일손이 느려진 소위 노후老朽한 인원도 권고사직을 당하는지도 모르는 날이다.

용철이가 있는 서무과에서도 이번 통에는 변동이 많으리라고 벌써 며칠 전부터 별별 소문이 다— 돌아다녔다. 대여섯 사람밖에 없는 조선 사람 본관 중에서 서기가 둘, 서기보가 세 사람이 있었다. 고등관은 물론이지만 판임급에서도 오 급 이상은 없다. 십 년 이상이나 본관 생활을 하고 사무적 수완이 다른 내지인 본관보다도 사오 배 이상 된다는 김 서기도 겨우 육 급 줄에서 허덕거리고 있다.

이 김 서기는 물론 이번에는 오 급으로 올라가거나 그렇지 않으면 '좀 쉬는 게 어떠냐'는 마지막 인사를 받거나 할 운명을 가지고 있다. 그러나 원래에 사무 성적이 좋기 때문에 어쩌면 시골 우편소장 하나쯤은 되어 가리라는 풍평이 돌고 있었다. 이 서무과 안에 있는 조선인 가운데에서 그중 좋게 되리라는 평판이 이 시골 우편소장이 될 듯한 김 서기에게 있다.

그다음이 이 박용철이다.

용철이는 급사 출신으로 고원이 된 사나이다. 그러나 그는 어학에 재주가 있고 문필이 똑똑하고 머리가 예민하고 손끝이 빨라서 이 서무과 안에서 능률 잘 내는 축의 급선봉을 이루고 있었다. 과장이나 주임이나 무슨 일이든지 '박 군' 하면서 처리하기 어려운 일을 맡기고 지내는 판이다.

더욱이 용철이는 이곳에 있은 지가 십오 년이나 넘었으며 또, 금년 봄에 제국대학 법과를 우수한 성적으로 마쳤던 것이다.

2

　용철이가 어떻게 관청의 고원 노릇을 하면서 최고 학부를 졸업까지
했을까?

　그는 보통학교만 겨우 마치고 그 이상의 학교는 가보지도 못한 한낱
가난한 월급쟁이 청년으로 어떻게 이러한 영예를 차지하였을까? 용철이
는 고원이 갓 되면서부터 한편으로 독학을 하였다.

　그가 좋아하는 것은 문학이었었고 따라서 그가 가진 이상도 유명한
문호文豪였었다. 관청에서 타는 월급의 대부분은 문학 서류를 사 보는 데
로 들어가기 때문에 언제든지 집 안에 들어앉아서 이들이 타오는 월급만
바라보는 그의 아버지와 충돌이 되어서 지냈갔다.

　그러나 그는 조금도 굽히지 아니했었다. 아버지의 야단은 야수같이
험해지고 집안의 살림은 나날이 군색하여지지만, 그는 언제든지 새로 나
온 문학 서류를 사들여서 밤을 새워가면서 읽었었다. 그리고 한편으로
영어도 배워서 나중에는 ‘싱어’의 단편이나 바이런의 시집 같은 것을 읽
기까지에 이르렀다.

　그는 또 한편으로 습작을 시작했다. 시도 짓고, 소설도 쓰고 논문도 쓰
고 수필도 썼다. 「광도狂盜」라고 하는 이천 장짜리 장편도 썼다. 그러는 통
에 자연히 관청에서도 일에 신이 아니 나서 차차 성적이 나빠지게 되었다.

*

　그의 문학적 수업은 나날이 늘어가고 자라갔었다.

　그래서 한편으로 문학에 뜻 둔 같은 동지를 만나게 되고 나중에는 황
금탑黃金塔이라는 문학청년들이 모인 문학 단체의 리더—까지 되었다.

먹지 않으면 살 수가 없으니까 어쩔 수가 없이 울며 겨자 먹기로 관청에는 다니기는 하나 그의 정신은 이 황금탑에만 있었다. 황금탑은 나중에 차차 사회적으로 발전이 되어서 근로문학勤勞文學으로 변하였다.

이 바람에 용철이는 관청에서 나왔다. 그리고 삼사 년 동안 이 근로문학을 위하여 젊은 정성을 다 바치다가 나중에는 지쳐버렸다. 그 사품에 그의 집안은 사산분주*가 되어서 떼거지의 생활을 했다.

그래서 그는 담박에 성공할 줄 알았던 소년의 공상이 그만 현실과는 어그러지는 환멸幻滅을 맛보고 또 한편으로는 너무 신경질적인 자기의 성격이 급히 고개를 돌이켜서 다시 관청 생활로 돌아갔다.

'다 소용없다. 공연히 실력이 없이 날뛰었구나. 실력을 얻으려면 먼저 생활의 안정을 얻어야 한다. 그러려면 일정한 직업을 가져야 한다.'

이래서 다시 전에 다니던 T관청의 고원으로 돌아갔던 것이다. 그러나 역시 신경질적인 그의 성격은 그대로 다소곳하지만 않았다. 국장, 과장, 주임, 본관**, 고원, 용인, 사닥다리같이 층층이 있는 계급을 보고, 보다도 그 계급의 맨 밑에서 쓰디쓴 맛을 보고는 그는 분발하였던 것이다. 전에는 이러한 계급에 대한 불평이 그 계급의 근본을 부인하는 데 있었지만 이제는 이러한 계급에 대한 불평은 분발로 변하였다.

'어떻게든지 나도 높은 계급의 인이 되자. 이왕 월급 먹기는 마찬가지니 한번 뽐내어보자. 밤낮 맨 밑에서만 고개를 숙이고 "君は何時でも***하는 소리를 듣고만 지낼 것이 아니라 자기도 많은 부하를 모아놓고 훈시 한마디라도 하는 처지를 얻어보자.'

이래서 그는 관청에서 나오기만 하면 전검專檢 시험 준비를 했다.

---

* 사산분주四散奔走 : 사방으로 뿔뿔이 흩어져 달아남.
** 본관本官 : 견습, 고원 및 촉탁 따위가 아닌 보통의 관직.
*** 군하 이쯔데모君は何時でも : 자네는 언제라도.

괴테─니, 실러니 고리키니, 휘트먼이니, 평민 예술이니, 계급이니, 해방이니 하고서 날뛰던 그의 정열과 노력은 전검과 고문高文으로 변하여버렸다. 그래서 기어이 전검이 패스가 되고, 나중에는 대학의 선과選科로 입학까지 했다. 전의 모든 문학 동지들은 그를 비웃었다. 그러나 그는 도리어 그들을 냉소했다.

"실력 없이 날뛰지 말아."

하면서 그의 일구월심은 이 대학을 마치고 본관이 되고 고등관으로 올라가서 조선 사람으로서도 이 같은 인재가 있다는 것을 우쭐하게 내보이고가 싶었다. 여기에는 관청의 내지인 동료들도 감심을 하였다. 더욱이 과장도 극히 칭찬을 하였다.

"참, 군이 훌륭하여…… 참, 모범 인물일세. 어떻게든지 졸업만 하게……. 그러면 내가 어떻게든지 하드래도 본관으로 승격시켜줌세."

여기에 그는 더욱이 힘을 얻었다.

백 사람, 천 사람이 모두 흉을 보더라도, 나는 직업적으로 성공하겠다. 그래서 다시 나의 본래의 목적인 큰 문호가 되리라 ─ 하는 결심이 생겼다. 그러는 동안에 그는 삼십이 넘었다. 그리고 기어이 그의 본원인 대학 졸업을 올봄에 했다.

*

이래서 이번 승격통에 그는 반드시 본관이 되리라는 평판도 높았고 자기 자신도 반드시 그러하리라는 군센 자신을 가졌다. 그래서 지금도 그는 이 생각에 온통 정신을 잃고서 걸어갔던 것이다.

3

"여보게 박 군, 귀먹었나?"

이번에는 바로 등 뒤에서 큰 목소리가 났다. 용철이가 그제야 돌아다보니까 그는 키 큰 이재천이다.

"요, 이 군인가? 이게, 얼마만인가."

하면서 용철이는 조그만 손을 내밀었다. 재천이도 반갑게 그 큰 손으로 악수를 했다. 용철이의 손은 재천이의 큰 손에 폭 싸여버렸다. 재천이는 흰 뽀뿌링* 양복에 흰 구두와 흰 헬멧을 썼다. 목소리는 대단히 웅웅거렸다.

"이거 참, 오래간만일세. 아니 어쩌면 그렇게 볼 수가 없었나!"

용철이는 씽긋 웃으면서

"피차일반이지……. 가만있자 벌써 헤어진 지가 십 년이나 넘네그려!"

"참, 그러이. 허…… 참 그런데 신문을 보니까 자네 올봄에 대학을 나왔데그려."

"행! 그까짓 게 뭐? 장한가? 참 자넨 그동안 좋은 작품을 많이 발표했더군그래……. 인제는 자네 같은 대가가 나 같은 신출을 많이 지도해주어야겠네."

용철이는 이러면서 속으로 '너희도 인제는 좀 실력을 양성해봐라.' 하는 자부심이 일어났다.

재천이는

"그래, 지금도 거기 다니나?"

"그럼, 먹고 살려니까 할 수 있나?"

| * 뽀뿌링 : 포플린poplin. 직물織物의 하나.

"그럼, 판임관쯤은 됐겠네그려."

용철이는 속으로 다소간 불쾌하였다. 판임관쯤은 하는 '쯤은'이라는 소리가 얼마나 자기를 경멸하는지 모르게 들렸다. 그러나 억지로 참고서

"아니 아직 안 됐네—. 아마 곧 될걸."

"그렇지 이왕, 그런 데를 다니면은 고원쯤은 면해야지."

"그럼, 그런데 자네는 요사이 돈 많이 생기겠네그려. 그렇게 원고를 많이 쓰니."

"흥, 쌓을 데가 없다네. 허…… 그런데 참, 박 군, 어쩌면 그동안 그렇게 조금도 소식이 없나."

"자연히 그렇지. 도부동이면 불상위모*가 아닌가?"

"허…… 자네도 인제는 샌님 기풍을 면했네그려……. 참 반가워— 그래 자네 집은 요새 대관절 어딘가."

"저, 저 원남동야."

"응, 그럼 우리 집하고 비슷하이그려. 우리 집은 성북동일세. 꼭 오백 번지일세. 한번 놀러오게! 대개는 들어앉았으니."

"고마워!"

하면서 용철이는 시계를 꺼내보았다. 재천이는

"참, 출근 시간이 다 됐네그려— 어서 가보게. 꼭 한번 놀러 오게…… 정말 반가워…… 하는 일은 일이고 우정은 우정이 아닌가, 허…… 황금 탑 시대를 생각해봐야지."

"그래, 꼭 한번 감세. 자네도 지날 결에 좀 오게그려……."

"그럼 가고말고…… 참, 자네, 그동안 장가 또 갔나?"

"아니."

| * 도부동이면 불상위모道不同不相爲謨 : 뜻이 같지 않으면 서로 도모할 수 없다.

"그럼 입때 독신야."

"나는 언제든지 독신 생활을 하겠네. 그런데 자네는."

"나…… 말 말게. 겨우 아들이 삼형제가 됐다네."

"뭐? 벌써…… 우리도 인제는 늙어가네그려. 자— 그럼, 담에 만나세."

"그래, 인제, 가끔 만나세."

하면서 재천이는 더— 힘 있게 용철이의 손목을 잡아 흔들었다. 마침 안국동에서 광화문통으로 가는 전차가 지나간다.

"자— 나는 먼저 실례하네." 하면서 재천이는 껑충 전차로 뛰어올라 갔다. 그리고, 헬멧을 벗어서 차창 밖으로 흔들면서 쾌활하게 웃었다.

4

황금탑 시대에 단 하나밖에 없던 동지였던 재천이의 쾌활한 모양은 예전보다도 더— 한층 명랑하여 보였다. 재천이도 용철이와 같은 관청에 다른 과에 있던 고원이었었다. 재천이의 집안도 용철이와 같이 가난하고 재천이의 아버지도 용철이의 아버지와 같이 아무 벌이도 못하는 폐인이 되어가지고 집 안에만 들어앉았었다. 그리고 무엇보다도 재천이는 용철이와 같이 문학에 미치고 이상이 높은 청년이었었다. 현 사회에 대한 막연한 불평도 같이 가졌었고 찬란하기 짝이 없는 앞날의 '유토피아'도 그리고들 있었다. 그들은 이같이 환경이 같고 사상이 같고 취미와 목적이 같았었다.

이것이 그들로 하여금 동지 이상의 정과 형제 이상의 우애를 갖게 만들었었던 것이다. 용철이가 처음에 문학의 길로 들어간 것은 재천이 때문이었다.

그들은 언제든지 서로 붙어 있었다. 하루는 이 집이, 하루는 저 집이…… 나중에는 집 속에 들어 앉았는 것이 우울해서 인왕산으로 올라갔었다. 인왕산 높은 바위에 올라서서 그들은 언제든지 황혼이 잠긴 서울을 내려다봤었다. 그들의 눈에 비친 황혼 속의 서울은 쓸쓸하고도 슬펐던 것이다. 더욱이 황토현 넓은 길에 우두커니 섰는 두 해태 그리고 해태 옆에 있는 조선 보병대 속에서 흘러나오는 저녁 나팔 소리를 듣고는 그들은 한없이 센티멘탈들 하였었다.

*

언제인지 용철이는 결혼한 지 사흘밖에 아니 되는 아내를 본가로 쫓아버리고서 재천이를 찾아갔었다. 그때는 서로들 '공'이라 부르고 경대를 하고 지냈었다.

"공, 나는 오늘 이혼했소."

"아니 뭐요. 엊그제 결혼을 하시구요."

"네—."

하면서 용철이는 눈물이 날 듯이 되어버렸다.

재천이도 더 재—처 물어보지를 않았었다. 그리고 일상 가던 인왕산 감투바위로 향해서 올라갔다. 역시 붉은 저녁 해는 인왕산 봉우리에 반쯤 걸려 있을 때다. 산 밑은 어둑한 땅거미가 어리고 장안의 집집의 굴뚝에서는 자줏빛 연기가 올라 있을 때다. 전차 소리는 더— 땡땡거리면서 모든 와글거리는 떠드는 소리 위로 뾰족이 내솟고 있을 때다. 용철이는 결혼 전부터 결혼을 반대했다.

"조선놈은 매미야요. 그저 자식만 나놓고들 죽는단 말야요."

이것이 그가 결혼을 반대하는 이유였던 것이다. 자기는 적어도 조선의 젊은이인 자기는 자식만 낳아놓고 죽어버리기가 싫었던 것이다. 단 조그만 일이라도 성공을 해놓기 전에는 독신으로 지내가리라는 비장한 결심이 젊은 그의 가슴속에 꽉 들어찼었던 것이다. 그러나 재천이는 그와 반대의 의견을 가졌었다.

"일하는 데는 미혼 결혼이 문제가 아니오. 결혼은 으레 사람이 가질 한 개의 본능인 동시에 필연必然이오. 일하는 것도 역시 마찬가지의 필연이오, 한 개의 필연한 일을 하기 위하야 다른 한 개의 필연을 억제할 수는 없는 일이오. 만물은 서로 커가나 서로 누르지는 않소. 사시는 순순히 돌아가나 서로 뒤바뀌지는 않소."

대개 이 같은 주장을 내세웠던 것이다. 그러면 용철이는

"처성자옥妻城子獄*이랍니다." 하고 반박을 한다. 재천이는

"결혼은 한 개 큰일을 해가는 세포와 세포들의 확대 강화입니다." 하고 역시 반박을 했다.

요컨대 용철이는 쓸쓸한 염세적 기분이 띤 강개慷慨한 기분을 가졌었고, 재천이는 그 반대로인 낙천적 기분을 퍽 많이 가졌었던 것이다. 그러나 용철이는 집안에서 우기는 바람에 억지로 결혼을 했다. 하기 전에도 수없이 재천이와 의논을 했다. 하면은 으레 재천이는 결혼을 해도 좋다고 권하였다. 그리고 자기가 아는 범위 안에서 모든 좋은 부부들의 예를 들었다.

어떤 정치가의 아내는 그의 남편을 위해서 지도도 그려주었다는 둥, 어떤 문학가는 반 이상이 그의 아내의 힘이라는 것……. 어떻든지 부부는 육체로써만 일신이 되는 것이 아니라 정신까지 일신이어야 한다는 것들로 그의 마음을 위로하여주었다.

---

* 처성자옥 : 아내는 성城이고 자식은 감옥이라는 뜻으로, 처자가 있는 사람은 거기에 얽매여 자유롭게 활동할 수 없음을 이르는 말.

그러나 용철이는 "그것은 유식한 아내를 얻어야 하지를 않느냐? 그러나 지금 나의 신부 될 여자는 무식한 규중처녀……. 그러니 결국 나의 짐밖에 될밖에 더 있느냐. 나의 사업적 정열을 줄여놓는 방해밖에 더 있느냐?" 하였다. 재천이는

"유식 무식이 관계없다. 첫날밤부터라도 조금씩 가르쳐줘라." 하면서 끝끝내 자기의 낙천 철학을 내뿜냈다. 이러는 사이에 결혼날은 왔다.

용철이는 최후의 수단으로 재천이의 낙천 철학을 어린 신부인 이팔소녀에게 적용하려고 했다. 그래서 첫날밤에 고개를 숙이고 앉았는 신부에게 가장 비장한 어조로써

"여보 우리들은 보통 부부와 같이 되지 맙시다."

신부는 더— 고개를 숙였다.

"공부를 합시다. 내가 가르쳐 드리리다."

신부는 아주 더 똥그래졌다.

"먼저 성명을 통합시다. 나는 박용철이오."

신부는 숨소리도 없었다. 창문 밖에서는 구멍 뚫고 들여다보는 젊은 아낙네들의 웃음이 터져버렸다. 용철이는 슬그머니 흥분이 되었다.

"이건 신부가 아니라 인형이구나. 장차 '종' 감이로구나. 노리갯감이로구나. 개성이 없이 남자에게만 매달려 지내가는 무기력한 여자로구나."

그는 흥분될 대로 되다가 나중에는 그만 울었다. 그 이튿날도 역시 그랬다. 사흘 되던 날도 보다— 더했다. 그래서 그는 신부를 보내지 않으면 나는 죽는다고 날뛰기 때문에 그의 부모들도 할 수가 없어서 신부를 돌려보냈던 것이다.

그러나, 그들의 부모는 소박은 항용 있는 일이다, 얼마 있으면 마음을 돌리겠지 하는 희망을 가지고 서둘렀었다. 그러나 한 달, 두 달, 일 년이 자꾸 지나도 용철이의 태도는 더 변하였다. 그래서 할 수 없이 그 혼

인은 깨어져버렸다. 신부는, 사흘 밤 동안 신경질적이요 괴벽한 정열을 가진 진보된 젊은 사나이에게 '몇 마디 멘탈 테스트'에 희생이 되어버렸던 것이다.

신랑의 얼굴이 어떻게 생긴 것도 몰랐지만 그와 손목 하나 잡아보지 못했었다.

*

황금탑이 변해서 근로문학이 된 뒤에는 용철이와 재천이의 활동은 대단하였었다. 그들은 직업을 버리고 가정을 배반하고 언제든지 문학사회관에서 자고 있었다. 그들은 머리들이 다― 길고, 루바슈카를 입고 몽둥이를 짚고 각테 안경들을 썼었다.

그들은 가장 새로운 노래들을 부르고 길로 돌아다녔었다. 시와 벽소설을 써가지고 공장으로 돌아도 다녔고 서울 근처 송촌의 말― 방도 찾아다녔었다.

*

그 뒤에 어떤 커다란 일이 발각이 되어서 근로 문학패들도 대부분 헤어져버리게 되었다. 혹은 해외로! 혹은 시골로! 혹은 직업 장소로!

그들은 직업도 잃고 가정도 무너지고 일할 터전도 흔들려서 다시 '황혼의 인왕산' 같은 쓸쓸한 감상적 기분으로 변했다. 용철이는 어느 날 밤 재천이를 찾아왔다. 조그만 가방 한 개를 들고 찌그러진 캡을 썼었다. 그때는 겨울이었었다.

"이 동무! 나는 동경 가네."

'공'은 '동무'로 변하였었다.

"아니 별안간에 무슨 동경야."

"그럼 어디 살겠나? 조선은 젊은 놈을 못살게 구네. 정말 진저리가 나네."

"허— 자네, 또 이러나, 어디서는 우리를 환영할 줄 아나. 발 딛고 섰는 곳이 무대舞臺가 아닌가? 일터가 어디 따로 있나?"

재천이는 역시 유유한 낙천 철학을 발휘했다.

"나도 아네! 그렇지만 좀 더— 공부를 해야겠네. 힘을 크게 늘려야겠네. 어떻게든지 고학이라도 해야겠네."

하면서 또 울듯이 되었다.

"여비는 어떻게 되었나……."

"움, 억지로 만들었지……. 그리고 동경에는 공장에 다니는 동무가 있네……."

"누구…… 응, 금동이."

"그래!"

"어떻든지 나가세!"

두 사람은 남문역까지 나왔다. 정거장 앞에서 재천이는 입었던 '재킷'을 벗어서 용철이를 입혔다. 용철이는 검정 고쿠라 스메리 학생복을 입고 옹송거리고 있었다.

"아니 자네는 뭘 입고."

"나, 나는 그래도 고향이라고 있으니 좀 낫지."

용철이는 눈물을 냈다. 기차를 탄 뒤에 용철이는

"재천이 아무쪼록 잘 있게……. 힘 있게 계속해주게."

이 소리에는 재천이도 눈물이 났다. 그리고 비장한 결심이 생겼었다.

"염려 말게. 아무쪼록 객지에서 잘 있게……. 그리고 지금 가진 의기를 꺾이지 말게."

"염려 말게."

조금 뒤에 기차는 떠나갔었다. 불같은 두 젊은이의 바위 같은 큰 뜻을 싣고서 떠나갔다.

*

그 뒤에 재천이는 새로운 문학을 위하여 여전히 노력을 하였다. 낙천적 성격으로 모든 곤란을 유유히 물리쳐가면서……. 그러나 용철이는 동경에서 돌아와서 일체로 전에 걷던 길을 끊어버리고, 다시 T관청의 고원으로서 고등관을 목표로, 대학까지 마쳤던 것이다.

5

용철이는 멀리 가는 전차를 바라보면서 이 같은 일이 번개같이 눈앞에 어른거렸다. 예전의 재천이와 자기는 십 년 동안에 이같이 지금 같은 재천이와 자기로서 갈라서 놓았다.

총독부 큰 문으로 유유히 들어가는 고등관의 자동차들, 전차 정류장에는 물결같이 몰려 들어가는 모든 양복쟁이 관리들, 육조 앞 큰 길에는 이와 같은 검은 물결이 뒤덮여 있었다. 변또 든 고원도 있고 가방 든 낮은 본관들도 있다.

관리소의 여자 사무원들, 경찰부의 제복 경관들, 직공, 학생— 아침 햇빛이 번뜩이는 넓은 큰 길에는 이 같은 물결이 움직였다.

그 사이에 새로운 문학 작가인 씩씩한 재천 군의 쾌활한 웃음을 실은 전차가 달아난다. 그는 모든 것이 안 보이고 안 들리는 듯이나 적막하여졌다. 햇빛에 번뜩이는 푸른 인왕산은 자기만 쳐다보는 듯이 유심하게 보였다. 그러는 동안에 그는 T관청, 현관까지 다다랐다.

'움, 나는, 적어도, 대학을 졸업한 새로운 법학사다. 장래의 고등관이다. 그리고 크나큰 장래 문학가다. 입만 깐 문학가, 팜푸레트 몇 권과 번역소설 몇 권만을 밑천 삼아가지고 날뛰는 얼치기가 아니다. 실력이 탱탱하다. 생활의 안정을 가졌다. 내지인에게 경멸당하지 않을 지위를 가진다! 다— 뭐냐. 나는 나다.'

이러한 부르짖음이 나왔다. 그리고 다시 조금 뒤에 받을 임관 사령장이 눈앞에 어른거렸다.

6*

그날 오후 네 시—

용철이는 풀기가 없이 고개를 숙이고 나왔다. 밤낮 가지고 다니던 영문 신문도 그대로 책상 서랍에다 내던지고 나왔다. 김 서기는 강원도 어느 벽촌의 우편소장으로 되어버렸다. 오가라는 문서 고원은 권고사직을 당했다. 새로 들어온 백가와 양가만은 일급이 월급으로 변했다. 그리고 용철이는 월급 이 원이 올랐다. 규지로서 고원이 된 이마무라는 성적이 좋아서 서기보가 되었다. 그 외에 모든 내지인들도 이 규지 출신만큼은 조금씩 승차도 되고 영전**들도 되었다. 그리고 용철이는 과장 앞에 서서

"참, 이번에는 미안하게 됐네. 자네의 실력으로 보든지 또는 사무상

---

* 원문에는 숫자가 '1'로 잘못 표기되어 있다.
** 영전榮轉 : 전보다 더 좋은 자리나 직위로 옮김.

의 수완으로 보든지 음…… 그리고 또 어…… 간판으로 보든지…… 인
격으로 보든지…… 어…… 무엇으로 보든지…… 대단히 유감으로 여기
는 바일세. 그런데 원, 임관은 원래 정원이 있는 것이니까. 다음 기회나
보세…… 갈 데 없이 그때는 자네도…… 허—."

이와 같은 '무엇으로 보든지' '보든지' 하는 소리만 들었었다. 황토현
큰길로 나서자 그는 더— 한층 우울하여졌다. 십 년 동안 모든 비난과 조
소를 눈감아버리고 노력한 것이 대단히 허황스럽기도 했다. 임관 사령장
대신 이 원 승급 사령장은 그의 품속에서 동물같이 꿈적거렸다. 그는 지
나가는 전차를 보자 문득 아침에 만났던 재천이의 생각이 났다.

그리고 십 년 전의 지내던 우정이 고개를 내들었다.

'에히…… 재천이 집에나 갈까?'

하면서 그는 부리나케 전차로 올라탔다.

*

동소문 턱을 넘어갈 때에 그는 땀이 흘러서 와이셔츠가 찰각 등에 가
붙었다. 가끔 부는 바람까지 후끈후끈하였다. '절'에 나가는 자동차들은
먼지를 연기같이 일으키고 지나간다. 성 밑으로 난 조그만 둔덕길로 차
츰 찾아들어갔다. 몇 번지인지 물어서 겨우 재천이 집을 찾았다. 재천이
집은 성북동 막바지에 있는 외딴 초가집이다.

조그마한 집이 푸른 녹음에 휩싸여 있는 꼴이 썩은 짚뭉텅이가 한 무
더니 쌓여 있는 것같이나 보였다. 앞으로는 작은 내가 흘러간다. 냇가에
는 석류나무 한 나무와 포플러 몇 나무가 섰다. 그 사이를 지나가면 그
집의 일각대문'이다.

구렁이 진 지붕, 허물어진 토담, 그리고 항아리 몇 개 놓인 장독대,

기저귀가 널린 빨랫줄, 모든 것은 가난한 살림을 겉에다 내발라 보이고 있다.

'여전히 가난하군. 이게, 조선의 유명하다는 작가의 집인가?'

그는 속으로 중얼거리면서 길가 조그만 소나무 밑에 앉았다. 어쩐지 얼른 걸음이 걸리지가 않았다. 장독 옆 조그만 건넌방 툇마루다. 툇마루 위에는 무엇인지 흩어져 있었다. 집 안은 빈집같이 고요하였다. 삼형제나 있다는 아이들은 다— 어디로 갔을까? 조금 뒤에 그는 언덕에서 내려서 대문 앞까지 갔다.

"이 군."

부르자마자,

"응, 누군가?" 하는 쾌활한 재천이의 목소리가 났다.

그리고 사루마다 바람에 노랑 불부채**를 든 채천이가 껑충 뛰어 나왔다.

"아니 박 군 웬일인가? 이건 만나는 때는 이렇게 자주 만나게 되네그려— 자— 어서 들어오게…… 자 우리 집은 이러이…… 여전히 잘살지…… 이렇게 허—."

하면서 손목을 잡아끈다.

"괜찮은가?"

"그럼 어떤가? 그리고, 참, 아무도 없네. 밥장수는 병정들을 데리고요 너머 나들이 갔네. 좀, 있어야 올걸."

"참, 경치 좋은 데서 사네그려."

"그럼 어쩐 말인가! 나 같은 사람이 무릉도원에서 아니 살고…… 허……."

---

* 일각대문—一角大門 : 양쪽에 기둥을 하나씩 세워서 문짝을 단 대문.
** 불부채 : 불을 일으키는 데 쓰는 부채. 화선火扇.

두 사람은 마루로 올라갔다. 마루 한편 구석에는 조그만 소반이 놓여 있고 소반 위에는 원고지와 잉크와 철필이 얹혀 있었다. 무슨 원고인지 쓰고 있었던 모양이다.

"아니 방해 아닌가?"

"아니 관계없네, 모레까지 가져갈 것이니까."

"홍 아니 입때 책상 하나도 못 샀나?"

"책상! 책상 살 돈이 생기면 먼저 입 속으로 들어가버리니까 할 수 있 나……. 허…… 자 어서 벗고 편히 앉어……."

안방문도 활짝 열어놓고 건넌방 문도 활짝 젖혀놓았다. 두 방이 다 신문지로 바른 얇고 좁은 방이다. 벽에는 빈대 죽인 핏자국이, 난초지초*를 이루고 있었다. 건넌방 한편 벽에는 책, 신문, 잡지들이 내던진 것 같 이 흐트러져 쌓여 있었다.

"그런데 박 군 언제 판임관 되나?"

"홍, 오늘, 될 뻔했었다네."

"아니 왜?"

"응, 아직 결원이 없다든가."

이 소리가 끝나자마자 재천이는 소리를 높여서 껄껄대고 웃었다. 용 철이도 의미 없이 따라서 웃기만 했다.

"아니 별안간, 자네 왜 그렇게 웃기만 하나?"

"응, 나 말야 허…… 우스니까 웃는 것이지……. 여보게 박 군 내 판 임관 얼른 되는 법 가르쳐줄까?"

"응, 난 또, 무슨 소리를 하련다구……. 해…… 자네는 여전히 남을 놀리는 버릇이 남었네그려."

---

* 난초지초蘭草芝草 : 난초蘭草와 지초芝草.

"아냐 놀리는 게 아닐세. 여보게 박 군…… 내지인에게 양자를 가게, 양자를 가! 참, 마침 잘됐네그려. 자네 아직 장가두 안 들었지……. 그러니까 그만 그 독신생활을 청산해버리고 내지 색시에게 장가를 들게……. 그래서 요코야마 상이 되든지 아리지마 상이 되든지 하거든 …… 그러면 지금보다는 판임관이 쉽게 되네. 정말일세 정말이야."

용철이는 속으로 대단히 분하였다. 세상에 나서 처음으로 커다란 모욕을 당하는 듯하였다.

'이 자식이 건방지게 막, 비꼬는구나.' 하면서 '뭐야 이 자식아.' 하고 한번 악을 쓰고 그 자리를 떠나고 싶었다.

그러나 그의 몸뚱이는 그의 마음과는 정반대로 꼼짝을 아니했다. 온몸의 맥이 풀렸다. 그리고 눈물이 날듯이 되어버렸다. 재천이는

"여보게 박 군, 그만두게. 왜, 내가 자네를 비꼰지 아나. 그런 게 아닐세……. 자…… 그 이야기는 그만두지."

이 소리에 다소간 용철이의 마음은 가라앉았다.

"아닐세. 자네를 뭘 하게 알아서 그런 것이 아니라 어쩐지 기분이 나빠져서 그랬네!"

하면서 그는 억지로 웃음을 지어서 웃었다. 그러다가 나중에는 아주 정말 웃음으로 변해버렸다.

*

얼마 뒤에 용철이는 일어섰다.

"자 잘 놀았네. 내 가끔 놀러 옴세."

"가만있게. 나도 같이 나가세." 하면서 재천이도 따라 나왔다.

"아니 괜찮으이 나 혼자 가도……."

"아냐 나도 심심하니 산보 겸 저기까지 가서. 여보게 자네 요새 한 잔 못하나."

"나, 그럼."

"마침, 밥장수도 없어서 아무것도 대접도 못해서……."

"원 천만의 말을 다하네."

이러는 동안에 두 사람은 성 윗길까지 올랐다. 어느덧 석양이 되었다. 성 안으로는 연기에 어린 시가가 보였다. 성 밖으로는 맑은 개천가에 오뚝오뚝 선 초가집들이 보인다.

붉은 저녁 해는 두 사람의 얼굴을 다홍빛으로 만들어놓았다.

"자— 그만 들어가세—."

"아니 괜찮으이."

"아무쪼록 좋은 작품을 많이 써 내놓게. 대중을 우쭐우쭐 움직일 만한 힘을 가진……."

"고마워."

이럴 때에 저 아래편 시냇가로 난 조그만 길에서

"아버지."

"아빠 어디 가."

하는 아이들의 외치는 소리가 났다.

"응, 인제들 오는군. 보게, 저게 우리 밥장수. 그리고 우리가 창조한 병정 셋—."

용철이가 쳐다보니까 한 조그마한 여인네가 어린애를 업고 그보담 큰 사내아이 둘이 앞에서 달음박질 뛰어온다.

"여보, 잠깐 이리 오—. 우리 오랜 동무 오셨소, 인사나 하시유."

그의 아내는 아무 소리 없이 그냥 고개를 숙인 대로 아이들과 같이 성길로 올라왔다.

"자, 이 어른이 십 년 전 친구 박용철 씨요……. 여보게 이 사람이 나의 아내 되는 유영희일세."

아내는 고개를 숙인 대로 인사를 한다. 용철이는 정신을 잃고서 멍하고만 섰었다. 이 유영희는 십 년 전 사흘 밤 동안 '멘탈 테스트'를 받던 명색만으로 결혼했던 여자다. 이 여자가 어떻게 되어서 재천이의 아내가 되었었나? 도무지 꿈속에서 헤매는 듯했다.

영희의 태도는 매우 대담해졌다. 그리고, 그의 반짝반짝하는 눈동자는 예전같이 숙맥같애 보이지 않았다. 영희는

"아이구 퍽 오래간만에 여기서 이렇게 보입니다그려―. 들어가서서 저녁이나 해 잡숫고 가시죠."

"그러게그려."

재천이도 맞장구를 쳤다. 용철이는 겨우 입을 열어서

"아닙니다. 좀, 바쁜 일이 있어서요. 자, 안녕히 깁쇼. 이 군, 실례하네." 하면서 부리나케 성 너머 길로 내려섰다. 그리고 한참 동안이나 급한 걸음으로 휘적휘적 내려갔다.

*

얼마 만에 돌아다보니 아직까지 붉은 햇살이 어린 성 위에는 재천이의 식구들이 모여 서서 자기의 이 모양을 바라보고 섰다.

거리가 멀어서 표정은 보이지 않으나 반드시 웃고 비꼬고 조소할 것 같다. 그는 가슴이 아팠다. 무식해서 못쓰겠다고 일하는 데 방해만 되겠다고 손목 하나도 잡아보지 않고 내어버린 옛날의 이팔 처녀는 지금에는 훌륭한 사나이의 아내로 되어 있다. 아무쪼록 꾸준히 싸워주게 하던 젊은 옛날의 동지는 역시 쾌활하게 할 일을 하면서 그 위에 사회의 명성도

있는 한 사람의 작가를 이루고 있다. 그러나 일에 방해가 된다고 아내까지 내어버린 자기가 한 일은 대관절 무엇인가?

용철이는 울 듯이 되어서 멀리 인왕산을 바라보았다. 인왕산은 여전히 푸르고 높고 점잖게 섰다. 그러나 인왕산 바위 위에서 같이 섰던 같은 뜻 가졌던 재천이와 자기는 지금 다, 각각 어떠한 길을 걷고 있나?

그의 울음이 나오는 것을 억지로 참고 인왕산 편을 향하여 줄담을질을 쳐서 갔다. 귀 속에서는 여전히 자네, 양자나 가지! 하는 재천이의 웅웅한 목소리가 들렸다.

– 끝 –

—《중앙》, 1936년 8월

음악 교원 音樂教員

1

은실 같은 봄비는 자욱이 내리는데
반붉경이 살구꽃은 느끼며 떨고 있네.
바람은 안 불어도 꽃잎은 흔들려서
몇 번인지 뒤넘다가 물위로 떨어지네.

흐르는 물결은 이름좋다 봄물결
그러나 낙화落花의 울음만 싣고 가네.
옛부터 봄이면은 눈물도 많았으나
지금엔 꽃들까지 울면서 봄을 맞네.

수천이는 어제부터 백 번도 넘고 천 번도 넘게 입속으로 조調를 붙여
서 이 시詩를 불러보았다.
그리고 오늘도 하학을 해서 아이들을 모두― 보낸 뒤에도 혼자 교실
에 남아 있어서 소리도 잘 안 나는 깨어진 풍금 앞에 앉아서 곡을 만들어

보았다.

C장조로도 쳐보고 D조 6/8 박자로도 쳐보았다. A변조, E변조, 별것으로 다 맞춰보았으나 어쩐지 좋은 곡조가 생각나지를 않았다.

한 줄쯤 썼다가 지우고 한 소절쯤 쳐다보다가는 흐려버렸다.

그전 같으면 이 같은 구슬픈 노래는 작곡은커녕 들여다보지도 않았을 것이다.

꽃이니 울음이니 하는 애상哀想 띤 글귀만 벌여놓은 아주 기운 없고 나가는 힘이 없는 비분강개한 노래나 시는 그는 뿌리부터 싫어했었다.

그러나 요사이 와서는 그는 이 같은 노래도 읊고 싶었다.

예전에 비웃던 한 토막 '센티멘탈'도 이제 와서는 가슴을 울려주었다.

2

어느덧 저녁 해는 서쪽으로 난 유리창을 통해서 불그스름하게 비쳐 들어왔다.

교실의 구석구석은 벌써 어둑어둑한 그늘이 져 있었다.

발 부러진 책상과 걸상들은 세 줄로 놓여 있다.

나무판에 목만 칠한 허—연 칠판에는 이분음표 사분음표들이 질서 없이 걸려 있었다.

수천이는 반드르하게 윤이 나는 검정 서지*— 양복을 입고 열심으로 풍금을 치고 있었다.

키는 작으나 몸집은 비교적 뚱뚱했다. 얼굴은 옹기종기하나 뾰족한

| * 서지serge : 무늬가 씨실에 대하여 45도로 된 모직물. 바탕이 올차고 내구성이 있어 학생복 따위에 사용한다.

두 눈만은 각별나게 반짝하였다.

"옳지 요렇게 마칠까?"

하면서

미, 레— 미, 솔 시 도— 하고 짚었다.

"응 조금 그럴듯하군, 미레미솔시도…… 울면서 봄을 맞네…… 어쩐지 조금 싱거운걸, 다시 한 번 쳐볼까."

하면서 그는 다시 처음부터 내리쳤다. 반쯤 쳐내려 가는 중에 소리가 또 안 났다.

"엥히 화나."

그는 건반을 두 손바닥으로 탁 치고서 일어났다.

그리고 풍금 밑을 들여다보았다.

바람통이 좀 깨진 것을 창호지를 발랐났던 것이 또 떨어져서 있었다.

"빌어먹을 것 풍금이라고 전거지구나."

그는 탁, 하고 풍금 뚜껑을 닫았다.

그럴 때 운동장 쪽에서

"김 선생 그저 계시유."

하는 교장의 목소리가 났다.

교장은 오늘 아침 일찌감치 학교 허가 문제로 학무과를 갔었다.

이 학교는 해마다 허가를 맡는 사립 학술강습소다.

"네 여기 있습니다."

수천이는 부리나케 운동장으로 뛰어나갔다.

운동장이라고 하나 삼십 평밖에 안 되는 손바닥만 한 곳이다.

"인제 오십니까. 퍽 늦어지셨습니다그려."

"네. 괜히 이럭저럭 이야기가 길어져서요. 그래 아이들은 벌써들 잘 파해 갔죠."

"네……."

"엥히 그 참 속이 상해서……."

하면서 교장은 입맛을 쩍쩍 다시었다.

"허 참, 김 선생 하실 일 없으시건 나하고 같이 나가십시다."

하면서 벌겋게 상기된 얼굴에 강잉히 웃음을 띠었다. 교장은 언제든
지 난처한 일이 생기면 얼굴이 붉어졌다.

"네……."

수천이는 교실 문을 잠그고 사무실로 들어가서 모자를 쓰고 나왔다.
학교집은 전체가 바라크에 양철 지붕이다.

그나마 판장으로 된 벽이 벌어지고 유리창이 깨어져서 백지장이 흩
날렸다.

교장 되는 이평문이는 한 사십 줄 되는 사나이로서 벌써 이 학교를
시작한 지가 십 년이나 넘었다.

처음에는 몇몇 동지들과 같이

'우리들의 일생을 없는 아이들을 가르치는 데에 바치자.' 하는 결심
밑에서 이 학교를 시작했었다.

그래서 한 서너 칸 되는 어떤 집 아래채를 새로 얻고 이발 기계를 가
지고 동네를 돌아다니면서 돈이 없어서 학교에를 못 가는 아이들의 머리
를 깎아주면서 학교로 끄집어들였다.

그리고 한편으로는 동리에서 좀 견딘다는 큰 상점 주인, 전당국, 부
자들을 찾아다니면서 몇 푼씩의 동정금도 얻어서 겨우겨우 지탱하여 나
아갔다.

이 같은 정성이 보람이 있어서 학교는 흥왕하여 갔다.

그래서 지금 같이 바라크 교실도 생기고 조그만 운동장도 생겼다.

학생들도 주학 야학 해서 이백 명이나 넘는다. 전에는 이 학교에 월

사금이 없었다. 그다음에는 십 전씩을 받았다. 그러나 근자에 와서는 육십 전이 되었다.

그리고 한 달 치만 밀려도 큰 학교 모양으로 무섭게 독촉을 하고 또는 쫓아버리기도 했다.

무산아동을 교육한다는 학교의 주장만은 그대로 간판으로 남아 있었으나 그 내용만은 이같이 변해버렸다. 교장도 왕년의 열성과 의분과 희생적 활동력을 잃어버렸다.

보다도 스스로 내버렸다.

그리고 '월사금' 받는 데에만 그 정력을 모았다. 조회시간은 물론이지만 하다못해 졸업식이나 개교기념식 같은 데에서 교장 훈화를 할 때에도 이 월사금 타령을 하고 지나간다.

3

교장과 수천이는 어떤 안진술집*으로 들어갔다.

"우리 출출하니 한잔 하십시다."

"네……."

수천이는 속으로 장차 당할 일을 예감하였다. 평시에는 술 한 잔커녕 담배 한 개도 안 사주는 상당한 구두쇠가 이같이 자진해서 술집으로 끌고 들어오는 것은 필유곡절**하리라는 것이다.

말할 것도 없이 학무과에 갔다 온 결과를 말할 것에 틀림이 없다.

---

* 여기서 '안진술집'은 접대부가 술자리에 나오지 않고 술을 순배巡杯로 파는 '안침술집'을 가리키는 것으로 보인다. 내외술집.

** 필유곡절必有曲折 : 반드시 무슨 까닭이 있음.

두 사람이 어떤 아늑한 방으로 좌정을 한 뒤에 교장은

"여보 긴 상 참 속이 상해 못 견디겠소."

"다— 그런 거죠."

수천이는 평범하게 대답을 했다.

"참 긴 상 이런 말씀은 차마 내 입으로 내놓기는 미안하나 참 일이 거북하게 되었구려."

"다— 그런 거죠 허……."

수천이는 껄껄댔다.

교장은 담배를 하나 피워 물고

"여보 긴 상 그런 일이 세상에 어디 있소. 내가 아무리 변명을 해도 곧이듣지를 않는구려."

"그야말로 변명무지죠. 그렇게 애를 써주셨다니 참 감사합니다."

"참 화가 나서."

교장은 입맛을 다시고 나서 다시 말을 이었다.

"참 세상은 무서웁디다. 조금만 남에게 오해를 당하면 마지막이란 말씀이구려. 참 조심해야겠습디다."

"그래야죠."

수천이는 여전히 목소리는 평범하고 기계 같았다.

그럴 때에 주안상은 왔다.

가운데에 신선로가 놓이고 풋김치, 시금치나물, 미나리, 강회* 같은 산뜻한 봄안주가 가득히 한상이 놓였다.

"참 빠르군. 벌써 풋김치가 다 나오고."

"참 안주 좋습니다."

| * 강회 : 미나리나 파 따위를 데쳐 엄지손가락 정도의 굵기와 길이로 돌돌 감아 초고추장에 찍어 먹는 음식.

역시 수천이 말소리는 탄력이 없었다.

"자— 한잔 듭시다."

"네, 먼저 드시죠."

"원 천만에, 긴 상 먼저 드시유."

"아닙니다. 교장께서 먼저 드십쇼."

이렇게 두 사람 사이에는 술잔이 몇 번이나 왔다 갔다 했다.

4

대여섯 순배가 지나자 수천이는 얼큰하여졌다.

"그래 선생님 이유가 뭐라고 해요."

"이유야 누가 알우, 허…… 그래도 자기들은 긴 상을 사상 청년으로 안 모양입디다."

"아니 제가 무엇이 사상이 불온했나요."

"누가 알우. 그래서 나도 그 선생은 순전히 음악을 좋아할 뿐이지 그 외에는 아무 생각도 없는 참으로 모범된 교원이라고 몇 번인지 말을 해도 안 된다고 합디다."

"흥."

"그래서 나중에는 내가 그러면 그대로 묵인만 해주면 그대로 쓰겠으니 그래 달래도 막무가낸 걸 어떡하우. 허…… 그래 나중에는 내가 하도 여러 번 졸라대니까 그들이 도리어 화를 내면서 당신이 정 그러면은 학교가 허가가 되지 않을 테니 그런 줄 알우 합디다그려. 그러니 낸들 어떡하우.

사실 나는 긴 상을 모시고 고락을 같이 해보고자 했으나 이미 사실이

이 모양이니 참 긴 상에게는 뭐라고 말씀 여쭐 수가 없구려."

수천이는 가슴이 답답해지고 온몸이 뜨거워졌다. 아무 소리도 하기가 싫고 그냥 정신을 잃도록 만취하고가 싶었다.

그래서 혼자 주전자를 기울여서 자작을 했다.

'한 잔, 두 잔.'

교장은 한참이나 쳐다만 보다가

"허 긴 상 그렇게 야기모치*가 되실 건 아뇨. 긴 상은 아직 젊으시지가 않소."

"그럼요. 저는 결코 야기모치가 된 것이 아닙니다. 문제는 취하고가 싶습니다. 허…… 자— 혼자만 먹어서 미안했습니다. 자— 잡수시죠."

하면서 교장에게 한 잔을 권했다.

"선생님 문제는 간단합니다. 조금도 미안쩍게 생각하실 것이 아닙니다. 내일부터라도 저는 학교로 나오지 않겠습니다."

"흥 참 딱한 세상도 많소."

"딱할 게야 뭐 있습니까. 허 선생님 제가 요새 작곡한 노래나 하나 들어보시렵쇼."

하면서 수천이는 노래를 시작했다. 아까까지 끝줄 한 줄을 마치지 못했었다. 애상스런 노래를 불렀다.

술이 취해서 혀가 조금 꼬부라진 것이 도리어 노래를 더— 애상적으로 만들어냈다.

노래를 마치자 교장은 손뼉을 쳤다.

"참 잘하슈. 노래도 좋구려."

"너무 잘해서 요모양이 됐지요. 선생님 그래 작곡하는 것도 불온한

| * 야기모치やきもち[燒(き)餅] : (석쇠에) 구운 떡.

가요."

"누가 알우. 그런데 참 긴 상 은급*은 안 붙었습디다.

그래도 그거라도 붙었드면 좀 나으실 걸 그랬소. 홍 참 긴 상도 수다식구**에 장차 어떻게 지내가시려, 참 답답한 노릇이구려."

수천이는 껄껄 웃었다.

"어떻게든지 살아가게 되겠죠. 죽지 않으면 살겠죠. 허."

교장도 따라서 웃었다.

"참 긴 상 결국 긴 상은 보통학교 계실 때 교장을 잘못 만나신 것 같아."

"글쎄요."

"그런데 인제 말씀이지 순전히 작곡하고 아이들 데리고 방송국 다닌다는 것만이 문제가 된 거요."

"그런 모양이죠. 하여간 저는 중학시대부터 피아노에 미쳤으니까요. 벌써 그럭저럭 이십 년 동안이나 되었습니다. 죽으면 죽어도 언제든지 한 번은 위대한 음악가라는 소리를 듣고야 말걸요."

"좋기야 하시지만 목구녕이 문제가 아뇨."

"허 목구녕요?"

하면서 또 한 잔을 들이마셨다.

"긴 상 작곡하신 것도 많으시지요."

"네 그럭저럭 백여 가지가 넘습니다. 그리고 이미 책으로 되어 나온 것이 한 이십 곡이 되지요, 그런데 문제가 이 책에 있답니다.

소위 공직자의 몸으로서 출판을 했다는 것이랍니다."

"그리고 긴 상 방송도 퍽 많이 하셨죠."

---

* 은급恩給 : 일제 강점기에, 정부 기관에서 일정한 연한年限을 일하고 퇴직한 사람에게 주던 연금年金.
** 수다식구(數多食口) : 많은 식구.

"한 칠팔 년 동안 한 달에 오륙 차씩은 하였죠. 참 그때 노래 잘 부르는 아이도 있었어요." 하면서 수천이는 마이크로폰 앞에 제비같이 서서 빨간 입들을 벌리고 구슬 같은 고운 목소리로 노래를 부르던 소녀들의 환영이 눈앞에 나타났다.

"자 선생님 그만 일어나시죠. 저는 너무 취했습니다."

"원 천만에, 참 섭섭해서 어떡하우."

"가끔 놀러는 가겠습니다."

"암 놀러 오세야지, 참 우리 학교도 좋은 선생님은 자꾸 안 계시게만 되니까 참 문제요."

"뭘요 좋은 선생님은 얼마든지 계실걸요."

이러면서 두 사람은 술집에서 나와서 서로 헤어졌다.

5

밤은 아주 깊어져서 거리의 전등은 휘황하였다.

술집마다 떠드는 소리와 혀 꼬부라진 노래 소리가 요란하게 차 있었다.

전차 바퀴 소리는 유난히 똑똑해지고 자동차의 불빛은 가끔 길 위에 엇갈려진다.

수천이의 걸음은 조금 휘청거려졌다. 그러나 걸음보다 더— 휘청거려진 것은 그의 마음이었다.

그의 마음은 꼬장고장하고도 단순하였다. 아무런 거짓이 없는 어린애 모양 같은 곧이곧대로였었다.

누구와 말할 때에도 외교적 언사를 절대로 안 쓴다. 보다도 쓸 줄을 모른다.

정치가는 희로애락을 안색에 나타내지 않는다고 하나 수천이는 희로애락이 당장에 그대로 나타난다.

아무리 어려운 경우라도 싫으면 싫다, 좋으면 좋다를 그대로 나타낸다.

쓸데없이 고개를 숙이지도 아니하나 마음에 없는 아양도 떨지를 아니한다.

지난날에 교장이

"왜 군은 나의 승낙 없이 아이들을 데리고 그 같은 사회단체 기념식에 출연을 하였소."

할 때에 그는 서슴지 않고

"그 아이들은 학생들의 자격이 아니요 동요 단체의 회원으로 출연을 시킨 것입니다."

하고 칼로 베는 듯이 대답을 하였다.

또 어떤 때에

"여보 긴 상 이번 학예회에는 너무 조선 말 창가가 많습디다."

하고 상을 찡그릴 때에 그는 역시 마찬가지의 냉정한 목소리로

"학부형이 모두 조선말만 하는 조선 사람들이니까요."

하고서 간단하게 끊어버렸다. 또 그리고 어떤 때

"긴 상 좀 충고할 것이 있는데 저번 토요일날 졸업한 여학생들이 학교를 다녀갔다지요."

"네……."

"왜요?"

"동요 연습하려요."

"졸업을 했는데 무슨 관계로 학교로 와서 연습은."

"졸업생으로서가 아니라, 동요 단체의 회원으로서 왔던 것입니다."

"그럼 왜 나도 안 찾아보고들 갔소."

"선생님은 그때 일찍 나가셨으니까요."

하면서 그는 그대로 그 자리를 떠나 나왔다.

그가 보통학교를 십 년 이상이나 충실히 다니다가 권고사직을 당한 것은 공무에 충실치 않다는 이유가 표면으로 나섰지만 실상은 이 같은 개인 성격이 지나치게 청렴 강직한 결벽에도 있었던 것이다.

그가 작곡을 좋아하기 때문에 누구의 시든지 작곡을 하였는데 그중에는 진보된 생각을 가진 시도 섞여 있었다.

또 그가 모아 가지고 있는 순전한 동요 단체원들도 그가 열심으로 지도를 해서 노래를 잘했기 때문에 가끔 여기저기에 초빙을 받아 갔었다.

그의 정성은 오로지 스테이지 위에서 흘러 퍼지는 자기의 멜로디가 만장의 갈채를 받을 때 더— 한층 뜨거워만 갔을 뿐이었던 것이다.

그러나 교장의 보고에는 그가 가진 예술적 정열이 오해가 되었던 모양이다.

공무에 불충실할 뿐 아니라 사상까지 교육자로서는 가지지 못할 만치 온당치 못하다. 사회 단체에 응원 음악도 하고 불온한 시기에까지 작곡을 한다 하는 설명서가 단단히 끼어 있었던 모양이다.

그래서 그는 사립 강습소에서까지 오늘 같은 꼴을 당하게 된 것이다.

6

휘청대고 걸어간 것이 장충단 공원까지 갔다.

그는 서사헌정으로 넘어가는 고개로 들어섰다.

아무런 목적도 없이 발 가는 대로 걸어만 갈 뿐이다. 한참 동안이나 걸어가다가 그의 발은 멈추어졌다.

그가 선 곳은 오색의 전등이 휘황하게 어른거리는 꾀꼬리라고 하는 카페— 앞이다.

카페— 안에서는 술 취한 사나이와 젊은 여급들의 떠드는 소리들이 흘러나왔다.

유행가도 나오고 레코드도 나왔다. 그중에 한 노래 소리가 들렸다.

높은 담 위에 참새 세 마리
머리 맞대고 들여다보네.

참새 뒤에는 아지랑이가
푸른 하늘에 나붓거리네.

창밖에 창을 때리고 가던
붉은 낙엽落葉은 어디로 갔나.

내 방房 고드름 왜 남겨놓고
혼자 갔을까 야속도 하지

역시 몹시 로맨틱한 곡조의 노래였었다. 여급의 노래 소리가 끝나자 히야히야 하는 갈채 소리가 일어났다.

수천이는 이제까지 취하였던 술이 당장에 다 깨어버린 것 같았다.

이것은 확실히 몇 해 전의 자기가 지은 작곡이다.

그리고 이 노래는 작곡집에도 발표를 하지 않은 순전한 미발표로 되어 있다.

또 방송도 하려다가 하지 못하고 그 외 다른 무대에서도 한 번도 불려지지가 않았던 것이다.

다만 자기가 가지고 있던 홍장미회의 회원 소녀들에게 언제인가 연습용으로 몇 번 가르쳤었을 뿐이었다.

그러나 노래 곡조가 다소 어려웠기 때문에 그때 회원 가운데에서도 독창 잘하던 순이가 혼자 불렀던 노래다.

그 뒤 순이는 집안이 급히 어려워져서 학교도 그만두고 회에서도 나가버렸었다.

순이가 학교로 올 때에도 언제든지 변도를 가지고 아니 왔다.

그래서 수천이는 가끔 빵도 사다 먹였었다.

수학여행이나 원족* 갈 때는 물론이지만 월사금까지도 수천이가 내주었다.

더욱이 방송을 하고 나면 조금 떼어서 의복감도 바꾸어서 주었었다.

번번이 순이는 거절을 하였지만 나중에는 젊은 선생의 뜨거운 정에 감복이 되어서 그대로 받았다. 그럴 때면 어린 순이의 두 눈에는 몇 방울의 구슬이 떨어졌었다.

그러하던 순이가 부르던 노래, 자기가 그중 힘들여서 작곡을 하였던 노래가 이 난잡한 카페—에서 흘러나올 줄이야 꿈에도 생각을 못했다.

조금 있더니 또 그 노래는 재청을 받아서 다시 시작되었다.

수천이는 견디다 못해 카페— 안으로 들어섰다.

* 원족遠足 : 소풍.

7

카페— 안에는 대여섯 패나 되게 손님들이 이편저편에 늘어앉았다.

맨 가운데에는 한 칠팔 명이나 되는 젊은 패가 판을 차리고 있다.

테이블 위에는 비루*— 병이 수북이 놓여 있었다.

여급을 꺼안고 앉아 있는 패도 있고 곤드레만드레가 된 사나이도 있다.

"어서 오십쇼."

당번되는 여급이 마중을 나오다가 일행이 단 혼자요 게다가 옷 꼴이 초라한 것을 보고 목소리의 힘이 없어졌다.

수천이는 아무 소리 없이 여급의 안내를 따라서 한 구석 테이블에 가 앉았다.

"뭘 가져 올까요."

여급은 단발하고 화복** 입은 여자다. 말하는 투는 남구주 지방의 사투리다. 어떻게 화장을 두텁게 했는지 뺨을 만지면 분덩이가 떨어질 듯했다.

두 입술은 새빨갛다.

"음 아무거나."

"하…… 아무거나 뭐야요 술예요."

"음."

"무슨 술요 칵텔요 정종요 맥주요."

"맥주—."

"네—."

여급의 대답 소리가 식기도 전에 비루 두 병과 콩 한 접시가 덜컥하

---

* 비루ビール : 맥주麥酒.
** 화복華服 : 물을 들인 천으로 만든 옷.

고 놓였다.

문제의 노래 소리는 또 들리지가 않았다. 그러나 원내에 여자들의 웃음들이 많아서 그 여자의 목소리조차 가려낼 수가 없었다.

수천이는 아무 소리도 없이 그대로 여급이 따라주는 맥주만 홀쩍홀쩍 마셨다.

"참 당신은 너무 점잖으십니다그려."

하면서 여급은 말을 건다.

그래도 그는 잠잠했다. 여급은

"어디 얼마나 점잖으신지 봐야지."

하면서 조그만 어깨를 살짝 그의 턱 밑에다 댄다. 그래도 그는 가만히 있었다.

"내? 내가 뵈기 싫으세요. 당번을 갈까요."

"아니."

"그럼 왜 그렇게 뚱하고만 계세요."

"좀 우울해서."

"하…… 그러니까 유쾌하게 노세야죠."

하면서 여급은 가볍게 발끝으로 그의 발등을 누른다. 그럴 때의 곡조는 딴 곡조나 역시 자기의 작곡인 댄스곡이 아까 그 여자의 목소리로 난다.

도— 미 솔솔솔 C조 4분지 4박자다.

이 곡조로 예전 학교에 있을 때 아이들에게 기본 율동을 가르쳐주었었다. 이 곡조에 맞추어서 손뼉 소리와 발장단 소리도 난다. 병 두들기는 소리까지 났다. 수천이는 그제야 입을 열었다.

"여보 저기 저 노래하는 여자가 누구지."

"하…… 인제 알았더니 애인을 찾아오셨습니다그려."

수천이는 별안간 죄진 사람같이 얼굴이 시뻘겋게 되었다. 그리고 황황한 목소리로

"아냐."

"아닌 뭬 아냐요. 하…… 그러니까 그렇게 우울하겠지."

"아냐 허ㅡ."

그는 그 여급의 손목을 탁 잡았다.

"노세요 괜히 이건 강짜시지."

하면서 손목을 속 빼간다.

"공공히 그렇지 말고 그게 누구지."

"저어 노래 잘하는 카나리아요."

"응 카나리아? 성은."

"리 상."

"뭐?"

"하 왜 가슴이 뛰십니까. 하…… 걱정하실 게 있나요. 내 불러드리지."

"아냐."

그는 황황히 막을 때에 벌써 여급은 커다랗게

"카나리아 상 면회요 잠깐만ㅡ"

하고 외쳤다.

그 소리에 맞춰서

"네ㅡ."

하는 카나리아의 목소리가 났다. 수천이는 어쩔 줄을 몰랐다. 그러나 기왕 벌어진 노릇이라 그대로 맥주잔을 들었다. 조금 만에

"누가요?"

하면서 카나리아는 간드러지는 목소리로 그의 앞에 나타났다.

"아이구."

카나리아는 그를 보자 깜짝 놀라서 제용같이 섰다. 그는 갈데없이 옛날의 독창 잘하던 순이였던 것이다.

수천이는

"음 잘 있었나."

하면서 역시 아무 소리가 없었다.

당번되는 여급은 두 사람의 거동을 보고 뱅긋이 웃으면서 그 자리를 떠나간다.

카나리아는 역시 아무 소리 없이 그와 마주 앉았다.

"어서 가보지."

"괜찮어요."

카나리아의 두 눈에서는 눈물이 난다.

수천이의 가슴은 터질 듯이 갑갑하여졌다.

"용서하세요, 선생님."

"뭘, 살어가려면 별일이 다 많지."

"지금도 학교에 계세요?"

"아니."

"홍장미회는요."

"없어졌어."

"지금도 창가 만드세요."

"응."

수천이는 기계같이 대답만 하다가 별안간에 벌떡 일어섰다.

"자— 어서 저리 가봐— 손님들이 욕해."

"선생님 한번 조용히 오세요."

"봐서……."

하면서 그는 좀 크게 당번 여급을 불렀다.

그리고

"자— 돈 받아."

하면서 지전 몇 장을 내놓고 홱 나왔다.

카나리아는 달음박질 문 밖으로 쫓아 나왔다.

그는 분홍 치마에 진다홍 저고리를 입고 단발을 하고 분을 발랐다.

검정 치마, 흰 저고리, 쭈렁쭈렁하게 따서 늘인 머리는 벌써 옛날이 야기가 되었다.

"선생님 잠깐 이리 오세요."

"음."

그는 돌아섰다.

"어쩔 수가 없어서요."

"음 다 알았어…… 아무쪼록 돈 잘 벌어."

카나리아는 울었다.

"울지 말어. 자— 잘 있어."

"안녕히!"

"음, 잘."

8

수천이가 집으로 들어왔을 때는 집 안이 조용하였다.

안방 건넌방은 지함*같이 어두웠다. 집이라 들어서면 불이라도 환— 하게 켜 있어야 다소 마음이 놓이지만 불이 꺼져 있으면 어쩐지 가슴이

| * 지함地陷 : 땅굴.

덜컥 하였다.

더욱이 실직한 뒤에는 더— 하였다. 강습소라고 놀지 못해 가 있었기는 하지만 수입은 쌀값만도 못 되었다. 그래서 집안은 나날이 기울어져 갔었다. 약간 있던 퇴직금은 곶감 빼어 먹듯이 쏙쏙 다 써서 없어지고 여간 있던 세간과 의복들은 전당국으로 다— 들어가버렸다.

그래서 가끔 집안에서는 끼니를 건너는 때가 많다. 그럴 때면 아이들은 아우성을 친다.

그중에도 네 살 먹은 놈은 불고염치하고 밥 달라고 악을 악을 써서 옆에 집에까지 다 들리게 떼를 쓴다.

이러한 밤이면은 그의 처는 으레 불을 끄고 잔다.

이래서 그는 집에 들어올 때에는 으레 대문에서부터 방에 불을 켜졌나 꺼졌나부터 보고 들어온다.

"으흠."

그는 큰기침을 한 번 하고 건넌방으로 들어간다.

방은 캄캄해서 지척이 안 보인다.

"누구요."

하는 아내의 잠 취한 목소리가 안방에서 난다.

"나요."

"왜 이렇게 늦었소."

"음 좀 일이 있어서."

"좀 가만히 있어요."

하면서 조금 있더니 아내는 속옷 바람으로 양초에다 불을 켜가지고 건너왔다.

"또 술 먹었구료. 인제 좀 정신을 차려요."

"언젠 정신을 안 차렸남."

하면서 옷을 훨훨 벗어서 책상 위에다 던졌다.

책상 위에는 곡보책과 악리책들이 수북이 쌓여 있었다.

"여보 전등 끊어 갔수."

"벌써."

"벌써가 뭐요 석 달 친데."

"양초 키지 허……."

"에히 참 왜 이렇게 만사태평요. 학교라고 어디서 거지 같은 데를 다녀서 돈이 생겨야지."

"흥."

"어서 그만 자요. 그나마 떨어지지 않게…… 에구 벌써 1시를 쳤네…… 어서 자고 내일 일찍 일어나요."

"응."

아내는 그나마 내일 일찌감치 학교로 가라고 한다.

"자 염려 말고 임자나 건너가우. 나는 잘게."

"엥히 이게 다 뭐람."

하면서 아내는 주섬주섬 벗어버린 양복을 집어서 걸고 안방으로 건너갔다.

그는 펄떡 자빠져서 희미한 양초 불빛 속에서 번뜩이는 풍금을 보았다.

퇴직금 받을 때에 덮어놓고 한 개 사놓은 것이다. 아내는 안방에서

"참 오늘도 집 쥔이 왔습디다. 내일까지 밀린 것을 다ㅡ 아니 내면 집을 내노라고."

"응, 염려 말어."

"엥히 당신은 밤낮 염려만 말라고 하지."

하고 아내는 암상을 발칵 냈다.

그럴 때에 어린애 우는 소리가 난다. 어린애 우는 소리 속에는 고만고만한 오남매들의 자는 모양이 나타났다.

"어서 자요."

하는 아내의 악쓰는 소리가 또 들렸다.

*

수천이는 견디다 못해서 벌떡 일어나서 풍금 앞에 가 앉았다.

그리고 가만히 단음으로써 카나리아가 부르던 댄스곡을 쳤다.

도미솔솔솔 미도솔솔솔.

이 멜로디 속에는 보통학교 교장, 강습소 교장, 사회단체의 사람들, 홍장미회의 아이들, 카나리아의 우는 얼굴, 그리고 수없는 악보와 악보, 이 모든 것들이 어른거렸다.

"이건 밤중에 무슨 풍금요, 동네 사람이 숭봐요. 어서 그만두고 자요. 내일 학교엘 갈 생각을 해봐요."

하는 아내의 악쓰는 소리가 또 난다.

"응."

그는 코대답을 하고 나서 풍금 대신에 휘파람을 불었다.

도미솔솔솔 미도솔솔솔.

- 끝 -

―《조광》, 1937년 3월

여승 女僧

1

한갑이는 언제 돌아가신 줄도 모르는 생가의 할아버지 환갑 해에 낳았기 때문에 이름이 환갑環甲이다. 그러나 실제로 부르기는 한갑이라고 한다.

다섯 살 때에 아버지를 여의고 여덟 살 되던 해에 그의 과부어머니가 다른 데로 후부를 해가는* 바람에 상제중이 되어버렸다.

그래도 숱이 많아서 제법 추렁추렁하게 땋아 늘였던 머리를 베어버리고 나중에 이맛전에 나붓거리던 가는 털까지 칼로 밀어버렸을 때까지 한갑이는 그날 홀짝홀짝 울고만 앉았었다.

"다, 됐다. 아주 훌륭한 상제중이 됐구나." 하면서 머리를 깎아주던 젊은 여승이 웃음을 섞어 말했을 때는 눈물이 쭈룩쭈룩 떨어졌다.

처음으로 씻어보는 청동 대야에다 물을 가득히 떠놓고, 막, 머리를 씻으려던 한갑이는 물속에 비친 자기의 까까중머리를 보고는 그만 울음

| * 후부(를) 가다 : 후부(後夫 : 후서방) 얻어 시집가다.

이 커지고 말았다.

"울기는 왜 우니, 못난 것 같으니라고."

얼굴에 회박*같이 분을 뒤집어쓰고, 냄새나는 왜밀**로 머리를 빤지르하게 착 붙여 빗은 어머니는 한갑의 어깨를 톡톡 뚜들겼다.

한갑이는 다시 울음을 참고 물 묻은 손으로 눈물을 씻었다.

그러나 대야 옆에는 죽은 듯이 가로놓인 머릿단이 눈에 띄었다. 머릿단 끝에는 다홍 댕기가 그대로 매달려서 바람에 벌렁벌렁 흔들렸다. 한갑이는 다시 엉, 소리를 쳤다.

"글쎄, 울지 좀 마라. 너 말만이 중이 되는 거지 팔자는 늘어진다. 정말이다. 아무 근심과 걱정이 없는 부처님 앞에 가서 살면 아주 맘이 편하게 한 평생 잘 지내게 된다.

글쎄 울지만 마라. 그럼 요년아, 너도 나같이, 나이 삼십도 못 돼서 과부가 되고 겨우 삼 년도 못 지내서 다신 딴 곳으로 후부를 해 가고 싶어서 요 모양이냐.

나도 오죽해서 너를 떼어놓고 이 모양이 되어 가겠니."

어머니의 목소리는 쓸쓸한 중에도 항상 서러웠다.

*

이것도 벌써 십 년 전 옛날이야기다. 그때 한갑이는 어머니와 떨어지는 것과 머리가 없어지는 것만이 슬펐을 뿐이다.

그러나 십 년이 지나도록 어머니는 한 번도 찾아오지도 않고 또는 어디 있는 줄도 몰라서 찾아가보지도 못했다.

* 회灰박 : 석회를 되거나 담는 데에 쓰는 됫박.
** 왜倭밀 : 왜밀 기름.

말하자면 어머니는 깎아버린 머릿단과 같이 영원히 사라지고 말았다.

그러나 가끔가끔 어머니는 예전, 자기 아버지의 마름 노릇을 하던 늙은 최 주사의 둘째 첩으로 들어가서 산다는 소리만은 들었다.

그리고 '너, 실상은 네 팔자가 늘어진다.'는 어머니의 말 속에는 '다 네가 없어야 내가 다시 서방을 맞아간다.'는 뜻이 들어 있던 것도 깨닫게 되었다.

나이가 먹어갈수록, 회박 썼던 어머니의 얼굴이 무서웁게 생각이 났다.

절은 과히 큰 절이 아니다. 여승이 모두 이십여 명쯤 모여 있는 조그마한 암자였다.

한갑이 집안은 한갑이까지 삼대三代가 산다.

맨, 늙은, 할아버지뻘 되는 스님은 칠십이나 넘었다. 머리가 허옇고 키가 작고 게다가 두 눈이 세모가 진, 해월海月 스님이다.

가운데, 아버지뻘 되는 스님은 인제 사십四+ 고개를 넘은 경해鏡海 스님이다. 키가 훨씬 크고 살갗이 눈빛 같다. 두 볼이 축 처지고 눈 가장자리가, 음침하게 생겼다. 바로 머리를 깎던 여승이다.

꼬라비*가 열여덟 살 먹은 한갑이다.

법명은 지어줬는지도 모르지만 모두들 그대로 한갑이라고 부른다. 한갑이 자신도, 제 이름이 한갑이뿐이지 다른 법명이 있는 줄도 모른다.

2

안방, 건넌방밖에 없던 한갑이 집도 올부터는 이층까지 생겼다.

| * 꼬라비 : 꼴찌.

처음에는 뒤꼍에다가 따로 떨어뜨려서 세 칸짜리 양철집을 지었다. 방이 펼쳐서 두 칸이요, 앞으로 반 칸 넓이 마루가 역시 두 칸끼리로 펼쳐 놓였다.

마루 끝에는 유리창까지 들이고, 마루와 방 사이에는 아로새긴 장지를 들였다.

방 안에는 약간의 문방구와 족자를 걸어놨다. 여름이면 화문석을 깔아놓고 겨울이면 문화견 보료를 깔아놓는다.

그리고 조그마한 벽장 속에는 장기판과 바둑판과 그리고 두어 벌의 이부자리까지 들어 있다.

이 방이, 여름이면 서울 양복쟁이들이 절밥 사먹으러 나올 때 쓰는 방이다.

정갈하고 조용하고 스님들의 서비스가 만점이란 소문이 높아져서 이 방 하나로서는 손님을 치를 수가 없었다.

그래서 다시 바깥 편으로, 조그마하게 이층을 들이고 위층은 연회석, 아래층은 손님방으로 두 개를 들여놨다. 어느 틈엔지 절방인지 요리점인지 구별조차 할 수 없게 됐다.

이런 구별은 이 한갑이 집뿐에 대한 것이 아니었다. 십여 호 되는 여승의 집들은 모두 이렇게 변해버렸다.

그중에도 유독히 손님이 많은 집은 이 한갑이 집뿐이다.

*

한갑이는 해마다 여름이 오는 것을 머리를 흔들면서 진저리를 댔다.

아침 일찍부터 손님들은 디리* 몰려든다.

부엌 속에서는 젊은 스님이 수선을 떤다. 안방 속에서는 늙은 스님이

쨍쨍거린다.

방방에서는 냉수 떠 오너라, 화투 가져 오너라, 술 가져 오너라.

이것을 모두 한갑이가 맡아본다.

툭하면 동구 밖, 잡화상에 가서 문안 술집으로 전화도 건다.

행주질도 치고 방 걸레도 친다.

가끔 술 취한 손님들의 히야카시**도 받는다.

저녁 늦게 되면 여자 손님하고 짝패 짝패 오는 밤새는 패가 몰려든다.

그중에는 머리 딴 계집애를 데리고 오는 주정꾼도 있다.

이렇게 날마다 날마다 선걸음***을 친다.

며칠씩 되어도 법당 구경을 못할 때도 있다.

그러나 금년에는 이른 봄새부터 이 진저리나는 여름철이 얼른 오기만 기다려졌다.

제 나이밖에 안 되어 보이는 단발한 카페의 걸이 세상이나 만난 듯이 뽐내면서 발 씻을 물을 떠오라는 데에는 그중 화가 났다.

"깍쟁이 같은 년 같으니." 으레 물을 떠가지고 갈 때에는 입속으로 욕을 했다.

이윽고 방 속에서 새새덕거리는 웃음소리가 흘러나올 때에는 가슴속이 물큰해지다가 눈물이 한 방울 솟아오른다.

그러다가 어느 틈엔지 자기 머리도 곱슬머리가 되고 누런 베 고의****대신에 하늘빛 치마가 걸쳐진다.

땀이 질컥질컥 난 얼굴에 분홍 구름도 떠오른다. 젓가락으로 상머리를

---

* 디리 : 들입다.
** 히야카시ひやかし(冷(や)かし) : 놀림. 야유. 조롱.
*** 선걸음 : 이미 내디뎌 걷고 있는 그대로의 걸음.
**** 고의 : 남자의 여름 홑바지.

뚜들기는 젊은 기생들의 노래 소리를 듣고는 저절로 어깨춤도 추어진다.

이럴 때면 밤마다 으레 꾸는 꿈이 있다.

행주만 쥐어보던 거친 손으로 하얗고 기다란 양복쟁이의 손을 답삭 쥐고, 푸른 버들이 구부러진 시냇가로 걸어간다.

"이것 봐, 나는 한갑이 같은 여자는 처음 봤어."

"뭘요."

"정말야, 여간 이쁜 것이 아냐, 제일 요 코가 이쁘거든."

"괜히 놀리시지."

"아냐 정말야, 그리고 어쩌면 요, 입술이 요렇게 새빨갈까 똑, 앵도 같은데."

"호호 정말이세요."

"그럼."

양복쟁이는 어느 틈엔지 꼭 껴안는다.

"아이구 갑갑해, 어서 놓으세요."

"괜찮어."

"누가 봅니다."

"괜찮어."

양복쟁이는 저를 반짝 쳐들면서 입을 쪽 맞춘다.

"에구 남부끄러."

"에게, 요게."

양복쟁이는 다시 부르르 떨면서 입을 맞춘다.

아주 갑갑해서 숨까지 막힐 듯하다.

*

그러나 한갑이가 소스라쳐서 깨었을 때는 베개에다가 코를 박고 있는 자기 자신을 발견한다.

이러한 밤이 날마다 계속을 한다.

스님을 따라서 목탁을 치면서 불전에 주저앉았을 때도 속으로는 카페 걸들이 부르던 유행가를 불러본다.

이 유행가는 어느 틈엔지 기생들의 노래 소리로도 변해버린다.

나중에는 좌우 옆에 꿇어앉았는 늙은 스님, 젊은 스님들도 모두 유행가와 노래를 부르는 늙은 기생, 젊은 기생으로 보이고 만다.

살그머니 일어나서 법당 뒤로 가서 두 손으로 가슴을 쥐어뜯는다.

그럴 때면 으레 법당 처마 끝에는 고개를 맞대고 앉아서 쩍쩍거리는 한 쌍의 참새가 눈에 띈다.

"쉬— 염병할 놈의 새들 같으니라고."

한갑이가 악을 쓰면 참새들은 둘이 나란히 붙어 날으면서 솔숲으로 사라진다.

3

오吳 선생은 색다른 손님이다.

아무리 점잖게 생긴 손님들이라도 으레 돌아들 갈 때에는 갖은 추태들을 다 부린다.

그래서 한갑이는 안경 쓰고 단장 짚고 팔자수염이 달린 오 선생이 찾아왔을 때에도 저 사람도 한 잔만 먹으면 개차반이 되려니 하고 또 한 번 쳐다보고 생긋 웃었다.

늙은 스님이 합장배례를 하면서

"오 선생님 웬일이십니까, 어서 오십쇼."

할 때에도 한갑이는 얼마 아니 있으면 퉤퉤거리고 얼굴이 새빨개질 오 선생의 모양을 눈앞에 그려봤다.

뒤따라서 역시 오 선생 비슷한 점잖은 양복쟁이들이 삼사 인 따라들어오고, 맨 뒤에는 안경 쓰고 머리 지진 신여성 한 사람도 따라 들어온다.

'그러면 그렇지 또 신식 기생이 하나 끼어 있구나.'

한갑이는 제 상상이 들어맞은 것을 재미있어 했다.

어느 틈엔지 젊은 스님도 뛰어나오면서 합장배례를 했다.

"스님, 안녕들 하셨습니까."

오 선생은 모자를 벗어들고 마치 웃어른에게나 대하는 듯이 점잖게 답례를 한다.

다른 친구들은 오 선생보다는 모두 나이들이 적어 보였으나 그러나 삼십 고개들은 훨씬 넘어 보였다.

그들도 역시 오 선생 모양으로 점잖고 친절하게 인사들을 한다.

'응, 다르기는 하군.'

한갑이도 이 오 선생의 일행이 점잖은 패라고 다소 짐작은 했으나, 그러나 역시, 지금이 들어오는 길이니까 그렇지 하고 은근히 그들의 점잖은 태도가 무너지기를 기다렸다.

"어서 뒷방으로 안내를 해드려라."

젊은 스님이 악쓰는 바람에 한갑이는 기계적으로 일행의 앞잡이가 됐다.

이 뒷방은 인제는 아주 특별실이 되어버렸다.

지위가 높은 손님이나 밤을 새워가면서 돈을 물 쓰듯 쓰는 손님 이외에는 여간해가지고는 이 뒷방 차지가 아니 된다.

"이리들 오르십쇼."

한갑이가 유리창 문을 열고서 입속으로 우물거렸다.

오 선생과 그 일행은 잠깐 고개들을 숙여서 묵례를 하고 올라온다.

한갑이는 얼굴이 화끈하고 달았다. 아닌 게 아니라 좀 다른 손님이다, 속으로 종알거렸다.

아무리 점잖은 양복쟁이라도 어린 상제중을 보고 묵례를 하는 것은 처음으로 당해봤다.

저번에, 은행의 중역들이 몰려왔을 때에도 복장과 걸음걸이만은 이 오 선생 일행같이 점잖아 보였지만 저한테 예는 아니했다.

그들은 방으로 들어가서 모자들을 건다. 그러나 한 사람도 저를 쳐다보지 않는다.

어떤 손님 쳐놓고, 저한테 안내를 받아서 방으로 들어서면 아래위로 훑어보지 않는 사람이 없었다.

그중에는 잔등이를 툭 치면서 싱긋 웃는 능청맞은 사람도 있었다.

그러나 그들은, 거의 자기의 존재를 무시하는 듯이나시피 본 척 만 척들 한다.

맨 나중에 안경 쓴 여자가 올라온다.

"너무 애쓰십니다, 미안합니다." 한갑이에게, 허리를 굽히면서 던지는 첫소리가 이것이다.

한갑이는 너무나 감격해서 말문이 막혀버렸다.

'기생은 아니구나.'

'내가 괜히 기생이라고 그랬구나.'

한갑이는 속으로 안경 쓴 여자에게 사죄를 했다.

뜰로 내려와서 조금 주춤하고서 봤다.

방 안에서는 여전히 유쾌한 웃음소리만 흘러나왔지 그 외에는 아무 소리도 없었다.

다른 손님들 같았으면 제가 돌아서자마자

"그 엉덩판이 그럴 듯한데."

"승 노릇 시키기에는 아까운데."

"왜 이 자식아 너 생각 있니."

"이 자식아 여승하고 연애를 하면 평생 재수가 없단다."

"재수커녕 당장 죽어도 좋아."

이런 소리들이 퍼부어 나왔을 것이다.

그럴 때면 한갑이는 거의 옆의 사람들이 알아들을 만큼 욕을 했다.

"망할 자식들 같으니라고."

그러다가는 다시 생긋이 웃고서 두 손바닥으로 통통한 자기의 두 볼을 어루만져봤다.

"내가 정말 그렇게 잘생겼을까."

저도 알 수 없는 만족을 느꼈다.

그러나 지금에는 너무나 지나치게 점잖은 그들의 태도가 미울 만치 섭섭한 생각이 들어갔다.

*

저녁때가 다 되어서 오 선생 방의 술상은 끝이 났다.

맥주가 두 궤나 빈 병만 남았으되 그들은 여전히 점잖은 대로 있었다. 얼굴들만 새빨개졌다.

오 선생과 안경 쓴 여자와 또 그 여자의 남편인 듯한 젊은 선생만은 남아 있고 다른 양복쟁이들은 그대로 헤어져 갔다.

전깃불이 들어온 뒤에, 오 선생 방으로는 제이차로 저녁상이 들어갔다.

늙은 스님은 젊은 스님에게 단단히 부탁을 해서 얌전하게 밥상을 차리도록 했다.

젊은 스님도 정성을 들여서 상을 차렸다.

한갑이도 어느 틈엔지 오 선생 일행에게 고개가 수그러져서 시키지도 않는 것을 스스로 달려들어서 상 밑에 붙은 먼지까지 행주질을 쳤다.

저녁상과 같이 늙은 스님도 불려 들어갔다. 한갑이도 상머리에 앉아서 밥통에서 밥을 펐다.

오 선생은 와이셔츠 바람으로 아랫목에 앉았다.

"스님도 저녁을 같이 하시죠."

"좋습니다. 어서 많이 잡수세요. 에그, 찬이 없어서 어떡합니까."

"에그 스님도 별말씀을 다 하시지."

오 선생은 술이 약간 취해서 혀가 꼬부라졌다.

"자, 이 선생도 드시지."

오 선생은 마주앉은 젊은 이 선생에게 밥 들기를 재촉했다.

"네, 먹겠습니다. 그런데 너무 취해서요."

이 선생은 오 선생보다도 더 한층 취했다.

조금만 건드리면 뒤로 나가자빠질 듯이 끄덕거린다.

"그러기에 조금만 잡수시죠."

여자는 남편 뒤를 바라보고 가볍게 꾸짖는다.

"그렇지만, 오 선생님의 건전하신 붓끝을 축복하려니까 어떻게 조금 먹을 수가 있어야지."

그 소리에 여자는 오 선생을 쳐다본다.

어느 틈엔지, 오 선생의 두 눈과 마주치면서 두 편 눈 속이 다 같이 반짝한다.

"윤 선생님은 너무 남편만 가지시고 공박을 마십쇼."

"어디 그게 공박입니까, 요!"

세 사람의 웃음은 한데 어울린다.

늙은 스님도 덩달아서 오무라진 입을 오물거리면서 호호거린다.

이 선생은 늙은 스님에게

"정말이시지 스님, 우리 오 선생을 잘 모셔주십쇼. 아마, 두어 달 동안은 여기 묵고 계시게 되실 테니까요."

"아이구, 계셔주시는 것은 감사합니다마는 모든 것이 불편하실 텐데요."

"원 천만에요."

오 선생이 먼저 겸사를 한다.

"정말이시지 오 선생님, 이번에는 더, 좋은 대작大作을 써주셔야 합니다.

저번에 쓰진 『정조貞操』는 우리 문단에 큰 충동을 일으켰습니다."

"천만에요, 모든 것이 다 미완성의 작품이니까요."

윤 선생이라는 여성도 입을 열었다.

"정말, 저는 『정조』를 읽고 울었습니다. 울다가 나중에는 큰 산을 우러러보는 듯한 거룩한 영감에 취해버렸습니다.

『정조』는 소설이 아니라, 인생의 큰 교훈이었습니다."

"허……." 오 선생은 그대로 웃기만 했다. 이 선생은 다소 불쾌해진 듯이 가뜩이나 빨개진 눈초리가 고추같이 됐다. 그러나 껄껄대고 웃었다.

"오 선생님, 제 처는 이렇게 선생님을 숭배한답니다. 아마 천하의 독자 중에서 제일 선생님의 예술을 찬미하고 또는 이해하기는 우리 이 사람이 제일일걸요."

하면서 여자의 좁은 어깨를 아플 만치 탁, 친다.

"아이구 아파."

여자는 잠깐 상을 찡그렸다가 다시 호호 하고 웃는다.

"사실, 나는 오 선생님의 예술에서 고개가 수그러지니까."

"내, 예술에는?"

"당신 예술은 아무렇게 해도 심각하지 않은 것 같애요."

오 선생은 다소 불안한 듯이 말을 가로챈다.

"윤 선생, 어째 그럽니까. 나는 비록 붓대는 잡았을망정 이 선생의 음악에는 도취가 되어버리는데요."

"저는 음악보담도, 문학이 더 좋으니까요."

"허…… 그럼, 윤 선생은 우리 처와는 정반대십니다그려. 제 처는 문학보담은 음악이 좀 더 인상적이 돼서 좋다고 그러던데요."

끄덕질을 하던 이 선생도 이 말끝에는 가슴을 쑥 내밀었다.

"오 선생님, 다 그런가봅니다. 역시 예술은 예술이고 부부는 부부니까요."

다시 세 사람은 웃기들만 한다.

늙은 스님은 무슨 소린지도 모르면서 그냥 점잖고 유식한 말들이구나 하기만 했다.

한갑이는 더군다나 아무 영문을 몰랐다. 그러나 세 사람이 두 패로 갈려진 것만은 사실인데, 왜 여자가 남편의 편이 안 되고 남편의 친구인지 선배인지 되는 오 선생의 편이 되나 하고 이상스러워했다.

그리고 아무리 애를 써서 그들의 대화를 해석을 해보려고 했으나 점점 더 어려워만 졌다.

다만 제일 잘 알아볼 수 있는 것은 세 쌍의 눈결들이 세 갈래가 졌다, 두 갈래가 졌다 하는 것뿐이다.

4

보름 동안이나 지나도록 오 선생은 방 안에서 잘 나오지도 않는다.

가끔 한갑이가, 문 사이로 들여다보면 오 선생은 책상에 가 엎드려서 글씨만 쓰고 있다.

미친놈 모양으로 철필대를 입에다 물고 천장만 우두커니 쳐다보고 있다가는 별안간에 벌떡 일어나서 춤을 덩실덩실 추기도 했다.

"어, 됐다. 참 그렇게 쓰면 그럴듯하겠는걸." 하면서 무르팍을 탁 치고서 빙긋 웃기도 한다.

아침 때면은 셔츠 바람으로 수건을 목에다 걸치고 칠성당 뒤에 있는 샘터로 올라갔다. 세수를 하고 나서는 바위로 올라가서 심호흡을 한다.

이것만이 오 선생이 바깥으로 나오는 시간이다.

오 선생의 얼굴은 허여멀겋고 둥그스름하다. 코도 큼직하고 입술도 두둑하다.

다만 아래로 축 찢어진 두 눈귀만이 좀 간사한 듯할 뿐이지 그 외는 모두가 어글어글하게 잘생겼다.

한갑이는 어느 틈엔지 오 선생에 대한 흥미가 두터워졌다.

밤이면 누군지도 알 수 없는 사나이와 껴안고 입을 맞추는 꿈속의 사나이가 그만 오 선생으로 변해버렸다.

아침상을 가지고 들어갈 때에는 간밤의 꿈이 생각이 나서 얼굴이 새빨개진다.

가슴도 두근거린다. 그러나 오 선생은 한 번도 쳐다도 보지도 않고 말 한마디 건네지도 않는다. 정 못 견뎌서

"선생님 숭늉이 차지 않습니까." 하면

"아니."

하고 오 선생은 밥그릇만 내려다본다.

*

어느 날 식전 한갑이는 그 전에 마찬가지로 수건을 목에 걸고 칠성당으로 올라가는 오 선생과 마주쳤다.

"안녕히 주무셨어요."

"네."

오 선생은 역시 딴 데를 쳐다보고 대답만 한다.

'빌어먹을 자식 같으니.'

한갑이는 속으로 욕을 했다. 쫓아가서 목덜미라도 한 번 몹시 쳐서 고꾸라뜨리고 싶었다. 그러다가 다시 스스로 저를 꾸짖었다. 공연히 점잖은 분을 갖다가 내가 왜 욕을 했을까?

아버지뻘도 훨씬 넘는 어른에게 내가 이게 무슨 짓일까.

나는 승인데 나는 승인데…… 이렇게 승인데 승인데 하다가는 눈물이 난다.

왜, 내가 승이 됐을까?

단오날이면 절 동구 앞 회화나무 밑에서 분홍 저고리에 다홍 치마를 입은 이팔처녀들이 그네 뛰는 것이 새삼스레 눈앞에 선해진다.

공일날이면 몰려오는 카페걸이나 어린 기생들이, —사내 틈에서 얼마든지 웃고 까불 수 있는 그들의 생활이— 극락세계보다도 더한층, 아름답고 황홀스러운지 몰라졌다.

"엥히!"

한갑이는 무엇 때문에 결심을 했는지도 모르는 결심을 하고 칠성당 뒤로 쫓아올라간다.

그러나 왈칵 가까이는 못 가고 굵은 소나무 뒤에 가 숨어 서서 먼발치로 오 선생을 바라봤다.

오 선생은 사방을 휘휘 돌아보더니만 셔츠를 벗어서 바위 위에다 얹어놓는다.

허어연, 위통이 드러난다. 수건에다 물을 적시더니 냉수마찰을 시작한다.

울퉁불퉁한 잔등이 살이 점점 시뻘겋게 된다. 마치 부풀어 오르는 듯싶다.

조금 만에 오 선생은 돌아선다. 퉁퉁한 젖가슴이 벌룽벌룽 한다.

팔을 펴들 때마다 까무잡잡한 겨드랑이털이 보였다 말았다 한다.

아침 햇빛은 그의 붉은 살을 더한층 빛내놓는다.

한갑이는 울 듯이 되었다. 당장 쫓아올라가서 앞가슴을 물어뜯고까지 싶었다.

그러나 두 발은 땅에 가 꽉 붙어버렸다. 그리고 어느 틈엔지 한갑이의 입속에는 소나무 껍질이 가득 찼다.

5

그날 밤!

달 밝은 밤이다. 한갑이는 칠성당 앞 샘터로 올라갔다.

소나무 그림자가 어른어른한다. 샘물이 반짝반짝하면서 바위 새로 감돌아 떨어진다.

언제든지 오 선생이 앉았던 바윗돌 위에 가 펄썩 주저앉았다.

눈앞에는 벗어 내던진 오 선생의 흰 셔츠가 확실히 굴러다닌다.

후우 한숨이 나오면서 두 어깨가 축 늘어진다.

대님도 안 맨, 베 고의자락을 찢겨져라 하고 치켜 올렸다.

하얀 무르팍이 나온다. 조금 더 치키려 했으나 통이 좁아서 더 오르지를 않는다.

통통한 흰 다리살에는 새파란 달빛이 물들어버렸다.

산뜻산뜻한 여름밤 바람은 두 다리살 위로 살살 지나간다.

한갑이는 그대로 누워버렸다. 푸른 하늘에는 달빛이 가득 찼다.

뻐꾹새 소리가 들려온다.

한갑이는 소스라쳐 놀래서 벌떡 일어나서 고의자락을 내렸다. 그리고 좌우를 돌아봤다. 확실히 누군지 저를 보는 듯하다.

무서운 중에도, 그 누군지가 나타나기를 기다려졌다.

"앗." 한갑이는 또다시 무서워져서 한달음에 집으로 돌아왔다. 방으로 들어갈까 하다가는 어느 틈엔지 발길은 뒷방으로 돌려졌다.

고양이 모양으로 발소리를 죽이고, 게다가 숨소리까지 죽이고 오 선생 방 뒷창문 앞으로 갔다.

"앗." 한갑이는 또 한 번 놀랬다.

오 선생이 혼자 있는 줄 알았던 방 안에는 어떤 여자의 목소리가 마치 꿈속에서 나는 듯이 똥강똥강 흘러나왔다.

그전에도 들여다보던 들창 틈으로 들여다보니 거기에는 언제 왔는지, 안경 쓴 여자가 와서 오 선생과 마주앉았다.

그 여자의 눈에는 눈물이 글썽글썽하다. 두 사람의 무르팍은 거의 닿을 만치 가까워졌다.

한갑이는 더한층 숨을 죽이고 귀를 기울였다.

"그러니 오 선생님 저는 어떡합니까."

여자의 목소리는 순연한 울음소리다.

그래도 오 선생은 묵묵한다. 그 여자는 똑바로 선생을 쳐다보면서

"오 선생님, 제가 여북해야 이 밤에 이곳까지 나왔겠습니까. 저는 어떡해야 옳을지 아주 정신이 없어졌어요."

그제야 오 선생은 입을 연다.

"윤 선생, 그런 문제를 가지고 나를 찾아 나오신 것만은 고마우신 일이시지만 저는 뭐라고 대답을 할는지 모르겠습니다."

"왜 모르십니까. 오선생님은 제 남편의 선배이신 동시에 제게도 단한 분이신 선생님이십니다."

"그렇지만 윤 선생."

"아닙니다. 저는 도저히 이 상태로는 제 남편과 같이 살아갈 수가 없습니다.

그이는 음악도 아내보담도 더 중하게 압니다. 예술도 예술이려니와, 부부도 부부는 아닙니까."

"그렇지만 이 선생도 윤 선생만은 사랑하지 않습니까."

"안 합니다. 그리고 더군다나 요사이에 와서는 다른 음악하는 여자들과 접촉이 더 심해집니다."

"그야 취미가 같으니까 자연히 가까워질 테죠."

"오 선생님."

여자의 목소리는 아주 강렬해졌다.

"오 선생님, 제가 노골적으로 말씀드리겠습니다. 지금 제 남편은 따로이 사랑하는 여자가 있습니다. 그 여자는 소프라노입니다. 그러니 저는 어떡합니까."

오 선생은 다시 아무 소리가 없었다.

여자는 자꾸 눈물만 씻는다. 조금 동안 방 안에는 무거운 침묵이 가로놓였다.

한갑이까지 가슴이 답답해졌다. 왜들, 말문이 막혔을까?

홀짝홀짝 울고 앉았는 그 여자는 왜 하필 남편에게 대한 불평을 이 오 선생에게로 와서 하소연을 할까? 한갑이는 아무리 생각을 해도, 그 여자의 마음을 알기가 어려웠다.

그리고 한편으로 오 선생의 인격을 더한층 우러렀다.

젊은 친구의 아내까지 와서 자기의 사정을 호소하기까지면 오 선생이 부처님 이상으로 성스러워 보였다.

반드시 오 선생의 입에서는

'여보 윤 선생, 딴 생각 마시고 얼른 돌아가서 당신의 힘과 정성으로 남편의 마음을 돌리도록 하시오.' 하는 준절스럽고도* 엄숙한 소리가 나오리라고 생각을 했다.

한갑이는 언제인가 언문 신소설을 한 권 얻어서 읽은 일이 있다.

어느 공부하는 젊은 사나이를 흠모하고서 옆집 처녀가 뛰어 들어온 것을 그 사나이는, 조금도 마음의 충동을 받지 않고서 도리어 정당한 말로 여자의 옳은 행실을 말해주고 종아리를 쳐 보냈다는 이야기다.

한갑이는 이 안경 쓴 유식한 여자를 소설 속에 나오는 담 뛰어 넘어온 처녀와 같게 직감을 했다. 그러니까 반드시 오선생은 종아리는 안 치더라도 말로나마 준절스럽게 타이르리라 했다.

더욱이 보아하니 그 여자는 오 선생의 딸뻘밖에 안 되어 보이고 더욱이 자기를 숭배하는 젊은 친구의 아내가 아닌가.

한갑이는 사실 가슴이 조마조마했다.

| * 준절峻截하다 : 매우 위엄이 있고 정중하다.

조금 만에 오 선생의 눈초리는 이상스럽게 변해진다. 우물가에서나 책상머리에서 보던 눈과는 아주 다른 눈자위가 된다.

그러더니 별안간에 왈칵 여자에게 덤벼들더니 손목을 꽉 잡는다.

"앗 선생님, 이게 무슨 짓이세요."

"뭐 무슨 짓이라고."

"선생님은 우리 남편의 선생님이십니다."

"알우."

"저는 남의 아내올시다."

"알우."

"그런 줄 알면, 어서 놓으세요."

"여보, 윤." 오 선생은 더한층 가까이 달려든다.

"나도 내 처와 마음이 안 맞은 지가 벌써 오래요. 당신도 당신 남편과 사이가 어그러진 지가 오래가 아니오. 그건 애정 문제보담도 예술상, 사상 문제요. 그러나, 당신과 나는 예술상으로 사상이 일치되지 않소. 무엇보다도 사상이 일치가 되어야 애정도 융합이 되는 것이라우." 오 선생의 목소리는 한없이 음충맞아졌다.

여자는 새파랗게 얼굴이 질렀다. 두 눈은 송곳끝같이 뾰족한 중에도 충혈이 됐다.

두 어깨는 달먹달먹 한다.

"선생님, 저는 선생님을 이런 선생님으로 알고 찾아온 것은 아닙니다."

"왜."

"왜가 뭡니까. 선생님은 사회에 이름이 높으신 명사가 아니세요. 방방곡곡에는 선생님을 숭배하는 독자가 가득히 차 있습니다.

그리고 우리 남편도 선생님만 못지않은 이름난 음악가가 아닙니까."

오 선생은 귀머거리 모양으로 아무 대답도 없이 그대로 여자를 껴안았다.

한갑이는 눈에서는 새파란 불이 튀어나왔다. 가슴이 터질 듯이 됐다.

'왜, 저 여자가 악을 쓰지 않을까.'

어느 틈엔지 두 남녀는 방바닥에 가 쓰러졌다. 조금 만에 여자의 숨찬 목소리가 난다.

"선생님, 우리들이 부부가 된다면야 좋지만, 사회가 용서를 안 할 것이 아닙니까."

"사회는 사회고 사랑은 사랑이지."

한갑이는 그 이상, 더 견디지를 못하고 자기 방으로 돌아왔다.

자리 속에 누운 뒤에야 왜, 내가 미닫이를 부시지 못했을까, 점잖은 오 선생의 뺨이라도 한 번 휘갈기지를 못했을까? 하면서 백 가닥 천 가닥의 분한 생각이 치밀어 올랐으나, 그러면 그럴수록 두 남녀의 가쁜 숨결 소리가 귓가에를 스쳐서 두 다리를 오그리고 한숨을 지었다.

6

며칠 뒤에 한갑이는 온다간다는 말이 없이 승방에서 사라졌다. 늙은 스님은 젊은 스님은 물론이지만 온 절 안이 불끈 뒤집히다시피 돼서 한갑이의 간 곳을 찾았다. 그러나 영영 한갑이는 나타나지 않았다.

동구 밖 술집 늙은이가 어린 계집을 잘 꾀어내니까 혹시 한갑이의 미모를 보고 꾀어내지나 않았나 하는 억측도 퍼졌다. 혹은 가끔 놀러오는 젊은 양복쟁이 중에서 어떤 놈과 눈이 맞아서 달아났나 하기도 했다.

혹은 최 주사의 첩이 된 생모를 찾아서 갔나 하기도 했다.

그렇지 않으면 사춘기에 있는 젊은 여승 가운데에서 혹시 볼 수 있는 성적 고민 때문에 어디 가서 죽어버리지나 않았나 하기도 한다.

날이 갈수록 억측은 구구해지나, 정작 한갑이의 소식은 까맣게 멀어진다.

*

오 선생의 걸작 소설 『남자의 정조』가 큰 광고와 같이 출판이 되기는 그 이듬해 봄이다.

이래서 오 선생은 전보다도 더한층 점잖아졌으나 그래도 한갑이의 소식은 더한층 묘연할 뿐이다.

어디로 가는 것만도 모르니 왜 없어졌나 하는 것은 더군다나 알 길들이 있으랴.

- 끝 -

사묘년巳卯年 5월 2일

—《문장》, 1939년 7월

의자椅子

이 작은 이야기도 두 토막으로 나놓이지 않으면 안 될 숙명宿命을 가지고 있다.

처음 토막

'의자'들의 세상에 큰 별이 생겼다.

이렇게 의자라는 의자들은 모두들 모여들었다.

때는 세계의 나쁜 놈 '팟쇼'들이 패망을 하고 새로운 진보적인 '민주주의'의 승리가 눌리우고 가치 있는 동서양의 약소민족들의 해방까지 찬란하게 가져온 1945년 8월 15일이 조금 지난 얼마 안 된 때다.

곳은 조선의 서울 어떤 곳인지도 모르는 어떤 곳이다. 그러나 서울 안 어떤 곳인 것만은 분명하다.

사람들은 저이들의 지위와 직업에 따라서 가진 각색의 의자들을 일상 타고 앉고 깔고 앉았음에도 불구하고 이러한 의자들이 사람들을 상대해가지고 싸우려고 모여드는 것도 모르면서 있다.

더군다나 의자들이 모여드는 장소會場가 사람들이 제일 많이 모여 있는 곳임에도 불구하고 아주 모르고들 있다니!

그리고 저이들의 손으로서 만들어 논 의자들인데도 언제든지 아무나 깔고 앉아도 좋으려니 하고 거의 의자들의 존재까지 무시(보담도 몰각)하면서도, 실상은 깔렸던 의자들이 자발적으로 저의 종족을 비상소집하는 것도 모르고들 있다니! 말 못하는 의자들 한 개까지 저런 어리석은 동물들도 있나 하는 비웃음을 받는 것도 당연이 상□□ 일이 아닐 수가 없다.

*

의자들이 모여든다.

몸집이 뚱뚱하고 어깨가 둥그렇고 뱃속에 용수철을 집어넣은 안락의자安樂椅子들이 외동발로 뒤뚱거리면서 들어온다.

다음에는 네 발 달린 의자들이 둘씩 셋씩 짝을 지어서 들어온다.

아무 모양도 내지 않는데다가 때만 시커멓게 묻은 설렁탕집 기다란 의자들이 사열종대四列縱隊로 요란한 말소리들을 내면서들 들어온다.

소학생들이 깔고 앉았던 꼬마 걸상들, 그늘 밑에 놓였던 똥구랑 걸상, 공원의 벤치, 응접실의 소파, 이발소의 왁살스런 의자.

그 넓은 그 어떤 곳이 아주 꽉 차버리고 말았다.

그런데 별안간 회장 입구는 요란하게 됐다. "왜 못 들어가느냐?", "들어올 자격이 없다." 하는 말들이 떠들썩한 원인이 되었다.

그 들어오겠다고 고집을 피우는 것들은 한 떼의 방석들이었다. 깊은 사랑방 속에 있던 먼지 묻은 모본단* 방석, 방초보료**, 하다못해 둥그렇고 누릿누릿하게 누른 화로방석***까지 섞여 있다.

방석들의 주장은 이러하다.

"우리가 비록 네 발 달린 의자들은 아니나 역시 사람들한테 깔렸었던 것만은 사실이 아니냐."

그러나 문지기 노릇하는 둥그런 의자는 이렇게 대답했다.

"사람한테 깔렸다고 해서 다 우리들의 의자는 아니다. 그러하면 멍석이니 돗자리니 하는 것들도."

대답이 끝나기 전에 방초보료는 그 넓은 얼굴이 시꺼매지면서 악을 쓴다.

"시골말 방아나 인력거 병문 문턱에 말리었던 그 상스런 멍석이나, 돗자리와 우리들 비단 방석의 일족을 한데 섞는다는 것은 괘씸하기 짝이 없다."

모본단 방석도 기다란 장죽을 휘두르면서 여기에 맞장구를 쳤다.

"그렇구말구! 우리들은 적어도 사랑방 양반 대감님이다. 몇 천석꾼 지주영감들한테 밖에는 깔렸던 역사만을 써 가졌다."

이렇게 한참동안 떠들다가 문지기 의자도 하는 수가 없어서 입장은 시키기는 하지만 회원으로서는 아니고 그냥 한 떼의 방청자로서밖에는 인정치 않겠다는 조건 밑에 방석의 일족을 입장을 시켰다.

방석들도 그 이상 고집들은 세울 수가 없어서 그대로 못마땅한 입맛들을 다시고서 한편 구석에 넓은 자리를 차지하였다.

* 모본단模本緞 : 중국 비단의 하나.
** 방초芳草보료 : 꽃과 향기로운 풀로 속을 두껍게 넣고 만들어서 앉는 자리에 항상 깔아두는 요.
*** 화로방석火爐方席 : 방바닥이 긁히거나 상하는 것을 막기 위하여 화로 밑에 까는 방석.

*

아침 해가 금강석처럼 빛나면서 회장으로 스며들어온다. 창밖으로는 맑은 하늘이 구슬같이 빛난다. 비둘기 한 떼는 골목마다 휘날리는 태극기를 바라보고 몇 번인지 뻥뻥 돌고 있다.

시간이 됨에 안락의자가 임시 의장이 되어서 개회를 하였다.

대학생이 깔고 앉았던 의자 하나가 서기가 되고 노동조합 사무실에서 튀어온 다리 하나 쩔름한 나무 의자 두 개가 사찰이 되었다.

의장 안락의자는 그 큰 몸집을 이리저리 뻥뻥 돌려가면서 만장의 의자를 내려다보면서 열렬한 개회사를 하였다. 어떻게 악을 쓰는지 뱃속에 있는 용수철 소리가 쩽쩽하게 났다.

'우리들 의자들도' 인제는 정말 조선나라의 '의자'들이 되었습니다.

그들은 조선 안에 놓여 있었으면서도 실상은 왜놈들의 착취와 강압의 이용물들이 되어서 마음에 없는 장소에서 마음이 없는 눈물의 물기 속에 유린이 되어서 지내왔습니다. 그러나 우리들은 인제부터는 우리들 '의자'들도 떳떳하게 의자로서의 사명과 책임을 다할 때가 왔습니다.

그러면 어떻게 하여야 우리들은 우리들로서의 사명을 다할 것인가? 그리고 참다운 의미에 있어 조선의 '의자'로서의 존재할 수 있는 높은 가치價値를 발휘할 수 있을까. 이것이 지금 우리들이 모여서 이러한 회합을 가진 까닭입니다.

모두들 감격에 넘치는 박수들을 하였다.

마치 그 소리는 수백 명의 순경꾼들이 한꺼번에 차는 '막대기' 소리와도 같은 목성木聲들이었다.

의장은 다시 말을 계속한다.

"그러면 지금 우리들은 우리들의 의제議題를 토의하기 전에 먼저 회원들의 자격을 심사하겠습니다."

"의장." 어떤 광산사무소에 있던 의자가 일어나면서 언권을 청했다.

"말씀하십쇼."

"의원의 자격을 심사하기 전에 그 자격심사에 대한 기본적 규정을 하지 않으면 안 되리라고 생각을 합니다."

"옳은 말씀입니다. 그러면 그 점에 대해서 구체적으로 의견을 붙이셔서 말씀해주십시오."

광무소 의자는 침착한 목소리고

"네, 말씀드리겠습니다. 우리들은 모두가 의자올시다. 바꿔 말씀하면 '의자'라는 집에서는 다 똑같은 의자들올시다. 그러나 지금 이렇게 위대한 새로운 역사에 새로운 임무를 다하려 함에는 우리들이 가진 과거를 가장 냉혹하게 비판을 하지 않으면 아니 되리라고 생각합니다."

"네, 친일파와 민족반역자는 이 회합에서 제외하여야겠다는 말씀입니다."

광무소 의자는 가장 엄숙한 어조로서 결론을 지었다.

의장은 잠깐 동안 뱃속의 용수철을 불쑥 내밀었다가 다시 움추려뜨리면서 말했다.

"여러분 지금 어떤 동무로부터 이러한 의견이 물어왔습니다. 여러분 의견에는 어떻습니까?"

"의장……" 하고 쇳소리 같은 소리를 내는 것은 은행소에 있던 의자다.

"저는 거기에 대해서는 반대올시다. 그 까닭은 우리들은 사람이란 생물이 아니요, 의자라는 무생물인 까닭입니다."

광무소 의자는 벌떡 일어나면서

"그렇지 않소."

은행소 의자는 팩 소리를 질렀다.

"언권은 내게 있소. 끝까지 나의 결론을 기다리시오."

이 바람에 장내가 잠깐 수선해진 것을 의장이 제지를 하고 그대로 은행소 의자에게 말을 시켰다.

은행소 의자는 더 침착하게 그러나 다소 흥분된 어조로

"그런 까닭에 우리들에게는 친일파니 반역자니 하는 아름답지 못한 규정을 가질 수가 없습니다."

"옳소, 옳소." 하면서 일부에서 찬성을 했다.

광무소 의자는 다시 일어났다.

"의장, 그렇지 않습니다. 친일파니 반역자니 하는 것은 우리들 '의자'들을 따로 떼어놓고 규정되는 것이 아니올시다. 그것은 우리들 '의자'라는 무생물은 사람이란 생물들이 앉음으로 말미암아서 '의자'라는 이름이 성립될 수 있는 까닭입니다. 그러니까 결국 우리들 자신이 그러한 행동을 한 것은 아니로되, 우리들을 깔고 앉았던 사람들의 선악에 따라서 우리들 자신들의 선악이 객관적으로 규정된다고 생각합니다."

여기에 따라서 맞장구를 치고 일어나는 것은 대학생 의자이었다.

"옳습니다. 나도 그 동무 말에 같은 의견이올시다. 우리들이 앞으로 정말 좋은 의자로서의 새로운 발족을 하려면은 그만한 자기비판이 있어야 옳으리라 생각합니다."

이런 때 설렁탕집 의자가 그 큰 키를 번쩍 들고 일어섰다.

"의장, 그렇다면 우리네 같은 의자들은 어떻게 규정됩니까? 설렁탕을 먹으려면 별의별 사람들이 다 우리들을 깔고 앉았었습니다.

친일파가 앉고 나면 금방 혁명가도 앉고 도적놈이 앉고 나면 형사들도 앉고 이러니 이 가지각색 사람 밑에 깔리웠던 우리네는 친일파가 됩니까? 독립운동파가 됩니까?"

이 소리에 모두들 "참, 그도 그런걸.", "딴은 그래." 하면서들 다시 수

성수성하여졌다.

*

　한참동안 씩둥깍둥 왈가왈부하면서 나중에는 육박전까지 벌어졌다가는 의장의 노력으로써 아래와 같은 결론이 지어졌다.

　"우리들은 사람과는 물론 다르다. 그러나 우리들은 자숙하고 근신하는 의미에서 너무 나쁘지 않은 즉 생활 때문에 어쩔 수 없어서 친일적 행동을 한 사람들이 앉아 있던 의자나 또 설렁탕집 의자나 이발소 의자들 같이 직업상으로 어쩔 수 없이 이놈저놈 앉았던 의자들은 별 문제에 붙이기로 하고 정말 왜놈한테 붙어서 진정으로 알짱거리면서 같은 동포들의 피를 빨아먹는 놈들만 앉았던 의자는 자진해서 뒤로 물러서자. 그러나 우리들은 사람들과 달라서 사람들이 이용함에 따라서 우리들의 '효용가치'도 새롭게 규정되니까 다시 새로운 좋은 사람들이 우리들을 이용할 때까지 가장 옳은 마음으로써 기다리자."

　이러한 기준 밑에서 회원은 자격심사가 시작이 되었다. 이리하여 총독이나 총감 같은 높은 왜놈 벼슬아치들이나 동척이나 불이그 흥업이니 하는 사장급 과장급들이 앉았던 의자들은 자진해서 퇴장들을 하고 그 나머지는 우물쭈물 그대로 남아 있다가 기어코 사찰한테 들켜서 중추원 참의들이나 도회의원 군수공업의 사장들 같은 친일파 조선 사람들이 앉았던 의자들은 따귀까지 맞아가면서 축출들을 다 하였다.

　사찰은 의장에게

　"의장, 사찰은 다 끝났습니다."

　의장의 대답 소리가 나기 전에 시골 야학강습소의 '의자'가 벌떡 일어났다. 강습소 의자도 설렁탕 의자와 같이 좁고 긴 네발잽이 의자이었다.

"의장, 아직도 불순한 분자가 남아 있습니다."

사찰은 좀 얼굴이 빨개져서 대답을 했다.

"사찰은 책임을 다했다고 생각합니다."

강습소 의자는 저의들 틈에 있는 강습소 의자와도 같이 생긴 기다란 나무의자를 가르키면서

"여기에 있습니다. 경찰서 고문실에 있던 놈이 뻔뻔스럽게도 제가 생긴 모양이 우리들과 같음을 이용해서 이렇게 우리 틈에 끼어 있습니다."

이래서 여러 의자들의 시선은 거기로 집중들이 되었다.

강습소 의자는 아주 강개한 목소리로서

"우리 학교 젊은 선생님이 농민조합을 몰래 지도를 하다가 잡혀가서 요놈의 '의자'에 자빠뜨림을 받고서 고춧가루까지 탄 주전자 물을 코와 입으로 들이붓는 바람에 열 번이나 죽었다가 살아났습니다. 요놈의 의자는 이러한 죄악을 가지고서도 이렇게 남아 있습니다그려."

하면서 보기 좋게 발길로 차서 뒷다리를 분질러 놨다.

"이 자식아, 너는 무슨 큰소리냐. 너도 처음에는 조선을 위해서 싸우던 젊은 혁명가들이 지어논 야학강습소의 의자 노릇을 하였지만 나중에 그 강습소가 국민총력부락연맹이 되어 있을 때에도 그대로 남아 있지 않았느냐."

이 소리에는 강습소 의자도 부끄러운 듯이 고개를 숙였다.

그러나 결국 경찰서 고문실 의자는 쩔뚝바리가 된 대로 쫓겨나가고 말았다.

*

어느덧 저녁때가 되었다. 붉은 석양은 비껴 들어와서 애국심의 피들

이 끓는 의자들의 얼굴들을 더 붉게 물들였다.

어디선지 붉은 단풍 한 이파리가 날아 들어와서 회장으로 날아다닌다.

'회의'의 결과는 아래와 같이 결정이 되었다.

첫째.

우리들은 무생물인 것은 사실이다. 능동적이 아니요 피동적이다. 그야말로 어떤 장소에 놓이든지 어떤 놈이 앉든지 그래도 잠잠하고만 있었다. 그렇기 때문에 우리들 순진스런 '의자'들도 하등 스스로 지은 허물도 없이 객관적인 과오를 범한 동무들이 많이 생기었다.

둘째.

이제부터 우리들은 무생물이라는 자연과학적 현상을 깨뜨리고서 가장 능동적이며 의식적으로 되어서 생물 이상의 무생물이 되자. 그리하여 무슨 일이 있더라도 옳지 않은 인간, 국민 아닌 국민, 민족과 자유보다 개인의 욕심만을 먼저 생각하는 모든 사이비 인간들이 걸터앉는 것을 거부拒否하자.

셋째.

우리들이 해방된 조선의 참다운 좋은 의자가 되려면은 우리들이 직업이나 계급이나 시골 서울이나를 물론하고 가장 좋은 의자로서 새조선 나라를 이끌고 나갈 새로운 애국자들을 맞이하도록 하자.

그리고 그중에도 더 중요하고 긴급한 것은 독립정부의 '의자'이다.

우리들의 '의자'라는 것은 조선 전민족 진보적인 '인민'들의 총의總意로서 '인민' 가운데서 뽑혀 나온 '인민'의 대표 이외에는 우리들 '의자'에 앉히지 말자.

이것이 오늘 하루 온 종일 열린 '의자' 대회의 결의사항이었던 것이다.

아닌 게 아니라 말 못하고 혈맥이 없는 한 개들의 무생물인 '의자'들까지 우리 조선의 새로운 건설을 위해서 이와 같은 결의를 하였다는 것은 확실한 '자연법칙'의 파멸이다.

그러나 이것도 우리들 사람의 힘으로서는 마지못할 한 개의 새로운 자연법칙인 데에야 어찌하랴?

끝 토 막

그러나 사람들은 여전히 예전 그대로의 '의자'들일 줄만 알고 함부로 먼저 앉아보겠다고들 모여들 들었다.

*

사람들(조선 사람들)에게 있어서는 천재일우의 기회였던 까닭이다.

사십 년 동안이나 '의자'는커녕 마루 끝에도 걸터앉아보지들도 못하던 그들인지라 새로이 준비가 되어 있는 '의자'에 앉아보고 싶은 것들은* 일종의 인정이다.

그들은 모두가 조선의 자주독립을 부르짖고 자기만이 진정하게 나라를 사랑하는 애국자라는 듯한 좁은 주관에 사로잡혀들 있다.

그러나 '의자'들 쪽에서 보면 그것은 한 개의 가련한 웃음꺼리〔喜劇〕에 지나지 아니했다.

참다웁게 새국가 건설을 위해서 민중 속에 들어가서 민중과 같이 민중의 행복을 토대로 한 '일'들을 하게 된다면 거기서 저절로 앉아지는 것이 자기에 알맞은 적당한 자기들의 '의자'일 것이다.

그러나 사람들은 산같이 쌓인 건국의 큰일은 열두 채로 밀어버리고

---

* 원문에는 '올'로 되어 있음.

520

먼저 의자에부터 앉으려고들 든다.

이러니 '의자'들이 앉혀줄 리가 없다. 여기에서 사람과 의자의 싸움이 일어난다.

새로운 자연법칙에 의한 생물 대 무생물의 투쟁은 시작되는 것이었다.

큰 기침소리들이 나면서 한 떼의 갓 쓴 노인들이 나타났다.

'갓'이라도 요사이의 갓이 아닌 아주 옛날의 테두리가 멍석만 한 것들이다.

소매가 보릿자루만큼씩한 창의*를 입고 행전**까지 치고 흰 미투리***들을 신었다. 긴 장죽을 든 노인도 있고 태극 그린 부채 든 노인도 있다. 어떤 노인은 남보자기에 누런 요강을 싸서 쭐레쭐레 흔든다.

남쪽 어디 시골에서 몰려든 유림儒林들로서 조선이 아니 대한제국大韓帝國이 독립되었다는 소리를 듣고 감추어두었던 금관자 옥관자들을 찾아서 관주머리에다 날아갈듯이 부치고서 새로 즉위하신 상감마마를 만나려보담도 승지나 참관이나 하다못해 참봉이나 첨지라도 하나 얻어 할까 해서 부리나케 나섰던 것들이다.

첫째 들어선 데가 시골 조그만 한 정거장이다. 젊은 역부들은 눈이 둥그래서 이 노인 일행을 쳐다봤다. 쳐다보다가는 더한층 입들이 벌어졌다. 노인들은 차표는 물론 안 샀지만 플랫폼에도 마치 자기들 안뜰에 들어서듯이 어정어정 '대학지도'로 들어서는 것이었다. 역부들은 물론 그들의 앞을 막았을 것이다. 그러나 노인은 큰소리 호통 호통을 하였다.

"이 괘씸한 놈 같으니라고 언감생심****이 누구의 앞을 막는 것들이냐. 우리는 상감마마를 만나뵈오러 상경하는 시골양반님들이다. 네깐 녀석

---

* 창의氅衣 : 벼슬아치가 평상시에 입던 웃옷.
** 행전行纏 : 바지를 입을 때 정강이에 감아 무릎 아래에 매는 물건.
*** 미투리 : 삼이나 노 따위로 짚신처럼 삼은 신.
**** 언감생심焉敢生心 : 감히 그런 마음을 먹을 수도 없음.

들 왜놈들 앞에서 왜말을 해가면서 심부름을 하던 왜종놈 녀석들이 에끼
이 고이한 놈들."

이 소리에 역부뿐 아니라 플랫폼 안팎에 있는 군중들이 포복절도를
하지 않은 사람이 없다.

그러나 그들은 괘씸하고 분하나 할 수 없어 차표를 샀던 것이다.

이러한 노인들이 이 의자로 모여든 것이다.

"인제야 됐소. 우리나라는 다시 예의동방禮儀東邦이 되었구료."

"그참 말쩡 머리들을 깎아놔서 다시 길러서 상투를 올리려면 여러 해
걸리겠는걸."

"그건커녕 계집년들의 몽당바리 머리를 다시 내려서 채머리를 얹으
려면 수십 년이 걸리겠소."

"인제 육조六曹*도 다시 생기겠지."

"우리가 을사乙巳년 보호조약을 받은 지 오늘 같은 오늘이 다시 올 줄
야 누가 알았겠소."

"'나는 이제 죽어도 실은 죽지 않고 기어이 구천지하에서 제군들을
돕고 말리라(泳煥死不死, 期助諸君於九泉地下)'라고 부르짖고 스스로 불을
질러 돌아가신 민충정공(閔忠正公, 閔泳煥)의 생각이 나는걸."

노인들은 이러면서 칵— 하고 가래침 한 자루를 '의자'한테 뱉었다.

가뜩이나 우습게 보고 민망하게 생각들을 하고 있던 '의자'들이 가래
침 세례까지 받고 보니 그냥들 있을 리가 없다.

"노인들 왜들 이러십니다?"

"오래간만에 앉고 싶어 그런다. 그런데 너희들보담 보로**방석이 있
어야 할 텐데—"

---

* 육조六曹 : 고려와 조선 때의 주요한 국무를 처리하던 여섯 관부官府. 이조 · 호조 · 예조 · 병조 · 형조 · 공조
** 보로 : '걸레', '누더기', '헝겊'.

의자들은 한꺼번에 큰 소리로 웃었다.

"이놈들 감히 웃다니!"

"어떻게 웃지들 않겠소. 여보 할아버지들 우리나라가 독립이 되었다는 것이 옛날 완고스럽던 때를 거꾸로 갔다가 그대로 회복해 놓는 게 아닙니다."

"아니 뭐야."

그중의 넓은 의자 하나가 참다못해서 열변을 토하였다.

"노인들 세월도 흘러가지만 역사도 흘러갑니다. 서자서아자아*로 자기들의 사리사복私利私腹이나 취하고 사색당차四色黨派와 골육상쟁骨肉相爭으로 일을 삼아서 백성들을 도탄에 빠지게 해서 기어코 나라까지 잃어버린 당신들이 그동안 무슨 꿈들을 꾸고 있다가 다시 해방이 됐다니까 이렇게 우리들을(의자들) 찾아들 오시는 거요."

"옳소." "그렇소." 의자들은 모두들 손뼉들을 치고 발들을 구르면서 악들을 썼다.

이 바람의 노인들은 혼쭐들이 빠져서 다시 시골로 도망들을 쳤다.

*

우리들은 삼천만이다. 모―두가 유구히 흘러내려오는 반만년의 역사의 문화를 가진 단군의 후예들이다. 너도 없고 나도 없는 같은 피와 같은 '얼'을 가진 한 '겨레', 한 '동포'들이다.

이러한 광고판을 높이 들고 한 떼의 신사들이 '실크 햇트'를 제쳐 쓰고 여송연을 추켜 물고서 몰려든다.

| * 서자서아자아書自我自我 : 글은 글대로 나는 나대로라는 뜻으로, 글을 읽되 정신은 딴 데 씀.

"미스터— 김, 이번 건국 기금으로 일천만 원이나 내셨다니 너무나 갸륵하이다."

"천만에 박 공朴公이시야말로 그 무식한 직공 놈들의 무리한 요구를 들어주시어서 막대한 퇴직수당까지 나누어주셨다니 그야말로 우리들 민족혼의 정화精華올시다."

"괜찮소. 신식공부 많으신 노형네들 보러 올라가시지요."

정작 '의자'들은 거들떠보지들도 않는데

그분들은 서로 의자들을 사양한다.

그러나 실상은 어떤 '의자'가 더 좋은가?

더 세력이 있고 많은 이익이 생기나? 하면서들 상혈된 눈물이 닭의 눈 모양으로 세모 네모들이 되어서 의자들은 노려보는 것들이다.

그들은 말끝마다 삼천만을 내세우지만 그들의 등 뒤에는 단 삼십 명의 민중도 따라 오지들을 않는다.

그리고 가슴에는 멍석만큼씩한 명패名牌들을 찼다.

독립당 당수黨首니 민족해방협회의장이니 뭐니 뭐니 수首 자 아니면 장長만은 꼭꼭 붙어 있는 으리으리한 명패들이다.

심지어 어떤 수염 허옇게 난 늙은 신사의 가슴에 청년회장이란 것이 달려 있는 것은 신노심불로身老心不老란 말인 듯하다. 그중에는 일점홍一點紅의 꽃다운 부인도 섞여 있었다.

그러나 그 꽃은 육십 가까운 늙은 꽃이다. 일찍 서양 갔다 온 이력履歷을 가졌고 더욱이 처음에 서양에서 돌아온 뒤에 상추쌈* 먹는 것은 야만의 풍속이다, 초장보다도 '소—스'가 문명적이다. 치마보다는 '스카—드'가 실제적이고 미술적이다, 남녀평등이니까 남편이나 아내나 다— 똑

| * 원문에는 '생치쌈'으로 되어 있다.

같이 아랫목으로 발을 뻗고 자야 한다— 하면서 대 기염을 토하던 여류 사상가였던 그다.

그러나 소위 왜놈들이 일으킨 대동아전쟁 중에는 솔선해서 몸배一를 입고 '고곳구'신민'을 외이면서 '공기'밥에 '미소시루'를 먹고 지냈다. 그러나 역시 그의 핏속에는 단순의 얼이 있었던 까닭인지 해방이 되자 다시 양장**을 하였다.

지금도 안경을 쓰고 동그랑 모자를 비스듬히 퍼머넌트 위에 얹고 뾰족 구두를 신었다. 그리고 가슴에는 역시 '부인회장'이란 명패를 늘어져 있었다.

그들은 서로 거드름을 피우면서 고담준론들을 시작했다.

"우리들은 첫째 한 뭉치가 되어야 하오."

"이러다뿐요. 덮어놓고 뭉쳐야지."

"그리고 실력을 길러야겠소."

"그렇소. 공장에서는 하루바삐 기계를 돌려서 물품을 생산하고 농촌에서는 괭이와 호미로서 전보다 열 갑절의 생산을 해야 할 게요."

"그리고 뭣보다도 재주 있고 애국심이 있는 청년들을 해외선진국에 유학을 보내야 하겠소."

"이르다뿐요. 지금 우리들에게는 우리나라를 운용해 나가기에는 너무나 실력이 부족하단 말요."

"그리고 저의 여자들에게는 제일 큰 급선무가 교육이올시다. 어두운 안방 속에나 부엌 속에서 우리들 여성을 해방시키려면 해방되어서 남자들과 어깨를 같이 하고 나라를 위해서 일할 만한 지식이 있어야 하는 것

* 고곳구こうこく[皇国] : 천황이 다스리는 나라라는 뜻으로 일본을 일컫던 말. 제2차 세계 대전에서 패전할 때까지 많이 쓰였음.
** 양장洋裝 : 옷차림이나 머리 모양을 서양식으로 꾸밈.

이니까요."

한참동안 그들의 이야기들을 듣고 있던 '의자'들은 귀들이 솔깃해졌다.

상감마마를 찾아올라오던 갓 쓴 패들보다는 훨씬 진보적이요 애국적인 것을 발견한 까닭이었다.

그래서 서로 의논들이 분분하여졌다.

"저만들 하면 우리들도 저들이 우리들을 깔고 앉아도 가만히 있어도 좋지 않을까."

"딴은 그래. 제법 나라를 위하는 충성이 □□□ 않은가? 다른 것은 그만둬도 저들이 들고 있는 광고판만 봐도 알 게 아닌가?"

"그리고 말끝마다 나라를 근심하고 □□□□ 저 할머니까지 비록 뾰족구두는 신어서 다소 눈에 거슬리기는 하지만 일천오백만의 조선 여성의 해방을 위해서 걱정을 하고 있지를 않나."

다른 여자들도 그럴사해서 고개를 끄덕거렸다.

"그래도 사람의 일이란 알 수가 없는 거야. 좀 더— 두고서 동정들을 봅시다그려."

그중 작은 동그랑 의자 하나가 고개를 갸웃하면서 말했다.

"하긴 그래. 그럼 우리 잠깐 동안 자중을 해보세."

이러면서 의자들은 더— 한층 유심히 그들의 동정을 보살폈다.

그런데 별안간 쿵쿵거리면서 한 떼의 절름발이 '의자'들이 잔뜩 흥분들이 되어서 들어온다. 그중에 매회 때의 사찰한테 내쫓겨나가다가 뒷다리가 부러진 의자 하나가 볼멘소리로 부르짖었다.

"여보슈들 어째서 당신들의 태도가 이렇게들 미적지근하단 말씀요. 우리들은 친일파나 민족반역자를 그대로 앉혀주었다는 것으로 대회에서 내쫓던 당신들이 정작 우리들을 깔고 앉았던 놈들을 바 □□고 앉힐까 말까하고 망설이다니 이건 너무나 큰 자가당착이오."

"보담도 세계정세와 국내의 현실을 모르는 무식한 행동요."

"옳소." "그렇소." 쩔뚝발이 의자들은 호통들을 한다.

여기에 놀랄 것은 '의자'들보담도 신사의 일행들이었다.

처음 말하는 쩔뚝발이 의자는 신사들을 가르치면서 강렬한 어조로서 다시 입을 열었다.

"바로 저이들이 우리들을 깔고 앉았던 사람들요. 왜놈들한테 붙어서 국책회사國策會社의 중역들을 하던 자들이 뻔뻔스럽게 저런 명패들을 가슴팍에다가 늘어뜨리고 있소."

그리고 그 뒤에 뭉게뭉게 섰던 자들은 시골에서 쫓기어 올 온 악덕지주들요. 또 우물쭈물해서 세 의자에 앉고 싶어 하는 정치적 브로커―들이오."

"그렇소." "그렇소." 다른 쩔뚝발이들도 맞장구를 쳤다. 여기에 기세를 든 처음 쩔뚝발이는

"우리들은 참을 수가 없소. 당신들이 어물어물하면 우리들이 쫓아버리리다." "자―." "자―."

쩔뚝발이 의자들이 와― 하고 내달으는 바람에 신사의 일행은 혼비백산들이 되어서 헤어져버렸다. 그 바람에 신사들의 가슴속에 품었던 종이 조각들이 떨어졌다.

처음 쩔뚝발이 의자가 그 종이 조각들을 주워서 의자들 앞에 내던지며

"자― 보시오. 이것들이 뭔지?" 하면서 스스로 분을 참지 못해서 씨근거렸다.

의자들이 그것들을 집어서 보니 어느 회사를 접수하겠다느니 어느 어장漁場을 경영하겠다거니 하는 것들 따위였다.

"뻔뻔스러운 녀석들 같으니. 저이들 때문에 우리들이 '의자'의 세계

에서 제의를 당했는데 저이들은 여전히 일본기 대신에 태극기를 휘두르면서 뭐니뭐니 한다."

처음 쩔뚝발이 의자의 목소리는 점점 더 비분하여진다.

"여보슈들. 우리들은 조금도 우리들이 이렇게 쩔뚝발이가 된 것을 원망하지는 않소. 우리들 '의자'는 적어도 그만한 양심이 있소. 그러나 다만 마지막으로 쩔뚝발이 안 된 여러분 건전한 의자들에게 새 조선의 튼튼한 바탕이 될 의자들에게 충고 겸 주의를 해드리는 것이요.

정말로 당신들이 앉혀도 좋다고 생각하는 사람들은 지금 민중 속에서 민중들과 같이 새나라를 이룩하노라고 '의자'에 앉을 생각은커녕 '의자'가 뭣인지도 모를 만치 무아몽중*들이 되어 있소."

이 소리에 모—든 성한 '의자'들도 "옳소, 우리들이 잘못했소. 인제는 조심을 하리다." 하면서들 거의 울 듯이들 되어서 악들을 썼다.

쩔뚝발이 의자들은 적이 안심이 되는 듯이 돌아들 섰다. 그러나 저이들도 모르는 사이에 한 조각 적막들을 느끼었다. 중중거리고 쩔뚝거리고 나아가는 그들의 발자국마다 과거를 뉘우치는 뜨거운 눈물이 고였던 것이었다.

*

그 뒤부터 그들 '의자'들은 더— 한층 일치단결해서 대회에서 결의한 인민의 총의로서 인민 속에서 선출된 인민의 대표들을 맞아들일 준비를 단단히 하였다.

그러나 아직까지 그들의 소식은 묘연하다. 쩔뚝발이 말마따나 그들

---

* 무아몽중無我夢中 : 자기를 모르고 꿈속에 있는 것 같다는 뜻으로, 마음이 외곬으로 쏠리거나 넋을 잃어 자기도 모르게 행동하는 지경을 이르는 말.

은 의자에 앉을 생각보다도 인민들과 같이 인민의 행복을 위해서 싸우고들 있는 것인 모양이다.

　단풍이 시들고 백설이 흩날린다.

　그러나 기다리는 그들의 소식은 없다.

　그래도 의자들은 더— 한층 침착하게 결속을 하고 그들의 주인을 기다리고 있는 것들이었다.

—《신문학》, 1946년 4월

송영 문학에
대한 재조명

_박정희

1. 송영의 문단활동과 그 지위

　송영宋影(본명 송무현宋武鉉, 1903년~1979년)의 문단활동은 초기 계급문학운동의 성립과정에서부터 시작한다. 그의 문학에 대한 관심은 1917년 배재보고에 입학해 학우들과 간행한 학생회람 잡지《새누리》에서 시작되었으며, 이러한 활동은 이후 '염군사'를 조직하는 기반이 되었다. 3 · 1 운동을 겪고 학업을 중도 포기한 그는 운송부의 잡역부로 취직하여 노동자 생활을 하게 된다. 그의 노동자 생활은 동경으로까지 이어지며, 1922년 겨울에 귀국해 제약 공장의 공원으로 근무하면서 이적효 · 이호 · 김홍파 · 박세영 등과 '염군사'라는 문학단체를 구성하게 된다.

　'무산계급 해방문학의 연구와 운동'이라는 강령 아래 염군사는 당시 사회운동 단체 가운데 동경에서 조직된 북성회의 국내 조직인 북풍회의 지원 하에서 사회주의 사상의 유포 활동에 참여하는 한편으로 잡지《염군》의 창간호를 간행함으로써 우리나라 최초의 사회문화운동의 조직체로 탄생하게 된다. 그러나 염군사의 활동은 일제의 탄압에 의해 구체적인 성과를 거두지 못하지만, 주지하다시피 이후 1925년 8월에 박영희·김기진·이상화 등이 주축이 된 '파스큘라'와의 통합을 통해 조선프롤레타리아예술동맹KAPF으로 거듭나게 된다. 이 과정에서 송영은 염군사의 조직과 파스큘라의 통합을 위해 박영희·김기진에게 요청하고 조직적인 실천 활동을 제안한 '산파 역할'을 한 것으로 알려져 있다.

송영은 카프 결성 이후 잡지 《조선문예》,《문학창조》,《집단》 등의 편집에 간여하였으며 아동문학부에서 간행한 《별나라》에 박세영과 함께 참가한 바 있다. 그러나 카프의 결성에 중대한 역할을 자임했던 송영의 활동은, 카프가 문단에 구체적으로 모습을 드러낸 1926년 12월의 조선 프로예맹 조직과 강령 규약 중 동맹원과 위원의 명단에 그의 이름은 확인되지 않다가, 1930년에서야 비로소 카프 서기국의 책임자로 임명된다. 그 까닭은 파스큘라 계열의 박영희·김기진 등이 주도권을 쥔 초기 계급 문단에서 그 존재를 제대로 드러내기 힘들었기 때문이며 이후 그의 역할은 재부상하고 있었던 것이라고 추측해볼 수 있다. 송영의 이러한 행적과 관련된 사항은 카프의 성립과 이후의 전개에 있어 염군사 멤버들의 역할과 의미의 측면에서 더 밝혀져야 할 연구에 해당하는 것일 만큼 중요한 과제이다.

한편 송영의 계급문단에서의 본격적인 창작활동은 1925년 《개벽》지 현상공모에 3등으로 당선된 소설 「늘어가는 무리」로부터 시작된다. 소설로 시작된 그의 작품활동은 1927년 희곡 「모기가 없어지는 까닭」을 발표하면서 연극운동에 대한 남다른 관심을 보이는 한편 이후 소설과 희곡 창작을 동시에 해나간다.

카프 2차 검거사건 때 피검된 후 집행유예로 풀려난 송영은 서울 교외의 소학교에서 교편을 잡고 그러한 경험을 바탕으로 계급문학에 대한 그의 신념을 꾸준히 소설로 발표한다. 1936년 「희곡 작법」을 발표하고 1937년 중앙무대를 중심으로 중간극의 창작과 공연에 힘쓰며, 연극전용 극장인 동양극장 문예부장을 하면서 극작활동을 적극적으로 한다. 이 시기 왕성한 극작활동과 함께 소설 창작도 꾸준히 한 것을 알 수 있다.

　송영은 1940년대 접어들어서부터 해방이 될 때까지 이른바 '국민연극'을 위시한 친일극을 창작한 것으로 되어 있다. 송영의 이른바 친일극에 대한 연구는 최근 연구의 쟁점 사항이기도 한 바, 한 가지 명확한 것은 해방 후 문단의 재편성이 이루어지던 상황에서 송영은 북한에서 조선 프롤레타리아문학동맹을 결성했으며 이후 북한문단에서 역사극과 혁명가극의 초석을 다지는 활동과 정부의 요직을 맡아 활동한 사항 등을 고려할 필요가 있다는 것이다.

2. 송영 소설의 특징

　임화는 1936년 송영의 문학을 평가하면서* 초기 계급 문단, 즉 신경향파 문학의 전개과정에서 그 위치를 자리매김한 바 있다. 임화는 "신경향파 자체 내에 점하고 있는 각개의 '크럽'과 내지 개인의 지위와 역할에 대한 정당한 평가"에 있어 송영과 그의 문학은 "차지해야 할 영예 있는 지위"가 있다고 말했다. 임화가 염두에 둔 것은 계급문단의 형성과정에서 염군사의 역할과 지위에 대한 재평가이며 그것은 동시에 송영 문학의 자리매김의 필요성이라고 볼 수 있다.

　잘 알려진 바대로 임화는 신경향파 문학을 최서해 · 이기영의 '사실

| * 임화, 「평론가로서 작가에게 보내는 편지─외우 송영 형에게」, 《신동아》, 1936년 5월.

적 경향'과 조명희 · 박영희의 '낭만적 경향'의 두 가지 계열로 설명한 바 있다. 임화는 송영의 소설을 후자의 계열에 올려놓는다. 그 시기 송영의 소설이 노동자의 삶을 형상화하고 있다는 점에서 '리얼한 경향임에도 불구하고' 낭만주의적 결함을 노출하고 있다는 점에서 후자의 계열에 속한다는 것이다. 그러나 임화는 이렇게 비판하면서도 그 시기 아직 본격적으로 논의되지 않은 '조직적 운동'의 차원을 다루었다는 점에서 기념비적이라는 평가를 더하고 있음은 주목할 만하다.

한편 임화는 27년 이후, 즉 이른바 방향 전환을 거치면서 최서해, 박영희, 조명희가 사라진 이후의 계급 문학은 민촌의 '사실'과 송영의 '극도의 낭만'이 전형적으로 대립한다고 설명하고 있다. 극작과 관련해서는 김영팔의 희곡이 최서해 소설 계열이라면, 송영의 희곡은 조명희 소설의 낭만적 계열에 대응하는 위치라고 설명한다. 이 시기 송영의 희곡은 '소설에서 발견할 수 없었던 놀랄만한 풍자적 수단'이 내재해 있는 특징적 요소를 발견할 수 있다.

이러한 임화의 송영 문학에 대한 평가는 1936년 시점에 이루어진 것이고, 그것도 송영의 초기 소설에 국한되어 있으며 극작가로서의 성과에 더욱 주목하고 있다. 송영이 프로문학 내에서 차지하는 극작가로서의 위상에 대해서는 이론의 여지가 없는 듯하다. 그리고 송영은 1936년 이후 본격적으로 극계劇界로 진출하여 극작활동에 전념하게 된 것은 사실이지만 그가 소설 창작을 그만둔 것은 아니다. 따라서 그가 극계활동 이후에도 지속적으로 소설을 발표했음은 소홀히 할 수 없다.

여기서 송영 문학의 본령이 소설인가 극작인가, 라는 선택적 질문은 송영 문학 세계의 전체에 대해 올곧은 답을 얻을 수 없다. 따라서 송영의 문학세계에 대한 이해는 소설과 희곡을 모두 아우르는 관점으로부터 시작되어야 한다.

노동현실의 구체성과 계급투쟁의 전면화

송영의 소설세계는 그 내용적인 측면에서 다음과 같은 특성이 있다. 먼저 초기의 소설은 계급투쟁의 관점에서 노동자의 삶과 운동의 양상을 다루고 있다는 점이다. 「늘어가는 무리」, 「용광로」, 「선동자」, 「석공조합 대표」, 「석탄 속의 부부들」 등에 형상화되어 있는 노동 현장과 노동자들의 삶은 매우 구체적이다. 이러한 구체성은 작가 자신의 노동자 체험을 바탕으로 전개된 것으로, 그 체험의 형상화는 노동 계급의 삶과 계급적 투쟁의 필요성에 대한 당대적 인식을 바탕으로 이루어진 것이다.

한편 노동자들의 삶에 대한 관심은 몰락하는 농민 계층과의 연대적 투쟁에 대한 문제로 다루어지기도 한다. 「군중정류」, 「지하촌」, 「호미를 쥐고」, 「오전 9시」 등에서 농민 계층의 투쟁성을 다루고 있다. 송영은 농민 계층의 문제를 다루면서 착취와 피착취의 현실 모순을 상세하게 그리기보다는 그러한 모순을 타파하기 위해 쟁의를 통한 농민 투쟁의 모습을 집중적으로 다루었다.

송영의 이러한 초기 소설은 이북명 등과 함께 노동자 문학의 한 축을 담당하고 있다. 그런데 그의 소설에 형상화되어 있는 계급적 인식은 본격적인 방향 전환의 이론적 모색이 이루기 전에 이미 조직적 투쟁을 바탕으로 하고 있다는 점 또한 주목할 만하다. 그것은 그의 일본에서의 노동자 체험에서 체득한 것이라고 추측해볼 수 있다. 조합과 동맹을 통한 주인공들의 활동이 주로 묘사되고 있다는 점에서 그러하다.

송영의 노동자 문학은 전문적인 이론가나 지식인의 매개를 통한 투쟁운동의 양상보다 어디까지나 노동자 자신이 주체인 모습을 그리고 있다는 점이 특징적이다. 다시 말해 노동자 자신의 문제에 대해 직접적인 체험을 바탕으로 연대하여 조직적으로 투쟁하는 양상이다. 이러한 특징은 무산 계급의 개별 주체에 대한 인식으로 확대되어 나타난다. 그것은 이른바 노동자 계급의 '투쟁운동'과 인간의 생리적 욕망을 포함한 개인적 '사랑'의 문제를 궁극적인 목적 속에 통합해서 다루고 있다는 점에서 그러하다. 「선동자」의 이필승과 K선생, 「용광로」의 김상덕과 일본 여자 이마무라 기미고, 「우리들의 사랑」의 영노와 용희, 「백색여왕」의 주홍기와 외국여자 리지야 등에서 그려지고 있는 노동자의 투쟁운동과 '사랑'의 역학관계는 이른바 '붉은 사랑'의 동지적 결합을 지향하고 있다. 송영 소설 속 남녀 주인공들의 연애의 서사는 정치투쟁으로 경직된 카프문학 노선의 한계를 극복할 수 있는 대안으로 평가할 만한 사항이다.

이러한 송영 소설의 두 축인 투쟁운동의 서사와 사랑의 서사의 결합에서 주목할 만한 또 하나의 특징은 바로 '계급문학의 국제주의적' 시각이다. 조선인 남성 노동자 주인공의 연애 대상이 내지인은 물론 외국인까지 자연스럽게 그려지고 있다는 점에서, 우리는 송영의 계급과 민족의 문제에 대한 인식을 살필 수 있다. 방향전환기 카프 작가의 작품에서 계급과 민족의 문제가 어떻게 인식되고 형상화되었는가 하는 문제는 계급문학 연구의 또 다른 중요한 사항에 해당하는 것인 바,* 이 문제를 가장 폭넓게 다루고 있는 작품을 꼽으라면 단연 송영의 소설이 독보적이라는 점을 확인할 수 있다. 앞서 노동자들의 '사랑'의 서사를 담고 있는 소설을 포함해서, 일본 동경 교외의 철공장을 배경으로 하여 조선인 노동자들이 겪는 민족적 차별과 계급적 갈등을 형상화한 「용광로」, 일본 광산에서 일하는 조선인 노동자와 일본인 노동자의 민족 차별로 인한 패싸움과 그것을 극복하는 대안으로 제시되는 계급적 연대감의 결말을 그린 「교대 시간」, 영국의 지배를 받고 있는 인도의 역사적 조건을 소설적 배

---

* 김성수, 「일제강점기 사회주의문학에 나타난 민족 및 국가주의」, 『민족문학사연구』24, 2004년.
　유문선, 「카프 작가와 프롤레타리아 국제주의」, 『민족문학사연구』24, 2004년.

경으로 하여 조선인 노동자와 인도 병사의 계급적 연대의 가능성을 그린 「인도 병사」 등이 이에 해당한다.

투쟁정신의 간접화와 사제師弟관계의 구조

한편 송영의 2차 검거 사건과 석방 이후 창작된 소설은 초기의 노동자 문학의 투쟁성은 소설의 전면에서 물러나고 그 자리에 지식인의 삶이 형상화된다. 이 시기 소설의 주인공은 대부분 교사라고 해도 과언이 아니다. 초기의 노동자들의 투쟁성의 직접적 형상화가 지식인 교사의 모습으로 바뀌지만, 주인공의 계급의식이 약화되거나 사라지는 것은 아니며 오히려 내적으로 강화되는 경향을 보인다. 이른바 객관적 정세의 약화로 인한 송영 소설의 표면적인 변화는, 계급적 인식의 소설적 형상화가 학교와 야학교습소라는 공간을 주로 배경으로 하고 있다는 점이다. 여기에 해당하는 작품은 작가 자신의 소학교 교원 체험을 바탕으로 하고 있다는 점도 고려되어야 할 것이다.

「야학 선생」, 「그 뒤의 박승호」를 거쳐 「월파 선생」, 「'솜틀거리'에서 나온 소식」, 「음악 교원」, 「문서」 등에서 이른바 '주의자'들은 감시의 시선 하에서 간접화된 방식으로 운동을 실천하고 있다. 그들 운동의 구체적인 모습은 소설 공간에서 확인할 수 없거나 심지어 등장하지도 않은 채 투옥되어 있거나 국외자의 모습으로 그려진다. 하지만 그렇다고 주의자들의 계급적 인식이 약화되는 것은 아니다. 계급의식의 간접화 방식은 사제師弟관계의 구조로 이루어져 있는 것이 특징적이다. 소설의 전개공간에서 '스승'은 직접 출현하지 않고 대신 스승의 뜻을 잊지 않고 따르려는 '제자'의 의지가 재확인되는 방식이다. '스승'의 모습은 '주의자'로서 멀리 떠나가 있는 남편이거나 투옥되어 있는 '교사'들이며, '제자'의 모습은 아내이거나 학생들이다.

한편 이러한 사제관계의 변형된 또 다른 구조는 '부자관계'나 신구세대의 대립 관계로 드러나기도 한다. 「아버지」에서 아버지 서 주사와 아들 만식이의 대립, 「월파 선생」에서의 구세대 월파 선생과 젊은 '박 선생'의 대립 등이 그것이다. 이러한 소설에서 서술은 아버지나 구세대에 모아져 있으며 아들이나 젊은 세대는 이른바 '주의자'들로 서사의 전개 과정 속에서 관찰되거나 간접적으로 그려질 뿐이다. 그러나 아들 세대의 '주의자'들의 이념은 구세대 아버지들의 반성을 이끌어내며 서로간의 이해를 바탕으로 화해를 지향한다.

이러한 송영 소설의 특징은 이른바 '검거 사건' 이후 다른 카프작가들의 많은 경우와 같이 '후일담'에 머물지 않고 이념의 지속성을 제시하고 있다는 점에서 구별된다. "압수되는 소설", "말썽나는 소설"(「아버지」)만 써서 지금은 감옥에 구금되어 있지만 오히려 이러한 상황은 감옥 밖의 다른 사람들에게 반성의 기회와 화해를 가능하게 하는 것이 될 수 있다는 것을 보여주고 있다. 따라서 송영 소설의 이러한 사제관계 구조와 형상화의 효과를 고려할 때, 1930년대 중반 이후 송영의 문학이 통속화되었다는 그간의 부정적인 평가는 재고되어야 할 것이다.

3. 송영 문학 : 소설이냐 희곡이냐의 문제

송영의 소설 창작은 1940년까지 지속적으로 이루어지고 있으며, 아울러 희곡 창작도 이루어진 것이다. 그간에 송영 문학에 대한 논의는 소설에서 희곡으로의 '전향'으로 다루어졌으며,* 소설의 성과보다 희곡의 성과에 더 초점이 맞춰져 있었다.**

그러나 본격적으로 극작활동을 하면서도 소설은 지속적으로 발표하고 있었던 점을 도외시할 수 없다. 왜냐하면 한 작가의 창작활동에서 장르의 선택은 그 나름의 이유가 있을 터이며, 송영과 같이 지속적으로 소설과 희곡을 동시에 발표한 작가의 경우 그것은 더욱 중요한 사항에 해당한다.

송영의 초기 소설의 경우 그 형식적 측면에서 보자면 아주 독특하다. 다분히 도식적인 구성을 취하고 있지만 송영 자신만의 정형화된 창작기법이라는 점에서 주목을 요한다. 몇몇 연구자들이 송영 소설의 구조적 특징을 묘사의 상투성, 원근법에 의한 인물의 설정 등으로 설명한 바 있지만, 그러한 특징은 '소설적'이라기보다 오히려 '희곡적'이라고 설명하는 것이 더 타당하다고 여겨진다.

송영의 소설 구성방법은 서두에서 작품의 배경공간에 대한 설명이 제시되고 이어 등장인물에 대한 내용이 서술되는 순서를 취한다. 그리고 서사의 전개는 설정된 공간적 상황에서 펼치는 인물의 행위에 초점을 맞추어 이루어진다. 이러한 구성과 서술은 희곡적 구성과 흡사하다. 인물의 행위에 초점을 맞추어 진행되는 서술에서 객관적 현실과 내적인 갈등에 대한 적확한 묘사보다는 인물의 영웅적 활동에 대한 형상화에 초점이 맞추어질 수밖에 없다.

앞잽이 모봇를 그리기 위해서 생생한 제 사실이 부수되어 있는 것이 아니라 거꾸로 생생한 제 사실을 그리는 데 앞잽이 류의 개인(즉 집단의 한 사람)이 끼어 있을 뿐이다. 이렇기 때문에 전에는 길에서 기름 묻은 옷을 입고 지나가는 노동자를 보고 그를 중심 삼아가지고 연기 안 나는

* 이영미, 「송영의 전향에 대한 분석」, 『한국언어문학』, 한국언어문학회, 2007년.
** 부록에 첨부한 그간의 송영 문학 연구논문 목록 참고.

□□이나 배불뚝이들의 술 먹는 장면 같은 것을 끌어다가 잡아놓았다. 그러나 각자의 큰 사실을 전체적으로 취급하되 오히려 바틋하게 줄여놓는다. '개인'을 개인으로 취급하는 것을 이제는 개인을 집단의 일원으로 취급하려는 것이 그동안 변해온 것이다.*

위에 인용한 대목은 1934년에 '창작의 태도와 실제'라는 기획에서 송영이 한 말이다. 송영은 여기서 자신이 그동안에 쓴 소설에 대해 비판을 가하면서, '개인을 개인으로 취급하던 것을 이제는 개인을 집단의 일원으로 취급'하려 노력한다는 창작방법론을 피력하고 있다.

송영의 단편소설은 한 인물의 영웅적 행위를 강렬하게 묘사하고 있다. 그러한 영웅적 인물은 송영의 표현대로 '앞잡이'들이다. '앞잡이'로서의 영웅적인 면모를 강렬하게 묘사하기 위한 방법으로 채택되는 것은 '연설과 웅변의 수사학'이다. 송영 소설의 인물은 많은 군중 앞에서 연설하는 자신의 모습과 군중들의 뜨거운 반응을 상상하는 가운데 희열을 느낀다. 그리고 「군중정류」, 「용광로」 등에서처럼 실제 그러한 연설을 실행함으로써 인물의 영웅적 면모를 강렬하게 만든다. 따라서 송영의 초기소설의 세계가 목적한 바는 투쟁운동의 강렬성을 얼마나 효과적으로 보여주는가에 있다고 할 수 있다. 이러한 강렬성은 사상과 인물이 뿜어내는 낭만성으로 더욱 고양되는 측면이 있다고 하겠다.

그러나 송영은 자신의 초기 작품에서 보인 낭만성과 관념성을 반성하면서 '개인을 집단의 일원으로' 형상화하겠다는 창작방법론을 제시하기에 이른다. 단편소설을 주로 창작한 송영의 소설에서 이러한 창작방법을 확인하는 것은 사실 힘들다. 그러나 여기서 중요한 점은 송영 소설의

| * 송영, 「창작의 태도와 실제 : 1934년 문학건설─현실의 본질을 파악(2)」, 《조선일보》, 1934년 1월 2일.

한계를 지적하는 것보다 '앞잡이'를 어떻게 다룰 것인가라는 문제가 그의 소설의 핵심문제라는 점을 알아차리는 것이 그의 문학을 이해하는 데 훨씬 유용하다는 점이다. 이러한 점은 그의 희곡 창작과의 관련 속에서 살필 때 더욱 특징적이다.

송영의 초기 소설은 앞서 살핀 대로 노동자 계급의 삶을 다루면서 '앞잡이'를 중심으로 노동자들의 투쟁에 초점이 맞추어져 있다. 다르게 말하면 그의 소설에서는 착취 계급, 즉 부르주아의 삶의 모습이 구체적으로 묘사된 작품은 드물다. 송영 소설에서 부르주아 계급에 대한 묘사는 극히 부분적으로 다루어지거나 서술되어 있지 않은 경우가 많다. 따라서 송영 소설에서 그려지는 착취와 피착취의 구조 혹은 노동자 계급과 부르주아 계급의 대립 양상이 모순적 현실에 대한 인식과 형상화에 있어 미흡하다고 하는 평가는 타당하다고 할 수 있다. 하지만 이러한 평가는 송영 문학의 한 측면만을 본 결과에 불과하다.

왜냐하면 송영의 문학활동에서 소설과 희곡은 상호보완적 관계에 있음을 알 수 있기 때문이다. 여기서 상호보완적 관계라는 의미는 앞서 말한 구성적 측면의 닮은 점을 포함하는 동시에 송영의 계급문학적 특징을 온전하게 바라볼 수 있는 시각을 확보할 수 있다는 것을 말하는 것이다. 다시 말해 송영의 계급문학 전모를 파악하기 위해서는 소설이 담당한 것과 희곡이 담당한 부분을 상호 보충해야 한다는 것이다. 이는 보다 깊게 논의되어야 할 연구주제에 해당하는 것인바, 송영의 소설이 노동 현장과 노동자의 운동 투쟁을 집중적으로 형상화했다면, 그의 희곡은 소설에서 다루지 않은 부르주아 계급의 속성을 집중적으로 다루고 있다. 다시 말해 송영 희곡의 주요 내용은 부르주아 계급에 대한 통렬한 풍자인바, 소설이 다루는 바와 희곡이 다루는 바를 짝패로 읽을 때 송영 계급문학의 전모全貌를 파악할 수 있는 것이다.

희곡 「정의와 칸바스」(1929년 5월)는 부르주아 계급을 대표하는 동경 유학생의 위선과 허위의식을 비판하고 있으며, 「일체 면회를 거절하라」(1930년 1월)는 방직회사 사장실을 무대로 토착 부르주아 계급의 부도덕과 허위를 풍자하고 있고, 「호신술」(1931년 9월)은 공장 경영자가 노동자들의 데모에 대처하기 위해 호신술을 배우면서 벌어지는 희극적 장면을 연출하고 있다. 그리고 어느 소도시의 산림회사 이사장의 취임식을 둘러싼 내용을 다루면서 연설 도중 이사장이 자기 입으로 회사의 비리를 공개하고 마는 장면을 통해 지배 계급을 풍자한 「신임 이사장」(1934년 4월), 구세대의 무지와 우매함을 유머러스하게 다룬 「황금산」(1936년 11월), 고등 룸펜들이 벌이는 가짜 사장 소동을 통해 돈과 지위를 추구하는 인간 세태를 통렬하게 풍자한 「가假사장」(1937년 1월). 이처럼 송영의 희곡은 그의 소설에서 다루는 노동자의 투쟁보다 지배 계급의 허위의식을 때로는 통렬하게 때로는 희극적으로 비판하는 내용을 다루고 있다.

이렇게 볼 때 식민지 시기의 송영 문학에서 희곡과 소설이 담당하고 있는 역할은 달랐다는 점을 알 수 있다. 희곡에서 다루고 있는 부르주아 계급의 허위의식에 대한 신랄한 공격 또는 풍자의 장면과 소설에서 형상화하고 있는 노동자 '앞잡이'들의 구체적 현실과 투쟁의 모습을 다룬 장면을 포개서 바라볼 때, 식민지 시기 송영 문학이 프로문학으로서의 진면목을 보여준다고 할 수 있다. 이런 점에서 해방공간에서 우화와 풍자의 형식으로 창작된 「의자」(1946년 4월)는 송영 문학에서 희곡과 소설의 지향점이 일치한 작품에 해당한다고 할 수 있겠다.

4. 송영 문학의 문학사적 의미

송영의 문학이 "우리 조선의 진보적 문학, 예술운동의 역사 가운데서 반드시 차지해야 할 영예 있는 지위"를 가졌다는 임화의 말을 빌리지 않더라도, 송영 문학이 차지하는 문단사적 지위와 그 가치를 고려할 때 그간 송영의 문학활동에 대한 조명은 소홀한 편이었다.

그간 송영 문학에 대한 관심은 소설, 아동문학, 희곡 등의 다양한 문학활동에도 불구하고 극작가로서의 면모에 편중되어 있음이 사실이다. 이것은 송영 문학의 다양한 면모, 그 가운데 특히 그의 수많은 소설작품을 고려하지 않은 평가라는 면에서 송영 문학의 한 부면만을 다룬 한계를 지니고 있다. 한 작가의 작품세계에 대한 이해는 그의 다양한 창작활동을 포괄하는 연구여야 한다.

송영의 식민지 시기 소설 창작은 1940년까지 발표 편수의 차이는 있지만 거의 한 해도 거르지 않고 40여 편이 넘게 이루어졌으며, 극계劇界에 본격적으로 진출하고서도 꾸준히 이루어졌다. 그러므로 그간에 극작가 송영으로 연구되어온 편중은 소설가로서의 송영에 대한 연구를 포함시킬 때 올곧은 송영 문학에 대한 이해와 평가가 이루어질 수 있을 것이다. 그리고 송영 문학의 이러한 특이성은 소설과 희곡 작품 간의 장르 선택과 교섭이라는 연구주제를 포함하고 있다는 점에서도 주목할 필요가 있다.

최근에 일제 말기 송영의 이른바 '국민극' 창작활동에 대한 연구는 활발히 진행 중이다. 카프의 대표적인 작가이면서 해산에서도 끝까지 조직의 유지를 주장한 이른바 '비해소파'로서의 송영. 해방 후 북한에서의 부단한 극작활동과 정부의 요직을 역임한 송영. 송영의 이런 면모를 고려할 때 그가 일제 말기에 창작한 일련의 '국민연극'들에 대한 평가가 최근에 와서야 이루어지고 있다는 점은 그간의 연구자들의 곤욕스러운 바를 이해할 수 있게 한다. 오랜 기간 지배해온 저항이냐 협력이냐의 이분법적 접근을 넘어서기 위한 탈식민주의적 방법론들이 한편으로 시도되면서 최근에 이에 대한 연구가 활발해질 수 있었다.

식민지 시기 송영의 소설과 비평을 검토한 사람이라면 송영이 프로작가들 가운데 이기영과 한설야와 각별한 관계에 있었다는 점을 알아차릴 수 있다. 여기서 '각별하다'고 하는 것은 작품의 차원에 해당하는 것이다. 송영이 남긴 평론들 가운데 그가 주목하고 높이 평가하는 작가로는 홍명희, 이기영, 한설야, 윤기정, 유치진 등이 있는데, 특히 「창작의 신주제─특히 시대의 우울에 대하여」(1936년)에서와 같이 '우울'한 시대를 견디고 대응하는 양심 있는 작가로 이기영과 한설야를 꼽고 있다. 이러한 '각별한' 관심은 이기영의 「박승호」(1933년 1월)의 내용을 비판적으로 계승하여 「그 뒤의 박승호」(1933년 7월)를 창작하는 것으로 나타났으며, 한설야의 「이녕泥濘」(1939년 5월)을 염두에 두고 「이녕泥濘」(1939년 8월)을 창작했다.

카프 내부의 창작방법 모색기에서 이기영의 「박승호」가 자기 삶에 대한 회의 속에서 자기 정립의 새로운 결의를 보여주자, 송영은 이에 「그 뒤의 박승호」라는 작품으로 '박승호'가 조합 결성이라는 구체적인 실천으로 나아감을 보여주었다. 그리고 암흑기에 한설야가 「이녕」에서 작가 자존심의 회복을 긍정했다면, 송영은 이에 「이녕」에서 신념과 생활 사이의 갈등 속에서 생활에의 타협이라는 문제를 보다 밀도 있게 형상화하여 한설야가 고민한 문제와 함께하려고 했다.

이러한 일련의 작품을 통해 송영은 동시대의 작가들과 그들 작품이 가진 문제의식을 줄곧 공유하려고 했음을 알 수 있다. 이러한 점은 카프 해체 이후의 송영 문학의 행방을 이른바 '극계로의 전향'이라고 일갈하거나 현실과의 '타협'이라고만 설명하는 그간의 논의를 보다 면밀하게 재고하게 하는 것이며, 또한 해방 후 북한에서의 활동까지를 포함하는 논의를 가능하게 하는 지점으로 볼만하다고 여겨진다.

결론적으로 말하면 송영은 식민지 시기 계급문학운동의 성립과정에 적극적으로 관여한 바 있으며, 그의 창작활동은 계급문학의 전개과정 전반에 걸쳐 있고 해방 이후 북한문학에까지 지속되어 있다. 송영 문학에 대한 논의는 계급문학의 성립과 전개과정에 대한 연구를 포함하며, 식민지 문학과 해방 이후 문학사의 연속성에 대한 연구이다. 그리고 송영 문학은 북한문학사를 포함한 통일문학사의 구상이라는 폭넓은 문제를 담고 있는 대상이라는 점에서 중요한 존재이다.

1903년(1세) 서울 서대문 오궁골에서 5월 24일 태어나다. 본명 송무현宋武鉉. 아호雅號 송영宋影. 이후 송동양, 앵봉산인, 앵봉생, 석파, 수양산인, 은구산 등의 필명 으로 활동하다.

1917년(15세) 배재보고 입학. 박세영·이용곤(송영의 처남)과 더불어 소년문예구락 부를 조직하고 잡지 《새누리》를 간행하다. 이 무렵 『수호지』, 『홍루몽』 등의 중국고전과 괴테, 투르게네프, 고리키, 졸라 등의 서양 소설을 탐독하다.

1919년(17세) 3·1운동에 참가한 뒤, 집안 형편으로 배제보고를 중퇴하고 잡역으로 생활에 뛰어들다.

1922년(20세) 일본으로 건너가 유리공장 견습공 등 노동자 생활을 하다. 재일조선노 총의 김종범·손필원·안광천 등을 만나 사회주의 사상을 접하다.

1923년(21세) 귀국 후 이적효·김두수·이호·최승일·김영팔 등과 함께 국내 최초 의 사회주의 예술단체인 '염군사'를 조직하고 잡지 《염군》 간행을 계획하다. 《염군》1호에 처녀작 「남남대전男男大戰」을 발표하였으나 발매 금지되다.

1925년(23세) 《개벽》지 현상공모에 소설 「늘어가는 무리」(필명 송동양)가 3등으로 당선되어 등단하다. '조선프롤레타리아 문학예술동맹(KAPF, 1925년 8월 24 일)'의 결성에 참여하다.

1926년(24세) 《개벽》에 소설 「선동자」, 「용광로」를 발표하다.

1927년(25세) 《예술운동》에 첫 희곡 「모기가 없어지는 까닭」을 발표하다.

1929년(27세) 카프의 준기관지인 《조선문예》의 인쇄 책임자로 활동하다.

1930년(28세) 카프 서기국 책임자로 활동하다.

1931년(29세) 《문학창조》를 주재하다. 카프 1차 검거 사건 때 피검되다. 희곡 「호신 술」과 「일체 면회를 거절하다」를 발표하다.

1932년(30세) 카프 산하 극단 '메가폰'에서 「호신술」을 공연하다.

1934년(32세) 카프 2차 검거사건 때 피검 이후 집행유예로 풀려나면서 사회활동에 극심한 제약을 받게 되다.

1936년(34세) 「희곡작법」을 발표하다.

1937년(35세) 연극전용 극장인 '동양극장' 문예부장으로 있으면서 극작활동을 활발

히 하다. 잡지《동극》의 편집을 맡았으며, '중앙무대' 창립공연으로 「바보 정
두월」을 발표하다. 희곡 「황금산」 발표하다.

1942년(40세) 평론 「국민극의 창작」을 발표하다. 제1회 연극경연대회에 나웅 연출의
「산풍」(3막5장, 청춘좌)을 출품하다.

1943년(41세) 제2회 연극경연대회에 나웅 연출의 「역사」(4막, 예원좌)를 출품하다.

1945년(43세) 제3회 연극경연대회에 한노단 연출의 「달밤에 걷던 산길」(극단 성군)
을 출품하다.

1946년(44세) 김영팔과 월북하여, 북조선 문학예술총동맹의 중앙상무위원, 흥남지구
화약공장의 흥남예술위원장직을 맡아 활동하다.

1947년(45세) 희곡 「인민은 조국을 지킨다」(3막 7장)를 발표하다.

1952년(50세) 한국전쟁 기간에 종군작가로 활동했으며, 희곡 「그가 사랑하는 노래」
를 발표하다.

1953년(51세) 김일성 항일무장투쟁 전적지 조사단에 참가하다. 역사극 「강화도」를
발표하다.

1956년(54세) 전적지 답사내용을 토대로 쓴 『백두산은 어데서나 보인다』를 간행하다.

1957년(55세) 56년 겨울 조선문화대표단으로 월남을 방문하고 기행문 형식으로 쓴
『월남일기』(조선작가동맹출판사, 1957년 11월)를 간행하다. 제2기 최고인민
회의 대의원, 조국전선 중앙위원에 임명되다.

1958년(56세) 「백두산은 어데서나 보인다」를 「밀림아 이야기하라」로 각색하여 발표
하다. 이 작품으로 초대 인민상 계관인이 되다. 이 작품은 북한 혁명가극의
기초적인 토대를 마련한 작품으로 평가되며, 북한의 5대 혁명 가극의 하나로
꼽힌다.

1959년(57세) 대외문화연락 위원장으로 임명되다. 희곡집 『불사조』(조선작가동맹출
판사, 1959년)를 간행하다.

1961년(59세) 제4차 노동당 중앙검사위원, 조국평화통일위원회 상무위원으로 활동
하다.

1963년(61세) 『송영선집』을 '조선문학예술총동맹출판사'에서 간행하다.

1967년(65세) 제4기 최고인민회의 대의원으로 활동하다. 이후 공식적인 기록에서 사
라지다.

1979년(77세) 별세하다.

■ 소설

1922년 「남남대전男男對戰」,《염군》1호*

1925년 「늘어가는 무리」,《개벽》, 7월

1926년 「선동자煽動者」,《개벽》67호, 3월

1927년 「용광로鎔鑛爐」,《개벽》70호, 6월

「석공조합대표石工組合代表」,《문예시대》, 2월

「군중정류群衆停留」**,《현대평론》2호, 3월

1928년 「인도병사印度兵士」,《조선지광》76호, 2월

「기쁜 날 저녁」,《조선지광》77호, 4월

「석탄石炭 속의 부부夫婦들」,《조선지광》78호, 5월

1929년 「우리들의 사랑」,《조선지광》82호, 1월

「다섯 해 동안의 조각편지」,《조선지광》83호, 2월

「이 봄이 가기 전前에」***,《조선문예》1호, 5월

「곱추 이야기」,《조선문예》2호, 6월

「백색여왕白色女王」,《조선지광》88호~89호, 11월~1930년 1월

1930년 「교대시간交代時間」,《조선지광》90호~91호, 3월~6월

「지하촌地下村」,《대조》3호, 5월

「호미를 쥐고」,《대중공론》, 6월~9월

1931년 「오수향吳水香」,《조선일보》, 1월 1일~1월 26일

1931년 「노인부老人夫」,《조선지광》94호, 2월

1932년 「야학 선생夜學先生」,《집단》2월호, 2월

1933년 「그 뒤의 박승호朴勝昊」,《신단계》10호, 7월

「남녀 폐업」,《신세기》, 8월

「오전 9시午前九時」,『농민소설집』, 별나라출판사, 1월

* 미간행.
** 『농민소설집』(1933년 10월) 재수록.
*** 영화소설.

「기도祈禱」,《조선문학》4호, 11월

1934년 「오마니」,《중앙》8월호, 6월

「노고산」,《월간매신》, 1월

「눈썹달」,《청년조선》, 1월

1935년 「복순福順이」,《조선일보》, 8월 30일~9월 18일

1936년 「월파 선생月波先生」,《조선일보》, 2월 23일~3월 10일

「능금나무 그늘」,《조광》5호, 3월

「아버지」,《중앙》29호, 3월

「'솜틀거리'에서 나온 소식」,《삼천리》72호, 4월

「숙수치마」,《조선문학》, 5월

「승군蠅群」,《삼천리》74호, 6월

「여사무원女事務員」,《조광》9호, 7월

「인왕산仁旺山」,《중앙》34호, 8월

「춘몽春夢」,《조선문학》, 9월

「성묘省墓」,《여성》7호, 1월

1937년 「이 봄이 가기 전에」,《매일신보》, 1월 1일~6월 22일

「음악 교원音樂敎員」,《조광》17호, 3월

1938년 「경대鏡臺」,《청색지》3호, 11월

1939년 「문서文書」,《조선문학》15호, 1월

「여승女僧」,《문장》7월호, 7월

「금화金貨」,《동아일보》, 7월 6일~7월 27일

「이녕泥濘」,《매일신보》, 8월 19일~9월 17일

1945년 「고민苦悶」,《예술》2호, 12월

1946년 「운동회運動會」,《별나라》, 1월

「푸른 잉크, 붉은 마음」,《우리문학》2호, 3월

「의자椅子」,《신문학》1호, 4월

「촌뜨기 색시」,《중외정보》, 9월

■ 희곡 및 공연 작품

1922년 「백양화白洋靴」,《염군》2호

1927년	「모기가 없어지는 까닭」,《예술운동》, 11월
1929년	「정의正義와 칸바쓰」,《조선문예》1호, 5월
1930년	「아편阿片장이」,《대조》1호, 3월
1931년	「일체一切 면회面會를 거절拒絶하라」,《조선강단》
	「호신술護身術」,《시대공론》1~2호, 1931년 9월~1932년 1월
1934년	「신임 이사장新任理事長」,《형상》, 3월
1935년	「어서 막幕을 닫어라」,《조선중앙일보》, 8월 8일~8월 15일
1936년	「급성연애병急性戀愛病」, 3월
	「유산 오천 원」, 5월
	「벙어리 냉가슴」, 1월
	「황금산黃金山」,《조선문학》, 11월
	「란蘭」,《사해공론》, 11월
1937년	「인생미두人生米豆」,《월미》, 1월
	「가사장假社長」,《삼천리》81호, 1월
	「바보 장두월張斗越」, 6월
	「애처기愛妻記」, 7월
	「아우의 행복」, 8월
	「월파 선생月波先生」,《조선문학》, 8월
1938년	「유랑의 처녀」, 2월
	「영춘곡迎春曲」, 3월
	「향수鄕愁」, 3월
	「산제비」, 3월
	「사랑의 꽃다발」, 5월
	「순정무변」, 5월
1939년	「추풍秋風」,《청춘좌》, 1월
	「남편 돌아오는 날」, 2월
	「고향의 봄」, 3월
	「정조문답」, 7월
	「윤씨일가尹氏一家」,《문장》, 8월
	「남자폐업」,『조선명작선집』, 11월

「고향에 보내는 소식」, 3월

「황혼」,《예술운동》, 12월

「고향」,《인민》, 12월

1947년　「인민은 조국을 지킨다」

1949년　「자매」

「나란히 선 두 집」

1952년　「그가 사랑하는 노래」

1953년　「강화도」

1955년　「강화도」,『일체 면회를 거절하라』

「금산군수」,『일체 면회를 거절하라』

1956년　「백두산은 어데서나 보인다」

1958년　「밀림아 이야기하라」

1959년　「불사조」,《조선문학》

1960년　「분노의 화산은 터졌다」,《조선문학》

1961년　「연암 박지원」,《조선문학》

■ 단행본

1957년　『월남일기』, 조선작가동맹출판사

1959년　『불사조』*, 조선작가동맹출판사

1963년　『송영선집1』**, 조선문학총동맹출판사

* 희곡집.「애국자」(5막 9장, 1956년 9월),「나는 다시 강을 건너간다」(프롤로그, 4막 11장),「불사조」(4막 6장, 1959년 2월) 수록.
** 장막 희곡.「김삿갓」(3막 6장, 1938년 봄),「자매」(4막 6장, 1949년 3월),「강화도」(5막 6장),「애국자」(5막 9장, 1959년 5월),「불사조」(4막 6장, 1959년 2월),「박연암」(4막 6장) 수록.

|연구 목록|

■ 당대 평가

박영희, 「선후감先後感」, 《개벽》, 1925년 7월

윤기정, 「1927년 문단의 총결산」, 《조선지광》, 1928년 1월

한설야, 「신춘창작평」, 《조선지광》 83호, 1929년 2월

박태원, 「초하창작평」, 《동아일보》, 1929년 6월 13일

현인玄人, 「예술운동의 전망―프로예맹을 중심하야」, 《비판》, 1932년 1월

_____, 「문예시평」, 《비판》, 1932년 2월

이기영, 「송영 군의 인상과 작품」, 《문학건설》, 1932년 12월

박승극, 「'농민소설집'―농민문학 문제와 관련하여」, 《조선일보》, 1933년 12월 10일
　　　～14일

김기진, 「1933년도 단평창작 76편」, 《신동아》, 1933년 12월

_____, 「조선문학의 현재 수준(하)」, 《신동아》, 1934년 2월

엄흥섭, 「올해 안의 창작결산」, 《조선일보》, 1935년 12월 11일

유치진, 「지난 일 년 간의 조선연극계 총결산, 특히 연극을 중심으로」, 《조선일보》,
　　　1935년 12월 15일

민병휘, 「3월의 창작평」, 《조선중앙일보》, 1936년 3월 25일

백　철, 「문예시평―낭만인가 사실인가」, 《조선일보》, 1936년 3월 18일～3월 28일

김미상, 「소인극의 실제와 그의 지도」, 《조광》, 1936년 8월～9월

임　화, 「평론가로서 작가에게 보내는 편지―외우 송영 형에게」, 《신동아》, 1936년
　　　5월

_____, 「7월의 창작월평」, 《조선중앙일보》, 1936년 7월 22일～23일

한　효, 「극작 활동의 신전망」, 《조선문학》, 1937년 1월

최상암, 「문단인물론」, 《신세기》, 1939년 9월

한　효, 「조선희곡의 현상과 금후 방향」, 《건설기의 조선문학》, 1946년

박세영, 「송영 선생과 나」, 《아동문학》, 북한:조선작가동맹출판사, 1959년 1월

_____, 「작가 작품 연대표」, 《삼천리》, 1937년 1월

_____, 「집필자 약력」, 《조선문학》, 1937년 1월

■ 연구 논문

권영민, 「이북명 · 송영의 작품 세계」, 『한국 해금문학 전집』, 삼성출판사, 1998년

김동권, 「송영의 '야생화' 연구」, 《한국극예술연구》 9호, 한국극예술학회, 1999년 4월

김동훈, 「식민지시대 프로소설의 리얼리즘—최서해 · 조명희 · 송영 · 이북명의 소설세계」, 『한국소설문학대계12』, 동아출판사, 1995년

김만수, 「송영 희곡의 기법의 변화와 그 의미」, 《한국극예술연구》 9호, 한국극예술학회, 1999년 4월

김성희, 「송영론—송영 희곡의 희극성」, 《원우논총》 7호, 숙명여자대학교 대학원, 1989년

김옥란, 「국민연극의 욕망과 정치학」, 《한국극예술연구》 25호, 한국극예술학회, 2007년 4월

김재석, 「송영의 희곡 세계와 그 변모 과정」, 《울산어문논집》 6집, 1990년

_____, 「풍자극 : 식민지 작가의 길 찾기—송영론」, 《어문론총》, 한국문학언어학회, 1997년

박대호, 「송영 문학의 구조적 특성」, 김윤식 · 정호웅 편, 『한국근대리얼리즘작가연구』, 문학과지성사, 1988년

박영정, 「자료소개 : 송영의 '일절 면회를 거절하라'」, 《한국극예술연구》, 한국극예술학회, 1995년

백로라, 「송영 풍자극의 구조 연구—'황금산', '가사장假社長', '황혼'을 중심으로—」, 《한국극예술연구》 6호, 한국극예술학회, 1996년 7월

백승숙, 「송영의 '황혼'에 나타난 민족 담론」, 《한국극예술연구》 24호, 한국극예술학회, 2006년 10월

서연호, 「송영 극작세계의 변모 연구」, 『회강 이선영 교수 회갑기념 논문집』, 1990년

신기욱, 「송영 연구」, 《수련어문논집》, 수련어문학회, 1989년

양승국, 「계급의식의 무대화, 그 가능성과 한계—송영 희곡론」, 김윤식 · 정호웅 편, 『한국문학의 리얼리즘과 모더니즘』, 민음사, 1989년

_____, 「자료소개 : 함세덕의 시와 송영의 촌극」, 《한국극예술연구》 12호, 한국극예술학회, 2000년 10월

유민영, 「동양적 윤리관과 세대 풍자극」, 《문학사상》, 1988년 8월

_____, 「월북 연극인의 대부 : 송영宋影론」, 《한국연극연구》, 한국연극사학회, 2003년

윤석진, 「전시 총동원 체제기의 역사극 고찰―송영과 함세덕의 공연 희곡을 중심으로」, 《어문연구》 46집, 어문연구학회, 2004년 12월

윤여탁, 「1930년대 전반기 연극운동과 희곡의 한 양상」, 《국어국문학》 97호, 국어국문학회, 1987년

이미원, 「송영의 국민극 연구」, 《한국연극연구》, 한국연극사학회, 1999년

_____, 「1930년대 프로극의 전개―송영을 중심으로」, 《한국현대문학연구》 4호, 한국현대문학회, 1995년 2월

이상우, 「자료 해설 : 송영의 희곡 '역사'」, 《한국극예술연구》, 한국극예술학회, 1999년

_____, 「표상으로서의 망국사 이야기」, 《한국극예술연구》 25호, 한국극예술학회, 2007년 4월

이영미, 「송영의 전향에 대한 분석」, 《한국언어문학》, 한국언어문학회, 2007년

이종대, 「1920-30년대 희곡 형성 과정 연구 I―현철의 희곡의 개요와 송영의 희곡작법」, 『동악어문논집』 38, 한국어문학연구학회, 2001년 12월

_____, 「송영의 '희곡작법' 연구」, 《동악어문논집》 36호, 한국어문학연구학회, 2000년 12월

장경탁, 「송영 소설의 인물유형과 구성적 특징」, 《성대문학》 26호, 1988.

정봉석, 「송영 풍자극의 웃음과 소외 연구」, 《동남어문논집》 10집, 동남어문학회, 2000년 9월

정호순, 「국민연극에 나타난 모성 연구―송영의 '산풍山風', '신사임당申思任堂'을 중심으로」, 《어문연구》 125, 한국어문교육연구회, 2005년 3월

편집부, 「자료해설 : 피바다의 원형―송영 '백두산은 어데서나 보인다'」, 《역사비평》 25호, 역사비평사, 1993년 겨울호

한경석, 「송영과 프로희곡」, 《원형》 13호, 1989년

현재원, 「일제의 동화 정책과 작가의 대응 양상― '역사'를 통해 본 송영의 대응 방식」, 《한국현대문학연구》 16호, 한국현대문학회, 2004년 12월

홍창수, 「송영의 북한 역사극에 나타난 역사의식」, 《국어국문학》 124호, 국어국문학회, 1999년 5월

_____, 「송영의 역사극 '방랑시인 김삿갓'과 이본에 관한 연구」, 《어문논집》, 민족어문학회, 1996.

■ 학위 논문

구명옥, 「송영의 '황금산黄金山' 연구」, 부산대학교 석사논문, 1995년

김애란, 「송영 희곡의 변모 양상에 대한 고찰」, 조선대학교 교육대학원 석사논문,
1996년

박대호, 「근대사회의식소설의 세계관 연구 : 팔봉 회월 송영 초기작의 인물행위를
중심으로」, 서울대학교 석사논문, 1985년

박희정, 「송영 희곡 연구」, 성균관대학교 석사논문, 1991년

신인수, 「송영 문학 연구」, 서울대학교 석사논문, 1991년

양수근, 「일제 말 친일 희곡의 변모양상과 극작술 연구 : 박영호 · 송영 극작품을 중
심으로」, 명지대학교 대학원 석사논문, 2005년

유석완, 「송영 연구」, 전주우석대학교 석사논문, 1993년

이미연, 「송영 희곡의 구조 분석 연구」, 성심여자대학교 석사논문, 1994년

이승현, 「일제강점기 송영 희곡에 나타난 극전략 연구」, 경북대학교 대학원 석사논
문, 2005년

이승희, 「송영과 채만식의 풍자희곡 연구」, 성균관대학교 석사논문, 1992년

장희재, 「송영 희곡에 나타난 풍자성 연구 : 월북 이전의 작품을 중심으로」, 수원대
학교 교육대학원 석사논문, 2004년

전소연, 「송영 희곡 연구」, 이화여자대학교 석사논문, 1991년

전윤향, 「송영 희곡 연구 : 해방 이전 작품을 중심으로」, 숙명여자대학교 석사논문,
1993년

정달영, 「송영(1903년~1979년)의 생애와 문예운동」, 한양대학교 교육대학원 석사
논문, 2005년

한기철, 「1930년대 희곡에 있어서 「떠남」에 관한 연구 : 유치진 · 송영 · 함세덕을 중
심으로」, 경상대학교 석사논문, 2002년

한국문학의재발견-작고문인선집

송영 소설 선집

지은이 ㅣ 송영
엮은이 ㅣ 박정희
기　획 ㅣ 한국문화예술위원회
펴낸이 ㅣ 양숙진

초판 1쇄 펴낸날 ㅣ 2010년 1월 15일

펴낸곳 ㅣ ㈜현대문학
등록번호 ㅣ 제1-452호
주소 ㅣ 137-905 서울시 서초구 잠원동 41-10
전화 ㅣ 516-3770
팩스 ㅣ 516-5433
홈페이지 www.hdmh.co.kr

ⓒ 2010, 현대문학

값 13,000원

ISBN 978-89-7275-531-9 04810
ISBN 978-89-7275-513-5 (세트)